Beau-Chêne

ELIZABETH NELL DUBUS | *ŒUVRES*

BEAU-CHÊNE	*J'ai lu* 2346******
L'ENJEU DE BEAU-CHÊNE	*J'ai lu* 2413******

Elizabeth Nell Dubus

Beau-Chêne

traduit de l'américain par Denis AUTHIER

Éditions J'ai lu

Ce roman a paru sous le titre original :

CAJUN

A mes parents : André Jules Dubus
et Katherine Burke Dubus Watkins.
Et à mes filles : Elizabeth, Pamela,
Marjorie, Aimée, et Delauné.

La famille Langlinais

Claude-Louis Langlinais — Mathilde Boudreaux
(m. 1754)

- Louis, n. 1755, m. Cécile Leblanc (1780)
  - Madeline, n. 1782
  - Jean, n. 1783, m. Marguerite Breaux (1803)
    - Mathilde, n. 1804
    - Nicole, n. 1805
    - Bernadette, n. 1806
    - Claude ('Tit Frère), n. 1806, m. Julie Vidrine (1830)
      - Camille, n. 1832, m. Françoise (1852)
        - Jacques (Jumie), n. 1853, m. Geneviève Trahan (1873)
          - Claudine, n. 1874
          - Claude, n. 1875, m. Alice de Blanc (1901)
            - Claude (Beau), n. 1902
            - Marie, n. 1903
            - Françoise (Francie), n. 1907
        - Claudette, n. 1853
        - France, n. 1855
        - Mathilde, n. 1857
        - Jean, n. 1859
    - Gaston, n. 1809
    - Cécile, n. 1810
  - Nicole, n. 1785
  - Gaston, n. 1785
- Suzette, n. 1756
- Bernadine, n. 1758
- Gaston, n. 1759
- Julian, n. 1761

m. : date du mariage
n. : date de naissance

La famille de Clouet

- Noël de Clouet — Hélène de Forêt (m. 1779)
  - Hélène (Lélé), n. 1780
  - André, n. 1784, m. Aimée de la Houssaye (1803)
    - Félix, n. 1804, m. Annette Olivier (1830)
      - Germaine, n. 1831
      - Anne, n. 1832
      - Honoré, n. 1833, m. Caroline Bertaut (1856)
        - Marthe, n. 1857, m. Henri de Gravelle (1878)
          - Hélène, n. 1880, m. Charles Livaudais (1901)
            - Caroline, n. 1902
          - Henri René (Réni), n. 1883
          - Nanette, n. 1884
        - Noël (Nollie), n. 1859, m. Mignon Blanchet (1884)
          - François, n. 1884, 1er m. Léontine, 2e m. Gabrielle
            - Noël André (Andy)
          - Lisette, n. 1885
          - Pierre, n. 1887
          - Anastasie, n. 1888
      - Etienne, n. 1835
      - Hélène, n. 1837
      - René, n. 1839
      - Jeanne, n. 1840
      - Vincent, n. 1842
    - Aude, n. 1805
    - Louise, n. 1807
  - Marcel, n. 1786

LE GRAND DÉRANGEMENT

La petite bouche avide tétait sans relâche, au rythme régulier de la pendule sur la cheminée. Son tic-tac grave poussait lentement le soleil vers le milieu de l'après-midi. Mathilde lissa les mèches de fins cheveux noirs qui retombaient sur la frimousse pressée contre son sein, puis elle leva la main pour ramener en arrière ses propres boucles, tout aussi noires, rendues moites par la chaleur de l'été indien.

Une brise rafraîchissante soufflait pourtant des champs, apportant avec elle l'odeur des foins que Claude avait coupés ce matin-là, dans les basses terres, entre les digues boisées. Par la fenêtre, elle voyait Jeanne, assise sous le grand pommier, occupée à son métier à tisser.

Paresseusement, elle s'étira dans le fauteuil à bascule d'osier que Claude avait fabriqué à la naissance du petit Louis. Ses yeux se portèrent de nouveau sur ce petit être qu'elle connaissait si bien. Elle devinait, sous la layette tricotée avec la laine de leur plus jeune brebis, que Jeanne avait filée de ses mains, le petit corps ferme et dodu, les bras et les jambes robustes. Et la tête toute ronde qui lui rappelait toujours à quel point l'accouchement s'était bien passé. « Vous en aviez, de la place, pour lui ! » avait dit Jeanne quand il était né, tandis qu'elles prenaient ensemble un thé copieusement arrosé de rhum. « Voyez-moi cette tête ! » Et elle, la mère, s'était renversée dans le grand lit que Claude avait construit exprès pour eux deux, où il avait sculpté leurs initiales entourées de feuilles de laurier, et elle s'était dit qu'il n'avait pas gâché sa peine : désormais, elle savait qu'elle aurait de beaux enfants, et facilement. À l'inverse des femmes que les maternités usaient et vieillissaient, elle, Mathilde Langlinais, s'épanouirait comme la terre que travaillait son mari et, comme elle, porterait ses fruits. Et il en serait ainsi pendant des générations.

Par la fente de ses paupières presque fermées sur ses yeux bruns (que Claude comparait à ceux de la loutre, qui vous jette de brefs regards malicieux avant de disparaître soudain sous l'eau), elle vit Jeanne se lever, fourrer son ouvrage dans la grande poche de son tablier et passer derrière la cabane. À côté de son fauteuil, un peu de lumière filtrait par une fissure dans le mur de terre sèche, entre les rondins. Il faudrait le dire à Claude : il était temps de préparer la maison pour l'hiver.

Elle entendit grincer les lanières de cuir qui faisaient office de gonds et la porte claquer. Puis l'anse du chaudron heurtant le crochet au-dessus du feu, de l'eau qu'on versait, des tasses qui tintaient. Enfin, lui parvint l'odeur du thé – le thé, la seule bonne chose qu'avaient apportée les Anglais.

– Réveillons-nous, dit Jeanne. Vous en prenez, du bon temps ! Regardez ça ! (Jeanne agitait la couverture qu'elle tissait devant les yeux de Mathilde.) Qui est-ce qui fait des couvertures pour que votre héritier soit bien au chaud ? La vieille Jeanne ! Vous, vous n'avez rien d'autre à faire qu'à tenir chaud à son père ! Et à faire d'autres marmots.

– Mais j'aime bien en faire, dit Mathilde.

Même à sa mère elle n'aurait pas dit une chose pareille. Mais Jeanne l'avait aidée à mettre Louis au monde. Jeanne la connaissait comme personne. Quand cela avait été fini, la vieille fille lui avait demandé en la regardant dans les yeux : « Alors, ça en valait la peine ? » Et Mathilde avait regardé, non pas le bébé sur sa poitrine, mais son homme, debout dans l'embrasure de la porte, et dit : « Oui. »

D'ailleurs il leur fallait beaucoup d'enfants. Le domaine des Langlinais était un des meilleurs de toute la colonie installée dans la baie des Mines. À Grand-Pré même, aucune terre ne rendait autant que celle de Claude.

Elle but une gorgée de thé, observant le petit nuage de vapeur qui montait de la tasse. Elle pensa aux fumées légères qui s'élevaient en bordure des champs où l'on brûlait chaque jour le rebut de la récolte. Puis elle regarda, par la fenêtre ouverte, le verger et, au-delà, les champs à moitié moissonnés. Claude n'y était pas et c'était étrange de ne distinguer nulle part le miroitement de sa faux dans les blés ou la cocarde rouge qu'il épinglait à son chapeau à large bord, de ne pas l'entendre jurer après les bœufs tirant le chariot croulant sous les gerbes dorées, de ne pas l'entendre chanter comme les autres jours, quand, tout à son travail, il passait tout près de la cabane.

Elle rit tout haut à cette pensée. À la maison, avec elle, il chantait les vieilles ballades que les Acadiens avaient rapportées de France et qu'ils se transmettaient de père en fils, et de mère en fille. Mais, quand il était aux champs, son répertoire s'élargissait aux chansons lestes, dont la tradition était exclusivement masculine. Mathilde lui en avait fredonné une un soir, en le fixant de ses yeux rieurs; il avait eu l'air très surpris, puis il s'était mis à rire, et l'avait prise avec plus de fougue que jamais.

– Quel calme ! dit-elle à Jeanne qui écossait des pois, faisant éclater les longues cosses de son pouce calleux. Il n'y a plus aucun homme aux champs, on dirait que c'est jour de fête.

– Jour de fête ! s'exclama Jeanne. Les Anglais ne croient pas aux fêtes – aux fêtes catholiques en tout cas !

– Regardez ! Les voilà, là-bas, qui s'en vont !

Sur la route qui longeait les champs de Claude, un nuage de poussière s'éloignait et ce nuage avait des jambes et de grands chapeaux. De temps en temps, une saute de vent chassait ce rideau de poussière et les silhouettes des hommes et des jeunes garçons se dessinaient nettement, l'espace d'un instant. Il était vain de chercher à savoir lequel était Claude dans cette masse confuse et mouvante; pourtant Mathilde se leva en serrant le bébé contre elle, et se pencha par-dessus le large appui de bois de la fenêtre pour mieux voir. Le soleil était aveuglant. On n'était qu'au 5 septembre, il y aurait encore des journées de bonne chaleur; mais elle sentit comme un souffle glacé émanant de ce nuage de poussière au loin, et l'angoisse l'étreignit.

– J'ai peur, Jeanne. Quelque chose d'horrible va avoir lieu, et Claude ne me le dira pas. Il ne me dira rien.

Soudain, il lui sembla entendre comme des plombs de chasse tombant en cascade sur une plaque de métal. C'était Jeanne qui versait les pois dans la marmite. Leur vieille servante avait les lèvres pincées, le visage tendu; des rides profondes étaient apparues sur ses joues rouges. Son fichu avait glissé, une longue mèche grise lui barrait le front. Mathilde regarda ce dos voûté par cinquante-cinq années de labeur, cette poitrine avachie, ce ventre trop gros. Elle avait beau porter du noir, elle n'en semblait pas plus mince. Voilà ce que c'est que vieillir, songea Mathilde. Et cette pauvre Jeanne n'a pas eu d'homme ! À la pensée du sien, elle frissonna de plaisir dans son fauteuil. Pourvu que les Anglais ne fissent pas durer le rassemblement !

– J'aurais quelque chose à lui dire, moi, à ce colonel Winslow ! dit-elle. Ils ne peuvent pas la régler une bonne fois, cette question du serment ? Depuis le temps…

Le bébé grogna dans son sommeil et elle sentit, au bout de son sein, la petite bouche lâcher prise. Elle le regarda : un peu de lait barbouillait ses lèvres minuscules. Grâce à Dieu, il n'avait que six mois ! Le petit frère de Mathilde, âgé de dix ans à peine, avait été lui aussi convoqué, et il était parti pour l'église de Grand-Pré comme tous les hommes du voisinage. En pleine moisson, alors que jamais un début de septembre n'avait été si beau, ils avaient abandonné les récoltes, remisé les faux et les hottes, pour répondre à une nouvelle convocation – comme s'il n'y en avait pas eu assez, déjà ! – du colonel Winslow, l'officier britannique qui commandait le district de Grand-Pré.

Elle déposa le petit Louis dans le berceau que son père avait taillé dans du chêne.

Elle recommençait à se sentir légère; quand elle prenait son bain, seule devant le feu, elle pouvait de nouveau être fière à la vue de ses formes tendres et harmonieuses. Seuls ses seins restaient plus gros, et Claude n'y trouvait rien à redire. Elle balançait doucement le berceau, du bout du pied, et le bébé retomba dans un sommeil profond. Elle, au contraire, était de plus en plus agitée.

Jeanne lui fit signe d'aller s'asseoir sur une des banquettes, près de l'âtre, et lui tendit un panier plein de pommes du verger :

– Triez celles à cuire, on mettra les autres à sécher. Rassemblement ou pas, nous ne pouvons pas nous croiser les bras.

Le nuage de poussière approchait du village dans un brouhaha croissant au fur et à mesure que des hommes de tout âge, débouchant des chemins et des sentiers qui sillonnaient cette contrée de la Nouvelle-Écosse – entièrement peuplée de Français –, se joignaient au groupe sur la grand-route. Partout ailleurs régnait un calme absolu. Les champs à demi moissonnés et les vergers regorgeant de fruits étaient déserts. Quatre cent onze hommes et adolescents convergeaient vers l'église de Grand-Pré où on les avait convoqués, pour leur lire le dernier édit du roi George II, souverain de l'île de Grande-Bretagne et de toutes ses colonies de par le monde, en cet an de grâce 1755.

Claude Langlinais et Pierre Boudreaux, le frère aîné de Mathilde, marchaient côte à côte. L'un et l'autre étaient trapus et vigoureux; ils avaient les cheveux et les yeux noirs, le même teint hâlé, et portaient le large pantalon et la blouse grise des paysans acadiens. À l'entrée du village, Pierre fit une halte, sortit sa pipe de sa poche et se mit à la bourrer. Claude s'arrêta avec lui, et ils laissèrent passer devant eux toute la troupe.

Un troupeau, plutôt ! pensait Claude en considérant ces hommes qui, comme lui-même, ne jouissaient de la liberté qu'autant que les Anglais n'exigeaient rien d'eux. Que ces gens, dont bon nombre cultivaient des terres appartenant à leur famille depuis le début du siècle précédent, fussent dociles à ce point, il n'arrivait pas à l'admettre. Et il ne pouvait contenir sa rage en songeant qu'à cause de ces moutons, lui, Claude Langlinais, homme libre, seigneur sur ses terres, mari et père de famille, dût obéir aux caprices d'un freluquet d'Anglais en casaque rouge ! Et que leur colonel se servît, pour ses rassemblements, de leur église était plutôt inquiétant. Comment se fier à un homme qui ne respecte même pas la religion d'autrui ?

Claude regarda l'église, sa flèche de bardeaux portant haut la croix au-dessus de la place noire de monde. C'étaient eux, les Français, qui l'avaient construite avec amour, pierre après pierre, brique après brique, poutre après poutre, afin d'y célébrer leur culte. C'était là que Mathilde et lui s'étaient mariés dix-huit mois plus tôt, qu'ils avaient baptisé leur fils, Claude-Louis, qu'ils baptiseraient et marieraient leurs autres enfants. Et qu'un jour, Mathilde et lui seraient bénis pour la dernière fois.

– Les chiens ! s'exclama-t-il.

Pierre le regarda. Il secoua sa pipe pour en faire tomber le tabac encore incandescent, qu'il éteignit du pied, et la remit dans la poche de sa blouse.

– Oui, dit-il; leur race ne s'est pas améliorée depuis quarante ans qu'ils sont là. (Il prit Claude par le bras et l'entraîna à grands pas vers l'église.) Nous, on est neutres. Qu'ils nous aboient après tant qu'ils veulent, qu'ils nous rassemblent ! Que peuvent-ils faire d'autre ?

De l'autre côté de la place, le colonel Winslow observait pensivement les Acadiens que les soldats faisaient entrer un à un dans l'église. Il se passait continuellement la main sur le ventre car il avait des aigreurs d'estomac. À cause du bordeaux qu'il avait bu la veille en compagnie de Cavendish, certes; mais il avait aussi de la peine à digérer les ordres qu'il venait de recevoir du lieutenant-gouverneur de la Nouvelle-Écosse, Charles Lawrence. Malgré son penchant pour les plaisirs de la table, dont témoignaient sa face rubiconde et son triple menton, Winslow était encore, à cinquante-quatre ans, dans toute la force de l'âge, et, sous sa perruque de gentleman toujours soigneusement poudrée, il avait naguère nourri l'espoir d'une glorieuse fin de carrière. Cet espoir était mort maintenant. Une infamie allait se produire; mais se souviendrait-on des hommes qui, à Londres, avaient émis ces ordres, ou de Lawrence, qui les avait approuvés et transmis ? Tandis que son nom, le nom de Winslow, en serait marqué, et maudit, à jamais.

– Dangereuse bande d'énergumènes, n'est-ce pas, monsieur ? (Les lentes intonations aristocratiques du lieutenant Cavendish dissimulaient mal le feu qui couvait sous ces paroles.) Mais nous allons bientôt leur faire sortir les armes qu'ils cachent sous leurs blouses, n'est-ce pas ?

– Ils n'ont pas le droit de porter des armes...

Winslow s'interrompit, comprenant que Cavendish était encore une fois en train de s'amuser à ses dépens. Cavendish n'avait, certes, nul besoin qu'on lui fît la leçon; il était même probable qu'un de ses aïeux s'était trouvé à Utrecht, parmi les dignitaires qui avaient vu la reine Anne et Louis XIV signer le malheureux traité qui était à l'origine de cette sale histoire. Winslow se dit, et ce n'était pas la première fois, qu'on devrait envoyer ces rois et ces reines vivre sur les territoires qu'ils cédaient d'un simple trait de plume ! Ainsi donc, la reine Anne et le roi Louis avaient jugé commode de convenir entre eux que la Nouvelle-Écosse, y compris les régions peuplées de Français depuis plus d'un siècle, appartiendrait désormais à l'Angleterre. Et Sa Gracieuse Majesté avait poussé l'obligeance jusqu'à permettre aux Acadiens qui voulaient s'en aller de s'en aller, et à ceux qui voulaient rester de rester. C'est bien d'une bonne femme, pensait le colonel Winslow, de croire qu'il suffit de déclarer des papistes français neutres pour qu'ils le deviennent ! Et de supposer que des Français puissent un jour rendre hommage à un roi qui est en même temps chef de l'Église d'Angleterre !

– Vous allez encore leur demander de prêter serment, je suppose.

Quel ennui exprimait cette voix ! La lignée de Cavendish, l'une des plus anciennes d'Angleterre, s'était maintes fois illustrée dans l'histoire guerrière de celle-ci. Qu'on lui eût donné comme première affectation ce poste perdu, sur cette île sans intérêt, à des centaines de miles de tout combat, était presque une insulte. Même la guerre contre les Français et les Indiens se faisait ailleurs, hormis de petits accrochages de temps à autre dans les environs.

– Non, répondit enfin Winslow.

Cavendish sursauta et le regarda. Winslow s'était éloigné de la fenêtre, il était en train de se verser un whisky dans un gobelet... Eh bien, songea Cavendish, si c'est ce qui arrive quand on vous envoie dans un trou pareil, mieux vaut écrire le plus vite possible à mon père. Servir un roi qu'on ne respecte pas, passe encore – mais ici, non !

Winslow sentit le regard de Cavendish sur la bouteille, puis sur le gobelet qu'il portait à ses lèvres, soudain brûlantes. Jamais il n'avait eu besoin de whisky pour se donner du courage – ni sur le champ de bataille ni devant qui que ce fût. Mais il ne cessait de penser à ces ordres de Lawrence qu'il irait bientôt prendre dans le coffre-fort; et s'il lui fallait du whisky, c'était pour l'aider à dissimuler sa honte.

Sur le mur, au-dessus de la grossière table de bois qu'il utilisait pour écrire, était accrochée une carte de la Nouvelle-Écosse. Il considéra le bassin des Mines, dans l'est de la baie de Fundy, et se représenta les vaisseaux et les goélettes anglais, qui, il le savait, mouillaient déjà dans les petites criques tout le long de la côte. Et, avec les yeux de l'esprit, il voyait, comme s'il y avait été, les soldats des garnisons de ce district et de toute l'Acadie nettoyant leurs mousquets et aiguisant leurs baïonnettes. La tragédie écrite à Londres allait commencer. Avec lui dans le rôle principal.

– Ce serment est un piège, de toute façon, dit Cavendish.

Winslow avait ouvert le coffre et en retirait le document qu'il devait lire. Il ne se retourna pas vers Cavendish mais tout son corps se raidit, comme si on lui avait planté dans l'échine la pointe de sa baïonnette.

– Une série de pièges plutôt.

Bien qu'il continuât de ne pas le voir, Winslow aurait pu décrire la pose gracieuse du lieutenant, assis nonchalamment sur le rebord de la fenêtre, une de ses jambes élégamment bottées effleurant régulièrement le mur de rondins.

– Si ces Acadiens jurent obéissance à notre bon roi, il leur faudra servir dans son armée. Or, les papistes n'ayant pas le droit de porter les armes, selon nos lois, il s'ensuit que ces hommes, pour devenir de fidèles sujets britanniques, devraient trahir un roi qu'ils placent plus haut que le nôtre.

– Il s'agit de plus que cela, dit Winslow. (Il glissa le document sous sa tunique, alla prendre son épée, commença à s'en ceindre.) Nous sommes en guerre contre les Français, comme vous le savez. Ces gens...

La cloche de l'église se mit à sonner, lentement, lugubrement. Quelqu'un approchait d'un pas lourd sur le plancher du porche. On cogna à la porte. La face rougeaude d'un sergent apparut dans l'embrasure.

– À ce qu'il semble, nous avons tous les hommes du coin, monsieur, dit-il d'une voix émue.

Une lueur de haine passa dans ses yeux plissés. Cavendish le remarqua et, pour la première fois depuis son arrivée à Grand-Pré, se dit qu'après tout, un événement mémorable allait peut-être se produire.

Dans l'église, tous les Acadiens s'étaient agenouillés, aussi naturellement que s'ils y étaient venus pour la messe. Claude, à côté de Pierre, sentait comme une lame sur sa nuque le mépris des soldats postés tout autour d'eux, le long des murs. Ostensiblement, il se signa et baissa la tête. Mais, quand le colonel prit place derrière la table, en haut de l'allée centrale, il se redressa avec tous ses compagnons.

Il était tellement habitué à ces rassemblements et aux tracasseries continuelles des autorités britanniques qu'il pensait surtout, à ce moment-là, à ses champs et aux tâches qu'il restait à accomplir en prévision de l'hiver. Les Français « neutres » qui habitaient et travaillaient dans ces régions n'étaient-ils pas protégés par un vieux traité conclu entre les deux royaumes ?

Puis il entendit la voix de Winslow articulant laborieusement chaque mot de sa proclamation rédigée en français. Mais ces mots familiers, sortant d'une bouche étrangère, semblaient avoir perdu leur signification, et Claude tendit l'oreille, se demandant si les autres avaient autant de peine que lui à comprendre.

– Bon Dieu ! lâcha soudain Pierre.

On eût dit que ces mots étaient deux brèves détonations. Claude se tourna vers lui : le visage de Pierre était celui d'un homme touché à mort. Alors la signification du discours de Winslow éclata dans l'esprit de Claude avec la force et la lumière aveuglante d'une explosion. Partout dans l'église, d'autres hommes semblaient sur le point de s'écrouler, par rangs entiers, comme fauchés par des rafales de balles.

– Ces diables nous ont eus, finalement, dit Pierre.

Ses yeux, rivés sur Claude, n'avaient plus aucun éclat, comme s'ils reflétaient les ténèbres qui, après quarante ans d'un progrès lent et sournois, s'étaient tout à coup abattues sur ces gens.

De tous côtés, maintenant, on se tournait vers son voisin, essayant de lire sur le visage d'un père ou dans le regard d'un frère un démenti à ce que l'on venait d'entendre. Claude entendit l'homme qui se tenait à sa gauche expliquer à son fils le sens des paroles de Winslow.

– L'officier dit que nous devons tout laisser ici et partir.

– Mais où ? Où irons-nous ?

Et Claude les voyait, ces paroles fatidiques, aussi nettement que si un ange les avait inscrites devant eux en lettres de feu, dans l'écarlate de la royauté et le noir de la défaite :

– Sa Majesté ordonne, par mandement péremptoire, l'éloignement de tous les habitants français de ces districts et, dans Sa clémence, me charge de vous autoriser à emporter avec vous tout votre argent et autant de vos biens domestiques qu'il sera possible, sans surcharger les vaisseaux sur lesquels vous embarquerez. Je ferai tout ce qui est en mon pouvoir pour que tous ces biens vous soient garantis et que vous puissiez les déménager sans être importunés, et aussi pour que tous les membres d'une même famille montent sur le même vaisseau; de sorte que ce mouvement, en dépit du grand dérangement qu'il doit vous causer, et auquel je suis sensible moi-même, se fasse pour vous aussi aisément que l'admet le service de Sa Majesté; et j'espère qu'en quelque partie du monde où vous mène votre destinée, vous puissiez être de loyaux sujets et former un peuple paisible et heureux.

Un peuple paisible et heureux, songea Claude. C'est ce que nous avons toujours été, dans cette Acadie dont le nom même signifie terre heureuse... Ses yeux se posaient sur un groupe, puis sur un autre. Que de scènes pathétiques ! Et, soudain, il aperçut le père et le jeune frère de Mathilde.

La porte qu'il avait maintenue soigneusement fermée au fond de son esprit, quand le sens du discours de Winslow y avait fait irruption, s'ouvrit; et derrière cette porte, il y avait Mathilde, le petit Louis et tout ce qui lui était cher. Mathilde, telle qu'il l'avait quittée ce matin-là, à la pointe du jour, pour aller aux champs. Elle s'était levée en même temps que lui, avait préparé son café et son déjeuner, et, au dernier moment, s'était serrée contre lui. Elle sentait le lait. Il avait écarté sa chemise de nuit et posé ses lèvres sur les seins gonflés et durs. De nouveau, elle avait le ventre ferme, prêt à accueillir un enfant et à le garder jusqu'à sa venue dans le monde que lui, Claude, construisait. Il vit sa hache fendant le bois, sa faux couchant les blés mûrs : tout cela, déjà, c'était pour le petit Louis, son fils... Un son, entre le cri et le gémissement, sortit de sa poitrine.

– Il faut que je rentre, dit-il, se tournant vers les portes.

Mais il avait beau pousser, chercher un passage, le mur que formaient les hommes devant lui ne cédait pas. Les rangs furent parcourus par une vague venue du centre et Claude vit, tel un ruisseau de sang entre les rochers, Winslow et ses aides en tunique rouge se frayant un chemin dans la foule vêtue de gris. Winslow regardait droit devant lui, la tête haute, trop haute pour ne pas voir les centaines de regards noirs de colère concentrés sur lui. Tandis que le petit groupe sortait par la porte étroite, Cavendish qui, pendant la lecture, s'était tenu au côté de Winslow, se retourna et s'écria :

– Quelle injustice ! Quelle cruauté !

Puis il disparut lui aussi dans la lumière de l'après-midi. Repris par le désir de sortir au plus vite, Claude poussa et, de nouveau, se heurta à un mur. L'impatience, en lui, fit place à la peur : qu'est-ce qui les retenait ? Il se dressa sur la pointe des pieds, pour voir au-delà des corps qui se pressaient et s'agitaient désespérément entre lui et les portes. Mais on ne voyait plus les portes : le fond de l'église était tapissé d'uniformes rouge et blanc, surmontés de baïonnettes luisant dans les rayons obliques du soleil.

– Vous êtes les prisonniers du roi ! cria une voix forte, emplie d'une joie mauvaise. Vous resterez dans cette église jusqu'à ce que les vaisseaux qui doivent vous emmener soient prêts. On vous donnera à manger, mais rien d'autre ne vous sera accordé. Toute réclamation ou agitation ne feront qu'empirer votre sort. Restez tranquilles, sinon vous serez châtiés.

Il y a une bonne chose, malgré tout, dans la noirceur du désespoir : elle est si noire qu'elle empêche de penser. Durant toute la première heure, on n'entendit pour ainsi dire rien, hormis les pas étouffés de ceux qui cherchaient un frère ou un enfant. Ce n'est que lorsqu'un garde, à l'extérieur, annonça la sixième heure que quelqu'un dit :

– Il faut prier.

Dans le fond de cette église bondée, où les relents de la peur se substituaient déjà au parfum de l'encens et de la cire, une voix naguère forte, maintenant fluette comme une herbe fragile, s'éleva :

– Et l'ange du Seigneur apporta l'annonce à Marie…

Quelques voix aussi faibles, puis de plus en plus nombreuses et fortes, comme le bruissement des arbres s'amplifiant dans un vent qui persiste, répondirent par les paroles familières :

– Je vous salue, Marie, pleine de grâce, le Seigneur est avec vous.

Et aucun de ces hommes ne pouvait s'empêcher de se rappeler la dernière fois qu'il avait récité l'Angélus, après avoir posé sa faux ou son panier, sentant la sueur rafraîchir son front, pensant au cidre froid, au fromage et au pain qui attendaient sous un arbre voisin; et la cloche de l'église carillonnait joyeusement. Comme le matin de ce jour-là, à l'aube, quand chacun s'était arrêté dans ce qu'il faisait ou s'était levé, pour prier – qui avait réellement pensé alors à la signification de ces paroles ?

– … priez pour nous, maintenant et à l'heure de notre mort. Amen.

Claude se signa et s'accroupit sur le sol. Pierre Boudreaux, ses frères et leur vieux père formant cercle autour de lui s'assirent, et Pierre fit un signe de tête en direction de la Madone dans une niche près du maître-autel.

– C'est une grande sainte, bien sûr, mais elle est trop bonne pour comprendre ces fils de chiens. Prions plutôt saint Paul.

– Elle est la mère de Dieu, objecta Claude. Et un fils ne peut pas dire non à sa mère.

Le mot à ne pas prononcer ! Les plus jeunes, déjà suffisamment apeurés, affamés et épuisés, cédèrent devant son pouvoir magique; et, bientôt, les pleurs et les sanglots innocents des enfants couvrirent le murmure des conversations et des ave.

Pierre jeta un coup d'œil vers deux gardes qui, quelques instants auparavant, s'étaient moqués bruyamment des hommes en prière. Maintenant, ils se taisaient. Et quand les cris s'amplifièrent et que la douleur, de ceux qui pleuraient comme de ceux qui retenaient leurs larmes, devint trop manifeste, ils se retournèrent piteusement vers la porte barrée.

L'obscurité descendit peu à peu dans l'église; les heures s'écoulaient lentement, scandées par de nouvelles prières et par les soupirs et les gémissements des hommes qui, pour la première fois qu'ils s'étaient installés en Acadie, passaient la nuit loin de leur foyer, loin de leur femme et de leurs plus petits. Claude essayait désespérément de chasser de son esprit certaines images, sachant que l'horreur qu'elles lui inspiraient lui faisait mal inutilement et ne pouvait que l'abattre et émousser ses forces. Hélas, il n'était pas le seul à être envahi par ces pensées.

– Ce ne sont pas tous des gentilshommes, ces Anglais, chuchota Pierre à son oreille. S'il y a des soldats qui rôdent autour de nos fermes...

– Tais-toi !

Claude jeta à Pierre un regard de feu mais l'autre lui prit la main, et ses yeux se remplirent de pitié. Claude baissa la tête, posa son front sur ses bras croisés sur ses genoux, et se mit à réciter la petite prière que sa mère lui avait apprise, la petite prière qui lui revenait aux lèvres chaque fois qu'il éprouvait une grande joie ou une grande douleur. Dans ces mots, il y avait la voix de sa mère, le contact de sa main sur son front d'enfant, la douceur de sa robe, le parfum de verveine qu'elle mettait dans les armoires.

– Christ Jésus, tu es la foi, j'ai foi en toi. Christ Jésus, tu es l'espoir, j'espère en toi. Christ Jésus, tu es l'amour, je t'aime toi.

– Non, pas toi, le corrigeait-elle.

Ses lèvres remuaient, répétant sans cesse ces pauvres paroles, jusqu'au moment où il ne sentit plus son cœur cogner dans sa poitrine. Dans son esprit, une vague lueur veillait encore mais le corps de Claude Langlinais dormait.

Mathilde et Jeanne ne commencèrent à trouver le temps long, ce soir-là, qu'après la dernière tétée, une fois le petit Louis remis dans son berceau, à côté de la cheminée, sous une chaude couverture. Elles avaient préparé le souper, Mathilde avait baigné l'enfant, Jeanne avait raccommodé une blouse de Claude, et elles n'avaient cessé de regarder du côté de la route. Elles ne s'inquiétèrent vraiment que lorsqu'elles constatèrent qu'une bonne demi-heure était passée, à la pendule, depuis la tombée de la nuit.

Lasse de scruter les ténèbres par la fenêtre, Mathilde prit la lanterne et descendit jusqu'à la barrière.

Quand elle rentra, Jeanne fermait les volets.

– Mais où peuvent-ils être ? dit la jeune femme.

Sans répondre, Jeanne alla à la porte, la verrouilla et la barra, puis s'assit près du feu qui déclinait et s'absorba dans son crochet, le bout de la langue serré entre les lèvres. Sachant que quand la vieille servante prenait cet air-là, il était inutile d'essayer de la faire parler, Mathilde s'assit elle aussi dans son fauteuil à bascule et prit le tissu de lin, dans lequel elle était en train de confectionner pour Claude une chemise du dimanche. Elle s'efforçait de ne penser qu'à son ouvrage mais, bien vite, les rumeurs qu'elle avait entendues durant l'été affleurèrent à son esprit.

Un jour de juillet, alors que Louis avait cinq mois et n'était que sourires, Claude et Pierre avaient parlé d'un ton grave de ce qui était arrivé à un groupe d'hommes qu'ils appelaient « les députés ». Elle n'y avait pas prêté attention – il était bien plus important pour elle de compter les fois où elle réussissait à faire sourire le petit Louis – mais elle en avait assez entendu pour comprendre que ces députés, qui étaient allés parler aux Anglais au nom des Acadiens, avaient été mis en prison, ou quelque chose comme ça. On leur avait pris leurs terres et on les avait envoyés Dieu sait où. Et leurs femmes et leurs enfants... C'était trop affreux; elle avait fini par se boucher les oreilles, et avait dit aux hommes d'arrêter de parler de ça, et de venir jouer avec le bébé. Claude lui avait pris les mains et avait embrassé longuement chacune de ses oreilles. Et elle avait tout oublié de leur conversation.

– Et si c'était comme l'histoire des députés, en juillet ?

Elle ne reconnut pas sa propre voix. Jamais de sa vie elle n'avait rien dit d'aussi sérieux.

Jeanne posa son crochet et regarda Mathilde. Elle la considérait presque comme une enfant encore, et pensait que quoi qu'il se fût passé, ce soir-là, Mathilde le saurait toujours assez tôt. Jeanne était quasi certaine, maintenant, qu'il était arrivé quelque chose de terrible, comme Mathilde en avait eu le pressentiment. Comment expliquer sinon que personne, de sa propre famille ou de celle de Mathilde, ne fût venu leur dire où était Claude ?

Mais elle dit :

– Un homme, ça peut très bien ne pas rentrer de toute la nuit, vous savez. Même quand il a une femme aussi douce et aimante que vous.

Les yeux de Mathilde rencontrèrent ceux de Jeanne. Elle avait presque oublié que Jeanne, dormant dans le grenier juste au-dessus de leur lit, savait forcément que pour Mathilde l'accomplissement du devoir conjugal était surtout un plaisir, à renouveler aussi fréquemment que le permettait la vigueur de son Claude. À cette pensée, elle rejeta machinalement en arrière ses boucles noires. Elle était la femme de quelqu'un. La femme de Claude. Mme Langlinais ! Tandis que Jeanne était toujours tante Jeanne, et les bébés dont elle s'occupait si bien ne seraient jamais les siens. Aucun homme ne lui en avait donné un, à elle.

– Allons nous coucher, dit-elle. Il est tard.

Mais, quand elles furent enfin prêtes pour aller au lit, elle se tourna vers Jeanne, qui posait déjà les mains sur l'échelle du grenier, et lui demanda :

– Vous voulez rester dormir en bas ? Avec moi ?

Depuis dix-huit mois qu'elle avait épousé Claude, pas une seule fois elle n'avait dormi seule; et elle avait besoin d'un corps dans son lit, contre elle, chaud, protecteur, fût-ce celui de la vieille nourrice de son fils.

La brise se mit à souffler de la baie; elle emporta la dernière fumée qui sortait de la cheminée des Langlinais, passa au-dessus des champs éclairés par la lune et des paniers de fruits abandonnés dans les vergers, et s'engouffra par la fenêtre grande ouverte du logement du colonel Winslow, taquinant la chandelle et attisant le feu. Une feuille de papier s'envola, le colonel se leva pour la rattraper, puis se laissa retomber dans son fauteuil. Sur la table, un rôti de chevreuil, intact, gisait, figé dans sa sauce; la salade de cresson frais se fanait; l'excellent bordeaux tournait à l'aigre dans son verre. Lui qui pouvait, en campagne, engloutir un lièvre entier à moitié cru, lui qui mâchonnait des pissenlits à longueur d'étape, il n'avait cette fois aucun appétit pour ce repas bien cuisiné. Il prit le registre pour consigner les événements de la journée : cela les réduirait peut-être à ce qu'ils étaient, après tout – l'exécution des ordres de son roi.

On frappa discrètement à la porte. Ah ! Cavendish. Mais le lieutenant n'était pas venu poursuivre sa chronique des petits faits peu connus de la vie de cour.

– Sale affaire, dit-il en faisant un geste en direction de l'église.

– Et ce n'est pas tout.

Winslow lui tendit un document et l'observa. Cavendish lut et son visage se convulsa comme s'il venait de découvrir un charnier. Il était inutile de lui poser une question. Winslow se demanda seulement si lui-même avait eu cet air quand il avait pris connaissance de ces ordres; il espérait que oui. On ne pouvait rêver peuple plus industrieux, plus propre, plus pieux, plus attaché à la famille que ces Acadiens. Les images de sa dernière tournée dans le district, la semaine précédente, charmaient sa mémoire : partout des récoltes abondantes, des vergers ployant sous les fruits, des hommes travaillant avec ardeur. Il fallait ne jamais les avoir vus pour les soupçonner de vouloir sortir de leur neutralité. 13 000 à peine, ils avaient 43 500 bêtes à cornes, 48 500 moutons, 23 500 cochons, 2 800 chevaux (l'administration de Winslow enregistrait tout); que pouvaient-ils vouloir de plus ? Quand ce petit peuple aurait été déporté, à qui appartiendraient ces troupeaux et ces champs amoureusement travaillés ? Voilà comment on moissonne à la mode des rois, songeait Winslow, sans une goutte de sueur !

– Donc, maintenant, nous pillons et nous brûlons.

Cavendish n'avait jamais eu cette voix. À l'entendre, on eût dit qu'il avait soudain vieilli de dix ans.

– Lawrence craint que certains ne s'échappent, avec l'intention de revenir. Si on brûle leurs terres, si on détruit leurs récoltes, ils mourront de faim.

Cavendish lança à Winslow un regard qui semblait réduire à néant le front lisse du colonel sous sa perruque poudrée et pénétrer jusqu'à sa cervelle. Cette cervelle qui, au cours des ans, avait appris à exécuter les ordres sans poser de questions. Et Winslow porta la main à son visage, comme pour se protéger contre le feu de ce regard, contre la clarté insoutenable de ces yeux, contre leur lumière qui donnait à toute cette lamentable affaire un relief atroce, dans un service qui n'avait été et ne serait toujours que de la routine.

D'un pas décidé, Cavendish alla au bureau, s'assit, prit une feuille de papier, trempa la plume d'oie dans l'encre noire épaisse et se mit à écrire. Le léger crissement de la plume sur le papier, puis du sable fin saupoudré sur l'encre pour la sécher, était en parfaite harmonie avec le doux crépitement du feu dévorant lentement les pignes de pin luisantes de résine. Que cette nuit eût pu être paisible !

Le lieutenant remit le feuillet à Winslow, salua et sortit. La porte claqua derrière lui. Winslow parcourut les quelques phrases sobres et fortes par lesquelles Cavendish remettait sa démission, et remarqua, dessous, le style du parafe. Ce fut comme si une autre porte avait claqué : maintenant Cavendish restait à l'extérieur, du côté de l'honneur, tandis que lui s'empêtrait dans cette mission sans esprit au service d'un roi vengeur.

Peut-être que les choses ne se passeraient pas trop mal, cependant. Peut-être que ces gens trouveraient un nouveau pays, un nouveau foyer. Malgré tout, il savait, pour l'avoir déjà vu, ce que signifie déplacer des populations. Même lorsque l'armée qui exécute cette opération est une armée amie, qui cherche à garder les familles unies, il se produit toujours de déchirantes séparations. Quant à ce qui arrive quand la soldatesque est hostile, quand elle ne demande qu'à punir et à tourmenter… Il soupira. Puis lui aussi se mit à écrire.

Le lendemain matin, le sergent rassembla les hommes de troupe et leur lut l'ordre du jour de Winslow, sans commentaire. Interdiction à tout soldat et à tout marin de s'absenter sans permission, sous peine d'un cuisant châtiment : exhortation à ne pas aggraver la détresse des personnes qui leur étaient confiées. Ce pauvre colonel se ramollit, pensa le sergent. Lui et ce lieutenant de comédie. Mais ils ne sont que deux; nous sommes beaucoup plus.

Peu après, Winslow se rendit à l'église, avec un serrement de cœur à la pensée de ce qu'il allait trouver derrière les portes barrées. Deux gardes armés ouvrirent et l'introduisirent à l'intérieur.

Quel spectacle ! On eût dit que ces hommes avaient subi le même sort que leurs propres champs, à moitié fauchés et abandonnés à mi-moisson. La veille, il avait admiré leur fierté et leur détermination; maintenant il ne voyait partout que des visages éteints, où se peignaient, à des degrés divers, la tristesse, l'abattement et le désespoir. Cependant, comme soulevés par un vent venu du ciel – ou de l'enfer –, ils se redressèrent par vagues, lentement, et lui firent face.

Le silence entre eux et lui dura si longtemps qu'il finit par penser que plus rien, durant tout le reste de son existence, ne le romprait. Puis il aperçut un homme qui se frayait un chemin à travers les rangs, écartant sans rudesse ceux qui le gênaient par leur inertie. Enfin cet homme fut devant lui.

– Je m'appelle Claude Langlinais, monsieur le Colonel. Je suis un Acadien.

Et un homme de caractère, pensa Winslow, si cette nuit de faim, de soif, de peur, et la pensée d'avoir tout perdu ne l'ont pas brisé – le Ciel fasse que rien de ce qui l'attend n'y réussisse !

– Nous comprenons tous maintenant ce qui nous arrive, et que nous devons quitter nos foyers et notre pays. Il faut s'y résigner, nous le savons. Nous avons confiance en Dieu : il nous ouvrira une autre porte, si celle-ci est fermée. Mais il y a quelque chose que le bon Dieu ne peut faire pour nous, et que vous, monsieur, vous pouvez faire. Autorisez-nous à aller annoncer nous-mêmes la nouvelle à nos familles; il ne faut pas qu'elles apprennent le malheur qui les touche par des étrangers !

Quelle assurance et quel courage dans cette voix ! Il aurait fallu les libérer, ne fût-ce qu'un jour. Impossible ! Mais Langlinais continuait et proposait qu'on laissât partir chaque jour quelques hommes de Grand-Pré et quelques hommes de Rivière-aux-Canards. Leur retour serait garanti sur la vie de ceux qui restaient. Winslow regarda dans les yeux les hommes qu'il avait devant lui... Après tout, pourquoi pas ? Il acquiesça de la tête et se tourna vers les gardes, auxquels il ordonna de laisser sortir chaque jour dix hommes des deux « côtés » du district. Ces hommes devraient être rentrés au coucher du soleil. Pour tout homme manquant, on exécuterait un de ses camarades, choisi au hasard dans l'église.

Ces mesures prises, Winslow s'enfuit de ce lieu maudit qui, de maison de Dieu, semblait s'être transformé en un repaire de Satan. S'il y avait encore place pour l'amour, dans cette prison, c'était uniquement pour celui que ces pauvres gens éprouvaient les uns pour les autres. Leur Dieu les avait abandonnés. Il avait béni leur moisson; elle pourrirait sur pied ou serait brûlée. Il les avait conduits dans ce pays, et permettait maintenant qu'ils en fussent chassés – comme Adam et Ève du paradis terrestre. Et ils continuaient de l'appeler le bon Dieu ! Le Dieu de Winslow était moins capricieux; au fond, il n'exigeait qu'une chose de ses serviteurs : qu'ils fussent des officiers loyaux et des gentlemen.

Dans l'église, on ne perdit pas de temps pour désigner les vingt premiers émissaires : Claude, évidemment, et ceux qui pouvaient toucher plusieurs familles ou plusieurs fermes. Tous imaginaient l'anxiété dans laquelle les femmes devaient se trouver; il fallait qu'elles eussent le plus vite possible des nouvelles exactes, ct non des rumeurs.

Plus jamais, peut-être, Claude Langlinais n'éprouverait ce qu'il ressentit quand les portes de l'église s'ouvrirent toutes grandes et qu'avec les autres, il sortit dans ce matin de septembre. Le ciel, le soleil étaient les mêmes que la veille, certes. C'était sa propre vision qui avait acquis une clarté nouvelle, lui faisant soudain percevoir une foule de détails – les veinules rouges d'une feuille en train de jaunir, le parfum fugitif d'une fleur sauvage écrasée – qu'il avait toujours ignorés. C'était comme si le monde était né ce matin-là.

– N'oublie pas qu'ils nous tiennent, dit Pierre quand ils se séparèrent au bas du sentier qui menait à la ferme de celui-ci.

Pierre gravit rapidement la pente et disparut derrière un bouquet d'érables flamboyants. Claude aussi allait d'un bon pas mais, quand il sortit du bois et arriva en vue de ses champs, il ralentit. C'était une chose de n'avoir pensé qu'à Mathilde et Louis durant ces heures mortelles; c'en était une autre de savoir qu'il allait, dans quelques instants, les voir et les tenir dans ses bras – et devoir dire à Mathilde qu'il fallait de nouveau se quitter – peut-être pour toujours.

Claude ne croyait pas aux promesses des Anglais. Ils avaient promis, par le traité, de laisser partir tous les Acadiens qui le voudraient; mais combien de fois, au cours des quarante ans écoulés, ceux qui avaient voulu s'en aller s'étaient-ils entendu répondre que les bateaux annoncés n'avaient pas accosté, ou qu'on avait égaré leurs documents, ou que les ordres avaient été modifiés ? Aussi, Claude ne croyait pas un instant que l'on respecterait les liens de famille au moment du départ – qu'est-ce que cela pouvait leur faire, à ces tyrans ?

Il pensa à leur petit trésor, en pièces d'argent et d'or, caché sous le plancher de la cuisine. Il donnerait presque tout à Mathilde. Lui, il saurait toujours se débrouiller dans la nécessité...

Maintenant, il courait presque le long de la clôture qu'il avait plantée autour du petit jardin devant leur cabane. Un filet de fumée s'élevait tout droit dans le ciel, au-dessus de la cheminée; rien d'autre ne bougeait. La vue des volets fermés lui fit un curieux effet; il avait laissé une maisonnette riante et voilà qu'il retrouvait un fortin.

Il frappa à la porte, avec le marteau de bois retenu par une lanière de cuir.

– Mathilde ! Oh, Mathilde ! C'est Claude !

Il entendit, de l'autre côté, la barre qu'on relevait, le verrou qui coulissait, puis le grincement de la porte – puis un cri :

– Claude ! Oh, Claude !

Et sa femme se jeta contre lui, et ses lèvres humides se plaquèrent sur les siennes, chassant d'un coup toute la sécheresse qu'y avait imprimée cette nuit de peur et de soif.

– Mais Claude, où as-tu été ? Que s'est-il passé ?

– Chut ! fit-il. (Il ne pensait qu'à la caresser, à se donner l'illusion, durant quelques instants, qu'elle était à lui, qu'on ne la lui prendrait pas.) Rentrons. Je peux encore déjeuner ?

Il l'attira à l'intérieur et ferma la porte derrière eux, la verrouilla, la barra, et laissa les volets fermés. Jeanne s'approcha de lui et l'étreignit dans ses grands bras.

– Les retardataires au pain sec et à l'eau ! bougonna-t-elle.

Mais c'est le sourire aux lèvres qu'elle alla vers le feu et mit à frire du jambon et de gros carrés de bouillie de farine dans un poêlon.

– Mais où as-tu été ? répéta Mathilde.

Le bébé se mit à vagir; elle le prit, le changea, puis vint s'asseoir sur la chaise basse, à côté de celle de Claude. Elle lui prit nerveusement la main, tout en donnant le sein au petit.

– Laisse ton homme manger, mon enfant, dit Jeanne qui apportait à Claude un bol de café.

Elle a deviné, songea-t-il, qu'il s'agit de quelque chose de terrible. Ne gâchons pas ce moment de paix.

Et il but son café, regarda Mathilde nourrir son enfant et savoura son jambon, du cochon qu'il avait tué l'hiver d'avant, et les croquettes de bouillie de blé, de son propre blé. Puis il se servit de copieuses cuillerées de la gelée de pomme de Mathilde et reprit du jambon, qu'il coupait en fines tranches qui s'entortillaient.

– On a faim, je vois, observa Jeanne, la voix chargée de questions.

Claude lui tendit l'assiette et le bol vides. Elle mit l'assiette dans une bassine pleine d'eau chaude, reversa du café dans le bol et le lui rapporta.

– Parlez, maintenant.

Il parla, choisissant les mots et les formules les moins durs. En vain, il le voyait bien : le fait lui-même était trop monstrueux, et Mathilde trop douce, et Jeanne trop perspicace.

– En somme, dit celle-ci, nous sommes catholiques, nous sommes français et nous avons de belles fermes prospères. C'est tout.

Mathilde ne disait rien. Après avoir poussé un horrible cri, elle s'était effondrée dans le giron de Claude où elle gisait sans vie. Aucun pleur, aucun son. Il la redressa; les yeux qui lui renvoyèrent son regard contenaient toutes les larmes du monde, mais aucune ne tombait. La bouche fermée se réduisait à une simple ligne, qui disait « non »; la peau avait perdu ses bonnes couleurs d'automne. C'est le visage qu'elle aura dans son cercueil, pensa Jeanne.

– Mathilde, Mathilde, tout s'arrangera pour nous. Il faut que tu le croies. Avec l'aide du bon Dieu...

Elle regarda le crucifix accroché au-dessus de leur lit; ses yeux lançaient des éclairs. Lentement, sans quitter la croix des yeux, elle se leva et s'approcha du mur. Elle la décrocha, la tint un moment dans les mains, puis la projeta de toutes ses forces contre les volets fermés.

Jeanne poussa un juron, se signa et se précipita pour ramasser l'objet brisé.

– Ne te mets pas en colère contre Dieu, Mathilde. Ce n'est pas lui qui a voulu cela.

Claude l'avait prise dans ses bras; elle avait le cœur qui battait à tout rompre – ce cœur d'habitude si heureux, si calme. Il ne l'avait senti battre aussi fort que lorsqu'ils étaient dans leur lit... Penser qu'elle apprenait maintenant les mauvaises passions qui détruisent ! À cause de ces Anglais ! De combien de péchés n'auraient-ils pas à répondre ?

– Dieu sait tout. Cela aussi est sa volonté.

Quelle enfant têtue, là où il avait besoin d'une femme adulte, forte ! La veille encore, certes, il préférait qu'elle ne le fût pas trop tôt; maintenant, il n'avait que quelques heures pour l'aider à le devenir. Il l'attira du côté de la cheminée, s'assit et la prit sur ses genoux. Jeanne se pencha au-dessus du berceau et prit le bébé endormi.

– Je l'emporte là-haut, dit-elle.

Claude la regarda disparaître par la trappe dans le fond, puis serra Mathilde plus fort dans ses bras. Elle frottait son visage contre sa large épaule, contre l'étoffe rude de sa chemise, en chuchotant, en psalmodiant presque, le même mot :

– Non, non, non.

– Tu vas écorcher ce joli minois si tu continues, ma chérie, dit-il. (Il lui prit le visage dans sa grande main et le tourna vers lui.) Maintenant écoute, Mathilde, tout n'est pas perdu. Ça s'arrangera, tu verras.

Elle avait les yeux tout près des siens; les premières larmes descendaient en serpentant sur ses joues.

– Je suis jeune, je peux tout recommencer. Cette terre...

Il fit un geste large autour d'eux, et ils virent les champs fertiles qui les entouraient dehors, comme si les murs avaient disparu.

– Cette terre est tout ce que nous avons, dit-elle, versant maintenant des torrents de larmes, de douleur, de peur et de colère.

– Mais le monde est grand, bon Dieu ! Tu ne crois pas que nous trouverons une autre terre ailleurs ?

Et en disant cela, il avait l'impression d'effriter entre ses doigts le bon terreau qui rendait ses champs si fertiles.

– Mais où, Claude ? Où va-t-on nous envoyer ?

Elle posa le front contre son cou, l'inondant de ses pleurs; c'était bon pour elle, les hommes ne pleurent pas.

– Oh, les coins ne manquent pas. La Nouvelle-Angleterre, les Carolines, et tout pays mène à un autre, non ?

Un sentiment de désespoir, d'irrémédiable, qu'il avait réussi jusque-là à tenir en respect, s'abattit sur lui comme le faucon sur le petit lièvre qui fuit dans la lande. Il sentit la peur, tel un rapace, lui bondir dessus, l'envelopper, le déchirer de ses serres. Il sentit dans son dos le souffle glacé de la mort.

Il serra Mathilde contre lui, la chaleur de son corps passait en lui à travers la robe. Il commença à la caresser et la sentit frissonner et remuer sous ses mains. Il jeta un coup d'œil au plafond; Jeanne avait refermé la trappe, ils étaient seuls. Mathilde, sentant ses doigts froids sur ses seins, leva la tête et posa ses lèvres sur les siennes. Ils se levèrent et il lui ôta ses vêtements jusqu'à ce qu'elle fût complètement nue, dans la lumière du feu. Il la regardait, à la fois ravi et choqué, car Mathilde ne perdait jamais sa pudeur; même au lit, elle gardait sa chemise. Mais maintenant...

– Que tu es belle, dit-il.

Puis il se baissa et la couvrit de baisers. Quand ils furent dans le lit, il fut presque effrayé par son ardeur sauvage. Jamais il n'avait senti chez elle un tel appétit de jouissance. Comme lisant dans ses pensées, elle lui chuchota à l'oreille :

– Nous devons faire que ce jour compte pour beaucoup de temps...

Il s'appuya sur son coude et vit que le visage de sa femme, au-dessous de lui, avait retrouvé son teint vermeil.

– Écoute, il faut que tu croies que tout s'arrangera, Mathilde. Cela dépend aussi de toi.

Et il lui indiqua une cachette pour l'argent qu'il lui laissait; lui dit de mettre à sécher des fruits et de la viande en prévision de la longue traversée; lui conseilla de mettre plusieurs épaisseurs de vêtements quand viendrait le jour du départ, afin de réserver les ballots pour les couvertures et la nourriture.

– Mais comment sais-tu tout cela ? dit-elle.

Et la voix était de nouveau celle de sa Mathilde, d'une enfant qui avait besoin d'être aimée de lui et guidée par lui dans l'existence. Il sentit le rapace relâcher sa prise.

– Parce que je suis acadien, et que les Acadiens sont de sacrés débrouillards, voilà tout.

Il rit, puis déposa un baiser sur son nez et chatouilla son ventre nu sous les draps, et tous deux partirent d'un rire qui se transforma en de légers murmures de passion et de désir.

– Je t'aimerai toujours, Claude, dit-elle. Quoi qu'il arrive, je n'aimerai jamais personne d'autre.

– Il n'arrivera rien.

Quand il repartit, plus tard, après s'être retourné une dernière fois, il se dit que le pire était peut-être derrière eux maintenant, et pensa que ce déracinement serait aussi un voyage vers une nouvelle vie. Il ne voulut pas regarder ses champs quand il les longea pour rejoindre la route. Fini ! La page était tournée, ces champs étaient morts pour lui; il ensevelirait leur souvenir, comme s'ils n'avaient jamais été siens. Tout recommencerait.

Dans l'église, ce soir-là, il entendit beaucoup de ses compagnons exprimer des résolutions très semblables à la sienne, et lut dans bien des yeux la même volonté, la même détermination. Et il se sentit le cœur moins lourd, presque libéré, déjà, du poids qu'y avaient laissé les terribles paroles du colonel.

– Nous ne sommes pas battus, pas encore. Jamais nous ne le serons.

Claude se retourna pour regarder le grand crucifix, en haut, au-dessus de l'autel, porta la main à son front et se signa. Et il fit ce vœu : Sur ta croix, bon Jésus, je jure que je n'aurai jamais de repos tant que ma femme, mon fils et tous mes enfants à venir ne seront pas de nouveau à l'abri sur une terre qui soit mienne; et le diable emporte tout homme qui se mettra en travers de mon chemin.

Chaque jour le soleil de septembre montait un peu moins haut dans le ciel. Chaque jour, à l'aube, vingt hommes sortaient de l'église; chaque soir, vingt hommes y revenaient. La vie des prisonniers était rythmée par ces départs et ces retours – rythme chaque jour plus mortel, car les nouvelles qu'apportaient les libérés d'un jour étaient un poison pour leurs camarades condamnés à l'inaction et à l'angoisse.

– Les Anglais traquent les fugitifs – ils tirent quand ils les aperçoivent –, ils disent aux mères et aux femmes que toute la famille sera exécutée si elles ne livrent pas leurs hommes.

La rumeur qui, bien sûr, allait s'amplifiant en passant de bouche en bouche, était nourrie quotidiennement par le récit de nouveaux malheurs, de nouvelles horreurs. Champs brûlés, maisons pillées, fuyards repris et exécutés. Les hommes cessèrent bientôt de prier le Ciel de leur donner la force de supporter leur sort; ils ne priaient plus que pour leurs familles.

– Pour nos familles, c'est bien pire que pour nous autres, qui sommes en prison, dit Pierre. (Sa blague à tabac était vide depuis longtemps mais il continuait à sortir sa pipe de sa poche, pour la mordiller, la tenir entre ses mains.) Ça me rend fou, bon Dieu ! Chaque fois que je ferme les yeux...

– Ne dis pas cela. (Claude lui avait saisi le bras et le serrait.) Ne pense pas cela. Ils vont bien. Nous devons croire qu'ils vont bien.

Il revoyait les volets fermés, la porte barrée. Pauvre petite forteresse ! Les soldats pouvaient la prendre comme rien, comme ils pouvaient prendre Mathilde.

– Je les tue...

Il coupa le mot, coupa la pensée. Le pire était de devenir moins qu'un homme à cause de ça. On ne peut pas céder à l'esprit de haine et de vengeance et continuer de croire au bien.

– Tout ira bien pour eux, dit-il. Il faut que ce soit comme ça.

Au cinquième jour de leur captivité, les portes de l'église s'ouvrirent toutes grandes. La lumière soudaine les fit reculer, et ils virent leurs faces sinistres, où la barbe avait poussé, leurs vêtements sales, couverts de taches, leurs traits tirés par le chagrin.

– Ils commencent à avoir l'air des chiens qu'ils sont, dit un sergent.

Claude se leva et le transperça de son regard.

Il l'aurait réduit en bouillie. Et quand Winslow, encore une fois, arriva au milieu de l'église, déroula un gros document scellé et se mit à le lire avec, toujours, cet accent incompréhensible, annonçant qu'un méfait encore plus noir que les précédents allait s'accomplir, Claude eut la certitude que dans ce cauchemar, il n'y avait plus de place pour la lumière.

– Nous sommes dans les mains de fous furieux, dit Pierre quand le dernier mot résonna, sourd comme la hache du bourreau.

– Je ne pense pas qu'ils soient fous, dit Claude.

L'horreur qu'ils subissaient avait donc été froidement décidée; sa colère aussi était froide, maintenant. Elle était comme une épée que les épreuves des derniers jours avaient forgée, et que ce dernier forfait venait de tremper; et cette épée serait invincible au service de sa haine et de sa vengeance.

– Ils veulent faire disparaître notre peuple. Et ceci est le moyen qu'ils ont trouvé pour le faire.

Un appel avait commencé : la façon dont le sergent anglais articulait les noms français était une humiliation de plus. Les soldats, menaçant tout le monde de leurs baïonnettes, arrachaient les plus jeunes aux bras de leurs pères, à la protection de leurs frères, et leur ordonnaient de se mettre en file. À côté de Claude, Pierre s'était joint au concert de sanglots qui venait d'éclater dans l'église. Il ne cessait de répéter « mon petit frère, mon petit frère », et ces mots le déchiraient. Claude était aussi immobile que s'il s'était transformé en un bloc de glace. Il remarquait, certes, la rudesse avec laquelle étaient traités les plus petits, il vit leurs rangs s'ébranler pour sortir de l'église, mais il n'arrivait pas à croire à ce qui s'était produit. Pourquoi les Anglais auraient-ils embarqué les plus jeunes, dont beaucoup n'avaient qu'entre dix et douze ans, sinon pour les faire périr plus sûrement ?

Les rangs d'enfants et d'adolescents continuaient d'avancer, et des mains se tendaient pour toucher, pour retenir. Claude se détourna pour ne pas voir le regard de Pierre, accroché à son plus jeune frère passant à côté de lui. Supporter sa propre douleur, peut-être, mais celle des autres... Et ne pas penser à Mathilde non plus, au choc que cette nouvelle serait pour elle !

Mais, à ce moment-là, des cris perçants s'élevèrent à l'extérieur, se fondant peu à peu en une lugubre mélopée. Les femmes qui apportaient les rations quotidiennes et restaient près de l'église presque toute la journée avaient forcément vu sortir ces dizaines de jeunes. Et elles ont dû espérer, se dit Claude, croire qu'on allait nous libérer, tous. Puis elles ont appris la vérité.

Il se boucha les oreilles, ferma les yeux pour ne pas voir ces visages ravagés par le chagrin. Pourquoi leur faisait-on subir tout cela ? Pour rien. Il n'y avait aucune raison. Claude ne s'était jamais intéressé à l'histoire. Pourquoi tel roi était-il sur tel trône ? Pourquoi y avait-il des rois et des trônes ? Il ne se l'était jamais demandé, tant qu'il avait pu cultiver ses champs, épouser la femme de son choix, élever ses héritiers. Maintenant, il savait qu'un de ces hommes, qu'il ne verrait jamais, pouvait déshonorer sa femme, lui enlever ses champs, sa maison, ses espoirs.

Mais qu'est-ce qui leur donnait un si grand pouvoir sur lui ? Qui décidait de ce genre de choses ? Dieu ? Non, impossible. Dieu n'a pas le temps de penser à cela, et il ne le penserait pas. Enfin, l'important était de refuser qu'on pût lui imposer cet enfer. Il se tourna vers le crucifix. Le vœu qu'il avait fait n'était pas suffisant, et il jura de ne jamais cesser la lutte tant qu'un seul homme sur terre pourrait le dominer ou dominer les siens.

– Tu ne pleures pas ? lui dit un homme. Notre malheur te laisse donc indifférent ?

– Non, dit Claude en serrant dans ses mains puissantes les épaules du vieillard, voûté dans sa blouse grise. Mais il ne faut pas pleurer si l'on veut garder ses forces. Et je n'ai pas de larmes à gaspiller pour les méfaits de ces démons. Je ne pourrai pleurer que lorsque je serai de nouveau sur une terre qui sera à moi, avec ma femme à côté de moi et mon fils dans les bras.
– Tu pleureras en enfer, alors.

Ce jour-là, le dixième de septembre, deux cent cinquante garçons et jeunes gens, répartis sur cinq navires, prirent le chemin de l'exil. Ainsi commencèrent les déportations qui devaient disperser plus de six mille Français d'Acadie dans les colonies anglaises d'Amérique, tout au long de la côte atlantique.

Jusqu'à ce jour, les prisonniers de l'église n'avaient pas perçu l'ampleur de l'événement qui les frappait, tant le soin de leur propre personne et les soucis qu'ils se faisaient pour les leurs occupaient leurs esprits. Mais, en suivant des yeux ceux qui les quittaient, ils les virent rejoindre sur la place d'autres files de jeunes prisonniers, amenés des autres districts de l'Acadie. Ainsi ce terrible roi anglais allait vraiment les arracher de ses terres jusqu'au dernier, comme de la mauvaise herbe ou des bêtes nuisibles.

Quand il réussit, lui aussi, à approcher des portes gardées par les soldats, Claude aperçut Jeanne en compagnie d'autres femmes de Grand-Pré. C'était elle qui lui apportait chaque jour à manger. Contrairement à la plupart des autres femmes, elle repartait aussitôt après avoir remis son petit ballot au garde; et chaque fois, Claude la regardait s'éloigner par la fenêtre de l'église, et voyait s'évanouir avec elle sa ration quotidienne d'espoir.

Aussi il se demanda pourquoi, cette fois, elle restait. Surtout ce jour-là. Cela le préoccupait.

Mathilde ne tarderait pas à savoir que son plus jeune frère était parti; et alors, elle aussi penserait à ce que cette première séparation laissait présager pour l'avenir.

Soudain, il vit de l'autre côté de la place le jeune lieutenant qui accompagnait toujours Winslow sortir brusquement de chez celui-ci, l'air furieux, et fendre la foule d'un pas rapide, sans regarder ni à droite ni à gauche. Il marchait vers l'enclos où une jument noire broutait, inclinant gracieusement son cou sur le fond sombre et bleu des bois et du ciel. Le sergent que Claude avait appris à haïr se précipita au-devant du jeune officier. Sa voix portait loin dans l'air matinal :

– Monsieur, monsieur, vous venez avec nous au bord du fleuve ?

Cavendish, un pied déjà à l'étrier, se retourna vers le sergent. Quelle colère dans ses yeux ! Jamais Claude n'avait vu ce sentiment s'exprimer de la sorte. Et cette colère n'était pas, comme la sienne, une rage nourrie par la douleur. Non, le lieutenant avait l'air d'un homme trahi, d'un être brusquement arraché à un monde d'innocence.

– Aller au fleuve ? dit-il d'une voix tonnante qui dominait le brouhaha de la foule. Voir les soldats de Sa Majesté accomplir l'exploit du jour ? Non, merci, sergent. Il me faudrait votre courage, je ne l'ai pas.

Ce disant, il s'était mis en selle et avait donné un léger coup de cravache sur la croupe luisante de sa monture. Celle-ci volta et partit au trot. Quand la place fut dégagée, Claude aperçut une tache noir, blanc et rouge qui disparaissait sur la grand-route.

– Dommage que ce ne soit pas lui qui commande, dit-il à Pierre.

Mais Pierre n'était plus à ses côtés. Claude se retourna, en plissant les yeux pour se réhabituer à la pénombre qui régnait à l'intérieur de l'église. Finalement il distingua Pierre, près du maître-autel : il était agenouillé et se penchait sur quelque chose. On eût dit qu'il venait de tomber, mortellement frappé, et Claude comprit, avant même d'arriver auprès de lui, que cette terrible journée leur réservait une nouvelle épreuve.

– C'est père, dit Pierre, quand Claude se baissa pour mieux voir l'homme recroquevillé sur les dalles. Il se meurt.

C'est donc la voix qu'on a, pensa Claude, quand il ne reste plus d'espoir, plus de rage, même plus de chagrin, mais uniquement la conscience que la douleur est là et ne s'en ira plus jamais.

– Il doit bien y avoir quelque chose à...

Claude s'interrompit car le vieillard était à l'agonie.

– Nous ne pouvons plus rien faire pour lui, grâce à Dieu, dit Pierre. Sinon prier – bien qu'il fût un saint homme –, et nous avons plus grand besoin de prières que lui.

Claude fut effrayé par cette voix sans relief, lasse et abattue. Ce qui les attendait serait pire que la perte d'un frère ou d'un père. S'ils commençaient à céder au désespoir...

– Il a eu une longue vie, Pierre. Bientôt il sera auprès de Dieu. Accompagnons-le par nos prières.

Et aussitôt, Claude se mit à réciter le rosaire sur le chapelet de petites perles noires qu'il avait toujours avec lui. D'autres voix se joignirent à la sienne, et quand Antoine Boudreaux poussa son dernier soupir, aussi paisiblement qu'un enfant qui s'endort, les hommes agenouillés autour de lui l'étendirent sur le sol et remirent en ordre ses cheveux.

Il faut le faire savoir à l'extérieur, pensa Claude. Il faut qu'il soit enterré dignement – cela, les Anglais ne pourront pas nous le refuser. Si je pouvais parler à ce lieutenant... Se faufilant entre les groupes, Claude alla se poster à une fenêtre.

L'enclos était vide.

Claude attendit toute la journée. Le soleil avait

sombré derrière un banc de nuages bas, à l'ouest, quand un bruit de sabots retentit sur la route. Claude scruta la pénombre et vit peu à peu se dessiner la forme du grand animal noir.

– Lieutenant ! Lieutenant ! appela Claude en passant la tête par la fenêtre.

Alerté par ces cris, un soldat accourut.

– Holà, vous !

Claude sentit sur son cou la pointe froide de la baïonnette; son sang ne fit qu'un tour. Le couteau... évidemment, il ne l'avait plus. Comme il allait saisir la lame acérée de ses mains nues, quelque chose siffla dans l'air et une ligne, plus sombre que l'obscurité, traversa sa vision. Il entendit un grognement; la ligne noire s'abattit de nouveau; quelqu'un était en train de fouetter le soldat ! Claude leva les yeux et vit le cheval et le lieutenant, et la cravache qu'il maniait de toutes ses forces.

– Meurtre de personnes sans défense à présent ! Cela manquait à la liste de vos actions d'éclat ! hurla cette voix terrible à l'adresse de l'homme qui s'enfuyait.

Claude et le lieutenant se dévisagèrent dans l'ultime lueur du jour.

– Et les ténèbres descendirent sur la terre, dit le lieutenant.

– Comment ?

– C'est un verset de la Bible qui m'est revenu à l'esprit. Je pensais à ce qui vous arrive en ce moment.

À la grande surprise de Claude, le lieutenant parlait fort bien le français. Dès qu'il eut compris que quelqu'un était mort, il fit un signe aux soldats qui accoururent; il leur donna quelques ordres brefs en anglais, et ceux-ci s'en allèrent pour revenir peu après avec une civière.

– Ce sont les femmes qui s'occuperont de sa toilette ? demanda-t-il alors à Claude, de plus en plus surpris par l'Anglais.

– Oui…

– Ces hommes le porteront chez moi. Il y a une pièce dans mon logement… Ah ! votre beau-frère voudra-t-il aller avertir sa famille ?

Mathilde ! Claude oublia un moment toutes leurs épreuves. Il allait revoir Mathilde. Il est vrai qu'elle serait doublement en deuil, de son jeune frère et de son père. Mais il reverrait son visage, sentirait ses mains dans les siennes, pourrait peut-être la tenir dans ses bras.

– Il pourra partir à l'aube, disait Cavendish. Pour cette nuit, vous veillerez avec lui, n'est-ce pas ?

Quand Pierre et Claude entrèrent dans la pièce où l'on avait déposé Antoine, ils purent voir que la mort, pour certains hommes, abolit les barrières et rend vaines les querelles. Le corps du défunt était allongé sur le lit, comme il convenait; le chapelet que les prisonniers avaient trouvé dans sa poche et mis entre ses doigts y était toujours. Sur une table basse, à côté du lit, on avait disposé une carafe de vin et deux verres, une assiette de fromage avec du pain et des fruits dans une coupe. Ainsi, quelqu'un savait comme sont longues les heures de ce dernier crépuscule, quelqu'un avait pensé à eux. Il y avait des gardes à la porte, bien sûr, mais la solennité, si simple qu'elle fût, qui avait été créée dans ce lieu le faisait oublier.

Claude se détendit. Cela ne lui était plus arrivé depuis des jours, depuis une éternité, lui semblait-il. Il se souvenait de son vœu, certes, il savait qu'un jour, grâce à ses efforts, tous ceux qu'il aimait et lui-même seraient enfin hors d'atteinte de l'arbitraire des hommes. Mais, maintenant, il y avait place de nouveau pour l'amour et l'espoir.

Escorté par deux soldats, Pierre partit au petit matin. Claude le vit peu à peu se redresser dignement à mesure qu'il s'éloignait de la garnison anglaise. Il savait ce que Pierre demandait au

Ciel dans son cœur : la force d'annoncer à sa vieille mère les deux terribles nouvelles. Puis il irait aussi le dire à Mathilde. À cette pensée, Claude tomba à genoux devant le corps d'Antoine et se mit à pleurer.

On frappa à la porte et une voix dit :

– Excusez-moi de vous déranger, monsieur, mais les femmes sont là.

Monsieur ! répéta Claude en lui-même tandis qu'il sortait. Qu'on m'appelle n'importe comment désormais, songea-t-il, ça n'a plus aucune importance. Adressée à lui, en un moment pareil, cette marque de politesse valait pour toute une vie.

Resté près de la porte, Claude entendit les femmes se mettre à leur funèbre ouvrage tout en récitant le rosaire d'une voix étouffée. Le murmure croissant et décroissant des prières entrecoupées de silence, entre chaque grain, était comme le bruit du vent qui s'élève et s'apaise dans la prairie, et son rythme monotone le berçait. Il ferma les yeux et s'écroula endormi contre le mur de bois.

– Vous avez besoin d'un vrai lit.

Cette voix provenait de l'au-delà de la mémoire. Il s'efforça de penser : Qui est-ce ? Qui pouvait se soucier de lui ? Voir en lui un être humain ? Penser était trop difficile. Il sentait seulement qu'on l'aidait à traverser des pièces; il savait seulement qu'on le guidait vers un lit, qu'on l'étendait dessus et qu'on l'enveloppait d'une couverture. La laine lui grattait la peau. Puis il ne sut plus rien.

Des cloches le réveillèrent. L'angélus ! Six heures ! Pourquoi avait-il dormi si tard ? Alors qu'il y avait encore tant de foin à couper, tant de pommes à cueillir… Et Mathilde déjà debout ! Pourquoi ne l'avait-elle pas tiré de son sommeil ? Il se mit sur son séant et se frotta les yeux; la lumière semblait plutôt quitter la pièce qu'y pénétrer. Alors il se souvint de tout. C'était la cloche du soir, pas celle du matin, et il allait revoir

Mathilde, mais ce ne serait pas pour qu'elle lui servît fièrement les bonnes choses qu'elle préparait pour ses déjeuners; ce serait sur la tombe de son père.

Antoine fut enterré sur une petite éminence herbeuse derrière l'église, d'où la vue s'étendait, par-delà le port où mouillaient les vaisseaux, jusqu'à la haute mer.

– D'ici, il pourra voir mon frère partir, dit Mathilde, s'appuyant contre Claude qui l'enlaçait.

Depuis qu'ils s'étaient retrouvés dans l'église, la veille au soir, ils ne s'étaient plus quittés. Claude se demandait si l'élan d'amour et de foi qui avait surgi en eux à ce moment-là serait plus fort que la souffrance et les espoirs perdus. En sentant le cœur de Mathilde battre contre le sien, il se disait que oui, la victoire était possible.

– Nous reverrons ton frère, dit-il avec assurance.

Toute la nuit, ils s'étaient parlé en chuchotant, ils s'étaient parlé avec les yeux, les mains, avec tout leur être. Ils avaient comme effacé le temps perdu et leur séparation. Mathilde était venue avec Louis, bien sûr; et Claude, en regardant son petit garçon téter, avait senti revenir en lui toute l'ardeur consumée par ces premières longues journées d'emprisonnement et d'attente.

Claude s'appliqua à entretenir et à défendre ce feu intérieur envers et contre tout. Toutes les nouvelles qui leur parvenaient du dehors, en effet, étaient terribles – si terribles que l'unique chose à faire était d'espérer qu'elles fussent exagérées. Malgré tout, il fallait une force de caractère peu commune pour ne pas céder à la peur ou au désespoir; quand octobre arriva, la plupart des prisonniers avaient sombré dans une stupeur complète dont ils ne sortaient qu'au moment de la distribution de la nourriture.

– Regarde-les, disait Claude à Pierre, indiquant

d'un grand geste lent les hommes prostrés autour d'eux. Des travailleurs durs à la tâche ? Qui le croirait à les voir maintenant ? Et qui pourrait les imaginer en train de rire ou de chanter ?...

– Tu sais, quand tu n'as plus d'ouvrage ni de foyer, quand on a brûlé ta ferme et que tu crains pour ta famille... chanter ou rire...

Pierre n'avait même plus la force de terminer ses phrases, et il ne cessait de manier machinalement sa pipe, vide depuis longtemps.

– Mais tout recommencera. On finira par retrouver nos familles; on arrivera sur de nouvelles terres, on rebâtira des maisons. Et il y aura de nouveau des chants et des rires ! Tu ne crois pas ? Pierre, pour l'amour du Ciel !

Pierre haussa les épaules.

– Bah, tout est possible pour Dieu.

– Ce serait trop facile ! Nous devons faire quelque chose de notre côté. Écoute : il faut apprendre à baragouiner un peu d'anglais. Et il faut prendre de l'exercice pour garder nos forces. Avec ces deux choses seulement, on ira loin !

À partir du 8 octobre, et durant presque trois semaines, alors que les miasmes émanant des récoltes pourries se répandaient sur le pays, les soldats rassemblèrent les populations de Grand-Pré et de Rivière-aux-Canards. Ils les convoyèrent jusqu'au fleuve et les firent monter dans les vaisseaux attendant près de la rive, tels des requins affamés. Rares étaient les instants où l'on n'entendait pas des cris, des pleurs ou des plaintes s'élever dans l'air morne. Comme la flotte ne devait appareiller que le 27, ce que tout le monde redoutait s'accomplit : les femmes et les enfants en bas âge embarquèrent d'abord, les hommes montèrent à bord au dernier moment, sur les navires encore libres, et les familles furent séparées. Ainsi moururent les derniers espoirs que les uns et les autres avaient continué de nourrir en une nouvelle vie, sous d'autres cieux. Et c'est alors que les vieillards,

les faibles et les malades cessèrent de résister.
Claude savait tout ce qui arrivait à ses compatriotes. En effet, en s'efforçant, malgré les circonstances, de faire le pitre, de se donner un air malicieux, de débiter de lourdes plaisanteries, il était entré dans les bonnes grâces d'un gardien, auquel il soutirait non seulement les rudiments d'anglais dont il avait grand besoin, mais aussi des nouvelles de l'extérieur, et, surtout, de ce qui se passait au port.

– Dommage que l'armée ne s'occupe plus d'eux, croyez-moi, dit un après-midi ce soldat en rentrant d'une corvée d'enterrement. Ces matelots sont des hommes sans cœur.

Claude ne répondit pas tout de suite. Chaque fois qu'il voyait du sable sur les bottes d'un soldat, il pensait aux malheureux qui venaient de succomber sur cette grève désolée. On les enfouissait sur place, comme des chiens. Grâce à Dieu, Antoine avait reçu une digne sépulture. Quant aux marins tenus pour responsables de cette infamie... Le colonel Winslow était-il un marin ? Or, c'était lui qui avait fait venir ces vaisseaux, c'étaient ses hommes qui mettaient le pays à feu et à sang, qui traquaient les Acadiens en fuite et les abattaient, qui s'étaient emparés de cette terre heureuse pour en faire un cimetière.

Mais un prisonnier ne doit pas dire ce qu'il a sur le cœur; il se permet d'exprimer tout au plus ce qui peut lui servir.

– Les matelots, les matelots, commença Claude, esquissant une grimace comique. Ça me fait penser à une histoire...

Ainsi Claude réussissait chaque jour à apprendre de nouveaux mots d'anglais.

– Il n'y a pas que des ordures parmi eux, dit-il une fois à Pierre.

Ils étaient derrière l'autel et venaient de soulever plusieurs fois, tour à tour, le lourd candélabre le plus haut possible au-dessus de leur tête.

– Je lui ai parlé du lieutenant Cavendish, continua Claude, tandis qu'ils engageaient une partie de bras de fer.

Pierre avait compris qu'en l'absence d'autres activités, ils devaient accomplir des mouvements propres à stimuler le sang et à faire travailler les muscles.

– Tu sais, celui qui nous a aidés pour ton père, Dieu ait son âme, il a dit que Cavendish est un vrai gentilhomme, que même Winslow ne lui demande pas de comptes. Cavendish se tient au-dessus de tout cela.

– C'est pourquoi ce genre de choses arrive, dit Pierre entre ses dents. (Les mâchoires serrées, il s'efforçait de rabattre le bras de Claude sur le sol de brique.) Les gens de bien ne s'abaissent pas, et nous, on nous enterre.

– Ne t'emporte pas à tout instant, Pierre, ce n'est pas bon. Il faut se mettre en colère quand on peut agir, et veiller à ne pas se laisser détruire par ses propres sentiments.

– Tu sais ce qui se passe sur le fleuve et tu me demandes de rester indifférent !

– Je te demande de ne pas t'abandonner à une vaine colère. Tu as raison de t'indigner mais tu ne dois pas enrager tant que tu ne peux rien faire contre. Ne te laisse pas dominer par ta colère. Domine-la, garde-la en réserve pour qu'elle te rende plus fort, quand viendra le moment où on pourra se battre.

Claude appuya – cela semblait un simple mouvement de la volonté – et le bras de Pierre s'inclina, sans pouvoir se redresser. Durant quelques instants, la colère, qui était devenue le démon familier de Pierre, brilla de tous ses feux. Et le bras résista. Puis il céda. Comme le visage de Pierre. Et, pour la première fois depuis la mort du vieil Antoine, Claude revit devant lui son compagnon, tel qu'il avait toujours été. Il lâcha son bras. Il le prit par les épaules.

– Nous serons les plus forts, Pierre. Tu le sais, plus forts que tout.

– J'ai trouvé ça sur le chemin où on les fait passer, dit le soldat quelques jours plus tard.

D'après ce qu'il avait appris, Claude était certain que Mathilde, Louis et Jeanne étaient déjà sur le rivage, et peut-être même sur un de ces sinistres vaisseaux.

– Regarde, qu'est-ce que ça veut dire ?

Il tendait à Claude un bout de papier sur lequel une main maladroite avait transcrit, à la plume, les paroles familières : « Vive Jésus ! Vive Jésus ! Avec la croix, son cher portage. Vive Jésus ! Dans les cœurs de tous les élus ! Portons la croix, Sans choix, sans ennui, sans murmure, Portons la croix ! Quoique très amère et très dure, Malgré le sens et la nature, Portons la croix ! »

– C'est un chant, un cantique, dit Claude.

– Ah, ah ! Traduis-moi ça alors ! Des paroles pieuses dans la bouche d'un vieux cochon... Ha ! Ha ! Non, chante-les, plutôt.

Un air oublié remontait à l'oreille de Claude. La voix de sa mère, qui chantait souvent cette hymne à voix basse, en fredonnant, et les paroles *Portons la croix* semblaient moins dures, parce qu'elle la portait vraiment. Quand s'était-elle dérobée aux devoirs que Dieu lui envoyait ? Quand ne s'était-elle pas levée avant tout le monde pour affronter avec confiance, avec douceur, les tâches et les épreuves quotidiennes ? Et maintenant son fils insulterait pour toujours sa mémoire en faisant rire de ces mélodies qui avaient transfiguré sa vie ?

– Non, dit-il, je ne chanterai pas.

Il se détourna et décida de se confesser quand le prêtre leur ferait sa visite habituelle. Une lourde main, se posant sur son épaule, l'obligea à faire volte-face.

– Chante ! Tu n'as pas le choix.

Claude laissa la colère monter en lui. Enfin, il allait flanquer son poing sur cette trogne haïe, et redevenir, pour quelques secondes, un homme. Or, à sa propre surprise, il dit, avec une force qui ne procédait pas de la colère :

– C'est ton Christ à toi aussi, et tu voudrais en faire un objet de risée ?

Claude compta deux battements de cœur, puis il sentit la main sur son épaule se détendre. Il vit dans les yeux du soldat le mépris railleur chassé par une expression nouvelle, qui n'était pas éloignée du respect.

Dès lors, cet homme lui parla d'une tout autre manière, n'exigea plus rien de lui et se mit à lui apprendre l'anglais.

– C'est nécessaire, tu as raison. Qui sait où vous finirez par échouer.

Et il avait l'air gêné, peiné, chaque fois qu'ils étaient entraînés en pensée vers le fleuve.

– Au moins c'est presque fini, dit-il un après-midi. Le départ est fixé à dans deux jours.

Ainsi, cette première partie de leur calvaire allait se terminer. Quelles épreuves les attendaient encore ? Claude ne pouvait le savoir mais, au moins, ce serait quelque chose de nouveau. Jamais il n'avait prononcé le nom de Mathilde en présence de cet Anglais; il était toujours resté évasif quand celui-ci l'interrogeait sur sa femme et sur sa famille. Au début, quand il avait su que tous les navires appareilleraient le même jour, escortés par trois vaisseaux de guerre, comme pour un transport de criminels, il s'était dit qu'au moment de partir, il retrouverait Mathilde, Louis et Jeanne. Longtemps, il s'était raccroché à cet espoir. Mais il savait à présent que ce déplacement s'effectuait dans le chaos, et qu'à moins d'un miracle, aussi grand que le partage des eaux de la mer Rouge, il ne reverrait jamais les siens. Claude priait mais il ne comptait pas que ses prières seraient entendues; ils étaient tant à demander un miracle… Lui, il ne demandait qu'un peu de chance.

– Tient-on des listes des passagers pour chaque bateau ?

– Bien sûr.

– Alors il est possible de savoir où se trouve sa… sa famille ? dit Claude d'une voix mourante.

– Hé, c'est qu'il y a plus de trente bateaux dans l'estuaire…

Claude lisait la compassion sur le visage de l'autre, et il savait que les rapports nés de la nature sont plus forts que les divisions créées par l'homme.

– Mais si on a les listes…

Le soldat haussa les épaules.

– Évidemment, si on a les listes. Le colonel Winslow en possède des copies. Mais…

Nouveau haussement d'épaules qui voulait dire : *Mais les Winslow de ce monde n'ont cure de votre sort. Les noms qui composent ces listes servent uniquement à prouver qu'il a rempli sa mission, qu'il a purgé la Nouvelle-Écosse de la peste acadienne.*

– Et le lieutenant Cavendish, il est toujours ici ?

Après un moment de noir désespoir, Claude avait soudain repensé à cet homme qui l'avait traité comme un frère, ayant besoin de réconfort, de nourriture et de sommeil.

Le soldat lui jeta un regard brusque.

– Oui. Il sort très peu de chez lui. Juste ce qu'il faut pour donner de l'exercice à son cheval. On dit qu'il refuse de partir sur le vaisseau amiral. Winslow enrage, mais que peut-il faire ? Le père de Cavendish a l'oreille du roi.

– Pouvez-vous me ménager une rencontre avec lui ?

Claude comprit l'expression qui assombrit le visage de son interlocuteur. Ne fais rien qui attire l'attention sur toi. Obéis. Reste dans le rang. Que ta baïonnette soit toujours bien affûtée, ta poudre bien sèche. Laisse les autres jouer les héros. Toi, garde-toi en vie. Puis le seul, le tout petit miracle que Claude demandait s'accomplit. Ce visage s'éclaira.

– Entendu.

Cavendish semblait froid et distant. Lui dont le moindre mouvement exprimait naguère une grâce exquise, il avait l'air d'une statue de pierre. L'horreur avait figé chaque trait de son visage. Il ne le fera pas, se dit Claude; il n'en a plus la force; ça ne l'intéresse plus. Mais, quand même, j'ai réussi à le voir. Demandons...

– Vous avez été si aimable quand mon beau-père est mort, monsieur. C'est pourquoi j'ose encore vous déranger, pour... Pourriez-vous consulter les listes, pour voir où ma femme...

Claude s'interrompit, tant était dur le regard qui venait de se poser sur lui.

– Votre femme...

Quelle froideur aussi dans cette voix ! Mon Dieu, cet homme n'est plus qu'un cadavre, pensa-t-il; c'est le souffle glacé de la mort.

– Votre femme, c'était cette jolie brunette, n'est-ce pas ? Avec un nourrisson ?

Claude se rappela l'après-midi de la mort d'Antoine. Quelques semaines seulement avaient passé, mais que cela semblait loin ! La brise venue du large agitait les jupes de Mathilde, son écharpe, ses boucles; elle avait redonné des couleurs à ses joues. Mathilde était radieuse malgré son malheur. Oui, c'était la « jolie brunette ». Il ne la reverrait jamais, c'était évident. Pourquoi était-il venu chez cet homme ? Il fallait que ce mois de réclusion l'eût privé du sens commun !

– Je vous ai importuné, monsieur, excusez-moi.

Il se tourna vers la porte.

– Quoi ?

Une flamme minuscule avait percé dans la glace. Sans se retourner, Claude répéta :

– Excusez-moi, monsieur, de vous avoir dérangé.

Ce rire ! Infernal ! Claude rentra les épaules sous le choc, puis, lentement, il se retourna. Cavendish se mit à parler. Les mots venaient un à un, il haletait.

– Vous vous excusez de m'importuner, et moi, je suis ici, sans rien faire, sachant que trois mille personnes ont été entassées dans ces vaisseaux, qu'on a brûlé leurs champs, leurs maisons, éparpillé sur la grève les biens qu'ils avaient sauvés, et vous vous excusez ! (Il sanglotait maintenant.) Si vous aviez vu ce que j'ai vu...

Il ne pouvait plus parler. Sur ce visage immobile devant lui, pour la première fois depuis le 5 septembre, quand ce long martyre avait commencé, Claude voyait une souffrance plus atroce que la sienne. La haine remonta en lui, puis se terra, vaincue. Lui, au moins, pouvait pardonner à ses persécuteurs. Mais les persécuteurs ont besoin du pardon de leur propre conscience.

– Comment s'appelle votre femme ?

– Mathilde, Mathilde Langlinais. Et il y a Jeanne aussi, sa sœur. Boudreaux de son nom de famille. Jeanne Boudreaux. Et mon fils, Claude-Louis.

Cavendish se leva et alla à la porte. Il y avait déjà un peu moins de raideur, un peu moins de lourdeur dans sa démarche. Il ouvrit et dit à la sentinelle :

– Apportez-moi les listes. (L'homme le regardait sans bouger.) Les listes, vous m'avez entendu ? Tout de suite !

Et Cavendish referma violemment la porte.

Ils attendirent en silence, sans se rasseoir. Claude n'avait jamais senti une telle tension, de tous ses nerfs, de tous ses muscles. Dans quelques instants, il serait soulagé de ce qui lui pesait le plus : il saurait où étaient Mathilde et Louis; et Cavendish – Claude en avait la certitude – ferait tout pour qu'il les rejoignît. On frappa. La sentinelle entra, une liasse de feuilles à la main. Elle les remit à Cavendish, hésita, puis, voyant que le lieutenant se plongeait aussitôt dans les interminables listes de noms, sans faire attention à elle, jeta à Claude un regard plein de curiosité et sortit.

– Ils sont sur l'*Endeavor*. À destination de la Caroline du Sud. C'est une bonne chose, malgré tout. Le gouverneur de cette colonie, James Glenn, est un ami de mon père, et un vrai gentilhomme – je veux dire qu'il ne l'est pas que par les titres. On devrait vous y faire bon accueil.

– Mais c'est encore anglais ?

– La Caroline ? Oui.

– Je ne peux pas habiter en pays anglais.

Cavendish posa la liste. La clarté de la raison était revenue dans ses yeux; les traits de son visage avaient recouvré de leur fermeté.

– C'est vrai; j'oubliais. (Cavendish s'approcha d'une carte murale, accrochée derrière sa table de travail, pointa le doigt sur un endroit, puis le déplaça rapidement, en diagonale.) Venez ici.

Claude, qui se tenait au milieu de la pièce, eut l'impression d'avoir été soudain lâché par le poing monstrueux qui l'étreignait depuis des semaines, étouffant lentement en lui sa manière de vivre, le souvenir des siens, son humanité même. Tout son être retrouvait sa forme première, et il sentait de nouveau que l'espace était à lui.

Le doigt, sur la carte, s'arrêta à côté d'un nom qui n'était pas étranger.

– Louisiane. (Cavendish se retourna.) Allez là-bas. C'est là que vous devez aller.

Dans le cœur de Claude, ce mot français, familier, éveillait quelque chose. Un sentiment oublié depuis très longtemps. Puis il le reconnut. C'était l'espoir.

Claude devait se rappeler toute sa vie les heures qui suivirent. Cavendish s'était métamorphosé. Claude avait craint pour son esprit, mais le lieutenant était devenu l'image même du seigneur.

En un clin d'œil Claude s'était vu muni de provisions de bouche et de vin, d'une chaude veste de laine et de bottes toutes neuves.

– J'aimerais vous offrir quelque argent, dit Cavendish, mais cela ne vous occasionnerait que des ennuis à bord.

Puis ils s'étaient rendus au fleuve. Claude vit ce qui s'y passait : c'était atroce. Les rumeurs qui étaient parvenues jusqu'aux prisonniers de l'église, et que ceux-ci s'étaient répétées à voix basse pendant des semaines – au point de finir par douter de leur véracité –, ces rumeurs, hélas ! correspondaient à la réalité. Il s'arrêta, sans pouvoir détourner les yeux de ces êtres accablés, parqués sur la grève. Il reconnaissait des visages, il se rappelait des noms; mais il n'y avait qu'à les regarder pour comprendre que les personnes qui avaient répondu jadis à ces noms n'étaient plus. Beaucoup avaient perdu non seulement leurs enfants, qu'on avait arrachés à leurs bras, leur mari, exécuté, ou leur femme, morte de froid sur cette plage, mais aussi leur raison et leur santé. Et tous avaient perdu leur foyer.

Claude regarda Cavendish. Il était blême et livide, comme ces malheureux; et ses lèvres étaient pincées en une ligne si fine qu'aucune parole n'aurait pu en sortir. Prenant Claude par le bras, il l'entraîna vers la rive où étaient amarrées des chaloupes gardées par des soldats. Ce n'est que lorsqu'ils arrivèrent à côté d'un de ces hommes que Cavendish parla.

– Menez-moi sur l'*Endeavor*.

La sentinelle hésita, puis dit sans conviction :

– Vous avez des ordres, monsieur ?

– Je vous ai ordonné de me conduire à l'*Endeavor,* vous n'avez pas entendu ?

Il y avait une telle froideur dans les yeux bleus du lieutenant que l'homme se détourna et fit un signe de la main à un matelot qui, à moitié vautré dans une des embarcations, était en train de réduire en copeaux une canne de roseau cueillie dans le fleuve.

Ils partirent. Il semblait à Claude qu'ils n'arriveraient jamais jusqu'au vaisseau. Ce fut le plus long moment de son voyage vers l'exil : il repensait à tous ces visages de femme qu'il avait vus sur la plage, dont beaucoup étaient aussi jeunes que Mathilde, et que le désespoir, la faim, la terreur et la rigueur des éléments avaient transformées en épaves. Et il était certain que Mathilde n'avait pu résister, qu'elle était morte.

L'attente sur le pont fut interminable. Il y avait eu une brève altercation avec le capitaine, jusqu'au moment où le nom de Cavendish avait été prononcé. Le capitaine avait alors disparu par une écoutille en haussant les épaules; le jeune officier disposait décidément de moyens de persuasion personnels plus puissants que l'autorité militaire elle-même.

Un cri monta derrière eux. Claude se retourna et vit Mathilde. Dans le court instant qui précéda leur étreinte, tout ce qui avait changé en elle se grava dans son cœur à lui, dans sa mémoire. Plus aucune couleur sur ce visage que les épreuves avaient ombré, donnant à sa pâleur les reflets de l'ivoire. Plus d'éclat dans ces yeux, d'où le doute, la terreur et enfin le désespoir avaient chassé toute vie; il n'en restait que la forme et la teinte, tels les vestiges d'une merveille détruite. La faim avait rongé les courbes de son corps, sur lequel la robe pendait, lâche; et les os pointaient sous le mince parchemin de la peau.

– Claude...

Ce fut sa voix qui acheva de lui fendre le cœur : elle n'exprimait pas la joie – cela semblait impossible –, elle n'exprimait rien. Il alla vers cette femme et la serra contre lui, le plus fort et le plus sereinement possible, pour lui dire, par chaque pulsation de son être, qu'elle était sauvée, qu'aucun obstacle, désormais, ne comptait plus pour lui; que quiconque tenterait de lui nuire, à elle, le paierait de sa vie, et que lui, Claude, saurait faire revenir la lumière dans ses yeux, les couleurs sur ses joues, la chair sous sa peau, et le rire dans sa voix.

Les matelots autour d'eux regardaient sans parler. Peut-être est-il plus facile d'ignorer le spectacle de l'horreur que celui de la douceur, plus facile de ne plus voir tout ce qui dégrade et profane l'humanité que ce qui vous rappelle soudain qu'elle triomphera quand même. Pour ces hommes endurcis, qui avaient entassé cent vingt et une loques humaines dans les cales de ce navire, et savaient que pendant le mois, au moins, que durerait le transport, beaucoup d'entre elles seraient emportées par le manque de nourriture, d'hygiène, d'espace, d'air frais, et jetées pardessus bord comme les ordures des cuisines, ces deux êtres enlacés étaient le spectacle le plus insupportable qu'ils eussent vu jusqu'alors. Chacun connaissait la passion qui faisait des bras de cet homme un rempart autour de cette femme. Chacun connaissait la vénération qu'un père éprouve pour celle qui lui a donné un enfant. Jeanne s'avança, imprimant bravement un sourire sur ses lèvres, pour remettre cet enfant dans les bras de Claude. Et chacun sentit que jamais l'image de ce visage mâle et paternel ne s'effacerait de sa mémoire, qu'on la garderait toujours en soi, tel un talisman contre l'inhumanité.

– Mon Dieu, c'est terrible ! dit Cavendish, les larmes aux yeux. (Ce fut sa voix qui rompit le silence et l'immobilité généraux.) Grâce au Ciel je suis libre de mes choix, bien que je me demande pourquoi, quand je vois ainsi éprouvés ceux qui ne le sont pas par l'accident de la naissance. (Il se tourna vers le capitaine.) Peut-être nous reverrons-nous, monsieur. Si cela arrive, sachez que je ne porterai plus cet uniforme !

Puis il salua Mathilde. Claude vit le cordon

doré de son chapeau étinceler sous les rayons du soleil tandis qu'il se découvrait. Mathilde se précipita vers leur bienfaiteur, saisit sa main et la baisa. Et, tandis que des larmes emplissaient ses yeux, leur redonnant un peu de leur éclat perdu, elle ne cessait de murmurer :

– Merci, monsieur, merci, merci, merci.

– Vous avez tout fait pour nous, dit Claude.

Cavendish lui serra la main.

– Il est une allégeance plus ancienne que celle que nous devons au roi George, dit-il.

Puis il se retourna, gagna le bord et disparut. On l'entendit sauter dans la chaloupe qui attendait; les avirons claquèrent dans les tolets, les pales frappèrent la surface de l'eau. Bientôt on vit l'embarcation tanguer sur les vagues que commençait à soulever la brise du soir. Cavendish était assis à la proue, les yeux fixés sur la terre. Claude prit Mathilde par la taille et l'entraîna vers la rambarde; la vue s'étendait, au-delà du port encombré, jusqu'à la haute mer.

– Ce bateau nous conduit en Caroline du Sud. Mais nous n'y resterons pas.

Il se sentait de nouveau lui-même, avec sa femme et son fils, à destination d'un pays où les Français étaient libres.

– Où irons-nous ?

Elle s'appuyait contre son épaule et il sentit une de ses boucles légères lui caresser la joue.

– En Louisiane.

– En Louisiane, répéta-t-elle d'une voix hésitante. Et quand nous serons là-bas ?

Ces yeux qui le regardaient et s'animaient ! Il pouvait tout, désormais.

– Quand nous serons là-bas, tu verras, ce sera aussi une terre heureuse.

PREMIÈRE PARTIE

RENAISSANCE

Les Attakapas

Le chant confiant et insistant d'un jeune coq lançait dans le silence de l'aube les promesses de la vie du jour. Louis Langlinais, tiré de son sommeil par ces cris perçants, se mit machinalement à réciter l'Angélus. Pour lui, les paroles de cette prière étaient comme un pont entre ses rêves de la nuit et la réalité du matin. Il se leva et allait prendre comme d'habitude sa lourde chemise de calicot gris, accrochée à côté du lit, quand, soudain, il se rappela que ce jour qui commençait ne serait pas un jour de travail. Ce jour-là, on allait fêter ses fiançailles avec Cécile.

Au pied de son lit, sa mère avait déposé, en l'étendant soigneusement, la nouvelle chemise qu'elle lui avait faite; non seulement elle l'avait taillée et cousue, mais c'était elle qui avait planté le coton, l'avait entouré de ses soins, l'avait cueilli, filé, tissé. Il pensa à elle, se représenta son visage : les souffrances de l'exil, les difficultés et les fatigues de leur nouvel établissement avaient creusé ses joues, tiré de fines rides autour de ses yeux vifs, parsemé d'argent ses cheveux; mais elle était restée aussi dévouée à ses enfants, aussi fidèle dans l'accomplissement de ses devoirs.

Il s'aspergeait la figure d'eau froide, passait la nouvelle chemise sur son torse nu, et ses pensées ravissaient un peu de sa douce fraîcheur à ce matin de mai. Pourtant, il ne pouvait se rappeler leurs quatre années terribles de pérégrinations, de la Nouvelle-Écosse à la Louisiane; il ne pouvait savoir ce que Claude et Mathilde, ses parents, avaient ressenti quand ils s'étaient finalement arrêtés le long du bayou Teche, que les Espagnols appelaient Territoire des Attakapas, du nom des Indiens auxquels les Blancs l'avaient pris. Cela s'était passé vingt ans auparavant, il n'avait alors que quatre ans. Mais son enfance avait été nourrie par les récits de leurs tribulations, et de celles de tous les Acadiens, en Nouvelle-Angleterre, sur toute la côte de l'Atlantique, à Saint-Domingue et au Texas, avant leur entrée dans ce pays de Louisiane qui, s'il était maintenant sous domination espagnole, n'en avait pas moins été découvert et colonisé par les Français.

Louis s'approcha de la petite fenêtre que son père avait ménagée entre les lourdes planches de cyprès qui constituaient les murs de leur maison trapue, et regarda l'étendue ondulée des pâtures et des champs. Ces champs, lui avait dit son père, n'étaient pas aussi vastes que ceux qu'ils avaient laissés en Nouvelle-Écosse; et les chemins qui les longeaient n'étaient pas aussi bien marqués que là-bas.

– « Mais il y a une chose, Louis; ces champs sont à nous, on nous en a garanti la possession.

Et, ce disant, Claude avait ramassé une motte noire, sèche, qu'il effrita entre ses doigts.

– « C'est moi qui les ai défrichés, qui ai creusé les canaux de drainage jusqu'au bayou, qui ai construit ces levées. C'est moi qui ai dit : du maïs ici, du coton là, du sucre là-bas. (Et ses yeux noirs, empreints parfois de tristesse, mais jamais troubles, l'avaient regardé fixement.) C'est notre terre, Louis. Nous en sommes responsables. »

À la vue des jeunes cannes à sucre aux épis encore verts, du blé en herbe et des petits cotonniers touffus, il sentait en lui remuer quelque chose, de même nature peut-être que l'agitation de la vie dans les graines qui avaient engendré cette végétation verdoyant devant lui. Quand, avec son père et Julian, son jeune frère, ils travaillaient dans les champs qui leur fournissaient de quoi se nourrir et se vêtir, quand ils allaient dans les marais chasser des animaux dont les fourrures se transformaient, par l'alchimie des marchés de La Nouvelle-Orléans, en bon argent pour acheter du café, des épices et d'autres biens qu'on ne pouvait ni faire sortir de cette terre ni prendre dans des pièges, il était souvent perdu dans ses pensées et dans ses rêves. Cette terre, qu'il fécondait de ses efforts constants, n'était pas la sienne. Même quand il s'y promenait avec Suzette et Bernadine, ses sœurs, elle évoquait surtout pour lui la sueur dont il l'avait arrosée. Mais quand il vivrait avec Cécile, alors il aurait un terrain qu'il pourrait appeler le sien. Petit, bien sûr – Claude ne démembrerait pas la grande concession que lui avaient donnée les Espagnols –, mais il serait à lui. À lui et à Cécile.

Tiens ! Julian était déjà dans les champs. Julian avait dix-huit ans : il avait dit qu'un homme qui attend d'avoir vingt-quatre ans pour se marier, comme Louis, était soit un benêt, soit un type insensible aux charmes des filles du « district ». Suzette se mettait en colère – autant que sa douce nature le permettait – chaque fois qu'elle entendait les taquineries de Julian. Ses fiançailles avec Raoul Hébert, l'été de ses dix-sept ans, avaient été tragiquement rompues par la mort du jeune homme, atteint de fièvre pulmonaire.

– Tu crois que pour se marier, il suffit de prendre le premier venu ? disait-elle; et elle se détournait avant qu'il ne vît ses larmes.

Elle avait presque vingt-deux ans maintenant. Malgré cela, Louis continuait d'espérer qu'elle finirait, d'une façon ou d'une autre, par se défaire de ses craintes et par se risquer à écouter l'un de ces jeunes paysans qui venaient chez eux le dimanche, pour lui faire un brin de cour.

« Il est difficile de retrouver l'espoir, quand on a subi une telle perte, disait sa mère, lorsqu'il parlait de ses soucis pour elle.

Que répondre à cela ? Mathilde évoquait rarement le calvaire qu'avait été leur voyage de Nouvelle-Écosse en Louisiane, et pour ainsi dire jamais des épreuves qu'ils avaient dû affronter, durant des années encore après leur installation dans ce pays.

– Mais comment avez-vous appris à cultiver ce qui pousse ici ? Même pour le blé : le climat, la terre sont tellement différents... ?

Un haussement d'épaules.

– Nous l'avons fait. Nous avons appris, essayé. Des fois ça marchait, d'autres pas.

– Et comment avez-vous su ce qui était bon à manger dans les marais ? Les racines, les plantes...

Nouveau haussement d'épaules. Les Indiens... Et, à la ville, ou sur les petites foires, les hommes n'échangeaient pas que des bestiaux et des sacs de blé, mais aussi les expériences qu'ils tentaient.

De nouvelles menaces apparaissaient à l'horizon ! Claude avait dit qu'ils étaient responsables de cette terre. Mais est-ce que cela comptait ? Cette considération avait-elle arrêté le roi d'Angleterre qui les avait chassés de Nouvelle-Écosse ? Arrêterait-elle le nouveau roi, George III, dont les sujets américains venaient de se révolter ?

Depuis le début de cette année 1779, il était de plus en plus question, dans la petite colonie, de ce qui arriverait si le roi d'Espagne décidait d'entrer en guerre, lui aussi. Que de conversations Louis avait entendues à ce propos ! Tous les samedis, quand le chevalier Alexandre, commandant du district des Attakapas, rendait la justice (c'était lui qui arbitrait les petits litiges surgissant entre voisins), il y avait chez lui une affluence tout à fait hors de proportion avec la quantité de plaintes à entendre. C'était la crainte qui poussait ces paysans acadiens à se retrouver, le sentiment, une fois de plus, de ne plus être à l'abri de l'insouciance et de la rapacité des rois.

Le rosier de Mathilde, qui grimpait autour des fenêtres, commençait à répandre son parfum. Au diable les rois ! se dit Louis. En ce moment même, chez les LeBlanc, Cécile se préparait. Ses petits doigts fins faisaient onduler ses cheveux noirs, arrangeaient autour de son front ces petites boucles qui semblaient implorer les caresses. Elle ajustait sa robe sur ses jupons. On serrait le corset qui soutenait ces seins ronds dont la vue à l'église, le dimanche, l'avait bien des fois empêché d'aller communier... Il sentit qu'il n'était plus maître de ses mains; son corps lui échappait; son cœur hésitait à battre. Eh bien ! Que serait-ce quand il serait marié avec elle ?

Il alla s'asseoir à table. Sa mère lui apporta une écuelle de couche-couche, un cruchon de lait et un bol de sucre brun.

– Je pensais que tu avais oublié et que tu étais déjà parti aux champs, dit-elle avec des yeux rieurs.

Louis lut la même expression dans les yeux de son père, en train de prendre son café au bout de la table.

Louis respectait ses parents. Pour lui, ils n'étaient pas seulement papa et maman, mais Claude et Mathilde Langlinais, connus et aimés de tous dans la région, parce qu'ils avaient été parmi les premiers à s'y établir, parce qu'ils s'étaient dépensés sans compter pour aider leurs frères d'exil, leur prodiguant conseils et soutien, nourriture et réconfort. Penser que sa mère avait été jeune comme Cécile, autrefois ! Son père jeune comme lui ! Sa mère était voûtée aujourd'hui, trop souvent elle avait dû rester penchée dans sa vie, à planter, sarcler, filer au rouet, cuisiner dans l'âtre. Son père, en revanche, semblait fait de la même matière que ces peaux d'animaux qui deviennent d'autant plus résistantes qu'on les expose davantage au soleil et aux intempéries. Seul le gris uniforme de ses cheveux et de ses sourcils rappelait son âge. Bien que Louis n'eût jamais entendu ses parents parler du foyer de leur jeunesse, à Grand-Pré, ni vu sa mère pleurer ce qu'elle avait perdu, il savait qu'ils souffraient encore des coups qu'ils avaient reçus alors.

Cécile aussi avait assez subi. Qu'elle était fraîche cependant ! Pour préserver cette fraîcheur, il fallait lui épargner les travaux trop durs, et les soucis qui auraient raison de sa joie de vivre. Cela ne serait pas toujours facile, pour lui. Mais avoir une femme dont les yeux resteraient toujours jeunes, la voix toujours gaie – une telle récompense ne valait-elle pas quelques efforts ? Il baissa la tête, prit sa fourchette et se mit à manger avec ardeur.

– Louis, quand tu auras fini, je voudrais te montrer quelque chose, dit Claude en se levant.

Il se dirigea vers la porte ouverte et s'arrêta sur le seuil; derrière lui, on voyait le ciel tout bleu au-dessus du vert pâle des prés.

– Je crois que le mieux est de mettre la table sous le grand chêne, dit-il à Mathilde, et d'étendre des couvertures pour les petits. Louis, les LeBlanc viennent au grand complet, non ?

Louis mâchait un bout de jambon. Il y eut un bref silence dans le bruit discret mais incessant qui provenait du côté de la cheminée, où le ragoût et le *gombo* mijotaient déjà dans de grandes marmites : Mathilde s'était arrêtée un instant dans son travail. Cécile ne lui plaisait pas, il le savait. Quelques jours auparavant, alors qu'elle revenait de chez Mme LeBlanc où elle avait passé l'après-midi à aider au trousseau, il l'avait entendue dire à Suzette et Bernadine : « Sûr qu'elle est mignonne ! Qui ne l'est pas, à son âge ? Mais tandis que nous, on cousait les draps, mademoiselle brodait des fleurs sur les taies d'oreillers ! Quand elle n'a même pas assez de draps pour remplir la moitié d'une armoire.

– Mais, maman – c'était Suzette, la conciliatrice

de la famille –, elle... ils n'ont pas eu la vie facile, les LeBlanc, là-bas, dans le Massachusetts, vous le savez bien. Et si quelques fleurs peuvent la rendre heureuse, maman...

– Il n'y a pas que des fleurs dans la vie, tu sais.

Il n'y avait plus de colère dans la voix de Mathilde, uniquement de la lassitude. Et Louis, encore une fois, avait remercié le Ciel de lui avoir donné une sœur aussi douce.

– Oui, ils viennent tous, répondit-il à son père. Même la vieille tante qui n'est arrivée que le mois dernier. (Il avala le reste de son café.) Ça ne prendra pas trop longtemps, ce que vous voulez me faire voir ? J'ai dit à Cécile que j'irais la chercher... Elle n'aime pas...

Nouvelle petite pause du côté des casseroles – puis son père dit :

– Non. Pas longtemps. Et puis on a le temps.

Ils s'engagèrent dans le grand chemin creusé de nids-de-poule. Le fossé foisonnait de boutons-d'or qui vous donnaient mal aux yeux; à droite, un merle à ailes rouges s'envola au-dessus de l'herbe haute de la prairie. Une image de Mathilde surgit un instant dans l'esprit de Claude. Dans toutes les circonstances importantes, mariages, naissances et morts, sa grâce et son aisance instinctives augmentaient la joie et adoucissaient le chagrin. Son courage, sa façon de se tenir bien droite, ses lèvres souriantes rejetaient dans les ténèbres les ombres de la peur et faisaient luire toutes les promesses. Elle n'aimait pas cette Cécile LeBlanc, ne pensait pas qu'elle saurait, ou voudrait, être une bonne épouse. Mais elle ne laisserait pas son fils dans le pétrin. Claude respirait plus facilement dans l'air qui embaumait. Encore maintenant, les hommes qui la voyaient pour la première fois ne remarquaient en elle que cette énergie, cet esprit de décision qui amenaient leurs propres femmes à recourir à elle. Et il la revit, telle qu'elle était avant, avant ses maternités, quand, vingt-cinq ans plus tôt, il l'avait conduite, timide et tremblante, mais assez curieuse et confiante pour oublier ses peurs, vers le lit qu'il avait construit pour eux deux. Plût au ciel que Cécile fût une épouse comme elle !

Ils s'arrêtèrent devant une ouverture dans la haie qui entourait le premier champ de ce qui avait été la ferme de Gaspard.

– Une belle ferme, ça, dit Claude.

Louis cueillit une tige d'herbe douce et se mit à la mâchonner. Ses yeux se promenaient sur cette étendue de terrain avec le regard appréciateur et scrutateur du paysan-né. Jamais il n'aurait brisé le soc de sa charrue sur une pierre oubliée; jamais il n'aurait laissé ses vaches vêler sans soins dans les champs.

– Dommage que les Gaspard n'aient pas réussi à la garder, bien que, le dernier de leurs hommes étant mort... Vous savez qui va l'acheter ?

– Elle est déjà achetée.

Pourquoi faisait-il traîner les choses ? Pourquoi était-ce si difficile de dire à son fils, tout simplement, que cette ferme, fertile et défrichée, n'attendant que son travail, était à lui ? Claude connaissait la réponse. Quand on emmène ses enfants dans un monde de privations, quand durant quatre longues années d'errance et de tourments, chaque repas est arraché à l'hostilité de la nature et des hommes, alors on prend l'habitude de renoncer, et on perd celle de donner. Trop souvent, ses enfants s'étaient passés de tout. Ils avaient eu faim et froid. Ils avaient hérité de son courage et de la gaieté de leur mère; ils avaient affronté l'adversité et avaient gagné. L'émotion était trop forte : il savait qu'il ne pourrait parler sans que sa voix se brisât et qu'il se mît à pleurer.

Il prit la main de Louis, elle était chaude, de cette chaleur que la terre, pendant les nuits d'été, garde longtemps après le lever de la lune.

– Papa, c'est vous qui l'avez achetée ?

– Pour toi.

Que c'est bon quand son fils est devenu un homme : car on peut pleurer devant un homme, mais on ne le peut devant une femme. Ils pénétrèrent dans le champ, se penchèrent, prirent un peu de terre; et ils l'écrasaient entre leurs doigts pour sentir la promesse des moissons.

– Ce sera une femme qui te rendra fier, papa ! Cécile et moi, nous aurons beaucoup de garçons, et quand tu seras trop fatigué pour travailler, tu t'assiéras sous ce grand chêne et tu nous regarderas continuer ce que tu as commencé. (Il est aussi grand que moi, songea Claude, en voyant les yeux de Louis qui le regardaient, puis en sentant la main puissante qui lui étreignait l'épaule.) Cécile te donnera de beaux petits-enfants, papa. Elle sera une bonne épouse.

Claude détourna les yeux de ce regard plein de confiance.

– Ce sont les bons maris qui font de bonnes épouses, dit-il. À moins qu'on n'ait le bonheur de tomber sur une femme comme ta mère. C'est Dieu qui l'a faite ainsi : je lui en ai rendu grâce chaque jour de ma vie.

– Comme je lui rends grâce pour Cécile.

Louis avait parlé d'une voix soudain nouvelle, plus pleine; et Claude pensa qu'il était vraiment mûr désormais.

Suzette et Bernadine mettaient les assiettes et les gobelets sur la longue table, que l'on avait transportée pour l'occasion sous le grand chêne vert, devant la cabane, et recouverte de la plus belle nappe – la seule que Mathilde avait apportée de Nouvelle-Écosse, la cachant sous ses jupes; elle était en lin et ornée de dentelle. Au centre, quelqu'un avait mis des roses dans un pichet, et leur douce couleur semblait se refléter sur les joues de Bernadine.

– Joli, dit Louis en indiquant le bouquet. Cela fera plaisir à Cécile.

Bernadine lissa son tablier bleu et ramena dans ses cheveux une bouclette qui pendait sur son front.

– Est-ce que ça te fait peur, Louis ?

– Quoi ?

– De te marier.

Il regarda sa sœur, son corps jeune, svelte et flexible. Elle était très jolie; mais lui ne s'en était vraiment aperçu que lorsque, ayant connu Cécile, il avait commencé à prêter attention à la beauté des femmes. Et il se dit pour la première fois qu'un jour, bientôt peut-être, un homme voudrait avoir Bernadine pour femme. Il se souvint des garçons, qui, comme par hasard, se trouvaient toujours sur le sentier qu'elle empruntait pour aller à l'église, ou de ceux qui s'approchaient des haies pour la voir passer. Soudain il se sentit jaloux de l'homme qui la prendrait, qui l'enlèverait à sa vie à lui. Hé ! Les frères de Cécile devaient éprouver les mêmes sentiments à son égard.

– Il n'y a pas besoin de courage pour se marier, répondit-il.

– Non ? Alors, si on ne sent plus ce drôle de sentiment, tu sais, cette espèce de peur, si cela passe, cela veut dire qu'on devrait se marier ?

– Qu'est-ce que tu me racontes là ?

Mais Bernadine, en pouffant, avait filé dans la maison. Il entendit sa voix légère, joyeuse, qui faisait rire sa mère.

– Je crois que Bernadine se mariera sous peu elle aussi, Louis.

Suzette le regardait calmement de ses yeux gris, lui communiquant un peu de sa tranquillité. Suzette était solide; sans s'être mariée, elle n'était plus une jeune fille. Mathilde disait souvent, en poussant un soupir venu du fond du cœur (le seul qu'elle se permettait), que s'il y avait eu un couvent dans les parages, Suzette serait devenue une « fiancée du Christ ». Sa vie n'eût guère changé par rapport à ce qu'elle était déjà, d'ailleurs, pensait Louis. Elle marquait par des prières les heures de sa journée; quand elle n'avait rien à faire, elle allait s'agenouiller devant le petit oratoire que Claude avait érigé dans un coin reculé du jardin potager. Et Louis savait que c'était à elle qu'il devait quantité de petites attentions anonymes qui agrémentaient son existence.

– Et toi ? demanda-t-il.

Aussitôt, il craignit de l'avoir blessée. Mais non, les yeux gris étaient toujours aussi confiants, aussi souriants.

– Je ne pense pas.

Louis se pencha et embrassa sa joue délicate.

À ce moment, il sentit, apporté par une saute de vent, le fumet de porc rôti qui se répandait dans l'air moite – cet air moite qui faisait de cette région une immense serre, où les graines germaient à peine semées, dans la terre noire et riche.

– Je vais aider papa, dit-il.

Parvenu de l'autre côté de la maison, Louis s'arrêta pour observer son père qui, avec beaucoup de précautions, enlevait les larges palmes disposées au-dessus du grand trou fumant; ces palmes, aspergées régulièrement de l'eau du bayou, servaient à maintenir un feu doux sous le rôti.

Un instant auparavant, dans le champ, quand il avait pris son père par l'épaule, Louis avait été très surpris et consterné de sentir que ses muscles, qu'il croyait toujours d'acier, s'étaient un peu relâchés. Il regardait les mouvements de Claude : c'étaient ceux d'un homme usé – encore très fort, certes, comme le sont les derniers rayons que darde le soleil à son déclin. Il se redressa et se frotta les yeux.

– Ça sent bon, hein ? dit Claude, en s'éloignant un peu du trou et en humant à pleines narines. Espérons que ces LeBlanc se ramènent l'estomac vide !

– Pas seulement l'estomac, les mains...

Louis se retourna presque. Avait-il vraiment

dit ces paroles ? Elles semblaient s'attarder devant lui dans la fumée, attendant qu'il les reprît.

Claude lui donna une tape sur le bras.

– Allons, Louis. Les LeBlanc sont de braves gens. Un peu près de leur avoir mais, tu sais, ç'a été encore plus difficile pour eux que pour nous. Et ils sont ici depuis moins longtemps.

– Je sais. Mais parfois, quand je suis chez eux, j'en arrive presque à me demander d'où sort Cécile. Personne dans sa famille ne sait se donner du bon temps, rire...

– Pour ça, elle les rachète tous. (Claude regarda l'ombre du jeune pin dans le pré.) Tu ferais bien de partir tout de suite, fiston, si tu ne veux pas la faire attendre.

Ce fut au tour de Claude d'observer son fils. Celui-ci s'éloigna d'un pas lent d'abord, puis accéléra son allure et se mit presque à courir, franchissant à grandes enjambées les ravins laissés par la dernière pluie. Claude se rappelait cet état d'agitation qui transforme en bonds les pas du jeune amoureux, en coups de tonnerre les pulsations de son cœur. Et cette poupée de Cécile avait tout pour inspirer une passion. Mais il craignait que Mathilde n'eût raison. Louis ne serait pas le premier à se laisser ensorceler par la promesse de plaisirs futurs au point de manquer de jugeote dans le choix de sa femme. Ce père buté, cette mère aigrie, ces frères à la mine toujours solennelle : quelle autre idée Cécile pouvait-elle se faire de la famille ? Bah ! Allons retrouver Mathilde, se dit-il.

Louis et Cécile accueillaient les invités. La jeune fille s'était tressé une petite couronne de roses et de pâquerettes qu'elle avait mise sur ses cheveux noirs; elle avait les joues toutes rouges, et ses yeux dans le soleil avaient le même éclat cristallin que les gouttelettes de pluie encore accrochées aux herbes folles.

En regardant autour de lui, Louis aperçut le chevalier Alexandre. On l'avait invité lui aussi. Les nombreux Acadiens du district appréciaient hautement l'humanité et la compréhension dont il faisait preuve à leur égard, bien qu'il n'eût de comptes à rendre, en principe, qu'au gouverneur de La Nouvelle-Orléans – et, à travers lui, au roi Charles III dans la lointaine Madrid. Il avait de la peine à avancer vers le jeune couple : des mains s'accrochaient à ses basques, des voix le hélaient.

– Hé ! chevalier ! Que dit-on à La Nouvelle-Orléans ?

Puis une voix, puissante et en même temps légère, s'éleva au-dessus du bavardage des femmes et des questions des hommes.

– Voici la nouvelle : Charles III a déclaré la guerre aux Anglais. Il a pris ouvertement le parti des colons américains.

C'était la voix de l'oncle Pierre, bien sûr. Claude l'avait tout de suite reconnue. En dehors du chevalier Alexandre, il n'y avait pas mieux informé que Pierre des agissements du roi d'Espagne. En effet, c'était lui qui se chargeait de porter au marché les fourrures des bêtes chassées dans la région; et, à ce titre, il se rendait fréquemment à La Nouvelle-Orléans. Louis finit par apercevoir la plume de son chapeau, qui tressautait, tel le bouchon d'un pêcheur, au-dessus d'une bonne quinzaine d'autres chapeaux : on se pressait autour de lui pour savoir.

– Il n'est question que de cela en ville, disait-il. Et bien que le roi n'ait pas dit s'il attaquerait sur ce continent (la plume eut une ample ondulation, Pierre ayant ponctué ces paroles d'un haussement d'épaules), où, dans toute l'Amérique, les Espagnols sont-ils le plus près des Anglais ? En Louisiane !

Louis se représenta le cours inférieur du Mississippi, avec les forts anglais qui s'élevaient à Baton Rouge et à Natchez et les deux autres postes, entre ces localités, qui gardaient les abords du fleuve. Il ne les avait jamais vus, étant toujours resté aux Attakapas à aider son père; et il n'avait jamais fait la rencontre de soldats en tunique rouge. Pas plus que les autres, excepté Pierre qui, de temps en temps, remontait le fleuve pour aller trafiquer avec les soldats du fort de Manchac, près de Baton Rouge. Trou pitoyable, disait-il, à côté de cette cité policée qu'était La Nouvelle-Orléans. Sans doute; que pouvait-on attendre d'autre des Anglais ?

– Alors, y aura-t-il la guerre ici ?

C'était la voix de son père, grave et calme.

Pierre haussa de nouveau les épaules.

– Qui peut le dire ? Mais il paraît que Galvez est de ceux qui veulent la guerre.

– Alexandre ! (C'était encore son père.) En savez-vous plus long que ce que Pierre vient de dire ?

– Non, sinon ce que me suggère mon instinct de soldat : mettez-vous à la place de Galvez, jeune général, avide de gloire, sachant que l'ennemi possède en bordure de son territoire quelques postes isolés et coupés de leurs arrières par la révolte américaine... Quelle belle occasion !

– Mais des ordres ont-ils déjà été donnés ?

Cette fois, Louis sentit une pointe d'angoisse dans la voix de Claude, et, immédiatement, comprit à quoi il pensait : en cas de guerre, en effet, la milice pouvait être appelée aux armes, et Louis en faisait partie.

– Non, que je sache, répondit Alexandre.

Il regarda Claude d'un air qui exprimait surtout son impuissance à aider ces braves gens dans la situation présente.

Pierre s'avança, entoura d'un de ses grands bras les épaules de son beau-frère.

– Allons ! dit-il, aujourd'hui c'est fête ! Laissons les rois à leurs jeux – nous avons des choses sérieuses à faire, nous. Danser, chanter, festoyer, embrasser les jolies filles !

Et il se pencha pour déposer un baiser sur le front d'une jeune cousine.

– Très juste ! s'écria Cécile.

Elle se dégagea du bras de Louis, alla se mettre au centre, à côté de Pierre, et entonna un des nombreux chants que tous connaissaient depuis leur plus tendre enfance. Tandis que sa voix légère s'élevait dans l'air, ses pieds commençaient à exécuter le pas correspondant, et elle se mit à danser toute seule, sous les regards des autres faisant cercle autour d'elle. *Dansez, mes enfants, tandis que vous êtes jeunes; Bientôt arrivera que ma fille me fera grand-mère; Au lieu de chanter la gavotte, Dans un grand fauteuil on radote !* Bientôt, on se joignit au chant et à la danse, on sortit les crincrins, on choisit son cavalier ou sa cavalière. Claude profita de ce moment pour aller parler à Mathilde.

– Aujourd'hui, nous oublions le roi, dit-il. Tous les rois. Après tout, nous avons été plus forts que le premier. Nous avons retrouvé notre terre heureuse.

– Je me demande si les LeBlanc pensent la même chose, observa Mathilde.

Claude suivit son regard posé sur Mme LeBlanc; elle ne quittait pas des yeux les deux fiancés; elle avait l'air de les surveiller. Cécile était en train de déposer sa couronne de fleurs sur la tête de Louis qui, de son côté, se penchait en avant, tout en continuant de danser, pour qu'elle pût l'atteindre. Leurs deux corps incurvés se détachaient sur le fond de l'herbe brillante.

– Ils ont eu la vie dure, reprit Claude. Cela marque les gens.

– Les LeBlanc ? (D'où venait ce ton dans sa voix, elle qui ne se plaignait jamais ? Elle lui prit la main et la mit contre son cœur.) Et nous, quelle vie avons-nous eue ?

– Louis a fait son choix, Mathilde. Les LeBlanc

doivent savoir que Cécile ne pouvait trouver meilleur mari.

– Certainement. Mais lui, il pouvait peut-être trouver meilleure épouse !

Elle pinça les lèvres – ce qui était d'autant plus notable qu'elle les avait bien pleines – et s'éloigna lentement, vers l'endroit où était assise Mme LeBlanc. Le fauteuil à bascule bas que Claude avait taillé dans un cyprès géant avait été placé, avec d'autres chaises, sous l'un des grands chênes. C'était lui que Mme LeBlanc avait choisi pour trône, et elle s'y balançait nerveusement. Mathilde s'assit sur une chaise droite, à côté d'elle, et engagea la conversation.

Louis toucha le bras de Cécile.

– Tu vois le fauteuil où ta mère est assise ? C'est le premier meuble que papa a fait ici. Je demandais souvent à maman de me parler de ce fauteuil, quand j'étais petit; c'était une de mes histoires préférées. Il l'a fait dès qu'ils se sont installés aux Attakapas.

Il ne regardait plus le visage rayonnant qu'il avait devant lui, et sa voix devenait plus chaude à l'évocation de ces souvenirs de famille.

– Nous habitions alors un appentis, avec des peaux de bêtes pour fermer l'ouverture. Il y avait moi, Bernadine et Suzette, qui étaient nées pendant le voyage, et Gaston – qui, lui, était né à La Nouvelle-Orléans, pendant que mes parents attendaient qu'on leur dise où s'établir. Quand on est arrivés ici, ma mère n'avait même pas de chaise pour donner la tétée à Gaston : rien qu'un tas de peaux, par terre. Papa dit qu'il n'oubliera jamais l'air avec lequel elle l'a regardé quand il est entré avec le fauteuil et l'a fait asseoir dedans avec Gaston.

– Ça m'étonne, dit Cécile, secouant ses boucles qui lancèrent des reflets. Il est si grossier ! Il n'est pas du tout joli.

– Joli ! (C'était presque un cri qui était sorti

de la bouche de Louis.) Mon père a eu assez de mérite à le faire dans un moment pareil; tu aurais voulu qu'il le décore, en plus ! (Cécile le regarda soudain avec effroi; il s'en aperçut tout de suite et lui prit la main.) Mais, pour nous, c'est différent, Cécile; nous aurons le temps et l'argent; je pourrai te faire ou t'offrir de jolies choses.

– Oh ! Louis, dit-elle. (Sa main s'agitait, et il sentit le souffle de sa respiration contre son cou.) Je ne sais pourquoi cela compte tant... mais j'aime les belles choses, c'est presque un besoin !

Les deux pères, debout, avaient l'air très absorbés, car chacun préparait son petit discours en l'honneur des fiancés. Louis, entraînant Cécile qui riait et rougissait tout à la fois, se laissa pousser vers le centre de la table, devant les dames-jeannes de vin. Son regard se porta vers le fauteuil que Mme LeBlanc venait de quitter et qui continuait de se balancer en cahotant sur le sol inégal. À ce moment, il sentit un curieux frisson au bas du dos, et se demanda d'où cela pouvait venir, car il faisait vraiment chaud désormais. Il se tourna vers la jeune fille à côté de lui : ses sourires et le corps que laissait deviner son costume ne promettaient que joie et félicité. De nouveau le même frisson le parcourut. Il comprit : en lui-même, il le nomma soif de plaisir.

– Papa a l'air de quelqu'un qui récite une oraison funèbre, dit Cécile.

Louis la vit prendre son air boudeur, qui non seulement imprimait une moue sur ses jolies lèvres, mais donnait une dureté rebelle à chacun de ses mouvements. Après sa beauté, c'était cet air-là qui l'avait le plus attiré en elle. En sa présence, à la différence des autres filles qui souriaient, ricanaient et rougissaient au moindre mot, à la plus petite attention, Cécile LeBlanc se taisait et boudait. Alors, il n'avait plus pensé qu'à la faire rire, à la voir heureuse. Et il avait réussi, et continuerait d'y réussir.

Le discours de papa n'est guère meilleur, pensa Louis, en entendant les formules empruntées et presque austères qui sortaient de la bouche de Claude. Heureusement, à un certain moment, il se dépêcha d'en finir pour que les musiciens pussent recommencer à jouer. Louis était conscient que son père, lui non plus, n'éprouvait pas une joie sans partage à la perspective de son union avec Cécile. À son tour, il leva son verre et prononça quelques paroles. Ses yeux cherchaient ceux de sa fiancée. Après tout, c'était lui qui l'épousait, et personne d'autre. Et pour lui, elle était la perfection même.

– C'était une fête bien agréable, maman, dit Suzette quand les LeBlanc furent partis, en passant doucement les bras autour du cou de sa mère. Votre pain était un délice, jamais vous n'en avez fait d'aussi léger.

Un sourire s'esquissa sous les sourcils obstinément froncés de Mathilde.

– J'espère que Cécile l'a trouvé bon. Une fiancée doit aimer la cuisine de sa belle-mère – si bonne cuisinière qu'elle soit elle-même.

– Ne soyez pas si taquine, maman, dit Louis.

Il était assis en face de son père, et tous deux fumaient la pipe. La fumée était douce dans sa bouche, douce comme sa voix, comme l'image de Cécile qui ne sortait pas de sa pensée. Les vieilles femmes pensent au pain, les jeunes gens à l'amour.

– Vous savez très bien que si, par hasard, Cécile fait du pain, il aura sûrement des grumeaux. Ou ne lèvera pas.

– Que c'est bien ! s'exclama Suzette. Comme cela, maman, elle apprendra de vous. Au fond… (Suzette rit, et son rire, pour Mathilde, était comme une caresse, car il semblait dire : qui n'a pas appris à faire comme les Langlinais ne connaît encore rien à la vie.) Au fond, elle aura envie d'être comme vous, vous verrez.

Tout le visage de Mathilde souriait soudain, elle pouvait parler de la fête avec Suzette et Bernadine, revenir sur les détails, évoquer les triomphes, et toutes les catastrophes évitées de justesse.

– Où est ton frère ? demanda Claude à Louis.

Louis rit.

– Julian a tenu à raccompagner les Mercantel. Pour être encore avec Charlotte : vous n'avez pas remarqué qu'il n'a cessé de lui faire les yeux doux toute la journée ?

– Parce que toi, tu ne fais pas les yeux doux à Cécile ? dit Bernadine, lui donnant un coup de la grande cuiller en bois qu'elle tenait dans la main. À t'entendre, on croirait que tu es le premier jeunot au monde à devoir te marier !

– Oui, c'est ça. Pour moi, c'est le mariage le plus important, et ce sera l'affaire la plus importante de l'été, par ici !

– Aurais-tu oublié ce qu'a dit oncle Pierre ? intervint Claude.

On distinguait mal son visage dans l'ombre, derrière l'écran de fumée qui sortait de sa pipe, mais on percevait très bien l'appréhension qui perçait dans cette voix.

Louis se tourna vers son père.

– Vous pensez que Galvez veut se battre ? Qu'il appellera la milice ?

Claude lui fit signe de s'approcher, pour qu'ils pussent parler tranquillement, loin du papotage des femmes, et de leurs oreilles.

– J'en sais autant que toi. Mais, même si Galvez n'entreprend rien, peut-on faire confiance aux Anglais ?

Louis cracha dans la cheminée.

– Non, après ce que vous m'avez toujours dit. Sacredieu ! Savoir qu'ils ont pris à mes parents des champs qui auraient été à moi, qu'ils ont forcé ma mère, ma vieille nourrice, à monter sur un bateau bondé qui faisait eau, sur une mer qui ne réservait que tempêtes, maladies et mort, et leur faire confiance ! Comment ?

– Tu vois ! Mais cette déclaration de guerre de Charles III pourrait être exactement ce que ces brigands d'Anglais attendaient. Pour attaquer et piller de nouvelles terres. Brûler d'autres champs, empoisonner d'autres puits.

Claude se tut. La fumée épaisse cachait ses yeux, mais Louis savait que toutes les peines qu'il y avait lues parfois y étaient maintenant rassemblées, à la perspective de cette nouvelle menace.

Louis pensa à la ferme que son père lui avait montrée, revit ces champs bien défrichés et fertiles. Il se voyait déjà, labourant cette terre à l'automne, et ses mains le démangeaient presque autant qu'à l'idée de toucher et de caresser Cécile. Peut-être qu'il n'ensemencerait et ne féconderait ni l'une ni l'autre. Bon Dieu ! Il y a des fois où c'est dur d'être un homme.

– Papa. (Il se pencha pour poser ses grandes mains sur les genoux de Claude.) Être un homme, cela signifie plus que prendre femme et que cultiver sa terre. Cela exige de défendre ce qui est à soi. Vous, mon oncle, les autres hommes de Grand-Pré – vous vous êtes battus à votre façon. Pourquoi moi, je ne me battrais pas à la façon qui s'offre à nous maintenant ? Ne sais-je pas manier un fusil ? Et tirer aussi bien qu'un autre ?

– Tu n'as jamais tué un homme, Louis. (Le soupir de Claude chassa un nuage de fumée vers son fils.) Des cerfs, des sangliers, d'accord – mais un homme ?

Louis se leva, et son ombre se projeta, très grande, sur le mur.

– Si un homme arrive avec l'intention de saccager mes terres, de terroriser ma femme, ce n'est plus tout à fait un homme, papa.

On fixa le mariage au troisième samedi de juillet. Mathilde, Suzette et Bernadine se joignirent aux femmes LeBlanc pour compléter le trousseau de Cécile, qui, à cause de l'installation récente des LeBlanc dans la région, était aux yeux de Mathilde tout bonnement pitoyable.

– On ajoutera encore d'autres pièces dans les vôtres, dit-elle à ses filles. Que Cécile voie ce qu'une fiancée doit apporter à son mari : ça la poussera peut-être à se servir de ses doigts pour autre chose que pour tisser des guirlandes.

Coton, canne à sucre et blé croissaient dans les champs, autour de la cabane. De même, jupons, draps et services de table s'amassaient sur toutes les surfaces disponibles à l'intérieur. Un après-midi, Cécile et Mme LeBlanc vinrent coudre chez les Langlinais. Claude passa à la maison vers les quatre heures, comme à son habitude, pour prendre son café et ses biscuits. Il sentit la tension qui montait sous le plafond bas de la grande pièce. Assise dans le fauteuil de Mathilde, Mme LeBlanc se tenait légèrement à l'écart, toute raide. Seul son cou était penché au-dessus de l'ouvrage. Cécile était sur le tabouret à trois pieds, près de la cheminée, faisant de la dentelle, semblait-il. Louis ne put s'empêcher de noter que sa langue s'agitait plus que son aiguille et, à chaque instant, elle regardait ce qu'elle avait dans ses petites mains, comme si elle n'était pas tout à fait sûre de ce que c'était. Mathilde au contraire était absorbée par ce qu'elle faisait; son aiguille ne cessait de s'enfoncer et de ressortir, et à chaque fois qu'elle tirait le fil, elle semblait resserrer un filet autour d'elle-même. Bernadine cousait avec l'enthousiasme de sa nature. Et Suzette était au centre. Calmement, elle défaisait les nœuds, choisissait les fils, reprenait ce qui avait été cousu de travers.

– Vous voulez du café, madame ?

Il tendait la grande cafetière à Mme LeBlanc, laissant l'arôme servir d'invitation.

– Je n'ai pas pour habitude de boire du café l'après-midi, dit-elle, sans redresser le cou, souvent, nous n'en avions même pas au déjeuner quand nous étions dans le Massachusetts.

– Mais vous n'êtes plus dans le Massachusetts maintenant, observa Mathilde.

Ses lèvres se refermèrent sur ces paroles, comme si elle coupait son fil.

– Heureusement que nous n'y sommes plus ! s'exclama Cécile. Moi, je voudrais du café, Louis, avec plein de sucre, s'il te plaît. (Elle bondit sur ses pieds, abandonnant son ouvrage sur le tabouret.) Je veux tout ce que je ne pouvais pas avoir dans le Massachusetts, et j'en veux plein !

– Tu as toujours tout voulu, dit sa mère. (L'angle que formait son cou semblait tordre ses mots, en faire des choses désagréables à entendre.) Même si tu étais la reine de France et que tu avais son palais, tu voudrais encore autre chose.

– Et pourquoi pas ? (Ses lèvres bien ourlées recouvraient le bord de la tasse, et Louis eut des pensées qui étaient, encore pour un temps, coupables.) Pourquoi devrait-on vivre mal quand on peut vivre bien ? Pourquoi devrait-on dormir sur des taies d'oreillers sans rien, quand on peut en avoir de brodées ?

– Peut-être, dit sa mère, toujours aussi anguleuse, dans sa posture et dans ses paroles, peut-être parce que toutes ces frivolités détournent du vrai travail.

– Le vrai travail ! Vous ne pensez qu'à faire la cuisine, le lavage, le ménage et le repassage. Moi, c'est ce que je n'aime pas faire, et je ne le ferai pas. (Elle but une dernière gorgée de café et reposa la tasse sur la table.) Je crois, dit-elle, joignant les mains au-dessus de la tête et s'étirant de tout son long, avec la souplesse d'un jeune chat, que je vais aller avec Louis cucillir des fleurs dans les champs.

Sans se soucier des regards qui convergeaient sur elle, elle défit le tablier qui protégeait l'étoffe sombre de sa jupe, le jeta de côté et, d'un pas dansant, sortit par la porte ouverte, en chantant de sa voix aiguë mais chaude. Dans la pièce, le silence était absolu. Louis but son café d'un trait et se leva en mâchonnant son dernier biscuit. Il regarda sa mère, remarqua son air sombre et gagna rapidement la porte, pour ne pas pousser en sa présence le soupir de soulagement qu'il ne pouvait réprimer.

Cécile l'attendait, le visage levé vers le soleil.

– Ai-je mal fait ? dit-elle, interrompant son chant joyeux et tendant les bras vers lui. Il fait si chaud dans cette vieille pièce, et quel ennui ce trousseau ! Je préfère être au frais dehors, avec toi. (Elle l'attirait vers elle et avançait en sautillant, car il marchait à grands pas.) Au fond, je ne trouve pas qu'on ait besoin de tant de draps, de tant de couvertures ! À tous les deux, on se tiendra chaud, hein, Louis ?

– Il faut quand même travailler, Cécile. (L'air sombre de sa mère, le paisible mutisme de Suzette, le fugitif, mais très clair froncement de sourcils de Bernadine continuaient de colorer ses pensées.) La cuisine, le ménage, la lessive : ce sont des choses qui doivent être faites.

– Ne sois pas si méchant. Bien sûr qu'il faut que ce soit fait par quelqu'un.

Tandis que les femmes consacraient une bonne partie de leurs journées à ces travaux de couture, Louis bâtissait sa maison. Son père et son frère l'aidaient, encore qu'ils n'en eussent guère le temps, car l'été avançait, multipliant les tâches agricoles.

– Quelle idée de se marier en cette saison ! Tu n'aurais pas pu attendre l'hiver ? dit Julian un matin, tout en taillant des lattes pour les murs. Ils se levaient avant l'aube, pour être sûrs de pouvoir donner à Louis au moins une heure de leur journée de travail.

– Je t'aiderai quand ce sera ton tour, dit Louis, donnant une tape sur le derrière de son frère. On met le toit ce soir. Oncle Pierre vient avec ses garçons.

– Très bien. Avec oncle Pierre, on peut être sûr que le toit tiendra, hein, papa ?

Claude était en train de porter un tas de planches vers le mur à moitié terminé; il s'arrêta.

– Votre mère et moi serions restés sans toit, pour sûr, si Pierre ne nous avait pas montré comment nous y prendre !

C'était un autre chapitre de l'épopée familiale. Pierre était arrivé aux Attakapas avant Claude et Mathilde. Sa femme était morte pendant le terrible voyage en mer, ainsi que leurs deux enfants. Aussitôt atteinte la Caroline du Sud, il s'était enfoncé à l'intérieur et avait été l'un des premiers à traverser la moitié d'un continent hostile, pour atteindre le fleuve qui devait l'amener « chez lui ».

– C'était chez moi que j'allais, je le savais, leur disait Pierre. Rien ne pouvait m'arrêter, c'était comme si j'avais eu des chasseurs à mes trousses. Je suis arrivé ici, j'ai obtenu cette terre, j'ai construit une cabane, je me suis remarié – et alors seulement j'ai pu souffler.

Comme tous les enfants qui avaient grandi ou étaient nés à Poste des Attakapas, Louis, ses sœurs et son frère pouvaient réciter les étapes du « grand dérangement » des Acadiens aussi sûrement que les stations de la croix. Massachusetts, Connecticut, New York, Halifax, Maryland, Pennsylvanie, Caroline du Sud et Géorgie. Ceux qui étaient arrivés en Virginie n'avaient pas eu le droit d'y demeurer plus de quatre mois, sous peine d'être expédiés en Angleterre. En Pennsylvanie, on avait promulgué une loi qui obligeait les Acadiens à mettre leurs enfants au service des particuliers. Mais c'étaient les Acadiens déportés dans le Massachusetts qui avaient le plus souffert; c'était là que Cécile était née, et les premières années qu'elle y avait passées continuaient de projeter leur ombre sur sa vie.

Ce soir-là, Louis se sentit transporté de joie en aidant son oncle, son père, son frère et ses cousins à couvrir sa maison. Les murs en étaient grossiers mais robustes – « bousillés entre poteaux », comme on disait : les interstices entre les lattes étaient bouchés avec un mélange d'argile et de mousse, qui ressemblait fort à la boue du bayou que les enfants appréciaient tant pour leurs jeux. Il ne restait plus qu'à revêtir l'intérieur des murs du même torchis pour obtenir une surface unie, à poser volets et portes dans les embrasures, et à y amener Cécile.

– C'est déjà une belle maison, dit Louis, en regardant Pierre poser soigneusement les derniers bardeaux.

– Et Cécile ? (Claude parlait sans le regarder, en suivant des yeux la fumée qui sortait de sa pipe et dérivait à droite et à gauche, sans monter, tant l'air était lourd, avant de se dissiper.) La trouvera-t-elle à son goût ?

– Pourquoi ne lui plairait-elle pas ? Nous vivons tous dans des cabanes comme celle-ci.

– C'est qu'on dirait qu'elle n'aime que les... belles choses. Les soins du ménage... ne l'intéressent guère, semble-t-il. Ta mère n'invente jamais d'histoires, Louis.

Louis se rappela les réflexions indignées de Mathilde, que lui avaient rapportées ses sœurs et son frère, étonnés et inquiets pour lui.

– Maman a dit que quand Mme Gaudin était mourante et que sa fille ne pouvait pas s'occuper d'elle, à cause de son bébé, Cécile a refusé de prendre son tour auprès d'elle. Elle a dit qu'elle n'aime pas les vieilles femmes laides. Louis...

Suzette l'avait regardé presque avec reproche. Et Bernadine, en colère :

– Aujourd'hui chez les Hébert, on écossait les les haricots, et Cécile n'a rien fait ! Pas même une bolée !...

Et Julian :

– Louis, si Cécile ne fait pas la cuisine, qu'est-ce que tu mangeras ?...

– Mais, papa, il ne faut pas oublier qu'elle doit compenser tout ce qu'elle a subi dans le Massachusetts. Elle n'a pas eu une enfance comme Suzette et Bernadine.

Tout en parlant, Louis sentait à quel point ce qu'il disait sonnait faux. Certes, Suzette et Bernadine n'avaient pas été aussi cruellement traitées que Cécile mais, comme tout le monde dans ce pays où la vie n'était pas donnée, elles avaient travaillé dès qu'elles avaient été en âge de ramasser les œufs des poules et de les rapporter dans leur petit tablier.

– De toute façon, nous ne sommes pas encore mariés, ajouta Louis. Quand ce sera sa maison, quand elle n'aura plus sa mère à...

Il se détourna, embarrassé par la douce compréhension qu'il lisait dans les yeux de son père.

Manchac

Pendant la première semaine de leur mariage, il ne dit rien en voyant Cécile retomber dans le sommeil tandis qu'il se levait et préparait tout seul son déjeuner. Quand un être vous apporte un tel bonheur, songeait-il, la moindre des choses est de lui passer ses petits caprices. Après tout, Cécile ne peut pas encore savoir tout ce qu'avoir un mari veut dire. Pas plus que lui ne réussissait vraiment à comprendre sa joie, à admettre que ce corps délicat et gracieux, qu'elle lui donnait, fût à lui. Il ne connaissait rien aux femmes jusqu'alors; à présent, il pensait que si tout le monde avait une épouse comme Cécile, le travail ne serait jamais fait, parce que personne ne se lèverait pour le faire. Et il lui fallait toute sa volonté, le matin, pour la quitter, descendre du lit – qu'il avait fait lui-même, comme son père –, s'habiller et partir pour les champs.

Quand il se décida finalement à lui parler, vers la fin de la deuxième semaine, elle fixa sur lui ses yeux immenses – qui, depuis le mariage, lui faisaient penser à la rosace de l'église, au-dessus de l'autel – et ne dit mot.

– Tu n'as pas l'habitude de te lever tôt ?

Il s'efforçait de ne penser qu'à ce qu'il voulait lui dire : inconsciemment, il savait que s'il ne gagnait pas cette bataille, le cours de leur vie serait fixé pour toujours en sa défaveur. Mais il ne pouvait s'empêcher de regarder ses seins, de les caresser, de les embrasser – elle couchait toute nue, « à cause de la chaleur », mais il savait que Mme LeBlanc, chez elle, ne l'aurait jamais admis. Et il oublia tout, hormis ce corps souple contre le sien. Dès lors, il ne chercha plus jamais à corriger la paresse de Cécile.

Un après-midi, au début d'août, Louis retourna chez les siens pour aiguiser sa houe sur la grosse meule de Claude. Il trouva sa mère assise sur le seuil de la maison, en train de ravauder.

– Tu devrais me donner ta chemise, dit-elle, il y a un accroc à l'épaule. Il faut la raccommoder, sinon tout le dos va se déchirer. (Elle tendit la main.) Donne. Je vais recoudre ça pendant que tu vas voir ton père. Il est au bayou à prendre le frais.

Sa main restait tendue vers lui, impérieuse. Louis enleva sa chemise, Mathilde la prit et, aussitôt, remarqua sur le devant des taches à demi effacées...

– Ainsi tu as le temps de venir nous voir, aujourd'hui...

– Maman, il y a tant à faire en ce moment...
– Et le dimanche ?
Les lèvres de Mathilde se crispèrent et elle se tut, mais il devina ce qu'elle ne lui disait pas. Il n'est pas difficile de faire une demi-lieue. Cécile ne devait pas consacrer tous ses dimanches aux LeBlanc. Ne pouvait-elle pas, une fois de temps en temps, venir mettre les pieds sous la table de sa belle-famille ? Sauf que, lorsqu'on mangeait chez les Langlinais, on aidait aussi à la cuisine. Chez les Langlinais, on n'avait jamais gâté personne.
– Maman...
– Va voir ton père.
Le laconisme de Mathilde et son visage fermé révélaient à quel point elle bouillait intérieurement et craignait de laisser échapper des paroles qu'ensuite elle regretterait. Il s'éloigna avec le sentiment de porter un lourd fardeau sur ses épaules.
Heureusement, pour aller à la rivière, il fallait passer par le jardin potager : dès qu'il y fut entré, en effet, la symphonie de parfums qu'exhalaient les légumes presque mûrs dissipa ses tristes pensées. Machinalement, il distinguait l'odeur des tomates de celle des haricots, des gombos ou des plantes aromatiques. Il se pencha pour cueillir un radis, le frotta contre son pantalon et le mangea; sa saveur forte ranima ses papilles gustatives endormies par la chaleur. Lui aussi, en nettoyant le terrain autour de leur cabane, avait ménagé un petit lopin pour le potager de Cécile. Toute femme n'avait-elle pas besoin d'un endroit où faire pousser ses légumes et ses aromates ? Déjà, elle aurait dû se mettre à planter les choux-fleurs et les verdures d'automne.
Claude était assis sur le tronc d'un cyprès abattu et regardait l'eau épaisse et couleur de terre. Rien ne bougeait dans la chaleur intense. Mais ce calme brûlant d'août pouvait être rompu par de terribles tempêtes, quand les ouragans engendrés dans le

golfe du Mexique, après avoir dévasté les pays côtiers, arrivaient jusqu'aux Attakapas, encore assez forts pour ruiner des champs de canne à sucre, détruire les récoltes et emporter les toits.

– Ça va, papa ? (Claude tressaillit et se retourna.) Ce n'est pas dans vos habitudes de vous reposer avant qu'il fasse trop noir pour continuer de travailler.

– Ça va. Un brin fatigué, peut-être. (Il tapota le tronc à côté de lui.) Assois-toi, mon fils.

Tous deux restèrent un long moment sans rien dire, laissant leurs regards errer sur la surface lisse du bayou qui se traînait devant eux, ralenti par les tonnes de limon qu'il charriait en toute saison. Ce bayou s'appelait Teche, d'un nom indien qui signifie serpent. Selon une légende indigène, un grand serpent avait été tué sur ses rives. De nombreux noms de lieu dans le territoire étaient encore ceux que leur avaient donnés ses premiers occupants : les Chitimachas et les Attakapas. Attakapas signifie « mangeurs d'hommes », sans doute parce que, en des temps reculés, ils mangeaient les prisonniers qu'ils faisaient à la guerre. Ces deux peuples indiens continuaient de vivre dans le voisinage des colons qui, entretenant de bons rapports avec eux (de troc en particulier), avaient appris à connaître leurs traditions, leurs légendes et leurs dieux.

– Le diable emporte les Anglais ! dit soudain Claude.

– C'est à cela que vous pensiez ?

– Ils sont comme une pierre devant ma charrue, une pierre que je ne peux pas rouler de côté. (Claude poussa un soupir si profond qu'il semblait l'arracher à la terre sous ses pieds.) Tu crois être enfin arrivé dans un endroit où la vie sera un peu plus facile, eh bien, non ! Il y a toujours des pierres !

– Nous autres, Langlinais, ne nous sommes jamais laissé arrêter par des pierres, vous me l'avez bien dit, si grosses et si nombreuses soient-elles.

Son père lui avait parlé du vœu qu'il avait fait, dans l'église de Grand-Pré. Ne pas s'accorder de repos tant qu'un seul homme sur terre pourrait l'opprimer ou tyranniser ceux qu'il aimait... Louis s'était souvenu de ces paroles récemment, pendant la cérémonie du mariage, à force de contempler, quand il ne se tournait pas vers Cécile, le grand crucifix qui se dressait devant lui sur l'autel.

– Pour cela, Louis, reprenait son père, il faut que tout le monde aide à la tâche... Je n'aime pas parler de cela mais je ne peux pas ne pas le voir... ta mère non plus... (Il leva les yeux vers les champs qui s'étendaient de l'autre côté du bayou. Ces blés dorés, ces cannes hautes qui se balançaient dans la brise : comment obtenir de si belles récoltes si l'on n'est pas aidé chez soi ?) Cécile néglige ses devoirs. Elle ne fait ni la cuisine ni le nettoyage... Ta sœur Suzette nous a dit qu'elle passe ses journées à chanter et à tresser des couronnes; pendant ce temps-là, c'est sa vieille tante qui fait tout. (Il sentit Louis se raidir mais il continua.) Ce n'est pas comme cela que sont nos femmes, Louis. Elle te ridiculise.

– Je sais que vous voulez mon bien, rétorqua Louis, d'un ton froid. Mais vous ne comprenez pas Cécile. Pas du tout...

– C'est vrai. Mais si tu la comprends, Louis... j'espère que tu sauras...

– Ce que je sais, c'est que nous sommes peut-être déjà en guerre. Pensez donc : trois semaines ont passé entre le moment où le roi Charles a déclaré la guerre et celui où nous l'avons su, ici. Et pendant que nous nous échinons à sarcler avec nos houes, que nous guettons les ouragans, que nous protégeons nos maisons, les Anglais menacent peut-être déjà La Nouvelle-Orléans. Il faut travailler, bien sûr, mais aussi s'amuser. Il se pourrait qu'il ne nous reste plus beaucoup de temps, maintenant...

Louis s'interrompit, sa voix devenait trop tendue.

Depuis la fin de juillet, des rumeurs de plus en plus insistantes parvenaient de La Nouvelle-Orléans. On savait, sans plus de détails, que le roi d'Espagne avait autorisé ses sujets d'Amérique à se joindre à la guerre contre l'Angleterre et ses possessions. Selon Alexandre, les conseillers de Galvez attendaient d'obtenir des renforts de La Havane avant d'entreprendre quoi que ce fût : la province n'était pas assez armée, une offensive risquait de se solder par un désastre. Pour le reste, chaque fois qu'on lui posait des questions précises, le chevalier se contentait d'écarter les bras, soit qu'il feignît l'ignorance, soit qu'il ne sût vraiment rien.

– Nous serons peut-être fixés quand Alexandre reviendra de la ville, dit Claude. Pierre m'a dit ce matin que Galvez a convoqué une grande réunion publique pour aujourd'hui. Alexandre est parti hier pour y assister.

– Espérons que Galvez répliquera aux fanfaronnades des Anglais. Pourquoi leur laisser l'initiative ?

– C'est plus que des fanfaronnades. Pierre a vu leurs forts, et il a des amis à La Nouvelle-Orléans. Il dit que les Anglais sont plus forts que Galvez.

– Galvez laisserait les Anglais s'emparer des deux rives du Mississippi, descendre jusqu'au golfe, menacer le Mexique ? C'est impossible. S'il ne le peut pas tout seul, il appellera la milice.

Ils se regardèrent un instant en silence. L'air chaud, moite et lourd, n'évoquait plus seulement le rapide mûrissement des moissons; on y pressentait le déchaînement de la violence.

– Au moins, c'est contre les Anglais que je me battrai, reprit Louis.

Une petite lumière sembla pétiller au fond des yeux sombres de Claude, pétiller, puis s'éteindre.

– Ces Anglais ne sont pas comme les soldats qu'il y avait à Grand-Pré, Louis.

Redressant brusquement la tête, Louis regarda son père dans les yeux, cherchant la flamme qu'il y avait vue passer.

– Le drapeau est le même, dit-il. L'uniforme aussi. Et leurs méfaits ne se comptent plus. Regardez ce qu'ils font à leurs propres colons.

– Un drapeau et des uniformes : est-ce une raison suffisante pour que tu te battes, toi ?

Louis se leva, ne supportant plus la chaleur étouffante.

– Non, certes, mais je dois défendre ma terre et protéger ma femme.

Des mots ! pensait Claude en l'écoutant. S'il savait ce que c'est vraiment...

– Tant que tu n'auras pas vu à quoi ressemble la campagne dévastée par l'ennemi, tant que tu n'auras pas vu le regard des femmes séparées de leurs hommes...

La flamme de la colère grandissait en lui, plus ardente que le feu du soleil d'août. Claude savait ce qu'il pouvait devenir s'il se laissait prendre par sa colère; la rage et l'amertume n'étaient pas un héritage à transmettre à son fils. Pourquoi aurait-il, lui, risqué sa vie dans le vain espoir de guérir d'anciennes blessures ? Mieux valait que Louis découvrît de lui-même, si par malheur il le fallait, ce qui peut vraiment vous pousser à faire la guerre; ou que sinon, il l'ignorât. Il se leva lui aussi et le prit par l'épaule.

– J'espère que tu ne verras jamais ces choses-là. Mais viens chez nous avec Cécile cette semaine.

– J'avais pensé apporter un pot de petits pois, dit Cécile quand ils se retrouvèrent le dimanche suivant. Mais je me suis rendormie et ils ont brûlé.

Sur un ton tout à fait innocent, elle venait de confesser d'un coup deux crimes aussi impensables l'un que l'autre. Tout le monde mourait de chaleur tandis qu'elle semblait évoluer dans une fraîcheur printanière. Elle ne cessait de s'agiter et toutes ses paroles étaient doublées de gestes et de jeux de physionomie. Quand Suzette et Bernadine commencèrent à mettre la table, elle s'approcha de Louis, en regardant d'un air renfrogné dans leur direction.

– Tu m'emmènes au bayou ? Il y a peut-être un peu de brise au bord de l'eau.

– Tu ferais mieux d'aider mes sœurs...

Il s'arrêta. À chacun de ses mots, il voyait la moue de Cécile s'accentuer. La vue de ces belles lèvres pleines, comme toujours, le désarmait.

Elle se pencha vers lui.

– Je veux être avec toi, lui chuchota-t-elle à l'oreille.

Louis sentait sur lui le regard de sa mère. Il savait qu'elle voyait l'éclat soudain de ses yeux, sa main qui s'approchait de celle de Cécile. Un instant, il résista encore. Puis Cécile se dégagea en riant et partit comme une flèche, ses cheveux non tressés tombant de sous son bonnet en une cascade de boucles noires presque jusqu'à la taille. Louis courut derrière elle, avec raideur au début, pensant au spectacle qu'elle était en train de donner à sa famille, puis de plus en plus librement. Et l'on vit les deux silhouettes bondissantes se rejoindre, dans un cadre de feuillages et de lumière, à la lisière du petit bois qui longeait le bayou.

Mathilde effeuillait la salade avec une brusquerie inhabituelle, pour qui connaissait ses rythmes immuables. Mais comment contenir sa colère devant l'insulte que Cécile leur faisait en choisissant de jouer plutôt que d'aider ses belles-sœurs et sa belle-mère ? Ses yeux restaient fixés sur le bois où ils folâtraient tous les deux.

– Il va falloir que Cécile cesse de jouer les évaporées si Louis est appelé, dit Claude. Qui d'autre peut s'occuper de sa ferme ?

– Tu parles ! Je ne te l'avais pas dit ? La semaine dernière, quand il y a eu ces trombes d'eau, Louis avait mis ses meilleures semences de grain à sécher – et cette gourde ne les a pas rentrées ! Elle lui a dit qu'elle avait peur des éclairs.

Pour Mathilde, seul était à craindre le jugement de Dieu.

Pendant le repas, Cécile se servit plusieurs fois la première et choisit le meilleur morceau de la poule. Elle avait pourtant un bavardage si gai, une façon si drôle de raconter des histoires que Bernadine, Suzette et même Julian se mirent bientôt à rire eux aussi, malgré l'air grave de leurs parents, assis à chaque bout de la table.

Quand vint le moment de débarrasser et de faire la vaisselle, Cécile était fatiguée.

– Ramène-moi à la maison, dit-elle.

Louis la hissa sur sa jument, monta derrière elle et prit congé en évitant de regarder sa mère en face.

– Je suis contente que nous soyons partis si tôt, dit Cécile en se collant contre lui.

Et lui ne pensa plus qu'à rentrer au plus vite à la maison. Il aurait voulu y être déjà.

Le lendemain, Claude vint chez Louis pour l'aider à réparer la clôture du pré qui longeait le grand chemin. Vers la fin de la matinée, alors qu'ils travaillaient encore, ils entendirent dans le lointain arriver un cavalier. Au bruit des sabots, ils reconnurent que l'animal était fourbu; et ce son avait quelque chose de lugubre qui agaça leurs nerfs déjà tendus. Ils coururent à la route et attendirent, les yeux fixés sur le long ruban poussiéreux qui disparaissait derrière un pli du terrain.

C'était Alexandre; il était ébouriffé et avait l'air aussi épuisé que sa monture. Il tira sur la bride et se laissa presque tomber dans l'herbe du talus.

Ils lui tendirent leur outre; il but à longues

gorgées, puis versa le reste de l'eau sur sa tête et sa nuque couvertes de poussière. Louis sentait fraîchir sur son dos la sueur du matin; il frissonnait presque et il n'osait regarder son père. Ils allaient savoir... Un hidalgo n'aurait pas crevé ainsi son cheval simplement pour arriver chez lui à temps pour le dîner !

– Alors, je vais me battre ? dit Louis d'une voix profonde et déterminée.

« Je » : son père eut l'impression de n'entendre que ce petit mot, et un son étouffé s'échappa de sa gorge.

– Si vous... si nous nous battons, répondit Alexandre, il faudra que nous nous battions les mains nues.

Galvez, leur dit-il, avait élaboré un plan pour défendre la colonie contre la rapacité des Anglais; et c'est pour annoncer ce plan qu'il avait convoqué cette réunion publique, vendredi dernier, au Cabildo. Les préparatifs de la campagne avaient commencé : la flotte était venue mouiller sur le fleuve, devant La Nouvelle-Orléans, mais, le mercredi, un ouragan, « en moins de temps qu'il n'en faut pour dîner décemment », avait remonté le Mississippi sur plus de quarante miles, balayant tout sur son passage, maisons, récoltes, bestiaux, et envoyé au fond du fleuve tous les navires espagnols, sauf la frégate *El Volante* qui n'avait dû son salut qu'au courage et à l'habileté de son capitaine.

– Voilà qui explique l'orage qu'on a essuyé l'autre jour, commenta Claude. Sans flotte ni canons, que peut faire Galvez ?

Alexandre jeta à Louis un regard où se lisait toute la pitié du vieux soldat pour la nouvelle recrue.

– Tenir, dit-il, par n'importe quel moyen.

Ils s'efforcèrent de penser à d'autres choses quand Alexandre fut parti.

– Il faudrait vraiment qu'on ait notre propre moulin. On ne peut pas toujours laisser la cinquième part de notre blé chez Antoine ! Tandis que si on le construit, ça peut même nous rapporter ! (Louis ramassa un bâton et esquissa un dessin dans la terre.) Si on s'y met tous, toi, oncle Pierre et moi, ce sera vite fait. Alors, même si...

Même si, même si... Claude ne voulait voir que ces lignes tracées sur le sol. Il se sentit pris comme dans un courant et retrouva le moment présent, et août, et la chaleur.

– Peut-être qu'on pourra demander un peu moins qu'Antoine. Tout le monde dit qu'il nous prendrait jusqu'à nos sacs – il faut pas qu'on dise ça de nous !

Chacun appliquait toutes ses forces à extirper sa peur, comme on frappe les mottes pour séparer l'herbe de la terre. Il fallait continuer.

Les moissons commencèrent. C'était une lutte avec le soleil qui semblait vouloir brûler les récoltes avant que les paysans pussent les rentrer. Les hommes des Attakapas étaient tellement pris par leur travail qu'ils en oubliaient presque, dans un monde où le coton était en fleur, où la canne continuait de grandir en se balançant au vent, où les épis bruns se couchaient sous les coups de la faux, que fleurissaient aussi, à moins de deux cents miles de chez eux, les canons, les longs fusils et les lignes ondoyantes et bariolées des soldats.

Tous les soirs, sur la place de l'église, Alexandre entraînait la milice. S'il savait quelque chose de nouveau, il n'en disait rien, malgré les questions dont on le pressait. Il savait les éluder avec autant de patience qu'il en mettait à faire répéter les exercices. Un soir cependant, enhardis par la présence d'un officier de haut rang arrivé ce jour-là, Louis et les autres entourèrent Alexandre, résolus à en finir avec les rumeurs et leur propre incertitude.

– Chevalier, s'il vous plaît, il en va de nos vies. Cet homme a-t-il apporté des nouvelles ?

Alexandre les regardait, fixant tantôt l'un, tantôt l'autre. Son visage était moins fermé, sa détermination fléchissait.

– Bien, dit-il, c'est lui qui va vous parler.

Les Acadiens entrèrent dans la pièce au plafond bas qu'Alexandre réservait aux réunions, tandis que celui-ci disait quelque chose en espagnol à son visiteur. La face de l'homme s'assombrit, et c'est avec une répugnance évidente qu'il s'approcha du groupe. Son français était hésitant mais Louis s'en apercevait à peine, tant son besoin de savoir avait excité ses facultés mentales.

– Il faut comprendre que Bernardo de Galvez n'est pas un général ordinaire, même parmi les Espagnols, commença l'homme. Grâce à lui, les conséquences désastreuses de la tempête sont déjà oubliées. Nous, nous étions tous effondrés après le passage de cet ouragan. Les Anglais, en effet, avec leurs alliés indiens, peuvent aligner quinze cents hommes sur le terrain et obtenir une victoire facile. Eh bien ! (L'homme se tourna vers la table à côté de lui, prit la bouteille de vin qui s'y trouvait, se servit et but.) Il a donné l'ordre à Don Juan Antonio Gayarre de faire l'impossible pour rétablir les défenses. Mais certains murmurent que Galvez a un projet plus ambitieux, et que ce que Gayarre est en train de faire ressemble fort à la préparation d'une offensive. Il se démène comme un diable, envoie partout des recruteurs, rassemble des équipages...

– Et Galvez ? Que fait-il ? demanda quelqu'un.

– Le général ? Il exhorte les gens à prendre en main leur propre défense. Quel ramassis d'engourdis c'était ! Cet homme est un génie ! dit-il en se servant un autre verre de vin. Voilà comment il s'y est pris : il a convoqué une nouvelle assemblée. « L'Espagne et l'Angleterre sont en guerre », a-t-il déclaré. Tout le monde s'est regardé : Qu'est-ce qu'il raconte ? Comme si on ne le savait pas ! Alors, il a révélé, bravant le brouhaha qui s'élevait, la gravité de la menace que les forts occupés par les Anglais le long du fleuve font peser sur La Nouvelle-Orléans et la colonie, et tous aussitôt se sont tus.

Les quelques hommes, dans la pièce, qui connaissaient l'existence de ces forts approuvèrent de la tête. Les Anglais ne les avaient pas construits pour des prunes, évidemment ! Quelqu'un cracha bruyamment.

– Les ayant effrayés par ses paroles, il n'a eu aucune peine à gagner l'assemblée à ses idées. « Messieurs, a-t-il ajouté, le roi me nomme gouverneur permanent de la Louisiane et me mande pour assumer la défense de cette province. Je suis prêt à le faire, je suis prêt à verser mon sang pour la Louisiane et pour mon roi; mais, messieurs, puis-je accepter cette charge, puis-je prêter un serment que je m'expose à violer si vous ne m'aidez pas à résister aux menées ambitieuses des Anglais ? Puis-je jurer de garder ce territoire à notre roi ? Dois-je compter sur vous ? Êtes-vous disposés à vaincre ou mourir pour votre gouverneur et votre roi ?... » On lui a répondu bien sûr par une ovation. « Donc, messieurs des Attakapas, préparez-vous à la campagne ! » Voilà ce qu'il a conclu.

Louis revint chez lui dans un état d'hébétude qui estompait les sons du soir et voilait tout à sa vue, sauf un visage, celui de Cécile. Elle était assise à côté du grand chêne qui étendait ses branches sur un coin de leur cabane. Elle s'était tissé un éventail avec des feuilles de palme, et elle l'agitait lentement dans l'air lourd. Les derniers rayons du soleil projetaient sur elle l'ombre des contours délicats des feuilles. En l'apercevant, Louis eut une vision : il la vit telle que Mathilde avait dû être, vingt ans auparavant, en arrivant aux Attakapas : le corps vidé, squelettique, les yeux ternes. Non ! Il fallait la préserver de ces changements monstrueux et si, pour cela, il fallait la quitter pour quelques mois, il la quitterait, si douloureux que ce soit, pour suivre Galvez jusqu'à ce que toute menace fût écartée.

Le 27 août 1779, Galvez partit enrôler d'autres hommes sur les côtes, des Allemands et des Acadiens. Il avait alors renfloué une goélette et trois canonnières et fait venir, devant La Nouvelle-Orléans, des navires qui avaient relâché dans un port plus sûr au moment de la tempête et qui avaient ainsi été épargnés. En tout, il disposait de dix pièces d'artillerie. Sa petite armée, comprenant cent soixante-dix vétérans, trois cents recrues, vingt *carabineros,* soixante miliciens et dix volontaires américains, plus quatre-vingts nègres libres, marchait vers le fort de Manchac, et tout le monde s'était rallié à l'idée que le meilleur moyen de défendre la capitale était d'attaquer les Anglais sur le terrain.

– C'est alors que j'ai reconnu en Galvez un brillant stratège, dit par la suite Alexandre. Il n'avait même pas sept cents hommes, mais il n'a pas hésité un instant à marcher contre un fort anglais ! Non seulement à marcher, mais à attaquer ! Cela dit, quand ces sept cents atteignirent leur but, ils avaient été rejoints en chemin par six cents hommes de la milice et cent soixante Indiens; et Galvez se retrouva à la tête d'un peu plus de mille quatre cents soldats : un nombre bien suffisant pour inquiéter les Anglais.

Comme beaucoup d'autres familles des Attakapas, les Langlinais et les LeBlanc se réunirent chez Cécile et Louis la veille du départ. Mathilde espérait que, pour une fois, les deux clans se fondraient en un seul groupe uni et fort.

– Ne vous faites pas de mauvais sang pour Cécile, dit-elle à Mme LeBlanc. Nous irons la voir tous les jours et nous l'aiderons autant que possible.

– L'aider ! Elle a besoin de bien davantage.

Comment Cécile pourra-t-elle s'occuper à la fois de la maison et de la ferme quand Louis sera parti ? Il faut toujours que les hommes s'amusent entre eux. Au début ils savent donner bonne image, ça oui. Mais tôt ou tard, on déchante.

– Ce n'est pas Louis qui a décidé de cette guerre, madame.

– Mais il a décidé de faire de Cécile sa femme. En sachant qu'elle n'est pas travailleuse. Il y a des chances qu'il trouve tout à l'abandon à son retour, mais ce n'est pas mon affaire.

Finalement, on arrêta que la vieille tante viendrait s'établir chez Cécile, pour veiller sur elle et sur la maison. Louis voulait parler à son beau-père.

– Mon père et mon frère se chargeront d'une bonne part des travaux de notre ferme, dit-il. J'espère que vous ferez de même.

– Vous croyez que Cécile le mérite ? demanda André LeBlanc, en se détournant avant que Louis ait eu le temps de lui répondre.

– Oh, je me fiche bien de tout cela, dit Cécile. Bien sûr, il faut que quelqu'un donne à manger aux cochons ou traie les vaches. Mais Louis, ce que je voulais te dire… (Elle s'approcha, s'agrippa à lui et attira son visage vers le sien.) Tu iras à La Nouvelle-Orléans, et tu m'achèteras une jolie chose ?

Louis l'enlaça avec passion et se pencha pour déposer un baiser sur son front, si fragile, si serein.

– Bien sûr. Qu'est-ce que tu voudrais ? Quelque chose comme ce que rapporte l'oncle Pierre, tout en couleurs vives, en plumes et en rubans ?

Ils s'écartèrent un peu, le petit espace qui les séparait des autres semblait vaste comme la mer.

– Il l'aime vraiment beaucoup, maman, dit Suzette, en touchant le bras de Mathilde.

– Et elle ? Est-ce qu'elle l'aime ?

Mathilde restait de marbre, le jugement qu'elle avait porté sur sa belle-fille était définitif. Quand

Louis vint dire adieu à Mathilde, il sentit qu'un fossé s'était creusé entre eux, et qu'un réseau de fils invisibles le retenait du côté de sa femme. Il lut la tristesse dans les yeux de sa mère et comprit qu'elle aussi ressentait cet éloignement.

La longue attente de l'appel aux armes, la cérémonie des adieux, où il avait dû s'efforcer en permanence de garder un visage souriant, les premières heures de la nuit passées dans les bras de Cécile – tout cela précipita Louis dans un sommeil aussi profond que le bayou quand, resserré entre des rives escarpées, il se jette dans la baie. Qu'il était dur de se dégager de ce sommeil ! Mais quelque chose, un bruit, l'avait réveillé, et il se dressa péniblement sur son séant. Un nouveau cri terrible retentit, comme un écho du premier, un peu plus faible peut-être, mais aussi effrayant, à vous glacer le sang. C'était Cécile qui faisait un cauchemar. Il passa délicatement la main derrière sa tête et tourna son visage vers lui, tout en se déplaçant pour pouvoir la bercer. Bien que toujours endormie, elle avait les yeux grands ouverts; et ce qu'elle voyait était si horrible qu'il sentait ses propres forces lui manquer. La lumière blême de la lune donnait à son visage un relief affreux, on eût dit une face sculptée sur une stèle funéraire. C'était la mort qu'il voyait sur la face de Cécile, la mort d'un esprit, la victoire du démon.

Elle lui avait parlé, de temps à autre, des atrocités qu'avaient subies les Acadiens débarqués sur la côte du Massachusetts. Les flagellations publiques étaient le moindre des châtiments pour ceux qui contrevenaient aux multiples lois qu'on leur imposait comme à plaisir. Il avait d'abord pensé qu'elle exagérait, ou qu'elle répétait des conversations surprises entre les adultes, et autour desquelles son esprit d'enfant avait brodé. Mais, par la suite, quand des membres de sa famille avaient confirmé ses dires – yeux arrachés par les crochets métalliques du fouet, femmes et hommes brûlés sur des bûchers ou pendus –, il avait compris que son rire léger, ses yeux vifs toujours en quête d'amusement, sa voix aiguë et rapide étaient comme un masque, qu'elle portait pour se protéger de l'horreur du monde.

Jusqu'à cette nuit-là, il pensait qu'elle avait toujours porté ce masque, que l'horreur ne l'avait pas touchée directement, parce qu'elle était trop jeune, alors. En la regardant cette nuit-là, il savait qu'elle était en train de revivre en rêve une intolérable torture. Et lui aussi sentait comme un couteau lui transpercer le corps. Quelqu'un, en un autre lieu, en un autre temps, avait amputé Cécile de sa jeunesse, ne lui laissant que son instinct enfantin de jeu. Ainsi, la frénésie qu'elle mettait à toujours être gaie était sa seule arme contre la chose monstrueuse qui l'engloutissait. Il se représentait son esprit d'enfant s'accrochant à chaque papillon, à chaque bibelot, comme à des preuves que le monde ne pouvait être aussi mauvais qu'elle le savait. Il l'attira plus près de lui et se mit à fredonner la vieille berceuse que Mathilde avait chantée à tous ses enfants.

– *Fais dodo, Minette, Trois petits cochons dulaites; Fais dodo, mon petit babe, Jisqu'à l'âge de quinze ans. Quand quinze ans aura passé, Minette va se marier.*

Peu à peu, il sentit son corps se relâcher entre ses bras, son visage se détendit et sa respiration redevint régulière et profonde. Il la recoucha sur ses oreillers, ces oreillers ridicules bordés de dentelle et brodés de roses qu'elle aimait tant. Si ces fanfreluches pouvaient lui donner un sommeil heureux, qu'elle en eût alors des armoires entières !

Le lendemain matin, en marchant avec les autres vers le Mississippi et leur rendez-vous avec Galvez, Louis se dit que s'il avait vraiment gâté Cécile, il était heureux de l'avoir fait. Peut-être ne la reverrait-il jamais, mais au moins elle ne garderait que de bons souvenirs de lui.

D'autres Acadiens, des Opelousas et de Pointe-Coupée, s'étaient joints à eux, quand ils arrivèrent au lieu de ralliement, au bord du fleuve. Enflammés par les conversations qu'ils avaient eues en chemin, et où il n'était question que de ce que leurs parents avaient souffert entre les mains des Anglais, ils brûlaient de se battre, avec autant de courage et de discipline que les réguliers de Galvez. Louis aussi se sentait pris d'une soudaine ardeur guerrière. Non ! cette génération d'Acadiens ne serait pas une génération de vaincus. Si, en Nouvelle-Écosse, des milliers d'Acadiens s'étaient laissé maîtriser par un petit détachement britannique, cette fois, chaque Acadien vaudrait cinq tuniques rouges.

Galvez détacha du gros des troupes une avant-garde constituée avant tout d'Indiens et d'esclaves affranchis connaissant bien les forêts qu'il fallait traverser pour parvenir à Manchac : précédant l'armée d'un quart de lieue, ils devaient déjouer toute attaque surprise de l'ennemi. Ensuite marchaient les vétérans, protégés par l'artillerie de la petite flotte qui remontait lentement le fleuve. La milice suivait en arrière-garde. Il n'y avait pas de train des équipages, ni tentes ni cantines, ni aucune des autres commodités nécessaires à une campagne prolongée.

– Heureusement qu'on sait comment se débrouiller pour manger dans ce pays, dit à Louis un autre milicien des Attakapas, Raoul Landry. Ce Galvez doit penser soit qu'on crèvera tout de suite, soit que nous sommes comme des anges qui peuvent combattre sans avoir rien dans le ventre.

S'il n'y avait pas eu tous ces hommes autour de lui, Louis aurait pu se croire à la chasse à la palombe, par ce clair matin du début de septembre. Galvez les avait prévenus que les Anglais faisaient battre le pays par quatre cents soldats. Chaque bruit d'oiseau, de branche cassée les mettait en alerte. À tout instant les forêts pouvaient perdre leur innocence et se souiller de violence et de mort.

Mais le seul éclair rouge que l'on vit de la journée fut le dos écarlate d'un oiseau cardinal qui volait vers son nid tout en haut d'un arbre. Galvez ordonna la halte à une demi-lieue du fort puis, devant les troupes rassemblées, il annonça de sa voix fière que les instructions qu'il avait reçues lui enjoignaient non seulement de défendre La Nouvelle-Orléans, mais aussi d'attaquer les Anglais retranchés le long du Mississippi, et de les chasser du territoire au nom du roi Charles III. Des hourras s'élevèrent de tous côtés, et les rares « vive le roi » furent noyés sous les cris de vengeance.

Louis se souvint de sa dernière nuit avec Cécile et de l'horreur qui défigurait son visage. Les récits de sa mère – la cale de l'*Endeavor*, la faim, l'impossibilité de satisfaire les besoins les plus élémentaires, les corps des morts jetés l'un après l'autre à la mer – lui revinrent à l'esprit avec une force qu'ils n'avaient jamais eue, quand il les avait entendu raconter au coin du feu. Les soldats qui faisaient le guet au fort de Manchac, ou plus loin, en amont, à Baton Rouge, n'étaient pas ceux qui avaient martyrisé les Acadiens, certes; mais c'était toujours la même armée, au service des mêmes rois. Le genre d'hommes qui vous faisaient rejoindre sur l'heure l'éternité… Et Louis, comme les autres, se répandait en déclarations vibrantes de loyauté envers le général que Dieu leur avait envoyé, pour les sauver des griffes de l'ennemi héréditaire.

Peu à peu, le bruit des conversations cessa. Tous s'étendirent à même la terre. Pour Louis, cette nuit fut comme une infinité de nuits. À tout moment, il se réveillait, constatait qu'il faisait toujours aussi noir et se rendormait. Quand on sonna le rassemblement, tout le camp était prêt depuis des heures. Nerveux, les soldats pensaient peut-être que la bataille qu'ils allaient livrer ce jour-là ne serait pas aussi effrayante que celles qu'ils avaient subies dans leurs rêves. Ils attendaient les ordres de Galvez.

Le soleil, par ce septième jour de septembre, fut très tôt brûlant. Partout, des vapeurs s'élevaient de la terre jusqu'aux cimes des arbres. Les oiseaux, comme fatigués d'avoir passé le printemps et l'été à construire leurs nids et à nourrir leurs petits, gazouillaient paresseusement, tandis que l'astre du jour dissipait les traînées de brume qui s'allongeaient à l'horizon. Au garde-à-vous entre deux camarades des Attakapas, Louis frissonnait. Où étaient maintenant ses belles idées de vengeance ? Il n'avait jamais ne fût-ce que vu tuer un homme sous ses yeux. Comment pouvait-on se résoudre à cela, se demandait-il, quand on est confronté, non plus à des monstres imaginaires, mais à des hommes bien vivants, comme vous ?

Pendant que les troupes aguerries partaient à l'attaque, Louis, en compagnie d'une douzaine d'autres miliciens, gravissait une petite éminence, au bord du fleuve, d'où ils pourraient suivre le déroulement de la bataille et où ils devaient se tenir prêts à intervenir. Bientôt, les arbres familiers qui entouraient le fort – chênes, gommiers, pacaniers – se couvrirent d'étranges fleurs grises dont les apparitions étaient suivies de détonations et de sifflements. Si nos observateurs ne pouvaient encore voir l'avancée de leurs camarades, en revanche, rien ne leur échappait des mouvements fiévreux des Britanniques aux embrasures du fort. Enfin, sous un dais de fumée, les réguliers espagnols apparurent, se ruant à l'assaut. Galvez, sur son cheval, semblait être partout à la fois.

Tout était fini quand la milice reçut l'ordre de rallier le gros des troupes; elle n'eut qu'à pénétrer dans le fort, où les Espagnols rassemblaient déjà les prisonniers.

– Un capitaine, deux lieutenants et vingt soldats, grommela Raoul. Tu parles d'un exploit ! C'est une véritable insulte pour un général comme Galvez !

– Qu'il continue de se faire insulter, alors ! dit Louis, en s'asseyant par terre à côté de Raoul.

Si les garnisons des autres forts étaient aussi faibles, cette campagne serait une promenade. Il n'y avait eu qu'un seul blessé ce jour-là : un soldat anglais; et sa vue n'évoquait guère les spectacles horribles qui tourmentaient l'imagination d'un novice comme Louis.

– J'aimerais en avoir vu davantage, dit-il en indiquant des yeux ce soldat.

Raoul le regarda.

– Et en avoir fini avec tout ça, surtout.

Louis se laissa rouler sur le côté, cueillit une tige d'herbe et se mit à l'effiler minutieusement.

– Pourquoi tu te bats, toi, Raoul ?

– Pour garder ce que j'ai. Et avoir le temps de gagner plus.

– Ah ? Tu n'as rien contre les Anglais ? À cause de ce qu'ils nous ont fait ?

Raoul haussa les épaules.

– Bah, ce pourrait être très bien contre quelqu'un d'autre. Il y a vingt-cinq ans, c'était les Anglais. Maintenant, c'est encore les Anglais. Mais, au fond, tout ça, c'est à cause de la terre. Français, Espagnols, Anglais – tout le monde veut ce pays. Toi et moi, nous en possédons un bout. Et nous avons un général qui, lui aussi, veut la garder... En Acadie aussi, nous avions un bout de terre et nous voulions le garder. Mais nous n'avions pas d'armée. C'est toute la différence.

– Tu parles comme mon père. À l'entendre, on dirait que sa terre ne fait pas partie du territoire.

– C'est vrai, conclut Raoul.

À cette escarmouche succédèrent six jours d'inaction.

– Mon Dieu, j'aurais encore préféré marcher pendant tout ce temps-là, se plaignit Louis le quatrième jour.

On ne voyait presque plus le général. Tandis que ses hommes procédaient à l'inventaire du fort et emmenaient les prisonniers à La Nouvelle-Orléans, Galvez, enfermé dans ses quartiers avec son état-major, préparait l'attaque de Baton Rouge. Enfin, à l'aube du 13 septembre, on donna le signal du départ. Ce serait une courte marche : Baton Rouge n'était qu'à six lieues en amont. Pour la première fois, ce jour-là, on perçut dans l'air, l'espace d'un instant avant l'apparition du soleil, un petit souffle glacé. Puis, de nouveau, la chaleur imposa son empire; elle régnerait ainsi pendant presque un mois encore, mais la terre avait respiré un peu. Louis pensa à l'automne, au retour des canards, aux brises fraîches descendant du nord qui déposeraient dans la verdure leur touche d'ocre et de feu. Il faut que je vive, songea-t-il, il faut qu'avant l'hiver je sois revenu aux Attakapas. Je veux chasser les canards pour Cécile. Je veux rapporter des marais des feuilles rouge et or qu'elle mettra dans ses cheveux noirs. Je veux faire un lit tout de rouge et d'or, pour elle et pour moi.

À midi, on fit halte pour casser la croûte.

– Tiens, il doit se passer quelque chose, dit Louis en se levant pour mieux voir le groupe d'officiers qui entourait Galvez.

Une estafette, couverte de cette fine poussière de terre qui semblait aussi omniprésente dans l'air que le limon dans les cours d'eau, venait d'arriver et transmettait un message au général, accompagnant ses paroles de force gestes. Un cri joyeux s'éleva du groupe. La nouvelle se répandit comme une traînée de poudre et, bientôt, le camp tout entier poussa des hourras, résonnant tel un gigantesque gong de cuivre au coup que Charles de Grand-Pré, *comandante* espagnol, venait de porter aux Britanniques en amont de Baton Rouge.

Raoul, qui était allé glaner des renseignements plus précis, revint le sourire aux lèvres.

– Grand-Pré nous a facilité la tâche. Il s'est emparé des deux postes qui se trouvaient entre ici et Natchez. Pas un Anglais n'a échappé. Il les tient tous prisonniers. Baton Rouge ne peut plus recevoir de renforts d'amont.

– Donc, si nous gagnons, il ne restera plus que le fort de Panmure, à Natchez...

– Nous ne perdrons pas.

Quand ils furent assez près de Baton Rouge, Galvez, prenant quelques officiers avec lui, partit en reconnaissance dans la forêt épaisse qui entourait la forteresse de presque tous les côtés. Les hommes s'éparpillèrent et attendirent tranquillement; mais tout le reste, dans le paysage, semblait animé de vibrations : la terre, sous chaque pas, exhalait des bouffées de poussière; les feuilles tremblaient et les arbres semblaient danser; la lumière du soleil ondulait autour des baïonnettes étincelantes.

– La terre sent notre pouls, dit Raoul. Elle est inquiète pour nous.

Qu'il passait lentement, cet après-midi ! Pour tuer le temps, Raoul confectionna deux sifflets de bois. Il en donna un à Louis :

– On essaiera de rester ensemble quand ça commencera. Si on est séparés et qu'on a besoin l'un de l'autre, on aura ça.

Louis l'essaya puis le fourra dans sa poche et, pour la première fois depuis le début de cette campagne, retrouva un état d'âme qui ressemblait à la paix.

Le soir venu, Galvez exposa son plan de bataille devant les troupes réunies. Les vieux soldats, constatant que du côté où l'on était arrivé, la forêt formait comme un immense entonnoir dirigé vers le fort, étaient certains que leur chef les ferait progresser par les sous-bois jusqu'à cette pointe, pour ménager un effet de surprise. Louis imaginait l'assaut final qui s'ensuivrait, à découvert : il faudrait courir comme des lièvres dans l'espoir d'éviter les balles, voir ses amis s'écrouler, tuer soi-même d'autres hommes. En serait-il capable ?

Mais Galvez les rassura tous. Il leur parla d'abord du fossé qui faisait le tour du fort : dix-huit pieds de large et quatre pieds au moins plus profond que les plus grands d'entre eux. Il leur décrivit les chevaux de frise dont les pointes hérissées protégeaient les remparts. Il leur révéla que le fort était défendu par presque quatre cents soldats de métier et plus d'une centaine d'hommes de la milice.

Puis il annonça que, soucieux de ménager la vie des hommes qui faisaient la richesse de « notre pays », il ne lancerait pas d'attaque frontale. Néanmoins, la stratégie à laquelle il s'était arrêté était très simple. Un détachement comprenant la milice, les affranchis et les Indiens prendrait position dans cette avancée en pointe de la forêt, où il simulerait les préparatifs d'une attaque, tout en restant hors de portée des canons anglais.

– Pendant ce temps, dit Galvez, les troupes régulières contourneront le fort jusqu'à un jardin qui se trouve de l'autre côté, où elles mettront en place les batteries, tandis que, dans le bois, on fera feu sur les Anglais, pour détourner leur attention et leur faire user leurs munitions. Ce doit être un feu d'artifice cette nuit – du côté anglais surtout. Et prions Dieu qu'aucun de leurs boulets n'atteigne sa cible. Puis, à l'aube...

– À l'aube, nous arracherons la dent du vieux lion malade, dit Raoul.

Autour de Louis, tout le monde se redressait : Galvez inspectait les troupes. Il passait de long en large devant eux, de temps en temps s'arrêtait, prenait un mousquet, l'examinait, passait son doigt sur le tranchant de la baïonnette. Dans les rangs, on se reboutonnait, on frottait ses bottes contre l'herbe haute.

– Il finira par faire de nous une armée modèle, chuchota Louis.

– Quand on est fier, on se bat mieux, observa Raoul.

Ayant terminé sa revue, Galvez leur adressa un dernier mot :

– Si tout se passe comme je le pense, les Anglais, demain matin, auront non seulement épuisé en pure perte une bonne partie de leurs munitions, mais ils seront si énervés, à force d'avoir attendu l'assaut toute la nuit, qu'ils seront incapables, je crois (ici, Galvez se permit de sourire), de se remettre de leur étonnement quand soudain des canons commenceront à les bombarder d'une position inattendue. Et je ne pense pas qu'il leur restera alors assez de munitions pour nous causer grand tort. Messieurs, mon intention est de faire tomber ce fort comme un fruit mûr, sans même rentrer dedans – et sans verser une goutte du sang de mes soldats.

Louis avait l'impression d'être emporté par un courant d'air ascendant qui donnait à tout son être une légèreté qu'il n'avait ressentie que deux fois : quand il avait abattu son premier cerf adulte, et quand il avait épousé Cécile. Après un grand détour car, au fond, pour lui, cette guerre n'aurait pas été autre chose, grâce à Galvez, il irait à La Nouvelle-Orléans pour acheter le cadeau qu'il lui avait promis. Il mit son mousquet à l'épaule et, Raoul à ses côtés, il quitta la clairière encore baignée de lumière dorée pour s'enfoncer dans la fraîche obscurité des sous-bois.

Le baptême

Le feuillage luxuriant, l'écorce molle des arbres, le terreau souple sous leurs pieds formaient comme un écran de douceur amortissant les bruits qu'ils faisaient en se frayant un chemin à travers les branchages et les taillis. Le capitaine espagnol que Galvez avait mis à leur tête arrêta leur progression à l'endroit où la forêt commençait à se rétrécir. Une fois sur place, on se rendait compte que cette curieuse avancée en pointe de la lisière de la forêt était artificielle : les traces de défrichement, de part et d'autre, ne pouvaient échapper à un regard attentif. Le capitaine fit un signe de la tête en direction de Louis et Raoul.

– Venez. Nous devons déterminer la portée exacte des canons anglais.

Quand l'officier jugea qu'ils s'étaient approchés suffisamment, il leur ordonna d'abattre de petits arbres et les aida à les empiler de la même façon que s'ils construisaient un affût pour un canon. Quand cela fut fait, le capitaine répandit de la poudre sur le sol derrière cette barrière, posa une mèche à une extrémité et y mit le feu. Tous trois coururent se réfugier derrière un chêne mort, dont le tronc était presque couché par terre.

Il y eut une grande flamme rouge, or et orange, un éclair et un coup de tonnerre : de gros bouts de bois retombaient de tous côtés. Le capitaine fit signe à Louis et Raoul d'ouvrir le feu, et lui-même appuya sur la détente de son mousquet. Les coups se succédaient si rapidement, leur fusillade était si nourrie, que Louis pensa que d'autres s'étaient joints à eux. Puis l'air sembla se déchirer au-dessus de leurs têtes, on entendit un bruit sourd et la terre trembla tandis que des fragments de métal passaient dans l'air en sifflant.

Le capitaine tira Louis par le bras. De nouveau, la mitraille s'abattit tout autour d'eux.

– Ça tombe derrière nous, articula Raoul en haletant, tandis qu'ils couraient.

– Ils ont une portée un peu plus longue que je ne croyais, dit le capitaine. Allons chercher les autres. On s'arrêtera ici... (Prenant son poignard, il fit une profonde entaille dans l'écorce blanche d'un grand sycomore.) Après quoi nous préparerons notre attaque. (Louis et Raoul ouvrirent de grands yeux; le capitaine éclata de rire.) Qu'est-ce que vous vous figurez ? Les Anglais vont forcément envoyer des éclaireurs par ici. Nous devons constituer des patrouilles et nous retrancher derrière des ouvrages de terre et des barrières. Une diversion n'est pas un jeu. C'est aussi sérieux que le reste de la bataille.

De fait, quand tout le monde fut réuni dans la clairière à côté du sycomore, le capitaine ordonna à la milice et aux affranchis de construire des retranchements, tout en guettant l'approche de détachements ennemis, et de faire feu sur toute ombre qui approcherait sans donner le mot de passe. De leur côté, les Indiens furent divisés en plusieurs groupes qui devaient se répartir çà et là, dans les bois, avec leurs tambours de guerre. Leurs roulements incessants, tout au long de la nuit, contribueraient presque autant que les fusillades à refroidir l'ardeur de la garnison anglaise.

Enfin, une petite patrouille alla occuper un poste avancé, à la pointe de la forêt, d'où l'on pouvait être quasiment certain d'apercevoir les soldats anglais qui viendraient évaluer la force des attaquants.

– Toi et Landry, dit le capitaine à Louis, allez vous mettre tout au bout du bois. On vous relèvera dans quelques heures. C'est vous qui aurez la meilleure vue.

Louis sentit toutes les parties de son corps s'animer d'une vie indépendante, trépidante, comme autant de soldats impatients d'en découdre. Et, soudain, il éprouva une violente envie à l'égard des Indiens : avec leurs tambours et leurs chants, eux, au moins, n'avaient plus à se refréner.

– Rappelez-vous qu'il y a peut-être déjà des soldats ennemis dans ces bois, ajouta le capitaine, qui, encore une fois, graissait et astiquait son arme.

– Il n'est pas né, l'Anglais qui me verra avant que je l'aie égorgé, dit Raoul. À moins qu'il n'ait chassé comme moi dans les marais des Attakapas...

Sur ces paroles, il s'éloigna dans les bois. Il posait ses pieds avec tant de précaution qu'on eût dit qu'il avançait sans toucher terre. Louis dégaina son poignard, le mit à sa ceinture et suivit son camarade.

La lumière du jour s'était depuis longtemps retirée de ce lieu où rien de bon ne se tramait. Mais la lune, aux trois quarts pleine, était comme une lanterne : elle les suivait dans la nuit, et sa lumière douce projetait les ombres des arbres et des broussailles, leur permettant de distinguer des formes, de trouver des points de repère. Quand ils parvinrent au dernier arbre, ce fut comme si un rideau était tombé de cette lanterne, tant on voyait clair dans l'espace découvert qui s'étendait devant le fort.

– Je comprends que le général préfère ne pas monter à l'assaut de ça !

– Oui, ça semble aussi haut qu'une montagne.

C'était une véritable forteresse. Les remparts, au clair de lune, semblaient s'élever jusqu'au ciel. Les pointes hérissées des chevaux de frise se dressaient, menaçantes, prêtes à empaler tout ce qui se présenterait, hommes ou montures. Le fossé, dont seul le rebord était éclairé par la lune, était un gouffre noir, ne promettant que douleur et mort. Des reflets métalliques trahissaient l'emplacement des canons. Soudain, ils disparurent derrière une traînée de fumée sombre, une formidable déflagration retentit, nos deux amis virent le projectile passer sur leur gauche, il frappa la terre assez loin derrière eux.

Louis se signa.

– Ils savent que nous sommes ici, c'est certain.

– C'est par ce fossé que devraient sortir leurs éclaireurs, dit Raoul, après un silence.

La milice tirait par salves, tous les mousquets à la fois, créant l'illusion d'une force redoutable, tandis que les roulements de tambours des Indiens allaient s'amplifiant. Louis se représentait les bras cuivrés et musclés ondulant au-dessus des tambours, et les guerriers dansant au son de cette musique sauvage, jusqu'à ne faire plus qu'un avec leur chant de guerre. Alors ils seraient prêts au massacre.

– Si j'étais un éclaireur anglais, je ne viendrais surtout pas par ici en entendant ces tambours. Les Indiens ne font pas de prisonniers.

– Ils sont sous commandement espagnol, ils feront ce qu'on leur dira de faire, affirma Raoul qui ne quittait pas des yeux l'espace découvert devant eux.

Soudain, il fit signe à Louis de ne plus parler. Celui-ci suivit le regard de Raoul et aperçut une ombre qui bougeait entre les herbes.

– Il y en a un autre, dit-il tout bas. Là-bas, il vient juste de sortir du fossé.

Les deux Anglais se dirigeaient en rampant vers l'orée du bois. Louis, en les regardant, s'identifiait à eux. Il sentait presque les inégalités du terrain, dur comme pierre, lui labourer le ventre, les herbes desséchées lui griffer la figure et les mains, le battement de son cœur s'accélérer. Savaient-ils qu'ils étaient observés ?

D'un signe de la main, Louis indiqua à Raoul l'endroit où ils devaient aller se poster pour les bloquer. Son poignard dégainé était froid dans sa main. Il y avait une petite brèche sur la lame; son pouce la trouva et s'y attarda.

– Il ne faut pas les laisser échapper, chuchota-t-il.

Ils avancèrent sans bruit vers un épais buisson de houx.

Toujours en rampant, les éclaireurs avaient pénétré dans le bois. Ils étaient à six pas l'un de l'autre. Raoul et Louis se séparèrent. Louis, partant devant, pour assaillir le premier éclaireur qui s'était arrêté juste derrière le houx, sentit ses jambes le trahir, comme s'il était redevenu un enfant à ses premiers pas. Son ventre était un abîme sans fond où toute sa force s'engloutissait; ses muscles étaient flasques; sa main ankylosée retenait à peine le poignard.

Puis il sentit un flux humide et chaud couler le long de ses jambes. Son visage devint subitement brûlant de honte. C'est alors que cet abîme se referma et, comme une source souterraine qui alimente un lac, lui restitua toute sa vigueur et toute sa volonté. Le couteau dans sa main était maintenant comme une partie de lui-même. Il leva le bras. L'homme était debout et se dirigeait lentement vers un chêne au tronc épais.

À ce moment, Louis entendit derrière lui un grognement, semblable à celui qu'émet un porcelet repu. L'homme aussi l'entendit. Il se retourna et écarquilla les yeux en apercevant Louis, juste devant lui. Il n'eut pas le temps de faire un geste, pas même celui d'ouvrir la bouche pour crier. Louis était déjà sur lui, lui tirait vigoureusement la tête en arrière et lui enfonçait la lame de son poignard, affilée comme un rasoir, dans la gorge.

Il sentit le sang chaud couler sur sa main et l'homme s'affaisser de tout son poids contre lui. Comme un daim que l'on saigne avant de le suspendre. Mais il avait plus de pitié pour les daims : les daims ne cherchent pas à vous prendre vos terres, à violer vos femmes, à empoisonner vos puits; au contraire, ils broutent sans savoir que cela sert à faire de la bonne viande pour les chasseurs. Il laissa le corps glisser à terre, puis il cueillit des feuilles pour nettoyer sa lame. Il n'avait même pas le souffle court. La peur qui l'avait assailli était oubliée.

Il rejoignit Raoul.

– Tu as caché le tien ? lui demanda celui-ci.

– Il est derrière ce houx. Ils ne peuvent le voir de l'endroit où ils entrent dans la forêt.

– Tu crois qu'ils vont en envoyer d'autres ?

Louis fit un geste évasif. S'ils envoyaient d'autres éclaireurs, il faudrait les tuer, eux aussi : les Anglais devaient ignorer à quel point la force qui les assiégeait du côté du bois était ridicule, sinon ils comprendraient tout de suite que l'attaque se préparait ailleurs. Mais rien n'avait bougé, ni devant ni derrière eux, quand arriva le moment de la relève.

– Qu'est-ce qu'on sent en tuant un homme ? demanda un milicien.

Louis avait pris une outre de vin et se versait à boire. Il leva vers son camarade des yeux ahuris, comme s'il ne comprenait pas. Qu'est-ce qu'on sent ? se répétait-il. Il n'avait rien senti.

– On n'a pas l'impression de tuer quelqu'un. Ça fait un ennemi de moins, c'est tout.

Une pensée cependant luttait contre la fatigue qui s'abattait sur lui : il se demandait ce qui se produit dans l'esprit d'un homme, au plus profond de son être, quand il revêt un uniforme que beaucoup d'autres portent. Il siffla un autre gobelet.

– Mais ça vous vide, dit-il. Il faut que je dorme maintenant.

Pour la première fois depuis qu'il ne dormait plus dans son lit, avec Cécile contre lui, il dormit d'un trait et sans rêves. Comme une bûche sans âme, lui dit Raoul à l'aube du lendemain, quand la sonnerie du clairon le tira de son sommeil.

– Au moins me voilà frais et dispos, répondit-il en s'aspergeant avec l'eau d'un petit ruisseau.

Aussitôt le soleil levé, le bombardement du fort commença, comme prévu. Le capitaine se signa.

– Grâce à Dieu, nos canons sont en batterie. Venez, les choses sérieuses commencent, allons à la lisière de la forêt pour voir ça.

Dans les sous-bois, où le soleil commençait à peine à pénétrer, il faisait vraiment frais. Louis avait la chair de poule. On se serait cru au début de l'automne, à la chasse au ramier, dans les marais des Attakapas. Mais le grondement des canons n'évoquait pas les coups de feu secs des chasseurs, surtout quand l'artillerie lourde des Anglais répondit, assourdissante comme le tonnerre.

– Il ne peut pas leur rester beaucoup de munitions, dit le capitaine d'un air satisfait. (Il s'était hissé sur un arbre tombé, et faisait signe à Louis et à Raoul de le rejoindre.) Montez, d'ici, on voit ce qui se passe.

Au-delà du fossé béant, toujours aussi sinistre dans la lumière du matin, des hommes s'agitaient frénétiquement entre les longues pointes des chevaux de frise.

– Ils essayent de déplacer leurs batteries de l'autre côté, dit Raoul.

– Nous auraient-ils complètement oubliés ? demanda Louis.

– Non, mais c'est de l'autre côté que ça chauffe le plus, dit le capitaine. Je vais quand même mettre deux sentinelles ici; mais je pense que notre rôle dans cette bataille est terminé.

Le vacarme constant de la canonnade et de la mousqueterie absorbait tant l'esprit de Louis qu'il était incapable de penser à autre chose. Il fit non de la tête quand Raoul sortit des dés de sa poche et proposa de jouer. Les heures passant, sans apporter aucune accalmie durable, il cessa d'y prêter attention. Et quand, en milieu d'après-midi, les tirs finalement s'arrêtèrent et qu'un silence absolu descendit sur la région, il tressaillit. Partout, dans le camp, des hommes endormis se réveillaient d'eux-mêmes. Ce calme soudain pouvait signifier beaucoup de choses. Beaucoup de soldats prenaient leur mousquet et se mettaient à déambuler, mal à l'aise, regardant autour d'eux et humant l'air comme les animaux qui pressentent le danger. Le capitaine ordonna à tout le monde de reprendre sa position de la veille. Il écartait toutes les questions d'un geste vif de la main. Il était aussi tendu que ses hommes.

Louis et Raoul retournèrent à leur poste d'observation, devant le fort. Aucun mouvement nulle part, aucun bruit.

– Sont-ils tous mort là-dedans ?

– On dirait une forteresse fantôme. Ce silence est pire que tout.

– Chaque fois qu'une branche craque, je dois me retenir pour ne pas tirer.

– Séparons-nous, dit Raoul. Des soldats anglais ont peut-être profité de tout ce boucan pour sortir du fort et tenter de s'échapper par le fleuve.

– Nos deux sentinelles n'ont rien vu.

– Je ne me fie qu'à mes yeux, dit Raoul en se levant. Il vaut mieux que nous nous postions à deux endroits différents.

Quand Raoul eut disparu dans les buissons, avec la démarche agile des Indiens qui lui avaient appris à chasser dans le marais, Louis décida lui aussi d'occuper une meilleure position. Avisant un grand chêne vert, dont les branches s'abaissaient presque jusqu'à terre, il grimpa jusqu'à sa première fourche, à une douzaine de pieds du sol. On était bien dans cet arbre; il se gratta le dos contre l'écorce, car il avait reçu de nombreuses piqûres de moustiques et autres insectes, la nuit précédente. Rien encore n'avait rompu le silence. Peut-être que tout le monde a été tué, Anglais et Espagnols, songea-t-il. Ou bien Galvez s'est retiré, et les Anglais soufflent et préparent une sortie contre la petite bande qui s'est moquée d'eux pendant toute la nuit.

Une nuance différente dans le chant des oiseaux le mit en alerte. Quelque chose qui n'appartenait pas à la forêt approchait. Louis regarda de tous côtés et ne vit rien. Puis, plus perçant que les cris aigus des oiseaux, il perçut un sifflement, à la fois familier et étrange. Il lui fallut presque une minute pour comprendre qu'il avait entendu le sifflet de Raoul. Raoul avait des ennuis.

En se tenant à une branche, il sauta à terre avec la souplesse d'un singe et se fraya un chemin silencieusement vers l'endroit où le coup de sifflet avait retenti. Il n'y en avait pas eu d'autre. Mais Louis avait l'oreille et la perception d'un chasseur : il savait où était cet endroit aussi sûrement que si un drapeau le lui avait indiqué.

Bientôt, il distingua quelque chose de rouge qui bougeait derrière trois pins plantés l'un à côté de l'autre. Il ralentit, s'accroupit et continua en rampant. Il avait ainsi franchi un peu plus de deux toises quand il vit tout : quatre soldats anglais, dont deux tenaient fermement Raoul par les bras, étaient là, à moitié cachés par les taillis. Ils étaient apparemment engagés dans une discussion. Louis ne connaissait pas leur langue mais il comprit tout de suite qu'il s'agissait du prisonnier, et de ce qu'il convenait d'en faire. Le plus grand des quatre soldats pointait son fusil contre la tête de Raoul, et sa voix prenait un ton fort et résolu. Raoul ne bougeait pas et semblait résigné à son sort. Il feignait l'apathie : Louis vit que les muscles de son cou étaient tendus : il se tenait sur la pointe des pieds et n'attendait qu'une occasion pour fuir ou réagir.

Louis leva le canon de son mousquet et fit feu. Le bras rouge qui menaçait Raoul sursauta puis tomba, et le soldat, poussant un cri, agrippa son membre couvert de sang. Raoul, profitant de la surprise des trois autres, avait bondi en avant, saisi le fusil d'un soldat et pris position juste en face de Louis. À ce moment-là, Louis pénétra dans la petite clairière; il avait rechargé son mousquet.

– T'étais allé cueillir des fleurs ou quoi ? s'exclama Raoul.

Tenus en joue par Raoul, les soldats se laissèrent désarmer par Louis, qui leur lia les mains derrière le dos avec de longues tiges rampantes qu'il arrachait du sol. Puis il les attacha les uns aux autres par les pieds.

– Qu'est-ce qu'ils faisaient, à ton avis ? dit-il à Raoul.

– Ils allaient au fleuve, forcément.

– Si au moins on parlait leur langue...

Raoul cracha.

– Langue de sauvages, de barbares.

– C'est toujours mieux que la langue des porcs.

Ces paroles, en français, avaient été prononcées par l'un des prisonniers.

– Hein ? fit Raoul.

– Ça fait longtemps que je vous connais, vous autres, dit le soldat le plus vieux.

– Tu étais en Acadie, dit Louis.

Ces mots étaient une accusation et une sentence à la fois.

– Ma première affectation, répondit le soldat.

– Qui vous a appris à parler ? Ceux qui mouraient sur le rivage, ou les femmes qui vous suppliaient de ne pas brûler les maisons, de ne pas leur arracher leurs enfants ?

La fureur qu'exprimait Raoul répondait à celle qui bouillonnait dans le cœur de Louis. Jusqu'à ce que cet homme parlât, ils n'avaient pas eu d'autre pensée que d'amener les prisonniers au camp. Galvez, bien qu'il dût se contenter de cette armée faite de bric et de broc, avait su leur inspirer à tous la discipline qu'on enseigne aux corps d'élite. Mais maintenant un de ces Anglais au moins avait avoué sa participation à cette opération militaire qui avait déshonoré son armée et son roi.

Louis se tourna vers Raoul et le regarda dans les yeux.

– Combien de gens avez-vous perdus dans ta famille ? dit Raoul, d'une voix que l'esprit de vengeance et l'envie de tuer adoucissaient.

Louis fit un geste vague.

– Assez. Trop !

– Bien, dit Raoul.

– Nous aurions toutes raisons de vous tuer, dit Louis au prisonnier.

Celui-ci tourna vers lui son visage meurtri de vieux soldat, habitué à vivre à la dure, à dormir n'importe où, à manger n'importe quoi. Ses yeux n'exprimaient ni la peur ni aucun sentiment.

– On a toujours des raisons de tuer un ennemi, dit-il. Et ici, ce n'est pas la Nouvelle-Écosse.

– Ce serait comme là-bas, si vous gagniez, dit Raoul. Encore une fois, vous reprendriez nos champs, nos maisons. Non, Louis, il faut les tuer.

Les minutes passaient, un lourd silence pesait sur la petite clairière. Raoul avait des gestes nerveux.

– Mais il y avait Cavendish, dit Louis.

Une vague lueur passa dans les yeux du vieux soldat. Louis la vit mais la laissa s'éteindre.

– Cavendish ? répéta Raoul en tordant la bouche.

– Ce lieutenant qui veilla à ce que mes parents fussent réunis sur le même vaisseau, dit Louis d'une voix blanche.

La première fois que sa mère lui avait parlé de cet épisode, pour l'amener à surmonter la haine féroce que son petit cœur nourrissait contre ces affreux soldats anglais, pour lui inspirer la compassion à l'égard de tous les êtres humains, quelle que fût leur misère ou leur folie, il avait levé vers elle des yeux incrédules et dit : « C'est un conte de fées que vous me racontez. » Et il avait refusé d'y croire tant que son père n'eût pas confirmé qu'effectivement, il y avait eu un officier anglais, du nom de Cavendish, et qu'il avait été un ami pour eux, bien plus, un sauveur.

Non seulement il les avait fait embarquer sur le même bateau, mais il leur avait conseillé de ne pas rester en Caroline du Sud et montré comment gagner la Louisiane. Peu à peu, Louis avait accepté Cavendish. Malgré tout, il restait pour lui un être de légende, la petite touche de lumière nécessaire d'un tableau tout en ombres.

– J'ai connu Cavendish, dit le vétéran.

Louis ne répondit rien, ne demanda rien. Il ne savait que faire de ses mains. Il fallait prendre une décision, le soleil était déjà bas au-dessus de l'horizon. Dans ce pays, les couchants n'étaient pas interminables comme en Nouvelle-Écosse.

– Cavendish, une fois, m'a battu parce que j'étais sur le point de tuer un des hommes enfermés dans l'église.

Louis tressaillit.

– Il est arrivé dans votre dos, sur sa grande jument noire, et sa cravache s'est abattue sur vous. Il était comme un envoyé du Seigneur. Et mon... et mon père a eu la vie sauve.

– Votre père ?

Le soldat aussi parlait d'une voix blanche maintenant. Un de ses camarades, tirant sur ses liens, dit quelque chose d'une voix aiguë. Un autre, bien que ne comprenant pas ce qui se disait, lui fit signe de se taire.

– Avez-vous peur ? demanda Louis, sans presque se soucier d'obtenir une réponse, ne pensant qu'à la facilité avec laquelle il pouvait venger son père, avec laquelle il avait tranché la gorge de cet autre Anglais.

– C'est un luxe que je ne peux me permettre.

Raoul s'agitait.

– Louis, finissons-en.

Il épaula son mousquet et mit en joue. Louis posa sa main sur le canon de l'arme et le pointa vers le sol.

– Ce sont des hommes, pas des animaux. On ne tire pas sur des hommes ligotés.

– Quoi ? Nous ne nous vengeons pas ?

Les yeux de Raoul étaient de braise; deux fragments de lave éjectés du centre ardent de la terre.

– Nous ne devons pas devenir comme nos ennemis pour les vaincre, dit Louis. Amenons-les au camp.

Ces hommes, pensait-il en les regardant avancer devant lui et Raoul, il les avait sauvés aux dépens d'autres hommes, qu'ils tueraient dans d'autres batailles – car on les renverrait dans leur armée, et là, de nouveau, ils tiendraient des forts, défendraient des territoires. C'était une chaîne de mort. Il haussa les épaules. Il savait à présent qu'il pouvait tuer quand il le devait. Plût au Ciel qu'il n'apprît jamais à tuer quand il ne le devait pas.

La confusion régnait dans le camp. On emballait en hâte vivres et munitions; on recouvrait les feux; on nettoyait le terrain.

– Les Anglais se sont rendus ! cria quelqu'un à l'adresse de Raoul et Louis en les voyant apparaître.

Ils attachèrent les prisonniers à un grand acacia, puis cherchèrent quelqu'un de la milice des Attakapas.

– Les Anglais abandonnent, non seulement ce fort mais aussi celui de Panmure à Natchez ! Le fleuve est aux mains des Espagnols, la milice va bientôt pouvoir rentrer dans ses foyers !

Louis se sentit soulagé et léger. Il vit devant ses yeux les Attakapas et Cécile.

– Remercions Dieu de nous avoir empêchés de les tuer, dit-il à Raoul.

Il avait acheté le droit de garder ses champs et sa femme en ne tuant qu'un seul homme...

– Ce Galvez est vraiment le meilleur général.

– Tu as raison, répondit Raoul. La guerre ne me dit pas grand-chose, ça non, mais s'il faut la faire, que ce soit comme nous l'avons faite.

– Rendons grâce à Dieu de nous avoir accordé sa faveur, dit Louis en s'agenouillant.

D'autres hommes, dans tout le camp, suivirent son exemple, et ils prièrent ensemble. Quand ils se relevèrent, un voisin de Louis se tourna vers lui, en se frottant les genoux où s'étaient collées des feuilles mortes :

– Les bonnes ursulines de La Nouvelle-Orléans seront restées tout le temps dans leur chapelle durant ces jours-ci. Leurs prières avaient arrêté l'incendie, cette fois, elles ont arrêté les Anglais.

– Des ursulines ?

– Oui, des religieuses. Elles ont un couvent en ville, tu ne le savais pas ? Et tu es acadien ? Pourtant certaines de vos femmes se sont faites nonnes...

– Des Acadiennes dans ce couvent ? À La Nouvelle-Orléans ?

Le soldat rit.

– Vous êtes des gens pieux; cela n'a rien d'étonnant. En outre, quand vous avez été chassés de Nouvelle-Écosse, les ursulines ont accueilli beaucoup de femmes et d'enfants. Et certaines sont entrées dans les ordres.

Louis resta un instant pensif.

– Je voudrais en savoir davantage au sujet des ursulines, dit-il.

Il songeait à Suzette qui, en ce moment, en plus de ses tâches ménagères habituelles, se chargeait certainement aussi de celles de Cécile... Et si ces religieuses acceptaient de la prendre...

– Va à La Nouvelle-Orléans et demande à parler à la mère supérieure. (L'homme leva un bras au-dessus de sa tête, puis se gratta le haut du dos.) Moi, j'aimerais être déjà de retour à La Nouvelle-Orléans : bains chauds, plats chauds... (Il regarda Louis, hésita, puis fit un clin d'œil.) Et femmes chaudes.

Cécile avait toujours la peau un peu chaude; mais elle devenait tellement brûlante quand il était couché avec elle qu'il avait parfois l'impression de porter sur lui l'empreinte de son corps.

Aller à La Nouvelle-Orléans parler aux ursulines repousserait de quelques jours le moment de leurs retrouvailles. Mais elle lui avait demandé un cadeau. Les boutiques de cette ville vendaient des colifichets dont elle raffolait. En un seul voyage, il ferait plaisir à deux femmes qu'il aimait. La vue de ses seins s'arrondissant, nus, derrière une ruche de dentelle surgit dans son esprit. Quelle Orléanaise pouvait égaler Cécile ?

Galvez donna vingt-quatre heures aux Anglais pour se préparer aux formalités de la reddition. Pendant toute la journée, ceux qui surveillaient le fort observèrent les petits détachements qui en sortaient pour enterrer les morts, par une chaleur torride. Le lendemain, ils remirent à Galvez leurs drapeaux et toutes leurs armes.

– Ils ont de l'allure, quand même, dit Louis à Raoul, quand les régiments anglais sortirent du fort.

Ils formaient des rangs parfaits, enseignes flottant au vent, et en fanfare, clairons et cornemuses. Trois cent soixante-quinze soldats de métier furent faits prisonniers : le reste, miliciens et affranchis, resta en liberté.

– Dire que nous ne sommes pas assez nombreux pour les garder tous comme prisonniers, et que nous avons quand même gagné ! observa Louis.

– Ce n'est pas la quantité qui compte, dit Raoul. Nous, nous nous sommes battus pour défendre nos foyers, nos terres, tandis que ceux-là... (Il désigna du geste les soldats anglais.) S'ils sont ici, c'est parce que le roi le leur a ordonné.

– Tant de pouvoir aux mains d'un seul homme, ce n'est pas bien.

– C'est ce que disent les Américains. Mais nous aussi, nous sommes les sujets d'un roi.

– Au moins, il a eu le bon sens de nous envoyer Galvez.

Tout le monde, dans le territoire, aurait été d'accord avec Louis. La prise des forts du Mississippi et des navires qui devaient les ravitailler écarta pour longtemps toute menace britannique dans cette partie du continent.

Louis avait redouté le long voyage à pied jusqu'à La Nouvelle-Orléans; il eut la chance de trouver une place sur une barge chargée de vivres pour la ville. Il s'adossa à un sac de blé et s'aperçut qu'il était mort de fatigue. Lui qui était habitué à une vie régulière, à dormir, se réveiller, manger et travailler chaque jour aux mêmes heures, ce dernier mois de laisser-aller et d'anxiété l'avait épuisé. Il regardait le fleuve et ses rives luxuriantes glisser lentement devant lui, sous le soleil. Il ne faisait rien mais il était heureux. Il dormit, d'un sommeil auquel il ne manquait que Cécile pour guérir les seules blessures que lui avait procurées ce premier contact avec la guerre : la peur, la soif de sang et la colère. Galvez avait renvoyé les miliciens chez eux. Partout, des hommes marchaient joyeusement sur les chemins de la colonie. Les cabanes qu'ils allaient retrouver n'étaient pas moins rudimentaires que lorsqu'ils les avaient quittées, mais ils les voyaient avec des yeux nouveaux, plus sages. Elles avaient la valeur du sang qui avait coulé pour elles.

La Nouvelle-Orléans était en proie au délire. Les citoyens qui, dans les jours qui avaient précédé la bataille, envahissaient les rues dans l'espoir d'avoir des nouvelles de Galvez et de l'armée, les envahissaient maintenant pour fêter la victoire. De plus, les Indiens de toutes les tribus de la région semblaient s'y être donné rendez-vous, et l'on voyait partout des prisonniers anglais.

– Bon Dieu ! Avons-nous gagné ou perdu ? demanda Louis à un soldat espagnol en faction sur une place, non loin du débarcadère, grouillant de militaires en tunique rouge qui déambulaient tranquillement sous les palmiers.

– Galvez a placé des garnisons dans tous les forts pris aux Anglais, si bien que nous ne sommes plus que cinquante en tout à La Nouvelle-Orléans – même un général qui opère des miracles sur les champs de bataille ne peut faire surgir de nouveaux soldats comme des champignons ! Il a dû relâcher les prisonniers anglais sur parole, mais ils n'ont pas le droit de sortir de la ville. Notre général a dit que leurs gardiens seront leur bonne foi et leur honneur... (Le soldat secoua la tête en contractant les lèvres d'un air dubitatif.) Leur honneur et leur bonne foi ! J'espère qu'ils s'en font la même idée que notre général. Sinon – il caressa le canon de son mousquet – on est là pour leur rappeler ce que c'est que l'honneur.

– Et les Indiens ?

– Ils se sont réunis ici pour rendre hommage à Galvez et nous dire à tous que les Espagnols sont de grands guerriers. Ils n'aiment pas les Anglais.

– On compte aussi sur leur bonne foi et leur honneur pour qu'ils ne se battent pas entre eux et ne mettent pas la ville au pillage ?

– Galvez nous a fait savoir que les Indiens ont fait preuve de la plus grande retenue pendant la campagne. Ils ont très bien traité leurs prisonniers.

– C'est vrai. Il y avait des Indiens où j'étais; ils ont fait honneur à leurs chefs.

– Malgré tout, dit l'homme, je vous conseille de quitter la ville au plus vite. La réputation de Galvez est forte, mais la mémoire de l'homme est faible, caramba !

Louis alla d'abord au couvent des ursulines. Le boutiquier à qui il demanda son chemin lui indiqua aussi l'emplacement d'un lavoir. De fait, il n'avait pas pensé qu'il était sale et tout crotté.

– Ce sont des dames, comprenez, des dames !

Non seulement des dames, mais de grandes dames, songea Louis en apercevant leur couvent; et il se trouva bien téméraire de ne pas revenir sur son intention de leur demander d'admettre sa sœur. Les murs épais, d'un bleu-gris qui renvoyait la lumière et la chaleur, s'élevaient sur deux étages au-dessus de la chaussée. Les combles, assez grands pour loger plusieurs cabanes comme la sienne sous leurs puissants chevrons de cyprès, montraient de gracieuses lucarnes à impostes en éventail, comme les autres fenêtres; Louis n'en avait jamais vu et les contemplait, fasciné.

Dans le parloir, on le fit asseoir sur une chaise basse, devant une grille de fer forgé. Comme si l'endroit n'était pas déjà assez sombre ! Mais, au-delà de la grille, à quelques pouces, il y en avait une autre, scellée dans le mur, derrière laquelle on pouvait distinguer un visage blanc. Il s'était décidément chargé d'une mission impossible...

La religieuse, de l'autre côté, fut aimable avec lui et comprit de quoi il retournait. Elle lui posa sur Suzette des questions concernant sa vie et sa piété. Louis s'entendit exprimer, à propos de sa sœur, des pensées qu'il n'aurait jamais cru avoir. Enfin, d'un hochement vif de la tête, qui pour lui ne fut qu'un petit éclair blanc dans l'obscurité, car elle portait un voile noir, elle lui signifia qu'il n'avait plus rien d'important à ajouter.

– Attendez, lui dit-elle.

Elle se leva et il entendit le bruissement de ses jupes tandis qu'elle se déplaçait dans le noir. Elle ouvrit une porte, par laquelle pénétra un flot de lumière, et il vit un bout de jardin foisonnant de verdure et de fleurs. Puis la porte se referma. De nouveau l'obscurité et le silence. Suzette voulait-elle vraiment de cette vie ? Il fut sur le point de s'enfuir dans les rues pleines de monde. Mais la religieuse revint. Cette fois elle laissa la porte entrouverte. La lumière révélait les traits de son visage. Louis essayait de placer la face pleine de Suzette dans le cadre de la guimpe blanche, de l'imaginer adaptant son allure vive au terrible poids de cet habit. Il vit le grand rosaire pendant à la ceinture de corde et, encore une fois, se demanda si Suzette préférait vraiment compter les Ave plutôt que les enfants.

– Tant que votre sœur ne sera pas avec nous, nous ne pouvons savoir si elle a vraiment la vocation. Notre mère supérieure dit que nous pourrions la prendre comme pensionnaire de notre école. Si tout va bien, si sa résolution se renforce, alors, nous verrons.

– Et les frais de pension ?...

– J'ai dit à notre mère supérieure que vous aviez combattu avec Galvez. Votre famille n'aura rien à payer. Bien sûr, si vous avez parfois un cochon ou des volailles de trop...

– Avec joie.

Elle inclina la tête; il fit de même, et murmura avec elle les Ave et les Pater du chapelet. Prières pour la victoire, prières d'action de grâces, prières pour une vocation, pour une bonne mort, pour la santé, pour les récoltes – prières qui, sans doute, servaient aussi à rappeler à l'homme les choses essentielles de son existence. Dieu, lui, les connaissait sûrement déjà.

L'achat du cadeau de Cécile le jeta dans un grand embarras car il n'arrivait pas à se décider entre une pièce de dentelle de Gand, très délicate, et une autre, de Rouen, plus grande, mais moins fine. Ce serait son cadeau de mariage, et la première fois qu'il achèterait quelque chose d'inutile avec l'argent que lui rapportait la vente des fourrures. Mais son cœur battit plus vite quand il pensa à l'aspect que prendrait la belle peau de Cécile sous ce voile tout en jours ! Le prix demandé par le boutiquier n'était rien auprès de la valeur réelle de cet objet. Il reposa la pièce de Rouen et tendit la dentelle flamande à l'homme, qui la plia et l'enveloppa dans un bout de tissu épais. Il compta les doublons, se sentant aussi riche que les maîtres dont les belles demeures fleurissaient dans le quartier.

L'accueil de Cécile le rendit encore plus riche. Quand il approcha du canton où ils habitaient tous, il ralentit le pas et entra dans les bois, cherchant un ruisseau où se baigner. En cette fin d'après-midi, on sentait dans l'air une pointe de fraîcheur. Les vents avaient commencé à souffler du nord, du cours supérieur du Mississippi, rappelant aux Acadiens que le climat quasi tropical de leur nouveau pays avait une autre face. L'eau était encore chaude et il s'allongea dans le petit cours d'eau, lui laissant le soin de le débarrasser de la poussière et de la sueur de la route. Il ferait en sorte d'arriver à la nuit tombée, pour qu'il n'y eût plus que Cécile dans la maison, pour l'avoir toute à lui.

En revoyant sa cabane, blottie contre la terre sous le clair de lune comme une poule couveuse essayant de couvrir tous ses poussins de ses ailes, il comprit pleinement, pour la première fois, qu'il n'était plus chez ses parents, qu'il était désormais un homme indépendant, avec sa femme, sa ferme et ses terres. Les roses qu'il avait plantées pour Cécile étaient blêmes sous la lune. Dans cette même lumière, les arbres semblaient plus grands de toute la longueur de leur ombre. Il pressa le pas, frappa doucement à la porte, et appela d'une voix rauque :

– Cécile !

Il y eut un « oui » dit à voix basse. Le verrou grinça. La barre heurta en bas le bois du chambranle, la lourde porte s'entrouvrit – et Cécile bondit dans ses bras, en larmes, avec ses lèvres si douces qu'on s'y serait perdu pour toujours.

– Je ne te quitterai jamais plus, dit-il.

Et, le lendemain matin, pour la première fois de sa vie, Louis ne se leva pas quand leur coq annonça l'aube, et s'accorda l'heure qui restait avant le lever du soleil.

Pendant le déjeuner, préparé par la vieille tante qui prit le retour de Louis avec autant de philosophie que son subit déménagement chez Cécile un mois auparavant, Louis écouta celle-ci lui narrer avec son débit précipité tout ce qui s'était passé depuis son départ. On avait tué le cochon chez les Gautreaux, en particulier, et les péripéties de cette affaire avaient été si comiques qu'elle s'appuya sur sa chaise pour ne pas s'écrouler de rire.

– Quand ils ont réussi à l'attraper, finalement, il y a eu un grand festin. (Elle fit une moue.) Ça a jasé, parce que je n'ai pas voulu aider à faire le boudin; mais je n'aime pas voir tout ce sang.

– Tu n'étais pas forcée de toute façon.

Il attendait que le flux de paroles se ralentît un peu pour raconter ce qui lui était arrivé, à lui. Mais, en entendant la façon dont elle avait presque éludé le mot « sang », il comprit que, pour elle, son absence n'avait été qu'un blanc, un vide dans l'écoulement du temps. Rien de ce qu'il avait senti et fait pendant tout ce temps n'était réel pour Cécile.

– Pourquoi cet air grave ? Tu n'es pas content d'être à la maison ? (Elle vint s'asseoir sur ses genoux, lui ébouriffa les cheveux.) Et tu ne devais pas me rapporter un cadeau ?

Il prit ses poignets délicats.

– Cécile, ma chérie, j'étais à la guerre. Tu le sais bien.

– Mais maintenant tu es ici. (Sa voix blanche et ferme effaçait toute idée de la guerre, de ce qu'elle signifiait.) De toute façon, je sais que tu m'as apporté quelque chose !

Elle était si confiante, si heureuse qu'il se libéra de ses pénibles pensées.

– Oui, dit-il. Et j'apporte des nouvelles aussi.

Il ne lui parlerait pas de la guerre, donc. Tous deux feraient comme s'il était simplement parti quelque part pour revenir avec de la dentelle et un ardent désir d'elle. Elle savait ce que le monde a de monstrueux; si elle ne pouvait vivre qu'en détournant les yeux de tout ce qui est laid et triste, qu'en cherchant tout le temps la gaieté, eh bien, l'important était qu'elle vécût.

– J'ai trouvé un couvent pour Suzette, annonça-t-il.

Elle se mit à sauter de joie et à battre des mains en pensant au bonheur de Suzette. Louis en fut surpris. Comme si, aux yeux de Cécile, il n'avait jamais fait et ne ferait jamais rien de plus beau.

– Dire qu'elle sera religieuse ! Qu'elle vivra derrière ces gros murs épais ! Qu'elle ne verra jamais plus le monde !

C'étaient ses pensées à lui aussi, mais il n'y voyait pas un motif de se réjouir à ce point.

– À t'entendre, on croirait presque que tu veux te faire nonne, toi aussi.

– Oh non, je ne me vois pas en bonne sœur. Mais elles, elles mènent une vie… protégée, non ?

Hélène

– Mais je ne veux pas habiter à la campagne !

Noël regarda sa femme, et la coupe qu'elle portait à ses lèvres. Le chandelier allumait des reflets d'or dans le rubis profond du vin de France.

– Il vous est déjà arrivé d'y habiter.

– Au château, pour des parties de campagne, pour chasser. Ce n'est pas du tout la même chose, mon cher, que d'aller s'enterrer dans – comment appelez-vous ça ? – les Attakapas !

Son rire, lorsqu'il l'avait connue – il y avait de cela une dizaine d'années – avait évoqué pour lui l'image d'un carillon de clochettes d'argent forgé par les esprits de la forêt. Aujourd'hui, il n'y percevait qu'une résonance simplement métallique et rude. Elle se leva. C'était un fou rire, et plus son rire montait dans les aigus, plus son corps élancé se redressait, comme si des doigts invisibles l'avaient soulevée par ses cheveux blonds. Elle s'approcha comme en glissant du sofa où était Noël, se pencha, passa ses bras autour de lui et le baisa dans le cou. Il se sentit plongé dans un bain de dentelle et de musc.

– Noël, il faut que nous restions à La Nouvelle-Orléans. Nous ne pouvons pas aller vivre ailleurs.

Il s'écarta. Il l'entendit enlever sa jupe, délacer son corset, quitter sa chemise. Dans quelques instants, il se perdrait dans sa douceur. Il la regarda venir vers lui d'un air décidé, décidée à le cerner et à l'obliger à se rendre. Mais, cette fois, il ne se perdrait pas complètement, et c'est lui qui l'obligerait à se rendre.

Quand leurs deux corps se séparèrent de nouveau, il la regarda ostensiblement se rhabiller. C'était une petite cruauté qu'il ne se permettait presque jamais mais, ce jour-là, il devait montrer qu'il était le plus fort.

– Je n'aime pas être regardée, dit-elle impérieusement.

– Alors, allez derrière votre paravent.

Le grain de beauté sombre de sa fesse droite disparut sous le linon blanc de la chemise.

Il repensa à la France, à la Provence, à son domaine de Beau-Chêne, où ils étaient allés – en avril, cela faisait à peine sept mois ! – avec une joyeuse société : des nobles de la cour, comme eux, deux poètes amusants et une célèbre actrice. Que de beautés dans les campagnes, tout au long de la grande route royale qui les emportait vers le Midi ! Le printemps était dans le feu de sa floraison. Hélène n'avait jamais été plus belle; on eût dit qu'en elle bouillonnait la même sève que dans la nature, et elle avait été d'une gaieté folle, trop folle.

Il était sorti avec son chef jardinier. Hélène

voulait un jardin dans les règles, en face du salon; et ils parlaient des fleurs, des buissons, des arbres qu'ils y mettraient. Soudain – ils étaient à une cinquantaine de pas du petit pavillon d'été, à mi-chemin entre la terrasse du château et le verger –, des cris, poussés par cette voix argentine qu'il reconnaissait entre toutes, s'étaient répandus dans l'air printanier, aussitôt suivis du grondement d'une voix grave, provenant aussi du pavillon. Noël avait pris le jardinier par l'épaule et l'avait entraîné du côté de la terrasse, et il s'était mis à parler beaucoup, et fort, des rosiers, des poiriers en espalier, des mérites comparés de telle rose jaune et de telle autre; mais les paroles qu'il avait entendues étaient tombées dans le terrain fertile de sa jalousie, et elles ne cessaient de croître, occupant tout le champ de son esprit.

– Quel ravissant grain de beauté ! avait dit la voix grave. Et il orne une si belle joue ! Heureusement que si peu d'hommes peuvent le voir. Vous n'auriez plus un instant à vous.

Quand Hélène et La Houssaye étaient arrivés nonchalamment sur la terrasse, une heure plus tard, Noël avait vu, non pas la soie pourpre, les boucles blondes et le teint d'albâtre, mais Hélène nue, s'offrant à l'homme qui l'accompagnait comme jamais elle ne se donnait à lui, son mari. S'il n'y avait pas eu les enfants, il l'aurait accusée d'adultère, répudiée, chassée de sa vie. Cette nuit-là, il était allé dans la chambre d'Hélène et, pour la première fois depuis leur mariage, ne lui avait pas permis de lui refuser quoi que ce fût. Il l'avait traitée comme une catin de Paris et, en la quittant, lui avait jeté une pièce d'or avant de refermer la porte.

...Il s'aperçut qu'elle lui parlait depuis un moment; elle cherchait encore une fois à le convaincre de rester à La Nouvelle-Orléans qui, certes, était un trou, mais où il y avait au moins des cafés, un théâtre, des boutiques et d'autres aristocrates français.

– Les Gravelle se sont déjà installés, disait-elle. Leur maison n'a rien de somptueux, mais quand Juliette aura tout arrangé, cela sera tolérable.

Noël l'étudiait comme un tableau qu'on peut décider, en fin de compte, de ne pas acheter. Elle le voyait et lui retournait son regard. Hélène n'était pas très grande mais toujours svelte malgré ses trente-deux ans. Elle avait les cheveux blonds, les yeux bleus et une peau qui pouvait s'embraser de la tête aux pieds. Lui la dépassait de six pouces au moins, il était mince et brun, d'yeux et de cheveux.

– J'ai déjà accepté ce domaine qu'on nous offre, dit-il.

Il parlait d'un ton indifférent, comme s'il n'avait pas, cet après-midi de décembre, scellé le destin de la maison de Clouet en Louisiane.

– L'argent et les objets précieux que nous avons sauvés nous seront plus utiles si je les emploie à mettre en valeur une terre.

– Ah ! Aspirez-vous à devenir paysan ?

Quand avaient-ils commencé à se haïr, songea-t-il. Deux ans plus tôt, l'an dernier, ce printemps ? Ou cet été, quand leur monde s'était écroulé ? La Bastille, les hordes de révolutionnaires envahissant Paris, Bertier de Sauvigny et Foullon pendus à la première lanterne; et ce comité de bourgeois au château, à Beau-Chêne, où ils croyaient pouvoir se réfugier...

– Je resterai sur mes terres, et j'en prendrai soin, comme nous autres, gentilshommes, aurions dû toujours le faire.

Il se versa un petit verre d'eau-de-vie et laissa la liqueur ardente emplir sa bouche, pour y noyer les paroles encore plus ardentes qui, sinon, en seraient sorties.

– Si vous étiez un *homme*, vous seriez resté

là-bas ! Je sors. Donnez-moi de l'argent, s'il vous plaît.

Elle tendit la main, la tenant juste sous le menton de Noël.

– Vous avez assez de frivolités comme cela.

Durant un instant qui sembla une éternité, Hélène le regarda fixement. Puis elle eut un geste qui le fit frémir et ralluma ses sens, éclata de rire et sortit en claquant la porte.

Noël alla sur le balcon qui surplombait la calle de Real et aperçut Hélène qui se glissait dans la foule des passants. Le ciel était resté bas toute la journée; une humidité froide suintait des rues de brique et des murs enduits de plâtre.

Les gens, emmitouflés dans leurs capes ou leurs manteaux, n'avaient pas l'air de flâner. Peut-être rend-elle visite aux Gravelle, pensa-t-il.

Des voix d'enfants résonnèrent dans l'escalier. Celle de Lélé, l'aînée, dominait. Elle avait presque dix ans, tandis qu'André en avait cinq et Marcel trois. La porte s'ouvrit, livrant passage à trois petits corps qui, une fois débarrassés de leurs manteaux, de leurs écharpes et de leurs chapeaux se précipitèrent sur lui pour l'embrasser, et fouiller dans ses poches à la recherche de bonbons. Au moins, Hélène lui avait donné des enfants.

Gertrude, leur bonne, dont les joues vermeilles de campagnarde étaient en feu, après cette sortie dans la ville battue par un vent aussi sauvage que ce Nouveau-Monde, mit de l'eau à chauffer sur le poêle pour la toilette des enfants.

– Il y a des nouvelles du pays, dit-elle. C'est sûrement un vautour qui les a apportées.

– Qu'est-ce qu'un vautour ? demanda André en arrondissant les lèvres.

– Un gros oiseau noir, très laid, qui mange les bêtes mortes, dit Gertrude, en déboutonnant le corsage de Lélé.

– Je suis trop grande pour me déshabiller devant eux, dit Lélé en indiquant ses frères.

– Vous avez neuf ans, dit Gertrude. Quand vous en aurez dix, vous aurez un paravent, comme votre maman.

– Quand aurons-nous un paravent, Marcel et moi ? dit André.

– Les hommes n'en ont pas besoin, dit Gertrude.

– Ils devraient en avoir. Ils ne sont pas beaux tout nus, dit Lélé.

Elle avait pris l'éponge des mains de Gertrude et la pressait de toutes ses forces, faisant ruisseler l'eau sur son bras. On n'entendait plus que la marmite d'eau chaude qui chantait sur le feu.

– Pourquoi ne sont-ils pas beaux ? demanda Noël à sa fille.

Gertrude se tenait là, immobile, sans rien dire; s'il lui avait parlé, Lélé aurait oublié sa question. Mais il ne parla pas à Gertrude et continua de regarder sa fille.

– Ils ont quelque chose d'affreux qui leur pend ici ! Et ils ont plein de poils. Je le sais, j'ai vu M. de La Houssaye. Tu sais, papa...

– *Vous* savez ! Mademoiselle-qui-va-avoir-son-paravent... Je sors, Gertrude, dit-il en prenant son manteau. Je saurai les nouvelles. Quand Mme de Clouet rentrera, dites-lui qu'elle ne m'attende pas pour souper.

Tout en marchant, Noël pensait, et ce n'était pas la première fois, que les sottes comme Hélène étaient responsables de la révolution qui martyrisait son pays bien-aimé au même titre que les abus de l'absolutisme et la persistance d'institutions féodales qui ne correspondaient plus à rien. Des familles comme celle de Gertrude, qui faisaient la richesse du pays, devaient-elles quoi que ce fût à des évêques athées, à des nobles inutiles ? Fallait-il s'échiner sur la terre pour que des femmes comme Hélène disposent de leurs soieries et de leurs dentelles, de leurs parfums et de leurs amants ?

Le café où se retrouvaient les émigrés n'était pas très loin de chez eux, à l'angle de la calle de Real et de la calle de San Felipe – rue Royale et rue Saint-Philippe. L'humeur des hommes qui s'y rencontraient en fin d'après-midi oscillait entre l'esprit de concorde et la rivalité; cela faisait peu de temps qu'ils s'étaient retrouvés en Amérique mais, déjà, certains réussissaient mieux que d'autres; l'ordre des rangs qui avait prévalu entre eux auparavant, en France, n'avait plus cours, comme balayé par la tourmente révolutionnaire où le bourgeois et le paysan voraces proclamaient les droits de l'homme à la lueur des châteaux en flammes.

C'était lui qui avait décidé de partir. Elle ne s'apercevait de rien mais il n'avait pas hésité à la forcer pour les sauver tous. Jusqu'à la fin de ses jours, il se rappellerait la tirade qu'elle avait débitée tandis qu'ils s'en allaient, ou plutôt la voix dont elle l'avait récitée, de plus en plus aiguë, de plus en plus perçante : il fallait qu'il fût fou; ses robes n'étaient pas prêtes, ils ne pouvaient quitter Paris. Jusqu'au moment où ses cris avaient attiré l'attention d'une patrouille de sans-culottes qui avaient arrêté la voiture. Ils n'avaient dû leur salut qu'à l'esprit d'à-propos du cocher et à la rapidité de leurs chevaux. Ensuite, Hélène s'était tue et ne s'était plus opposée à lui ouvertement…

Soudain, quelqu'un se mit en travers de son chemin et il eut l'impression de devoir retraverser encore une fois tout l'Atlantique pour comprendre qui était cette femme, là, devant lui. Le quinquet du réverbère, au-dessus d'eux, venait d'être allumé. Dans le cône de lumière qui semblait se défendre contre l'obscurité envahissante, il remarqua les frisettes rigides et noires sur le front, le teint de miel, la lèvre supérieure épanouie. Il l'écarta, tout en voyant, aussi clairement que s'il l'avait bien regardée, ses bras fins campés sur ses hanches arrondies, et ses yeux noirs, pétillant de défi. Non, il ne pouvait accepter les avances de ces belles mulâtresses. Ses amis n'avaient qu'à continuer de se moquer de lui ! Prétendre qu'il n'y a rien de mieux qu'une femme dont tous les ancêtres sont des sauvages, sauf le père. Fruits des amours des hidalgos et de leurs concubines noires, ces filles, ainsi que leurs frères, étaient émancipées et, dans presque tous les cas, recevaient la même éducation que leurs demi-frères légitimes et blancs. Parfois, ils se rebellaient contre leur prison dorée. Mais les filles ne pouvaient échapper à une autre forme de protection.

– Es-tu déjà rassasié, marquis, ou bien trop délicat ?

Un « compatriote », qui allait lui aussi au café, l'avait vu et l'avait rejoint en courant. Noël fit un geste méprisant. Il avait encore devant les yeux le corps nu de sa femme. Ce soir-là, tous ses désirs étaient assouvis.

– Tu as mieux, n'est-ce pas ? insista l'autre.

Noël n'avait aucune envie de poursuivre la conversation.

– Il paraît qu'il y a des nouvelles fraîches, dit-il en entrant dans le café.

Ils commandèrent du vin, prirent des chaises et se joignirent aux hommes qui se réunissaient là régulièrement, pour se prouver à eux-mêmes qu'ils pouvaient continuer de plaisanter, de savourer du bon vin, de parler de femmes – et aussi pour débattre ce qui se passait dans leur patrie.

On lui mit sous le nez une gazette vieille de plusieurs semaines.

– Regarde ce qu'ils ont fait à l'Église, dit son voisin de droite.

Un doigt à l'ongle soigné souligna les lettres noires du titre : on y annonçait la mise en vente, le 19 décembre, des biens du clergé, pour une valeur totale de plus de 400 millions de livres. Noël continua.

– Mon Dieu… dit-il, aussi calmement que s'il priait.

Le Soissonnais, où se trouvait le manoir de son frère, était en proie à la violence; les insurgés menaçaient le bocage normand, ce pays paisible et bucolique où il avait passé tant d'heures sereines, dans une communion si intime avec la nature que leur mémoire lui était presque sacrée. Bien que la populace parlât de droit de vote et de gouvernement élu par tous, c'étaient la plupart du temps l'épée, la corde et les pistolets qui emportaient la décision. Dans tout le pays, et surtout en Anjou, en Franche-Comté, dans le Dauphiné, le Vivarais et le Roussillon, des hordes déchaînées massacraient les aristocrates. Le parrain de Noël vivait en Anjou. Vivait… Peut-être était-il déjà mort.

Il remplit son verre.

– Mon frère et sa famille… s'ils se sont réfugiés en Normandie, et mon parrain en Anjou… (Il se retenait à son verre, la main raide, comme un noyé s'accroche à des lis d'eau.) Quelle folie se répand sur le monde ?

– Folie ?

Noël n'avait jamais vu celui qui venait de lui adresser la parole de la table d'à côté. L'homme se leva en faisant crisser sa chaise sur le sol de brique pour s'approcher de leur groupe. Noël ne connaissait que trop la rage qui se lisait dans ses yeux.

– Oui, la folie de la plèbe déchaînée. N'est-ce pas déjà folie, de la part des descendants des Gallo-Romains que nos ancêtres réduisirent au servage, que de vouloir s'arroger des privilèges qui sont nôtres depuis des siècles, en vertu du droit de conquête ?

– Allons, devons-nous recommencer 1788 ?

Noël se sentait soudain extrêmement las. Si les états généraux, réunis pour la première fois depuis 1614, étaient incapables de résoudre les problèmes du pays, que pouvait-il faire, lui, tout seul ?

Le brouhaha des voix qui déferlait autour de lui charriait des idées, des formules ressassées des milliers de fois déjà. Il pensa aux vagues de la mer qui agitent toujours la même eau. Il se hâta de vider son verre, se leva et, s'enveloppant dans son manteau, se prépara à affronter la fraîcheur de la nuit tombée. Il ne leur manquerait pas, il le savait. Ces hommes avaient eu l'audace, ou l'intelligence, ou l'élégance d'émigrer, de recommencer leur existence dans un pays qui n'était même pas gouverné par des compatriotes. Mais quand se libéreraient-ils de ce terrible besoin de remâcher sans cesse leurs griefs ? Jamais sans doute, puisque ces griefs leur semblaient de plus en plus raisonnables, de plus en plus justes à mesure qu'on s'éloignait dans le temps du moment où toutes les doléances, de tous les ordres de la nation, avaient été enfin mises dans la balance.

Quinze jours plus tard, ils arrivèrent à Poste des Attakapas. Ce jour-là, pour la première fois depuis que son monde avait commencé à se désagréger, Noël connut le désespoir. Pour la première fois depuis quatre siècles, le chef de la famille de Clouet ne saluait pas le nouvel an au château, en Provence. Pour la première fois depuis six siècles, un Clouet ignorait ce que serait l'héritage de son fils aîné. Derrière lui, le domaine de Clouet en Provence, l'hôtel de Clouet à Paris, la position des Clouet à la cour étaient perdus à jamais, sans aucun doute. Devant et autour de lui, des terres mornes, détrempées et inconnues s'étendaient, dont dépendait l'avenir de ses enfants.

– Quelle mauvaise plaisanterie, mon cher Noël !

Où étaient les grelots d'argent ? Cette voix était aussi dure, aussi coupante que le tranchant de la hache. Mais, curieusement, au lieu de l'abattre irrémédiablement, elle trancha dans l'opacité de son désespoir et l'aida à le surmonter; à cet instant, il sut qu'il apprendrait à vivre, qu'il vivrait dans ce nouveau pays.

La terre brune endormie devant eux était recouverte par endroits de végétations marécageuses nouées en taillis inextricables. Décembre avait vidé le ciel et répandu partout d'immenses flaques d'eau. Au milieu du champ le plus proche de la route, une cabane de rondins grossièrement équarris semblait absorber consciencieusement l'humidité glaciale.

– Au moins, ils ont terminé la maison, dit Noël.

Il s'aperçut que derrière lui, dans le chariot, les trois enfants et Gertrude se taisaient. Le petit Marcel avait babillé un moment, intrigué par les animaux de ferme qu'ils avaient vus en s'écartant du village (si l'on pouvait appeler ainsi cette église et ces trois maisons autour desquelles gravitaient, de loin en loin, des cabanes semblables à la leur). Ils avaient quitté La Nouvelle-Orléans sur l'un de ces bateaux plats qui remontaient régulièrement les bayous; il n'avait pas plu, cela ne s'était pas si mal passé. Mais maintenant... Il pensa à Marie-Antoinette qui jouait à la fermière dans un coin du parc de Versailles. Elle leur avait montré la voie sans le savoir, sauf qu'il ne s'agissait plus d'un jeu.

– Ça, notre maison ? éructa Hélène avec dégoût. Noël, avez-vous perdu la tête ? Vous rappelez-vous – s'il vous reste sous le crâne un peu de cervelle –, vous rappelez-vous les granges de Provence ? C'étaient des palais, comparées à ça.

– Hélène, je vous ai bien dit que c'était provisoire. Il nous faut un toit pour commencer. Nous ferons construire une demeure convenable, cela va de soi !

Quelle lassitude soudain ! C'était un état d'âme qu'il avait souvent éprouvé au cours de ces derniers mois. Jamais il n'avait passé autant de temps en présence de ses enfants. La chambre sur le navire, l'appartement de La Nouvelle-Orléans, la cabine minuscule sur le bateau qui les avait amenés aux Attakapas : il pouvait compter sur ses doigts les occasions qu'il avait eues de s'isoler, de mener le genre de vie adulte auquel il était habitué. Comment Hélène pouvait-elle le soupçonner de ne pas désirer de meilleures conditions d'existence ? Lui qui, comme tous les hommes de sa race, pensait que c'était aux femmes d'élever les enfants, lui qui craignait de ne plus les aimer s'il continuait trop longtemps de vivre en permanence à leur contact !

– Allons nous installer, dit-il.

Il remonta sur le chariot et prit les rênes. Ce chariot, ce couple de chevaux, cette maison étaient les premières acquisitions qu'il avait faites pour son nouveau domaine. Il les devait à l'entremise du fonctionnaire espagnol qui l'avait aidé à obtenir la concession de ce terrain. « Je déconseille les chevaux, avait-il dit à propos de l'attelage. Prenez plutôt des mules. » Ils avaient échangé un long regard. Noël n'avait rien dit mais il n'avait plus été question de mules.

En ouvrant la porte de la cabane, Noël découvrit que ses bâtisseurs avaient aussi construit à leur intention une table à tréteaux, deux bancs et des socles de bois pour les lits. On avait même préparé un feu dans la cheminée; il ne restait qu'à l'allumer. Noël s'en approcha, s'agenouilla, prit le fusil et la pierre à feu qu'on avait laissés près du foyer et enflamma l'amadou au-dessous du petit bois et des bûches disposés soigneusement en pyramide. Il était tellement habitué à ce qu'il y eût du feu dans la cheminée des pièces où il séjournait qu'il n'y faisait pas plus attention qu'à l'air que l'on respire; aussi il éprouva une gratitude extraordinaire à l'égard de l'être, homme ou femme, qui, lui, avait pensé qu'ils seraient transis de froid en arrivant, et avait pris la peine de leur procurer ce confort.

Debout à côté de lui, Hélène tendait les mains vers les petites flammes qui crépitaient.

– Je retourne à La Nouvelle-Orléans par le prochain bateau, Noël. Je reviendrai quand vous m'aurez construit une maison digne de ce nom.

Le feu avait pris et attaquait l'écorce qui s'écaillait des grosses bûches. Gertrude, derrière eux, étalait les paillasses et les courtepointes sur les châlits de bois, secouait les couvertures. Les enfants exploraient la deuxième pièce. L'épaisse couche de crépi blanc dont les cloisons étaient enduites amortissait leur bavardage. Noël n'éleva pas la voix; la promiscuité dans laquelle ils vivaient depuis quelques mois, les circonstances périlleuses dans lesquelles ils s'étaient trouvés, où personne d'autre qu'Hélène ne devait entendre ce qu'il disait, lui avaient enseigné à parler bas, quelle que fût sa colère ou son indignation.

– Retournez à La Nouvelle-Orléans, si cela vous plaît. Rentrez même en France. Faites-vous recueillir par La Houssaye s'il n'est pas mort. Ou par tout autre homme prêt à perdre son temps avec une femme comme vous, quand il ne devrait songer qu'à défendre ses terres. En France, j'ai toujours fermé les yeux… sur votre… bêtise, Hélène. Cette vie-là est finie, bien finie. Dans ce monde nouveau, on a besoin de vous aussi. Vous êtes encore jeune et encore forte. Vous devrez gagner votre vie, comme les autres. Et vous pouvez commencer, ma chère épouse, par la gagner dans mon lit.

Il pouvait sans peine se représenter, sans avoir à la regarder, toutes les expressions qui se succédaient sur le visage d'Hélène. Hélène avait été demoiselle d'honneur de la jeune Marie-Antoinette. Elle n'avait certes pas tiré le meilleur parti de la liberté qui régnait dans les salons et les boudoirs de la frivole souveraine. Si la vieille coutume, selon laquelle le commerce faisait déroger, avait valu pour les femmes de l'aristocratie qui faisaient trafic de leurs charmes en échange de toilettes et de bijoux, la jeune Hélène de Forêt aurait perdu son titre de noblesse comme elle avait perdu sa vertu.

Tout à ces pensées qui le ramenaient aux premiers temps de leur mariage et ranimaient sa rage de jeune mari bafoué, il alla chercher une grosse malle qu'il déposa sur la table. Il en ouvrit la serrure, rejeta le couvercle et se mit à en extraire les vêtements qui, depuis des semaines, croupissaient dans ses profondeurs humides. Au moins, par ici, cette soi-disant, cette foutue grande dame n'aura guère l'occasion de se livrer à son passe-temps favori, songea-t-il avec satisfaction, certain qu'Hélène, si dépravée qu'elle fût, ne s'abaisserait pas à coucher avec les paysans et les trappeurs qui formaient toute la population locale.

– C'est maman qui aura l'autre pièce, et nous, nous dormirons tous ici ?

C'était Lélé qui lui posait cette question, à lui ! Au lieu de la poser à sa mère ou à sa bonne. Décidément, ce Nouveau Monde, c'était le monde à l'envers.

– L'autre pièce est pour ta mère et moi. Toi, ton frère, ta sœur et Gertrude, vous irez là-haut.

Il indiqua une trappe dans le plafond bas.

– Là-haut ? Vraiment ? Comme des pigeons dans un colombier ?

L'enfant leva les yeux et regarda fixement, comme si elle s'attendait à voir apparaître par cette ouverture les grands oiseaux gris et blanc, si doux, qui venaient picorer dans ses mains sur les pelouses de Beau-Chêne.

Hélène émit un rire tellement grinçant que Noël vit les pigeons qui picoraient dans son souvenir s'abattre soudain, le cou brisé.

– Comme des pigeons, oui, comme des animaux ! Même les paysans de Beau-Chêne n'ont jamais vécu dans de telles conditions !

– Vous pourriez chercher la bouilloire parmi les ustensiles de cuisine. Vous savez au moins faire le thé, je pense.

Hélène se redressa de toute sa hauteur mais, grâce à Dieu, les paroles qui devaient accompagner cette pose de tragédienne outragée ne furent pas prononcées. En effet, on avait frappé à la porte. Gertrude abandonna ses malles, ajusta son bonnet et son tablier, alla à la porte et l'entrouvrit. Noël ressentit quelque chose d'indéfinissable en entendant l'idiome à la fois familier et étrange dans lequel s'exprimait le visiteur. Il s'approcha lui aussi de la porte et l'ouvrit toute grande.

L'homme était plus petit que Noël, de quatre pouces au moins, mais il devait avoir le même âge. Tout en lui, non seulement la langue qu'il parlait, mais les cheveux bruns, les yeux noirs, une certaine conformation, l'expression du visage, donnait à Noël le sentiment d'être retourné dans cette campagne française qu'il aimait tant.

Il saisit un prénom : Louis, puis un nom de famille : Langlinais. Mais il était loin de tout comprendre dans le petit discours que lui tenait le visiteur, tant les mots, les façons de dire et surtout les intonations semblaient s'être modifiés en deux siècles d'isolement de l'autre côté de l'Atlantique. À moins que ce ne fût le contraire, et que le français eût évolué en France, tandis qu'un état plus ancien de la langue se fût conservé parmi ces populations perdues. Noël remarqua l'expression indécise de Gertrude, restée sur le pas de la porte à observer l'inconnu. Ah ! elle attend de voir comment je vais me conduire avec lui, se dit-il. Il recula d'un pas et s'inclina, invitant ce M. Langlinais à entrer. Louis enleva minutieusement la boue qui s'était collée à ses semelles, et alors seulement Noël aperçut le ballot qu'il portait à l'épaule.

– Oh, ce n'est rien. Un peu de volaille et de gibier, des fruits secs et des légumes. Et aussi du pain, je crois. Pour la bienvenue.

Mais les enfants, se pressant autour de Gertrude qui déballait ces victuailles, trahirent par leur agitation et leurs cris tout le prix que la famille attachait à ce « rien ». Comme c'était l'heure de la toilette du soir, Gertrude menaça de tout remballer jusqu'au lendemain matin s'ils ne se lavaient pas d'abord tranquillement; et tous consentirent à la suivre de l'autre côté de la pièce où elle tira en hâte d'un grand sac éponges, serviettes, peignes et brosses.

Après avoir décoché un regard glacial au nouveau venu, Hélène s'était retournée vers le feu. Noël s'approcha d'elle, la prit fermement par les épaules et la fit pivoter.

– Notre voisin, Hélène. Louis Langlinais. Monsieur Langlinais, permettez-moi de vous présenter ma femme, madame Hélène de Clouet. Monsieur Langlinais, enchaîna-t-il pour couvrir le silence de sa femme, car il savait qu'elle ne parlerait pas, nous a fort obligeamment apporté des provisions de sa cuisine.

Louis éclata de rire, et Noël sursauta presque, tant ce rire franc et sans hésitation, vraiment joyeux, différait de tout ce qu'il connaissait sous ce nom.

– De la cuisine de ma mère, rectifia Louis. Ma femme... Bon, il n'y a pas que la cuisine dans la vie, n'est-ce pas ? (Il rit de nouveau.) Il y a un petit commerce entre les deux : ma femme met des dentelles et brode des fleurs sur les draps de ma mère. L'une prépare la nourriture du corps, l'autre celle de l'âme.

– Les fleurs avant le pain, murmura Hélène. (Puis elle sourit.) Votre femme est-elle jeune, monsieur ?

Noël avait envie de rire lui aussi, lui qui s'était résigné à ne plus être capable de rire pendant des années, voire jusqu'à la fin de ses jours. Mais un paysan, des Attakapas qui plus est, sommé d'aborder la question de l'âge d'une femme, par quelqu'un d'aussi prompt et habile à l'attaque, et aussi sensible à l'offense que l'était Hélène, c'était une situation digne des meilleures comédies.

Louis la regarda et presque aussitôt répondit :

– Ma femme, Cécile, madame, a assez vécu pour savoir jouir de la vie, et pas assez pour ne plus le pouvoir, elle doit avoir l'âge de madame de Clouet.

Une pause suivit, pendant laquelle chacun prit la mesure de l'autre. De son côté, Noël pensa que ce trou perdu, mais où il y avait des hommes comme Louis Langlinais, n'était peut-être pas un si mauvais endroit pour commencer une nouvelle vie.

– J'aimerais connaître madame Langlinais, dit Hélène.

– Mais qu'est-ce que je vais me mettre ?

Le visage de Cécile qui, lorsque Louis lui avait parlé d'Hélène de Clouet, s'était animé d'un éclat printanier, reflétait plutôt maintenant le morne tableau du paysage de janvier. Ses mains, ces outils délicats qui pouvaient exécuter les plus jolies broderies, mais pas hacher de l'ail, qui pouvaient pincer les cordes de la mandoline que Louis avait rapportée de La Nouvelle-Orléans en la cachant sous sa cape, pour que l'oncle Pierre ne la vît pas, mais refusaient de débarrasser le jardin de la moindre vermine, ces mains voletaient en tous sens. Tantôt elles tiraient sur son tablier, tantôt lissaient l'étoffe sombre de sa robe, tantôt faisaient bouffer les boucles noires. Ces boucles qui encadraient le visage de Cécile continuaient d'exercer le même empire sur Louis, de le persuader que les manières frivoles de Cécile étaient rares, étaient belles.

Il se garda bien de lui suggérer sa robe des dimanches, par exemple, ou celle dont l'encolure était la plus échancrée de tout le canton, car Cécile n'avait nul besoin qu'on lui dît comment elle devait paraître en telle occasion. Non qu'elle se représentât tout de suite ce qu'elle porterait, mais la vision qu'elle en avait se précisait dans sa tête – fallût-il pour cela répandre dans la chambre tout le contenu de la garde-robe – et atteignait la perfection, en ce sens qu'il n'y avait jamais le moindre écart entre l'image que le monde voyait et celle que Cécile avait en elle.

– Il va falloir les inviter ici, je crois, dit Louis en prenant sa pipe et en commençant à la bourrer. À moins que vous ne préfériez vous voir toutes seules, entre femmes. Mais leurs enfants ont plus ou moins le même âge que les nôtres.

– Il y a une petite fille comme moi ? demanda Madeline.

Elle en abandonna près de la cheminée les jouets qu'elle avait reçus pour Noël : une poupée, taillée par Louis dans un bout de bois, et un petit panier de jonc tressé par sa grand-mère Langlinais.

– Ils ont une fille qui est un peu plus grande que toi, dit Louis en l'attirant sur ses genoux.

Bien qu'elle n'eût que sept ans, Madeline prenait très au sérieux son rôle d'aînée. « Voilà, comme tante Suzette ! » disait Cécile, en la regardant aider Jean, le cadet, à dire ses prières, ou emmener les jumeaux dans le jardin quand ils étaient trop bruyants.

– Ils ont aussi un garçon, André, qui a l'âge de Jean, et encore un autre petit garçon, Marcel je crois, qui pourra jouer avec les jumeaux.

Les sourcils levés de Cécile annonçaient une importante déclaration.

– Peut-être que des personnes comme les *de* Clouet ne laisseront pas leurs enfants jouer avec les nôtres.

– S'ils étaient restés en France, ce genre de distinction aurait pu leur coûter la vie, affirma

Louis. Ce serait stupide de leur part de vouloir la maintenir ici.

– Pourtant... (Cécile haussa de nouveau les sourcils, pensant que lorsqu'on est bête, on le reste, comme il le savait très bien lui-même. Mais elle dit :) Je me demande ce qu'ils ont apporté avec eux. Et où ils habitaient. Des aristocrates ! Louis, je n'arrive pas à y croire. Des nobles, ici !

Comme projetée par ses propres paroles, elle se leva de sa chaise et, prise de l'une de ces sautes d'humeur qui, en elle, étaient comme le bouillonnement soudain du bayou recevant une averse de printemps, glissa tout autour de la pièce, touchant à tout, prenant le petit Jean dans ses bras, déplaçant un vase de verre d'un côté à l'autre du dressoir, et pour finir, ouvrit grands les volets qui arrêtaient les vents de janvier et se pencha dans l'air vivifiant.

– Des nobles, ici ! Ô, doux Seigneur, peut-être ne mourrai-je pas avant d'avoir vécu !

– Qu'est-ce que maman veut dire ?

Madeline s'était serrée dans les bras de Louis en voyant sa mère danser en rond toute seule. Parfois, Louis surprenait Madeline regardant Cécile du même air qu'elle examinait les plantes sauvages que les enfants trouvaient au bord du bayou et rapportaient à la maison, pour demander à leur père ou à leur grand-père Claude de leur dire ce que c'était.

– Rien. Rien du tout. Elle en a simplement assez de la pluie. Mais, Madeline, dit-il en se tournant vers son minois sérieux, nous ne devons pas oublier que le bon Dieu envoie la pluie en janvier pour que le grain puisse germer en mars.

Cécile referma les volets et se laissa tomber sur sa chaise en face de Louis.

– Imagine cette vie, dit-elle. Ne jamais voir un légume avant qu'il soit dans ton assiette ! Ou de lait avant qu'on te le serve dans une tasse ! Est-ce que tu te représentes l'existence qu'ils ont menée ?

La recevoir ici ! Bon, ce sera l'occasion d'étrenner la cafetière que tu m'as rapportée de La Nouvelle-Orléans, la dernière fois; je l'ai enveloppée dans du tissu pour qu'elle ne se ternisse pas...

Quand le courant bouillonnant trouvait un chenal plus large, son insatisfaction se transformait en création et son irritabilité en une attention étonnante pour les détails. On pouvait être certain que lorsque Mme de Clouet viendrait prendre le café chez Mme Langlinais, Cécile et toute sa maison seraient sous leur meilleur aspect.

Le grand événement fut fixé pour le jour de la Chandeleur, fête de la purification de la Vierge Marie. Sitôt la messe finie, Cécile fourra les chandelles bénies sous sa mante et grimpa impatiemment dans la carriole, exhortant Louis, du geste et du regard, à prendre congé des hommes qui s'étaient arrêtés à la sortie de l'église, pour la ramener à la maison aussi vite que le permettaient les chemins embourbés de l'hiver. Tandis qu'ils passaient entre les champs dénudés, sous un ciel aussi gris et aussi lisse que la cafetière d'étain qui trônait au centre de leur table, Cécile repassait à voix haute tous les préparatifs de la visite.

– ... le gâteau de figues, les friands aux noix pacanes et au sirop, c'est fait. Ta mère m'a envoyé de son fromage blanc et une motte de beurre frais. Et ma mère m'a donné deux pains blancs. Tu sais comme elle y tient, à cette farine blanche. Mme de Clouet devrait se sentir honorée – mais, bien sûr, je ne lui laisserai pas savoir que nous ne mangeons pas de ce pain-là tous les jours. Et puis, il y a les conserves de fruits, la confiture, et tu as dit que tu nous ouvrirais une bouteille de ton vin muscat. Ça devrait suffire, qu'en penses-tu ?

Louis avait découvert depuis longtemps que Cécile ne reculait devant aucune difficulté, et pouvait passer des heures à manier la pâte, quand il s'agissait de préparer ce qu'elle appelait « du joli manger », c'est-à-dire avant tout des gâteaux. Pour le manger quotidien, elle s'en déchargeait toujours sur la vieille tante qui n'avait jamais regagné ses pénates. Comme Louis et les enfants étaient bien nourris, que leur maison était aussi propre et aussi bien tenue que n'importe quelle autre, les commérages concernant le jeune ménage Langlinais avaient cessé depuis des années.

Cécile avait décidé, finalement, que les enfants feraient connaissance un autre jour.

– Mme de Clouet n'est certainement pas habituée à être tout le temps avec ses enfants, avait-elle dit à Louis. Elle sera très contente de se libérer d'eux un instant.

Cécile ne savait rien de la vie à la cour, elle n'avait jamais connu personne capable de la lui décrire; les idées qu'elle se faisait de l'existence de l'aristocratie française ne dépassaient pas les images vagues qui lui étaient restées des grandes maisons du Massachusetts et des épisodes que Suzette racontait de temps en temps, à propos de ses élèves riches. Les Acadiens ne s'étaient guère intéressés à la Révolution, au début. Tout au plus jugeaient-ils que la monarchie avait mérité son sort : le souverain qui régnait au moment où quelques misérables exilés avaient enfin atteint la France avait manqué à toutes les promesses qui leur avaient été faites avant leur départ. C'était la preuve que la simple communauté de nation et de langue ne pouvait combler le fossé qui sépare les puissants des petits, les riches des pauvres. Mais, quand les nobles émigrés arrivèrent à La Nouvelle-Orléans et commencèrent à s'installer dans l'arrière-pays, ils suscitèrent la sympathie, malgré les richesses – insoupçonnées des Acadiens – qu'ils avaient apportées avec eux et l'immensité des domaines que leur octroyaient les Espagnols. En tout cas, tout le monde à présent était avide de savoir ce qui se passait en France. On avait tendance à considérer que les doléances du peuple étaient justes mais qu'elles ne justifiaient pas les horreurs dont les aristocrates étaient les victimes, et qu'ainsi les opprimés s'étaient mis dans la fâcheuse position de se rendre encore plus odieux que leurs anciens oppresseurs.

Cécile, quant à elle, ne se souciait nullement des doléances de la bourgeoisie française, et encore moins de celles des paysans. Attachée dans son enfance au service particulier d'une riche famille du Massachusetts, elle avait suffisamment goûté à l'amertume de la servitude. Elle avait réussi néanmoins, sans recourir à aucune violence, à s'en libérer pour toujours. Sous ses sourcils froncés, sous les bonnets sévères qu'on lui faisait porter dans sa famille, elle avait longuement observé les jeunes gens de Poste des Attakapas. Quand on la croyait absorbée dans ses pensées, elle ne perdait rien de ce que chacun disait et des plaisanteries qu'il faisait. Son choix s'était résolument arrêté sur Louis car il était le seul avec lequel elle pourrait vivre, au moins un peu, comme elle l'entendait. Elle n'avait jamais oublié les belles choses qu'elle avait vues dans les grandes demeures du Massachusetts, ces intérieurs qui lui semblaient aussi irréels que des tableaux. Bien sûr, la demeure dont elle était maîtresse n'était encore qu'une cabane de bois mais elle savait qu'il n'en serait pas toujours ainsi. Claude, son beau-père, désirait depuis des années bâtir une vraie maison. Jusque-là, Mathilde s'était toujours moquée de lui en disant que ce qu'elle avait lui plaisait. Mais il fallait voir les choses telles qu'elles étaient : Mathilde et Claude n'étaient pas éternels. Louis, un jour, hériterait de toute la propriété de Claude. Assurément, tel qu'elle le connaissait, il donnerait quelque chose à Julian mais, grâce à Dieu, Suzette était devenue sœur Saint-Paul et le mari de Bernadine avait lui-même une belle ferme. Ce qui était sûr, c'était qu'un jour, dans un avenir peut-être assez proche, Louis, avec ses nouvelles terres, avec le moulin, avec le surcroît de fourrures qu'il vendrait, n'aurait plus aucune raison de rester dans cette cabane; et alors, elle aurait une vraie maison.

Louis emmena les enfants chez leurs grands-parents Langlinais, laissant Cécile donner un dernier coup de chiffon aux meubles, pour la cinquième fois peut-être, retendre les coins de la nappe bordée de dentelle, changer encore de vase les rameaux d'arbustes à feuilles persistantes qu'il avait coupés pour elle, et échafauder mille scénarios de la rencontre qui allait avoir lieu.

La vue d'Hélène de Clouet sur le pas de sa porte, dans sa grande cape, qui n'était pas de laine mais de velours, d'un rouge à la fois vif et foncé, avec un capuchon garni de fourrure gris argenté, la ravit dans une extase dépassant tout ce qu'elle avait imaginé. Elle recula, avec le sentiment d'être dans une mascarade, sur une scène de théâtre et, comme si elle récitait un rôle écrit exprès pour elle, elle souhaita la bienvenue à Hélène.

De son côté, Mme de Clouet s'était divertie, pendant les jours précédents, à élaborer des conversations pour cette visite, « tellement démocratique, avait-elle écrit à une amie restée en France, qu'elle me vaudrait les congratulations du comité révolutionnaire ». Mais elle sentit les paroles prudentes et froides qu'elle avait préparées fondre sous le feu qui émanait des yeux sombres de Cécile. Elle ne résista pas à cette chaleur et, s'avançant, dit, de sa voix argentine qui, quand elle n'était pas tendue, semblait devenir liquide et tout noyer sous ses flots chatoyants :

– Si nous étions à la cour, je vous aurais haïe car vous êtes aussi belle que moi. Mais ici, dans cette province, je crois au contraire que je vais vous aimer.

Cécile aussi s'abandonna à son naturel. Leur beauté les attirait l'une vers l'autre; elles avaient l'impression de faire cause commune; elles se sentaient fortes.

Elles n'en étaient encore qu'à la première tasse de café et le gâteau de figues était encore intact, mais Cécile avait déjà senti sur elle les doux plis du velours cramoisi, vu dans le miroir son propre visage reposant dans l'écrin de fourrure, et entendu de la bouche d'Hélène ce qu'était une demoiselle d'honneur de la reine de France. Sa tasse dans la main, Hélène errait nonchalamment à travers la pièce, examinant les objets qui trahissaient l'amour du luxe chez la maîtresse du logis.

– Vous aimez les jolies choses, dit-elle en revenant près de la table.

Elle coupa une fine tranche dans le pain blanc de Mme LeBlanc, la beurra abondamment et versa dessus juste ce qu'il fallait de confiture de mûres, en gouttes et en filaments noirs sur la surface crémeuse.

Cécile regarda la bouche qui venait de lui conter le bal d'anniversaire de la reine mordre dans la tartine. Elle est presque aussi goulue que les enfants, pensa-t-elle; décidément, les dames du Massachusetts, si nobles et riches qu'elles fussent, n'entendaient rien à la vie, avec leur air de mépriser la nourriture.

– Bien sûr, répondit Cécile, tendant son bras gracieux au-dessus de la table pour se couper elle aussi une tranche. Toutes les femmes n'aiment-elles pas les jolies choses ?

– Non, les femmes laides ne les aiment pas. Et si elles les aiment, elles ont peur de le dire. Parlez-leur de porcelaines ou de bijoux, même si elles en raffolent en secret; demandez-leur si elles préfèrent la dentelle à même la peau ou sur la soie, si le vert va mieux à leurs yeux que le bleu, elles hocheront leur tête mal coiffée et vous diront que la frivolité est un péché ! (Hélène haussa légèrement ses épaules moulées dans la soie de sa robe.) Dans ce cas, pourquoi orner de volants et de rubans ce qui pourrait faire douter de l'art du Créateur ?

En voyant Cécile se figer, éberluée, Hélène éclata de rire. Dès lors, le rire d'Hélène fit partie de l'existence de Cécile. Pendant longtemps, elle ne pourrait s'empêcher de juger des gens, des choses et des conversations en se demandant s'ils eussent fait éclater ce rire argentin.

– Vous ne considérez pas que nous, nous sommes des œuvres d'art ? Votre mari, lui, le pense certainement. N'est-il pas en adoration devant ce corps qui est le vôtre ?

Cécile rougit d'entendre une femme parler ainsi et eut l'impression qu'un nuage aussi cramoisi et dense que la mante de velours tombait devant ses yeux. Mais des questions qui excitaient vivement son intérêt affluaient à son esprit. Hélène était-elle une femme comme elle, fascinée par l'effet que son propre corps exerçait sur Louis ? Hélène avait-elle réussi, comme elle, à prendre cette distance qui lui permettait d'observer ce qui se passait dans leur lit, d'en tirer des leçons et de les utiliser ? Des paroles se bousculèrent à ses lèvres, écartèrent le nuage cramoisi :

– Je ne peux plus avoir d'enfants. Il m'approche encore plus souvent.

Hélène était contente en rentrant, chevauchant à côté de Noël qui était passé la chercher, ponctuellement, à cinq heures et demie. Certes, la petite Mme Langlinais n'avait peut-être pas encore l'esprit très éveillé, mais Hélène était sûre de ne jamais s'ennuyer avec elle. Que cela avait été piquant d'écouter ses petites confidences, voilées derrière la modestie de ses expressions, la rougeur qui lui montait au visage ! Bien plus excitant que les propos grivois de certaines de ses amies de la cour.

– Permettez-moi, comment cela s'est-il passé ?

Quoi qu'elle répondît, Noël savait que l'entrevue de cet après-midi ne serait pas la dernière. Il avait remarqué l'expression épanouie qui irradiait de sa bouche, de ses yeux, comme chaque fois qu'elle se sentait appréciée à sa juste valeur.

– Très bien, dit-elle. Nous passerons beaucoup de temps en compagnie l'une de l'autre, Cécile et moi. Et les enfants aussi bien sûr... ajouta-t-elle sur un ton faussement tolérant. Les petits Langlinais ont à peu près le même âge que nos enfants. Il y a aussi une vieille tante qui habite chez eux; je n'ai pas très bien saisi pourquoi, mais elle y est, et Mme Langlinais n'a pas seule la charge de sa maison et de ses enfants; elle a le temps de se distraire !

Noël

Le samedi suivant, comme tous les samedis, Alexandre rendait la justice dans ses quartiers. Louis, ayant lui-même un petit litige à lui soumettre, se rendait au village sur son cheval quand il aperçut, loin devant lui sur la route bourbeuse, un autre cavalier. Tout de suite, il reconnut Noël de Clouet et, pour ne pas se crotter jusqu'au chapeau en piquant un galop, il hurla de toutes ses forces, malgré le froid qui prenait à la gorge :

– Monsieur de Clouet ! Attendez !

Noël se retourna en mettant la main en visière car, juste à ce moment-là, le soleil encore bas avait percé entre les gros nuages, éblouissant. Il arrêta sa monture et agita un instant la main, en signe de salut.

– Mon Dieu, quelle gadoue ! s'exclama Louis en arrivant à sa hauteur. Chaque année, on oublie que l'hiver transforme notre bonne terre en un tel bourbier. Mais, en mars, tout sera sec, vous verrez, et en été, monsieur de Clouet, tout le monde souhaitera un peu de boue, si ça peut amener un peu de fraîcheur !

– Fait-il donc si chaud ?

– Il paraît que le climat d'ici est le même qu'aux Antilles, d'après les gens qui ont vécu dans les Îles. En tout cas, il donne de bonnes récoltes.

– Que plantez-vous par ici ?

Louis regarda l'homme qui chevauchait à côté de lui, les manchettes en dentelle de sa chemise, les boutons dorés de son vêtement. Quant aux bottes, Louis n'avait pas besoin d'en tâter le cuir pour savoir qu'il n'en avait jamais vu d'une telle finesse. Elles n'étaient certes pas conçues pour marcher derrière la charrue !

– Comment se fait-il que vous soyez venu ici ? demanda-t-il.

Noël se taisait. Quoi ? se dit Louis irrité, M. de Clouet aurait-il pour principe de ne pas daigner répondre aux questions, du moins quand elles lui sont posées par des gens d'un rang aussi inférieur que celui d'un Louis Langlinais ? Il sentait la colère monter en lui, et l'envie de faire comprendre à ce noblaillon, par quelques paroles bien senties, que chez eux, en Louisiane, ces vieilles attitudes n'avaient plus cours.

Mais Noël rompit le silence avec un sourire.

– Pardon ! Votre question m'a plongé dans des pensées... Nous avons dû quitter la France. J'avais compris que nos vies mêmes étaient en danger. Et je suis certain, monsieur, que les violences dont nous entendons parler aujourd'hui seront suivies de beaucoup d'autres, encore plus graves. La soif de sang n'est pas une soif qui s'apaise d'elle-même, au contraire, elle est de plus en plus vive. (Il haussa les épaules en soupirant, résigné.) Je n'ai pas voulu que ma femme, mes enfants et moi-même en fussions les victimes. Pourquoi j'ai choisi la Louisiane... Nous avons des amis, en France, qui ont servi dans ce territoire avant qu'il soit cédé aux Espagnols. Je savais que la langue, la façon de vivre y étaient les mêmes que chez nous…

– Avez-vous déjà cultivé la terre ?

Noël éclata de rire, si franchement, si librement que Louis comprit qu'il se moquait de lui-même, et il se dit que d'une façon ou d'une autre Noël s'en tirerait.

– Si j'ai cultivé la terre ? Certes, assis tranquillement dans mon fauteuil, tandis que mon intendant me rapportait combien mes vergers avaient rendu de boisseaux de pommes et de poires. J'ai même eu l'occasion de ramasser moi-même ma salade, ou de cueillir des fraises pour mon vin. Ça oui, je m'y entends, aux travaux des champs !

– Vous aurez besoin d'aide, monsieur. Je demanderai aux hommes qui s'y connaissent le mieux de vous conseiller. (Ils avaient atteint le village et apercevaient les petits groupes qui entraient chez Alexandre.) Là-bas, vous voyez Paul Théard ? Il sait ce qui vient le mieux sur tel ou tel sol. Et celui-là, celui qui tient sa pipe à la main ? C'est Édouard Doucet. Il peut vous dire où acheter les meilleurs bestiaux au meilleur prix. Vous avez de l'argent ?

Il ne faut pas que je me froisse, pensa Noël. Chaque heure que ces hommes consacrent à m'aider au lieu de la passer sur leurs terres m'épargne énormément d'argent. Ne nous froissons pas, oublions ça !

– Oui, dit-il.

– Cela vous permettra de gagner du temps. Beaucoup, parmi nous, considèrent que ce n'est pas s'abaisser que de travailler dans les champs d'un autre, en échange d'une certaine quantité de boisseaux de semence, ou pour le prix d'une nouvelle charrue.

Ce matin-là, il y avait plus de conflits à régler que d'habitude. Tous les hivers, c'était pareil : Alexandre l'avait expliqué un jour à Louis; ayant moins à faire, les hommes se creusaient la tête pour découvrir s'ils n'avaient pas subi un préjudice de la part de tel ou tel voisin; cela pouvait toujours rapporter quelque argent.

Alexandre, qui avait un peu plus de soixante ans, était pour eux tous plus un père qu'un juge. Il connaissait si bien les familles des Attakapas que bien souvent, quand un plaideur commençait à exposer sa plainte, il l'interrompait tout de suite pour lui rappeler que son père avait déjà essayé le même truc des années plus tôt. Mais, quand Louis déclara, ce samedi-là, que le gros matou d'Émile Trahan lui avait tué trois poules, Alexandre ordonna immédiatement à Émile de payer. Celui-ci protesta que c'étaient ses enfants qui avaient emmené l'animal en visite chez les Langlinais, que lui, Émile, était resté à la ferme parce qu'il avait un harnais à réparer et qu'il ne pouvait pas savoir à ce moment-là ce que faisait son chat.

– Allons, allons, dit Alexandre. Ce chat est à vous, que vous le surveilliez ou pas. Payez Louis, ou rendez-lui l'équivalent. Au suivant !

– Vous pensez que nous perdons notre temps en broutilles, n'est-ce pas ? dit Louis à Noël. (Ils étaient sortis de la maison et attendaient Alexandre. Midi approchait, l'air s'était adouci.) Je sens le printemps, continua Louis. Il va falloir travailler dur pour que vos champs soient prêts.

– Je dois d'abord bâtir une maison.

– Vous en avez une.

– Ce n'est pas l'avis de ma femme, dit Noël.

Louis essaya de se souvenir de ce que disait sa mère à propos des visites chez ses enfants mariés. Ah, oui ! Elle y restait jusqu'au moment où elle avait trop mal à la langue, à force de la tenir. Ce n'est pas mon affaire, conclut-il, si M. de Clouet préfère avoir une « maison » plutôt que des récoltes. Dieu n'attend pas que les maisons soient construites pour envoyer le printemps et la saison des plantations. Mais si c'est ce que Madame et Monsieur veulent…

– Dans ce cas, il faut que vous la lui construisiez, bien sûr.

Les drôles d'idées des Clouet ne l'intéressaient plus d'ailleurs, car Émile Trahan approchait, un grand sac à la main.

– Voilà tes poules, dit-il, déposant le sac aux pieds de Louis.

– Attends un peu, dit Louis en levant la main. Voyons ces épouvantails déplumés : dis donc, ça ne leur a pas fait de bien de passer par le gosier de ton joli minet ! (Les trois volatiles qu'on devinait sous la toile rude du sac n'étaient, en effet, pas de la première jeunesse.) Tu veux que je revienne ici la semaine prochaine pour les montrer à Alexandre ? Et qu'on remette ça encore une fois ? Tu as toujours ce jeune coq, tu vois celui que je veux dire ?

En observant les deux hommes qui marchandaient, Noël comprit qu'ils ne se souciaient plus du tout des trois poules qui grattaient la terre à côté d'eux. Le ton montait, les gestes s'amplifiaient. Noël ne suivait plus leur conversation mais il voyait que tous deux avaient l'air heureux. Si ce système avait été en vigueur en France, il n'y aurait peut-être pas eu de révolution…

– Quoi ? Ce sont les nouvelles poules de Louis ? dit Alexandre en s'approchant de Noël.

– Pas encore, rectifia Noël. Permettez-moi de me présenter…

– Je vous en prie, je sais qui vous êtes ! Voulez-vous un peu de vin ? (Avant de rentrer chez Alexandre, Noël jeta un coup d'œil en direction de Louis, toujours aux prises avec Émile.) Vous verrez, il l'aura, son coq de combat, dit Alexandre. Et après, il nous rejoindra.

– Je pensais qu'il voulait trois poules.

Noël goûta le vin, il était bon. Au moins, c'était déjà quelque chose; et ce chevalier Alexandre semblait une personne de qualité. Le vin se répandait dans son sang, en chassait les humeurs lourdes qui s'y étaient accumulées depuis des semaines. Après tout, songea-t-il, ce n'est pas moi qui vais construire cette maison et labourer les champs : je le ferai faire par d'autres. Même dans un nouveau pays, on a besoin d'hommes cultivés, capables de s'occuper de la chose publique. Pourquoi, s'exclamait-il intérieurement, échauffé non seulement par le vin mais aussi par le cours de ses pensées, pourquoi les Clouet ne conserveraient-ils pas ici le même rang qu'ils avaient en France ? Il est vrai que dans ce pays on n'attache guère de valeur aux titres de noblesse, mais il y a une aristocratie de nature, bien plus durable que celle que créent les rois ou les conquêtes !

– Qui sait si Louis se serait dérangé pour trois poules, disait Alexandre, si le hasard n'avait pas fait naître un petit coq très prometteur dans la basse-cour d'Émile, d'Émile qui n'aime pas les combats de coqs.

– Je suis bien de son avis. Quel amusement cruel !

– Bah, ce n'est que de la volaille. Et cela fournit un… disons un exutoire.

Noël alla à la fenêtre, poussa le volet et regarda dehors. Depuis qu'il était là, à Poste des Attakapas, il s'était efforcé de voir au-delà de la laideur des habitations, du gris du ciel et de la couleur brunâtre et mortelle de la terre. Il s'était efforcé de comprendre leur patois, dégageant de leur gangue, terreuse lui semblait-il, les sons que connaissaient ses oreilles raffinées. Il avait même mangé de leur nourriture quand Mathilde Langlinais, la mère de Louis, était venue, l'avant-veille, « aider Gertrude à cuisiner » : elle appelait ça du couche-couche, c'étaient des gruaux de maïs frits avec Dieu sait quoi. Si ces gens, établis là depuis tant d'années, n'ayant jamais connu de vie meilleure, avaient besoin d'exutoires, alors qu'en serait-il de lui, d'eux tous ? Hélène avait peut-être eu raison, en voulant rester à La Nouvelle-Orléans.

– Comprenez-les, monsieur. Ce sont des gens très gentils, bien disposés envers tout le monde, et d'une piété que je trouve moi-même surprenante, malgré l'éducation très catholique que j'ai reçue. Beaucoup des petits exutoires que vous et moi pouvons nous permettre leur sont interdits par leur sens moral. (Eh bien, voilà une bonne nouvelle pour Hélène ! se dit Noël.) Alors, de temps en temps, ils regardent leurs coqs se battre. Vous conviendrez que tout cela est assez innocent.

La porte s'ouvrit et Louis entra d'un pas assuré. Il s'adressa tout de suite à Noël :

– Vous devez trouver que nous perdons vraiment beaucoup de temps à des broutilles, n'est-ce pas ? (Il accepta le verre que lui tendait Alexandre.) Mais, croyez-moi, si l'on se permet de négliger les petites choses, si l'on ne cherche pas à tirer parti de tout ce qui peut être utile, à soi-même ou à sa famille, on risque fort d'être incapable de saisir des occasions plus importantes !

– Je parie que vous avez un nouveau coq de combat, dit Alexandre.

– Oui, et trois vieilles poules par-dessus le marché. Émile en avait assez de les entendre caqueter et de recevoir leurs coups de bec...

Alexandre déboucha une autre bouteille et prit dans son placard du pain et du fromage.

– Votre pays ne semble pas au bout de ses peines, dit-il, montrant un journal posé sur la table. Ce numéro de la *Gazette de Madrid* rapporte que, le 22 décembre dernier, on n'a accordé le droit de vote qu'aux propriétaires, en les divisant en trois groupes différents.

– À ce qu'il paraît, dit Noël.

Il but une gorgée et regarda fixement le verre, à la lueur de la chandelle, avec l'air dont il aurait regardé une coupe d'alchimiste capable de transformer en or brillant tout ce qui était terni dans sa vie.

– Vous n'avez pas l'air intéressé.

La curiosité perçait sous les manières toujours polies d'Alexandre. Celle de Louis aussi, qui s'était assoupie dès qu'il avait compris à quel point il répugnait à Noël de répondre à des questions sur son passé, se réveilla.

– Pourquoi devrais-je être intéressé ?

Ces deux verres de bon vin n'avaient pas apaisé sa douleur, au fond. Depuis le jour où ils avaient laissé Beau-Chêne, où ils avaient vu pour la dernière fois, à travers les nuages de poussière soulevés par les chevaux, à travers les lentilles déformantes de leurs larmes, le long bâtiment de pierre et de brique disparaître derrière la forêt d'automne, Noël était d'humeur changeante. Ainsi, l'optimisme avec lequel il avait soudain envisagé, quelques instants auparavant, un avenir glorieux pour lui-même et pour son nom dans ce pays de sauvages s'était-il évanoui.

– Pourquoi devrais-je être intéressé ? répéta-t-il, en se versant un troisième verre, sans attendre d'y être invité.

Il se leva et Louis, pour la première fois depuis qu'il connaissait Noël, le vit tel qu'il devait apparaître dans son propre monde. Grand, musclé, les traits accusés, qu'avait à craindre un tel homme ?

– Le nom de Clouet est illustre en France depuis plus de quatre siècles. Cela fait plus de quatre siècles, comprenez-vous, que nous avons nos terres et notre rang. Et si nous les avons gardés, c'est parce que nous avons payé, de notre vie, de notre sang. Quand le roi levait des armées, qui marchait à leur tête ? À qui appartenaient les épées qui repoussaient les ennemis du pays, ennemis des paysans autant que des seigneurs ? D'autres vivaient sur nos terres, les administraient, les cultivaient; et si elles étaient mal administrées, mal cultivées, qui était dépouillé et ruiné ? Les forêts étaient à nous, mais nous les avons épargnées; nous avions le privilège de la chasse, le pays aujourd'hui abonde en gibier; nous avons su prendre soin des dons que Dieu nous a faits, nous autres, de Clouet !

De plus en plus nettement, Louis croyait entendre, non pas la voix de Noël, mais celle de son père, parlant de la terre que les Langlinais avaient jadis possédée en Nouvelle-Écosse. Il y avait pourtant une différence dans la façon dont les deux hommes en parlaient. Mais laquelle ?

– Et comment sommes-nous récompensés par ces gens, qui n'ont jamais eu à acheter leur charrue, leurs semences ? Par le meurtre, le pillage et le vol. Ils nous ont volé nos terres. Quatre siècles réduits à néant ! Et me voici, sur une terre à peine défrichée – les cours des écuries de Beau-Chêne étaient des jardins à côté de ce qui entoure notre maison –, avec une femme qui ne connaît que la frivolité et le luxe, avec des enfants qui ont besoin de précepteurs et de médecins, et moi, avec cette forêt vierge que je me suis fait donner et dont je ne sais que diable faire !

Sa voix s'éteignit soudain, comme si tout le poids de sa rage s'était condensé en un lingot de plomb.

– Vous pouvez rebâtir ce que vous aviez, dit Louis. Comme l'a fait mon père. (Il coupa du pain et du fromage, en offrit à Noël, qui s'était effondré dans l'un des fauteuils sanglés de cuir.) Ce n'a pas été facile, mais il l'a fait.

– Que lui est-il arrivé ? demanda Noël.

Il avait les yeux fixés sur le feu et ses pensées erraient ailleurs que dans la pièce, où régnait maintenant cette bonne chaleur des fins d'après-midi d'hiver, quand la cheminée tire bien, que le vin coule à flots et que chacun dit ce qu'il a sur le cœur.

– Il est acadien, dit Louis simplement.

– Pardon ?

Noël se tourna vers Louis.

– Vous n'avez jamais entendu parler des Acadiens ?

Pas étonnant que le peuple se soit révolté dans son pays, songea Louis; s'il ignore les misères des autres, s'il ne connaît que les siennes !

– Excusez-moi, dit Noël en posant la main sur le bras de Louis. Je pense que vous parlez de quelque chose que je devrais savoir.

Une chaleur, une lueur, comme celle des bûches qui brûlaient lentement dans l'âtre, annula la distance qui s'était de nouveau instaurée entre les deux hommes.

Louis écarta les mains en montrant les paumes, signe qu'il l'excusait tout à fait.

– Que vous dussiez le savoir ou non, je vais vous le dire.

Alors, rapidement, sans emphase, tout en choisissant soigneusement ses mots pour faire apparaître l'injustice et laisser dans l'ombre la souffrance, il narra encore une fois l'histoire de l'exil des Acadiens.

Quand il eut fini, tous trois restèrent en silence, comme quand, au cimetière, les têtes s'inclinent pour honorer les morts. Puis Noël prit la bouteille et remplit les verres.

– Mais... pourquoi n'ont-ils pas prêté serment, tout simplement ? Non pas à la fin, bien sûr; c'était trop tard. Mais auparavant ?

Louis avait vu tous les verres que Noël avait vidés et il se dit que, bien qu'il n'y parût pas, tout ce vin avait dû obscurcir son jugement.

– Ils auraient dû renier leur roi céleste pour jurer fidélité à un roi indigne de la terre !

– Qui sait ce qui se serait passé ? (La voix de Noël avait changé; elle n'était plus tendue par la colère et l'amertume; elle semblait lisse, liquide, moelleuse comme du vin vieux.) Ils auraient prêté serment à ce roi, l'orage serait passé, on aurait tout oublié, et ils auraient continué d'adorer Dieu comme bon leur semblait, entre eux. Les prêtres auraient peut-être dû se cacher pendant un temps; ça leur est déjà arrivé. Mais vous vous seriez épargné toutes ces souffrances, et vous auriez gardé votre terre. Pourquoi ne pas avoir rusé ? D'autant plus que ce roi George ne méritait en effet aucun respect.

– Pour garder son honneur, on ne peut y manquer face à quelqu'un qui n'en a pas, dit Louis. Un serment est un serment; et pour les hommes de Grand-Pré, la fidélité ne se divisait pas plus que l'honneur.

Sa voix, bien plus forte que celle de Noël, semblait à l'étroit dans la pièce. Le vin, le feu de plus en plus ardent, et ce qu'il lui en coûtait de mettre en paroles des pensées qui vivaient dans son sang, tout cela le fatiguait.

– Il est temps que je m'en aille, dit-il. Écoutez, monsieur, ces trois poules d'Émile, elles ne sont pas si vieilles qu'elles ne puissent encore pondre. En voulez-vous ? Ainsi que du coq ? Ce n'est pas un combattant mais il est capable de faire sa besogne. Ça vous ferait déjà une petite basse-cour.

Noël regarda le sac posé près de la porte.

– Je ne peux accepter ces poules, dit-il d'une voix presque cassante.

Louis ne put s'empêcher de rire; c'était une façon qu'il avait héritée de son père, et qui exprimait l'émerveillement que Dieu ait pu mettre tant de sots sur cette terre, sans que cela prive le monde d'aller, tant bien que mal, de l'avant.

– Laissez-moi vous dire la vérité, Clouet : si vous voulez rester aux Attakapas et y vivre, acceptez ces poules, ce petit coq et tout ce qu'on vous offrira. Vous avez peut-être de l'argent mais vous êtes un homme seul, avec des arpents et des arpents de terre à défricher, à labourer et à ensemencer. Votre argent, gardez-le pour acheter des bras, et laissez vos voisins vous donner ce qu'ils peuvent vous donner.

Noël ne réagit pas en entendant qu'il n'était plus « monsieur » ou « monsieur de Clouet », mais « Clouet », comme si Louis était un de ses pairs.

Quelle importance ? C'étaient les façons du Nouveau Monde, de ce petit peuple où l'on vivait en égaux, sans seigneur, depuis deux siècles; un jour, sûrement, il l'appellerait même par son prénom, comme Alexandre.

Celui-ci, cependant, se demandait si Noël allait rire aussi, ou s'il allait se raidir encore plus, se juger offensé, et restaurer la vieille division entre les émigrés comme Clouet, qui arrivaient dans le district, et Louis et les Acadiens. Mais Noël rit, un peu comme ce matin-là, quand il avait raillé sa propre inconscience.

– Vous avez absolument raison, Louis... Et merci.

Grâce aux conseils avisés de Mathilde Langlinais, qui lui avait montré comment cuisiner le menu gibier des marais et utiliser les racines et les herbes, Gertrude avait préparé une bonne soupe bien épaisse, quand Noël rentra à la maison. Elle avait aussi appris à faire le pain, dans le four de brique ménagé sur un côté de la cheminée, et Noël la félicita en voyant sur la table une miche dorée à souhait, croustillante et bien levée. Il prit une tranche, la rompit en petits morceaux dans son assiette et versa dessus deux bonnes louches de soupe.

– Vous prenez des manières de paysan, mon cher. Du reste, cela n'a rien d'étonnant dans cette charmante chaumière ! observa Hélène qui, cependant, avalait sa soupe avec appétit.

Noël pensait à la conversation qu'il avait eue avec Louis au retour. Il se servit une autre louche, regarda Hélène.

– Il est préférable de ne pas construire tout de suite une grande maison. (Comme Hélène se renfrognait et posait sa cuiller, préparant sa contre-attaque, il enchaîna :) Nous nous contenterons d'ajouter une aile à celle-ci à votre intention. Vous pourrez y installer un salon et un boudoir.

Vous n'aurez même plus besoin d'aller dans une autre partie de la maison si vous le voulez. Puis, quand les récoltes commenceront à rentrer, quand ma position dans ce pays sera tant soit peu assurée, alors nous penserons à cette demeure.

Il était inutile de discuter avec Noël les rares fois où il prenait une décision. C'était une amélioration, de toute façon. Deux pièces seulement, mais elle pourrait les meubler convenablement.

– Autre chose...

Elle voyait déjà les tapisseries de moire bleue et de soie rose, les dentelles des rideaux... La voix de Noël la tira de ses réflexions.

– Je vais aller à La Nouvelle-Orléans, Hélène, pour y acheter trois êtres humains. M'entendez-vous enfin ?

– Des esclaves ? Noël, des *esclaves* ?

– C'est permis. Si l'on ne peut pas louer des bras, on achète des esclaves. (Mais pourquoi cela troublait-il tant Hélène ? Ne traitait-elle pas tous leurs domestiques, de Beau-Chêne, de Paris, comme s'ils eussent été sa propriété ?) Vous m'étonnez, dit-il. Je pensais que cela vous plairait d'avoir des domestiques qui ne fussent qu'à vous. Cela ne correspond-il pas à l'idée que vous vous faites des gens et du monde ?... On m'a dit... (Il parlait vite, pour qu'elle n'eût pas le temps de lui opposer, pour la centième fois, que si le monde correspondait à ses idées, ils n'auraient pas eu à fuir leur pays et jouiraient encore de leur ancienne situation.)... qu'il y a déjà des esclaves, par ici, depuis le milieu de ce siècle; un certain M. Masse en possède une vingtaine. Et, bien sûr, ils bénéficient de la protection du Code noir promulgué par Bienville : ils sont baptisés et reçoivent une éducation catholique.

Les sourcils blonds d'Hélène, soigneusement ombrés, s'arrondissaient en deux grands arcs au-dessus de ses yeux qui le foudroyaient; croyait-il vraiment à ce qu'il disait ?

– Je suis certaine, dit-elle lentement, savourant les flèches qu'elle lui lançait, que le réconfort de notre religion compense largement leurs souffrances.

– Quoi qu'il en soit, leur vie est réglée par ce code, qui contient d'autres dispositions inspirées par l'humanité; les Français ne sont pas barbares au point de négliger le bien-être d'êtres humains qui leur sont confiés.

– De même que vous prenez à cœur mon propre bien-être, n'est-ce pas ? dit-elle en promenant des yeux flamboyants tout autour d'elle dans la pièce.

– Certainement, s'efforça-t-il de répondre, excédé. Une de ces personnes, au moins, sera attachée à votre service. Et d'ailleurs, pour avoir ce domaine, j'ai dû m'engager à acheter des esclaves. Si le roi d'Espagne veut qu'il en soit ainsi…

Sur le chemin de l'église, le lendemain matin, Hélène ne dit mot. Ce n'était pas son silence habituel, recouvrant de mépris tout ce qui l'entourait, mais un silence prudent qui, au contraire, cachait les pensées qui s'agitaient derrière son visage fardé de rouge et poudré.

Noël continuait de se demander pourquoi elle s'était montrée à ce point indignée par l'esclavage. Peut-être parce qu'elle-même refusait de se donner; elle ne s'était jamais donnée vraiment à lui, ni même à ses enfants. Pendant la traversée, les pauvres petits avaient terriblement souffert du mal de mer et d'autres maladies. Hélène, qui résistait vaillamment aux plus fortes tempêtes, avait gardé une mine dégoûtée à leur vue, et elle ne les avait pas approchés pour éviter de supporter leur odeur. Sans Gertrude, ils seraient peut-être morts… Cela dit, lui-même, en son for intérieur – comme elle l'avait deviné – ne s'était pas encore fait à l'idée d'acheter des esclaves. Sachant que Claude Langlinais, le père de Louis, était tenu en grande estime dans le pays, il décida de lui en toucher un mot après la messe.

– Comment se fait-il qu'on vous ait donné de la terre sans vous obliger à acheter des esclaves ? demanda-t-il à Claude.

Les deux familles se mêlaient sur le chemin et Hélène s'était mise à parler à Cécile en chuchotant et en se cachant derrière son gros missel de cuir.

– Nous sommes arrivés ici onze ans avant qu'on fasse ce règlement. Ma femme et moi avons été parmi les premiers à nous installer dans cette région. À l'époque, les Espagnols de La Nouvelle-Orléans ne demandaient pas mieux que de confier ces terres sauvages aux affamés que nous étions. Pour obtenir une lieue carrée, maintenant, il faut montrer qu'on a de la fortune. Ma seule richesse à moi, quand je suis arrivé, c'était ma femme et mes quatre marmots.

Noël donna une tape sur l'épaule puissante de Louis qui se tenait entre eux deux.

– La plus grande richesse qu'on puisse avoir, monsieur. Pensez que, bientôt, votre fils aura fait de moi un prospère cultivateur !

C'est alors que Mathilde sortit de l'église, les bras chargés de linges d'autel.

– Elle n'a pas assez à faire à la maison, il faut qu'elle s'occupe de l'église ! dit Claude, avec tendresse.

Noël vit l'air avec lequel il se tournait vers sa femme et sentit quelque chose se déchirer en lui. Comment un homme, après avoir vécu tant d'années avec sa femme, pouvait-il encore lui adresser un tel regard ? Si sa vie avec Hélène était un tel enfer, était-ce donc parce qu'ils l'avaient choisi ainsi ?

– Je n'ai entendu que des louanges sur le compte de Mme Langlinais depuis que nous sommes ici, dit Noël. (Puis, se tournant vers elle :) Madame, il faudrait donner une messe en votre honneur car, à ce qu'on m'a dit, vous êtes la sainte de cette paroisse.

Noël ressentit un nouveau choc quand ses yeux rencontrèrent ceux de Mathilde. Malgré les rides vers ses tempes et sur son front, ils avaient gardé l'ardeur de la jeunesse et le pétillement du désir.

– On ne cherche pas à être une sainte, monsieur. On essaie d'imiter l'exemple du Christ. C'est pour cela qu'on agit d'une manière et pas d'une autre. (Elle rit.) Ma mère me disait souvent : « Si tu n'as pas envie de faire le bien par amour du prochain, fais-le par amour pour toi, car on pensera du bien de toi et ta vie en sera facilitée. » Vous voyez ! (Et elle rit de nouveau en le regardant amicalement.) J'ai peut-être simplement envie qu'on pense du bien de moi !

Noël baissa la voix pour n'être entendu que d'elle seule :

– Je sais ce que vous faites pour Mme Picou. (Mathilde prit soudain l'air fermé. Noël leva la main.) Je n'en ai parlé à personne. Un jour que je chassais, je vous ai aperçue. Vous n'étiez pas loin de moi, mais la forêt était dense et il était tard et, excusez-moi, je vous ai suivie.

Mathilde le regardait, le visage figé dans une expression ambiguë; elle était à la fois sur ses gardes et curieuse.

– Suivie, et écoutée ? demanda-t-elle enfin.

– Exactement. Ainsi, j'ai su toute l'histoire, et j'ai vu le panier de victuailles passer de vos mains dans celles de cette dame. Alors que vous avez encore tant de bouches à nourrir !

– Mme Picou n'a pas faim que de nourriture, vous savez. (Mathilde semblait soudain plus grande, comme si sa fierté l'avait soulevée du sol.) Avoir son fils aîné emprisonné par les Espagnols pour une querelle d'ivrognes ! Cette perte l'affecte bien plus que celle du seul homme qui peut la soutenir.

– L'autre fils...

– Vous avez vu. Il est infirme. C'est un bon gars, mais incapable de chasser, de trouver de quoi manger. (Les grands yeux de Mathilde se firent encore plus grands.) Cette paire de canards que j'ai trouvée près de la barrière, en partant de chez elle, c'était vous ?

– C'est un don de Dieu, madame ! Je l'ai fait tomber du ciel, c'est tout.

– Ça leur a fait plusieurs jours, à Mme Picou et à son cadet, Joseph. Elle me l'a dit. (Mathilde posa une main sur le bras de Noël, et s'approcha de lui, toute douceur.) Je vous supplie de ne parler à personne de la dure vie qu'elle mène. Tout le monde lui ferait la charité et, avec sa tournure d'esprit, elle ne pourrait le supporter.

– Elle accepte pourtant que vous...

Le rire de Mathilde l'interrompit.

– Elle croit que je fais pénitence pour mes péchés et que c'est elle qui me fait une faveur.

– Vos péchés ? s'exclama-t-il, incrédule. Vous ? Mais savez-vous seulement ce qu'est un péché ?

De nouveau un long moment s'écoula quand leurs yeux se rencontrèrent. Puis ceux de Mathilde se détournèrent légèrement : elle regardait Hélène, à une dizaine de pas derrière Noël.

– Ce qui ne semble qu'une petite faute aux yeux d'un autre peut être, pour moi, un grand péché. (Elle serra contre elle les pans de sa cape.) Mais je vous remercie de votre bonne opinion, monsieur.

– Noël !

L'irritation dans la voix d'Hélène indiquait qu'elle devait l'appeler au moins pour la troisième fois. Il se retourna et, au moment où il exécutait ce mouvement, il eut la prémonition que cette matinée se solderait pour lui par une série de batailles perdues. Hélène et Cécile avaient rejoint Claude et Louis. C'était la première fois que Noël voyait les deux femmes ensemble, et il perçut, avec cette clarté de vision que semblait lui donner le soleil de ce Nouveau Monde, ce qui, malgré leurs profondes différences, les unissait : toutes deux ne s'intéressaient qu'à elles-mêmes.

Chacune prenait les attitudes qui la mettaient le mieux en valeur. La longue cape d'Hélène, rejetée négligemment en arrière, laissait à découvert le galbe de sa poitrine. Elle avait choisi une robe assez montante pour la messe et les dignes conversations qui la suivraient, mais d'une matière qui moulait ses formes. Un de ses pieds dépassait de sous les longs plis de la jupe, juste ce qu'il fallait pour montrer la finesse de la cheville et laisser deviner à tout amateur de femmes la beauté de ses mystères cachés.

Les habits et les poses de Cécile n'attiraient pas l'attention directement sur son corps. Mais ce corps ne cessait de bouger légèrement. Ses yeux, tout en vous regardant, erraient sur votre visage et, tandis qu'elle parlait, ses mains et ses doigts effilés décrivaient de doux cercles dans l'air : elle n'était que mouvements, elle n'était que promesses. Noël était certain qu'elle n'en était pas consciente. Si cette sotte d'Hélène s'avisait de la corrompre, elle en répondrait devant lui, et il serait impitoyable. Louis ne pouvait pas protéger sa femme; il ne pouvait percer à jour la stratégie sournoise d'Hélène; il ne savait même pas que la vertu de Cécile était menacée. Il fallait contenir cette amitié, avant qu'elle n'atteignît le degré d'intimité où Cécile serait capable de suivre Hélène jusque dans le lit d'un autre homme que son mari.

Aussi, quand Hélène, devant tout le monde, lui demanda si elle pouvait l'accompagner à La Nouvelle-Orléans, où elle voulait faire des achats pour la nouvelle « aile » de la maison, donna-t-il volontiers son accord, soulagé de voir se présenter une solution si facile pour séparer les deux femmes.

– Nous laisserons les enfants ici, ajouta-t-elle.

Elle s'attend à une dispute, pensa Noël. Chaque fois qu'elle sait que je vais m'opposer à elle, elle aborde le sujet devant des tiers. Évidemment ! Je lui ai assez répété moi-même que mari et femme ne se querellent pas en présence d'étrangers...

– Mais bien sûr, dit-il. Ils n'ont pas besoin de courir les magasins. Gertrude s'occupera d'eux.

Comme d'habitude, songea-t-il.

– Peut-être voudront-ils venir à ma petite école, intervint Mathilde.

– Vous tenez donc une école ? demanda Hélène.

– Oh ! École est un bien grand mot, dit Mathilde. J'ai une fille au couvent; quand elle s'est mise à m'envoyer des lettres, j'ai voulu moi aussi apprendre à lire et à écrire, et j'ai demandé au père Jean d'être mon précepteur. (Elle montra en riant la pile de linges sacrés à laver qu'elle avait déposée sur un banc.) Et maintenant, c'est moi qui donne des leçons à mes petits-enfants, aux enfants de Louis et à ceux de Julian. Si vous désirez que les vôtres se joignent à eux...

Hélène hésita. Noël espérait de tout cœur que les autres, ne la connaissant pas, ne pouvaient lire comme lui les pensées qui s'inscrivaient sur son visage, aussi clairement que si un écolier les consignait en grosses lettres rondes sur une page toute blanche. Elle se demandait évidemment si l'avantage qu'il y avait à donner une instruction rudimentaire à ses enfants compenserait le grave inconvénient de les voir se lier d'amitié avec de petits paysans. Lélé avait déjà reçu quelques leçons de sa gouvernante en France, mais André ne savait même pas compter sur ses doigts.

– Bien sûr, dit-il. Nous vous serons très reconnaissants si vous acceptez de prendre nos enfants. Je dirai à Gertrude de les amener chez vous quand vous voudrez, et de rester pour vous aider si c'est nécessaire.

– Les enfants seront contents d'avoir de nouveaux camarades, dit Louis à Cécile comme ils rentraient chez eux. Tu penses ! À se voir tous les jours, à apprendre ensemble, ils deviendront vite bons amis.

Cécile acquiesça.

– Quand Pierre va-t-il à La Nouvelle-Orléans ? demanda-t-elle.

– Il devrait aller vendre le dernier lot de fourrures dans quelques semaines.

Dix années de mariage avec Cécile lui avaient appris que lorsqu'elle posait une question de ce genre, d'autres, plus précises, ne manquaient pas de suivre. Il se mit sur ses gardes.

– J'aimerais aller avec lui, dit-elle. Je pourrais aller voir Suzette et acheter les choses dont nous avons besoin pour la maison. Pierre se fait vieux, Louis, il ne se rappelle pas toujours ce que je lui demande de me rapporter.

– Aller à La Nouvelle-Orléans avec Pierre !

– À t'entendre, on croirait que je veux traverser l'océan ! Toi, tu y as été souvent, à La Nouvelle-Orléans. Pourquoi pas moi, pour une fois ? Je pourrais séjourner à l'hôtellerie du couvent des ursulines. J'y serais encore plus en sûreté qu'à la maison !

Quand la journée se termina, Louis s'était laissé convaincre. Il avait compris, bien sûr, que c'était la présence d'Hélène à La Nouvelle-Orléans qui y attirait Cécile. Jamais elle n'avait été, ne fût-ce qu'effleurée, par la pensée de rendre visite à sœur Saint-Paul. Son premier désir était de voir Hélène dans un cadre plus approprié à une ci-devant dame d'honneur de la reine de France. Quel mal y avait-il à ce qu'elle vît Hélène, à ce que celle-ci, même – pourquoi pas ? –, l'invitât à prendre le thé en compagnie d'autres dames ? D'ailleurs, le moulin qu'il avait construit avec son père et son oncle rendait bien depuis plusieurs années. Ils vendaient à un bon prix la part du blé que les paysans venaient moudre chez eux. Les fourrures aussi rapportaient. Enfin, il aurait encore une autre source de revenus quand il mettrait à exécution son projet de faire du gros bois de charpente avec les cyprès des marais, et de l'envoyer par bateau à La Nouvelle-Orléans. Sous peu, ils se construiraient certainement une maison plus belle; et alors, Cécile devrait aller à la ville, pour y faire de vrais achats.

Pendant les jours qui précédèrent son départ, Cécile fit l'inventaire de tout ce qu'ils avaient et mit la maison sens dessus dessous. Un après-midi, sa belle-mère, ramenant les enfants après l'« école », la trouva ceinte d'un énorme tablier, si différent des dentelles et des pompons dont elle s'attifait d'habitude, qu'elle ne put s'empêcher de s'exclamer :

– Cécile, voilà dix ans que vous êtes mariée, et vous venez juste d'épouser votre maison !

– Je n'ai jamais fait d'achats pour la maison, répondit la bru. Maintenant que je vais avoir cette occasion, il faut que j'en profite.

– Elle a l'air de prendre très au sérieux ce voyage, dit Mathilde à Louis, quand elle le rejoignit près de la clôture qui séparait le potager du premier champ.

Elle était venue spécialement pour lui dire que le jour même, le petit Jean avait appris à écrire son nom, et Madeline à compter jusqu'à cent.

– Cécile est comme une enfant, maman, je ne cesse de vous le dire.

Bien que Mathilde, au bout de dix ans, eût fini par accepter l'originalité du ménage de son fils, où la véritable maîtresse de maison était une vieille tante, tandis que Cécile faisait figure d'invitée, elle n'était pas moins surprise, de temps à autre, par quelque nouvelle lubie de sa belle-fille.

– Elle est pas sotte, ta Cécile; elle a toute sa tête ! Pourquoi dis-tu qu'elle est comme une enfant ?

Louis ne pouvait tout dire à sa mère. Il ne pouvait la faire venir la nuit dans leur chambre, quand Cécile avait ses cauchemars, pour lui montrer ce visage hagard, ces yeux qui le fixaient sans le reconnaître. Au début de leur vie commune, il avait pensé que, Cécile se sentant plus sûre, plus aimée, les terreurs de son enfance cesseraient de hanter ses nuits. Mais cela avait continué, bien que de moins en moins souvent. Quand elle s'énervait, en particulier, quand elle dansait toute la soirée ou s'engageait avec passion dans des jeux au cours d'une fête, il était sûr, pour l'avoir constaté tant de fois, qu'elle aurait le sommeil torturé.

La nuit qui précéda son départ, il ressentit une peur vague, sans objet précis. Il était tellement habitué à la croire à l'abri dans le cercle protecteur de ses bras que, comprenant soudain combien elle serait loin, combien il serait seul, il faillit lui demander de ne pas partir. Mais, au matin, il en fut dissuadé par la vue de la petite malle débordant de fanfreluches, par les couleurs que l'imminence du grand événement avait rendues à son teint après le long hiver. La rendre malheureuse ? Non, c'était impossible, dût-il payer le bonheur de Cécile par des nuits d'insomnie jusqu'à son retour. Quand ils se quittèrent, il chuchota, contre ses cheveux soyeux :

– Cécile, rappelle-toi que tu es acadienne. Tu ne dois t'incliner devant personne.

Longtemps après que le petit bateau eut disparu derrière le premier méandre du bayou, il garda dans sa mémoire l'image des yeux, tout grands d'étonnement, qui avaient répondu à ses paroles.

– Il est possible que Cécile vienne me voir ici, dit Hélène à Noël, qui s'apprêtait à retourner aux Attakapas avec les esclaves.

Elle ajouta qu'elle resterait « autant qu'il le faudrait », sans préciser pourquoi, avec un pétillement d'argent dans les yeux et un pétillement de glace dans la voix.

– Madame Langlinais ! s'écria Noël.

Il regarda le cou d'albâtre, tout droit dans le foisonnement des dentelles, les cheveux blonds coiffés en boucles compliquées. Il pensa à une belle statue, qui n'eût été que pourriture à l'intérieur.

– Hélène, je vous préviens...

– De quoi ?

Elle le défiait, de tout son corps, comme d'habitude. En France, il aurait pu la chasser. Mais ici, il n'y avait ni grand-mère, ni tante, ni cousine pour la remplacer auprès des enfants.

Puis le rire argentin s'éleva. Ce rire qui pouvait le bannir de sa présence, de sa pièce, de son lit, qui était une cascade de sarcasmes. Qui le poursuivait encore tandis qu'il dévalait les escaliers. Il se surprit à faire le signe de la croix. Pour Cécile – ou pour lui ?

Le cauchemar

Le voyage jusqu'à La Nouvelle-Orléans était extrêmement long. Pour l'avoir fait de nombreuses fois, Pierre le trouvait d'un ennui mortel, aussi fut-il d'abord surpris, puis réjoui lui-même par la joie que témoigna Cécile dès qu'ils furent montés sur le bateau. Il lui montra sur la carte le chemin qu'ils suivraient pour atteindre Plaquemine, sur le Mississippi : c'était un interminable dédale de bayous et de lacs.

– Et après ? dit-elle.

L'index jauni par le tabac n'avait mis que quelques minutes pour décrire les étapes de cet itinéraire tortueux : Poste des Attakapas, New Iberia, lac Chitimachas, divers bayous, Atchafalaya River, lac Natchez, Plaquemine; mais ce serait certainement déjà le printemps quand leur petit bateau déboucherait sur le cours, lui-même fort méandreux, du Mississippi.

– Après ? Ce n'est pas pour tout de suite, tu sais. On montera sur un bateau plat qui nous emmènera jusqu'à La Nouvelle-Orléans.

– Comment vais-je pouvoir attendre ?

– D'acheter de la farine, des grains de café et une bassine ?

Cécile fit la moue, exactement comme quand Louis l'avait connue; et ses lèvres n'étaient ni moins pleines, ni moins rouges, ni moins attirantes. Ses paupières délicates, où l'on voyait de petites veines bleues, s'abaissèrent, tandis qu'elle penchait légèrement la tête et que son cou s'incurvait gracieusement.

– Ne soyez pas taquin, Pierre, dit-elle.

Bon Dieu ! s'écria Pierre en lui-même; fallait-il avoir été aveugle pour ne pas voir que sa nièce par alliance était une vraie beauté ? Enlevée au cercle familial, déposée dans sa cape de laine bleue sur le pont raboteux de cette embarcation, elle brillait comme une pierre précieuse, jusqu'alors mal montée, à laquelle un maître orfèvre aurait enfin réussi à donner tout son éclat. Pourvu, songea-t-il, que cette Mme de Clouet n'ait que des amies femmes ! Les seigneurs français pourraient bien mettre en vigueur un de leurs anciens droits, de ce côté-ci de la mer, si on leur présente une indigène comme Cécile.

– Mets ton capuchon, mon oiseau. Avec ce vent !

Qu'au moins les mariniers ne viennent pas lui tourner autour !

Pierre fut surpris aussi par la curiosité incessante dont elle fit preuve pendant tout le voyage. À tout instant, elle lui prenait le bras pour lui montrer quelque chose.

– Qu'est-ce que c'est ?

Les oiseaux, les arbres, les plantes aquatiques... Tout l'intéressait. Elle le harcelait de questions sur La Nouvelle-Orléans : dans quels cafés allait-il ? Quels étaient les meilleurs magasins ? Où étaient les plus belles maisons ? À quoi ressemblait le couvent des ursulines ? Comment s'habillait le gouverneur espagnol quand il apparaissait en public ? Que portaient les dames ?

– Je sais que je fais trop de questions, dit-elle une fois. Mais c'est le premier voyage heureux que je fais. Je veux me le rappeler. Alors peut-être que j'oublierai...

Sa voix s'estompa, comme emportée par les petites vagues que le bateau soulevait dans son sillage; et on eût dit qu'un épais rideau était tombé devant ses yeux. Pierre pensa alors que, souvent, il regardait Cécile comme on regarde un portrait, que les mines qui apparaissaient sur son visage, puis s'effaçaient, semblaient choisies par un peintre qui les eût essayées, puis rejetées, sachant qu'il en avait toujours d'autres à sa disposition. Son âme ne se montre pas dans ses yeux, se dit-il. Et il se souvint de réflexions qui échappaient à Louis, de loin en loin, et qui laissaient entendre que Cécile avait eu une enfance terrible.

Quand ils arrivèrent à La Nouvelle-Orléans et traversèrent la ville vers le couvent, Pierre la prit fermement par la main, lui montra tous les endroits qui servaient de cadre aux récits dont il avait agrémenté leur long voyage.

– La calle de Real ? dit Cécile, plongeant les yeux dans une rue pavée de brique. C'est là qu'est l'appartement de madame de Clouet. J'irai la voir pendant que je serai ici.

Pierre s'arrêta et lui fit face.

– Tu ne te promèneras pas toute seule dans La Nouvelle-Orléans, Cécile. Comprends-le bien !

– Non, oncle Pierre, ce n'est pas mon intention. Mais je suis une vieille femme mariée. Je n'ai pas besoin de chaperon !

Cela, c'était vrai aux Attakapas. Pierre ne voyait pas ce qu'il pourrait lui arriver mais il sentait un danger. C'était le mélange d'enfantin et de féminin qu'il y avait en elle, c'était son innocence même qui l'inquiétait. Il fut heureux de la remettre entre les mains de sœur Saint-Paul.

Ursuline depuis bientôt dix ans, Suzette n'était plus vraiment Suzette. Elle était effectivement « sœur Saint-Paul ». Elle parlait à la perfection, sans plus aucune trace d'accent acadien, marchait avec la même grâce, avec des gestes aussi discrets que ses sœurs dans le Christ. Elle pouvait maintenant enseigner les bonnes manières et toutes les règles subtiles qui gouvernent la vie des gens de bien aux filles des riches planteurs du Mississippi, ou des grandes familles qui demeuraient calle del Maine, calle de Real ou dans d'autres rues, dont les noms espagnols détonnaient dans une société qui ne voulait entendre parler que français.

– Je ne savais pas que vous habitiez dans un palais, dit Cécile, quand sœur Saint-Paul l'accueillit à la porte.

On l'avait autorisée, par dispense spéciale, à prendre son repas de midi avec Cécile, dans la petite hôtellerie du couvent.

Auparavant, sur les instances de Cécile, il fallut, pendant dix bonnes minutes, contempler la façade, les lucarnes, les grandes fenêtres, l'enduit bleu-gris; elle semblait vouloir fixer dans sa mémoire tous les détails. En même temps, sœur Saint-Paul devait répondre à une grêle de questions : Quand le couvent a-t-il été construit ? Comment se fait-il que les nonnes aient tant d'argent ? Qui a dessiné les jardins ?

Finalement, la sœur avait réussi à la faire rentrer, en se demandant en elle-même combien de temps continuerait cet interrogatoire, car l'intérieur recelait infiniment plus d'objets propres à exciter la curiosité. Or, Cécile s'immobilisa et tomba dans un mutisme complet en apercevant le grand escalier de cyprès qui s'élevait en spirale.

Les yeux levés, hagards, elle ne remarquait même pas les jeunes pensionnaires qui, se rendant au réfectoire, passaient devant elles, faisaient une petite révérence à sœur Saint-Paul et s'éloignaient, la tête légèrement tournée, pour examiner l'hôte de la religieuse.

– Ce n'est quand même pas le premier escalier que vous voyez ! dit celle-ci, très étonnée.

Comme Cécile ne bougeait toujours pas, elle s'approcha et lui prit le bras doucement. Cécile sursauta violemment, et tourna vers la sœur des yeux ternes, une bouche légèrement ouverte et molle.

– Cécile, qu'y a-t-il ?

Une expression si étrange de terreur se peignait sur ce visage que sœur Saint-Paul, alarmée, prit son rosaire, baisa le petit crucifix, l'appliqua sur les lèvres de Cécile et se mit à réciter les prières qui les avaient bercées toutes deux, dans leur enfance. Elle commençait le Pater précédant la troisième dizaine d'Ave, quand elle entendit enfin la voix de Cécile reprendre les paroles avec elle. Mais quelle voix ! Très basse, forcée, comme usée par des années de fatigue. Quand elles arrivèrent à la fin du rosaire, cependant, Cécile avait recouvré toute sa vivacité. Elle piétinait presque et lançait des regards de tous côtés. Le dernier coup de cloche de l'angélus se fondit dans l'air doux; Cécile se signa et se jeta au cou de sa belle-sœur.

– Mon Dieu, sœur Saint-Paul, dit-elle, vous êtes bénie si vous récitez un rosaire entier chaque fois que sonne l'angélus ! Ce n'est pas nous qui pouvons faire cela, les travaux des champs ne seraient jamais finis.

Sur quoi elle suivit sœur Saint-Paul dans la petite salle à manger réservée aux étrangers.

Tout en écoutant les nouvelles qu'elle lui apportait, et en faisant les commentaires et les exclamations appropriés, sœur Saint-Paul pensait à Cécile, à sa vie. Elle-même se rappelait la sympathie et la compassion qu'on lui avait témoignées, à son arrivée au couvent, quand on avait appris qu'elle était acadienne. Les ursulines se souvenaient encore des veuves et des femmes abandonnées qu'elles avaient recueillies, des années auparavant, et qui trouvaient un soulagement en s'épanchant, en leur faisant le long récit de leurs malheurs. Mais, pour certaines, le fait d'être calmement écoutées ne suffisait pas. Leurs âmes avaient trop souffert, et rien ne pouvait en effacer les traces de l'exil. Cela ressemblait bien à Louis de ne pas avoir dit que Cécile était une de ces femmes, prisonnière pour toujours d'une enfance terrible à laquelle elle chercherait toute sa vie à s'échapper !

Après le repas, Cécile demanda s'il y avait un moyen de faire parvenir un message à son amie, Mme de Clouet. Sœur Saint-Paul accepta joyeusement d'arranger cela, bien certaine que Louis approuvait cette visite, comme il encourageait toujours les petites distractions frivoles qui occupaient Cécile. La laitue flétrissait dans le potager et les merles festoyaient dans le maïs, mais cela détournait les noires pensées de son esprit. Cécile dicta et sœur Saint-Paul composa un petit billet dont mainte grande dame eût envié la tournure. Puis on dépêcha le portier calle de Real.

Sœur Saint-Paul invita instamment Cécile à se reposer.

– Ma dispense ne s'étend pas à toute la journée, dit-elle. Mais je pourrai passer la récréation de ce soir en votre compagnie.

Cécile resta tout l'après-midi au jardin, assise sous un mûrier, son ouvrage de broderie sur les genoux. Les motifs de fleurs et de feuilles ne l'intéressaient guère ce jour-là; accoutumée à la croissance anarchique de la végétation des marais, elle ne pouvait se rassasier de l'élégance ordonnée qui l'entourait. Elle n'avait encore jamais vu de palmiers ni de bananiers. Elle reconnaissait les figuiers, les althæas et, parmi les fleurs dont la beauté s'épanouissait dans la symétrie, beaucoup avaient des cousines aux Attakapas. Mais l'air était différent. Filtrés par les gracieuses constructions qui s'élevaient jusqu'au ciel, accueillis par les arbres et les buissons qui dissipaient tout souvenir de l'hiver avec son souffle glacé et son humidité malsaine, les vents de mars, qui balayaient furieusement les grandes prairies, là-bas, n'étaient plus en ce lieu qu'une brise légère. Les pensées rêveuses de Cécile étaient comme les feuilles pleines qui sortent à peine du bourgeon et commencent à se dérouler. L'ordre que les ursulines avaient aménagé contenait la promesse d'un ordre plus vaste et d'une paix universelle qui feraient enfin du monde un jardin.

Tous ces rêves s'envolèrent comme une troupe de moineaux effrayés quand, vers la fin de l'après-midi, la servante d'Hélène apporta la réponse et que Cécile comprit que cette réponse était une invitation. Elle dut attendre jusqu'à la récréation vespérale que sœur Saint-Paul lui lût le message. Elle l'avait mis dans son corsage et sentait le papier rigide lui frotter la peau. C'était la première fois dans sa vie qu'on lui écrivait, uniquement à elle, et la vue fascinante de ces signes, qui ne pouvaient que signifier « pour Mme Cécile Langlinais », augurait bien du contenu du billet.

– Mme de Clouet désire que vous passiez la journée de demain avec elle, dit sœur Saint-Paul. Elle enverra vous chercher à dix heures. Elle veut vous emmener faire le tour des boutiques; après quoi, elle dit que vous prendrez le thé chez elle, avec certaines de ses connaissances.

En voyant la lumière qui s'allumait au fond des yeux clairs de Cécile, sœur Saint-Paul songea que si l'on pouvait conserver la joie innocente que Cécile prenait à ces menus plaisirs, tout en acquérant la maturité de l'âge, alors on saurait vraiment vivre.

La servante d'Hélène, une grande femme à l'air revêche, revint le lendemain à l'heure dite. Cécile se mordait la langue pour ne pas lui poser de questions sur tout ce qu'elle voyait en chemin. Comme le lui avait appris Hélène, les personnes comme il faut ne conversent pas avec les domestiques. Cependant, Cécile faisait plein usage de ses propres facultés, visuelles, auditives et même olfactives; et, au fur et à mesure que les impressions se déposaient en elle, une idée se formait dans son esprit, idée qu'elle n'eût su exprimer, mais qui était déjà là, d'une ville à sa propre image, faite pour le plaisir et la joie.

À la porte-fenêtre de son balcon, Hélène attendait de voir Cécile apparaître au coin de la rue. Quand le petit mot était arrivé, la veille, elle avait failli décider de l'ignorer. Que les Attakapas et sa petite voisine semblaient loin, après ces quelques semaines à La Nouvelle-Orléans ! Que voulait-elle de Cécile, d'ailleurs ? Quel intérêt cette enfant sans éducation ni manières pouvait-elle présenter, pour elle qui comptait parmi ses intimes les plus grands noms de France ? Juliette de Gravelle avait presque terminé l'aménagement de son intérieur, et son salon, qui n'avait certes ni le luxe ni l'élégance des salons parisiens, n'en attirait pas moins la fine fleur royaliste qui arrivait chaque semaine dans la ville.

Deux jours auparavant, Hélène y avait rencontré François de la Houssaye. Quelle émotion ! Son insipide moitié, Charlotte, l'accompagnait, bien sûr. Elle s'était carrée dans un des fauteuils de velours et avait passé son temps à chipoter des petits gâteaux, tandis que François tenait à Hélène des discours qui frisaient l'indécence. Lui aussi avait obtenu des terres, à une quinzaine de lieues, semblait-il, de celles des Clouet, en aval sur le bayou Teche. Charlotte, qui ne pouvait savoir de quoi elle parlait, avait tant vanté la richesse de ces terres, la beauté de leur future demeure, qu'Hélène avait été prise de l'envie de l'étrangler.

– Vous plaisez-vous à – comment cela s'appelle-t-il ? – Attakapas ?

Ce nom, sur les lèvres de Charlotte, semblait un mot obscène. Elle avait bien vite pris congé, prétextant la fatigue. Que François se creusât un peu la cervelle, s'il voulait comprendre pourquoi !

Mais ce matin, un bouquet d'iris était arrivé, avec un billet de François. Lui accordait-on l'honneur de venir présenter ses respects à Mme de Clouet, ce jour même, à quatre heures de l'après-midi ? Il était facile de se débarrasser de Cécile. Mais il serait bien plus intéressant de le recevoir en sa présence. François viendrait, pensant reprendre les choses là où il les avait laissées à Beau-Chêne. Il les trouverait toutes les deux et elle lui donnerait, devant Cécile, une petite leçon qu'il n'oublierait jamais ! Elle rougissait encore au souvenir de certaines scènes. Non, il ne méritait aucune pitié.

Hélène et Cécile n'avaient pas fini de boire leur chocolat préparé par la servante qu'elles s'étaient déjà redécouvertes l'une l'autre. Cécile nota avec satisfaction que sa jupe tombait aussi bien que celle d'Hélène, et que sa taille était presque aussi fine que celle de son hôtesse. Hélène, dont la nature fougueuse étouffait un peu dans l'atmosphère guindée du petit salon de Juliette, sentit qu'elle allait s'amuser en voyant l'émerveillement de Cécile; et elle se réjouit à l'idée que, flanquée de cette autre jolie femme, elle pourrait, si elle le voulait, amener François de la Houssaye à ramper devant elle comme un ver.

L'achat d'objets utiles pour le ménage était une nouveauté pour Hélène autant que pour Cécile, mais, quand Hélène vit avec quel soin sa compagne choisissait, puis avec quel acharnement elle marchandait, elle décida de ne pas la tourmenter en l'emmenant dans des boutiques de luxe, et de retourner à l'appartement pour lui montrer ses bijoux et ses parures.

– J'ai obligé Noël à les sortir de la cassette, dit Hélène en déposant un collier de saphirs et d'or dans la paume tendue de Cécile. Il ne voulait pas, bien sûr. Mais je lui ai dit que je ne pouvais sortir, dans cette ville, sans mes bijoux. Et cette fois, je les emporte avec moi.

– Aux Attakapas ? (Cécile laissa les saphirs et prit une bague ornée d'une émeraude, qu'elle passa à son doigt.) Mais qu'est-ce que vous allez en faire là-bas ?

– Je les porterai. Ne vous figurez pas que nous resterons toujours dans cette cabane ! Noël y ajoute cette petite aile, en ce moment, pour me calmer, mais je ne me tairai pas longtemps ! Il a de l'argent, de l'or : il peut me construire une maison convenable, et il la construira !

– Et alors vous serez heureuse ?

La voix qui avait posé cette question était si franche, le visage qui se tournait vers elle si ouvert, qu'Hélène réprima aisément sa colère. Ce n'était pas du tout comme quand Noël lui demandait la même chose, ce Noël dont le visage était fermé et dont la voix cachait tout ce qu'il savait.

– Je ne serai jamais heureuse, dit Hélène.

Ces mots aussi, elle les avait souvent employés avec Noël; alors elle en jouait comme s'ils eussent été un long fil de soie dont elle l'entourait, pour le ligoter en douceur. Maintenant, ils n'étaient pas de soie; ils étaient comme une corde, formant un nœud qui se resserrait sur elle ! Soudain angoissée, elle répéta, d'une voix plus forte :

– Je ne serai jamais heureuse.

– Je pensais être la seule à avoir ce genre de sentiment, dit Cécile.

Elle s'approcha d'Hélène; les bagues, bracelets,

colliers, camées et broches n'étaient plus qu'un petit tas de pierres et de métal scintillant, oublié. Quelque chose, dans ces yeux qui la regardaient fixement, dans cette face si lisse qu'elle semblait de porcelaine, incita Cécile à parler plus vite.

– Je sais que je ne serai jamais heureuse. Chaque fois que je crois l'être, il arrive quelque chose. C'est comme ces tout petits oiseaux qui viennent manger les grappes mûres en été. Ils battent des ailes si vite qu'on ne les voit presque plus, et ils aspirent le plus de suc qu'ils peuvent. Ils ne peuvent jamais s'arrêter. Ce n'est jamais assez pour eux.

– Jamais, n'est-ce pas ? (Cet aveu emplit tout l'espace autour d'elle, éteignant le feu des opales, des topazes et des rubis.) Malgré tout, il est déjà fort agréable d'essayer d'être heureuse, vous ne pensez pas ? (Hélène se retira dans la forteresse de sa fierté. Faire voir sa douleur est humiliant; cette enfant ne devait pas en voir davantage.) Venez, nous allons vous trouver une robe. Un gentilhomme qui a une très haute idée de lui-même va venir pour le thé. Il faut que vous soyez d'une beauté qui le mettra au supplice !

Hélène insista pour que Cécile se changeât complètement; elle n'arrivait pas à croire qu'elle n'eût jamais porté de corset.

– Voyez comme cela rehausse votre poitrine, dit-elle en s'écartant pour observer l'effet.

– Trop haut ! dit Cécile.

Hélène lui avait passé une robe du soir cramoisie. Les dentelles bordant le décolleté cachaient à peine le bout des seins, dont les rondeurs, d'un blanc d'ivoire, s'offraient à la vue. Cécile rougit, et ce n'était certes pas le reflet de la couleur de la soie sur sa peau.

– Je ne peux pas me montrer ainsi.

– Mais si, vous pouvez. Pensez-vous que François de la Houssaye n'ait jamais vu le sein d'une femme ? Vous auriez d'autres idées si vous aviez vécu dans la société.

Un très vague souvenir de sa vie dans un lieu qu'on appelait aussi « la société », mais où les robes de ce genre n'auraient eu qu'un seul effet : celui de provoquer un châtiment immédiat et sévère, s'agita au fond de la mémoire de Cécile et l'inquiéta un peu. Hélène referma sur sa nuque un collier de perles et de grenats dont le lourd pendentif tomba entre ses seins. La jeune femme se regarda dans le miroir en pied, et l'image qu'il lui renvoya lui fit oublier toute autre chose. Cette splendide créature n'était pas Cécile; elle n'avait pas à s'inquiéter de choses qui pouvaient troubler Cécile. Cette créature qui la regardait dans la glace pouvait recevoir un gentilhomme, boire du vin en sa compagnie, badiner avec lui, peut-être même être heureuse !

Hélène avait ordonné à sa servante de préparer quelques gâteaux, d'apporter les vins et les fromages, puis lui avait accordé plusieurs heures de congé.

– Elle va mettre des cierges à l'église, dit Hélène quand la porte se referma sur la femme toujours silencieuse. Elle ne me le dit pas, évidemment, mais, en secret, elle récite des chapelets pour la victoire de la Révolution. Son frère est le meneur de leur vieux village. Elle pense que je ne le sais pas. Mais ici c'est un autre monde, n'est-ce pas ? Ce qui se passe en France ne peut plus rien me faire ! Ici, je suis toujours une dame – tandis qu'elle, elle est et elle sera toujours une domestique !

Moi, je ne serai pas toujours la femme d'un pauvre paysan, pensa Cécile. Je ne le suis même plus d'ailleurs. Je ne suis pas une grande dame mais je ne suis pas une domestique, et je ne le serai jamais. De nouveau quelque chose s'agitait, de troublant, au fond de sa mémoire, de nouveau Cécile l'étouffa.

Le jeu de rêve qui commença à l'arrivée de François de la Houssaye et d'un de ses amis qu'il leur présenta, Jérôme Charpentier, dura-t-il trois minutes ou trois heures, le temps d'une seule bouteille ou de beaucoup plus ? La robe de soie rouge semblait animée d'une vie propre. Du moment où La Houssaye et Charpentier lui baisèrent la main, Cécile se mit à prononcer des phrases, à prendre des attitudes dont elle ne se serait jamais crue capable et qui ne cessaient de la surprendre.

Quand Hélène vit la façon dont La Houssaye regardait Cécile, un éclair de honte éclaira soudain sa vision. Était-ce ainsi qu'il la regardait, elle aussi, de ces yeux froids qui s'attardaient sur chaque pouce de chair, comme pour le tâter, le soupeser ? Était-ce ainsi qu'il lui parlait, avec ces inflexions si douces, si flatteuses, si calculées et si fausses qu'il fallait être complètement imbue de soi-même pour ne pas s'en apercevoir ?

– Vous feriez mieux de partir, je pense, lui dit-elle. (Ces paroles restèrent sans effet; elle n'avait pas parlé d'une voix assez ferme; elle l'avait usée, cette voix, à force de s'en servir pour se plaindre et protester.) Vous feriez bien de partir, répéta-t-elle, redonnant à sa voix un peu de son ancienne résonance métallique.

– Mais nous n'avons pas encore bu notre thé, dit La Houssaye.

Il s'approcha de la table, près de la cheminée, se figea dans une de ses poses, la tête rejetée en arrière, qu'Hélène trouvait irrésistible auparavant, et se retourna vers elle. À ce moment, elle connut ce que les esclaves devaient ressentir, au marché. Cette négation de la personne, du moi, de l'âme. Ce regard l'enchaînait; chaque faveur accordée, ou arrachée, en était un chaînon. Il prit d'une main une bouteille, de l'autre le tire-bouchon et commença à l'enfoncer dans le liège.

– Ceci est bien de vous, Hélène. Vous savez

toujours ce qui me plaît. Certains aiment le thé, bien sûr. (Il l'enveloppait de son regard.) Noël, votre mari, l'apprécie, si je ne m'abuse ? Je me suis toujours demandé si lui et moi partagions les mêmes plaisirs.

On entendit un cri perçant, deux claquements secs, puis la voix de Cécile, vibrante et pleine, telle qu'Hélène ne l'avait jamais entendue :

– Monsieur, vous vous oubliez !

Charpentier, une main à la joue, dardait sur Cécile des yeux furieux.

– La petite chienne ! Elle m'a giflé !

Hélène vit le bras du freluquet se tendre, et sa main, telles les serres d'un rapace, saisir le haut de la robe de Cécile. La fine écume de dentelle et la soie rouge se déchiraient. À ce moment, la main d'Hélène trouva ce qu'elle cherchait : sa cravache à bout d'argent massif. Elle fondit sur Charpentier qui, esquivant les coups, trouva la porte que La Houssaye tenait ouverte, et tous deux décampèrent. Elle les poursuivit jusque sur le palier où elle s'arrêta, les regardant dévaler l'escalier.

Elle entendit des sanglots derrière elle et éprouva comme une immense lassitude. Elle n'avait jamais pleuré son innocence perdue : cela signifiait-il qu'elle n'avait jamais vécu dans l'innocence ?

– Ils devaient être ivres, dit-elle en refermant la porte.

Cécile leva les yeux. Les larmes en ruisselant semblaient avoir emporté un peu de sa puérilité. Ces yeux qui cherchaient à retenir leurs pleurs, cette bouche qui réprimait son tremblement avaient un aspect soudain plus dur, plus mûr.

– Ils n'étaient pas ivres. (Le regard qu'elle posait sur Hélène n'était plus le même non plus. Il ne voyait pas la coupe de la robe, ni l'art de la coiffure, mais la femme.) Ils avaient l'air de croire, de savoir, qu'ils pouvaient prendre toutes les libertés.

– Ils se sont trompés, je vous assure.
– Pourquoi se sont-ils conduits de la sorte ? Mon Dieu ! Quand on fraie avec des enfants, il faut s'attendre à leurs questions sans détour, n'est-ce pas ?
– Parce qu'ils sont accoutumés aux usages de la cour. Il y a toujours tant de monde dans une cour que presque tout est un jeu, comme au théâtre. Quand les hommes veulent jouer sérieusement, ils ont leurs petites amies pour cela.
Hélène se sentit mieux : ses explications semblaient satisfaire Cécile.
– Ils sont venus ici pour parler, nous faire un brin de cour, mais ils ont dû trop boire au dîner et ils se sont oubliés, comme vous l'avez dit. Allons, tout cela me chiffonne infiniment, soyons gaies, buvons et oublions cette scène ridicule. (Elle déboucha la bouteille que La Houssaye avait abandonnée et remplit deux verres.) Venez goûter à ces pâtisseries.
Cécile, très lentement, s'approcha de la table, s'assit, prit son verre, but une gorgée.
– La même chose m'est déjà arrivée, dit-elle. Ou quelque chose de très semblable.
– Cessez de revenir là-dessus. Ce n'était rien !
Cécile la regarda, les yeux grands ouverts.
– Mais ce n'aurait pas été rien si vous ne l'aviez arrêté. Il voulait déchirer ma robe, me l'enlever, vous le savez très bien, Hélène.
Cécile parlait d'une voix cassée, bouleversée.
– Quelqu'un l'a déjà fait, vous savez... de déchirer ma robe, je veux dire, précisa-t-elle, sans attendre la question d'Hélène. (Celle-ci lui jeta un regard intrigué.) J'avais dans les douze ans. C'était dans le Massachusetts, vous connaissez cette région ?
De nouveau, elle n'attendit pas la réponse d'Hélène. C'était comme quand une digue cède : plus rien ne peut empêcher l'écoulement des eaux qu'elle retenait.

– Là-bas, on obligeait les enfants acadiens à servir dans les grandes familles. Moi, j'ai commencé à huit ans. C'était une grande maison, si grande que je n'en ai jamais vu toutes les pièces. Je devais nettoyer l'escalier, un immense escalier, de plusieurs étages. Même quand on me donnait d'autres tâches, je devais faire cet escalier. Tous les jours, à la même heure. Ils avaient des enfants, plus grands que moi, et surtout un fils qui n'a cessé de me tourmenter à partir du moment où j'ai été attachée à leur service. Je ne savais pas pourquoi. Je ne comprenais pas pourquoi on ne le réprimandait jamais. Ces gens-là étaient confits en religion, je le sais parce que je devais les accompagner à la prière du matin et à celle du soir. Je ne me souviens pas depuis combien de temps j'étais à leur service – mais cela devait faire dans les quatre ans, si j'avais alors douze ans – quand ce garçon vint une fois me surprendre dans l'escalier. J'étais près du dernier palier, j'avais presque fini, quand je l'entendis derrière moi. Je ne crois pas qu'il avait bu. Pourquoi dit-on toujours que les hommes sont ivres quand ils prennent des libertés ? Avant que je comprenne ce qui m'arrivait, il me releva de force, porta ses grosses mains au col de ma robe et la déchira de haut en bas. Puis il déchira aussi ma chemise. J'étais là, avec mes vêtements en lambeaux à mes pieds, et je ne comprenais pas ce qu'il me voulait. Il m'a poussée devant lui et m'a fait entrer dans sa chambre. Là, il m'a mise sur son lit et... je ne savais pas ce qu'il faisait, mais cela m'a rendue toute honteuse. Ensuite... il est sorti pour revenir avec son père; il m'a montrée du doigt et il a dit que c'était moi qui étais venue, toute nue, dans sa chambre, et qui avais essayé de faire des choses avec lui, en sale garce de catholique que j'étais. Alors, ils m'ont emmenée sur la place publique où j'ai été battue.

Hélène se rappela de semblables histoires, mais

racontées par des hommes de son monde, quand la bonne chère et le vin avaient échauffé leurs esprits. Elle se rappela les rires et les cris qui accompagnaient le récit de tels exploits. Et elle eut l'impression qu'une force terrible la saisissait par les cheveux et la secouait. Elle s'approcha de Cécile.

– Mais cela s'est passé il y a très longtemps, Cécile, dit-elle d'une voix tendue. (Elle toussa, pour dégager cette voix de l'étreinte d'horreur qui rendait ses paroles si fausses.) Il ne faut pas s'attarder sur ce genre de choses, ce n'est pas bon.

– Mais ce n'est pas mon cas. Je ne m'en souvenais même plus, je vous jure.

Elle tendit le bras en arrière, ramassa son écharpe – son écharpe tissée dans la maison de sa mère – et la jeta sur ses épaules.

– Ne commencez pas à ruminer le passé, je vous en supplie. (Hélène avait retrouvé sa voix.) Tout cela est loin, Cécile. Pensez à la vie que vous menez à présent, à votre mari. (Elle ajouta immédiatement, car Cécile avait bougé brusquement la tête, et un éclair de terreur était passé dans ses yeux :) Voyez comme il vous aime. Ce qui s'est passé n'était peut-être rien, au fond. Il n'en restait aucune trace. Louis s'en serait aperçu, sinon.

Cécile regarda Hélène d'un air interrogateur.

– C'est ce que vous ne comprenez pas. S'il s'en était aperçu, il ne me l'aurait jamais dit, jamais !

– Tu parles ! (Hélène eut un ricanement incrédule qui déplut à Cécile.) Bien sûr que si ! Les hommes sautent sur tout ce qui peut leur donner l'avantage...

– Comme vos amis de cet après-midi ?

– Allons, Cécile, je vous ai dit qu'ils avaient trop bu, ils ne se contrôlaient plus. (De nouveau, elle avait cette étrange sensation d'être secouée violemment par les cheveux, accompagnée d'une oppression de plus en plus intolérable. Elle respira profondément, une fois, deux fois :) Cécile, ils ne vous voulaient pas de mal. (Hélène lut le doute sur le visage de Cécile et l'attaqua de front :) En vérité, si cela vous a rappelé quelque chose d'autre – quelque chose de vraiment terrible –, j'en suis désolée. Comme ils seraient désolés, eux aussi, s'ils le savaient. (Le désir de croire Hélène combattait le doute dans le cœur de Cécile; Hélène s'empressa de renforcer cet allié.) Ce sont des gentilshommes, ma chérie. Et vous, quoique vous soyez fort jolie et de compagnie fort agréable, vous êtes encore très inexpérimentée. Ces gens qui vous ont maltraitée n'étaient que des paysans. Évidemment.

– Comme moi. (L'angélus sonna. Machinalement, Cécile se signa.) C'est peut-être ce qui n'est pas bien, Hélène. (Cécile avait ôté la robe de soie rouge et l'étendait avec tendresse sur le lit.) Votre monde à vous est si agréable, si coloré, si doux, si merveilleux. (Elle repassa sa propre robe, l'ajusta avec des gestes vifs.) Si l'on n'y est pas né, on risque de s'y perdre.

Non, sauf si l'on tombe sur une catin qui vous mène à la perdition, songea Hélène.

– Ne dites pas de bêtises, Cécile, il n'y a ici ni paysans (Ses lèvres s'incurvèrent en un sourire glacial.) ni aristocrates non plus, bien sûr.

Quelqu'un montait l'escalier, le loquet grinça.

– Ma servante, dit Hélène. Elle revient de l'église. Elle va vous raccompagner.

Cécile bâilla.

– Que cet après-midi a été long ! Je suis plus épuisée que si j'avais travaillé toute la journée au jardin... Ce qui ne m'arrive jamais, d'ailleurs ! ajouta-t-elle en riant.

– Dormez bien, pour être fraîche et dispose, demain, quand nous irons chez Juliette !

– Y aura-t-il... beaucoup de monde ?

Hélène rit.

– Je ne sais pas mais ce que je peux vous dire,

c'est que les gens qui fréquentent le salon des Gravelle sont toujours très comme il faut et, en général, très ennuyeux ! Cela occupera l'après-midi, et elle a vraiment de jolies choses que vous pourrez admirer.

Elle resta sur le palier à regarder Cécile et la femme s'en aller. Elle repensa à ce que Cécile lui avait raconté : elle n'avait certainement pas été la première femme à subir un tel outrage, une telle brutalité de la part d'un homme, sauf que dans la plupart des cas, l'homme était le mari.

Charpentier et La Houssaye, grâce à Dieu, n'étaient pas chez les Gravelle. Juliette s'amusa à jouer les grandes dames devant Cécile, et celle-ci fut très heureuse de cette visite. Hélène, au contraire, était furieuse contre Gravelle. Elle savait que, depuis longtemps, il n'approuvait pas sa conduite mais, cette fois, il lui avait clairement laissé entendre, et sans baisser la voix pour lui parler, que sa place était aux côtés de son mari.

Jamais auparavant il ne se serait permis un tel manque de courtoisie. Cela lui rappela la façon dont Charpentier et La Houssaye, la veille, avaient regardé Cécile. Décidément, comme l'avait dit Gravelle, « on n'était plus en France » ! Et la noblesse n'avait pas perdu que ses privilèges…

– Venez, Cécile, il est tard.

Le teint de Cécile s'empourpra quand Gravelle s'inclina pour lui baiser la main et lui parla, avec une voix pleine d'un respect qu'il ne marquait plus à Hélène depuis des années. Celle-ci en éprouva un nouveau dépit, surtout quand il dit à Cécile, assez haut, pour que tout le monde entendît :

– Cela me réconforte, madame, de voir que dans ce nouveau pays, la beauté s'allie au naturel et à la vertu. Vous devez nous reprocher, je le crains, tout ce que nous avons malheureusement oublié. En arrivant ici, nous nous attendions à trouver la sauvagerie et nous y découvrons une société vraiment civilisée.

– J'ai décidé de faire le voyage de retour avec vous, dit Hélène, quand elles furent dans la rue. Si votre oncle n'y voit pas d'inconvénient...

– Mais vos pièces ne seront pas prêtes. Noël ne doit-il pas revenir ici vous chercher ?

– Il ne me pardonnera pas, je pense, que je le détourne de ses labourages, ou de Dieu sait quels autres travaux de printemps. Et d'ailleurs... (Et d'ailleurs, se disait-elle, si je reste ici, Gravelle réussira à savoir ce que j'y fais et il rapportera tout.) Noël me manque.

Mais qu'ai-je donc ? pensa-t-elle. Est-ce le printemps qui m'agite ainsi ? Sinon, d'où me vient ce vague à l'âme ?

– Imaginez-vous, oncle Pierre, que M. de Gravelle nous a appelés une société civilisée !

Cécile était assise près du bastingage; ses doigts pinçaient lentement les cordes du luth que Pierre lui avait offert. Depuis qu'ils étaient à bord, elle n'avait pour ainsi dire pas cessé de parler. Pierre avait parfois l'impression qu'elle inventait, ou du moins qu'elle brodait; mais sa voix enjouée, son rire gai le lui faisaient oublier. En revanche, il ne croyait pas du tout qu'Hélène eût avancé son retour uniquement par désir de retrouver les siens; Hélène le savait, mais elle n'en restait pas moins à côté de Cécile quand il était là.

– Je pense que M. de Gravelle t'a simplement fait un compliment; il a voulu dire que tu étais une vraie dame. Une société dans laquelle il y a des dames est une société civilisée.

– Mais qu'est-ce qu'ils ont « malheureusement oublié » ? Vous devriez voir sur quel pied vivent les Gravelle !

– Le décor ne dit rien de la pièce, observa Pierre. Et toi, seras-tu capable de faire de la musique avec ça ?

Quand ils atteignirent Poste des Attakapas, Cécile avait eu amplement le temps d'apprendre à s'accompagner au luth, et Hélène de regretter sa décision de rentrer. Bien que le printemps eût transformé les marais qu'ils traversaient lentement en d'immenses tapis de fleurs, elle ne pensait qu'aux jardins de la ville qu'elle avait quittée. À Juliette cueillant des fleurs sur son balcon pour attirer le regard des passants, aux robes d'été qu'elle porterait, dans les patios, sous les palmiers... et non pas sur les rives d'un bayou marécageux !

Requiem

– Que penses-tu des nouvelles pièces d'Hélène ? demanda Louis à Cécile.

Elle revenait du premier thé que Mme de Clouet avait célébré dans ses appartements. Hélène – comme Louis se permettait de l'appeler quand il ne lui parlait pas directement – s'était montrée odieuse vis-à-vis de ses « ouvriers » (des jeunes gens qui avaient accepté de travailler quelques heures de plus par jour, pour Noël, payés en monnaie d'argent), ce qui n'avait pas amélioré sa réputation dans la région.

– Elles sont jolies, répondit Cécile, avec une indifférence qui étonna Louis.

– Simplement jolies ? Moi qui pensais qu'il n'y aurait pas plus bel intérieur dans tout le pays.

– Oh, oui, elles sont vraiment très bien. Mais tout ce travail aurait pu servir à faire plus de pièces pour tout le monde. Gertrude et les trois enfants n'ont toujours pour eux que le grenier; je ne sais pas, mais...

Louis l'attira contre lui et baisa son front, un

peu moite après la marche qu'elle venait de faire au soleil.

– Je peux comprendre pourquoi ta mère n'apprécie pas Hélène. Elle prétend qu'elle ne pense qu'à s'amuser et, bien sûr, ce n'est pas possible.

Louis penchait la tête sur les boucles de Cécile, qui effleuraient son visage comme des chuchotements.

– Il n'est pas possible non plus de passer tout son temps à travailler. Ce serait aussi mal, il me semble, que de ne rechercher que le plaisir dans la vie.

Cécile lui prit la main et la caressa de ses doigts légers.

– Je sais. Mais c'est si difficile, parfois, de se décider entre les deux. (Elle soupira, puis rit.) Je crois que j'ai assez longtemps renvoyé la décision ! Notre maison n'a peut-être pas d'aile où je puisse me donner des airs, mais c'est une belle maison, solide, qui mérite plus de soins qu'elle n'en reçoit.

– Les enfants sont chez ma mère ?

– Oui.

Il se sentait comme absorbé par le regard de Cécile.

– Eh bien, il y a quelqu'un qui aura toujours plus grand besoin de tes soins que n'en mérite cette maison, ou n'importe quelle maison. (Il la prit dans ses bras et la porta à l'intérieur.) Cécile, s'il doit y avoir un peu de poussière dans les coins, qu'est-ce que cela peut faire ? Mais qu'il n'y en ait jamais dans notre lit !

Tous deux rirent, profondément joyeux.

Un matin, après avoir conduit les enfants à leurs leçons, Hélène annonça à Noël :

– Figurez-vous, la vieille Mme Langlinais a une domestique noire à présent ! Les Langlinais essaieraient-ils de nous imiter ?

La simple vérité était que Claude, voyant que

Mathilde se fatiguait de plus en plus vite, lui avait imposé l'aide d'une servante, qui n'était pas une esclave.

Le matin même, Noël avait acheté des chevaux et constaté encore une fois, à cette occasion, son ignorance en matière d'économie agricole. Il répondit en riant :

– Moi, je me sentirai rassuré quand nous commencerons à ressembler un peu aux Langlinais. Où est Joseph ?

Hélène enleva son grand chapeau de paille, examina les roses de soie qui l'ornaient.

– Pourquoi devrais-je le savoir ? Dehors, avec les chevaux.

Quand Noël avait engagé Joseph Picou, le fils de cette veuve dont Mathilde lui avait révélé les ennuis, Hélène s'y était, comme d'habitude, opposée.

– Pourquoi n'engagerais-je pas Joseph Picou ? avait dit Noël. Je ne peux pas continuer indéfiniment à exploiter la bonne nature de Louis et à lui prendre son temps quand il en a besoin pour lui-même. Joseph peut me conseiller très utilement, et il surveillera le travail des nouveaux esclaves. Et Dieu sait si cette famille a besoin de soutien !

Hélène avait haussé les épaules.

– Il est infirme, laid et difforme. Son frère est en prison. Je ne veux pas que ce monstre tourne autour de nos enfants.

– Ce sera très bien pour eux, au contraire. Ils verront qu'on peut être disgracié par la nature tout en étant bon et intelligent; et ils comprendront que la perfection du corps n'est pas tout. Joseph sera mon régisseur et je vous prie de le laisser en paix. Comprenez-moi bien, Hélène : laissez-le tranquille !

Noël n'avait pas oublié la cruauté avec laquelle elle s'était jouée d'un jeune valet d'écurie de Beau-Chêne, qui était un peu innocent; et il n'avait aucune envie de mieux connaître la noirceur morale qu'Hélène cachait sous l'éclat de sa beauté.

Il respira avec soulagement en se retrouvant dehors, dans l'air de mai. Le grain qu'il avait planté avec tant d'appréhension, comme si chaque graine eût été une pièce d'or enfouie dans la boue et à jamais perdue, germait, comme Louis le lui avait assuré. Et ses champs étaient aussi verts, aussi ordonnés que ceux de n'importe qui. Les barrières que Jacques et Robert, deux jeunes paysans de ses voisins, construisaient, conformément aux instructions de Louis, s'allongeaient chaque jour. Noël se dirigea vers le pré où Joseph avait emmené les chevaux nouvellement achetés. La clôture en avait été terminée la veille et il contempla avec fierté les montants profondément enfoncés dans le sol, les rangées de cinq traverses s'ajustant parfaitement dans les mortaises. C'était du beau travail, du travail solide. C'était encore Louis qui lui avait vendu les éléments de bois, comme il en fournissait à d'autres fermiers des environs, en échange d'outils, de fourrures et de bétail. Décidément, il faisait de bonnes affaires avec son bois de cyprès, se dit Noël qui, jusqu'alors, n'avait fait que dépenser.

La vue de ses nouveaux chevaux lui fit cependant oublier toutes ses préoccupations. Joseph l'avait convaincu d'acheter un bon étalon et une belle jument. C'était une occasion à ne pas manquer, car les gens se débarrassaient rarement de leurs chevaux dans la région. D'ailleurs, Noël pourrait garder la jument pour sortir : André et Marcel étaient encore trop jeunes; ils n'avaient nul besoin d'aller caracoler devant les demoiselles. C'était encore Joseph qui avait conseillé de faire paître les deux animaux près de la route, pour faire bonne impression auprès des passants. En les regardant en compagnie de Joseph, en en parlant avec lui – et Joseph était un vrai connaisseur –, Noël se sentait chez lui, ce qui ne lui était pas souvent arrivé depuis leur installation aux Attakapas !

– Des nouvelles de votre frère ? demanda-t-il.

– Il sera libéré le mois prochain, dit Joseph. Mais il ne veut pas revenir ici, il a honte.

– Allons, il n'est pas le premier à se trouver pris dans une bagarre pour avoir bu plus que de raison.

– Mais il est le premier Picou à qui cela arrive, dit Joseph.

– Votre frère est plus sévère pour lui-même que bien des autres.

Joseph ouvrit de grands yeux. De temps en temps, cet air étonné perçait sous la politesse avec laquelle les gens des Attakapas acceptaient les façons parfois incompréhensibles de Noël.

– Bien sûr. Il est responsable de ses actes, n'est-ce pas ?

– Que va-t-il faire alors ?

– Il a l'intention de chercher du travail à La Nouvelle-Orléans. Je peux prendre soin de ma mère, maintenant, dit-il en regardant Noël avec fierté et reconnaissance.

Le souvenir des méchantes paroles d'Hélène traversa l'esprit de Noël. Comme elle se trompait ! Il prit Joseph par ses épaules toutes tordues et le regarda droit dans les yeux.

– Vous aurez toujours du travail chez moi, Joseph, dit-il.

– Il y a fête chez les Langlinais dimanche prochain, dit Noël. (Il jeta son chapeau sur le lit et prit le pichet d'eau fraîche sur le dressoir.) On célèbre la Saint-Paul : voilà dix ans que leur fille est entrée chez les ursulines.

– Une fête ?

Hélène vit les roses centfeuilles grandes comme des lunes s'épanouir dans les jardins de Beau-Chêne à la fin de juin. Le soir, leur parfum enivrant d'été pénétrait partout, excusait tout. Enfin, ce ne serait pas le même genre de fête, mais c'en serait une tout de même. Elle ouvrit ses coffres, y prit ses robes légères, en arracha les rubans flétris, ordonna à Gertrude de les repasser et de faire de nouveaux nœuds, d'y ajouter des garnitures de dentelle. Et quand le jour arriva, elle piaffait d'impatience tandis que Noël prenait six bouteilles de vin blanc dans la cave qu'il avait commencé de creuser, et écrivait à l'intention de Mathilde un billet plein d'une admiration si joliment exprimée qu'Hélène, à sa surprise, en fut jalouse.

Ce dimanche 30 juin, le lendemain de la Saint-Paul, toute la colonie française des Attakapas semblait s'être réunie chez Claude Langlinais. Noël fut stupéfait en voyant les femmes de la région, qu'il pensait aussi lourdes que des chevaux de trait, se mettre gracieusement en mouvement au son de la musique. Celle-ci était omniprésente ce jour-là; elle couvrait les cris des enfants qui jouaient, le braillement du nourrisson affamé appelant sa mère, le bavardage incessant des vieilles femmes. Elle était si gaie, si prenante que Noël ne pouvait s'empêcher d'esquisser des pas, lui aussi.

– Vous aimeriez apprendre nos danses ?

Cécile était à côté de lui, resplendissante comme il ne l'avait jamais vue. Des femmes comme Hélène avaient beau se peindre, se poudrer et se corseter, elles perdaient tout éclat au contact du genre de beauté de Cécile. C'étaient la brise et le soleil de juin qui avaient créé son teint. Sa taille svelte et souple n'avait jamais été emprisonnée dans des baleines et des lacets. Noël avait vu les sourires indulgents et les froncements de sourcils moins indulgents qui, toujours, apparaissaient sur les visages, dès qu'il était question de Cécile Langlinais. Mais, devant tant de fraîcheur, devant cette gaieté, ces yeux brillants, il envia

Louis et trouva ces commérages ridicules. Que devait-on dire d'Hélène, alors ?

– Pensez-vous que je puisse apprendre ?

– Naturellement !

Elle le prit par le bras et le mena au milieu des danseurs. Ceux-ci exécutaient une danse qui, expliqua Cécile, était en cinq parties, chacune correspondant à une musique différente.

– C'est la première partie, l'Avance, dit-elle. Allez, faites bien attention !

Noël danserait maintes fois cette danse, qui se poursuivait avec le Petit Salut, le Grand Salut, les Visites, et se terminait par la Grande Chaîne. Mais jamais il ne retrouverait ce qu'il avait éprouvé en suivant l'exemple gracieux de Cécile. À un moment, il sentit qu'il ne faisait plus qu'un avec cette musique, avec la lumière de cette journée, avec le charme qui émanait de sa cavalière; et il s'abandonna au plus pur plaisir qu'il se rappelât depuis bien longtemps. Il oublia sa ferme, les exigences harassantes des animaux et des champs, la marionnette avec laquelle il vivait. Il ne percevait plus que le rythme de la musique se conjuguant à la pulsation de son être, il ne sentait plus que la peau douce de la main de Cécile, et le doux baiser de son souffle quand elle se rapprochait de lui. Quand ce fut fini, quand tous deux s'arrêtèrent, hors d'haleine, Noël aperçut les yeux de Louis, posés sur eux. Et ce regard le rappela soudain à la réalité.

Il ramena Cécile à Louis, l'abreuvant de compliments sur sa femme, puis, tournant le dos aux danseurs qui déjà se mettaient de nouveau en place, se força à parler de récoltes et de la maladie qui frappait le bétail dans la région. Noël devait trop à Louis : comment avait-il pu l'oublier ? En tout cas, jamais plus il ne voulait que Louis pût le regarder avec ce regard, comme s'il avait commencé à douter que Noël méritât sa confiance.

On entendit des applaudissements. Tous deux

se retournèrent et virent Mathilde et Claude qui menaient la danse.

– Voilà trente et un ans qu'elle est ici, et regardez comme elle danse, dit Louis.

– Votre mère est vraiment la femme la plus remarquable que je connaisse, dit Noël.

Il pensait que les déesses chantées par les Grecs avaient dû ressembler davantage à Mathilde Langlinais qu'à Hélène de Clouet.

Noël fut souvent auprès de Mathilde pendant cette journée, écoutant ce qu'elle disait, regardant ce qu'elle faisait. Toutes les jeunes mères venaient lui faire voir leur bébé; toutes les vieilles femmes devaient confier à son oreille patiente et compatissante le récit des événements de leur vie. Et quand enfin on se mit à table, il fut encore une fois frappé de la tendresse avec laquelle la traitaient ses fils, Louis et Julian. Et la manière dont elle-même se comportait avec Julian, Berthe et leurs cinq enfants, avec Louis, Cécile et leurs quatre enfants, rappelait à Noël une autre grande dame, qui avait avoué que ses joyaux, c'étaient ses enfants.

– Je voulais écrire tout de suite à Suzette pour lui raconter la fête tant que tout est encore bien net dans ma tête. (Mathilde tressait ses longs cheveux en une seule natte pour la nuit.) Mais je suis plus fatiguée que je ne le pensais. C'est toute cette excitation sans doute.

– Cette excitation ? Tout ce travail, aussi ! Tu ne te fais jamais assez aider. (Claude s'approcha d'elle et passa la main sur ses cheveux lisses.) Et puis, tu as joué avec les enfants, et dansé. Demain, tu resteras au lit pour te reposer.

– Rester au lit ? Parce que j'ai joué avec les petits et que j'ai dansé un peu ? Mon Dieu, me prendrais-tu pour une vieille ?

Elle se mit à préparer le lit, tout en parlant de ses petits-enfants. Comme les garçons de Julian étaient vifs ! Comme ses filles étaient jolies !

– Et Berthe est une bonne épouse; un de nos fils, au moins...

Sa voix s'arrêta. Claude pensa qu'elle se retenait de faire de nouveaux commentaires sur le comportement déroutant de Cécile. Il entendit un bruit léger et doux, comme celui que fait un chevreuil en expirant : puis le corps de Mathilde, comme une masse, s'affala lentement sur le sol.

Il se précipita sur elle et la retint dans ses bras, répétant contre ses yeux fermés :

– Mathilde ! Mathilde !

Son corps était lourd et chaud dans ses bras, son odeur emplissait ses narines. Mais cette chaleur, il l'avait déjà compris, était un mensonge. Si elle n'était déjà morte, elle était en train de mourir rapidement, irrémédiablement. Il entendit les oiseaux s'agiter dans les buissons, devant la fenêtre ouverte, et le bruit des petits animaux nocturnes. Il regarda au-dehors : la lune s'était levée et projetait de grandes taches blanches dans les ténèbres. Il la tint ainsi longtemps, longtemps. Mais ses muscles, si forts qu'ils étaient, finirent par protester contre ce poids, et contre la posture qu'il leur infligeait, mi-agenouillé, mi-accroupi. Il saisit le montant solide de leur lit pour s'aider, se releva et coucha Mathilde sur la couverture de coton. Puis il lui joignit les mains sur la poitrine, prit le rosaire qu'elle avait toujours sur elle et l'accrocha à ces doigts qui, jamais plus, n'essuieraient des larmes d'enfant, ne rempliraient la tasse de Claude de café, ne rempliraient sa vie.

Il savait qu'il devait envoyer chercher Louis et Julian. Il savait qu'il devait accomplir ce que les vivants font pour les morts, et pour eux-mêmes. Mais il ne pouvait pas le faire tout de suite. Il prit une chaise et s'assit près du lit, une main sur celles de Mathilde. Une fois que les autres seraient là, il devrait renoncer à son chagrin pour le mêler au leur. Depuis tant et tant d'années qu'il pensait aux autres, il passerait cette nuit à ne penser qu'à lui-même. Il resterait seul auprès d'elle avec, comme unique compagnie, la nuit de juin et ses sons étouffés, juste assez présents pour rappeler que la vie recommencerait à l'aube. Il se permettrait tout ce qu'il peut y avoir de sot dans la tristesse, les souvenirs heureux qui ne signifient rien pour les autres, les souvenirs pénibles, trop sacrés ou trop bouleversants pour être partagés. Il ne ferma pas les volets, laissant l'air de la nuit la caresser et la bénir pour la dernière fois. Les rayons de la lune s'attardèrent longtemps sur ce visage qui était à la fois si familier et si lointain. Il en avait deux visions. La première admettait les rides autour des yeux et de la bouche, le gris des cheveux que même cette lumière pâle ne cachait pas. Mais ce n'était pas la vraie vision. La vraie, c'était Mathilde à vingt ans, mince, rieuse. Se laissant glisser sur les genoux, il rendit grâce à Dieu de pouvoir encore, après tant d'années vécues ensemble, voir sa femme marcher dans la joie et la beauté.

Juste avant l'aube, à cette heure que les chasseurs, les pêcheurs et les hommes qui travaillent la terre connaissent bien, Claude sentit que son âme les avait quittés pour toujours. Pendant toute la nuit, il avait perçu sa présence, eu presque l'impression de l'entendre marcher dans leur maison, touchant tantôt la courtepointe, tantôt le fauteuil à bascule qu'il avait taillé, il y avait si longtemps. Il sentit qu'elle sortait ct sut qu'elle disait adieu à son jardin, à ses herbes, aux légumes et aux roses. Et il entendit quand elle lui dit adieu, à lui. Il fut comme enveloppé de sa chaude présence, et d'une paix qu'il était sûr de retrouver un jour. Et puis, il y eut un vide.

– Elle n'est plus là.

Il attendit le chant du coq et le lent réveil de la basse-cour. Quand tout commença à s'agiter, il se leva, grilla les grains de café, les moulut et écouta les gouttes qui tombaient une à une dans la cafetière. Le lendemain on donnait une fête en l'honneur de la Vierge. Il demanderait au prêtre de l'enterrer ce jour-là. Il aurait voulu que tout fût déjà fini. Il serait en peine tout le restant de ses jours. Il avait besoin d'être seul, pour apprendre à vivre avec cette douleur.

Après les funérailles, il y eut beaucoup de monde à la maison. Encore une fois, presque tout le district se retrouva à la ferme Langlinais. On y apporta de la nourriture, on vint s'y affliger. Pour Claude, ce fut très pénible, il voulait se retrouver seul. Dans les jours qui suivirent, il passa de longues heures aux champs, loin de sa maison vide. Il n'allait plus au village, sauf pour la messe, et, quand elle était finie, il se hâtait de repartir.

– Donnez-lui le temps, disaient les gens à Louis et Julian.

Le souci que les deux fils se faisaient pour leur père allait grandissant avec le maïs, le coton et la canne dans les champs.

– Ils ne comprennent pas, dit un jour Louis à Julian et Berthe. C'est la seule perte qu'il ne pouvait supporter. Il pouvait tout perdre dans la vie, il lui serait toujours resté la force de la garder saine et sauve. Maintenant, il n'a plus à se soucier d'elle...

Cécile s'empressait autour de Claude, le câlinait, lui faisait les petits gâteaux et les gelées de fruits dont elle et ses enfants raffolaient.

– Je regrette de ne pas avoir été plus attentive quand maman Langlinais cuisinait, disait-elle. Si je l'avais été, je saurais préparer les plats qui vous plaisent.

Elle refit le gombo de Mathilde, éminça les oignons, écrasa le poivre vert, tourna lentement le roux dans l'épaisse marmite de fer suspendue au-dessus des braises. Mais, malgré les éloges de

Claude, qui en reprit deux écuelles et dit qu'il n'avait rien mangé d'aussi bon depuis la mort de sa femme, Cécile jugea que cela ne valait vraiment pas la peine de perdre toute une matinée et de verser tant de larmes à cause des oignons pour un plat qui disparaissait en un clin d'œil.

– Sainte Vierge ! On ne devrait manger que du pain, du fromage et un peu de confiture. Toute cette cuisine : que de temps perdu !

Et elle contemplait la montagne de casseroles et de plats à laver.

Claude commença à se décharger de plus en plus souvent sur Louis des décisions concernant le moulin, la vente des fourrures et même la terre. Il se rendait rarement au petit tribunal de paix du samedi. Quand il avait du temps libre, il préférait le passer avec ses petits-enfants. Il les rassemblait autour de lui, prenait les plus petits sur ses genoux et leur parlait en fumant la pipe. Une fois, les apercevant, Louis s'approcha sans bruit pour les écouter. C'était la fin d'un après-midi d'automne.

– Rappelle-toi, Jeannot, disait-il. (Et une bouffée de fumée descendait vers le frais visage de l'enfant.) Rappelle-toi de planter tes haricots le jour du vendredi saint. Et les pommes de terre, hein ? Quand il faut les planter ? À la nouvelle lune, quand il n'y a pas de lune.

– Pourquoi, grand-père ?

Il attira le garçon vers lui, et ses lèvres effleurèrent les cheveux bruns soyeux.

– Parce que le bon Dieu nous donne la lune pour nous guider. Parce que nous autres, nous avons toujours fait comme ça.

Il leur chantait les mêmes vieilles chansons que Mathilde chantait, leur racontait les mêmes contes. Louis sentait que son père les quittait peu à peu. Déjà, c'était comme si les longues années aux Attakapas n'avaient jamais existé : il était retourné en Nouvelle-Écosse. Les enfants qui l'entouraient étaient ses enfants. Le bruit de pas qu'il guettait était celui de Mathilde.

Novembre se referma sur la prairie, froid et humide.

– Il faudrait que nous soyons comme les poissons qui respirent dans l'eau, dit Louis à son père. Mets-toi quelque chose autour du cou, cet air est plein d'eau, il va te faire du mal.

– Mathilde me fait une nouvelle écharpe. Avec sa meilleure laine, celle des agneaux jumeaux qui sont morts au printemps.

Il y eut une nouvelle écharpe, envoyée par Suzette. Claude la porta soigneusement nouée, et elle faisait des plis épais dans le col de son manteau. Mais que peut la laine des agneaux de printemps contre le froid mauvais du vieil hiver ? Claude fut l'un des premiers emportés par la fièvre pulmonaire, juste après la mi-novembre.

– Il est avec notre mère, disait Louis à son frère qui pleurait. Il est avec grand-mère, disait-il aux enfants éplorés.

Il est avec elle, se disait-il en lui-même.

Pour la première fois de sa vie, il savait ce que signifie perdre quelqu'un pour toujours.

Il était dans la petite église et écoutait l'office que le père Jean célébrait de sa voix grave. Comme le cercueil semblait petit pour contenir une vie aussi vaste ! Les cantiques s'élevaient, et les pensées de Louis s'élevaient aussi, bien au-dessus de cette église des Attakapas. Elles remontaient les années qui le séparaient de sa première église, celle de Grand-Pré. Où son père et sa mère avaient été baptisés et s'étaient mariés. Où lui-même avait été baptisé. Où son père avait connu le diable et s'en était détourné. Où il avait fait le vœu de trouver une nouvelle Acadie, le vœu que personne, jamais plus, ne toucherait à sa terre, ne ferait de mal aux siens, ne leur enlèverait ce qui était à eux.

Tandis que la prière des morts résonnait dans l'église, et que parvenait, assourdi, le lent tintement du glas, il se pencha vers son fils en lui prenant la main et lui dit :

– Écoute, la pire chose, dans la mort de grand-père, serait d'oublier d'être comme lui. Tu me comprends ?

Le petit garçon leva les yeux vers lui :

– Mais, papa, je suis un Langlinais. Comment pourrais-je l'oublier ?

La Nouvelle-Orléans

Le dernier quart du XVIIIe siècle vit les déclarations des droits de l'homme proclamées, puis inscrites en lettres de sang, des deux côtés de l'Atlantique. Il incombait au XIXe siècle de réaliser, autant que possible sans créer de désordres encore plus graves, les promesses de ces déclarations. Tandis qu'en Europe la Révolution aboutissait avec Napoléon Bonaparte à un semblant d'ordre et de stabilité, dans le territoire de Louisiane, en ce début de l'année 1803, les caprices et les menées plus ou moins secrètes des rois et des empereurs ne jetaient que trouble et inquiétude.

Les gouverneurs espagnols, de Galvez et Don Juan Manuel de Salcedo – celui qui dut rendre la Louisiane à la France –, n'avaient jamais relâché leur surveillance, aussi bien à l'égard des Anglais que des Américains. Galvez avait chassé les Anglais, et du Mississippi, et de la côte du golfe du Mexique. Mais le lion ne s'était retiré que pour panser ses blessures, non loin de là. Les États-Unis, de leur côté, jeune géant vigoureux et turbulent, voulaient l'usage du Mississippi, promettant en échange protection contre l'Angleterre. Ils n'en imposèrent pas aux Espagnols. Ceux-ci connaissaient la fable du loup dans la bergerie et savaient que les Américains, une fois installés à la porte de l'empire espagnol, aspireraient aux richesses du Mexique.

L'hégémonie de l'Espagne en Louisiane n'en était pas moins irrémédiablement condamnée. Le Congrès des États-Unis présentait proposition sur proposition aux envoyés du gouverneur espagnol, afin d'obtenir le droit, pour le commerce américain, d'emprunter le cours inférieur du Mississippi (dont les deux rives étaient tenues par les Espagnols). À un certain point, plusieurs États américains faillirent faire sécession et former une nouvelle nation, pour conclure des accords particuliers avec l'Espagne. Tandis que le Congrès faisait des projets, que d'autres complotaient et que la marine britannique restait aux aguets, les citoyens américains affluaient par le fleuve et s'installaient sans façons à La Nouvelle-Orléans.

Les Français de Louisiane étaient inquiets pour leurs biens, à la perspective d'un départ des Espagnols – car c'étaient les Espagnols qui leur avaient concédé leurs terres. Et ils se sentaient surtout insultés par la présence grandissante de ces « rats du fleuve », comme ils appelaient les Américains, plutôt rustres en effet, qui envahissaient La Nouvelle-Orléans.

Incapables de comprendre, et a fortiori d'apprécier, l'art de vivre raffiné des créoles, ils le menaçaient par le déferlement de leur énergie brute.

« Des barbares ! » disait la société orléanaise avec dégoût, pour les oublier aussitôt en se replongeant dans ses activités favorites : les bals, bals publics du mardi gras – occasions régulières de scandales – et bals privés du Carnaval où s'élaboraient les hiérarchies; le théâtre, qui, bien qu'ouvert depuis une décennie à peine en cette année inquiète de 1803, avait une audience nombreuse et fidèle; et les potins qu'alimentaient ces riches activités sociales.

La Nouvelle-Orléans était aussi un aimant pour ceux qui habitaient les campagnes. Les Clouet et les Langlinais s'y rendaient souvent, encore que pour des raisons tout à fait différentes. Noël y venait pour ne pas se faire oublier de ceux qui détenaient le pouvoir politique et financier; Hélène pour son plaisir, pour dépenser l'argent que Noël pouvait de nouveau lui donner sans compter, et pour y choisir de beaux partis pour ses enfants. Les Langlinais, représentés désormais par Jean, venaient y flairer la source du pouvoir et apprendre ce qu'il convient de faire quand on l'a trouvée. La troisième génération des Langlinais et la deuxième des Clouet allaient devenir la première génération américaine de leur famille; elles avaient cela en commun.

Le bonheur d'Hélène aurait été parfait si le bal avait été donné ailleurs que dans la nouvelle demeure de Juliette de Gravelle. Sa robe de soie à corsage décolleté, moulant à merveille sa poitrine, ne lui donnait que la moitié de ses quarante-deux ans. Et, entre l'art de se farder et la lumière favorable des candélabres, elle paraissait sans rides et presque fraîche. Prenant conscience qu'elle se renfrognait, elle détendit les traits de son visage et transforma son air boudeur en un sourire.

– Quel splendide intérieur, tu ne trouves pas ?

Autre supplice : les La Houssaye étaient, eux aussi, à La Nouvelle-Orléans, pour mardi gras. Il fallait supporter les gloussements de cette stupide Charlotte, vantant les beautés de leur demeure – toute neuve, mais à la campagne – et les comparant à celles de l'hôtel de Gravelle en ville, sans même se préoccuper de ce qu'Hélène pouvait en penser.

Hélène connaissait les deux. Les de Clouet étaient allés visiter les La Houssaye dans leur plantation, au début de décembre, pour être parmi les premiers hôtes de Bocage, qui avait fait sur

Hélène, quoi qu'elle en eût, une forte impression. La Houssaye avait eu la bonne idée de ne pas essayer de reproduire son château de France. Au contraire, il avait construit une maison avec de grands et larges balcons couverts, et de hautes portes-fenêtres. Elle était sur trois étages, avec un toit à forte pente. La seule concession au goût de Charlotte était une manière de pagode posée sur le toit au-dessus des galeries de la façade.

– Je vais m'y asseoir l'après-midi, pour sentir la brise du bayou, dit Charlotte.

Celle-ci, en maîtresse de maison accomplie, s'abstint de demander à Hélène quand les Clouet avaient l'intention de bâtir leur propre demeure. Mais l'absence même de cette question la rendait constamment présente. Hélène eut si souvent l'occasion de serrer les dents, au cours de cette visite, qui ne dura pas moins de quinze jours, qu'elle en avait mal aux mâchoires.

L'hôtel de Gravelle était tout autre chose. Comme la plupart des demeures reconstruites après l'incendie de 1794, qui avait touché plus de la moitié de la ville, il témoignait de l'influence espagnole, avec son toit de tuiles et ses balustrades de fer forgé de la façade. Trois fenêtres donnaient sur le grand balcon. Hélène dut réprimer un nouveau froncement de sourcils en y apercevant son fils, André, en compagnie d'Aimée de La Houssaye.

– Ce serait un joli couple, n'est-ce pas ? dit Charlotte.

André, marié à la petite de La Houssaye ! Hélène en eut un haut-le-cœur. Depuis quatorze ans que François de La Houssaye et elle étaient arrivés en Louisiane, elle n'avait couché avec lui qu'une seule fois. Un après-midi, à La Nouvelle-Orléans, pendant le fameux Carnaval.

Heurtés par la violence et la licence auxquelles donnaient lieu les mascarades dans les rues, les Espagnols avaient fini par les interdire. Mais les bals, publics ou privés, continuaient. Comme la violence et la licence. Seuls les masques changeaient. Comme lors de cette rencontre avec La Houssaye. Cela s'était passé huit ans plus tôt mais elle sentait encore le feu cuisant de son regard posé sur elle. Elle avait promis à Cécile Langlinais de porter certains cadeaux à sœur Saint-Paul. Apprenant qu'elle devait faire cette course, La Houssaye avait offert de l'emmener en voiture au couvent, puis de lui faire faire le tour de la ville dévastée par le récent incendie. Il était allé déposer lui-même le panier chez les portiers des ursulines; mais la promenade annoncée s'était bien vite terminée dans la chambre secrète d'une petite auberge.

Il l'avait examinée sans pitié. Et elle entendait encore sa voix nonchalante, et pourtant aussi ferme que sa main.

« Je donne encore deux ans, peut-être, à vos appas, ma chère Hélène... à condition de prendre le soin de voir vos amants dans l'obscurité... »

Elle l'avait haï. Elle avait eu envie de le tuer. Et cette envie ne l'avait pas quittée.

Cela dit, elle avait suivi ses conseils. Plus personne ne l'avait vue nue, comme lui, La Houssaye, l'avait vue cet après-midi-là. Mais il continuait de la voir ainsi. Elle le lisait dans ses yeux. Elle le sentait dans la pointe de sa langue qui s'attardait sur le dos de sa main quand il la saluait. Damnés soient Noël et ce foutu pays ! Évidemment, leur fils épouserait Aimée de La Houssaye ! Qui pouvait-il trouver d'autre dans cette province ?

– Ils s'accorderaient parfaitement, tu ne crois pas ? Aimée en sait presque autant que son père sur le chapitre de la canne à sucre. Ce serait une aide pour ton mari, je t'assure.

– Les plantations de Noël rendent autant que les vôtres, Charlotte.

– Bien sûr. Mais, tu te rappelles ce qu'il a fallu, pour le décider à planter de la canne ?

Même quand François lui eut répété, je ne sais combien de fois, que la nouvelle variété de Boré cristalliserait ? Je me demande toujours si tes hommes sont têtus ou s'ils ont peur.

– Les Clouet n'ont peur de rien, dit Hélène.

Maintenant gagnée par la chaleur de la salle de bal et par le rythme de la musique, elle ne voulait plus que danser, tourbillonner d'une paire de bras dans une autre, et trouver peut-être, dans un regard, une main, une bouche, la réponse qu'elle cherchait encore.

– C'était risqué de tout mettre en sucre. La sagesse et la prudence apparaissent parfois comme de la peur.

– Sagesse et prudence, je suis surprise d'entendre ces mots dans ta bouche, dit Charlotte.

Hélène lui lança un regard qui ressemblait peut-être à celui qu'avait jeté la pauvre reine sur ses bourreaux, avant de poser son joli cou sur l'affreuse guillotine, puis se détourna et s'éloigna. Comme s'il ne suffisait pas que tout ce qu'elle avait toujours connu eût disparu ! Il fallait encore être jugée par ces Charlotte et ces Juliette qui jouaient les saintes nitouches ! Encore une fois, elle força ses sourcils à se détendre, sourit à deux hommes qui s'approchaient d'elle, et dansa avec le premier qui lui prit la main. Il y avait encore des hommes qui savaient être discrets.

Noël aussi avait observé son fils et Aimée de La Houssaye. Il avait vu comme ils se penchaient l'un vers l'autre, et comme leurs yeux qui se cherchaient trouvaient toujours une raison de se rencontrer. Aimée était petite et menue. Les dentelles qui masquaient ses épaules semblaient avoir plus de consistance qu'elle n'en avait elle-même. Ses cheveux étaient si denses que leurs longues boucles semblaient sculptées dans l'acajou du Honduras. Elle avait la peau blanche, lisse et pâle, jusqu'à ce que l'agitation du bal commençât à teinter ses joues de rose. Noël avait rarement motif de se réjouir mais, en regardant Aimée, il sentit une bouffée de bonheur, aussi étrange qu'elle était bienvenue. Pourvu qu'André fît un bon mariage, qu'il épousât une fille de sa race, avec une belle dot et, surtout, de la jugeote ! Noël se dirigea vers le groupe d'hommes qui s'étaient rassemblés, avec cigares et eau-de-vie, dans une petite pièce communiquant avec la grande salle.

Gravelle avait une splendide maison, assurément. On aurait pu se croire de retour à Paris. Après l'avoir vue, pensa Noël, Hélène ne va plus me laisser une minute de repos. Eh bien, il le construirait, ce Beau-Chêne de Louisiane. Le sucre avait rendu encore plus cette année-là que les précédentes.

En découvrant une variété de canne qui, tout en résistant au climat et aux insectes de la Louisiane, produisait un sucre qui cristallisait, Étienne de Boré avait été son sauveur. Depuis plusieurs années maintenant, Noël n'avait plus eu à amputer le capital qu'il avait apporté. Il pouvait regarder ses enfants en sachant qu'ils hériteraient de lui non seulement les bijoux de famille, mais de vraies valeurs. Il pouvait donc se réjouir à la pensée d'avoir bientôt des petits-enfants.

D'un grand geste de sa main libre – l'autre tenait le carafon d'eau-de-vie –, Gravelle invita Noël à entrer dans le cercle. Il prit un petit verre, le leva et goûta. Quel bouquet ! Quel moelleux ! Qui aurait pensé, quand il avait fourré Hélène, les enfants, une servante et tout ce qu'il pouvait emporter dans une seule voiture et gagné au grand galop, devançant de peu les bandes d'émeutiers, le premier port de mer, qui aurait pensé que, moins de quinze ans plus tard, il aurait restauré sa fortune, et serait dans ce beau petit salon, conversant avec ses pairs, un verre de fine à la main ? La France, il leur arrivait certes d'en parler encore, mais comme de la Rome des Césars; ce passé semblait si lointain ! La décapitation de

Louis XVI et de la reine avait anéanti tous leurs espoirs d'un retour à l'Ancien Régime. La France, fermement dirigée par Napoléon Bonaparte, consul à vie, restait une république et, apparemment, ne pouvait vivre sans faire de guerres. Noël prit une petite gorgée, qu'il retint un moment dans la chaleur de sa bouche. Bah, qu'ils se battent, songea-t-il, qu'ils aient froid, qu'ils aient faim. Que ces paysans et ces bourgeois qui croyaient si bien savoir ce dont la France avait besoin se saignent et meurent pour elle, ou pour ce dictateur ! Il but une autre gorgée et se disposa à écouter.

Charles de Gravelle, tout en mettant en valeur sa haute stature, en homme conscient d'être au centre des choses, avait baissé la voix et pris un ton de conspirateur, si bien que le petit groupe se pressait autour de lui.

– Je viens d'apprendre, disait-il, que Bonaparte négocie la vente du territoire aux États-Unis.

– Ridicule ! (C'était la voix de La Houssaye. La Houssaye avait beau faire de l'or avec son sucre, il ne pouvait supporter de ne pas être au fait de ce qu'il fallait savoir.) Comment Bonaparte pourrait-il vendre la Louisiane, si l'Espagne ne l'a pas encore rendue officiellement à la France ?

– Mais, François, un territoire aussi grand, qui s'étend du golfe du Mexique aux confins du Canada, qui forme tout le centre de ce continent, ne se vend ni ne s'achète sur un coup de tête !

Gravelle n'aimait pas subir de questions. C'était l'un des hommes les mieux placés de La Nouvelle-Orléans; à l'évidence il savait tout ce qui se tramait en haut lieu (s'il n'y participait pas lui-même), qu'il s'agît des destinées du pays ou de l'utilisation des deniers publics; et son assurance était à la mesure de sa fortune croissante.

– Bonaparte, vendre la Louisiane ! Cet homme est ivre de pouvoir, fou, peut-être, mais il n'est pas sot, semble-t-il.

La sottise était le pire des péchés pour La Houssaye. Si délicieuse qu'il trouvât Hélène, ce n'étaient pas ses chairs un peu molles, c'était sa bêtise qui avait finalement émoussé son goût pour elle. Lui qui n'imaginait rien de plus plaisant, de plus précieux dans l'existence que le commerce d'une femme également piquante par le corps et l'esprit, ne comprenait pas Noël. Il le méprisait même un peu de n'avoir pas recherché chez d'autres ce que sa femme non seulement ne voulait pas, mais ne pouvait pas lui donner.

– Ce territoire est une source de revenus pour celui qui le possède. Bonaparte ne cesse de faire la guerre. Il a besoin d'argent.

– Encore faut-il qu'il réussisse à le garder, ce territoire, répliqua Gravelle. Tu sais aussi bien que moi que les États-Unis veulent tout le Mississippi pour leur commerce et que de nombreux Américains s'installent ici, à La Nouvelle-Orléans, ou obtiennent des terres. Bonaparte juge peut-être plus judicieux de vendre la Louisiane avant qu'ils s'en emparent, tout simplement. Même s'il ne peut faire la guerre sur deux continents.

– Mais aux Américains !

L'exclamation de La Houssaye provoqua un lourd silence.

Heureusement, à ce moment-là, un grand brouhaha s'éleva dans la salle de bal, suivi de la sonnerie claire d'une trompette.

– Venez, ce doit être le moment de la désignation du nouveau roi, dit Gravelle. Il y a au moins un vieux garçon parmi nous; peut-être qu'Olivier aura l'honneur d'être choisi.

Il poussa le petit groupe vers la salle, et ils se joignirent à ceux qui s'attroupaient autour de Juliette de Gravelle et de son roi. La petite couronne qui ornait la tête de Juliette était évidemment la première raison de la mauvaise humeur d'Hélène, ce jour-là. Ne demeurant pas à La Nouvelle-Orléans, Hélène ne pouvait être la reine d'aucun de ces « bals des bouquets » qui, se succédant soir après soir, culminaient dans le bal du Mardi gras.

Et donc – puisque son amour de la danse était quand même le plus fort – il fallait regarder Juliette recevoir les hommages de tout le monde, se tortiller sous les compliments, et taquiner les uns et les autres avant de désigner le nouveau roi. Comme l'avait prévu Gravelle, qui savait cela aussi, elle choisit finalement cet Olivier dont il avait parlé (seuls les hommes non mariés pouvaient être rois du bal), lui mit la couronne de fleurs sur la tête et accepta ses remerciements avec une pose empruntée – Hélène le savait – à feu la reine. Olivier choisit à son tour sa reine, et l'on annonça le lieu du bal du lendemain.

L'orchestre attaqua une valse. Juliette ouvrit la danse avec son roi; les fleurs de sa couronne s'épanouissaient sur ses boucles luisantes. Elle ne serait reine que jusqu'à l'aube, certes; mais, en voyant Hélène, elle lui jeta un regard triomphant qui disait bien que cela n'avait pas d'importance. Elle était reine du bal de La Nouvelle-Orléans. Hélène ne l'avait pas été, et ne le serait jamais.

– Mais vous, ma chère, êtes reine en des lieux plus importants. (Cette voix ! Ces mains qui la prenaient par les poignets ! Elle se retrouva dans les bras de La Houssaye.) J'aime la valse, continua-t-il. On y sent la grâce de sa cavalière. C'est une danse qui vous révèle, peut-être, le tempérament d'une femme…

– Arrêtez, François… (Hélène entendit sa voix, faible et vieille. Qu'était-il advenu de son timbre argentin, impérieux ?) Arrêtez ! dit-elle de nouveau.

– Eh bien, c'est fini ? dit-il. (Elle leva les yeux et vit qu'il regardait un autre couple.) Lebrun danse bien, n'est-ce pas ? Il se vante de bien faire d'autres choses aussi. Pouvez-vous le confirmer ? (Il la regarda avant qu'elle n'eût le temps de détourner les yeux. Son regard avait toujours ce même feu qui brûlait ses défenses et qui la transformait en une pâte que François modelait à sa guise.) J'espère que non. Parce que je vous avouerai que si je préfère d'autres femmes pour leur conversation et pour leur esprit, je trouve qu'il y a quelque chose en vous... ou disons qu'il y avait... L'avez-vous toujours ?

Voulait-il dire qu'il la désirait encore ? Qu'après l'avoir insultée il attendait qu'elle s'offrît de nouveau sans parures à son œil impitoyable et à ses jugements cinglants ? Mais le feu de ces yeux lui ôtait tout pouvoir sur elle-même, comme toujours. Les verts et les rouges vifs qui dominaient dans le tourbillon des robes de bal autour d'elle l'enveloppaient comme la grande clématite aux fleurs rubis, aux feuilles d'émeraude du pavillon d'été où, dans un autre temps, dans un autre monde, elle s'était donnée à lui pour la première fois. Elle avait eu beaucoup d'amants, mais ce qu'elle avait ressenti avec La Houssaye était sans équivalent.

– Qui d'autre que vous peut en juger ? dit-elle.

Elle n'avait plus qu'à attendre. Il arrangerait cela, comme il l'avait toujours fait. Un petit tour en voiture, qui se terminerait dans une auberge. Une « promenade », dont l'essentiel se passerait dans l'appartement d'un ami, emprunté pour l'après-midi. Une visite impromptue chez eux, un jour qu'il serait certain de ne pas trouver Noël... Pour la première fois, ce jour-là, elle souriait sans s'y forcer.

De l'autre côté de la salle, André dansait avec Aimée de La Houssaye. Quand il l'avait connue, à Bocage, au mois de décembre, il avait très vite compris ce que sa mère voulait dire lorsqu'elle se plaignait sans cesse de « la vie qu'ils menaient malgré leurs richesses ». Aimée, elle, était riche et menait une vie de riche. La maison luxueuse, le pastel délicat des soieries qui drapaient les fenêtres, les couleurs claires des tapis épais – tout, chez les La Houssaye, semblait conçu pour mettre en valeur la beauté sombre de cet être unique et menu. Elle avait des sœurs, mais qui n'avaient aucun attrait. En lui-même, André avait pris alors deux décisions : aider sa mère à avoir sa maison, et obtenir la main d'Aimée.

Ce dernier but n'était pas si facile à atteindre, cependant. André gardait le souvenir cuisant d'une de leurs premières conversations dans le petit salon de Bocage. Il était fasciné par son visage radieux, sur lequel jouait la lumière descendue des hautes fenêtres. Elle avait un rire aussi vif, aussi gai, aussi fin qu'elle l'était elle-même, et capable de nuances, à la différence de celui d'Hélène. Le rire d'Aimée se déployait comme les plis d'un éventail; il pouvait s'ouvrir tout grand, embrassant tout ce qu'elle entendait et voyait, ou bien ne faire qu'une furtive apparition, sèche et ironique. Comme lorsque André essaya de savoir si elle avait beaucoup de galants et si, parmi eux, il s'en trouvait un qui lui plaisait particulièrement.

– Vous faites trop de questions pour quelqu'un qui me connaît si peu, monsieur de Clouet, avait-elle dit.

– Pourriez-vous au moins m'appeler par mon prénom ? (Il s'était approché, s'appuyant d'un bras à la croisée de la fenêtre, derrière elle.) Monsieur de Clouet est mon père. Moi, je suis André.

De nouveau, ce rire léger, qui semblait voleter sur ses traits finement dessinés, animant d'une vie intense tantôt ses yeux presque noirs, tantôt sa bouche, tantôt son front haut et parfaitement lisse.

– Mais il faut attendre que nous nous connaissions mieux. Venez, allons faire le tour de la propriété.

Elle l'avait pris par le bras et ils avaient passé plus d'une heure dans l'air vif de décembre. Elle l'avait emmené du côté des camélias en fleur, mais lui ne voyait que le rose de ses joues; elle lui avait montré la surface scintillante de l'étang reflétant le soleil hivernal, il ne voyait que l'éclat de ses yeux; elle lui avait expliqué, très fière, pourquoi leur maison avait des lignes si gracieuses, pourquoi elle était bien plus solide que ne le révélaient ses fines colonnades, et lui ne voyait que la grâce d'Aimée et se demandait quelle force se cachait derrière ce corps fragile.

Durant toute cette semaine passée à Bocage, il n'avait eu conscience de vivre que lorsqu'elle était présente. Vers la fin du séjour, il la suivit aux écuries où elle voulait examiner un cheval nouvellement acheté. Paresseusement appuyé sur la barrière qui séparait le box de l'allée centrale de l'écurie, il la regardait caresser le dos luisant de l'animal, tout en s'entretenant d'une voix rapide et sérieuse avec le palefrenier. Au début, André fut impressionné par l'étendue de ses connaissances, par la justesse de ses questions. Puis il s'ennuya et, enfin, se mit presque en colère.

– Pourriez-vous vous dépêcher ? dit-il, je voudrais vous parler.

Les yeux noirs se posèrent sur lui, sur ses yeux, sur sa bouche. Un regard long, précis. André eut l'impression d'être le cheval qu'elle inspectait.

– Il ne s'agit pas de se dépêcher, répondit-elle, mais de faire ce qui doit être fait. Si vous pouvez attendre, très bien. Sinon... (De nouveau, elle examina son visage.) Sinon, tant pis.

Elle se retourna vers l'homme et finit de lui donner ses instructions. Puis elle enfonça la main dans la poche de sa jupe et en tira une pomme qu'elle donna au cheval.

– Bien, dit-elle, en essuyant sa main sur ses habits, maintenant, je suis à vous. (Elle se faufila entre les traverses, posa sa petite main sur le bras d'André et leva les yeux vers lui.) Alors, que voulez-vous me dire ?

La clarté de son regard le rendit confus. Elle

avait deviné ses pensées ! D'ailleurs, elle ne pouvait être naïve au point de ne pas avoir compris tous les signes qu'il lui avait donnés. Mais si elle avait compris, pourquoi lui rendait-elle les choses si difficiles ?

– Vous savez très bien de quoi je veux vous parler, dit-il.

Il sentit qu'il prenait son air boudeur et attendit qu'Aimée l'apaisât, comme faisaient sa mère et sa sœur.

Mais la jeune fille bougea, tenant toujours son bras. Il fallait soit la suivre, soit rester seul au milieu de l'écurie.

– André, dit-elle, comme il lui emboîtait le pas, cessez ce petit jeu, je ne suis plus une enfant. (Elle se rapprocha de lui; dans le seul contact de sa petite main, il la sentit tout entière tendue.) Je vous aime beaucoup, vous le savez déjà. Si vous voulez davantage, vous ne l'aurez pas en vous conduisant comme un enfant. Dites-moi sans détour ce que vous pensez, ou gardez-le pour vous. Pour moi, ce n'est pas un jeu; vous ne m'y ferez pas jouer. (Elle le regarda et rit.) Et ne boudez pas. Cela aussi vous donne l'air d'un enfant. Moi, j'aime les grandes personnes, André.

Il s'était retiré dans sa chambre, plus confus que jamais. Apparemment, certes, pensait-il en s'habillant pour la soirée, il pouvait l'avoir s'il la voulait. Elle était très jolie, elle l'attirait beaucoup, mais qu'éprouvait-il vraiment pour elle ? Bon Dieu, pourquoi n'était-elle pas une de ces filles de La Nouvelle-Orléans, disponibles aussi bien pour un soir que pour un mois, ou pour toute une vie ? Il boutonna rageusement sa chemise. Pourquoi faisait-elle toutes ces manières ? Qu'est-ce qui la préoccupait, si elle l'aimait autant qu'elle l'avait dit ? Lui-même, il est vrai, avait connu assez de femmes, déjà, pour savoir qu'un certain accord profond ne s'établit pas avec n'importe qui. Parce qu'elle était si fluette, peut-être, il avait pensé qu'Aimée serait docile, facile. Et s'il s'était trompé ? Il entendit la pendule sonner six heures. Passant sa veste, il se regarda une dernière fois dans le miroir à barbe. Il releva le menton, donna une expression ferme à sa bouche et sortit en claquant la porte.

Après le dîner, il resta avec les hommes au lieu de la suivre dans la petite salle de musique, comme les autres fois. Et quand les hommes rejoignirent les femmes dans le salon, il ignora presque Aimée et s'entretint surtout avec sa mère.

– Ne perdez pas votre temps avec moi, lui dit celle-ci à la fin de la soirée, comme il lui souhaitait la bonne nuit. Aimée prend ses décisions seule; et si son père est d'accord avec elle, ils ne se soucient même pas de me consulter.

– Pour le moment, elle n'a rien à décider, dit-il.

Et il aperçut l'esquisse d'un sourire dans les yeux de Charlotte.

– Bien. Peut-être comprenez-vous ma fille, alors. (Elle regarda de l'autre côté de la pièce, vers la cheminée auprès de laquelle Aimée se tenait entre son père et Noël de Clouet. La lueur du feu faisait briller ses cheveux et projetait comme une aura autour de sa robe d'un rouge profond.) Je trouve parfois qu'elle passe trop de temps dans les écuries, ou avec son père. (Charlotte porta gracieusement sa main devant sa bouche.) Pardon, André. Il se fait tard pour moi. Surtout, ne vous croyez pas obligé d'aller au lit parce que votre hôtesse y va. (Elle se tourna de nouveau vers la cheminée, posant cette fois les yeux sur son mari.) Je vous assure que M. de La Houssaye lui-même ne ressent pas cette nécessité.

Hélène non plus, apparemment, n'avait aucune hâte de se retirer. Elle demanda à André de lui verser un autre verre d'eau-de-vie et lui fit signe de venir s'asseoir à côté d'elle sur le sofa.

– Eh bien, raconte-moi comment vont tes amours, dit-elle.

– Il n'y a rien à en dire.

Il serra les lèvres, sentant qu'il allait encore prendre son air boudeur.

– S'il n'y a rien à en dire, c'est qu'il y a beaucoup à en dire. Vas-tu laisser cette petite Aimée faire de toi son jouet ?

– Non. D'ailleurs elle a dit qu'elle, elle ne jouait pas.

Hélène éclata de rire.

– Mais, dire qu'on ne joue pas, c'est se rendre maître du jeu ! (Elle se pencha, lui tapotant le poignet de l'index.) Écoute-moi. Si tu veux l'épouser, ce n'est pas à elle qu'il faut le demander. Tu ne dois pas te morfondre, tu ne dois pas lui faire voir qu'elle a un pouvoir sur toi. Tu dois lui dire quand tu auras arrangé cela avec François, et lui faire comprendre clairement que son mariage n'est pas son affaire, qu'elle t'épousera parce que tu le veux et que son père le veut.

– Mais, maman, il ne s'agit pas d'acheter un esclave.

– Bien sûr. Il s'agit simplement d'éviter de le devenir soi-même. Tu comprends ?

Il ne lui avait pas écrit après cette visite. Mais, pour les Rois, il lui avait envoyé en cadeau une petite gravure représentant une scène de chasse anglaise, dans un cadre de bois de rose, en lui annonçant qu'il passerait à Bocage à la fin de janvier. En retour, il reçut une lettre polie, aux phrases soigneusement tournées, où elle le remerciait pour le cadeau et lui disait qu'elle serait, bien sûr, heureuse de le revoir. Quand le jour vint, il fut bien près de renoncer au conseil de sa mère. Pourquoi feindre une autorité qu'il savait fausse ? Jouer était non seulement puéril, mais aussi dangereux. Si, pour avoir Aimée, il devait devenir quelqu'un d'autre, pourrait-il être de nouveau lui-même ? Mais quand il la vit, il ne pensa plus qu'à la conquérir; il aurait tout le temps, après, de réfléchir aux conséquences.

À la fin de l'après-midi, elle l'accompagna jusqu'au portail.

– Je ne pensais pas que tant de temps était passé depuis votre première visite, André. Assez, en tout cas, pour que vous soyez devenu une grande personne.

Il l'écouta attentivement et ne perçut aucune taquinerie dans sa voix, uniquement l'intention de lui plaire. Il mit les mains sur ses épaules et la regarda :

– Pas tout à fait encore peut-être. Mais, au moins, je sais ce que je veux. Et je suis décidé à l'obtenir. Je vais passer quelques jours chez les Leclerc. À mon retour, je verrai votre père. Il vous fera part, j'en suis sûr, de l'issue de notre entrevue.

– Je suis la préférée de mon père, je me fie entièrement à son jugement.

En allant chez les Leclerc, il évoqua les rêveries romanesques, l'indécision sentimentale dans lesquelles il s'était complu la première fois, les compara à la situation présente et comprit soudain à quel point il avait été stupide. Croire que l'amour importait dans cette affaire ! Que l'éclat des yeux, la gaieté du rire eussent quelque poids que ce fût, quand tout était une question d'argent et de condition ! Aimée était jolie, il était séduisant : chacun avait de la chance, c'était tout. Mais, eût-elle été un laideron, comme la fille que le pauvre Pierre Leclerc allait épouser, le mariage aurait quand même été décidé. On l'avait amené à Bocage pour le faire voir, comme un étalon, aux propriétaires de la jument. Son devoir était simple : faire au moins un fils qui pût s'occuper après lui des terres des Clouet, et peut-être un autre, pour Bocage, où il n'y avait que des filles. Le masque qu'il avait mis cet après-midi-là lui resterait collé pendant longtemps, sans doute.

Et bien qu'il trouvât Aimée toujours aussi ravissante, aussi agréable, quelque chose en lui s'était refroidi, que rien ne pouvait réchauffer, pas même l'atmosphère joyeuse et la splendeur du bal.

On donnait un autre bal calle de San Felipe. Jean Langlinais y était; il avait vingt ans, il était plein d'assurance. On l'avait envoyé tout seul à La Nouvelle-Orléans; c'était lui qui représentait la famille auprès des marchands de fourrures du port; et il était assez âgé également pour recevoir, de la part des femmes qui flânaient dans les rues ou se penchaient aux fenêtres ouvertes dans certains quartiers, des invitations sans ambiguïté. Il avait appris l'existence de ces bals des quarteronnes dès son arrivée à La Nouvelle-Orléans, deux jours auparavant.

L'un des marchands de fourrures l'avait pris à part.

– Dis donc, mon gars, tu sais qu'il y a plus d'une manière de s'amuser dans cette ville ? À ton oncle, j'en ai jamais parlé : mais toi, tu es jeune…

Jean l'avait écouté, ébahi. Puis il avait marché, en repensant à toutes les suggestions que l'homme lui avait faites et, enfin, il était allé s'asseoir dans un café.

Jean en était certain, Louis n'avait jamais parlé de ces femmes, des maisons où l'on pouvait aller, de ces bals où les jeunes beautés issues de pères blancs et de mères noires venaient se montrer pour trouver des protecteurs. Était-ce parce qu'il en ignorait l'existence ? Sûrement pas, son père n'était pas un niais. Peut-être alors parce que Jean devait prendre lui-même sa décision, et la garder pour lui… Il fit un signe au garçon et commanda du vin. Le café se remplissait; partout on réclamait à boire à grands cris et on s'apostrophait bruyamment. Le sang de Jean s'échauffait au contact de cette foule tapageuse. Ces hommes ne se faisaient aucun scrupule, certainement, d'aller à un bal des quarteronnes ou de suivre les femmes qui les abordaient hardiment dans la rue. Lui non plus ne s'en ferait pas. Quand il rentrerait aux Attakapas, ce serait le temps des labours de printemps et, après, il faudrait des mois durant sarcler, désherber, arracher de quoi vivre à une nature qui souriait un moment, puis vous envoyait grêle, ouragans et inondations. Si je dois m'enterrer à la campagne pour le restant de mes jours, conclut-il, qu'au moins je reparte d'ici avec de bons souvenirs !

Ce soir-là, donc, il était encore en train de contempler, les yeux écarquillés, le spectacle de la salle de bal, quand un homme à chemise à jabot, dont la blancheur tranchait sur la fine étoffe noire de son habit, le heurta légèrement en passant à côté de lui.

– Pardon, dit-il. (Puis, percevant peut-être chez Jean quelque chose d'inhabituel, il s'arrêta et se retourna vers lui :) Qui êtes-vous ? (Un domestique passa avec un plateau de petits verres brillants comme des joyaux de toutes les couleurs.) Une liqueur ?

Sans attendre de réponse, l'homme prit deux verres et en tendit un à Jean.

– Comment vous appelez-vous ?

– Après vous, monsieur, répliqua Jean, dont la main serrait le petit verre à le briser.

– Excusez-moi encore. (Une main se tendit, Jean la prit.) Jean Lafitte. Et vous ?

– Jean Langlinais.

Jean se sentit à la fois léger et protégé, comme cet après-midi-là, quand il avait réussi à placer les fourrures à un bon prix. Être le représentant de la famille à La Nouvelle-Orléans n'était pas si difficile, après tout; et, à en juger par la beauté des femmes qui ornaient cet endroit, ce pouvait être aussi très agréable.

– Vous n'êtes pas d'ici ?

– Non. Je viens de Poste des Attakapas. Vous connaissez ?

– Je connais la région des bayous.

– Et vous ? Vous habitez La Nouvelle-Orléans ?

Cet homme avait une allure de grand seigneur, autant que M. de Clouet ou son fils. Justement, pour se mettre à l'aise, Jean se disait que cet élégant inconnu aurait pu être André de Clouet, son ami d'enfance.

– Mon frère et moi projetons de nous installer ici. Bientôt.

Ses yeux sombres parcouraient lentement la salle; ils semblaient la diviser en carrés réguliers et, dans chacun de ces carrés, prendre isolément chaque femme, chaque homme, les mesurer, puis les garder ou les rejeter. Jean regarda aussi : jamais, dans sa vie, il n'avait vu, réunies en un seul lieu, autant de femmes splendides et aussi splendidement vêtues. La lumière qui se déversait des myriades de bougies des lustres rehaussait le ton mordoré de leur peau; les épaules, les gorges s'arrondissaient hors des robes chatoyantes et somptueuses; partout les bijoux jetaient mille feux, que se renvoyaient à l'infini les glaces des trumeaux. Le long des murs s'alignaient d'autres femmes, portant fièrement leurs têtes enturbannées. Elles aussi étaient belles, mais d'une beauté plus sombre, usée, comme de vieux parchemins.

– Bien. Et pourquoi êtes-vous ici ?

Lafitte avait achevé son examen; il prit Jean par le bras et le conduisit dans une salle de jeu.

– À La Nouvelle-Orléans ? Ma famille fait commerce de fourrures, je suis venu ici pour affaires.

– Je voulais dire : à ce bal.

– C'est un négociant avec qui j'ai traité qui a proposé de m'amener ici. Pourquoi ? Je ne devrais pas y être ?

Lafitte inspectait des yeux la salle de jeu. Agissait-il toujours ainsi ? Comme un prédateur traqué, flairant partout le danger, toujours prêt à porter l'attaque pour ne pas la subir ? Il s'approcha d'une table, prit un long cigare fin et l'alluma à l'un des grands chandeliers disposés autour de la pièce.

– N'est-ce pas un lieu un peu trop riche pour quelqu'un comme vous ?

Le sang de Jean ne fit qu'un tour.

– Parce que je suis jeune et pauvre ? dit-il, serrant les poings.

Lafitte le regarda et le disséqua de ses yeux sombres, comme il avait fait des quarteronnes, de leurs mères et des hommes venus les courtiser. Sous ce long regard froid, le courroux de Jean s'apaisa.

– Aucune de ces deux conditions n'est définitive. Beaucoup de ces hommes (il les désigna d'un geste de sa main longue et fine) étaient pauvres autrefois, et tous ont été jeunes. Pour la jeunesse, cela s'arrange tout seul, pour le reste, cela demande peut-être un peu d'audace.

L'examen était terminé, l'affaire était jugée.

– Que faites-vous aux Attakapas, en dehors du commerce des fourrures ?

– Je cultive ma terre. (C'était toute cette terre qui semblait s'exprimer dans la voix de Jean, et dire : celui qui est mon maître n'a à reconnaître aucun maître.) Nous exploitons aussi le bois des marais. Nous avons un moulin. Et vous, ainsi que votre frère ?

– Nous avons une forge, dit Lafitte, ses yeux froids pétillant de malice. (Et, avant que Jean ouvrît la bouche, il ajouta :) Vous pensez que je me donne de grands airs pour quelqu'un qui n'est qu'un forgeron.

– Je ne juge personne d'après son métier.

– D'après quoi alors ?

Jean, encore une fois, sentit sa confiance en lui-même l'envelopper comme une cotte de mailles.

– D'après le courage. La capacité de prendre des risques et d'en accepter les conséquences.

– Et l'honneur ? Est-ce important ?

Jean but une gorgée de liqueur. Ce mot, en cet endroit, semblait déplacé, appartenir à une langue inconnue.

– L'honneur ne veut pas dire la même chose pour tout le monde, dit enfin Jean, tandis que le courage, c'est un mot qui a partout et toujours le même sens.

– En effet. Or, mon frère et moi exerçons en réalité un autre métier, si je puis dire, qui pourrait vous intéresser, au cas où vous vous jugeriez vous-même courageux.

– De quoi s'agit-il ?

– D'une activité fort lucrative, dit Lafitte. Je vous en parlerai un jour. C'est votre première visite à La Nouvelle-Orléans, n'est-ce pas ? J'attendrai que vous en sachiez davantage sur le monde, et sur vous.

– Comme si je ne me connaissais pas ! s'exclama Jean.

Il prit la main que lui tendait Lafitte.

– Peut-être. Mais d'où vous venez, on n'a sans doute pas la même idée sur mon... activité que mon frère et moi. À présent, goûtez à votre nouvelle et petite liberté; j'attendrai que vous sachiez à quel point elle vous plaît avant de vous offrir davantage.

Jean regarda encore un instant Lafitte, qui s'assit à une table à côté d'autres joueurs, se fit servir un alcool par un garçon, ramassa les cartes qu'on lui avait servies. Ainsi cette soirée, qui semblait ne promettre que divertissements quand il avait décidé d'y aller, lui avait découvert une nouvelle route, qui ne tournait pas pour revenir à l'éternelle vieille ferme. De quoi était-elle faite, cette route que suivait Lafitte ? Il ne le savait pas encore; il n'avait même pas mis le pied dessus. Mais si elle menait à l'aventure, à la richesse, si elle le détournait, ne fût-ce qu'une fois de temps en temps, de ses charrues, de ses houes et de ses granges, il la prendrait sans hésiter !

Les Clouet prirent le bateau du Mississippi et regagnèrent leur futur Beau-Chêne – du moins fallait-il espérer qu'ils pourraient le construire... Jean aussi retourna chez les siens. Aux Attakapas, comme partout le long des bayous, et partout en Louisiane, on ne parlait que du sort du territoire. Pour les Clouet et les émigrés français, qui avaient presque tout perdu dans la Révolution, comme pour les Langlinais et les Acadiens, qui avaient tout perdu, deux générations auparavant, lors de leur expulsion de la Nouvelle-Écosse, la grande question était de savoir si les Américains reconnaîtraient les concessions accordées par les Espagnols. Car ce n'était plus un secret pour personne : l'Espagne allait rendre la Louisiane à la France, et aussitôt après, Bonaparte la vendrait aux États-Unis d'Amérique. Les deux chefs de famille, Noël et Louis, inclinaient, chacun à sa façon, à l'optimisme.

« Gravelle estime que le gouvernement des États-Unis est constitué d'hommes meilleurs que la racaille qui nous arrive par le fleuve », avait dit Noël à André, sur le petit bateau qui remontait les bayous.

André avait été alarmé à la vue du visage défait de sa mère, quand Noël lui avait enfin fait comprendre les conséquences possibles, pour eux, de ces événements politiques. Jusque-là, tandis qu'ils remontaient lentement le cours d'eau, Hélène avait surtout pensé à un après-midi, à La Nouvelle-Orléans, passé en compagnie de François de La Houssaye, dans une chambre aux rideaux épais tirés et aux lumières basses. André, de son côté, avait beaucoup rêvassé en dépit de ses mâles résolutions, car on avait officiellement annoncé ses prochaines fiançailles avec Aimée. Or, la vente du territoire aux Américains, s'ils perdaient leurs terres, s'ils ne pouvaient plus construire la grande demeure tant désirée, pouvait tout remettre en question.

« Gravelle, avait continué son père, dit que les chefs des États-Unis sont des hommes d'honneur qui respectent le droit. Qu'il n'y a pas tant d'années, et c'est vrai, ils se sont battus pour le droit de propriété, aussi bien le leur que celui des autres. Charles a sans doute raison, André. Les fondateurs des États-Unis sont en effet des hommes qui engagèrent leur vie, leur fortune et leur honneur pour la cause qu'ils proclamaient. Peuvent-ils la trahir aujourd'hui, alors que trente ans à peine ont passé ? »

Louis exposa ce qu'il pensait de cette nouvelle menace, le dimanche qui suivit le retour de Jean, lors du traditionnel repas qui réunissait toute la famille autour de Cécile et lui : Madeline et son mari, Jean, et les jumeaux, Nicole et Gaston.

– Les gens qui ont affaire au gouvernement des États-Unis croient qu'il reconnaîtra nos titres de propriété. Ceux qui connaissent les Américains qui arrivent dans le territoire, avides de s'emparer de terres aussi riches que les nôtres, en doutent. Enfin, quoi que veuillent les citoyens de ce pays, leur gouvernement parle de justice. Et on peut espérer que même s'il n'a pas d'honneur, il hésitera à faire rire tout le monde de lui en montrant qu'il ne sait pas ce qu'il dit.

Jean sourit en reconnaissant là la vieille morale de sa grand-mère Mathilde, sur l'avantage qu'il y a de toute façon, même pour des raisons égoïstes, à faire le bien. Cependant, lui aussi avait confiance, il le dit devant toute la famille :

– Peut-être que ça ne sera pas si mal d'appartenir aux Américains : eux, au moins, ils n'ont ni roi ni dictateur !

Quoi qu'il en soit, les paroles de Louis signifiaient pratiquement que tous, Jean compris, devraient continuer de travailler et de prendre soin de leur terre, comme d'habitude, sans se demander à qui reviendraient les moissons.

En attendant, Jean s'attaqua à un problème

qu'il pouvait résoudre : celui de prendre femme. Cécile lui rapportait souvent que telle ou telle voisine, mère d'une fille à marier, lui avait posé des questions sur lui. Fréquentait-il quelqu'un ? Avait-il déjà fixé son choix ?

– Je pourrais t'énumérer les vertus de toutes les filles des Attakapas, disait Cécile. À en croire les mères, qui que tu choisisses, tu auras la femme de tes rêves !

Son père aussi avait commencé à parler de mariage.

– Maintenant que nous habitons la maison de mes parents, la petite maison est vide. Et nous n'avons pas assez de bras pour toutes ces terres.

Pas assez de bras ! Cela voulait dire qu'il fallait des enfants, et que c'était maintenant à lui de les faire, avec une des petites merveilles des environs ! Pour cultiver la terre à leur tour, en devenir esclaves autant qu'il l'était lui-même. Ses pensées, comme le vent de mars, s'envolèrent vers La Nouvelle-Orléans, vers Lafitte dont la fortune ne dépendait ni du soleil, ni de la pluie, ni de la sécheresse, ni des inondations... Leur terre était peut-être riche; eux ne le seraient jamais, quand bien même ils marcheraient mille ans derrière leurs charrues.

Jean voyait clair en lui-même quand la saison des plantations fut terminée. Il se marierait, parce qu'il le fallait, et parce qu'il se savait capable de remplir son rôle de bon mari et de bon père. Ce mariage occuperait la plus grande part de sa vie, avec les éternels travaux agricoles. Mais, ayant acquitté ces dettes, il garderait quelque chose pour lui. Cette nouvelle rencontre avec Lafitte viendrait un jour, car il l'avait promis; et alors, Lafitte verrait que Jean se connaissait très bien, et qu'ayant goûté à la liberté, il aspirait à bien davantage. Ayant pris ces résolutions, il regarda les jeunes filles qu'on lui offrait avec empressement et jeta son dévolu sur Marguerite Breaux.

Celle-ci n'était pas la plus courtisée des filles de la région. Elle fut assez surprise de voir Jean s'intéresser à elle. Le troisième dimanche qu'il passait chez eux, monté sur le plus beau cheval que possédaient les Langlinais, elle lui demanda sans ambages pourquoi il venait :

– Est-ce pour tourmenter une autre ? Une autre que vous aimez vraiment ?

Ils étaient assis dehors, mars ayant finalement choisi de donner le meilleur de lui-même.

Ces questions furent comme un coup de poing inattendu pour Jean.

– Me croyez-vous capable de cela ? De venir vous voir, de passer du temps avec vous pour rendre une autre jalouse ?

– Pourquoi viendriez-vous alors ?

Si douce que fût la voix qui l'avait posée, cette question était pour Jean une flèche, qui se planta droit dans son cœur. Il se sentit soudain idiot et ridicule. Prendre une femme comme on choisirait une nouvelle charrue, ou une nouvelle paire de bœufs !

– Je... je voulais que nous fassions connaissance. Pour voir... si peut-être... nous...

Il s'arrêta. Il venait uniquement pour observer les formalités nécessaires avant de demander à M. Breaux la main de sa fille. Pas un instant il n'avait douté du résultat, certain que pour Marguerite (qu'il avait pourtant distinguée pour ses qualités morales et parce qu'il était persuadé qu'elle serait une mère et une maîtresse de maison parfaite), le beau Jean Langlinais était un parti inespéré. Or, Marguerite ne croyait pas à son honnêteté; bien plus, elle avait des raisons précises de ne pas y croire ! Il prit une de ses mains potelées et mit la sienne dessus.

– Marguerite, vous savez que quand un jeune homme vient voir une jeune fille, c'est qu'il a l'intention de l'épouser.

Elle ne bougeait pas sa main et le regardait.

Quelque chose, chez Jean, se forma pour se porter au-devant de la confiance qu'exprimait le visage de Marguerite; il se pencha et lui baisa la main.

– Ça ne vous ennuie pas que je vienne ?

– Oh, non. (Elle sourit, puis aussitôt rougit.) Cela me plaît beaucoup que vous veniez, Jean. Je voulais seulement que cela ne me plût pas trop... si vous deviez cesser de venir.

Ainsi, quand Jean fit sa demande en mariage, comme il convenait, il avait vraiment appris à connaître Marguerite, à voir, au-delà de l'apparence sérieuse et silencieuse, la spontanéité de sa nature qui, comme le soleil passant entre les gros nuages de pluie d'avril, apparaissait de temps à autre pour illuminer tout son être. Quand elle mettait la main sur la sienne, levait les yeux vers lui et lui posait une de ses questions réfléchies, il se sentait presque défaillir, comme devant une femme qu'on désire. Mais, quand la réponse qu'il donnait la faisait sourire, ou mieux, rire et battre des mains, il sentait en lui une force, une virilité, qu'aucune autre n'avait pu lui inspirer.

Louis approuvait le choix de son fils.

– Une bonne famille et une brave fille.

Et, en lui-même, il se disait que Jean avait plus de jugement qu'il n'avait cru : ce garçon avait les yeux et le cœur qui rôdaient par-ci, par-là, mais il s'était trouvé une femme qui avait la tête sur les épaules et les pieds sur terre. Cécile était du même avis que Louis; mais son cœur aurait voulu une belle-fille un peu moins sérieuse, un peu plus mince, un peu plus semblable à elle.

– J'ai peur que Marguerite ne me juge mal, dit-elle à Hélène un après-midi.

Elles se voyaient beaucoup dans cette période qui précédait le mariage de leurs fils; et l'une et l'autre étaient reléguées dans une position secondaire, écartées de toutes les décisions; mais quel plaisir de se retrouver, de chaque côté de la petite table où trônait la cafetière et s'alignaient les petits gâteaux, pour échanger toutes sortes d'observations concernant, par exemple, les futures brus, les futurs petits-enfants, la vitesse avec laquelle ils apparaîtraient !

– Comment une charmante colombe comme cette petite pourrait-elle penser du mal de vous ? Si elle est aussi gentille et bonne que vous le dites, elle trouvera que vous êtes la meilleure des femmes et elle vous respectera.

Cécile rit. « Gentille », « bonne » n'étaient pas précisément des compliments dans la bouche d'Hélène. Et si Cécile souhaitait une mère gentille et bonne pour ses petits-enfants, elle aurait espéré pour elle-même une belle-fille plus distrayante, plus encline à parler gaiement, de temps en temps, des petites particularités que l'on remarque chez ses voisins et ses voisines.

– Oh, que j'aime prendre le café comme cela, tout en bavardant un peu, Hélène ! Rien de mal, rien de méchant, mais il y a des choses si drôles ou si curieuses qu'il faut qu'elles soient dites. Marguerite penserait que je commets un péché si elle m'entendait ! (Cécile donna un bon coup de pied au plancher pour faire osciller vigoureusement son fauteuil à bascule.) Pauvre petite, le seul péché qu'elle ait à confesser, peut-être, est de trop penser à n'en pas commettre.

Hélène la regarda du coin de l'œil.

– J'espère que Jean n'épouse pas une fille qui n'a aucune idée de ce qu'est le mariage.

– Je dois reconnaître, Hélène, qu'il n'y a pas meilleure maîtresse de maison que Marguerite, pas meilleure cuisinière. (Cécile rit encore.) Vous savez très bien que ma maison a toujours été en ordre, que mes enfants et Louis ont toujours bien mangé, mais je n'ai jamais perdu tout mon temps à ça. Tandis qu'on dirait que ses marmites se mettent au garde-à-vous quand Marguerite les regarde !

– Ce n'est pas ce que je voulais dire.

Cécile détourna les yeux tant le regard d'Hélène se faisait tranchant.

– Mais toute future mariée ne sait-elle pas... ? commença-t-elle.

– Certaines sont plus curieuses que d'autres. (Cécile ne disait rien.) Aimée, par exemple. Elle a été élevée avec les chevaux; mon Dieu, quelle éducation pour une fille ! Eh bien, j'imagine qu'elle doit être très, très curieuse...

Pour le moment, c'était surtout le ton de voix d'Hélène qui était curieux. Est-elle jalouse ? se demanda Cécile. De la future épouse de son fils ? Cécile s'empressa de parler pour étouffer en elle ces questions.

– Ah, Hélène, tout cela se fait de soi-même. Vous dites qu'elle est jolie.

– Oh oui, très mignonne. Toute petite. (Le ricanement d'Hélène indiquait qu'elle était en veine de grivoiserie.) Il va la perdre dans son lit. Espérons qu'il ne s'est pas trompé de chaussure !

– Allons, je pense au contraire qu'il ne pouvait tomber mieux si, comme vous le dites, elle est capable d'administrer la plantation de son père. André a toujours préféré passer son temps à lire, ou à peindre ses petits tableaux, plutôt qu'à cheval, à inspecter ce qui se fait dans les champs.

– Pour cela, il y a les esclaves. Non seulement Aimée est toujours à cheval, mais elle monte en homme. (Hélène fit une moue de dédain.) Elle est jolie, mais elle pourrait être plus quc cela. Enfin, elle a de l'allure, bien qu'elle n'en fasse rien. (Hélène leva les mains d'un air implorant.) Tandis que, d'après ce que vous me dites, Marguerite n'a rien, à part ses casseroles et ses fourneaux, ses balais et son rouet. Et cela, je vous le dis, sera vraiment ennuyeux !

Cécile se leva, s'approcha de son amie et se pencha vers sa joue fardée au rouge. Les profondes rides, autour de la bouche d'Hélène, disparaissaient sous une épaisse couche de poudre; mais l'amertume et le ressentiment n'en étaient pas moins gravés, comme à l'eau-forte, sur ce masque trop lisse.

– Quand moi, j'admets qu'il y a des choses pires que l'ennui, Hélène, je me dis que je me fais vieille. (Elle déposa un baiser furtif sur cette joue, puis prit son écharpe légère et la jeta sur ses épaules.) Mais c'est drôle : je suis consciente que je reste essoufflée bien plus longtemps qu'avant quand j'ai marché trop vite, et que mes pieds n'arrivent plus à suivre les airs de danse les plus endiablés; mais, à l'intérieur, je me sens toujours aussi jeune que lorsque j'ai épousé Louis, et je ne peux pas me voir beaucoup plus vieille.

Hélène fit une bouche presque dégoûtée.

– Vous devriez vous entendre, Cécile. Comme si épouser un fermier et rester pour toujours enterrée ici étaient le plus grand bonheur possible ! (Sans attendre la réponse de Cécile, Hélène s'élança hors de son fauteuil et se précipita au petit balcon.) Moi, j'attends encore que ma vie commence !

On avait décidé de célébrer les deux mariages dans la dernière semaine d'octobre, quand les récoltes seraient terminées, le sucre prêt à être vendu.

– Ils en font toute une histoire ! dit André à Jean. (Ils pêchaient ensemble, un soir, vers la fin de l'été.) Pourquoi gaspille-t-on tant de temps pour une chose aussi simple ? Aimée ne parle que des préparatifs du mariage dans ses lettres; je n'ai plus l'impression d'être moi-même mais un saltimbanque à qui on demande d'exécuter son numéro.

Jean éclata de rire.

– Voilà ce qu'on gagne à être riche et « comme il faut » ! Il faut bien que tu te conformes à vos coutumes, comme moi aux nôtres. (Il tendit le bras en avant, amorça l'hameçon et le lança avec précision au milieu du bayou.) Assurément nos coutumes sont plus simples, et peut-être plus drôles que les vôtres.

– Est-ce que vos mariages sont arrangés ? demanda André, dont la canne s'abaissait presque au ras de l'eau.

– Par nos parents, tu veux dire ? Pas exactement. Bien sûr, leur accord est nécessaire, surtout pour la fiancée. Mais jamais on n'a contraint personne de se marier avec quelqu'un parce que les parents en avaient décidé ainsi. (Jean regarda André et, à cet instant, le bout de sa gaule s'agita. Il ferra.) Toi, André, ton mariage a été arrangé ?

– Non, pas du tout. Mais ils espéraient que nous nous marierions. Peut-être même qu'ils l'attendaient. Mais Aimée et moi, c'est ce que nous voulons.

– Qu'est-ce que tu veux d'autre ?

André sentit que Jean voulait l'amener à parler de sujets qu'il préférait ne pas aborder et chercha à éviter le piège :

– Ce que tout le monde veut, je suppose : être heureux, bien vivre.

D'un mouvement vif de sa canne, Jean ramena le poisson sur la rive. Il lui donna un coup sec sur la tête, avec le manche de son couteau, puis le vida. C'était la millième fois peut-être qu'André regardait Jean faire cela, ou saigner un cerf, ou plumer un canard. Avec autant d'aisance que s'il était né avec un couteau de chasse dans une main et un fusil dans l'autre. Un sentiment, insuffisamment défini pour être vraiment de l'envie, mais désagréable, troubla l'esprit d'André. Il se força à répéter :

– Vivre heureux, voilà ce que je veux.

– Et comment comptes-tu faire pour y arriver ?

– Mais je serai marié... je... je ne comprends pas.

– Tu seras marié et donc ce sera la belle vie,

tout simplement ! (Jean enroula le poisson dans des feuilles, le mit dans son panier et amorça de nouveau.) Comme pour les poissons : il suffit de les appeler et ils sautent sur la rive ! Si tu ne sais pas ce que tu veux, tu ne pourras même pas savoir si tu l'as ou pas...

– Je sais ce que je veux, protesta André d'un air boudeur. Je veux avoir du temps, pour penser, pour apprendre à mieux peindre. Moi, je veux ne rien faire, ou ne faire que des choses agréables.

– En somme, tu veux tout le temps t'amuser ? Ne jamais travailler ?

André se renfrogna encore davantage.

– Pourquoi diable devrais-je travailler ? Mon père est riche, nous avons les esclaves...

Jean prit un autre poisson, une espèce de perche comme le premier.

– L'ennui avec toi, dit-il en nettoyant rapidement l'animal, c'est que tu ne sais pas ce qu'est le travail. Regarde : tu ne fais même pas attention à la position de ta canne à pêche; tu pêches pour passer le temps; moi, on attend que je rapporte quelque chose pour manger ce soir. J'ai entendu ton père parler de ses parties de chasse en France : les rabatteurs, les valets de chiens, les hommes chargés de ramasser le gibier. Il ne voyait ce qu'il avait tué que quand ça arrivait chaud et fumant sur sa table. Nous aussi nous prenons du plaisir à chasser, mais c'est avant tout une nécessité, un travail.

– C'est cela ce que tu veux ? Une vie qui ne soit faite que de travail ?

– Non. J'ai l'intention de faire aussi d'autres choses, auxquelles je ne suis pas obligé, mais qui m'intéressent. Mais pour cela, il faut que je travaille.

André oublia ses propres soucis, intrigué.

– Quelles choses ?

Jean se redressa de toute sa hauteur et s'étira.

– Parfois, j'ai l'impression d'étouffer. Je voudrais m'en aller d'ici, faire autre chose que ces travaux toujours semblables qui remplissent toutes les journées. Je sais que je ne peux pas laisser la terre et la ferme. Mais je réussirai à trouver des occasions d'y échapper, de temps en temps.

– Pourquoi seulement de temps en temps ?

André était toujours à demi vautré, et leva la tête pour regarder son compagnon. Celui-ci abaissa vers André des yeux qui semblaient jeter des éclairs.

– Il faut que je reste pour mon père. Il a besoin de moi.

– Ainsi tu vas gâcher ta vie, renoncer à ce que tu désires ?

– Je crois que la vie d'agriculteur me plaira malgré tout; elle a des avantages. L'important est de ne pas mener cette seule vie; pour moi, du moins, tel que je me connais. (Il enroula la ligne autour de sa canne.) Je suis quelqu'un qui peut choisir, c'est déjà ça.

– Tu penses que ce n'est pas mon cas ?

– En effet. Soit que tu n'aies jamais été forcé de choisir, soit que tu ne l'aies jamais voulu. Pardon, j'exagère, dit Jean, changeant soudain d'humeur. Tu t'es quand même décidé pour Mlle de La Houssaye. C'est un bon choix, d'autres suivront.

Et il donna une tape sur l'épaule d'André.

– Je crois, oui. (André, au contraire, ne comprenait pas du tout ce qui poussait Jean à épouser Marguerite Breaux et il le lui dit, Jean n'ayant eu lui-même aucun égard pour sa propre susceptibilité.) Mais toi, as-tu fait un bon choix ? J'ai vu Marguerite : tu la désires vraiment ?

Jean fut abasourdi par cette question, et André eut le sentiment – une fois de plus, car cela lui arrivait souvent avec Jean – d'être un âne, à jamais tributaire des lumières supérieures de son ami.

– Écoute, André, on ne se marie pas pour cela.

Marguerite est une fille qui fera de beaux enfants et qui saura en prendre soin. C'est pourquoi je l'aimerai et la protégerai. Combien de femmes peuvent te donner à la fois ça et le plaisir ? Tu rêves encore. Pour le plaisir, il y a d'autres femmes, non ?

– Tu as déjà eu des femmes ?

– Bien sûr; pas toi ?

– Si, évidemment.

– Eh bien, alors... dit Jean, concluant la discussion par un haussement d'épaules.

André le regarda s'éloigner, sa ligne à l'épaule, son panier de poissons à la main, sifflotant un de ces airs qu'on jouait aux « Fais dodo ». Quel terme ! Enfin, c'était ainsi que les Acadiens désignaient leurs bals du samedi soir. Comparée aux gavottes et aux menuets que lui avait appris sa mère, il avait toujours jugé la musique des Acadiens grossière et leurs danses disgracieuses. Mais, pensant à ce qu'Aimée exigerait bientôt de lui, il enviait sincèrement Jean pour l'assurance désinvolte avec laquelle il semblait s'acquitter de toutes les tâches de l'existence; il regrettait même de ne pas être un peu fruste, lui aussi, et aurait volontiers abandonné un peu de sa grâce, en échange de la certitude d'être maître chez lui.

Gravelle écrivit à Noël pour l'informer que le territoire serait officiellement cédé à la France le 30 novembre de cette même année 1803 et pour inviter les Clouet chez lui à cette occasion.

– Juliette écrit, de son côté, qu'on donnera beaucoup de bals, d'abord pour le préfet, puis pour les Américains. Pensez-vous que les Américains savent danser, Noël ? Je les imagine arrivant au bal avec leurs énormes fusils ! Il faudra leur dire que ça ne se fait pas ! dit Hélène en riant.

– Vous seriez allée à l'exécution de la reine, si cela avait été pour vous l'occasion d'exhiber une nouvelle robe ! s'écria Noël.

Et il sortit aussitôt pour ne pas s'emporter davantage. Malgré sa confiance raisonnée dans les Américains, il n'en considérait pas moins la vente, non seulement certaine, mais désormais prochaine, de la Louisiane aux États-Unis comme une infamie.

– Cela veut-il dire que nous n'irons pas ? demanda Aimée à sa belle-mère.

– Nous irons tous à La Nouvelle-Orléans, ne vous en faites pas ! Que Noël le veuille ou non. Il ne pense qu'à l'honneur quand il devrait penser à prendre, comme les autres, sa part du gâteau, comme Gravelle et comme tant d'autres – que nous connaissons aussi, heureusement – qui ont accepté d'entrer dans l'administration de Laussat, le préfet de Bonaparte. Certes, le règne de Laussat sera bref et les Américains seront bientôt là; mais ils auront besoin de l'aide des notables de la colonie, même ici, aux Attakapas. Quand on est dans un pays où il n'y a pas de cour, il faut servir ou occuper une charge.

– Mais comment allez-vous faire changer d'avis à M. de Clouet ?

En fait, Aimée connaissait la réponse; elle n'avait pas tardé à comprendre comment Hélène parvenait à ses fins. En réalité, elle voulait voir quelle idée Hélène se faisait elle-même de sa méthode.

Hélène considéra un moment la jeune femme, inclinant la tête tandis que sa poitrine se soulevait légèrement.

– Je suis sa femme. Que faut-il de plus ?

Quelques jours plus tard, au moment du coucher, Aimée annonça à André :

– Nous allons à La Nouvelle-Orléans, obtenir pour ton père une charge importante. Il faudra que tu courtises certaines femmes; moi aussi, je devrai plaire à certains hommes !

C'était elle qui avait introduit le tutoiement entre eux deux, quand ils étaient seuls. Elle grimpa dans le lit, l'enlaça et le fit rouler sur elle. Il y avait dans ses mouvements une fougue et une détermination qui avaient beaucoup surpris et presque dérouté André, le soir de leurs noces. Elle, au contraire, l'avait tout de suite compris, senti, comme elle sentait le caractère de chacun des pur-sang de son père; dès qu'on les avait laissés seuls, elle avait deviné qu'André, pour une raison ou une autre, préférerait se débarrasser de ses devoirs conjugaux. Et elle savait depuis longtemps, malgré les airs d'autorité qu'il s'était parfois donnés, qu'il aspirait avant tout à une vie sans histoires, où il aurait le moins possible de décisions à prendre.

Le 30 novembre 1803, Noël de Clouet, Louis et Jean Langlinais, et beaucoup d'autres avec eux virent les couleurs espagnoles amenées, tandis que l'on hissait le drapeau tricolore; ce n'était certes pas pour cela qu'ils avaient fait le long voyage de La Nouvelle-Orléans et s'étaient rendus, ce matin-là, devant la cathédrale, malgré le froid mordant; c'était pour entendre la proclamation de Laussat.

Louis grelottait dans son gros manteau, bien que son fils et lui eussent trouvé à s'abriter sous un des édifices bordant la place.

– Espérons que ce qui nous attend ne sera pas à l'image de ce temps, dit Louis.

L'hiver avait fait une arrivée précoce cette année-là, avec une tempête qui avait fait rage toute la nuit, jonchant les rues de tuiles. Maintenant, la pluie avait cessé, mais le vent, glacial, continuait à souffler.

Jean, en revanche, était trop excité par l'événement pour penser au froid. Il était, de plus, très fier de son père, que de nombreux miliciens, venus de tous les coins de la Louisiane pour la cérémonie, reconnaissaient et saluaient. Jean n'en crut pas ses oreilles quand un vieil Acadien raconta comment son père avait tué un éclaireur anglais, à mains nues, la veille de la bataille de Baton Rouge.

– Pourquoi ne nous avez-vous jamais parlé de ce que vous avez fait avec Galvez ?

– Ce que j'ai fait n'a pas d'importance. L'important est que les Anglais n'aient pas gagné. Ces oripeaux, cette foule... (De la main, il montra la place, les rues noires de monde, les grappes humaines penchées aux fenêtres, les groupes installés jusque sur les toits.) Rien de tout cela n'a d'importance. Ce qui compte, c'est de savoir si nous aurons encore cette terre quand le spectacle sera terminé.

La proclamation de Laussat fut longue et très ornée, comme il sied à un homme condamné à un rôle historique éphémère. On l'écouta jusqu'au bout avec une extrême attention, tant le sujet intéressait directement son auditoire, mais, à la fin, beaucoup pensèrent que l'orateur aurait pu se contenter de leur lire le troisième article du traité de cession du territoire des États-Unis :

– Les habitants des territoires cédés seront intégrés dans l'Union des États-Unis et admis, dès que possible, conformément aux principes de la Constitution américaine, à la jouissance de tous les avantages et garanties dont jouissent les citoyens des États-Unis; entre-temps la libre jouissance de leurs droits et propriétés sera maintenue et protégée, et aucune restriction ne sera apportée à l'exercice de leur culte.

L'essentiel était dit, sans ambiguïté : la terre resterait à ceux qui la possédaient déjà.

– Alors, quelle impression avez-vous eue des Américains ? demanda Cécile à Hélène.

Elle l'avait invitée pour « entendre comment on vit dans le grand monde tandis que nous mourons d'ennui aux Attakapas ». Mais la relation d'Hélène ressemblait un peu trop à un conte de fées, dont – on ne pouvait s'empêcher de le remarquer – Mme de Clouet était toujours le personnage principal. Cécile dissimula un soupir en mordant dans une confiserie.

– Avez-vous dansé avec quelques-uns d'entre eux ?

– Avec Claiborne en personne, le nouveau gouverneur. Et avec Wilkinson, son aide de camp. Ils sont... énergiques, dit-elle en riant gaiement.

Depuis le jour lointain où elle s'était retrouvée soudain dans la voiture qui les emmenait loin de Beau-Chêne, cette voiture fermée où elle n'avait pu se soustraire ni au contact des enfants ni à l'odeur rance de Gertrude, Hélène, pour la première fois, se sentait vraiment renaître. Claiborne lui avait dit qu'elle était une cavalière « merveilleuse », la seule de toutes les dames françaises à lui avoir fait connaître le plaisir de danser. Wilkinson l'avait complimentée pour sa « maîtrise » de la langue anglaise, bien qu'elle maîtrisât tout au plus quelques formules polies qu'elle avait apprises à la cour. Et c'était avec elle que Laussat avait ouvert son propre bal.

– Le bal donné par Laussat fut le plus beau de tous.

Dans la voix qui s'amenuisait depuis des années, un ton nouveau était apparu; les sonorités argentines s'étaient fondues en un noyau dur, fin, de décision et d'autorité.

– Sur la table d'honneur du banquet, mise pour quatre-vingts personnes, dont nous étions, il avait fait ériger, imaginez, un temple ! Un temple, Cécile, avec des colonnes, un dôme et même la statue d'une déesse ! La déesse de la Bonne Foi ou quelque chose comme ça. Dans les jardins, il y avait un immense pavillon, avec des tables pour cinq cents autres invités ! Tout le monde dit que les Américains sont des barbares, mais je vous assure, Cécile, qu'avant leur arrivée personne ici, ni les Espagnols ni les Français, ne se souciait de donner de telles réceptions !

– M. de Clouet a-t-il eu sa charge ?

Le bruit courait que Noël aurait bientôt une fonction importante aux Attakapas.

– Mon mari a passé tout son temps en compagnie de Charles de Gravelle et des hommes auxquels Laussat a confié l'administration des affaires. (La voix d'Hélène ne perdait rien de sa nouvelle autorité.) Les Américains auront besoin d'aide, Gravelle nous a assuré que nous serons parmi ceux qui la donneront.

Cécile se leva. Il ne s'agissait plus de contes de fées, maintenant. Elle se pencha pour embrasser la joue fardée d'Hélène et dit :

– Mais, Hélène, la règle des États-Unis est que les gens choisissent ceux qui les gouvernent. Vous devriez penser aussi au cas où les gens n'éliraient pas votre mari. (Cécile s'écarta et regarda la vieille flamme du défi se rallumer dans les yeux d'Hélène.) Et s'ils voulaient quelqu'un d'autre ? (Elle rit, d'un rire libre, juvénile.) S'ils élisaient Louis par exemple !

À la vue de la colère qui se peignit soudain sur cette face défraîchie, Cécile se sentit comme la mère qui prive un enfant de son jouet préféré. Hélène la transperça du regard. Cécile recula, cherchant de la main la rampe de l'escalier, derrière elle. Les paupières poudrées se fermèrent un instant. Quand Hélène les rouvrit, l'éclat terrible avait disparu de ses yeux; elle regardait Cécile froidement, poliment.

– Bien sûr que c'est un risque que Noël doit courir. (Hélène se leva de son fauteuil et vint vers Cécile.) Quant à moi, je serai trop occupée pour repenser à cela. Noël a finalement accepté de construire la maison que j'attends depuis treize ans. Nous avons choisi comme emplacement ce bouquet de chênes verts, là-bas... Nous l'appellerons Beau-Chêne. (Un éclair presque imperceptible brilla au fond de ses yeux bleus.) Je sais que cela vous intéressera. Ce sera la maison la plus magnifique que vous ayez jamais vue; vous comprendrez quelle belle vie on peut mener !

– J'en suis certaine, Hélène, dit Cécile en nouant les brides de son chapeau. Ce que vous faites ne m'a-t-il pas toujours intéressée, et n'est-ce pas vous qui m'avez appris ce qu'est la belle vie ?

Beau-Chêne

C'était la fin de l'après-midi. Comme tous les jours à cette heure-là, André, donnant le bras à sa mère, inspectait l'avancement des travaux. Depuis que les huit colonnes, se dressant jusqu'au toit devant les galeries du premier et du deuxième étage, avaient remplacé les supports de bois provisoires, Beau-Chêne commençait à ressembler à l'image qu'Hélène et lui s'en étaient faite; ni l'un ni l'autre ne pensaient plus désormais à la pénible période durant laquelle il avait fallu établir minutieusement les plans, traiter avec les entrepreneurs – et convaincre Noël de ne reculer devant aucune dépense pour cette résidence qui devait illustrer la gloire retrouvée de la famille.

Aimée n'avait été d'aucune aide. C'était le sucre qui l'intéressait, si bien qu'elle était presque tout le temps avec son beau-père; quand ils ne parcouraient pas la plantation à cheval, ils s'enfermaient dans le bureau pour tenir les livres de comptes. André avait été trop heureux de lui abandonner cette fonction. Elle avait aussi donné aux Clouet un héritier, Félix; mais ni la grossesse ni l'accouchement – qui avait été facile – ne l'avaient détournée de ses activités.

– On peut voir la façade maintenant, dit Hélène avec ravissement.

Deux ans auparavant, quand la décision de construire avait été prise, elle avait exigé une réplique du château de Provence. Tout le monde savait que cela serait parfaitement inadapté aux conditions du pays, et Noël avait en vain essayé de la raisonner; elle avait rejeté avec passion tous ses arguments. Mais un après-midi passé avec André, dans son boudoir, à l'écart de toute la famille, avait modifié son opinion.

– Regardez, maman.

Tenant de ses longs doigts le crayon à dessin, il avait commencé à tracer des lignes sur une feuille de papier. Bientôt, l'esquisse d'une maison était apparue. Hélène avait compris ce qu'André avait dans la tête et reconnu qu'il voyait juste. Il avait placé dans la mesure du possible les grandes portes et les fenêtres en face les unes des autres pour capter les rares brises d'été et les moindres bouffées d'air qui venaient du bayou voisin. Les deux galeries de la façade, les loggias sur l'arrière, aux deux étages, le toit à forte pente constituaient d'autres défenses contre l'air lourd et surchauffé de la fin de juin au début d'octobre, mais c'étaient de gracieuses défenses, ressemblant à l'éventail léger qui se lève pour protéger un visage délicat.

– Il va falloir commencer à penser aux meubles, dit Hélène en attirant André vers un banc qu'elle avait fait placer, des mois auparavant, en un lieu ombragé d'où elle pouvait voir prendre forme sa fantaisie.

André sentit un soupir monter en lui. Il se garda bien de le laisser échapper. Maintenant qu'il ne restait plus que quelques mois avant l'achèvement des travaux, et que son dessin était devenu réalité, il devait se forcer pour conserver l'intérêt passionné et fiévreux qu'exigeait sa mère. Il s'agissait de la maison de ses parents, après tout. Certes, elle serait un jour la sienne et celle d'Aimée et Félix, et celle de ceux qui viendraient après eux sans doute (s'il ne se trompait pas, Aimée allait bientôt lui annoncer qu'un nouvel enfant était à naître); mais ce n'était pas cela qui lui importait. L'héritier ne prend pas possession d'un bien tant que vit son propriétaire; André construisait une maison, il ne creusait pas des tombes. Ce qui l'inquiétait, c'était de voir se tarir, une fois la maison terminée, la vitalité qui avait jailli en lui, durant tous ces mois. De nouveau il siroterait son café jusqu'à la moitié de la matinée. Plus rien ne le forcerait à l'avaler en hâte, à jeter sa serviette sur la table et à se précipiter au ponton pour surveiller le déchargement d'une nouvelle barge. Il ne parlerait plus de la dernière fournée de briques, des propriétés de l'argile qu'on extrayait sur les rives du bayou, ou de la façon de poser le sol de marbre de la salle à manger; de nouveau, il n'y aurait plus que les riens dont sa mère et lui s'entretenaient depuis des années; il retrouverait son rôle de petit chien de manchon, tandis que sa femme déciderait de tout pour la plantation.

Il se leva en secouant cette pensée de ses épaules. Effectivement, Aimée dirigerait la plantation. Si Noël mourait ce soir même, d'une chute de cheval dans ses champs, où la canne était déjà haute, son fils ne saurait à peu près rien sur l'exploitation de son domaine; tandis qu'Aimée, dont le corps menu l'enveloppait si facilement, dont les hanches étroites avaient éjecté Félix en un temps si bref que la sage-femme s'était permis un commentaire plutôt leste, Aimée, elle, saurait tout.

– Ne te trémousse pas comme ça, dit Hélène. Combien de fois faudra-t-il te répéter qu'un gentilhomme ne fait pas des gestes inutiles ?

Que de fois ne l'avait-elle pas corrigé, avec le même sourire indulgent, pour lui apprendre à paraître dans une cour disparue !

– Gravelle m'a encore écrit la semaine dernière,

dit-il. Pour m'exhorter à prendre des leçons chez un architecte de La Nouvelle-Orléans et à « exploiter mon talent ». (André émit un rire bref :) Un gentilhomme ne doit pas se trémousser, il n'a pas besoin de talent et encore moins de l'exploiter.

– Il se croit tout permis parce que nous sommes de vieux amis ! dit Hélène. Tu n'as que faire de ses conseils.

– Lui, au moins, prend mes dessins au sérieux.

– Et moi ? N'ai-je pas fait encadrer ces fleurs que tu as dessinées, pour les accrocher dans mon boudoir ?

– Dessiner des fleurs, cela ne signifie rien, maman.

– Eh quoi ! Doit-on vendre son talent, pour prouver qu'on en a ?

– Il s'agit de tout autre chose, maman. J'ai dessiné Beau-Chêne, cela m'a plu, pourquoi ne continuerais-je pas à faire des projets de maisons, de constructions ?

Hélène s'approcha de lui et lui caressa la joue, taquine.

– Je suis d'accord, c'est vrai. Mais pourquoi aller étudier chez quelqu'un quand tu sais déjà si bien faire ?

– Gravelle en convient, mais il pense que je dois en savoir davantage sur les forces statiques, l'équilibre des parties d'un édifice...

– Quelle blague ! N'écoute pas cet être mercantile qui a transformé la maison de sa femme en banque !

– Je crois que beaucoup aimeraient transformer la maison de leur mère en banque, s'il s'agissait d'y installer la Banque de Louisiane. Maman, je ne serai jamais un véritable architecte si je n'étudie pas chez quelqu'un.

– Et alors ? Aimerais-tu cette vie, André ? Passer tes journées dans une étude, à recevoir des imbéciles qui, parce qu'ils te paient, se croient capables de te dicter ce que tu dois faire ? Après tous mes efforts, tu ne trouves pas mieux que d'imiter Gravelle ! Ce vulgaire commerçant !

– Ce commerçant ! Il est banquier, et sera sous peu l'un des hommes les plus riches de La Nouvelle-Orléans. Si tu n'avais pas fait dépenser tant d'argent à mon père pour cette maison, nous aurions été parmi les membres fondateurs de la banque de Gravelle, au lieu d'y entrer plus tard en achetant les parts les plus chères.

– Cela ne m'intéresse pas. Les Clouet n'ont jamais fait de commerce. Pourquoi devraient-ils en faire aujourd'hui ?

– Dans ce pays où le commerce est roi, les commerçants sont l'aristocratie, et les banquiers en formeront la fleur.

Hélène tourna vers lui des yeux courroucés. André essuyait rarement la colère de sa mère; d'habitude il n'en était que le réceptacle : il écoutait et recevait toutes les rages, les frustrations et les bouderies qu'elle éprouvait jour après jour; refroidissait ce mélange que l'âge rendait brûlant, et le lui restituait sous une forme adoucie qui la flattait et l'apaisait.

– Je vais retrouver Aimée, dit-il, et, avant qu'elle pût le retenir, il s'engagea rapidement dans l'allée de chênes qui conduisait à la nouvelle maison.

Cette marche sous les grands arbres le calma. La maison avait été placée dans un bosquet de chênes verts appartenant à la propriété; mais Hélène avait cru bon de tracer cette longue allée. Pendant des semaines, plusieurs esclaves, au lieu de travailler à la plantation, avaient creusé d'énormes trous, apporté des tonnes d'eau du bayou et rapporté de la forêt des chênes qui devaient être à la fois grands et assez jeunes pour supporter la transplantation. Un bon nombre d'entre eux étaient morts, évidemment; elle avait donné l'ordre de les remplacer, et de nouveau la plantation avait été privée de plusieurs hommes pendant une quinzaine de jours. Finalement, sa volonté s'était imposée même à la nature, et maintenant la double rangée d'arbres, dont le feuillage bruissant au vent rafraîchissait le promeneur, descendait jusqu'à la route, ou plutôt la piste qui serpentait à travers le territoire.

Trouver Aimée n'était pas difficile : une nouvelle jument était arrivée la veille; Aimée et son père étaient certainement dans le pré du bas, avec Joseph, en train de l'essayer à tour de rôle pour voir lequel des deux la montait le mieux, la sentait le mieux, pouvait dire : « Celle-là, elle est à moi. » Voilà pourquoi elle ne m'a pas encore dit qu'elle était enceinte, pensa soudain André. Il s'arrêta en haut de la petite côte qui dominait le pré. Deux hommes étaient appuyés à la barrière; leurs têtes suivaient d'un même mouvement les évolutions circulaires de la femme sur le cheval. André n'avait pas besoin de voir leur expression pour savoir que celui de son père exprimait le même émerveillement que s'il se fût trouvé devant l'être le plus parfait de la création. Autant qu'André se rappelât, sa femme n'avait jamais rien dit ou fait que son beau-père n'eût jugé charmant ou supérieurement intelligent, ou autres formules superlatives. Et Joseph, qui n'avait jamais supporté d'autre femme que sa mère, qui disait tout juste bonjour à Hélène, avait une vénération pour Aimée. Il pouvait la retenir pendant des heures en lui parlant de chevaux. André, qui jusqu'alors avait soigné ses blessures d'amour-propre en pensant au corps d'Aimée qu'il possédait quand il voulait, commençait à croire que ce seul rapport ne comptait pas pour elle.

Il s'éloigna, décidé à terminer la journée chez Jean.

Un autre homme observait la scène, à demi caché par les buissons et les branches basses, de l'autre côté du pré.

Son attitude et l'éclat profond de ses yeux révélaient sa jeunesse. Mais son visage et son cou étaient marqués par la vie à la dure. Son pantalon étroit était pris dans des bottes espagnoles de cuir souple, et il portait négligemment sur une épaule une veste de fin drap bleu. Son regard ne quittait pas Aimée et luisait en suivant le tour du champ. Et son corps dansait très légèrement, imitant presque le mouvement rythmique de la jument qui passait au petit galop sur les feuilles jaunies de l'automne. Puis il tourna les talons et disparut dans le bois.

Peu après sa naissance, Félix avait été donné en nourrice à Marguerite Langlinais qui venait d'avoir de son côté une fille. Avec sa poitrine généreuse, elle ne demandait pas mieux que d'allaiter les deux bébés. André avait alors senti, à sa grande surprise, un lien particulier s'instaurer entre lui et cette jeune femme placide. À présent, il ne se sentait nulle part mieux qu'à papoter dans la cuisine de Marguerite. Certes, c'était toujours pour parler à Jean de quelque affaire qu'il se rendait chez lui mais, s'il devait repartir sans avoir pris une tasse du café fort de Marguerite, ou sans avoir goûté du pain de sa dernière fournée, il était aussi déçu qu'un enfant que l'on prive d'une chose promise.

– Je suis venu demander à Jean s'il veut venir à La Nouvelle-Orléans avec moi. (Il était maintenant commodément installé près de la cheminée, en face de Marguerite, une petite tasse de café noir près de lui.) Ma mère veut que j'aille commander les meubles pour la maison. Je pars la semaine prochaine.

Marguerite se baissa pour prendre la petite Mathilde qui, d'un pas encore incertain, s'approchait du feu, et la mit sur ses genoux.

– Votre mère n'y va pas elle-même ? (Ce genre de question anodine était toujours le seul commentaire que Marguerite se permît sur la conduite d'Hélène.) Jean ira probablement, continua-t-elle.

Le bébé arrivera peu après Noël; c'est donc maintenant qu'il doit faire son grand voyage. Aimée va avoir le sien vers la même époque, n'est-ce pas ? (André ne put dissimuler sa confusion; Marguerite se pencha et lui tapota la main.) Elle ne vous l'a pas dit ? Ah, cette Aimée, elle veut faire tout toute seule ! (Elle reposa l'enfant par terre et saisit une des vastes chemises de travail de Jean dans sa corbeille à ouvrage.) Dites-moi, André, savez-vous qu'Adolphe Picou est de retour ?

Une douceur délicieuse, comme celle du sucre fondu dans le café au fond de sa tasse, emplit le cœur d'André. Pendant une petite heure, Marguerite et lui allaient prendre chaque événement et le regarder, le palper, le retourner avec autant de soin et de délicatesse qu'elle en mettait à faire son raccommodage. Quand il avait potiné avec sa mère, il se sentait mal à l'aise, mécontent, souvent même souillé. Quand Marguerite parlait de la vie de ses voisins, en revanche, le voile de bonté et de compassion qu'elle tirait sur les aspects les plus sombres adoucissait leur force maligne; dans la lumière de ses yeux clairs, toute vie prenait un sens, tout homme, toute femme désirait le bien.

– Adolphe Picou, attendez que je me rappelle (André savait parfaitement de qui il s'agissait), c'est le frère de Joseph, l'intendant de mon père, n'est-ce pas ?

Marguerite rit, comprenant le jeu d'André.

– Vous savez qu'on dit qu'il est avec Lafitte, dit-elle, prononçant ce nom avec une inflexion particulière.

Lafitte et son frère prétendaient qu'ils étaient des corsaires, munis d'une lettre de marque en bonne et due forme, du gouvernement de la république de Colombie. « Pirates », affirmaient d'autres, jurant que dans leur repaire, l'île de Barataria, on pouvait voir les trésors fabuleux qu'ils dérobaient aux Espagnols et des tonnes de butin, mais qu'on n'y avait jamais vu un seul prisonnier vivant.

– Il importe des esclaves, lui révéla-t-elle. Deux planteurs de l'aval sont allés en acheter à une grande vente que Jean et Pierre Lafitte ont tenue dans un coin perdu au fond des marais.

André fronça les sourcils.

– Si les Américains continuent d'interdire l'importation des esclaves, on les introduira en contrebande, Marguerite. Les gens réussissent toujours à se procurer ce dont ils ont besoin. Il n'y a aucun moyen d'exploiter une plantation sucrière sans esclaves.

– C'est sans doute pour cela que les Langlinais n'en ont pas un seul ?

Elle parlait toujours du même ton paisible, mais quelque chose avait brillé dans ses yeux.

– Racontez-moi ce que vous savez sur cet Adolphe, dit-il.

Ces moments dans ce havre de paix étaient trop précieux pour les troubler par une discussion contradictoire sur l'esclavage. Laissons cela aux autres, pensa-t-il, ne désirant que goûter encore à ce café, à ce pain, à cette confiture, et se sentir heureux.

En bordure du marais, Jean jurait horriblement en cherchant à sortir ses bœufs d'une fondrière bourbeuse. Heureusement, il s'était tout de suite aperçu qu'ils commençaient à s'enliser. Il avait eu le temps de détacher l'attelage, et le traîneau rudimentaire chargé de troncs de cyprès était resté en sécurité sur la terre ferme. Mais quelle fin de journée, sacredieu !

– Travaille un peu moins de la langue et réfléchis, si tu veux avoir une chance de les sortir de là, dit une voix paresseuse derrière lui.

Bon Dieu, c'en était trop ! Qui osait ? Cet homme, quel qu'il fût, méritait une correction. Quand Jean se retourna pour faire face au visiteur, ses poings étaient prêts, ses yeux lançaient des flammes. Le premier coup fut pour l'estomac, le second pour l'épaule. Il n'y en eut pas de troisième. Deux bras se refermèrent sur lui, qui semblaient avoir autant de force que ses deux bœufs réunis. Et il s'entendit râler quand l'air brusquement expulsé de ses poumons s'échappa sur sa gorge serrée. Quoi ? On allait le tuer sur sa propre terre ? La moquerie ne suffisait pas ? Il ramassa toutes ses forces et toute sa volonté, banda ses muscles endurcis par la terre, et explosa comme un ressort. L'étreinte des bras se relâcha. Il se dégagea, porta la main au couteau dans sa ceinture et, avant que les bras ne pussent se refermer sur lui, il s'écarta d'un bond. Il respira et attendit, prêt à poignarder son adversaire au bas des côtes.

– Eh bien, je me demande dans quel état tu te mettrais si je venais voler tes bœufs, au lieu de t'aider à les dégager ! (D'un mouvement d'épaules, l'homme fit tomber sa veste bleu foncé, et commença à rouler les manches de sa chemise de lin blanc.) Viens, Langlinais, garde ta fureur pour des combats qui pourraient te rapporter plus qu'une tête en sang. Écoute, si on prend des branches et qu'on les dispose dans la boue de façon à former comme une passerelle jusqu'à la terre dure, peut-être que même ces stupides animaux rentreront à temps pour souper, et que nous aurons, toi et moi, un moment pour bavarder.

– Qui diable es-tu ?

La colère était passée. Avant de s'expliquer avec cet homme, mieux valait utiliser les ressources de sa cervelle; son idée n'était pas mauvaise, il faudrait s'en souvenir. Ils se mirent au travail en silence. Enfin, un des bœufs, réveillé de sa léthargie par de grandes claques sur la croupe, se hissa à contrecœur sur le lit de branchages et sortit de la boue. L'autre le suivit, et l'homme tira de la poche intérieure de sa veste un long flacon d'argent.

– Un peu d'alcool ? dit-il, tendant le flacon à Jean.

– D'abord, qui êtes-vous ?

Jean gardait les mains sur ses hanches.

– Sacrebleu, Lafitte avait raison. Tu es le genre d'homme qu'il nous faut. Tu me connais, Jean Langlinais. Ou tu m'as connu : je suis Adolphe Picou, le frère de Joseph.

– Tu as bien dit Lafitte ?

– Tu te souviens de lui ?

– À un bal de quarteronnes, je l'ai vu. Il y a deux ans.

– Tu veux boire ? Ou dois-je conclure que tu n'es pas un gars honnête ? Tu sais mon nom…

– Et ce qu'on dit de toi, compléta Jean.

Le goût de la bonne eau-de-vie fit revenir à sa mémoire l'image d'un homme élancé, la face sombre par-dessus le jabot immaculé sous l'habit noir, le plus bel homme du bal.

– Que je deviens riche. C'est cela ? Et que dirais-tu si je te révélais que j'ai des parts dans une entreprise qui me rapportent dans les six mille dollars par an ?

– Que tu es soit un menteur soit un voleur.

– Lequel de ces deux crimes est le pire, à ton avis ?

Jean prit encore une gorgée puis rendit le flacon à Picou. Tandis que le liquide embrasait son corps, son esprit remettait rapidement en ordre tout ce qu'il avait entendu dire, ici ou là, sur les Lafitte et leurs « entreprises ». Ils faisaient la course en mer et pillaient les galions espagnols. C'était légal : leur lettre de marque les y autorisait. Ils faisaient aussi la contrebande des esclaves et de tous les biens dont étaient avides les Orléanais et les planteurs de l'intérieur, d'un bout à l'autre du golfe. La flotte des Lafitte écumait à partir de Barataria, une île qui avait dormi pendant des siècles sous l'aveuglant soleil du Sud, avant d'être réquisitionnée par la bande de pirates. Pirates.

C'était le mot qui revenait toujours quand on parlait des Lafitte. Étaient-ils des brutes assoiffées de sang, de viol et d'or ? Ou des corsaires qui cherchaient à s'illustrer pour le compte d'un gouvernement ?

Jean haussa les épaules.

– Ce n'est pas à moi de juger ce que tu fais. Je ne suis le juge que de mes propres actions. Mais moi, je ne vole ni ne mens.

– Mais tu aimerais avoir de l'argent. (Picou assena le plat de sa main sur un des bœufs crottés.) Ce n'est pas en te crevant comme un imbécile avec ces deux bêtes que tu auras six mille piastres par an. (Son bras fit un grand geste.) Ni en t'échinant aux champs. Si sale et puant que tu deviennes à force de les travailler.

– Peux-tu me dire, toi, comment faire mieux ?

La colère de Jean était tombée. En regardant la mise de Picou, il se rappelait l'époque où tout le monde ne prédisait que déchéance et misère pour cet homme. Il avait été jeté en prison à la suite d'une rixe entre ivrognes, et avait refusé de revenir auprès des siens, d'assumer ses devoirs, de montrer qu'il s'était repenti. Picou était l'exemple terrible du jeune homme fourvoyé par les tentations de La Nouvelle-Orléans. Il fallait le voir aujourd'hui ! Dans toute la région, seul Noël de Clouet peut-être avait des bottes et des vêtements d'une telle façon et d'une telle qualité.

– Si faire mieux, c'est faire beaucoup d'argent, oui, je peux te le dire.

Jean repensa aux histoires qui couraient sur le compte de Lafitte. Et à cette question qui semblait tant préoccuper le monde : corsaire ou pirate ? Quelle discussion ridicule ! Comme s'il suffisait de changer le nom pour changer la chose. Dire que la course en mer était régulière parce qu'elle frappait les « ennemis » du gouvernement qui délivrait la lettre de marque n'était qu'un mensonge, un mensonge qu'on se faisait à soi-même pour pouvoir continuer de voler et de massacrer. Lui ne mentait pas. Ni à lui-même ni à quiconque. S'il décidait de travailler avec Lafitte, il saurait exactement ce qu'on lui demanderait de faire, et cela ne l'empêcherait pas de vivre.

– Que veut-il ?

Picou porta le flacon à ses lèvres. C'était un objet d'argent massif, qui portait sur le flanc un monogramme délicat. WRD, lut Jean; à l'évidence, Picou n'en était pas le premier propriétaire. Là était le nœud de la question, pour Jean. Les biens dont s'emparaient des hommes comme Lafitte avaient déjà si souvent changé de mains, dans le jeu qui se disputait entre les marines régulières, les corsaires et les pirates de toutes les nations, sur tous les océans, que leurs propriétaires légitimes n'avaient certainement aucune chance de les revoir un jour. Dans ce cas, les richesses de la mer appartenaient à celui qui savait les garder.

– Lafitte a besoin d'un endroit pour entreposer des marchandises que les acheteurs viendront prendre plus tard. Il sait que vous possédez un grand domaine, toi et ton père, et il a pensé qu'il y avait peut-être une place pour lui, au fin fond du marais.

– Près de l'eau, pour les barges ? (Picou fit oui de la tête.) Il y a un endroit, dit Jean, après avoir fait en pensée le tour de ses terres. Un bras du bayou y arrive. C'est bon pour des bateaux plats de trois pieds de tirant à peu près. C'est un lieu élevé qui n'est jamais inondé, avec des tumulus indiens et des bois touffus. Pour le moment, il ne nous sert à rien.

– Tu m'y emmènes ?

Jean regarda le couchant. L'automne était entamé depuis un mois.

– Il ne reste plus assez de lumière pour aujourd'hui. Demain matin. Attends-moi ici.

– Tu ne m'as pas demandé le prix de Lafitte.

Jean apprécia encore un instant la coupe de la

veste, la finesse du lin dont la chemise était faite.

– J'ai rencontré Lafitte. Son prix sera ce qu'il doit être.

– Ce sera parfait pour ce que nous voulons en faire, dit Picou.

Il regardait la rive qui montait en pente raide, les broussailles épaisses, dominées par quelques chênes, et sentait le sol dur sous ses pieds.

– Tu peux nous construire un hangar ?

– Pour abriter votre marchandise ? Bien sûr. De quelle taille ?

Picou arpenta l'étendue plate sur laquelle ils se trouvaient.

– Si tu coupes quelques-uns de ces peupliers et de ces gommiers, je pense que cela suffira.

– Cela va faire beaucoup de bois de cyprès, dit Jean.

Picou sourit :

– Et alors ? N'avez-vous pas votre exploitation et votre scierie ! À moins que tu ne veuilles pas parler de cette affaire à ton père ?

– Je prends mes décisions pour moi. Pas pour lui.

– Ça l'intéresse peut-être, Jean. Quel fils es-tu qui empêche son propre père de faire de l'argent ?

Jean considéra Picou. Il avait appris qu'il y a des gens qui ne savent pas se contenter de vivre leur propre vie en vous laissant mener la vôtre, comme bon vous semble. Picou n'aurait de cesse qu'il n'eût transformé Jean à l'image de ces Yankees qui, disait-on, faisaient n'importe quoi et ne respectaient aucune barrière pour satisfaire leur soif d'argent.

– Picou, il faut que tu saches une chose : chacun suit son chemin. Mon père est toujours resté ici. Je suis le seul qu'on a envoyé à La Nouvelle-Orléans et qui a rencontré Lafitte. Tu me prends pour un gosse qui raconte tout ce qu'il voit, tout ce qu'il entend ? Si mon père voulait davantage que ce qu'il a, il se mettrait en chasse pour le trouver.

– Toi, tu veux davantage ?

– Et autre chose, plus que de l'argent.

L'atmosphère était très lourde. Là où ils étaient, perdus à l'intérieur du marais, l'air n'était jamais complètement sec. Vapeurs en été, brouillards froids en hiver, il n'y avait que quelques jours au printemps et en automne où l'on pouvait respirer sans sentir l'humidité vous noyer les poumons. Parfois, Jean avait l'impression d'avoir absorbé pour toujours cet air suffocant du marais. Ah, trouver un espace libre et vaste où l'on pût respirer ! Il prit Picou par l'épaule.

– Tu peux comprendre ça, Picou. Quand tu as fini en prison, à La Nouvelle-Orléans, et qu'ensuite tu n'es pas rentré, les gens disaient : il a honte, il ne peut plus regarder sa mère en face. Tu parles ! Moi, je savais très bien pourquoi tu ne revenais pas. Tu t'étais échappé, n'est-ce pas ? Tu avais échappé à la ferme, aux labours, aux mauvaises herbes, aux vaches malades : pourquoi diable te serais-tu fait reprendre par tout ça ?

– Ainsi, tu penses cela, toi aussi.

La voix de Picou, moqueuse la veille, affirmait à présent calmement des choses que tous deux savaient. Jean regarda dans les yeux de Picou qui le dévisageaient. Que n'aurait-il donné pour voir ce qu'ils avaient vu !

– Peut-être qu'être simplement magasinier de Lafitte ne suffisait pas.

Les yeux de Picou étaient comme deux fanaux de phare, retenant Jean par les promesses qu'il y lisait. L'autre haussa les épaules.

– Et si tu parlais à Lafitte ? Tu lui plais, on dirait. Qui sait ? Il pourrait te donner la possibilité de satisfaire à la fois ta soif d'or et ton désir d'aventure.

– Partir avec Lafitte ?

Mais il savait que c'était impossible. On n'épouse pas une femme, on ne fonde pas une famille pour s'en aller courir les mers.

Picou riait franchement et, pour Jean, c'était un rire difficile à supporter.

– Partir avec Lafitte ! Tu ne sais pas ce que tu dis. Bah, qui sait ? Si tu veux, va le voir à La Nouvelle-Orléans. Sa forge est rue de Bourbon. S'il n'y est pas, il y aura son frère Pierre.

Dans la semaine qui suivit, Jean prépara l'emplacement du hangar. Quand le dimanche arriva, il avait trouvé une raison d'aller à La Nouvelle-Orléans.

– Je veux commander des outils dont nous aurons besoin au printemps et obtenir un meilleur prix pour les fourrures. J'en profiterai pour te rapporter un cadeau.

L'unique préoccupation de Marguerite venait de ce que la capitale était une ville sale, où l'on attrapait toutes les maladies. Elle secoua la tête.

– Je n'ai pas besoin de cadeau, Jean. Et surtout, ne reviens pas avec la fièvre. Combien de temps seras-tu absent ?

C'était le moment du départ, et elle bourrait un grand sac de fromages, de pain et de saucissons.

Jean regarda droit dans ces yeux qui ne lui avaient jamais renvoyé que de la confiance.

– Je te promets d'être de retour pour Noël.

André avait pris le même bateau. Il allait à La Nouvelle-Orléans pour rencontrer un Américain nommé Grimes, agent dans les sucres dont Gravelle faisait grand cas. Avec quelques autres capitalistes, Grimes avait l'intention de construire une raffinerie aux Attakapas. Et, bien sûr, Gravelle avait vivement conseillé à Noël de Clouet de faire en sorte que cette fabrique fût construite sur ses terres.

– C'est une bonne idée, fit Jean.

– Une bonne idée d'entrer en affaires avec les Américains ? Des hommes comme Gravelle sont la ruine de La Nouvelle-Orléans, grommela André. (Le nom anglais de l'agent évoquait à peu près la même chose que « crasseux » en français et cela suffisait à André pour le cataloguer. Il poursuivit :) Tant que les Américains n'avaient pas acheté le territoire, Gravelle les considérait de haut, comme tout le monde, et jamais il ne leur aurait parlé. Maintenant, non seulement il leur parle, mais il les courtise, il dîne avec eux, au moment même où ils nous prennent La Nouvelle-Orléans.

– C'est un banquier, dit Jean.

– Il est devenu un marchand. S'il s'était conduit en France comme il se conduit ici, il aurait dû renoncer à son titre.

Jean regarda autour de lui, dans ce café bondé où ils s'étaient arrêtés, à l'angle de la place de la cathédrale. La clientèle en était aussi hétérogène que la population de La Nouvelle-Orléans elle-même. D'élégants créoles au parler choisi étaient assis en face d'Américains barbus, dont les voix rudes évoquaient l'immensité des prairies de l'Ouest et les montagnes du Kentucky d'où ils étaient venus. Des Acadiens du pays des bayous se mêlaient à des hommes dont les traits révélaient clairement l'origine espagnole ou indienne.

– On n'est pas en France ici ! s'exclama-t-il, abandonnant le masque de tolérance qu'il portait d'habitude dans ses rapports avec André. Cette ville fait partie des États-Unis, et aux États-Unis, il n'y a pas de titres.

– Je sais...

– Laisse-moi terminer. C'est aussi un pays où beaucoup jouent des pieds et des mains pour s'enrichir, pour avoir ce que ta famille avait en France. Si toi-même tu ne te remues pas un peu...

– Nous avons un capital.

Jean secoua la tête, agacé.

– Un capital ? Votre capital dépend du sucre et du travail des esclaves. Il n'y a pas de différence entre vous et les autres. Soit le sucre vous donne chaque année un revenu suffisant pour vivre, soit votre capital s'use et vous le perdrez. Cette demeure somptueuse...

Irrité, André vida son verre et se leva.

– Et vous ? Quel capital ont les Langlinais ?

Jean se leva aussi.

– Le capital que nous avons toujours eu. Nos enfants. Ils travaillent aux champs, les filles comme les garçons. Toi, au contraire, il te fallait un précepteur pour t'apprendre des vers et je ne sais quoi. Voilà pourquoi ton père a dû acheter des esclaves. Tandis que mon père avait des fils pour travailler la terre avec lui. J'en aurai moi aussi. (Il donna à André une grande tape dans le dos.) À ta place, je le traiterais bien, ce Mister Grimes. Il y a trop de gens qui se bousculent ici pour avoir quelque chose. Il n'y en aura pas assez pour tout le monde.

André le regarda s'éloigner sur la place, et sa colère s'évanouit. Jean était le camarade qui, tout au long de leur enfance et de leur adolescence, lui avait appris ce qu'il fallait savoir pour vivre dans les marais et dans les champs. Et c'était le père de Jean qui leur avait offert à manger, qui leur avait donné ses semences et ses outils. Les paroles d'un Langlinais n'étaient jamais dictées par l'envie. André n'arrivait pas à comprendre ces Acadiens : comment pouvaient-ils considérer sans rancœur des voisins qui, arrivés dans ce pays des années après eux, y avaient fondé de riches plantations et y construisaient de grandes demeures... Jean et ceux de sa race se suffisaient à eux-mêmes en quelque sorte; leurs propres affaires les occupaient et les intéressaient assez pour qu'ils n'eussent pas l'idée de mettre le nez dans celles des autres. Même Marguerite, qui aimait tant faire des commérages, ne les ponctuait jamais de commentaires sournois, de sous-entendus injurieux ou de comparaisons méprisantes, comme le faisait Hélène. D'ailleurs, ils ne se comparent à personne, songea André. Comment peuvent-ils être ainsi ?

Quand Jean arriva devant la forge de la rue de Bourbon, André et ses problèmes lui étaient déjà sortis de l'esprit. Il était exceptionnel, depuis qu'André et lui étaient adultes, qu'il se permît de donner des conseils à un membre de la famille de Clouet. Quand des gens se dotent d'une maison bien plus grande et bien plus luxueuse que leurs voisins, c'est évidemment qu'ils travaillent et dépensent leur argent non pour leurs véritables besoins, mais pour l'idée qu'ils s'en font. Dans ce cas, on ne peut rien faire pour eux, se dit-il.

Jean resta longtemps devant la forge des Lafitte avant de frapper au portail de la cour. Le haut mur aveugle semblait cacher une activité mystérieuse et menaçante. Mais Jean sentait éclore en lui un autre univers : le monde qui l'attendait derrière cette porte, la mer, les vaisseaux soulevés par les vagues faisant feu de tous leurs canons, les épées qui s'entrecroisent, la lueur des coffres regorgeant d'or, d'argent et de bijoux. Il aspira profondément, se redressa de toute sa taille et souleva le marteau. Le bruit sourd se répercuta dans la rue soudain silencieuse.

Une femme ouvrit, d'une beauté sombre, à la fois séduisante et déroutante.

– Je viens voir M. Jean Lafitte. Mon nom est Jean Langlinais, des Attakapas.

Le corps de la femme lui cachait la salle obscure, mais une odeur forte d'épices flottait autour d'elle. Le monde dont il avait rêvé existait : il pouvait le sentir, lire son pouvoir sur les traits de cette femme, dans la façon dont elle tenait son corps souple et félin.

– M. Jean Lafitte n'est pas là.

– Et Pierre Lafitte ?

– Qui est-ce ? dit une voix d'homme dans l'obscurité.

La femme se retourna.

– Jean Langlinais, des Attakapas.

– Fais-le entrer.

La porte s'ouvrit toute grande et Jean entra. Sans rien dire, la femme le conduisit dans une pièce où un homme de belle apparence jouait avec un petit garçon. Jean avança en tendant la main.

– Vous êtes Pierre Lafitte ?

Lafitte se leva et Jean vit ses yeux noirs l'examiner, le toiser, comme s'il était un esclave à acheter.

– Qui sait ? dit-il, d'un ton à la fois rieur et provocant.

Puis, aussitôt, Lafitte lui passa le bras autour des épaules et l'entraîna vers la table.

– Assieds-toi, dit-il. (Il versa du vin dans une coupe d'argent et la tendit à Jean.) Bois ! Mon frère a dit qu'on avait des chances de te voir. (Un de ses sourcils se releva, trait d'humour rassurant dans cette face basanée.) D'après Picou, tu trouves un peu... ennuyeux de t'occuper tout le temps de ta ferme.

– Je sais déjà tout faire... (Le sourcil s'arrondit encore plus haut.) Cultiver la terre, abattre le bois, chasser, pêcher...

– Ainsi, tu veux jouer à autre chose, à un jeu d'homme, c'est ça ? (De nouveau, ce regard qui mesurait, pesait.) Jean est à Barataria. Tu en as entendu parler ? (Si la moitié seulement de ce que Jean en avait entendu dire était vrai, Barataria serait un lieu de légende.) Pourquoi ne viens-tu pas avec moi là-bas, voir à quels jeux nous jouons ?

Jean remarqua un mouvement rapide dans les yeux de la femme. Peur ? Réprobation ? Elle déposa une assiette de soupe aux haricots devant lui et se retira dans le coin où jouait l'enfant.

L'exaltation qu'il avait commencé à ressentir en attendant devant le portail fermé, cette excitation de l'esprit qu'il réprimait quand il labourait ses champs, grandissait, le submergeait, emportant dans son déferlement tout l'ordre antérieur de sa vie. Fini le train-train prudent des Attakapas ! Le monde entier était devant lui, la vaste mer, le soleil des Tropiques qui tanne la peau des hommes, la chaleur infernale où aucune action n'est trop violente, où aucun désir n'est impossible.

– Quand partons-nous ?

– Quand tu auras fini ta soupe !

À quatre rues de là, dans le cabinet d'Henry Grimes, André faisait une mine de dix pieds de long. Pour commencer, on l'avait fait attendre dans une antichambre, en compagnie d'autres personnes qui, habituées sans doute à cette pratique déplaisante, la supportaient patiemment. Mais lui, André-Noël de Clouet, n'avait jamais subi un tel affront, et il le dit sans détour à l'Américain. Il n'y eut aucune excuse; au contraire, comme s'il était son égal, l'homme l'écouta, impassible, débiter son petit discours. Puis il lui indiqua une chaise et commença lui-même à parler.

– Alors, monsieur de Clouet, quelle est votre réponse ?

André dut s'arracher à sa rêverie. Pendant trois bons quarts d'heure, l'homme n'avait cessé de parler d'un ton monotone, avec son accent américain grinçant qui heurtait les oreilles d'André. Il lui avait mis sous le nez des plans, des alignements de chiffres, en soulignant tantôt ceci, tantôt cela, de son index dodu et couvert de poils. André constata que ses manchettes de chemise étaient crasseuses, « comme son nom l'indique », pensa-t-il et, pendant quelques minutes, il s'amusa à imaginer le rapport ironique qu'il ferait à Marguerite. Il regarda cet homme que Gravelle, Dieu sait pourquoi, tenait en si haute estime.

– Ma réponse, monsieur Grimes ?

La face de l'homme devint toute rouge.

– Que diable croyez-vous être venu faire ici, monsieur de Clouet ? De Gravelle ne vous a pas dit ce que je veux ?

André se leva et prit ses gants, qu'il avait déposés, avec son chapeau et sa canne, sur une table basse à côté de sa chaise. (Petite table sur laquelle on ne voyait pas une carafe de vin, pas un carafon d'eau-de-vie, comme dans le cabinet de tout honnête homme; pas même une boîte de cigares. Pourquoi tenaient-ils tant à s'enrichir, ces Américains, s'ils ne savaient pas vivre ? Gravelle ne devait plus avoir toute sa tête, pour faire des affaires avec eux !)

– M. de Gravelle n'est pas le porte-parole des Clouet, dit André. (Ah ! il aurait fallu qu'Hélène fût là !) Je rapporterai vos propositions à mon père, et nous vous ferons savoir si vous pouvez ou non construire à Beau-Chêne votre moulin à sucre.

Il avait parlé de sa voix la plus cassante.

Grimes partit d'un rire homérique, qui révélait ses dents blanches et bien plantées. André attendit la fin de cette nouvelle manifestation d'impolitesse. Mais Grimes riait de plus en plus fort, il en suffoquait presque. Furieux, André enfila ses gants, enfonça son chapeau sur sa tête, saisit sa canne et gagna la porte à grands pas. Comme il la claquait derrière lui, Grimes redevint enfin maître de lui et hurla :

– Hé, jeune morveux, vous croyez donc que j'ai besoin des De Clouet ? C'est de Gravelle qui vous appuie. Et c'est vous qui avez besoin de cette faveur pour vous renflouer. Vous pourrez toujours attendre, maintenant !

André partit en courant; il avait déjà longé deux pâtés de maisons sans rien voir, quand il se reprit, ralentit le pas et rectifia sa mise. Grimes était un menteur, comme tous les Américains.

Hélène avait raison. Des rustres, comme les paysans dont la barbarie déchaînée les avait contraints à l'exil.

– On a un chagrin, chéri ? Viens te faire consoler.

Une voix douce près de son oreille, un parfum de violette. Se retournant, il aperçut une jolie frimousse ronde par la fenêtre qui donnait sur la rue, un fichu léger moulant des épaules délicates, un corsage très décolleté. D'un geste décidé, la jeune fille prit la rose rouge qui était dans ses cheveux et la lui tendit.

– Si vous voulez me la rendre, monsieur, entrez dans la cour et frappez à la deuxième porte.

Elle se retira en fermant les volets. Il entendit la barre qui retombait. Un instant, il considéra la fenêtre close, pensant à ce qui l'attendait derrière, à Aimée qui lui accordait si peu de temps, qui, au fond, se donnait à peine à lui, à Marguerite, avec qui c'était impossible, et il entra.

À partir du moment où il avait quitté La Nouvelle-Orléans en compagnie de Pierre Lafitte, pour s'engager dans le labyrinthe aquatique qui conduisait les initiés au repaire des deux frères, Jean s'était senti peu à peu devenir un autre homme. À présent, cet autre homme qui semblait même pourvu d'un autre corps que Jean Langlinais, paysan des Attakapas, était à Barataria depuis trois jours. Et c'était comme s'il avait toujours vécu sous ce soleil de plomb, bien qu'on fût en plein automne, avec ces hommes qui habitaient de petites huttes aux toits de palmes, dans un bois clairsemé de chênes rabougris, torturés par les tempêtes, aux feuilles brûlées par les embruns. Il avait goûté aux oranges douces du bosquet d'orangers qui poussait à la lisière du village. Il avait passé des heures, assis en compagnie de ces hommes et de leurs femmes, entre les oléandres qui entouraient les huttes pour les protéger contre le vent du golfe. Et il avait festoyé avec eux, buvant dans des gobelets d'or, mangeant dans des plats d'or, servi par des femmes aux corps peu soignés, drapés d'habits splendides mais tachés, robes de satin, de soie, de dentelles, que leurs anciennes propriétaires ne réclameraient plus jamais.

Le soir du troisième jour, Jean Lafitte l'emmena dans le magasin où ils conservaient leurs trésors. Ils longèrent la plage après le coucher du soleil. Le ciel et la mer viraient au même gris, de plus en plus foncé. Le vent qui s'était levé du nord annonçait soudain l'hiver. Jean frissonna et remonta le col de sa veste. Mais, quand ils entrèrent dans le dépôt, la vue de tant de richesses alluma en lui un feu dévorant. Il caressa les soieries vertes, les velours cramoisis, retourna dans ses doigts les émeraudes montées sur or filigrané, les rubis sertis de diamants, et il se demanda : si une petite colombe comme Marguerite voyait tout à coup tant de splendeur, mourrait-elle d'envie, elle aussi, de se métamorphoser en oiseau de paradis ?

– Sacredieu, mais qu'est-il resté aux Espagnols ? dit-il.

Il ne pouvait plonger les mains dans tous les coffres, dans toutes les caisses, dans tous les tonneaux.

– Ceux qui possédaient tout cela n'en ont plus besoin, répondit Lafitte. Quant aux clients... nous n'en manquons pas, nous non plus. Les gens de Louisiane, eux aussi, aiment les belles choses. N'est-ce pas ? (Lafitte s'approcha d'un coffret, remua les bijoux qu'il contenait et en retira une longue chaînette d'or, retenant une croix ciselée, d'or également.) Cela irait bien à votre femme, non ?

Jean tendit la main et prit l'objet. Toute la lumière des lanternes suspendues aux poutres parut se concentrer sur les maillons d'or, sur la lourde croix qui oscillait doucement; Jean ne voyait rien d'autre. Il imaginait l'effet qu'il ferait sur Marguerite, sur son cou hâlé, sur ses vêtements presque toujours sombres.

– Je lui ai effectivement promis un cadeau, dit-il. (Puis il rendit le collier à Lafitte.) Mais je n'accepte pas ce genre de cadeaux.

– Même quand celui qui le donne a tout cela ? demanda Lafitte.

Il indiquait d'un geste vague tout l'entrepôt.

– Vous pourriez avoir tout l'or du monde : quel rapport cela aurait-il avec ma conduite ? Je sais ce que je suis disposé à accepter, et cela ne dépend pas de ce que vous êtes disposé à donner.

– Bien. (Lafitte mit le collier dans une poche intérieure de sa veste.) Comme vous voulez. Mais si vous le gagniez ? Le prendriez-vous alors ?

– Si ce que j'ai fait le vaut.

Lafitte rit.

– Je peux vous assurer que ça le vaudra, et largement.

Ils rentrèrent par la plage noyée dans l'obscurité. Parfois, il leur fallait enjamber le corps d'un homme qui s'était écroulé, ivre mort.

– Vous ne prenez pas la mer, demain ? dit Jean. (Il avait entendu dire qu'un galion espagnol arrivait dans les parages de Barataria.) Ces hommes ne seront même pas capables de monter à bord...

Lafitte tapota la crosse de son pistolet.

– Ils mettront à la voile, je vous le garantis. Et vous ? Viendrez-vous avec nous ?

Jean ne pouvait voir le visage de Lafitte dans l'obscurité. Il y avait eu beaucoup de plaisanteries, durant ces quelques jours, sur le paysan qui voulait jouer au marin. Jean avait attendu une phrase, une parole qui confirmât les promesses que Picou et Pierre semblaient lui avoir faites; mais rien n'était venu.

– C'est vrai ? dit-il. Vous me le demandez sérieusement ?

– Ce que je dis est toujours vrai. Il court assez de mensonges sur mon compte, je n'ai pas besoin d'en rajouter. Oui, je vous demande de venir avec nous.

– Quelle sera ma tâche ?

Arrivé devant ses quartiers, Lafitte l'invita à partager une bouteille de porto et du fromage de Hollande.

– Une belle oie espagnole, toute blanche, va passer par ici, Jean. Nous allons la plumer et lui prendre ses œufs d'or. (De nouveau, Jean sentit sur lui ce regard qui le sondait, le mesurait, semblait presque le palper.) Je ne pense pas que vous soyez capable de... lui tordre le cou. Mais pour la plumer, vous ferez l'affaire.

Jamais Jean ne s'était senti aussi plein de vie. Le bateau, cinglant toutes voiles dehors vers sa proie, bondissait sous ses pieds, soulevant des masses d'écume dans l'eau bleue. Les hommes se préparaient au combat, fourbissaient leurs armes, aiguisaient des couteaux, des poignards et des sabres, huilaient des mousquets et des pistolets avec des écouvillons de fortune, transportaient des boulets, s'agitaient autour des canons. Jean serra le manche du poignard qu'il portait au côté. Il avait trop attendu ce moment; il y était prêt depuis ce soir lointain où Picou l'avait surpris, pataugeant dans la boue avec ses bœufs. Où était-il, le petit monde clos et solide des Attakapas, avec sa vie protégée par la certitude que tout serait toujours pareil ?

Un cri rude retentit tout en haut du grand mât; tout le monde courut prendre son poste. La vigie répéta son cri et Jean, cette fois, entendit distinctement :

– *Infanta* en vue, par trois lieues à tribord !

Jean se précipita vers le canon qu'il devait servir, à l'avant, sous les ordres de Pierre. Devant eux, un gros navire pansu approchait rapidement, avec la même légèreté que s'il avait été tiré vers eux par une poulie. Ses voiles nombreuses, une centaine peut-être, resplendissaient de blancheur dans la lumière d'octobre. Sa proue se dressait fièrement au-dessus des flots.

– Ils ne nous voient pas ?

– Bien sûr que si ! (Il n'y avait plus, dans la voix de Pierre Lafitte, ce ton volontiers rieur et ironique que Jean avait remarqué quand il l'avait rencontré à La Nouvelle-Orléans. Cette fois, c'était le travail, le jeu, la vie. Le reste n'avait aucun sens.) Il sait qu'il ne peut nous échapper. Nous sommes plus rapides, et meilleurs marins. Eux aussi se préparent au combat. (Pierre pointa le canon un peu plus haut.) Au moins, ils mourront en hommes !

Le coup partit. Ce fut le signal d'un orage tel que Jean n'en avait jamais vu, autant qu'il pût voir, dans la fumée qui s'étendit bientôt sur les deux navires faisant feu de tous leurs canons. Voiles en flammes s'abattant sur le pont. Pluie de fer. Et un vacarme épouvantable. Jurons, cris de guerre, cris de douleur.

– Vision d'enfer ! dit Pierre.

Autour d'eux, des matelots lançaient les grappins; d'autres, avant même que les deux vaisseaux fussent bord contre bord, sautaient sur l'espagnol, brandissant leurs armes, et leurs visages féroces rougeoyaient à la lueur des flammes.

– Qui sont les diables ? demanda Jean.

Pierre lui lança un regard lourd et brûlant, comme le tir de leur canon.

– Tous les hommes.

Jean se sentit tirer par le bras. C'était Jean Lafitte.

L'abordage avait commencé et la victoire était acquise; il venait soustraire Jean à la mêlée et l'inviter à le suivre dans sa cabine.

– Je peux me battre, dit Jean.

Mais il ne résista pas.

– Pas avec eux, répondit Lafitte.

Il lui versa un verre de vin quand ils furent dans sa chambre. Le vacarme avait diminué : la bataille faisait rage sur l'autre bateau.

– Vous avez vu mes hommes, Langlinais. Mangé avec eux, bu avec eux. Ils ne sont pas... tout à fait comme vous. Ils ne fréquentent pas les femmes honnêtes, comme vous. Ils ne vivent pas pour créer, comme vous. Ils vivent pour détruire. (Il se tut un instant.) Des hommes comme eux font parfois des choses... inutiles pendant la bataille.

– Ce sont vos hommes. Ils obéissent à vos ordres, objecta Jean.

À ses yeux, quand il tenait ce genre de discours, Lafitte ressemblait beaucoup à un Noël ou à un André de Clouet. Encore une fois, il remercia le Seigneur de n'avoir dans les veines que du sang de paysan, et dans la tête que des pensées simples et droites.

– Je crois qu'il est temps de commencer à plumer la bête, dit Lafitte, quand le bruit du combat cessa. Vous pouvez rester ici, si vous voulez.

– Et ne pas m'acquitter de la tâche que vous m'avez donnée ?

Jean avala son vin et sortit avec Lafitte sur le pont.

Ils passèrent sur le galion. Les bottes collaient aux planches du pont, rouge du sang des Espagnols massacrés jusqu'au dernier. Des corps étaient restés accrochés dans les haubans, d'autres s'agrippaient encore au bastingage ou à la roue du gouvernail. N'arrivant pas à ouvrir un coffre monté de la cale, un des hommes de Lafitte arracha une baïonnette à la main raide qui la tenait encore pour forcer la serrure. Jean fit une grimace de dégoût.

– Ils vivent avec la mort, dit son compagnon, glacial.

Jean revit le Lafitte du bal des quarteronnes, avec son jabot blanc immaculé, ses mains fines et ses manières élégantes.

– Avec cruauté aussi, dit-il en voyant les atroces mutilations dont certains matelots avaient été victimes.

– L'ardeur s'épuise, chez certains, dit Lafitte. Alors, il leur en faut toujours plus. Venez, allons dans la chambre du capitaine. C'est là qu'on apporte le meilleur du butin.

Le travail avait commencé, sous l'œil farouche de Pierre Lafitte. Il y avait tant de caisses d'or, tant de coffrets de joyaux et de pierreries que Jean finit par trouver fatigant de trier et de compter.

– Je crois que j'ai vu assez d'or pour toute ma vie, dit-il.

– J'en doute, remarqua Lafitte. La fièvre de l'or, c'est comme la malaria, ça vient, ça passe, mais ça ne meurt jamais, ça vous fait mourir.

Les yeux de Jean parcouraient les trésors; ils lui apparaissaient à travers un voile de brume rouge sang qui ternissait l'éclat de l'or et éteignait jusqu'au feu des diamants.

– Vous vous rappelez la croix que vous m'avez montrée hier ? Je crois… je crois que ça suffira.

– Pour avoir risqué cent fois la mort ? Vous vous louez trop bon marché, Langlinais.

Jean regarda par le hublot qui donnait sur le pont. Il n'avait pas besoin de voir les cadavres pour sentir leur odeur.

– Si cette croix-là a été achetée au même prix que cet or-ci, elle n'a pas été acquise à bon marché. Elle me suffira.

– As-tu fait bon voyage ? lui demanda Marguerite le soir de son retour.

Jean avait caché la croix d'or. Il ne la sortirait que pour la naissance de leur deuxième enfant.

– Très bon voyage. (Jean regardait Marguerite.

Elle allait de-ci, de-là, dans cette chambre qui, jusqu'à la mort de son grand-père, Claude, avait été celle de ses parents, Louis et Cécile.) Marguerite, personne n'a besoin d'une maison comme Beau-Chêne, de tout ce luxe stupide, mais nous pourrions très bien avoir un jour une maison construite tout de suite avec tout ce qu'il faut, une maison à laquelle on ne rajoute pas une aile tous les dix ans.

Il ne lui demanda pas si elle était d'accord. Il savait que Lafitte lui donnerait une belle somme pour l'entrepôt, autant que des années d'épargne sur le produit de ses champs, de ses pièges et de ses arbres. Il attira Marguerite sur ses genoux.

– Tu aimeras cette maison, n'est-ce pas, ma chérie ? (Marguerite s'appuya contre lui. Elle sentait le pain qu'elle avait fait ce jour-là.) Tu y seras, dans cette maison ?

– Bien sûr.

– Toujours ?

Il était maintenant comme l'ours prêt à hiberner. Il avait au plus profond de lui une belle réserve qui lui permettrait de tenir très longtemps. Mais si le printemps arrivait et que toute cette réserve fût terminée ?

– Disons, presque toujours.

Elle rit, et ce rire chatouillait le cou de Jean.

– Si tu avais dit « toujours », je ne t'aurais pas crue.

André était rentré par le même bateau que Jean. Quand il arriva chez lui, on lui servit un en-cas et on lui posa la même question :

– As-tu fait bon voyage ?

Sauf que cette question lui fut posée par trois personnes différentes, et que dans la bouche de chacune de ces personnes, elle avait une signification différente. Chez Hélène, elle voulait dire : Les meubles que tu as achetés vont-ils faire mourir d'envie nos visiteurs, et surtout nos visiteuses ? Chez Aimée : As-tu réglé l'affaire que je t'ai confiée, concernant la plantation ? Et as-tu dégoté de nouveaux esclaves ? Chez Noël : As-tu signé le contrat avec Grimes ?

Il l'avait signé, sur l'ordre de Gravelle, peut-on dire. Quand il était rentré chez lui, à La Nouvelle-Orléans, après sa première entrevue idyllique avec Yvonne, il avait trouvé un billet : Gravelle le sommait, en termes à peine polis, de passer au plus vite à sa banque.

« Quand une femme dépense autant que votre mère, lui avait-il dit sans ménagement, on ne crache pas sur l'argent qui vous est offert. Sachez, mon cher Clouet, que les esclaves ne sont pas des serfs ni des métayers. Vos paysans en France vous payaient des redevances, vous donnaient une partie de leurs récoltes et assuraient leur propre subsistance. Vos esclaves ne vous donnent pas un liard : c'est vous qui devez les nourrir, les loger, les habiller et les soigner. Ils travaillent par contrainte; ils n'ont aucun intérêt personnel pour leur travail. Si donc vous n'exploitez pas tous les moyens, je dis bien, tous les moyens disponibles pour renflouer vos finances, pour vous assurer une rente largement supérieure à ce qu'exige le train de vie de Madame votre mère, vous serez sous peu ruinés définitivement. »

Et il avait fallu retourner chez Grimes, attendre encore plus longtemps dans l'antichambre glaciale, s'excuser en entrant dans le bureau sordide, et signer, à des conditions bien plus défavorables.

– Oui, le voyage s'est très bien passé.

Il avait fini de mâchonner un bout de viande en gelée et bu une gorgée de vin. Les repas avec Yvonne : quelle expérience nouvelle et merveilleuse ! Elle s'asseyait en face de lui, dans son déshabillé, des boucles folles encadraient son visage, elle ne le quittait pas des yeux et gardait les lèvres entrouvertes. Elle avait satisfait tous ses désirs, même les plus secrets, même ceux qu'il ignorait avoir. Elle lui massait les épaules quand il était fatigué, lui frictionnait le front quand il était de mauvaise humeur, lui chantait des chansons quand il voulait rire et oublier ses soucis. En divisant avec un gai cynisme les femmes en deux catégories, Jean avait eu raison. Qu'Aimée continuât d'administrer cette fichue plantation ! Et que son père fît des affaires avec un Yankee ! Et que sa mère les ruinât avec ses rêves de grandeur ! Désormais, il avait Yvonne qui l'attendait là-bas.

– Et je suis certain, continua-t-il après une autre bouchée, je suis certain que Gravelle a raison : il faut que j'apprenne sérieusement l'architecture. De plus en plus de gens, dans ce pays, voudront avoir des habitations dignes de ce nom. (Il jouissait de sentir sur lui la force conjuguée de ces trois regards, qui le transperçaient, essayant de deviner quel était ce nouveau jeu.) J'ai décidé de passer une partie de mon temps à La Nouvelle-Orléans pour étudier auprès de cet homme recommandé par Gravelle. Je ne suis pas indispensable ici.

Il était inutile de leur demander leur avis : Hélène serait prise par ses meubles des mois durant, Noël et Aimée par la construction de la raffinerie; personne ne s'apercevrait de son absence.

L'or blanc

Pour les Clouet comme pour les Langlinais, l'année 1807 fut à marquer d'une pierre blanche. Pour les Clouet, elle commença par la naissance d'une deuxième fille, Louise; continua par la nomination de Noël à la charge de juge, quand le comté des Attakapas devint la paroisse[1] de Saint-Martin; culmina avec l'installation de la famille dans la nouvelle demeure de Beau-Chêne; et se termina par la mise en marche de la raffinerie. Pour Jean et Marguerite, un seul événement suffisait à faire de 1807 une année mémorable : la naissance, après trois filles, d'un garçon.

Cécile passa chez Marguerite voir le nouveau-né, et arriva en retard pour sa première visite à Beau-Chêne.

– Le petit est son grand-père tout craché, je vous jure, Hélène !

Elles étaient assises dans le grand salon, au deuxième étage. La grande pièce, séparée par une dizaine de mètres de l'air humide qui émanait de la terre en toute saison, avec ses fenêtres qui donnaient sur les frondaisons des chênes, semblait prendre son essor dans un monde de verdure et de lumière.

Hélène se cala au fond de son fauteuil de bois sculpté et en caressa l'étoffe soyeuse. Le dimanche suivant, une troupe d'amis devaient fêter l'installation des Clouet à Beau-Chêne. Il y aurait les Gravelle, de La Nouvelle-Orléans, les La Houssaye, et d'autres qui, comme eux, avaient retrouvé une existence relativement raffinée après avoir fui la folie et le chaos. Hélène entendait déjà les compliments flatteurs de Charlotte et de Juliette, trop flatteurs pour ne pas dissimuler de méchantes critiques. C'était pour cela qu'elle avait fait à Cécile l'honneur de l'inviter en premier. Elles avaient fait le tour des pièces et Hélène avait observé discrètement le visage de Cécile : celle-ci avait sincèrement admiré et apprécié toutes les beautés qu'on lui avait montrées.

– Si vous vous réincarnez, Cécile, dit Hélène,

1. Depuis cette époque, la Louisiane est divisée en vingt paroisses, subdivision administrative équivalant au comté dans le reste des États-Unis.

(Elle examinait l'effet de ses paroles sur son amie, et reposait sa tasse de café – du nouveau, du somptueux service de porcelaine.), j'espère que ce sera dans le corps d'une grande dame. Vous avez le goût trop délicat pour n'avoir qu'une seule vie, dans un trou comme les Attakapas. Pardon ! Comme Saint-Martin. Je devrais me rappeler que nous avons changé de nom, depuis la nomination de Noël.

Cécile sentit la pique mais ne la releva pas.

– Je l'espère aussi, dit-elle en étirant ses bras au-dessus de sa tête. J'ai passé trop de temps au rouet, ce matin; rien ne pouvait mieux convenir à mon dos que ce fauteuil. Si j'avais une autre vie, malgré tout, je préférerais qu'elle soit comme celle de ma belle-mère, Mathilde, ou peut-être de ma bru, Marguerite.

– Que dites-vous ? Croiriez-vous avoir déjà atteint l'âge d'être bigote ?

– Je crois plutôt que je suis enfin en train de devenir une grande personne, Hélène. Vous rappelez-vous quand vous êtes arrivée ici ? Vous étiez tout ce que je n'étais pas. Ce que Mathilde n'était pas. Et nous nous sommes bien amusées, n'est-ce pas ? (Les mots coulaient comme une source printanière reflétant le petit monde alentour.) Je me souviens du jour où je me suis aperçue que j'étais un jouet entre vos mains, comme mes rubans et mes dentelles l'étaient entre les miennes. Peut-être après cette visite, chez vous, à La Nouvelle-Orléans.

– Seigneur, vous vieillissez, Cécile ! Laissez dormir ces vieilles histoires. (Hélène se leva. Elle détestait ce genre de conversations, elle les avait toujours détestées.) La vie n'est pas faite pour qu'on s'interroge dessus, pour qu'on l'examine, mais pour être vécue !

– Ce ne sont pas de vieilles histoires, Hélène. Ce sont des choses qui m'ont marquée pour toujours, et ce n'est pas de ce qui s'est passé chez vous à La Nouvelle-Orléans que je parle. (Elle fit une pause.) Louis...

Cécile continuait de parler mais Hélène ne l'entendait plus. Elle voyait uniquement la façon dont le visage de Cécile s'illuminait chaque fois qu'elle prononçait le nom de son mari. Et elle savait qu'il eût suffi qu'elle ressentît la même chose pour un seul homme, ne fût-ce que le temps d'une semaine, pour que disparût l'abîme qui s'ouvrait sans cesse en elle.

– Louis a créé un monde de sécurité pour moi, d'insouciance. Il a deviné que quelque chose de mauvais m'obsédait, et il a tout fait pour l'écarter de moi. Je l'ai laissé tout faire, pendant des années, je l'ai laissé se charger de tous les soucis. Moi, je jouais, je me disais que sa mère, et ensuite Marguerite, étaient des sottes, des ennuyeuses.

Hélène dissimula à peine un bâillement.

– Vous me décevez, Cécile. Bien sûr, je sais qu'il y a une grande différence entre nous, mais j'avais toujours pensé que vous vous faisiez une idée moins étriquée de la vie. Me dire que vous auriez mieux vécu, si vous aviez maintenant les mains noueuses et la peau tannée ! Que diable ! Vous autres, Langlinais, ne vous élèverez jamais dans le monde si vous ne réussissez pas à étouffer en vous ce sang paysan.

Cécile se leva et mit son chapeau de paille sur ses cheveux ramenés en un petit chignon bas, sur la nuque; quelques mèches s'échappaient, caressant le pourtour de son visage. Elle continuait de regarder sereinement Hélène.

– Mon beau-père disait qu'il y a deux choses qu'on ne trahit pas, Hélène; son Dieu et son lit. Je crois que cela vaut aussi bien pour les hommes que pour les femmes. Quant à moi, malgré ma légèreté, malgré le plaisir que j'ai à m'amuser, je n'ai jamais trahi ni l'un ni l'autre. (Elle se dirigea vers la grande porte-fenêtre qui donnait sur la galerie.) Rester fidèle à ce principe est peut-être ce qui distingue les hommes et les femmes de qualité de tous les autres, quel que soit le sang qui coule dans leurs veines. Votre maison est très jolie, Hélène. J'espère qu'elle vous donnera beaucoup de bonheur.

Hélène regarda cette petite femme descendre les escaliers extérieurs de la galerie. Que sa démarche était assurée, que son dos était droit ! Ainsi la noblesse foncière de son caractère, que les épreuves subies pendant l'enfance avaient occultée, s'était finalement révélée et épanouie à la chaleur et à la lumière que Louis avait apportées dans sa vie.

Quand Cécile eut disparu, Hélène marcha d'un pas décidé vers le cordon de sonnette, près de la cheminée, et le tira violemment. Une jeune esclave au turban de guingois (elle s'était coiffée en hâte) apparut. Elle emporta le plateau à café et revint avec une carafe de vin. Quand Aimée et Noël rentrèrent de la fabrique, ils trouvèrent Hélène assoupie près du feu. La carafe était à moitié vide.

Noël remplit deux verres et en tendit un à Aimée.

– Heureusement que le seul rôle d'Hélène consiste à porter des toilettes qui s'accordent avec le cadre de cette maison.

– Elle s'ennuie, dit Aimée.

Elle, au contraire, ne s'ennuyait jamais. Quand André avait commencé à séjourner à La Nouvelle-Orléans pour étudier l'architecture, les jeunes épouses des plantations voisines avaient compati : comme elle devait se sentir seule, sans son mari ! En vérité, il lui manquait à peine. Elle ne voulait plus avoir d'enfants : si c'était elle qui devait s'occuper pour toujours de la plantation, trois suffisaient amplement. D'ailleurs, quelle femme aurait regretté de ne plus partager son lit avec un homme comme André ? Quant à sa conversation, cela faisait longtemps qu'elle ne pouvait plus supporter les discours frivoles qu'il tenait pendant les repas, interrompant les discussions importantes qu'elle avait avec son beau-père. Elle se fichait pas mal des livres, de la musique et des estampes qu'il collectionnait.

Hélène l'intéressait encore moins. Hélène n'était qu'une longue suite de pertes sèches à inscrire régulièrement dans les livres de comptes de la plantation. Aimée pouvait chiffrer exactement le train de vie d'Hélène; c'était la seule information concernant leurs affaires qu'elle ne communiquait pas à son beau-père.

– Au moins, cette fête la distraira, dit Noël. (Il se laissa tomber sur le canapé de crin, à côté de la chaise basse sur laquelle Aimée s'était assise.) Il m'arrive de penser, Aimée, que les principes selon lesquels nous vivons ne sont pas bons. (Aimée le regarda, d'un air interrogateur.) Les raisons qui dictent le choix des époux changent. Si le destin, ou autre chose, n'intervient pas...

Le visage d'Aimée disait : oui, c'est vrai; Noël n'avait pas besoin de préciser sa pensée. Il savait qu'Aimée, comme lui, s'émerveillait de voir chaque génération d'enfants recommencer la vie avec le même optimisme, alors que tout homme, ou presque, semblait choisir précisément la femme qui lui convenait le moins, et inversement.

– Soyons frivoles pour une fois, Noël. Si vous étiez Dieu et que vous créiez la première femme, la femme la plus parfaite, à quoi ressemblerait-elle ?

Avec une netteté extraordinaire, Noël revit Cécile, telle qu'elle lui était apparue quand il avait dansé pour la première fois avec elle. Il avait envié Louis, alors. Et il avait eu bien d'autres raisons de l'envier durant toutes ces années. Sans Gravelle, les Clouet auraient été sur la paille; Aimée elle-même ne savait pas à quel point tout leur avenir dépendait de la bonne marche de ce moulin à sucre. Bien qu'il se fût découvert la vocation d'architecte, André ne serait jamais un homme comme Jean, le fils de Louis. La maison de Clouet allait sans doute vers une nouvelle gloire, puisque tout le monde le disait; mais Noël, malgré sa belle demeure, malgré sa charge de juge de paroisse, n'en était pas sûr; les Clouet semblaient manquer de l'énergie nécessaire à cette gloire. Tandis que l'énergie des Langlinais brûlait avec la constance du feu qui consume le cœur du bois.

– Noël ?

Il sursauta et se tourna vers Aimée. Au moins, elle était ce qu'elle avait promis d'être. Avec ce petit être nerveux galopant à ses côtés, il pourrait porter un certain temps encore l'étendard des Clouet.

– Ma femme parfaite ? (Le son amorti d'une clochette, à l'étage au-dessous, les prévint que le souper les attendait. Avant de réveiller sa femme, il se pencha vers sa belle-fille et l'embrassa sur le front.) Elle vous ressemblerait beaucoup, ma chère Aimée. Elle vous ressemblerait vraiment beaucoup.

Le moulin ne commença à rapporter qu'après avoir broyé sa troisième récolte de canne, à l'automne 1810. Il se révéla alors comme une prodigieuse source de revenus.

– Je comprends pourquoi on appelle cela l'or blanc, dit Aimée un après-midi d'octobre. Nos comptes sont enfin en équilibre.

Elle referma le grand livre à reliure d'étoffe et se laissa aller contre le dossier de sa chaise. Dehors, devant la porte du bureau, les enfants jouaient. Une couronne de feuilles d'automne dans ses boucles, Félix montait son nouveau poney. Aude et Louise avaient aussi tressé des feuilles sur les brides et la petite selle, et leurs tons rouge et or brillaient au soleil sur la robe crème de l'animal. Aimée ne serait jamais une mère comme Marguerite, qui consacrait sa vie à ses cinq enfants (bientôt six); Aimée, elle, accordait aux siens l'attention et les soins qui leur étaient dus, sans plus, comme à toute autre chose. Ainsi, les deux filles et le fils de Clouet avaient une alimentation équilibrée et de bonnes habitudes de sommeil; ils prenaient beaucoup d'exercice et recevaient assez d'amour pour être de bonne humeur; ce qui valait pour les chevaux de race valait aussi pour les enfants de noble origine.

Elle s'approcha de Noël.

– Le spectre de la faillite est chassé, enfin. Je n'apprécie peut-être pas les mêmes choses qu'Hélène, mais je sais ce qu'elles coûtent.

– Je me le demande, dit Noël. (Puis, avant que le silence entre eux ne devienne dangereux, comme c'était de plus en plus souvent le cas :) J'ai une surprise pour vous. Dans le pré en bas.

Il se leva et lui donna son bras. Ce bras, combien de pentes l'avait-il aidée à gravir, combien de fossés à franchir de ses petites jambes, quand ils descendaient de leurs montures pour aller inspecter les champs ? Ils sortirent dans la fraîcheur de cet après-midi de début d'automne.

– Regardez, maman, comme je monte bien.

Suivi de ses sœurs, Félix paradait autour du petit jardin enclos sur lequel donnait la porte du bureau.

– Comme un vrai chevalier, dit son grand-père.

– Brosse-le bien quand ce sera fini, lui rappela Aimée. Les gens qui ne prennent pas soin de leurs chevaux ne méritent pas d'en avoir. (Elle aperçut Tante, la bonne des enfants, assise sur un banc, son raccommodage dans les mains.) Tante, quand Félix aura fait trois fois le tour du jardin, pas davantage, envoyez-le à l'écurie, et faites rentrer les filles dans la maison.

Quel cheval a-t-il acheté ? se demandait-elle, en pensant à la surprise qui l'attendait dans le pré. Depuis plusieurs mois, ils cherchaient de nouveaux animaux; c'était le seul moyen pour continuer d'avoir de beaux poulains. Mais ce n'était pas dans les habitudes de Noël de prendre une décision aussi importante sans la consulter.

– Que m'avez-vous apporté ? Le grand noir que nous avons vu chez LeBeau ? Ou le rouan ?

– Un poney, dit-il, taquin. Le frère de celui de Félix.

Elle lui serra le bras, sentit la chaleur qui émanait de lui à travers la veste légère.

– Félix n'est pas le seul chevalier de Beau-Chêne, dit-elle.

Se hissant sur la pointe des pieds, elle lui piqua un baiser sur la joue.

Il lui passa le bras autour des épaules.

– Aimée...

Mais ils venaient de franchir la rangée d'arbres qui bordaient le pré et elle vit la surprise.

– Noël !

Cette expression de ravissement avec laquelle elle pouvait prononcer son nom, que de fois avait-elle donné à Noël la force de se dégager des avalanches de chiffres dont les bombardait Gravelle !

– Noël, dit-elle encore, plus doucement, suffoquant presque à la vue de l'étalon qui broutait devant eux.

– Félicitations ! Combien a-t-il coûté, celui-là ?

L'odieuse voix trancha leur extase, les séparant l'un de l'autre, les séparant de l'animal.

Noël se tourna vers sa femme.

– Moins que les saillies ne nous rapporteront.

– Penser qu'il fait ça si bien qu'on le paye !

Hélène s'était rapprochée. On voyait qu'elle faisait des efforts pour marcher droit.

Il faudrait qu'André soit plus souvent ici, pensa Noël. Plus il passe de temps à La Nouvelle-Orléans, et plus sa mère boit.

– C'est notre chère Aimée qui le montera, bien

sûr ! continua-t-elle. Cela suffit à lui donner la valeur de son prix, quel qu'il soit.

Aimée se domina. Elle ne pouvait supporter qu'on tourmentât Noël; qu'avait-il fait au ciel pour mériter une femme pareille ?

– Personne ne le montera tant qu'il ne sera pas adapté à vivre ici, dit-elle, assez calmement. Ce serait trop dangereux.

– Trop dangereux ! Vous n'aimez pas le risque, n'est-ce pas ? C'est pour cela que Noël et vous passez tout votre temps ensemble ?

– Nous nous occupons de la plantation.

Aimée se détourna et alla s'appuyer contre la clôture. L'étalon la vit et piaffa. Il dressait la tête, ouvrait grands les naseaux, agitait les oreilles pour humer les odeurs et guetter les bruits de ce nouvel enclos. Oubliant tout le reste, elle resta à le contempler, à se faire connaître de lui, à l'habituer à sa présence, jusqu'à la tombée de la nuit.

Noël avait depuis longtemps ramené Hélène à la maison. André, qui devait rentrer de La Nouvelle-Orléans ce soir-là, était sûrement allé la retrouver dans son boudoir.

Jean allait rarement voir ce qui se passait sur le bout de terrain qu'il louait à Lafitte; l'argent arrivait ponctuellement, chaque début de trimestre, et Jean n'avait pour ainsi dire plus revu les deux frères depuis sa première visite à Barataria, exception faite de quelques dîners avec Jean Lafitte, quand ils s'étaient trouvés tous les deux au même moment à La Nouvelle-Orléans.

Ce soir-là, cependant, Adolphe Picou l'attendait à l'entrepôt. Adolphe faisait des apparitions de temps à autre, toujours aussi élégant, toujours aussi hâbleur.

– Avec tes champs, tes bois et tes fourrures, tu ne gagnes même pas en un an ce que moi, je ramasse en un mois, disait-il.

Jean n'avait pas besoin d'aller fourrer son nez dans les livres des Clouet pour savoir que le moulin à sucre était en fin de compte une très bonne affaire. André était venu le voir, la semaine précédente et lui avait apporté des projets pour sa future maison (Jean avait enfin décidé de la construire.); eh bien, André avait maintenant l'attitude de quelqu'un qui a les moyens de l'existence qu'il mène. Il s'était penché sur la carte de la terre des Langlinais, pour examiner l'emplacement choisi par Jean.

– Je ne savais pas que vous aviez toutes ces terres. Dommage que vous ne mettiez pas tout ça en sucre. Mais vous aurez beau faire des ribambelles d'enfants, vous autres Langlinais, vous ne pourrez jamais cultiver le sucre. Pour le sucre, comme tu me l'as dit si souvent, il faut avoir des esclaves.

– La traite des esclaves est depuis longtemps interdite dans ce territoire, donc ce n'est pas possible, avait répliqué Jean.

– C'est pour cette raison que tu n'en as pas ? Pas pour des raisons morales, comme ton père ?

– Je ne sais pas. Ce n'est pas une question que je me pose. Mon père, lui, a eu le choix : il pouvait ou non acheter des esclaves; c'était possible, alors.

– Tu veux dire que tu ne prends pas de décision morale tant que tu n'y es pas forcé ?

– Écoute, André. Comment peux-tu savoir quelle décision tu prendrais dans une situation où tu ne te trouveras peut-être jamais ? Ne me fais pas rire.

André avait un air scandalisé.

– Ne joue pas les idiots, Jean. Il y a des lois morales, des lois éthiques, qui sont des choses que les gens connaissent et en lesquelles ils croient, qu'ils aient à s'en servir ou pas !

– C'est toi l'idiot, André. Moi, je ne vais pas me fatiguer à apprendre des choses, ou à croire en des choses qui ne me serviront jamais. (Marguerite était assise près du feu, son ouvrage à la main.) J'ai Marguerite. Elle est ma conscience. (Il était allé vers elle et avait tourné son visage vers la lumière.) Tant que Marguerite continuera de me regarder avec ces yeux, je saurai que je suis dans le juste.

André avait détourné la tête, pensant sans doute à Aimée qui ne le regardait plus du tout; et il avait annoncé qu'il reviendrait avec des plans plus précis.

– Tu es en retard, dit Adolphe, quand Jean poussa la porte de la petite cabane, à côté de l'entrepôt.

– Je ne m'arrête pas de vivre parce que tu veux me voir.

Adolphe lui jeta un regard dur.

– Tu dis que tu n'as que faire du luxe. Peut-être que ton indépendance est effectivement ce que tu as de plus précieux.

– Je paie pour la conserver.

– Passons. Voilà ce que veut Lafitte.

Jean s'assit à la table et se versa un verre de vin. Il but. Quand Adolphe commença à expliquer son affaire, le bon goût qu'il avait dans la bouche devint d'une aigreur insupportable. Il cracha tout, et cracha aussi un mot :

– Des esclaves !

– Il y a des acheteurs par ici. Lafitte a besoin d'un endroit pour une vente.

– Je lui laisse ce bout de terre pour qu'il y entrepose sa marchandise, et uniquement pour cela. Je ne veux pas d'acheteurs d'esclaves chez moi.

– Lafitte te donnera trois fois plus.

Jean déboucha en silence une nouvelle bouteille de vin.

– D'ailleurs, qu'est-ce que cela peut te faire ? reprit Adolphe. Les esclaves sont mieux traités ici que dans d'autres régions; or, s'ils ne sont pas vendus ici, ils le seront ailleurs.

– Tu veux dire que... Que ça se passe sur ma terre ou pas, ces gens seront toujours des esclaves.

– C'est leur condition dans cette vie. Que pouvons-nous y faire, nous ? (Adolphe se versa un autre verre.) Tiens, Lafitte t'envoie ça. (Un lourd pistolet, à crosse plaquée d'argent, glissa sur la table en direction de Jean.) Lafitte a un faible pour toi, ne me demande pas pourquoi.

– Nous nous comprenons, dit Jean.

– Dans ce cas, tu devrais comprendre pourquoi il a choisi cet emplacement pour la vente, et il devrait comprendre pourquoi tu ne veux pas. Je me trompe ?

Picou bâilla. Il préférait de beaucoup la compagnie de voleurs et d'assassins attitrés à celle d'hommes comme Jean, qui ne pouvaient passer du désir à sa réalisation sans une interminable comédie.

– D'où proviennent ces esclaves ?

– Comment le saurais-je ? Quelle différence cela fait-il ? Ah, je vois, dit Picou en riant. Tu veux savoir si c'est la première fois qu'on les vend, ou s'ils ont déjà eu d'autres maîtres. Tu vas faire quelque chose de mal et tu le sais. Et tu veux savoir jusqu'à quel point c'est mal.

– Ce n'est pas moi qui les achèterai.

– D'où viendra l'argent qu'on te donnera, sinon de leur vente ?

Il pensa au projet qu'André avait laissé chez eux. D'une maison si simple que même Marguerite était d'accord, mais si solide que Jean, pour la première fois de sa vie, avait traité André avec respect. Cet argent, d'ailleurs, irait à André, aux entrepreneurs. Et comme le disait Picou, on traitait bien les esclaves dans toute la région. S'il s'était agi de choisir entre leur liberté et leur servitude... Mais cette décision avait déjà été prise, par d'autres.

– Dis à Lafitte que c'est d'accord. Mais dis-lui aussi que la prochaine fois... je ne veux pas le savoir.

– J'ai eu une surprise l'autre jour, dit André à Jean. (André marquait avec des pieux l'emplacement précis de la future maison. Le vent de novembre rougissait leurs oreilles.) Je suis allé à une vente, acheter un nouveau domestique pour ma mère, et cela se passait sur tes terres !

– Ah bon ?

André, ayant planté le dernier piquet, regarda Jean dans les yeux.

– Oui. Je voulais te demander si tu avais dû faire un choix moral, concernant l'esclavage.

– Je n'y étais pas. Je ne possède pas d'esclaves.

– C'est grâce à toi que d'autres ont pu en acheter.

Jean rit.

– Grâce à moi, ils ont pu prendre une décision morale. Et s'ils décident d'avoir des esclaves, ce n'est pas mon affaire.

– Ah ! la voilà, la bonté, la simplicité, que mon père admire tant chez vous autres, Acadiens ! Tu parles d'une bonté, qui consiste à fermer les yeux et à se boucher le nez pour ne pas sentir le fumier sur lequel on vit !

– Quand on n'a pas la chance de naître ailleurs que dans le fumier, comme tu dis, on apprend à vivre avec.

– Et à en tirer de l'argent !

– Ne m'impose pas tes principes.

André ricana.

– Mes principes ? Ce ne sont pas seulement les miens. Mais quelle différence ? Si tu peux empêcher ta main gauche de savoir ce que fait ta main droite et continuer de penser que tu mérites la confiance de Marguerite...

– Attention, Clouet, tu vas trop loin.

– Elle est ta conscience, n'est-ce pas ? Sait-elle

d'où vient l'argent avec lequel tu vas lui construire sa maison ?

– Et toi, sais-tu comment ta femme gagne votre argent ?

La colère qui montait entre eux les rapprochait irrésistiblement. Les premiers coups partirent au même moment, le poing de Jean sur la figure d'André, celui d'André dans les côtes de Jean. Mais Jean contenait sa force et ne frappait pas n'importe où. Il s'agissait uniquement de donner une leçon à ce blanc-bec. À la fin, celui-ci s'affala, le visage en sang, mais il n'était pas blessé sérieusement. Comme Jean se détournait, l'autre le rappela. Jean s'arrêta, raidissant le dos.

– Tu as vaincu avec tes armes, manant. La prochaine fois, ce sera avec les miennes, et tu ne t'en tireras pas aussi facilement.

Jean sortit une bourse de la poche de sa veste, versa quelques pièces d'or dans sa main, marcha à grands pas sur André qui s'était remis sur son séant, mais n'avait pas encore retrouvé son souffle, et laissa tomber les pièces à ses pieds.

– Voilà tes gages ! Et fiche le camp de chez moi. Voyons si les aristocrates rampent devant l'or, comme les autres.

Mais il s'éloigna sans se retourner.

– Qu'est-ce qui t'est arrivé ?

Merde ! Il avait oublié que ses parents venaient souper ce soir-là; maintenant, non seulement Marguerite mais aussi Cécile allaient l'énerver par leurs soins fébriles et excessifs; déjà, elles plongeaient des linges dans l'eau chaude, préparaient un baume, remplissaient un verre de vin; son père avait tout de suite compris en le voyant entrer. Quelle explication donner ?

– Papa est tombé et s'est fait mal ?

La petite Mathilde allait de l'un à l'autre.

– Non, mais quelqu'un d'autre peut-être, dit son grand-père. Va jouer avec tes sœurs. Ton père n'a rien du tout. (Louis regarda son fils.) Dans quel état est l'autre ?

– Jean, tu t'es battu !

Les yeux de Marguerite étaient si grands que Jean se sentit comme devant une eau qui vous attire. Comme il ouvrait la bouche, elle l'arrêta de la main.

– Non, je ne veux rien savoir. Tu devais avoir tes raisons. (Elle l'embrassa sur la joue.) Tu n'as rien de cassé, c'est tout ce qui compte.

– Mais si tu t'es battu, avec qui ? demanda Cécile.

Elle était la seule dont la voix exprimait la peur.

– André, dit-il.

Et il attendit l'explosion. Marguerite lui lança un regard qui était comme un éclair, puis alla s'occuper de son ragoût. Cécile fit « ah ! » mais un air de compréhension se dessina sur son visage, et elle alla rejoindre Marguerite. Seul son père semblait désireux d'en savoir davantage.

– Après, dit Jean.

Après le repas, ils s'installèrent avec leurs pipes à côté de la cheminée, pendant que les femmes couchaient les enfants.

– Alors, pourquoi ?

– André prenait des airs supérieurs. Je l'ai remis à sa place.

– Allons, soit il t'est vraiment supérieur...

– Il ne l'est pas.

– Qu'est-ce que cela peut te faire, dans ce cas ?

Le vent du nord s'engouffra dans la cheminée, refoulant un peu de fumée.

– Jean, si nous voulions rabaisser tous ceux qui sont ou qui se croient au-dessus de nous, comment aurions-nous le temps de faire tout le reste ?

Quand André rentra, le visage couvert de terre et de sang coagulé, la chemise en lambeaux, le pantalon tout crotté, Hélène faillit piquer une crise de nerfs.

– Aimée, vous ne voyez pas que votre mari est blessé ?

Aimée posa le livre qu'elle lisait à Noël. Hélène savait que c'était encore un de ces ouvrages de médecine dans lesquels sa bru se plongeait ces derniers temps, avec la bénédiction de son beau-père, évidemment.

– Rien de grave, dit Aimée après avoir examiné rapidement André. Il n'y a que des plaies superficielles. Il faut les nettoyer, c'est tout. J'appelle Zeke.

– Qu'il soit soigné par vous ou par un nègre... commença Hélène qui, elle-même, ne prenait aucune initiative.

Noël l'interrompit :

– Attendez avant d'appeler Zeke, Aimée. (Jamais, depuis leur départ de France, Hélène n'avait perçu ce ton d'autorité dans la voix de Noël. Il tourna le visage d'André vers la lumière d'un chandelier.) Eh bien ? Comment t'es-tu fait ça ?

André se dégagea des mains de son père, prit une gorgée de vin et fit une grimace de douleur en portant la main à ses lèvres fendues.

– Jean Langlinais a perdu la tête.

– C'est Jean qui t'a fait ça !

André leva vers son père ses yeux qui ressemblaient tant à ceux d'Hélène.

– Je ne vois pas pourquoi vous sanctifiez ainsi ces Langlinais, mon père. Ils peuvent être aussi mauvais que n'importe qui. (Il reprit une gorgée de vin, jouissant presque du mal que cela lui faisait.) Il y a eu une vente d'esclaves sur la terre de Jean. Il n'a pas aimé que je lui fasse noter la différence entre ce qu'il prêche et ce qu'il fait.

– Une vente d'esclaves ? C'est illégal ! Noël, tu es juge, tu dois faire quelque chose contre ça.

Hélène sourit en se demandant si Cécile serait toujours aussi fière, quand son fils passerait en jugement pour trafic d'esclaves.

– Êtes-vous devenus fous, tous les deux ? Nous

devons tout au père de Jean. À sa famille. Et si la gratitude est pour vous un vain mot, laissez-moi vous rappeler que l'esclave que vous avez acheté la semaine dernière provenait de cette même vente, comme André le sait très bien. Si je traîne Jean en justice, tous les complices y passeront, et vous aussi.

– Noël...

– Assez, madame. Vous ne faites rien de bon, pas une seule personne, sur cette plantation, ne vous doit la moindre chose. Vivez comme il vous plaît, Dieu sait que vous l'avez toujours fait. Mais ne me dites jamais plus ce que je dois faire ou ce que vous pensez de ce que je fais.

Au loin, il entendit vaguement une sonnerie de clochette. Zeke allait arriver, il emmènerait André. Hélène se retirerait dans son boudoir. Et Aimée et lui auraient la paix. Il se laissa retomber dans son fauteuil.

– Où en étions-nous ? dit-il.

– Au début du chapitre sur la fièvre jaune.

La voix d'Aimée pouvait être le son le plus doux, le plus calme, le plus agréable du monde. Il se cala contre le dossier, ferma les yeux. Tandis qu'elle recommençait à lire, il entendit sa femme et son fils sortir.

– J'ai payé pour avoir ces plans, Dieu me damne si je ne m'en sers pas !

Et Jean avait engagé des ouvriers pour construire la maison. Les travaux allèrent bon train et, quand le printemps arriva, Marguerite et Cécile purent déjà dessiner les jardins et y planter fleurs, légumes et herbes. Soutenue par des piliers, avec deux grands pignons et des galeries sur le pourtour, elle avait le style de certaines maisons d'été que les riches Orléanais se faisaient construire à la campagne.

– Que de fantaisies ! disait Marguerite.

Tandis que Cécile cousait des tabliers pour ses

petites-filles, brodait des guirlandes de pampres, de violettes et de roses sur leurs petites jupes, ou s'amusait avec la sixième, encore au berceau, qui avait reçu son prénom, Marguerite faisait le beurre dans sa baratte ou pétrissait le pain.

– Nous ne nous installerons pas chez vous, dit Cécile à Jean, qui faisait encore remarquer que la place ne manquait pas dans la nouvelle maison. Mais je serai ici si souvent que tu devras aller chez moi quand tu voudras être seul. Et qu'allez-vous faire de la petite maison, qui avait été construite pour nous ?

– Papa et moi l'utiliserons comme cabinet de travail. Comme cela, tous nos registres seront au même endroit.

Il avait dit à peu près la même chose à Louis.

– Papa, nous devons voir ce qui rend le plus, avec le moins de travail.

– Ce que tu fais, toi, doit rendre très bien en tout cas, si tu as déjà de quoi te construire une maison pareille.

– J'ai fait des connaissances à La Nouvelle-Orléans. C'est une ville qui pousse, et qui offre plus d'une occasion, vous savez.

– C'est ce qu'on dit.

Les Langlinais s'installèrent dans leur nouvelle maison à la fin de mai, et il y eut une grande fête, le dimanche suivant qui était aussi le dernier du mois de Marie, sous les chênes verts, les magnolias aux senteurs de citron et les grands pacaniers.

Cécile revint chez Jean et Marguerite dès le lendemain.

– Pourquoi les femmes veulent-elles toujours de jolies choses, tandis que les hommes ne veulent que des choses utiles ? demanda-t-elle.

Elles étaient sur la galerie. Pour une fois, Marguerite était fatiguée et avait besoin de repos. Quel agréable après-midi en perspective ! Il faisait beau, l'air était doux. Mais il y avait un fond de tristesse dans le cœur de Cécile.

– Peut-être que les hommes doivent veiller aux choses utiles pour que les femmes puissent avoir les jolies choses, dit Marguerite pour taquiner Cécile. Nous ne serions pas assises aujourd'hui dans cette belle galerie, si nos hommes ne travaillaient si dur.

Il n'y avait aucune ombre à la clarté de cette journée; celle qui passa sur le visage de Cécile venait d'ailleurs.

– Vous pensez qu'ils travaillent trop ?

– Trop travailler ? Qu'est-ce que cela signifie ? Aujourd'hui, Jean a son bureau, il peut s'asseoir à sa table, ouvrir ses livres, compter ses troncs de cyprès et ses fourrures... Vous le connaissez, ma mère : même s'il n'avait pas sa femme et ses six enfants à nourrir, Jean serait un bourreau de travail.

– Oui, pour battre les Clouet. (Cécile dit cela avec sa légèreté habituelle. Mais elle hocha la tête vigoureusement quand elle vit que Marguerite allait protester.) Je sais de quoi je parle. Depuis qu'ils sont ici, Louis n'ignore pas que je le compare à Noël, et que je me compare à Hélène. (Marguerite fit mine de se lever, sans doute voulait-elle venir auprès de sa belle-mère, pour interrompre la conversation. Cécile l'arrêta d'un geste.) Laissez-moi finir. Tout ce qu'avait Hélène, je le voulais. Je ne le disais pas : mes yeux le disaient pour moi. Et Louis le comprenait. Voilà l'explication des pièces de dentelle et de soie. Des théières et des nappes. Tous ses cadeaux. Jamais tout cela ne me servirait, c'était trop. Mais jamais ce ne serait autant que ce qu'avait Hélène de Clouet.

Deux larmes coulèrent de ses yeux assombris, comme les gouttes qui tombent d'un nuage bas de printemps.

Marguerite se décida à aller à côté de Cécile et l'étreignit dans ses bras dodus.

– Allons, maman, il vous adore, vous le savez.

Il voulait vous donner tous ces cadeaux. Ne dites pas ces choses ridicules.

Cécile s'essuya les yeux avec son mouchoir.

– Peut-être qu'il m'adore, mais il ne me regarde pas comme son père regardait sa mère, ou comme mon fils vous regarde.

– Qu'allez-vous chercher ? Ôtez-vous ces pensées de la tête. Je vais faire encore un peu de café, il reste des petits pains, et puis il y a le miel nouveau...

– Il y a une façon dont un homme regarde sa femme quand il sait qu'elle vit pour son amour. Louis ne me regardera jamais de cette façon.

Marguerite hésita à l'entrée de la salle à manger. Elle entendait les cris des enfants jouant dans l'autre galerie. Il fallait aller les chercher, leur dire de venir chanter et danser pour leur grand-mère. Cette Cécile, qu'il fallait distraire pour chasser ses chagrins, c'était elle la plus enfant de tous ! Puis elle perçut un ton nouveau dans la voix de Cécile. Un ton de calme résignation. Elle se retourna et la vit hausser ses épaules encore délicates.

– Bah, j'ai ce que je mérite. Il faudra le supporter jusqu'à la fin de mes jours.

– Je suis passée devant la nouvelle maison des Langlinais, cet après-midi, annonça Hélène au souper. Je crois même avoir vu Cécile et sa belle-fille assises dans la galerie de la façade, exactement comme les dames de bien qu'elles ont toujours voulu être ! (Elle défia Noël du regard.) Êtes-vous allé leur souhaiter une bonne installation, Noël ? Vous qui semblez toujours si soucieux de l'opinion des Langlinais !

– Quel cheval avez-vous pris, madame ? dit Aimée, pour étouffer dans l'œuf cette attaque qui se préparait contre son beau-père.

– Une alezane. Je ne me souviens pas de son nom. Poulette. Quelque chose comme ça.

André, qui buvait, fut pris d'un rire qui faillit l'étouffer.

– Cocotte ? Vous avez monté Cocotte ? Autant se faire tirer par une ficelle sur un cheval à roulettes !

– Ta mère n'a pas monté depuis longtemps, l'interrompit Noël. Elle a bien fait de commencer par une bête paisible.

– Paisible ! Mortelle, oui ! s'exclama André. Eh bien, ma mère, je crois qu'on peut baisser le rideau. Penser que vous chassiez à courre avec le roi, et que vous en êtes réduite maintenant à vous trimbaler par les chemins de campagne sur cette percheronne ! Quelle décadence !

– Tu as la langue bien mauvaise lorsque tu fais passer dessus un peu trop de vin ! dit Aimée.

Elle détourna immédiatement la conversation sur le dernier article de médecine qu'elle avait lu. La littérature scientifique occupait désormais toute une étagère de la bibliothèque. Ignorant sa belle-mère furieuse et son mari qui boudait, elle fixa les yeux sur Noël et lui parla comme s'ils étaient seuls à dîner.

Le dossier de la chaise d'Hélène heurta le plancher. Elle se dressait, frappant des mains sur la table.

– Vous allez voir s'il faut baisser le rideau. Si je ne suis plus capable de jouer la comédie !

Elle sortit. On entendit le claquement sonore de ses talons dans la grande entrée. Une autre porte claqua. Et ce fut le silence.

Après une pause, Aimée se mit à exposer l'opinion d'un certain Richardson.

– Je vais me coucher, dit André en exécutant laborieusement une courbette. Et vous libérer ainsi de ma présence.

La main d'Aimée se referma sur le poignet de son mari. Comme son pouls battait vite !

– Bonne nuit, André.

Leurs regards se croisèrent. Il disparut.

– Si c'était un cheval, on l'aurait castré, dit Noël, dans le silence qui s'était instauré après ces deux départs.

– Les enfants sont de votre sang, et du mien.

– Dieu en soit loué.

Ils passèrent dans la bibliothèque, Aimée pour noter les faits de la journée (c'est-à-dire ce qui s'était passé dans la plantation), Noël pour lire le courrier reçu de La Nouvelle-Orléans. La lune semblait s'être prise dans les branches des chênes; on voyait distinctement non seulement la balustrade de la galerie, mais aussi la pelouse et l'allée devant la maison. La douceur de la nuit de mai pénétrait par les fenêtres ouvertes et la brise gonflait les grands rideaux blancs.

– La convention pour la Constitution se tiendra en novembre, dit Noël, tendant une lettre à Aimée.

Elle la lut rapidement.

– Toujours le même, ce vieux Gravelle. Il coucherait avec la dernière esclave de sa maîtresse s'il pensait que cela peut lui rapporter quelque chose.

Noël acquiesça. C'était une chose d'œuvrer à la transformation du territoire de Louisiane en un État jouissant des mêmes droits que les autres États de l'Union. C'en était une autre de s'adapter de manière aussi servile à n'importe quel pouvoir en place. Oui, Gravelle avait oublié trop facilement ce qu'il était et ce que sa famille représentait.

Un bruit éloigné arrêta le cours de ses pensées. Qu'était-ce ? Où était-ce ? Il leva la tête.

– Je crois que c'était devant la porte d'entrée, dit Aimée.

Elle alla à la fenêtre.

– Vous voyez quelqu'un ?

Il s'était levé lui aussi et s'était approché.

– Non...

De nouveau, le même bruit : un martèlement de sabots, un cheval lancé au galop. Aimée courut à la porte donnant sur la galerie et se précipita à la balustrade, scrutant l'obscurité.

– Là-bas !

Sortant de l'ombre des arbres, sur le bord opposé de la pelouse, à une cinquantaine de mètres, Hélène apparut, montant Jupiter, le nouvel étalon. Ils fonçaient vers la grande allée. Derrière eux, quelqu'un courait en hurlant. Joseph.

– Mon Dieu, il va la tuer !

Personne n'osait encore approcher cette bête, sauf Joseph. Au moment où ils se précipitaient vers l'escalier extérieur, Noël vit Hélène soudain illuminée par un long rayon de lune qui passait à travers les feuillages. Ses cheveux semblaient d'or; cette lumière éclatée parmi les ombres, ainsi que la beauté puissante du cheval sous elle effaçaient la marque des années sur son corps et sur son visage; elle était en accord parfait avec sa monture.

Leurs mouvements se fondaient. Puis Jupiter secoua violemment la tête, tourna vers la gauche et se lança dans l'allée. Quand Noël et Aimée arrivèrent sur la pelouse, ils ne virent plus personne.

Ils retrouvèrent Hélène, étendue de l'autre côté de la barrière de la prairie qui bordait la grand-route, en face de l'allée de chênes. Tous trois descendirent des montures sur lesquelles ils étaient accourus à bride abattue. Aimée se pencha sur le corps immobile qui semblait abandonné dans le sommeil.

– Elle s'est brisé le cou. La mort a dû être instantanée.

Aimée se releva en se frictionnant les mains comme pour effacer l'impression qu'y avait laissée le cou encore chaud. Elle se tourna vers Noël et chercha ses yeux. Ils étaient éteints, comme le ciel à ce moment-là, où la lune avait disparu derrière un nuage. Elle l'enlaça.

– Je suis certaine qu'elle n'a rien senti, Noël. (Aimée était effrayée par son silence et son immobilité.) Noël...

Il se dégagea de son étreinte, se retourna, passa la barrière, remonta en selle et, tirant sur la bride, dirigea la tête de l'animal vers la maison.

Alors il se rappela leur présence.

– Je vais chercher une voiture.

Joseph tomba à genoux devant Aimée, jurant ses grands dieux qu'il n'y était pour rien, que c'était Hélène qui l'avait forcé.

– Assez, Joseph ! Je vous crois, ne parlez plus de cela. Allez aider M. de Clouet. Je reste avec elle.

D'un bond, elle se percha sur la clôture, puis défit ses cheveux, qui se mirent à flotter dans la brise fraîche qui soufflait du bayou. Ses yeux fouillaient l'étendue sombre de la prairie, et quand la lune sortit de derrière le nuage, elle l'aperçut, immense, tranquille, conscient et content de son méfait. Elle prit son sifflet; comme enchaîné par la longue note aiguë qui déchira l'air, l'étalon se fit tout doux et approcha au pas. Aimée s'inclina, appuyant le front sur son cou, le caressa derrière les oreilles en l'attirant vers elle.

– Elle aurait dû se garder de prendre ce qui est à moi, chuchota-t-elle.

Le soir même de l'enterrement de sa belle-mère, Aimée regarda, impassible, son mari boire verre après verre tout le long du souper, puis se lever et partir se coucher d'un pas incertain.

– Cette revue vient d'arriver, dit-elle, prenant place sur le canapé qu'elle occupait d'habitude pendant leurs veillées, face au fauteuil de Noël. Voulez-vous que je vous fasse la lecture ?

– Aimée, regarde-moi.

Il était debout et lui tendait les bras. Elle ressentit une joie immense, comme si elle s'était élevée dans les airs sur le dos vigoureux de Jupiter. Elle se leva et s'abandonna à son étreinte. Frottant sa joue contre son gilet, elle murmura :

– Elle n'aurait pas dû prendre ce qui est à moi.

Noël n'entendit que « à moi ».

– Tu es à moi, dit-il. Depuis l'instant où je t'ai vue pour la première fois à Bocage...

– Mon Dieu ! dit-elle d'une voix enjouée, en se redressant de toute sa petite taille pour l'embrasser, quelle longue attente !

– Alors, n'attendons plus, Aimée.

Il la prit par le bras, fit avec elle le tour des pièces, tirant les rideaux, poussant les verrous. Quand ils arrivèrent en haut de l'escalier, ils s'arrêtèrent un instant devant la porte de l'appartement qu'elle occupait avec André. Puis ils entrèrent chez Noël.

– J'ai peur soudain, dit Noël en la voyant se déshabiller. Cela fait si longtemps.

– Et moi, que devrais-je dire ? Je n'ai jamais été aimée, Noël. (Elle écarta les draps et s'assit sur le lit. Il y avait un air espiègle dans ses yeux, mais aussi quelque chose d'autre qui calmait l'appréhension de Noël.) Il n'y a aucune raison d'avoir peur.

Il s'assit à côté d'elle, enlaça son corps menu et s'aperçut bientôt qu'elle avait raison.

Malgré la construction de la maison, Jean avait encore de coquettes épargnes. Il projetait de fonder une entreprise de bâtiment pour les paysans des alentours. Pour commencer, il engagea un ouvrier agricole et acheta un taureau.

L'animal arriva au moment du marquage du bétail.

– Prenons du pain et du fromage et allons regarder les hommes travailler dans la prairie, dit Marguerite à Cécile. 'Tit Frère ne le sait pas, bien sûr, mais son père aujourd'hui a forgé une nouvelle marque pour les animaux qu'il lui destine.

'Tit Frère était le quatrième enfant, et le premier fils, de Jean et Marguerite, né en 1807. Pour le registre de la paroisse, il était Claude, ainsi nommé en l'honneur de son arrière-grand-père Langlinais, exilé d'Acadie. Mais, pour ses grandes sœurs, il avait tout de suite été « 'Tit Frère », et « 'Tit Frère » il devait rester pour tout le monde jusqu'à la fin de ses jours.

Pour l'heure, 'Tit Frère avait quatre ans. Fermement planté sur ses jambes dodues, il se tenait devant la margelle du puits, serrant dans la main un long bâton qu'il ne quittait pas des yeux, comme il l'avait vu faire à son grand-père quand il pêchait dans le bayou. Lui aussi pêchait, dans le puits. Marguerite alla l'arracher à son occupation, appela les trois filles qui jouaient à la poupée sous un arbre et prit dans ses bras le petit Gaston, âgé de deux ans. Cécile sortit de la maison avec le bébé, et tout le monde s'achemina vers la prairie, près de la grange.

Les mugissements des bêtes rétives se mêlaient aux hurlements des hommes en sueur qui les rassemblaient. Les feux où l'on chauffait les fers de marquage rougeoyaient dans la poussière que soulevait le troupeau. Marguerite, Cécile et les enfants s'arrêtèrent sur une petite éminence, à une cinquantaine de mètres du théâtre des opérations.

– Regarde, 'Tit Frère, dit Marguerite. Papa va marquer dix petites génisses avec un fer qui veut dire qu'elles sont à toi.

– Pourquoi je ne peux pas avoir des vaches, moi aussi ? demanda Mathilde, plantant ses grands yeux sur le visage de sa mère.

– Les filles n'ont que des poules, dit Marguerite... Tiens, où est Gaston ?

Un instant auparavant, il était encore avec elles, grignotant placidement un morceau de fromage; maintenant, on ne le voyait nulle part. Ses trois sœurs se mirent à sa recherche, dirigées par leur mère. Les yeux protégés derrière sa main, elle suivait leurs mouvements; elles fouillèrent l'herbe haute et les buissons alentour, sans résultat. Alarmée, Marguerite courut vers les hommes, pour voir si l'enfant n'était pas allé rejoindre son père, tandis que Cécile partait de l'autre côté, l'appelant d'une voix inquiète.

Bientôt, elle entendit un animal qui renâclait et un enfant qui pleurait doucement. Elle se retourna. À une dizaine de mètres, dans l'enclos renforcé, le nouveau taureau, tête basse, regardait le petit garçon accroupi dans l'herbe, médusé par la vue de l'énorme animal. Sans hésiter, Cécile courut vers l'enclos et franchit la barrière en criant :

– Gaston, viens vers grand-mère !

Comme elle s'approchait, le taureau tourna la tête vers elle. Du coin de l'œil, elle vit Gaston, libéré de la fascination qu'exerçaient sur lui les deux gros yeux du monstre, se faufiler sous la traverse intérieure de la clôture. Elle se retourna pour fuir mais il était trop tard. Irrité par les couleurs vives de son tablier, le taureau avait chargé. En un éclair, il fut sur elle et la laboura à coups de cornes.

Quand on l'eut retirée de l'enclos, Louis s'agenouilla à côté d'elle, dans l'herbe verte et fraîche. Mourir ainsi, dans la terreur : le destin s'était joué des murs de tendresse et de soins qu'il avait édifiés toute sa vie autour d'elle. Elle rouvrit les yeux et le regarda. Il sentit une légère vibration dans la main qu'il serrait. Elle essayait de parler, mais les mots se noyaient dans le sang qui sortait de sa bouche. Il se pencha. Elle fit un ultime effort.

– Louis... j'ai été heureuse... grâce à toi.

Les traits de son visage se détendirent, exprimant une paix qui l'envahit à son tour. Ainsi, l'amour qu'il avait pour elle l'avait accompagnée tous les jours de sa vie; et si certains lui avaient montré l'enfer, lui, il lui avait montré le ciel.

Sous un seul drapeau
La bataille de La Nouvelle-Orléans
(hiver 1814-1815)

« En résumé, je pense que vous devez venir au plus vite à La Nouvelle-Orléans. Après des mois de méfiance et d'atermoiements, les gens commencent enfin à se rallier. Hier, neuf notables de la ville, dont moi-même, ont publié une proclamation exhortant notre peuple à s'unir pour défendre jusqu'au bout ses biens et sa souveraineté. Ce n'est pas exagérer la menace britannique, mon cher ami, de dire que si les Anglais s'emparent de La Nouvelle-Orléans, ils auront la clef de toute la basse vallée du Mississippi. »

Noël parcourut rapidement la fin de la lettre et la rangea.

– Gravelle dit qu'Andrew Jackson doit arriver à La Nouvelle-Orléans dans la première semaine de décembre, pour préparer la défense.

– Je ne comprends pas pourquoi il tient si fort à ce que tu ailles à La Nouvelle-Orléans. Comme si nous n'avions pas assez à faire ici !

Pour Aimée, cette guerre contre les Anglais, commencée huit mois plus tôt, au début de 1814, était avant tout une gêne. Le blocus mis par la Royal Navy autour des côtes des États-Unis avait stoppé les exportations de sucre comme les importations : il devenait de plus en plus difficile de se procurer une foule de choses nécessaires. Elle regarda Noël.

– Les Anglais peuvent-ils vraiment s'emparer de La Nouvelle-Orléans ?

Noël mit une autre bûche sur le feu et ramena les braises avec le tisonnier.

– Qui sait ? On dit que Jackson est un général

capable, mais les Français accepteront-ils de se battre sous ses ordres ? Gravelle ne veut pas le reconnaître, mais j'ai su que beaucoup d'Orléanais, protestant qu'ils sont des Français et non des Américains, ont demandé au consul de France protection contre une guerre qui, disent-ils, ne les concerne pas.

Aimée rit, de cet éclat bref qui interrompait le cours égal de sa voix.

– Ils veulent protection pour attendre tranquillement de voir qui sera le vainqueur. De qui cireront-ils les bottes ? c'est tout leur problème. Ne va cirer les bottes de personne, Noël !

Il se leva, mit les mains sur ses épaules fluettes.

– Si je décide d'aller à La Nouvelle-Orléans, Aimée, ce sera pour sauver l'héritage de nos enfants. Grâce à toi, je me suis rappelé une chose que j'avais presque oubliée : on peut perdre une bataille, mais on n'a pas à souffrir de la défaite.

Elle sauta sur ses pieds et le laissa la prendre dans ses bras.

– Tant que je vivrai, Noël, je ne reculerai devant rien pour défendre Beau-Chêne. Va où tu dois aller, risque ce que tu dois risquer. Ce que tu as construit ici est en sûreté entre mes mains.

Ni l'un ni l'autre ne paraissaient remarquer qu'elle parlait comme si elle avait toujours été à ses côtés. Il est vrai qu'Hélène avait laissé cette place vide.

Noël avait été habitué pendant si longtemps à ne recevoir de sa part aucune marque d'intérêt pour ce qu'il faisait, qu'il avait oublié ce que c'est que de sentir que l'on fait partie d'un couple, que votre propre vie se mêle et se conjugue à celle d'une autre. Puis Aimée avait commencé à l'accompagner dans ses tournées, à travailler avec lui et, finalement, l'avait aimé.

– Nous sommes plus unis qu'Hélène et moi, et que toi et André ne l'avons jamais été, lui avait dit une fois Noël. Que sont les vœux du mariage ? C'est la vie qui constitue un mariage.

– Je pense qu'André devrait venir avec moi à La Nouvelle-Orléans. Il pourra revenir ici rapidement si la menace se précise.

Aimée s'écarta et leva les yeux vers Noël.

– Oui, prends-le. Même Félix qui n'a que dix ans nous défendrait mieux que lui.

On avait construit, sur le côté gauche du jardin d'apparat, une manière de colombier, dans lequel André avait installé son atelier. C'était là qu'il passait le plus clair de son temps, quand il était à Beau-Chêne. De loin en loin, il exécutait quelques projets de construction, ce qui lui permettait de dire qu'il travaillait.

Plusieurs demeures splendides, dans la région, témoignaient d'ailleurs éloquemment de son talent. Tous ces travaux, réalisés pour les parvenus dénués de goût qui lui passaient des commandes, et même contre eux, le satisfaisaient moins que les dessins et les tableaux qu'il faisait pour lui-même. Il avait recommencé à peindre après la mort d'Hélène, et les murs de son atelier étaient couverts des fruits de ce regain de passion artistique.

Une grande toile occupait le chevalet de bois de rose. André était occupé à y travailler quand Noël entra.

– De quoi s'agit-il maintenant ? demanda-t-il.

Noël ne voyait plus quotidiennement de tableaux de maîtres, depuis un quart de siècle, mais son jugement avait été formé, et il était certain qu'André était un très bon peintre. N'eût été le mépris d'Aimée pour ces « enfantillages », il se serait entremis pour faire connaître l'œuvre de son fils.

– Voyez vous-même, dit André.

Heureux de pouvoir parler d'autre chose que de la guerre pendant un moment, et ne se doutant de rien, Noël approcha. Et il vit Hélène, Hélène telle qu'elle était avant la malheureuse Révolution. La tête droite et ses yeux qui semblaient dire au monde : « Prouve-moi que l'idée que j'ai de toi est fausse ! »

– Je l'ai dessinée d'après cela.

André tendit à Noël une miniature dans un cadre d'argent.

C'était celle que Mme Vigée-Lebrun, portraitiste de la cour, avait peinte en préparation du grand portrait d'Hélène que Noël avait commandé pour leur cinquième anniversaire de mariage. Il se rappela la folle joie d'Hélène quand elle avait su que cette artiste, que se disputaient tous les princes d'Europe, voulait la peindre. « Elle me rendra immortelle ! » Les esquisses du grand portrait, comme beaucoup d'autres projets d'immortalité, avaient été emportées dans le tourbillon des événements. Il fallait croire que ce tourbillon les avait déposées sous le crâne de son fils...

– Ta mère serait ravie, dit Noël. Nous l'accrocherons dans le salon.

– Qu'en pensera la nouvelle châtelaine ?

– Tu pourrais le lui demander.

André abaissa le drap sur la toile, cachant l'image qui, pendant quelques instants, les avait rapprochés.

– Fort heureusement pour moi, je crois, Aimée désormais ne se soucie pas plus de ce que je fais que je ne m'intéresse moi-même à ses nombreuses activités. Je doute d'ailleurs qu'il en ait jamais été autrement. Quoi qu'il en soit, je garderai ce portrait ici.

– Comme tu veux. Mais c'est dommage, André. Tu devrais faire un voyage en Europe, quand cette guerre sera finie. Tu pourrais y enrichir ton art.

– C'est inutile, en ce qui me concerne, dit André. (Il s'allongea sur la banquette, près de la cheminée, et alluma une petite pipe de porcelaine.) Un tel voyage occasionnerait des dépenses, et Aimée attendrait que cela lui rapporte. Je préfère que ma peinture reste pour moi un jeu. Je ne veux pas entrer dans son jeu à elle.

– Personne ne traitera ton travail de jeu si toi-même ne le considères pas ainsi, dit Noël.

Ce jour-là encore, comme à chacune de leurs

entrevues, il apparaissait qu'ils n'avaient rien en commun, pas même le souci de faire semblant d'être en paix l'un avec l'autre.

Pendant les semaines qui avaient suivi la mort d'Hélène, Noël avait attendu qu'André lui demandât une explication, ou la demandât à Aimée. Or, il n'avait rien dit, il avait observé le deuil pendant la période nécessaire, avait reçu avec eux les visiteurs, puis était parti pour La Nouvelle-Orléans où il était resté plusieurs mois. Vers la fin de ce séjour, il avait écrit à Noël.

« Cher papa, j'espère que mon absence vous a donné le temps, à vous et à ma femme, de vous installer dans votre nouvelle vie. Je peux être indifférent mais je ne suis pas dupe. Sachez que j'ai moi-même, depuis longtemps, ma propre source... comment dire ? d'amour ? de satisfaction ? Qu'importe. La seule raison que j'aurais d'être jaloux, ou plutôt de vous envier, est que moi, je doive aller à La Nouvelle-Orléans, tandis que vous et Aimée pouvez rester à la maison. Je suis certain que vous tiendrez, autant que moi, à sauver les apparences, ne fût-ce que par amour et dans l'intérêt des enfants. Je reviendrai dans une quinzaine de jours. »

Noël avait montré la missive à Aimée, et elle avait reconnu que, « pour la première fois », son mari faisait preuve de « virilité ». Il n'y avait eu aucun éclat. Noël et André ne se voyaient plus désormais que lorsque c'était nécessaire.

– Je suis venu te dire que j'ai reçu une lettre de Gravelle. Les Anglais ont l'intention d'attaquer la capitale. Jackson, le général américain, devrait bientôt arriver pour prendre en main la défense de la ville. Gravelle pense que nous devons le rejoindre, pour prendre part aux événements.

La fumée montant de la pipe d'André vola jusqu'au visage de Noël, dont les narines se pincèrent.

– Où te procures-tu ce tabac, bon Dieu ? dit-il, s'écartant de la longue traînée grise. Quelle odeur ! On croirait ouvrir la pharmacie d'Aimée.

André n'ayant rien répondu, Noël revint au sujet qui l'avait amené dans le colombier.

– Je sais que la chose publique ne t'intéresse pas beaucoup. Mais je ne vivrai pas éternellement. Une victoire des Anglais compromettrait notre position à tous, et celle de notre famille en particulier.

– Je devrais me mettre aux ordres de cet Américain ? Rejoindre cette armée hétéroclite où se retrouvera, j'en suis sûr, toute la fleur, ou plus exactement toute la lie de cette société ? Quoi qu'elle me réserve, cette vie ne m'a pas préparé à partager l'ordinaire d'un forestier crasseux du Kentucky, derrière un drapeau que je ne saurais même pas dessiner de mémoire si on me pendait pour l'avoir défendu. J'irai avec vous à La Nouvelle-Orléans. Quel triste automne, cette année ! J'ai besoin de distractions. Quand le clairon sonnera le rassemblement des braves, je ne répondrai pas. Et Gravelle pensera de moi ce qu'il voudra !

Triste automne aussi pour Jean. Les fourrures s'amoncelaient, occupant la moitié de son ancienne maison. Le blocus britannique avait interrompu le commerce maritime.

La mévente empêchait Jean de s'attaquer à la réalisation de ses projets, et il rongeait son frein. Il y avait une solution, cependant; et quand il la trouva, il se traita d'imbécile pour ne pas y avoir pensé plus tôt. Il se rendit à l'entrepôt au milieu du marais, noua à une longue branche le mouchoir de linon blanc portant le chiffre de Jean Lafitte – que celui-ci lui avait donné après la prise du galion espagnol, plus de dix ans auparavant – et fixa cet étendard sur le faîte du toit de bardeaux. C'était le signe convenu : Jean voulait rentrer en rapport avec la bande.

Une quinzaine de jours plus tard, un homme petit et trapu, aux cheveux blonds et au visage noirci par le soleil, frappa au cabinet de travail.

Il se présenta : Dominique You. Jean ouvrit toute grande sa porte et déboucha une bouteille de son meilleur vin. Adolphe Picou était jaloux de cet homme, dont la carrière militaire avait commencé en France, qui s'était ensuite battu aux côtés d'un beau-frère de Napoléon, contre les Noirs insurgés de Haïti, et avait fini par devenir corsaire. Il était désormais connu comme le meilleur lieutenant de Lafitte, au grand dam de Picou qui, cependant, reconnaissait sa valeur.

– Gros fusil pour un si petit oiseau ! dit Jean.

You but son verre d'un trait.

– Quand un homme ne fait appel à Lafitte qu'une seule fois en dix ans, c'est qu'il doit avoir un besoin pressant de son aide. Il serait venu lui-même, si ce n'était cette guerre. Les Anglais veulent l'attirer de leur côté ! (You éclata de rire.) Ils ne connaissent pas Lafitte. Il est vrai que le gouverneur Claiborne l'a fait emprisonner et a mis sa tête à prix. Mais Lafitte n'est pas homme à trahir. S'il se bat avec quelqu'un, ce sera avec Jackson et les Américains.

Jean trouvait tout cela fort intéressant. Restait le problème de l'expédition des fourrures. Était-il possible de tromper la surveillance de la marine britannique ? You sourit d'un air suffisant. Pour sûr ! Les navires de la flotte de Lafitte s'y employaient chaque jour. Jean n'avait qu'une chose à faire : transporter les fourrures, par les bayous et les marais, jusqu'au navire de You.

Le navire de You ! Jean se rappela le bondissement sous ses pieds du grand navire, volant de toutes ses voiles au-dessus de la mer houleuse. Il en avait assez de l'humeur de plus en plus morose des gens autour de lui, qui ne comprenaient pas les raisons de cette nouvelle guerre et craignaient encore une fois pour leurs terres.

– Je m'embarquerai aussi, dit-il.

– Sois prudent, Jean, dit Marguerite.

Elle ne s'étonnait pas que Jean eût trouvé un

moyen d'acheminer ses fourrures vers les marchés extérieurs, et l'apparition de cet étranger, qui avait les façons d'un gentilhomme et l'œil farouche d'un rapace, ne troubla pas sa sérénité. Elle ne demanda même pas d'où il venait, ni qui il était; elle lui servit une deuxième grande louche de gombo quand son assiette fut vide et, au dessert, le força à reprendre de la tarte aux pommes. Quand il s'installa près du foyer avec les enfants, faisant des ombres chinoises, leur jouant des tours, leur posant des devinettes, elle s'assit, heureuse, à côté de lui.

– Tu es bien tombé avec ta femme, dit Dominique You à Jean, tandis qu'ils descendaient le bayou, dirigeant leur bateau plat avec de longues perches. Pourquoi la quitter ?

– J'ai besoin de m'échapper d'ici, de temps en temps. C'est elle que j'ai choisie, parce que je savais qu'elle me le permettrait. (La maison disparut derrière les épais feuillages qui couvraient la rive du bayou. Jean desserra son écharpe de laine et releva son chapeau.) Tu sais d'autres choses au sujet de ce général ? dit-il. De ce Jackson ?

André, assis à côté de son père, au Café des Réfugiés, s'écarta discrètement du groupe qui se pressait autour de leur petite table. Ce café, lieu traditionnel de rencontre des « chouans de Saint-Domingue » réfugiés à La Nouvelle-Orléans, attirait depuis la mi-novembre de 1804 tous ceux qui suivaient de près l'évolution de la situation militaire. On échangeait les nouvelles, on vérifiait les rumeurs, on commentait les décisions du gouverneur Claiborne et on s'interrogeait sur la position que prendrait Jean Lafitte au moment décisif.

Les déclarations et les proclamations de Claiborne avaient finalement secoué une partie des Orléanais, et la défense s'organisait. Mais la grande cité restait violemment divisée entre ceux qui voulaient combattre les Anglais et ceux qui ne le voulaient pas, considérant que les Anglais ne seraient pas pires maîtres que les Espagnols ou les Américains, et qu'il n'y avait aucune raison qu'ils ne garantissent pas, eux aussi, la prospérité des affaires et du commerce. Aussi Claiborne avait-il averti Jackson (selon des personnes bien informées) : le pays grouillait de traîtres et d'espions.

Ces conversations intéressaient d'autant moins André qu'il en connaissait maintenant toutes les répliques par cœur. Il rêvassait quand son attention fut attirée par un homme et une femme arrêtés sur le trottoir, devant le café. Sa liaison avec Yvonne était finie depuis deux ans. Elle avait trouvé un protecteur, « *gentleman* très beau et très gentil » qu'elle n'avait pas voulu nommer. Et si André avait trouvé une autre femme, il n'avait pas retrouvé une autre Yvonne. C'était elle. Il vida son verre et chuchota quelques mots à l'oreille de Noël. Avec son chapeau et sa canne, il se faufila à travers la cohue vers la sortie et suivit d'un pas nonchalant le couple qui s'éloignait.

Pour André, ce « protecteur » n'avait été jusque-là qu'une abstraction : quelqu'un qui payait les robes d'Yvonne, qui lui avait acheté une maison, etc. Mais, en tant qu'abstraction, cet homme ne pouvait avoir de rapports charnels avec elle. Maintenant, au contraire, c'était un homme bien réel. De haute taille, il la tenait fermement par le bras, en propriétaire exclusif des plaisirs qu'elle avait dispensés autrefois à André. Pourquoi ne les lui donnerait-elle pas de nouveau, de temps en temps ? Une fille comme elle pouvait-elle se résigner à être toujours achetée, toujours prisonnière de la volonté d'un autre ?

Quand ils furent entrés dans ce qui devait être sa maison, André s'approcha de la belle grille de fer forgé derrière laquelle ils avaient disparu et aperçut un petit patio, une profusion de camélias et d'hortensias, des murs blancs, des persiennes jaunes, fermées. Il se souvint de ses après-midi avec Yvonne et son agitation augmenta. Il y avait, presque en face de la maison, un café. Il alla s'y asseoir et attendit.

Il s'était écoulé presque deux heures quand l'homme ressortit. André termina lentement son vin, se délectant à la pensée de ce qui l'attendait. Il sonna. Une grande négresse, portant son *tignon* (madras noué sur la tête) avec autant de majesté qu'une reine sa couronne, approcha de la grille. André demanda à voir sa maîtresse. Comme la femme hésitait, il déclina son nom d'un air d'autorité et lui ordonna de l'introduire. Pour toute réponse, elle rentra dans la maison. C'était la fin de l'après-midi : de gros nuages gris s'amoncelaient sur la ville, et la bise s'était levée, glaciale, humide. André frissonna; la chaleur d'Yvonne et de son lit lui apparut soudain comme une chose due. Il se mit à sonner comme un forcené.

Le contact d'une main sur son épaule le fit se retourner brusquement.

– Que voulez-vous pour troubler ainsi la tranquillité d'une dame ?

C'était le protecteur d'Yvonne. Nul doute qu'il lui avait interdit de voir aucun homme autre que lui.

– Vous avez eu votre visite, dit André. Auriez-vous la mesquinerie de refuser à autrui l'usage d'un bien dont vous-même n'avez pas un besoin immédiat ?

– Vous vous trompez d'adresse, dit l'homme, d'une voix menaçante.

André éclata de rire. L'autre le gifla, puis lui tendit un carton :

– Voici mon nom, monsieur. Avec l'indication de l'endroit où votre témoin peut me trouver.

– Ainsi on t'a provoqué en duel, dit Noël en regardant son fils d'un air dégoûté.

Alors que tout homme de bien, à La Nouvelle-Orléans, se préparait à combattre glorieusement les envahisseurs, cet imbécile n'avait rien trouvé de mieux que de s'attirer une sale affaire – à propos d'une femme certainement; et mieux valait ne pas chercher à savoir quelle sorte de femme.

– J'imagine que tu sais ce qui te reste à faire. Bonne chance.

Et Noël retourna à sa table de travail. Il avait accepté de participer, avec Gravelle, à un comité de défense chargé de mettre la ville sur le pied de guerre.

André n'eut aucune difficulté à trouver un témoin. Malgré les lois qui l'interdisaient, le duel restait un passe-temps apprécié des hommes de tout âge et de toute condition. C'est ce que son témoin lui expliqua :

– C'est un privilège de servir un gentilhomme, quand on pense à toute la racaille qui fréquente le pré, comme si ces gens-là comprenaient quelque chose au code de l'honneur.

Ainsi, le matin du 1er décembre 1814, alors que les citoyens de La Nouvelle-Orléans se rassemblaient pour accueillir le général Jackson, André était sous les grands chênes couverts de mousse espagnole du jardin public où les offenses se lavaient dans le sang. Il aurait voulu un duel à l'épée, car cela lui semblait la façon la plus élégante de se battre; mais son témoin, homme pratique, l'en avait dissuadé :

– Trop de choses peuvent aller de travers, André. Vous pouvez glisser, être aveuglé soudain par un rayon de soleil. En outre, vous ne connaissez pas du tout cet homme. Peut-être qu'il est plus fort que vous. C'est une chose de défendre son honneur. C'en est une autre de mourir sans nécessité.

On avait donc choisi les pistolets. Trois coups. À vingt pas de distance.

Son adversaire était déjà sur le pré quand André

et son témoin arrivèrent dans la petite clairière à l'écart, sous les arbres majestueux. Leurs hautes frondaisons, auxquelles s'enchevêtraient les longs fils gracieux de cette espèce de « mousse » qui s'accroche aux branches des arbres dans le sud des États-Unis et l'Amérique tropicale, plongeaient l'endroit dans une pénombre sinistre, même en plein midi. La terre y était noire et spongieuse; avec les yeux de l'imagination, André voyait sourdre le sang qu'elle avait absorbé.

Il oublia sa peur dès que le rite commença à s'accomplir. Sa mère eût aimé voir ça ! Il salua les autres avec grâce et insouciance, prit le verre d'eau-de-vie qu'on lui tendait et le but avec plaisir, tandis que les témoins inspectaient les armes, comptaient les pas, fixaient les positions, et que le chirurgien ouvrait sa trousse et disposait ses instruments. Comme s'il avait choisi d'illuminer le moment capital de cette scène, le soleil trouva une ouverture dans le rideau de verdure et inonda la clairière de son or. Il fit scintiller l'argent filigrané sur les crosses des pistolets, leurs longs canons d'acier, les scalpels et les stylets. Il caressa le rose des joues et alluma des reflets dans les cheveux fins qui s'agitaient dans la brise. Et il frappa de sa lumière impitoyable les deux corps, qui tombèrent, chacun avec un grand trou rouge au milieu de la poitrine.

Le brick de Dominique You ne fut pas inquiété par les bâtiments battant pavillon britannique qui surgirent de la brume le long de sa route.

– Ils savent que nous n'avons rien qui les intéresse, tandis que nous, nous serions très intéressés par ce qu'ils ont, dit You, fanfaron. Et ils continuent d'espérer que Lafitte s'alliera à eux.

– Ça, ils peuvent toujours attendre, dit Jean.

Il avait observé encore une fois l'admiration que tout le monde, à La Nouvelle-Orléans, et surtout les femmes, montrait pour Lafitte. Quelques années plus tôt, l'unique survivant de l'équipage d'un navire de commerce américain, attaqué par des pirates au large de La Havane, avait accusé sans détour Jean Lafitte, mais même cet incident sérieux n'avait pas terni l'éclat de son nom. Si la piraterie était abjecte, Lafitte ne l'était pas. Les frères Lafitte répondaient par la plus complète indifférence aux tempêtes de rumeurs qui se déchaînaient contre eux. Quand ils étaient en ville, on les voyait chaque jour faire leur promenade sur la place d'Armes en fin d'après-midi, soulevant leur chapeau lorsqu'ils croisaient des dames de connaissance, échangeant des plaisanteries avec les hommes du plus haut rang. Comment pouvait-on traiter ces deux gentilshommes de pirates ? Non, il n'y avait pas que des rapports d'affaires entre Lafitte et La Nouvelle-Orléans. Il n'aiderait pas les Anglais à la prendre.

Sa cargaison une fois vendue, You mit le cap sur Grande-Terre[1]. Jean s'y rendit avec lui. Il ne pensait ni à Saint-Martin ni à son foyer. Les récoltes avaient été engrangées, la terre se reposait, il n'avait rien d'indispensable à faire, là-bas. Et il sentait monter en lui le désir de participer à la bataille contre ces Anglais arrogants qui se permettaient de bloquer leur commerce, d'envahir encore une fois le pays et de troubler partout la paix.

C'est ce qu'il expliqua à Jean Lafitte le soir de son arrivée à Grande-Terre.

– J'ai décidé d'appuyer le général américain, déclara Lafitte; nous allons donner à ces Anglais une bonne leçon.

– Appuyer le général qui nous traite de « brigands diaboliques » ! s'exclama You.

Il riait de bon cœur car il savait parfaitement

1. Autre nom de Barataria, dans la baie du même nom, au sud-ouest de La Nouvelle-Orléans.

ce qui allait se passer. Jackson, en effet, changea de ton quand il apprit que Lafitte avait dissimulé dans les marais de grandes quantités de fusils et de munitions : il fit libérer les hommes de la bande qui étaient emprisonnés et offrit le grade de capitaine dans son armée à You et aux autres lieutenants de Lafitte. Et, dans la dépêche qu'il envoya au haut commandement américain, concernant cet apport de troupes fraîches et de matériel inattendu, il parla d'eux comme de « ces corsaires ». Une partie d'entre eux fut donc affectée à l'artillerie des forts de Petites-Coquilles, St. John et St. Phillip, tandis que les autres étaient incorporés aux troupes qui défendaient la ville.

– Je ne vois pas ce qu'on peut faire de plus, dit Noël en se massant la nuque, l'air fatigué.

Il se leva de sa chaise pour aller regarder par la fenêtre la foule qui emplissait la rue Royale.

Gravelle se leva aussi, s'approcha et mit la main sur l'épaule de Noël.

– Je suis d'accord. Personne n'aurait pu faire plus que vous.

Ce disant, il ne parlait pas seulement des préparatifs militaires, des provisions amassées et des maisons particulières transformées en hôpitaux prêts à accueillir les blessés; il faisait aussi allusion à la mort d'André. La première émotion passée, Noël avait agi comme s'il avait prévu cette mort. Il avait pris toutes les dispositions nécessaires pour le retour du corps à Saint-Martin, et écrit à Aimée pour l'informer qu'il avait décidé de rester à La Nouvelle-Orléans.

« Si je ne puis plus rien pour le pauvre André, écrivait-il, au moins je pense défendre, en restant ici, l'héritage de ses enfants. »

Il n'avouait pas à Aimée qu'il ne se voyait pas jouissant de la vie avec elle, tandis que le cadavre de son fils, et de son mari, à elle, pourrirait dans la terre froide et détrempée.

Un soudain tapage dans la rue, juste au-dessous d'eux, le ramena au moment présent. Gravelle ouvrit la fenêtre et alla regarder à la balustrade du balcon. Deux hommes essayaient de convaincre le garde, posté à l'entrée de l'hôtel, de les laisser passer.

– Qu'y a-t-il ? cria Gravelle. (L'un des deux hommes leva la tête vers lui.) Gabriel ! Que faites-vous ici ? (Un torrent de paroles lui répondit. Gravelle leva la main.) Attendez. On va vous faire entrer. Tout va bien ! cria-t-il à l'adresse du garde. C'est Gabriel Villère. Son père est le commandant de la milice.

Noël et Gravelle passèrent dans la pièce où était Jackson. On introduisit Villère et son ami, Dussau de la Croix, qui connaissait l'anglais. Tous deux étaient terriblement agités, et il fallut un certain temps avant que le général, qui les écoutait imperturbable, et les autres personnes présentes comprissent exactement ce que les deux Français étaient venus rapporter. Ce fut un choc. La vingt-deuxième brigade légère des Britanniques, environ seize cents hommes, était arrivée dans la plantation de Villère, à quinze kilomètres au sud de La Nouvelle-Orléans, et s'apprêtait à y passer la nuit. Comment les Américains, dont on vantait l'art militaire, avaient-ils pu se laisser berner à ce point par l'ennemi ?

C'était ce que tout le monde se demandait en fixant Jackson. Celui-ci se leva et fit un visible effort pour prendre son air le plus imposant (il se remettait à peine d'une nouvelle attaque de malaria).

– Messieurs, nous attaquerons les Anglais ce soir. En avant !

La petite armée sortit de la ville et disparut bientôt dans les brumes qui s'élevaient des marais sur sa gauche, et du fleuve sur sa droite. La bataille s'engagea dans une nuit sans lune et sans étoiles, à la seule lumière des feux du camp anglais. Quand le soleil se leva, les Américains s'étaient retirés le long du canal Rodriguez et creusaient fébrilement des retranchements. De l'autre côté, les Britanniques se préparaient à l'assaut final. Leur général portait sur lui la commission qui le nommait gouverneur de Louisiane, et le régent d'Angleterre lui avait promis le titre de comte s'il prenait La Nouvelle-Orléans.

– Mais qu'est-ce que c'est que cette guerre ? demanda Jean à Dominique You.

Plus d'une semaine avait passé depuis la première escarmouche. La trêve du nouvel an avait été respectée et Jean se demandait pourquoi il ne se passait plus rien. Il en avait assez de tresser des gabions de parapet.

You attisait le feu sous sa cafetière. Jackson avait bu de son café et dit qu'il n'en était pas de meilleur. (Seul un contrebandier pouvait avoir du café digne de ce nom en cette période de blocus.)

– C'est la guerre, dit-il. Que veux-tu d'autre ?

– La guerre en mer est différente. On ne passe pas son temps assis, à attendre.

– Bien sûr que si. Sauf qu'on attend sur un bateau au lieu d'attendre dans la boue. Et qu'on doit recoudre les voiles, réparer les cordages, nettoyer les canons.

You commandait une batterie, avec deux canons de vingt-quatre livres, servis par trente-six hommes de Barataria; et ils avaient fort à faire, car les bombardements anglais étaient incessants.

Il versa du café dans deux tasses de fer-blanc et en tendit une à Jean. Puis il s'appuya à l'affût d'un de ses gros canons.

– Peut-être que tu n'as aucune raison d'être ici, au fond.

– J'en ai autant que tout le monde !

Jean était nerveux. Il sentait des démangeaisons et ne savait plus si ses muscles, surtendus, lui obéiraient.

– Non, Lafitte n'est pas ton chef, tu n'as pas à sauver ta peau. Tu n'es pas dans l'armée de Jackson. Quant à te battre pour ton pays, tu n'es pas américain, tu es acadien. Même si ces Anglais gagnent (Dominique donna une tape sur le fût du canon en souriant jusqu'aux oreilles.) – ce qui n'arrivera pas –, mais même s'ils gagnaient, il y a tant de Français dans cette ville et dans cette région qu'ils ne vous ennuieraient pas. Alors, pourquoi te bats-tu ?

– Parce que j'en ai assez d'être paysan. Que penses-tu de cette raison ?

You éclata d'un rire énorme comme le hurlement de ses grands canons.

– C'est une raison honnête, dit-il enfin. Mais, Jean, que je te dise la vérité, trouve-toi quelque chose de plus intéressant, qui conduise moins facilement au cimetière !

Noël commençait à être dégoûté par les intrigues qui se nouaient dans la ville assiégée et regrettait de ne pas avoir profité de l'excuse de la mort de son fils pour s'en retourner chez lui. Jackson avait fait dissoudre le parlement de Louisiane, ayant appris qu'un groupe important de représentants du peuple préparait une paix séparée avec les Anglais. Une délégation de marchands s'était rendue au quartier général de l'Américain pour le conjurer de ne pas mettre le feu à la ville s'il était contraint à la retraite. Tout cela était désespérant, et Noël, pour se changer les idées, prit le paquet de saucissons et de fromages que Louis Langlinais lui avait remis pour sa sœur et décida de se rendre au couvent des ursulines. Les pauvres devaient sûrement se serrer la ceinture, comme la plupart des Orléanais.

Il sortait dans la rue quand une grande et très digne négresse l'aborda.

– Vous êtes M. de Clouet, le père d'André de Clouet ? (Noël, irrité, fit oui de la tête.) C'est ma maîtresse, Mme de la Plante, qui m'envoie. Elle désirerait vous voir, à cette adresse. Au sujet de la mort de votre fils.

Sans attendre la réponse, la femme lui tourna le dos et disparut dans la foule des passants; bientôt, Noël ne distingua plus que son tignon écarlate, qui s'éloignait parmi des coiffures de toutes sortes. Il mit dans sa poche la carte qu'elle lui avait donnée et poursuivit son chemin vers le couvent.

Sœur Saint-Paul lui remit elle aussi un petit carton sur lequel était calligraphiée la prière des morts; il était orné de dessins de couronnes de laurier et portait, au bas, le nom d'André et la date de sa mort, avec la liste des messes que l'on avait données au couvent pour le repos de son âme. Noël s'aperçut que jusqu'alors, il n'avait pas eu une seule pensée pour l'âme de son fils.

– Je suis heureuse que vous soyez venu, monsieur, dit cette Mme de la Plante.

C'était une très belle femme. Elle avait la voix douce et basse, et Noël devait se pencher pour l'entendre. La pièce était pleine de colifichets et de bagatelles, du genre de ceux dont Hélène s'était toujours entourée. Mais, dans cette pièce, ils restaient des objets, plaisants, jolis et agréables. Ils n'avaient pas de vie à eux. Ils n'imposaient pas leur présence. Sans doute parce que toute l'attention de celle qui les possédait était dirigée, sans ambiguïté, sur l'homme qui lui faisait face. Noël se détendit. Il ignorait encore ce que cette femme voulait de lui, mais il était clair que cette visite ne lui créerait pas de nouveaux ennuis. Il ressentait même un commencement d'envie, en pensant aux heures que son fils avait passées avec elle.

– Je n'avais pas revu André depuis deux ans. Il ne pouvait devenir mon protecteur, vous comprenez ? Au contraire, quand j'ai connu M. de la

Plante, et qu'il a proposé de… prendre soin de moi, ma mère m'a vivement conseillé d'accepter. (Elle vit la question muette dans les yeux de Noël.) Oh, bien sûr, je ne suis pas *Mme de la Plante*. Je suis…

Le filct de voix s'interrompit.

– Une dame belle et charmante, madame.

Elle releva la tête.

– Quand Tica m'a apporté sa carte, ce jour-là, dit-elle, je… je suis restée longtemps indécise. À quoi bon le revoir ? Cela n'avait plus aucun sens. Et pourtant… (Ses yeux dorés se brouillaient.) Et pourtant, André et moi avions été heureux ensemble. Je ne pouvais pas tout simplement l'éconduire. (Elle ferma les yeux un instant; quand elle les rouvrit, ils étaient clairs de nouveau, sans une trace de larmes.) Pendant que j'hésitais ainsi, M. de la Plante est revenu. Vous connaissez le reste.

– Tous deux sont morts aujourd'hui.

Pendant des jours et des jours, Noël avait refusé de donner libre cours à sa rage : il est absurde de céder à l'envie d'étrangler un homme mort ! À présent cette rage éclatait, le forçait à se lever, à aller et venir nerveusement dans la petite pièce tranquille comme un lion dans sa cage. Elle, très calme, le suivait des yeux, écoutait les paroles qui se déversaient de sa bouche, paroles de colère et de douleur qui, des années durant, s'étaient accumulées au fond de son âme, paroles qu'avait inspirées le spectacle désolant de la vie inutile d'André. Inutile. Noël finit par ne plus dire que ce mot.

Elle attendit. Quand il se fut apaisé, et rassis en face d'elle, elle répondit enfin :

– Non, monsieur, vous vous trompez. La vie d'André n'a pas été inutile. C'est pour cela que je vous ai prié de venir ici. (Elle se leva, ouvrit un placard et en retira une épaisse liasse de papiers qu'elle posa sur la table.) Venez voir ceci, monsieur. Jetez-y au moins un coup d'œil.

C'étaient des dessins, des croquis, des esquisses de personnages, des scènes de La Nouvelle-Orléans. Ici la cathédrale, là une femme arrogante, tout à fait Tica, tignon dressé, panier d'osier campé sur la hanche. Toute la ville s'animait dans ces croquis; c'était l'œuvre d'un homme qui aimait la vie, d'un véritable maître, dont l'André du colombier de Beau-Chêne n'était qu'un disciple.

– Il les faisait pendant que nous étions ensemble. Je n'arrivais pas à comprendre, monsieur, pourquoi il n'était pas toujours aussi bon. Il me montrait parfois des études qu'il avait faites chez lui : ce n'était pas la même chose. Pourquoi ? J'étais déconcertée. Mais je pense, voyez-vous, que sa femme n'aime qu'un type d'homme. Certaines femmes sont comme cela. Elles ne voient pas l'homme tel qu'il est, mais tel qu'elles pensent qu'il devrait être. (Elle soupira.) Mme de Clouet avait besoin d'un homme actif. Elle a épousé un artiste. Quel dommage qu'elle n'ait su profiter de ses dons !

– Quel bonheur qu'il ait trouvé en vous son inspiratrice ! Mais vous voulez certainement les garder, n'est-ce pas ?

– Non, monsieur. Pas du tout ! Ils reviennent à ses enfants. Ils ne sauront pas dans quelles circonstances il les a faits. Ils sauront uniquement qu'il les a faits. Et ils en seront fiers.

Noël hésita. Il sentait en lui les battements de son cœur, il ne les avait plus sentis depuis le matin où on lui avait appris la terrible nouvelle. Des sentiments nouveaux s'éveillaient en lui et il savait que, une fois hors de cette maison, il courrait allumer des cierges à la cathédrale pour André.

– Madame, avec la mort de votre protecteur, que devenez-vous ?

– Mon protecteur m'a laissé une rente, et cette maison est à moi. C'est la coutume, monsieur, réussit-elle à dire d'une voix brisée par le chagrin, tandis que des larmes abondantes noyaient la splendeur de ses yeux.

Jean eut la guerre qu'il voulait. Le matin du 8 janvier, les Anglais engagèrent le combat. Disposés sur deux larges colonnes, de part et d'autre de leur artillerie, ils avancèrent vers le camp américain dans un ordre parfait, faisant feu rang après rang. Les montagnards du Kentucky, qui n'avaient pas été à la même école, firent feu tous ensemble, chacun n'obéissant qu'à son propre commandement. Ce fut une hécatombe dans les régiments d'élite écossais qui battirent en retraite. À la fin de la bataille, il n'y avait en revanche que huit morts et treize blessés du côté américain. Le général Jackson devint la coqueluche de la ville, tandis que les « barbares » du Kentucky et les ci-devant pirates de Lafitte – qui les avaient appuyés du feu de leurs canons – étaient traités en héros. Personne, à La Nouvelle-Orléans, ni dans l'armée expéditionnaire anglaise, ne savait encore que « la deuxième guerre d'Indépendance américaine » s'était terminée quinze jours auparavant, le 24 décembre 1814, par la victoire des États-Unis.

1855 : Un anniversaire

Le soleil d'été continuait de déverser son inépuisable énergie sur les champs de canne, tout autour de Saint-Martinville. De la petite église, un cantique, chanté en français, s'élevait dans l'air étouffant. *Pitié, ô Seigneur. Pitié, ô Christ. Pitié, ô Seigneur.*

Camille Langlinais se baissa et prit un de ses jumeaux dans ses bras. Puis il se retourna vers sa famille, la bénissant du regard. Françoise, sa femme, serrait la dernière-née, trois semaines à peine, contre sa poitrine. Claudette, sœur jumelle du petit garçon qu'il tenait dans ses bras, s'agrippait aux jupes de sa mère. Et derrière se tenait 'Tit Frère Langlinais, son père, veuf depuis la naissance de Camille. Les grands-parents, Jean et Marguerite, étaient morts depuis quelques années. De temps en temps, l'oreille fine de Camille reconnaissait dans le chœur la voix d'un ami ou d'un voisin. Le prêtre entonna *Gloire à Dieu, au plus haut des cieux.* Et les Acadiens, rassemblés dans leur église, en ce cinquième jour de septembre 1855, chantèrent avec lui : *Et paix sur la terre aux hommes qu'il aime...*

Si la langue de Camille articulait ces mots, sa pensée les ignorait. Cent ans auparavant, ses ancêtres, et les ancêtres de tous ceux qui priaient autour de lui, s'étaient rassemblés dans une autre église, celle de Grand-Pré. Et ils avaient entendu, atterrés, leur condamnation. Le martyre avait commencé dans une église, il était sanctifié dans une autre. Cela faisait six générations, maintenant, que sa famille était installée dans ce nouveau pays, cette Acadiana. Plus aucun de ceux qui avaient subi cet exil n'était en vie; mais le souvenir de l'horreur continuait de vivre dans le cœur de leurs descendants. Depuis, nous nous sommes défendus, et nous continuerons, songea-t-il, en faisant porter le poids de son fils sur son autre bras.

Il pensa à sa terre, qui leur donnait chaque année, depuis cent ans, ses fruits, son grain, son poisson, son gibier et ses oiseaux. Les Langlinais et les autres exilés d'Acadie avaient trouvé une terre et l'avaient faite leur. De son bras libre, il entoura la taille de sa femme. Le nourrisson dans ses bras s'agita, la petite bouche affamée cherchait le sein. La voix de Camille, emportée par la joie qu'il ressentait, s'éleva au-dessus de celles des autres. Puis l'assemblée se tut et se disposa à écouter la lecture des Actes. Ici aussi, nous sommes sur une île, songea-t-il. Entourée, non par la mer, mais par les bayous et les marais au dessin changeant selon les saisons. Séparée des autres non par des milles et des milles d'océan, mais par notre désir d'être laissés en paix.

Mais il y avait bien une mer tout autour de la petite ville : la mer verte que formaient les grandes tiges de la canne à sucre ondoyant à perte de vue. Les chants des hommes et des femmes qui y travaillaient s'élevaient dans le même air étouffant. Eux aussi priaient le Seigneur. Mais leurs prières ne chantaient pas Sa gloire. Elles demandaient la délivrance.

Honoré de Clouet était assis dans la galerie supérieure de Beau-Chêne, entre son père, Félix de Clouet, et son futur beau-père, Louis Bertaut. Tous trois dégustaient l'excellent bourbon qui venait d'arriver de La Nouvelle-Orléans avec le dernier envoi de fournitures. C'était Honoré qui avait introduit à Beau-Chêne l'usage de ce whisky américain et des nombreux breuvages que l'on peut confectionner avec; et quand son père grommelait qu'il avait payé son séjour à l'université de Virginie pour lui donner une formation classique et non pour lui apprendre à servir dans un *saloon*, Honoré faisait la sourde oreille, ou se resservait un « julep » encore plus tassé (mélange de bourbon et de menthe à l'eau glacée).

Les Bertaut étaient en visite, ce jour-là, pour fixer les dernières dispositions du mariage de leur fille, Caroline, avec Honoré. Il serait célébré au printemps, quand, comme le disait Caroline, « Dieu décore les extérieurs et que maman et moi n'avons qu'à nous préoccuper de l'intérieur ». Qu'il est simple d'être femme, songea Honoré. Être homme, c'est très bien tant que cela signifie qu'on dépense des fortunes pour vos études et pour vos voyages; mais c'est beaucoup moins agréable quand cela consiste à supporter des heures durant des conversations politiques concernant, qui plus est, une situation fort embrouillée.

– Excusez-moi, mon père, vous n'avez pas besoin de moi, ici, n'est-ce pas ?

Félix fit un signe de la main à Louis Bertaut et se tourna vers son fils.

– Moi, je n'ai nul besoin de toi. C'est toi qui ferais bien de rester ici, si tu dois me succéder un jour à la tête de cette famille et de cette plantation. (Honoré rougit. Sans attendre de réponse de sa part, Félix reprit la conversation interrompue.) Vous avez raison, Louis. La politique est toujours une question d'intérêts, rarement une affaire de principes.

– Et c'est pourquoi vous ne l'aimez pas, n'est-ce pas ? Moi non plus, tout cela ne me plaît pas. En principe, je suis d'accord avec les démocrates. La sécession. Pourquoi des gens qui n'ont pas nos problèmes fourreraient-ils leur nez dans nos affaires ? Mais d'un autre côté…

– D'un autre côté, nous avons besoin non seulement d'esclaves, mais aussi de machines pour nos plantations. Et c'est le Nord qui a les machines. C'est cela, n'est-ce pas ? (Félix regarda un instant sans rien dire le verre de cristal qu'il tenait dans la main.) Certes, exprimé ainsi, ce n'est pas très joli.

– S'il fallait donner une expression « politique », élégante, éloquente, à vos formules, Félix, d'autant moins jolies qu'elles sont plus justes… (Laissant sa phrase en suspens, Bertaut se leva et alla à la balustrade.) D'ailleurs, même les démocrates auraient tendance à renoncer à leurs principes, depuis qu'il semble que chaque État peut régler la question de l'esclavage comme il l'entend.

– La loi sur le Kansas et le Nebraska, si je ne me trompe, dit Honoré pour se donner l'air informé. Donc, vous seriez pour le compromis avec les Yankees ? demanda-t-il, sérieusement.

La pendule du bureau, au rez-de-chaussée,

sonna midi. Une bouffée de vent chaud apporta l'odeur des bons plats qui se préparaient dans les cuisines, sur l'arrière de la maison.

– Allons rejoindre les dames, dit Félix en se levant.

Comme ils approchaient de l'escalier extérieur, Honoré prit son père par le bras, l'arrêta.

– Père, si cela ne fonctionne pas ?

– Quoi ?

– Le compromis. Si le Président qui devrait unir les modérés du Nord à une partie des démocrates et des gens comme nous n'était pas élu l'an prochain ?

Félix rit.

– Ah, tu as écouté la leçon, pour une fois. Eh bien, je ne sais pas, Honoré. Quand on parle de compromis, il faut qu'une des parties se décide à faire le premier pas. Cela peut prendre du temps, trop de temps.

– Si l'entente ne se fait pas, que se passera-t-il ?

Honoré s'aperçut que sa main agrippait nerveusement le bras de son père. Il le lâcha.

– Je ne pense pas qu'une seule personne le sache, Honoré. Mais j'ai grand-peur que nous ne le découvrions bientôt.

Bertaut avait déjà rejoint les dames. Félix et Honoré s'arrêtèrent un instant à l'entrée de la grande salle à manger. Le grand lustre de Waterford balançait doucement ses myriades de prismes au-dessus de la longue table. Un esclave enturbanné passa, portant une soupière de porcelaine qui répandit dans la pièce son parfum délicieux. Le majordome versait le vin dans les grands verres à pied de cristal de Bavière. Frappé par la somptuosité de cette scène de famille, Honoré retrouva son optimisme.

– C'est un vrai petit royaume que nous avons fondé ici, à Beau-Chêne, dit-il. Une citadelle qui résistera à toutes les tempêtes.

DEUXIÈME PARTIE

1865-1916

Après l'ouragan

Caroline de Clouet cueillait les haricots dans son petit potager. Ses doigts couraient, agiles, le long des rames encore vertes, détachant les cosses multicolores qu'elle jetait dans une grande corbeille. Du coin de l'œil, elle surveillait la petite Marthe, accroupie dans la ligne de carottes qu'elle retirait soigneusement de la terre desséchée par le soleil d'été.

– Remets ton chapeau, cria-t-elle à l'enfant. (Elle suspendit un instant son travail, jusqu'à ce qu'elle vît les petites mains brunes ramasser la capeline d'un bleu fané et la camper fermement sur la jolie tête blonde. Puis, avec une pointe soudaine d'angoisse dans la voix, de cette angoisse qui ne semblait jamais la quitter désormais :) Marthe, où est ton frère ?

La fillette se releva, se frictionna le dos, puis se tourna pour regarder sa mère, de l'autre côté du jardin.

– À la pêche. (Quand elle vit la terreur, qui brûlait toujours au fond des yeux de sa mère, embraser son visage, elle ajouta :) Il est avec Jumie, maman. Il ne peut rien lui arriver.

Caroline parut rassurée. Mais ces yeux, depuis combien de temps la petite Marthe – qui allait maintenant sur ses huit ans – les voyait-elle sans joie ? Depuis toujours, peut-être.

Il restait beaucoup de tomates à cueillir (certaines étaient encore vertes) et quelques épis de maïs. Si le petit Nollie réussissait à prendre un poisson, ou que Jumie Langlinais en prît suffisamment pour lui en laisser un (hypothèse plus probable, car Nollie n'avait que six ans), Caroline pourrait préparer un bon souper, ce soir-là. Mieux valait ne pas penser à la fin de l'été, quand le gel brûlerait en une nuit ce qui restait dans le potager. Elle s'était débrouillée pour les nourrir jusque-là; Françoise Langlinais lui avait appris à faire son jardin : bêcher, sarcler, désherber, semer, repiquer; et aussi à faire sécher tout ce qu'on ne mangeait pas sur le moment, à faire des provisions pour l'hiver. Mais Caroline n'avait pas appris à chasser, et si Camille, le mari de Françoise, ne lui avait régulièrement donné, pendant la saison froide, des canards, des écureuils, des morceaux de cerf ou de daim, s'il ne lui avait pas montré comment préparer les racines comestibles qui poussent dans les marais, ils seraient depuis longtemps morts de faim tous les trois.

– Voilà quelqu'un qui arrive, maman !

Caroline n'avait pu éviter de transmettre une part de son angoisse à sa fille, peu après le début de la guerre civile, quatre ans auparavant. Honoré était au front, en Virginie; les esclaves abandonnaient la plantation, s'émancipant d'eux-mêmes. Caroline avait alors pris l'habitude de faire dormir les enfants avec elle, dans son lit. Elle verrouillait les portes, gardait une lampe allumée, et le pistolet que lui avait laissé Honoré faisait une grosse bosse sous son oreiller. Au début, Marthe et Nollie avaient dormi aussi sereinement que dans leurs petits lits; ils se pressaient contre son corps raidi, cherchant la chaleur et le réconfort qu'elle leur avait toujours donnés. Le petit Noël, qui n'avait qu'un an, avait continué de dormir ainsi. Mais Marthe, qui en avait trois, était devenue au bout de quelques semaines une enfant inquiète, exigeant toujours une autre chanson, une autre histoire. Un soir, Caroline perdit patience.

– Cela suffit, Marthe. Il faut dormir. Toi qui dormais si bien avant, qu'est-ce qui t'arrive ?

L'enfant était au bord de la crise de nerfs et elle avait longtemps pleuré à gros sanglots contre sa mère. Quand Caroline comprit enfin ce qu'elle disait, elle comprit aussi quelle terrible influence sa propre peur avait eue sur la fillette.

– Quand vous me chantez une chanson ou que vous me racontez une histoire, j'oublie le méchant homme.

– Que dis-tu ? Quel méchant homme ?

La petite s'était arrêtée de pleurer et avait regardé sa mère d'un air soudain sérieux et réfléchi :

– Celui qui doit venir, que vous voulez tuer avec le pistolet de papa.

Et le méchant homme était venu. Les Yankees avaient occupé la maison, ils les avaient gardés prisonniers, elle et les enfants, dans les combles. Enfin, ils étaient repartis; elle avait repris possession de Beau-Chêne, parcouru les pièces, les jardins, la plantation, et elle avait appris que, malgré toute la peur qu'on peut avoir, il est des cas où l'on ne redoute pas assez l'avenir.

Prenant sa houe, elle s'approcha de la haie du jardin et regarda, mettant la main en visière pour se protéger du soleil de juillet. Sa grande capeline à large bord, qu'elle avait confectionnée elle-même d'après un patron de Françoise, formait comme un écran de coton devant son visage. De part et d'autre, s'étendaient les champs de canne dévastés, envahis par les herbes et les oiseaux. La longue bâtisse du quartier des esclaves, derrière la maison, était également déserte, à l'exception de quelques pièces où habitaient les Noirs qui avaient préféré rester. C'était le milieu de l'après-midi, l'heure la plus torride de la journée; elle transpirait dans la robe de cotonnade grossière qui cachait son corps maigre. Cette robe aussi, elle la devait à Françoise qui la lui avait donnée en même temps que sa première leçon de jardinage. « Gardez vos belles robes pour le retour d'Honoré », avait dit Françoise.

Un homme remontait l'allée de chênes, lentement, comme freiné dans sa marche par l'air lourd et brûlant. Caroline haussa les épaules. Encore un soldat sur le chemin du retour, espérant trouver chez elle un repas, de l'eau fraîche, peut-être un lit et des draps propres. Elle ne les craignait plus, ces pauvres hères qui, depuis le début de mai, après la reddition finale des armées du Sud, avaient commencé d'apparaître sur les routes et les chemins de la région. Elle leur donnait l'hospitalité, comme d'autres femmes, certainement, la donnaient à Honoré. Car elle était sûre qu'il reviendrait. La grande maison était si vide. Un an à peine après leur mariage, en 1856, Félix et Annette de Clouet, ses beaux-parents, étaient morts dans la fleur de l'âge, emportés par le cyclone qui s'était abattu sur le lieu de villégiature, au bord du golfe, où ils passaient le mois d'août.

Depuis quatre ans désormais, elle supportait le vide qu'avait créé le formidable ouragan de la guerre. Cela ne pouvait pas durer toujours. Aucune lettre n'arrivait, certes, mais ce n'était pas parce qu'Honoré était mort : c'était parce que dans ce grand pays ravagé, où bien des familles n'avaient plus de toit, où régnait la famine, où le deuil était si total et le silence si nécessaire que le chant des oiseaux en devenait insupportable, écrire et acheminer le courrier semblaient sans aucune importance.

– C'est papa.

Pas une ombre d'incertitude ne teintait la petite voix.

– Mais non, Marthe. Ton père est plus grand, plus fort.

– C'est papa, réaffirma la fillette.

Elle restait immobile, tenant des deux mains son panier rempli de carottes, le visage parfaitement inexpressif.

Qu'est-ce que cette enfant voyait, qu'elle, Caroline, ne voyait pas ? Elle fut prise d'une jalousie soudaine, en pensant que sa fille avait peut-être raison. Puis quelque chose changea dans la lumière chatoyante qui filtrait à travers le feuillage des grands arbres, et l'inconnu devint Honoré.

Comme Marthe, Caroline restait là où elle était, sans bouger, oubliant la houe qu'elle tenait à la main. Elle sentait monter ses larmes; il n'y avait rien à faire. Elle qui, à force de volonté, avait réussi à ne jamais pleurer de toute la guerre ! Ce n'était pas juste, d'être surprise ainsi, les mains pleines de terre, pieds nus, dans cette vilaine robe, sous cet affreux chapeau. Elle qui avait mis de côté, exprès pour ce jour, la plus belle robe qui lui restait, des rubans pour ses cheveux, des bas pour ses jambes, une paire de souliers qu'elle cirait régulièrement sans jamais les mettre... Pas un seul de leurs esclaves, même ceux qui travaillaient la terre – elle en était sûre – n'avait eu si piètre apparence.

Il la vit alors. Il les vit toutes les deux, figées comme si on les avait plantées dans ce jardin pour épouvanter les corneilles et les lièvres. Il obliqua, avança dans les herbes hautes qui avaient envahi les parterres de fleurs dessinés par Hélène, sa bisaïeule, et grimpa sur l'échalier qui franchissait la haie, entre la grande pelouse et le jardin potager.

– Caroline ?

Ce nom n'avait pas quitté son cœur, mais comme il lui semblait étrange de le prononcer ! La femme hésita, se pencha, posa la houe par terre, se redressa et se mit en marche vers lui. La forme de son corps n'était pas celle qu'il se rappelait et, à cause de l'ombre que projetait son grand chapeau, il ne distingua son visage que quand elle fut à quelques pas de lui. Alors, il vit que la défaite avait été absolue.

– Tu devrais rentrer chez toi, Nollie, dit Jumie.

Il finissait de vider les poissons qu'il avait pêchés – des poissons-chats – et il en mit deux de côté pour Nollie, sa mère et sa sœur.

– Non, je n'en ai pris aucun, je ne peux pas les accepter, dit l'enfant.

Mais, des yeux, il suivait tous les gestes de Jumie. Quand on a six ans et qu'on a faim, il est parfois bien dur de se rappeler les règles que maman vous a apprises.

– Tu m'as aidé. Tu as cherché les vers. Maintenant, va me cueillir quelques grandes feuilles pour envelopper les poissons. J'en ai plus que nous ne pouvons en manger, je t'assure.

Jumie s'étendit sur le dos. Il n'avait même pas dit à son petit frère, Jean, qu'il allait à la pêche, espérant ainsi avoir un après-midi pour lui tout seul. Jumie avait douze ans, il avait parfois envie d'être tranquille : il aimait « penser », comme il disait. Et puis, vlan ! il était tombé sur Nollie. Qu'aurait-il pu faire d'autre que de l'inviter à l'accompagner ? Sans l'aide de ses parents, Mme de Clouet et ses deux enfants ne s'en seraient jamais tirés; c'était clair. Et lui-même, aurait-il pu jouir de la paix qui régnait au bord du bayou, en sachant que les Clouet auraient peut-être faim ce soir ?

« Combien de temps pourrons-nous continuer à les aider ? avait-il demandé à son père. Et si M. de Clouet ne revient jamais ? Faudra-t-il toujours prendre soin de sa famille ? – Le bon Dieu prend toujours soin de nous, Jumie. (Jumie avait attendu que son père en dise davantage. Comme rien ne venait, il était revenu à la charge :) – Mais nous ne sommes pas le bon Dieu. (Camille avait posé la hache qu'il affûtait et, prenant la tête de l'enfant entre ses mains, l'avait regardé droit dans les yeux.) – Nous ne sommes pas le bon Dieu mais nous devons chercher à l'imiter. Allez, va aider ton grand-père qui laboure aujourd'hui le dernier champ. »

– Tu devrais rentrer chez toi, Nollie, répéta Jumie.

L'enfant poussa un soupir; Jumie comprit à quoi il pensait : le chemin avait semblé court à l'aller, maintenant il apparaissait à Nollie aussi long qu'un jour sans pain.

– Je vais te porter, dit Jumie. On prendra par le raccourci.

Jumie saisit les grandes feuilles de sycomore, y enveloppa les poissons nettoyés en fixant les paquets avec de longues épines, et disposa le tout dans son sac qu'il mit en bandoulière. Puis il se baissa et Nollie grimpa sur ses épaules.

– Je t'aime bien, Jumie, dit-il. Je t'aime vraiment bien.

– Moi aussi, répondit l'autre en s'enfonçant d'un pas rapide dans les bois.

Par la grand-route, Beau-Chêne était à plus d'une lieue et demie de chez les Langlinais. Mais, par le sentier, qui coupait à travers bois et champs, cela faisait à peine un kilomètre et demi. On arrivait sous la grande écurie en longeant le pré où l'arrière-grand-mère de Nollie, Aimée, essayait autrefois ses nouveaux chevaux. Dans ce pré paissaient à présent quelques vaches, des moutons et trois ou quatre chèvres. Ces écuries, longtemps l'orgueil de Beau-Chêne, avaient été transformées en dépôt de vivres et de munitions par la brigade de nordistes qui avait cantonné sur le domaine, pendant la campagne du bayou Teche. Les cloisons de bois avaient été abattues, et les murs eux-mêmes très abîmés.

Jumie les dépassa et ne s'arrêta pour souffler et déposer son fardeau qu'une fois arrivé dans ce qui avait été les jardins d'apparat. Le soleil qui déclinait jetait une lumière oblique impitoyable sur la maison des maîtres, sur l'enduit écaillé des murs et des colonnes, sur les fenêtres envahies par le lierre, les vitres cassées, les volets disjoints, les portes sorties de leurs gonds.

– J'aime notre maison, pas toi, Jumie ?

Jumie pensa à leur propre maison, celle des Langlinais qui, certes, était plus petite et moins imposante, mais qui resplendissait de blancheur, où tout était d'aplomb, net, propre et frais.

– Oui, Nollie, c'est une belle maison, dit-il.

À ce moment, il vit un homme venir vers eux. Il flottait dans des vêtements trop larges, d'une étoffe grossière aux couleurs ternies; on eût dit un fantôme. Ses cheveux, lavés et brossés de frais, adhéraient à son crâne, mais sa barbe abondante était restée rebelle à l'eau et au peigne. Les yeux de l'homme étaient comme rivés sur Nollie. Ce furent ces yeux que Jumie, finalement, reconnut. Non qu'il se souvînt du maître des lieux, mais ils ressemblaient aux yeux des portraits qui ornaient le grand salon de la demeure.

– Monsieur de Clouet ?

– Qui es-tu ? dit l'homme, qui s'était arrêté, à quelques pas des deux garçons.

– Jacques Langlinais, monsieur. Mais on m'appelle Jumie.

– Ce garçon est mon fils ?

– Oui.

Tous trois se regardaient, pétrifiés. Jumie avait l'impression d'avoir attiré en lui tout ce qui restait de la chaleur de la journée; et cette chaleur lui montait à la tête, puis redescendait, lui brûlait jusqu'à l'extrémité des doigts et semblait souder à la terre la plante de ses pieds. Allaient-ils rester ainsi, figés pour l'éternité, comme ces statues qu'on avait livrées à Beau-Chêne à la veille de la guerre et qui continuaient de dormir dans de grandes caisses, entassées dans une remise ? Faisant un effort surhumain, il poussa Nollie vers son père.

– C'est ton papa, Nollie. Ton papa est rentré.

Nollie recula et se serra contre son camarade.

– Je n'ai pas de papa, moi, dit-il.

Les yeux de l'homme brillèrent un instant d'un feu insoutenable.

– Et toi, dit Honoré, tu as un papa ?

– Oui, dit Jumie.

– Déjà rentré ?... De la guerre ? précisa Honoré en voyant que Jumie ne comprenait pas.

– Il n'y a pas été. Il est resté chez nous...

Honoré éclata d'un rire violent qui lui rejeta la tête en arrière. Puis, d'un grand geste de son bras maigre, il indiqua la plantation abandonnée.

– J'imagine que ses champs à lui sont bien verts, ses bestiaux bien gras ! N'est-ce pas ?

– Monsieur...

Honoré réprima sa colère devant le fils de son voisin (lequel, croyait-il alors, n'avait pensé qu'à s'engraisser pendant que lui se battait et sacrifiait tous ses biens pour lui) et retourna à grands pas vers la maison. Jumie, à son tour, poussa un soupir. Il prit la main de Nollie.

– Je sais très bien que tu as un papa, lui dit-il en l'entraînant lentement vers chez lui. Et c'est ce monsieur. Tu te rappelles que je t'ai dit qu'il était parti faire la guerre avec le général de Beauregard ?

Nollie se pressa de nouveau contre Jumie.

– J'ai oublié, dit-il. Raconte-le-moi encore...

Honoré de Clouet, confortablement installé dans le fauteuil à bascule, sur la grande galerie, alluma la pipe que Caroline lui avait préparée. De légères bouffées, d'un air un peu moins torride que celui qui l'avait oppressé toute la journée, arrivaient de temps à autre du bayou. Les contours des arbres, des prés, des clôtures se fondaient peu à peu dans la grisaille du soir. Quel repos enfin ! C'était presque comme avant. Avant 1861.

– Merci, Caroline. C'était un bon repas.

Il tendit la main et prit celle qu'elle lui donnait. Il avait failli fondre en larmes, en voyant le visage de sa femme; maintenant, en sentant cette main, il avait envie de recommencer la guerre. Cette main avait perdu de sa douceur, elle avait même changé de forme; on eût dit la main d'un vieux paysan.

Mais cette main tremblante lui en disait plus long que les phrases réticentes qui sortaient de la bouche de Caroline. Il aurait voulu tout savoir, sur ces quatre années écoulées, et en particulier qu'elle lui racontât comment elle avait surmonté les pires moments. Mais elle ne sortait pas des généralités. La réquisition de Beau-Chêne au début de 1863, sa réclusion au troisième étage, avec les enfants, le départ inexpliqué des nordistes, pendant l'été 1864, l'aide que lui avaient apportée Françoise et Camille Langlinais : c'était tout. À ses questions précises : Qu'est-ce qu'on vous donnait à manger ? Aviez-vous de vrais lits ? T'avaient-ils pris toutes tes affaires ? Comment faisiez-vous, sans salle de bains ni cabinets ? Comment les enfants ont-ils pu supporter de rester si longtemps sans sortir ni courir ? etc. À toutes ces questions, elle répondait : « Bah, n'y pensons plus », retombait dans le silence ou reprenait le récit d'événements qui ne la concernaient pas directement.

À la fin, lassé et inquiet à la fois, il se leva brusquement et l'attira dans ses bras.

– Tu n'auras jamais plus à y penser, Caroline. Et jamais plus tu ne vivras comme ça.

Elle restait immobile dans ses bras, sans réaction, et il craignait que le désir qu'il avait d'elle depuis si longtemps ne fût trop grand pour ce qu'elle pouvait lui offrir.

– J'ai vécu comme ça une fois, dit-elle enfin, c'est tout ce qui compte; la question n'est pas de savoir si ça recommencera ou pas.

Il releva vers lui son visage qu'elle tenait obstinément baissé. Il ne l'avait pas embrassée depuis son retour; ils ne s'étaient pas vraiment reconnus. Leurs cicatrices élevaient entre eux une barrière. Il caressa des lèvres son front, puis ses joues et, peu à peu, sentit se desserrer la camisole de force qui la séparait de lui. Quand il embrassa sa gorge et sa bouche, elle lui mit les bras autour du cou et se pressa contre lui.

– Oh, Honoré ! (Elle pleura, et il sut qu'elle répondrait à son désir.) Honoré, j'ai si souvent eu peur de ne jamais plus t'avoir avec moi.

Ils se couchèrent dans leur lit aux colonnes surmontées de pommeaux en forme d'ananas, dans les lourds draps de lin embaumant le vétiver; et Honoré, sentant Caroline allongée contre lui, put croire que ces quatre années n'avaient pas existé – qu'il n'était jamais allé à La Nouvelle-Orléans rejoindre ses amis du régiment d'artillerie Washington; qu'il n'avait pas participé aux deux éclatantes victoires de Bull Run, ni aux défaites qui avaient suivi; qu'il n'avait pas appris que le sang bleu coule aussi facilement, aussi horriblement que le sang du commun des mortels; et qu'il n'avait jamais entendu ces plaintes, ces cris, ces hurlements de camarades blessés, moribonds, opérés, dont l'écho ne cessait de résonner dans ses nuits.

– Caroline, pendant tout ce temps... personne ne t'a...

Grâce à Dieu, elle ne répondit pas : « N'y pensons plus », mais se serra nerveusement tout contre lui.

– Non. Jamais, Honoré. (Elle se tut, s'immobilisa, puis son corps s'agita de nouveau et il sentit le souffle doux de sa voix à son oreille :) Si c'était arrivé, tu ne m'aurais pas retrouvée en vie.

L'odeur chaude et forte des poissons-chats frits rendait l'air irrespirable dans la cuisine. Françoise Langlinais retournait les filets dans la grande poêle de fer noir; l'huile bouillante crachait de petits points sombres sur l'immense tablier qui protégeait sa robe bleue, issue d'une grande pièce de coton. Elle l'avait elle-même récolté, filé, tissé, teint à l'indigo, avant de le tailler et de le coudre; avec cette guerre, il avait fallu tout faire soi-même.

– Claudette, où en es-tu avec ta pâte ? Les poissons sont frits maintenant.

Les mains de Claudette, aussi agiles et habiles que celles de sa mère, pétrissaient la pâte, mélange de farine de maïs, d'eau, d'œufs, de lait, de levain et d'oignons hachés dans une grande terrine. Elle la goûta du doigt; encore un peu de piment et de sel... Frits en boulettes dans le même saindoux que les poissons, ces espèces de pets-de-nonne étaient très savoureux et remplissaient les estomacs les plus voraces.

– Ça y est, c'est prêt, dit Claudette.

Au début de mai encore, elle était mince et droite comme Jumie, son frère jumeau. (C'était de jumeau, soit dit en passant, que provenait le surnom de Jacques.) Trois mois après, elle commençait à s'arrondir et sa robe ne pendait plus sur elle comme sur un portemanteau de bois, mais selon des lignes obliques, changeantes, qui indiquaient ses formes naissantes. Heureusement que tous ces soldats étaient partis. Quelle mère aurait souhaité que sa fille devînt femme en une époque où les campagnes grouillaient d'hommes éloignés depuis si longtemps de leurs foyers qu'ils en avaient oublié que toute femme est aussi une mère ou une sœur ?

– Mme de Clouet doit être heureuse ce soir, dit Claudette.

– Oui.

Claudette jeta un coup d'œil à sa mère. Depuis quelque temps, elle regardait sous la surface des paroles de Françoise, certaine qu'elles recouvraient un autre sens qu'elle n'avait pas encore les moyens d'appréhender.

– Vous ne pensez pas qu'elle est heureuse que M. de Clouet soit rentré ?

Françoise déposa une autre boule de pâte dans la graisse, la regarda gonfler, la retourna quand le dessous commença à brunir.

– Bien sûr que si, mais ce n'est plus comme avant, à Beau-Chêne. Les esclaves sont partis. Les champs de sucre sont ruinés. Ils n'ont presque pas de bétail. (Françoise fit un grand geste avec sa fourchette.) Si bien que... elle est heureuse, oui. Son mari est vivant. Mais beaucoup d'autres choses sont mortes.

Claudette fit un tour sur elle-même.

– Mais ils peuvent travailler. N'est-ce pas ce que tout le monde fait quand il faut tout recommencer ?

Françoise mit le plat de poisson et de beignets sur le coin de la cuisinière.

– On peut souper. Appelle les hommes, Claudette.

Claudette restait là, à regarder sa mère. Chaque ligne, chaque mouvement de son corps répétait sa question.

– Ce que tout le monde fait ? dit Françoise. Non, pas tout le monde. Il y en a qui ne peuvent pas travailler. D'autres qui ne le veulent pas. D'autres encore qui, tout simplement, n'ont jamais eu l'idée que c'était nécessaire.

– Mme de Clouet a travaillé. Elle a planté un potager. Pourquoi ne travailleraient-ils pas ? Pourquoi laisseraient-ils tout aller à vau-l'eau ?

– C'est eux que ça regarde, Claudette, non ? Pour moi, j'ai mon travail. Et c'est de faire manger ma famille. (Elle donna une tape légère sur les fesses de la jeune fille.) Et le tien de l'appeler ! (Comme Claudette sortait dans la cour, elle lui cria :) Et dis-leur de se laver, Claudette ! Tu m'entends ?

– Le meilleur moment de la journée, dit Françoise. (Elle était assise avec Camille sous le grand porche de la façade et ils s'éventaient avec des éventails qu'elle avait confectionnés en tressant des feuilles de palmiste. Elle avait égrené ses nombreuses tâches, comme elle allait bientôt égrener son chapelet avant de s'endormir; il lui restait encore une petite heure pour bavarder avec Camille, ou pour laisser tranquillement le temps s'écouler.) À ton avis, qu'est-ce que les Clouet vont faire ? Comment vont-ils s'en tirer ?

– Leur jardin rend bien, et ils ont encore le temps de planter pour l'automne. Ils ne mourront pas de faim. Et puis, avec cette maison qu'ils ont…

La fumée de la pipe de Camille formait autour d'eux un rideau protecteur que peu de moustiques se risquaient à franchir.

– Mais, Camille, pour les Clouet, vivre, ce n'est pas seulement ne pas mourir de faim ou avoir une maison. Ils vivaient sur un grand pied. Dis-moi, comment ils vont faire pour le retrouver ?

– Peut-être qu'ils ne le retrouveront plus. Ce sont des choses qui arrivent quand il y a une guerre.

Françoise agita plus nerveusement son éventail.

– Eh bien, ce serait vraiment dommage. Avant la guerre, ils étaient – comment dire ? – quelque chose à regarder… un cirque, des marionnettes qu'on va voir à la ville. Un spectacle. Peut-être constituaient-ils un spectacle pour nous autres. Oui, c'est ça. Cette grande maison était un décor de théâtre. Et les riches costumes, les danses élégantes, la musique… pas celle des violoneux, celle des femmes qui jouaient du clavecin. Et toujours, il se passait quelque chose !

– Pour eux, ce n'était ni du théâtre ni du spectacle, Françoise. C'était leur vie. Comme pour nous, ce que nous faisons chaque jour est notre vie. Et tout change, pour tout le monde. Crois-tu que, pour nous, rien n'a changé, que nous n'avons pas souffert ?

Elle préféra ne pas le regarder. Les hommes ne sont pas sensibles à la séduction d'un grand train de vie. Il ne s'agit pas de le vivre soi-même, bien sûr; ce serait impossible de se rappeler des rôles aussi compliqués. Mais cela avait été quelque chose de savoir qu'il y avait, à côté de chez eux, des gens qui vivaient une telle vie. Elle, Françoise, ne quitterait jamais Saint-Martinville. Mais les enfants...

– Bien sûr que nous avons souffert, dit-elle, se levant brusquement. (Elle se levait toujours comme si elle répondait à un appel au secours.) Il va falloir tout recommencer, nous aussi, pour l'abattage du bois et la scierie. Quant aux fourrures... Les pauvres Indiens qu'on n'a pas ramassés ont dû se cacher, si bien qu'ils ne savent plus eux-mêmes où ils sont. Mais Camille...

Camille n'avait jamais vu ce feu dans les yeux de Françoise. C'était la première fois qu'elle désirait quelque chose d'autre que ce qu'elle avait.

– Mais, Camille, le bois et les fourrures, ce n'est rien. (D'un geste vif, elle l'empêcha de l'interrompre.) Quand ça marchait, ça rapportait de l'argent. On en dépensait utilement une partie. Mais personne n'est jamais allé nulle part. Ce n'est pas parce qu'on manquait d'argent que, dans cette famille, les enfants n'ont pas reçu d'instruction ou d'éducation. (Ses pensées secrètes se retirèrent derrière le regard plus limpide qu'elle accordait à ses tâches quotidiennes.) Nous avons toujours vécu dans un monde plus petit que le monde des Clouet, voilà tout.

Elle disparut dans la maison, déjà plongée dans l'obscurité.

Camille resta encore un moment sous le porche, à fumer. Un monde plus petit ? Et dire que depuis cinq générations les Langlinais s'enorgueillissaient de s'être fait donner autant de terres qu'on en avait concédé, par la suite, aux seuls propriétaires d'esclaves et de grands troupeaux ! La concession initiale avait même été agrandie par de prudentes acquisitions. Françoise elle-même ne connaissait pas l'étendue de leurs propriétés. Bien sûr, ils ne cultivaient pas tout; comment l'auraient-ils pu, sans esclaves ? Ils avaient beaucoup plus de terres qu'il ne leur en fallait mais n'était-ce pas mieux ainsi ? D'où était venue à Françoise cette idée d'un monde plus petit ? « Personne n'est jamais allé nulle part. Les enfants n'ont pas reçu d'instruction... »

Avoir un fils au collège ? Une fille en pension chez les bonnes sœurs ? Camille se leva, rangea les fauteuils contre le mur, vida sa pipe éteinte dans la plate-bande de fleurs, devant le porche. Si son grand-père Jean avait failli devenir pirate, ses enfants à lui pourraient faire leurs études...

Un arôme insolite et qui, pourtant, mettait en branle sa mémoire, se mêlait à l'odeur douce et sèche du vétiver. En un instant, Honoré émergea du sommeil le plus profond dont il eût dormi depuis quatre ans et demi.

– Caroline, c'est du café ? (Cela semblait incroyable : il n'en avait plus bu, plus personne n'en buvait depuis des mois, des années peut-être.) Mais où l'as-tu eu ?

– Par Camille Langlinais.

Elle prit sa tasse et parla du même ton de voix qu'un enfant disant : C'est le Père Noël qui me l'a apporté.

– Où Langlinais trouve-t-il du café ?

Le front de Caroline s'assombrit; elle avait perçu le dépit qu'il ressentait.

– Qui sait où il s'est procuré toutes les choses qu'il nous a données ? Oh, pas beaucoup, il avait sa propre famille à nourrir. (Elle se tut, but une gorgée de café.) Tu sais, Honoré, je n'aurais pas survécu sans leur aide.

Ce café était un délice, bien torréfié, fraîchement moulu. Langlinais, donc, en avait bu tous les jours, confortablement assis dans sa cuisine, tandis que lui, au bivouac, devait se contenter d'un infâme jus de chaussette !

– Il est évident que je dois énormément à Langlinais, dit-il, ironique, pour ne pas laisser éclater son irritation.

De nouveau une ombre passa sur le front de Caroline.

– C'est vrai, affirma-t-elle.

Elle avait l'air dégoûtée : son expression était-elle seulement l'effet d'un jeu de la lumière filtrée par les persiennes ? Il vida sa tasse et se força à aborder un sujet qu'il avait jusque-là évité.

– Pour le peu que j'ai vu hier, nous sommes ruinés. Est-il resté quelque chose, Caroline ?

Il s'efforçait de prendre un ton dégagé, comme s'il parlait d'une chose qui pouvait avoir disparu sans que cela les affectât directement. Mais que ce ton était faux ! Lui-même le sentait et en avait les oreilles déchirées.

– Il reste la terre. (Elle posa sa tasse et fit le tour de la pièce, ouvrant les volets qui grinçaient. Dans l'air, flottait déjà l'odeur de l'herbe réchauffée par le soleil d'été.) Mais il ne pousse pour ainsi dire plus de canne dans les champs. Plus de bétail non plus. Les Yankees ont tué ou dispersé ce qu'ils n'avaient pas mangé. J'ai une vache à lait que m'ont donnée les Langlinais. Ils font paître ici quelques-unes de leurs brebis et de leurs chèvres. Je peux garder pour moi le lait des chèvres, si je veux. Et la laine des brebis.

– Les Yankees ne leur ont pas pris leur bétail ?

– Si, mais il en avait caché une partie dans les marais, dans un lieu qui leur appartient depuis longtemps, je ne sais où. Les Yankees n'avaient aucune raison de s'enfoncer dans les marais. Mais ils ont pris tous les animaux des Langlinais qu'ils ont trouvés.

Explication logique, bien sûr. Pourquoi Caroline n'y eût-elle pas cru ? De même qu'une autre génération avait cru que le grand-père Langlinais était un glorieux corsaire, sans aucun rapport avec un pirate criminel.

– Et les Noirs ?

Il avait de la peine à dire ce mot. Il n'avait jamais cru que la question de l'esclavage fût la véritable cause de cette guerre et de la violence avec laquelle le Nord avait écrasé le Sud. Trop de fortunes yankees s'étaient faites, ou avait prospéré, sur le trafic des esclaves. Il savait, certes, que beaucoup de Nordistes s'étaient battus par haine pour l'esclavage. Mais, ce faisant, ils avaient gobé l'hameçon que d'autres leur tendaient, ceux-là mêmes qui s'indignaient tant de l'esclavage dans le Sud, et qui, chez eux, faisaient crever de faim leurs ouvriers...

– Et les Noirs ? Sont-ils tous partis ?

– Pas tous. Susu est restée, ainsi que Tatum, Allie et Pete.

– Le boiteux, l'estropié et l'éclopé ! (Honoré rit.) Dignes serviteurs de leur humble maître. Et c'est avec ça que je dois faire renaître Beau-Chêne ?

Elle s'approcha de lui. Voyant le feu qui brûlait dans ses yeux, Honoré sentit toute la passion dont elle était animée.

– Non, pas « avec ça », Honoré. Tu reconstruiras Beau-Chêne parce que tu le dois. Par devoir envers nos enfants. Toi et moi n'aurons jamais plus la possibilité de vivre comme avant. (Un mouvement d'épaules résigné.) Mais nous avons ces enfants. Je ne veux pas qu'ils finissent paysans, tu m'entends ? Notre fils ira à l'université, et à une aussi bonne université que toi. Je n'ai pas tout sacrifié pour voir nos enfants condamnés à la pauvreté. Peu m'importe comment tu t'y prendras, quels moyens tu emploieras, mais Beau-Chêne redeviendra comme avant, Honoré. Sinon, je prendrai les enfants et j'irai aussi loin d'ici que je pourrai.

– Comment ?

– Je soudoierai les gens.

La guerre avait pu rendre méconnaissable son corps et son visage, il ne lui avait pas enlevé ses yeux de feu.

– Avec mon argenterie et mes bijoux.

– Les Yankees t'ont donc tout laissé ?

– C'est caché. Sans doute là où Camille avait caché ses vaches... Quoi ! (Elle cria lorsqu'elle vit qu'Honoré allait se mettre en colère.) Tu le soupçonnes d'avoir pris nos bijoux de famille en échange des services qu'il nous a rendus, du café et des médicaments qu'il nous a donnés ? Honoré, comment as-tu pu faire la guerre si tu n'as confiance en personne ? (Elle le regardait presque comme un étranger.) Le petit déjeuner sera prêt quand tu te seras habillé. (Elle prit le plateau avec les deux tasses vides.) J'ai mis un de tes vieux costumes dans ton cabinet de toilette. (Elle rit et se radoucit.) Ce n'est pas du dernier cri mais c'est tout ce que les messieurs de la paroisse de Saint-Martin ont à se mettre cet été !

Camille attendit quelque temps avant d'aller souhaiter la bienvenue à Honoré de Clouet. Ils se connaissaient peu; les deux familles s'étaient beaucoup éloignées l'une de l'autre depuis la mort de son arrière-grand-père, Louis, et de celui d'Honoré, Noël; au fur et à mesure que chacune consolidait sa position dans le pays, elles avaient fini par vivre dans des mondes différents. Néanmoins, quand les troupes de l'Union avaient choisi d'installer leur quartier général de campagne à Beau-Chêne, avaient emprisonné Caroline et ses enfants et dévasté la propriété avant de l'abandonner, Camille avait considéré que cette femme et ces gosses n'avaient rien fait pour mériter un tel traitement; il s'était souvenu de la générosité de ses aïeux à l'égard des premiers Clouet. Et, en connaissant mieux Caroline, il avait appris à la respecter, malgré ce qu'il appelait en lui-même sa mentalité hautaine et fermée. Qu'elle pût sortir ou non de ce grenier mental dépendait sans doute moins d'elle que d'Honoré.

Camille fut introduit dans la bibliothèque par Tatum, un des Noirs qui n'avaient pas voulu quitter Beau-Chêne. (C'était lui qui avait été acheté lors de cette vente à l'encan, sur les terres Langlinais, à propos de laquelle leurs aïeuls, Jean et André, s'étaient querellés.) Honoré était en train d'examiner ses livres.

– Les bouquins, ça ne se mange pas et ce n'est pas facile à vendre, dit Honoré. Je suppose que c'est à l'esprit pratique des Yankees que je dois d'avoir conservé ma bibliothèque ! (Assis tout en haut de la grande échelle à roulettes, il prenait chaque livre et en vérifiait l'état. Il agita le petit volume relié en maroquin qu'il tenait à la main lorsque Camille était entré.) J'aurais même pu avoir d'agréables conversations avec ce général unioniste, à en juger par ses lectures !

Mais Camille nota sur son visage une curieuse grimace, jeu de physionomie que les Clouet se transmettaient depuis des générations et qui signalait, sans plus, une infraction aux règles. Camille eut l'impression qu'Honoré avait emprunté cet air à son grand-père, dont le portrait, dans un lourd cadre doré, était accroché à l'unique mur libre de la pièce.

– Assurément, j'aurais préféré qu'il s'abstînt de corner les pages et de souligner des paragraphes entiers. Quant à ses notes en marge...

Il remit le livre à sa place, d'un geste sec.

– Que de livres ! dit Camille.

– Aussi, pourquoi s'en faire pour quelques gribouillis et quelques coins abîmés ? C'est ce que vous voulez dire ? (Honoré descendit de l'échelle, opération qui semblait poser des problèmes à ses genoux.) C'est drôle : avoir, pour ainsi dire, vécu à cheval des années durant, et être à peine capable de marcher quand c'est fini... Vous avez remarqué cela, monsieur ? (Une pause, un autre de ces jeux de physionomie typiquement Clouet, celui qui signifiait : Évidemment, vous ne pouvez savoir ce dont je parle, puisque vous ne l'avez pas vécu. Mais, tout haut, Honoré dit :) Pardon, j'avais oublié : vous avez réussi à ne pas faire la guerre, n'est-ce pas ?

Honoré chercha des yeux un fauteuil, s'assit puis, faisant attendre Camille juste le temps qu'il fallait pour marquer l'inégalité de leurs conditions, indiqua l'autre fauteuil. Camille s'assit sur le bras de la lourde bergère en croisant les jambes.

– Je me suis enrôlé dans la garde. Comme presque tous ceux de la milice. Et nous nous sommes battus. Contre les mêmes Yankees qui ont fini par occuper Beau-Chêne, monsieur. Quand ils ont gagné, nous nous sommes trouvés en territoire occupé, et la guerre a changé de forme, c'est tout.

Le visage maigre, en face de lui, était à moitié caché par les oreilles du fauteuil. Dans ces profondeurs de cuir sombre, la peau de ce visage n'était qu'un masque indistinct. Une voix sortit de cette ombre; on eût presque dit qu'un automate parlait par la bouche d'Honoré.

– Mme de Clouet m'a dit que vous avez pu vous procurer beaucoup de biens très rares, dont presque tout le monde manquait alors.

– Si Mme de Clouet le sait, c'est uniquement parce que elle et vos enfants en ont eu une partie.

Honoré sortit de son fauteuil et la lumière éclaira le masque de son visage. À Camille, il sembla inchangé, mais des émotions contradictoires s'agitaient derrière. Sans un regard pour son visiteur, Honoré alla au bureau et ouvrit un profond tiroir. Il en retira un flacon d'argent et deux gobelets.

– J'ai des manières de troupier, autant dire aucune. Ce flacon m'a accompagné durant toute la guerre mais le bourbon qu'il contient m'a été envoyé récemment par le père de Caro... de Mme de Clouet. Il en a dégoté toute une caisse. Dieu sait comment...

– Pourquoi voulez-vous boire avec un homme que vous soupçonnez de trafic avec l'ennemi ? N'est-ce pas contre tous vos principes ?

Le masque s'était coloré. De rouge, couleur de la honte mais aussi de la dignité offensée.

– Je ne vous ai accusé de rien.

Camille se leva, s'approcha et prit le gobelet.

– Je ne suis pas comme vous, monsieur. Vous avez des façons de dire des choses sans les dire que, moi, je ne comprends pas. (Il but une gorgée.) Je ne sais qu'une chose : s'il peut leur venir en aide, Camille Langlinais ne laissera jamais une femme et des enfants mourir de faim, ni les siens, ni les vôtres. Et si, quand je leur trouve de quoi manger, de quoi se soigner, une partie provient des Yankees, et que mon argent va dans la poche de ces mêmes Yankees, cela m'est égal. Je n'ai jamais été assez riche, ni assez noble pour suivre vos règles et vos principes. Et, permettez-moi de vous le dire, je ne le ferai pas.

Il vida son whisky et reposa le gobelet sur le bureau.

– Parfait. Vous voyez les choses d'une façon, moi d'une autre.

Ce bourbon avait le feu et la finesse d'un alcool hors d'âge; Bertaut avait dû vendre sa grand-mère pour le dénicher.

– Non. Vous restez sur une position où vous ne pouvez voir les choses que sous un seul angle. Moi, je suis dans la vie. Et, parfois, là en bas, où je vis, les choses ne vont pas du tout comme je le voudrais. (Camille se resservit et posa le flacon à quelques centimètres de la main d'Honoré.) Avez-vous été fait prisonnier pendant la guerre ?

– Non.

– Vous êtes-vous trouvé quelquefois derrière les lignes ennemies ?

– Non.

– Donc, vous vous êtes battu, vous avez sans cesse exposé votre vie. Cela, je le respecte. Mais, Clouet, vous n'aviez avec vous ni femme ni enfants. (Camille revoyait les larmes de ses enfants affamés, le visage désespéré et morne de Françoise.) Pour prendre soin d'eux – des miens et des vôtres –, j'ai dû mettre de côté certaines choses, les oublier pendant un temps.

– Quelles choses ? Les principes, l'honneur ? Vous avez commercé avec les Yankees, Langlinais. La flotte de l'Union bloquait notre littoral et ne laissait passer que les bateaux du Nord.

– La guerre était finie, pour nous. Que pouvions-nous faire ? Il ne restait qu'à survivre jusqu'à ce qu'elle fût terminée partout.

Camille se retourna et, d'un geste large, embrassa les centaines, les milliers de livres peut-être qui s'étageaient jusqu'au plafond.

– Je ne pense pas que vous puissiez comprendre, mon cher Clouet. Parce que nous ne sommes pas sensibles aux mêmes choses. Cela vous froisse de constater qu'un homme que vous ne connaissez pas, un homme qui tenait prisonniers votre femme et vos enfants, s'asseyait ici, dans cette pièce, dans votre fauteuil, et lisait vos livres. Non seulement il les lisait, mais il y a laissé sa marque. Bref, il en a pris trop à son aise avec des choses qui vous appartiennent. C'est cela ?

La main d'Honoré franchit les quelques centimètres qui la séparaient du flacon.

– Quelque chose comme cela...

– Quant à moi, je trouve que vous aussi, de votre côté, vous en prenez trop à votre aise avec quelque chose que je possède.

Honoré se servit lentement un autre bourbon, en tenant le flacon assez haut au-dessus du gobelet pour que le peu de soleil qui pénétrait dans la pièce illuminât le filet de liquide mordoré.

– Avec quoi ?

– Avec ma façon de vivre. Ma façon de penser. Ma façon d'être. Vous me jugez. Vous n'êtes pas mon juge.

Honoré s'assit à son bureau, dans une pose nonchalante.

– Quand on enfreint certaines règles, on doit s'attendre à être jugé.

– Je ne vous juge pas, moi.

Le masque était tombé. Honoré était abasourdi.

– Et pourquoi me jugeriez-vous ?

– Pour avoir eu des esclaves.

– Pour avoir eu des esclaves ? Vous êtes devenu abolitionniste ? Est-ce là le prix que vous avez payé pour avoir de quoi manger ?

– Je ne le suis pas devenu. Jamais un Langlinais n'a possédé un esclave. Ni pensé qu'un autre homme pouvait avoir le droit d'en posséder. L'ennui, avec des gens comme vous, c'est que vous n'hésitez pas à faire payer à d'autres le prix de votre choix. Sans doute parce que vous n'y pensez même pas.

– Allons, Langlinais. Si vous n'aviez pas d'esclaves, c'est que vous ne pouviez vous le permettre.

– Ce pays est ruiné, parce que vous, et des hommes comme vous, pensiez qu'on peut posséder d'autres êtres humains. Nous avons tous payé, nous payons tous pour vous.

Posant son bourbon, Honoré alla à la fenêtre qui donnait sur le jardin et, au-delà, le commencement des champs de canne à sucre.

– Oui, ce pays est dévasté. La terre est en friche. Et il n'y a plus de bras pour défricher, labourer, planter. Mais c'est moi qui paie le plus lourd tribut, moi et les autres planteurs.

– Et c'est justice. C'est l'entêtement des gens de votre classe qui provoque régulièrement la catastrophe dont tout le monde pâtit. Il est juste que vous payiez le prix le plus lourd. (Camille revint vers le bureau et remplit les deux gobelets.) Ma famille, le peuple dont je fais partie ont été chassés de leurs terres parce qu'ils croyaient que chaque homme a le droit de vivre comme il veut, d'avoir sa religion, pour autant que cela ne prive pas les autres du même droit. Tandis que vous, c'est parce que vous ne croyiez pas à cela que vous avez dû fuir votre pays.

Honoré prit son gobelet.

– Vous vous trompez. Ce que nous refusions de croire, c'était que le gouvernement de la populace fût meilleur, ou même aussi bon que le nôtre.

Camille haussa les épaules.

– C'est faux. C'est parce que les gens du peuple savaient que vous ne les considériez pas comme des êtres humains. De même que vous ne considériez pas vos esclaves comme des hommes.

– Désormais, ils seront ouvriers agricoles, reprit Honoré. (Le silence ne fut interrompu, à plusieurs reprises, que par le glouglou du bourbon passant du flacon dans les petits verres d'argent.) Nous les paierons à la journée. Ils devront se procurer eux-mêmes de quoi vivre. Je crains que la concurrence ne les amène à vivre plus mal que naguère, qu'ils ne soient obligés d'accepter des conditions de travail que nous ne leur avons jamais faites…

– Mais quand même, Clouet, avec quoi les paierez-vous ?

– J'emprunterai, j'engagerai les bijoux et l'argenterie de ma femme.

– Qu'est-ce qui vous fait croire que je les ai toujours ? Un homme qui traite avec l'ennemi est capable de tout, n'est-ce pas ?

– Pas vous. Vous n'êtes pas un voleur.

Honoré battait en retraite.

– Vous en êtes sûr ? Ou vous l'espérez ? Et si

j'avais tout volé ? Quelle attitude vous dicteraient vos principes ? Me puniriez-vous ? Ou considéreriez-vous ces bijoux et cette vaisselle comme le juste prix de ce que j'ai fait pour votre femme et vos enfants ?

– L'un n'a rien à voir avec l'autre, Langlinais.

Camille ramassa son grand chapeau de paille et s'en coiffa.

– Je vois que, comme tous les gens de votre espèce, vous ne comprenez pas que lorsqu'on est fidèle à une grande chose, on a trop à faire pour songer à tromper autrui sur les petites. Ne vous excusez pas. Vous l'aurez, votre trésor. Je vous l'apporterai ici. Mais comment pourrez-vous emprunter ? Dieu seul le sait, peut-être. Vous savez que les banques sont ruinées.

– Langlinais...

– Non, vous ne regrettez pas d'avoir douté de moi; vous êtes seulement content de vous être trompé. Sur ce point.

– Nos familles ont fait du chemin ensemble, Langlinais. Je me le rappelle, maintenant. Et j'essaierai de vous comprendre.

– Beaucoup de chemin, en effet, dit Camille en se rapprochant. L'une donnant des leçons, l'autre les recevant; et chacun pensant, peut-être, de son côté, que c'était lui le maître et l'autre l'élève. Qui sait ?

Honoré serra la main que l'autre lui tendait.

– C'est très important mais très difficile d'apprendre, Langlinais.

– Mais, après tout ce temps, dit Camille en secouant la tête, ne pensez-vous pas que cela devrait être plus facile ? Je ne sais pas : je commence à me demander si les Langlinais et les Clouet ne sont pas de la pire espèce de crétins. Il y en a toujours qui n'apprennent rien.

Fléaux

Malgré les difficultés financières que connaissait le Sud, Honoré put emprunter des capitaux à une banque de Philadelphie. Il engagea des ouvriers et, au printemps 1866, ceux-ci avaient défriché et labouré assez de terres, sur la plantation, pour que cela valût la peine d'y replanter de la canne à sucre. Hélas ! la récolte brûla sur pied pendant l'été, à cause d'une sécheresse exceptionnelle.

L'hiver suivant fut marqué, au contraire, par un véritable déluge qui provoqua, le 27 mars 1867, une rupture de la levée occidentale du Mississippi, dans la paroisse de Pointe-Coupée, à l'est de Saint-Martinville. Beaucoup de rescapés des régions inondées (Beau-Chêne et la propriété des Langlinais furent épargnés.) se réfugièrent dans la petite ville de New Iberia, à une vingtaine de kilomètres de Beau-Chêne. Quand il apprit la nouvelle, Honoré se rendit quotidiennement dans cette ville pour participer à l'organisation des secours. Il empruntait le bateau à aubes qui, au lieu de suivre les méandres du bayou, coupait par les terres inondées, transformées en une véritable petite mer.

– Il ne reste plus une seule pièce, plus un seul lit de libre à New Iberia, rapporta un soir Honoré. Des milliers de personnes s'entassent dans la ville et tout autour. Oui, sûrement des milliers.

– Mais y sont-ils en sécurité ? Les eaux continuent de monter.

Caroline avait pris ce qu'elle pouvait sur ses petites réserves de linge, de médicaments et de nourriture et l'avait envoyé, par l'intermédiaire d'Honoré, à ces pauvres gens, qui se trouvaient dans une situation encore pire que les Clouet à la fin de la guerre. Elle avait suggéré d'en accueillir quelques-uns mais Honoré en avait résolument écarté l'idée : ils avaient encore à peine de quoi vivre à Beau-Chêne : comment pourraient-ils entretenir d'autres personnes, et pour un temps indéterminé ?

– En sécurité ? dit-il, se rappelant soudain que sa femme lui avait posé une question. Qui ? Quoi ? Pour le moment, les champs, de ce côté-ci du bayou, n'ont pas été touchés. Mais si New Iberia est inondée, toutes nos terres le seront aussi, et il n'y aura pas de récolte de sucre, pour la deuxième année consécutive. Tu me pardonneras, j'espère, si je me soucie d'abord de ma famille.

– Je déteste tout cela.

Depuis la fin de la guerre, Caroline ne protestait plus, ne s'emportait plus. Elle considérait sa vie passée comme une période révolue, qui ne reviendrait jamais. Souvent, elle disait à Honoré le plaisir qu'elle avait à relire le journal qu'il avait tenu de leur vie avant la guerre, à revoir les dessins dont il l'avait illustré.

– Cela m'aide à me rappeler comment c'était. À me rappeler que j'ai connu plus de bonheur, de luxe et de plaisirs en ces années-là que bien des gens n'en connaissent dans toute leur vie. Ou dans plusieurs vies.

Mais Honoré percevait dans sa voix la même tension passionnée que chez tous ceux qui ne pouvaient supporter le nouvel état de choses.

– Comment, tout cela ? Qu'est-ce que tu détestes ?

– Voir la nécessité se mettre en travers de ce que je voudrais. Savoir que tous les sacrifices que nous avons faits pour obtenir cette récolte, les soucis permanents, les bijoux engagés, tout cela peut être réduit à néant par un ou deux pieds d'eau de plus; cette eau qui nous arrive des États yankees qui, non contents de nous avoir terrassés, semblent bien décidés maintenant à nous empêcher de nous relever.

Le Congrès de Washington venait de décider la prétendue Reconstruction du Sud, c'est-à-dire la réorganisation de sa vie publique selon des principes conformes à ceux des États du Nord.

Si surpris qu'il fût de voir Caroline exprimer des sentiments qu'il nourrissait lui-même, Honoré entreprit de la faire changer d'idée.

– Il ne faut pas dire cela, Caroline. Inondation ou pas, ce ne sera pas la fin de Beau-Chêne. Il n'y a pas qu'un seul moyen de rétablir sa fortune.

– De quoi parles-tu, Honoré ?

– Tu sais que les travaux des champs ne sont pas mon fort, Tatum s'y entend mieux que moi pour ce qui concerne la plantation. Je ne suis pas indispensable, ici. Et il est clair qu'on ne peut pas toujours compter sur l'aide de la nature. J'ai décidé d'imiter nos citoyens les plus fougueux, dirais-je, et de me battre pour contraindre déesse Fortune à rendre aux Clouet ce dont elle les a si injustement et si capricieusement privés !

– Honoré, je t'en prie, sois sérieux, dit Caroline, venue s'asseoir à côté de lui, sur le sofa de crin. Toi, te faire brigand ! Voleur !

– C'est peut-être cela en effet. Je vais entrer dans la politique.

– Mais dans quel but ? Je ne te comprends pas...

– Dans le même noble but que se proposent tous les politiciens, et qui est de se remplir les poches. Le public a intérêt à être servi par des hommes riches et de condition.

– Honoré...

– Ne sois pas sotte, Caroline. Tu sais aussi bien que moi que, dans cet État de Louisiane, en ce moment, tout est au pillage. Pourquoi devrais-je rester à l'écart ? Qui volerais-je d'ailleurs ? Nos amis ? Ils n'ont plus rien, eux non plus. Nos victimes ? Où sont-elles ? Non, Caroline, ce n'est pas le moment d'avoir des scrupules. Ce ne sera que justice si je rétablis notre position.

– En es-tu capable ?

– Je le crois.

– Et de faire faire ses études à Nollie ? Et d'assurer à Marthe une existence digne d'une jeune fille de bonne famille ?

– Cela fait partie de mes projets.

Elle le regarda longtemps, sans mot dire. Comme si j'étais un inconnu, pensa Honoré.

– C'est un examen que je subis ? demanda-t-il. (Elle continuait de se taire.) Pour voir si je suis à la hauteur de cette tâche ?

– Oh, je n'en doute pas. Là n'est pas la question. Les hommes de votre famille ont toujours été à la hauteur des tâches qu'ils se sont fixées. Le tout est qu'ils se décident.

Vers la fin d'avril, Honoré, s'étant finalement procuré le texte des deux lois promulguées en mars, relativement à la Reconstruction, décida de partir, dès l'été suivant, pour La Nouvelle-Orléans.

Son plan fut contrarié par un ultime fléau : une épidémie de fièvre jaune se déclara à New Iberia à la fin de juillet et se répandit dans toute la région, jusqu'à Saint-Martinville. 'Tit Frère Langlinais, désormais plusieurs fois grand-père, fut parmi les dernières victimes, en septembre. Toute la famille avait voulu l'en dissuader, mais il s'était rendu aux funérailles d'un des quatre médecins de la paroisse, lequel, après s'être dépensé sans compter durant ces deux terribles mois, avait fini par succomber au mal à son tour. 'Tit Frère, dont la femme était morte en mettant Camille au monde, trente-cinq ans plus tôt, ne s'était jamais remarié.

Retenu à Saint-Martinville par l'épidémie, puis par la constitution des listes électorales de la paroisse (qu'exigeait et réglementait un article de la « Deuxième Loi de Reconstruction »), Honoré eut tout le temps d'étudier en détail la nouvelle législation imposée au Sud.

– Mon bisaïeul avait eu, au moins, la possibilité de quitter son pays livré à l'ignorance et à la violence, dit-il à Caroline un soir d'octobre, peu avant son départ.

Après sa réclusion, Caroline avait pris l'habitude acadienne de passer le plus de temps possible dans les galeries de la maison. Honoré s'en était étonné. Pourquoi ne pas utiliser le salon, plus confortable et qui ne servait que l'hiver ? Puis il avait installé dans la galerie du second, entre leurs deux grands rocking-chairs, un petit meuble, assez bas pour faire office de table, où il rangeait ses pipes, son tabac et quelques bouteilles d'alcool. Après tout, il était agréable de prendre le frais au crépuscule, et de voir ce qui se passait aux alentours, sur la route, dans la longue allée. Les Acadiens, il fallait en convenir, avaient eux aussi leur art de vivre.

– Sommes-nous donc encore livrés à l'ignorance et à la violence ?

Elle cousait. Il fallait toujours qu'elle eût quelque chose entre les mains; elle avait même réclamé un métier à tisser comme celui de Françoise Langlinais. Avec un tel métier, on pouvait – d'après Jumie, auquel Honoré prêtait des piles de livres – tisser jusqu'à dix couvertures à la fois...

– Certainement, répondit-il. Un gouvernement de traîtres et d'analphabètes peut-il engendrer autre chose que la violence et l'ignorance ? Tu as sûrement lu ces lois. Tu sais ce que le Congrès de Washington a ordonné ?

– J'ai été trop prise par le sarclage, dit Caroline. Mais j'aimerais que tu m'expliques comment tu entends nous sauver de ces calamités.

Encore ces piques amères : Caroline ne connaissait plus d'autre forme d'humour. Après son retour, il avait pensé qu'elle reprendrait goût à la vie, qu'ils auraient de nouveau du plaisir à vivre ensemble. Or, il était clair qu'elle ne cherchait plus le plaisir; elle avait oublié ce que c'était.

Cependant, Honoré ignora l'aigreur de sa voix et prit la question de Caroline au sérieux.

– Tu sais que nous faisons partie du cinquième district militaire, que les tribunaux militaires sont au-dessus de tout ce que peut décider la justice de notre État, et, bien sûr, que tout individu mâle adulte qui prend la peine d'aller s'inscrire au bureau de l'état civil – et qui n'a pas été privé de ses droits civiques pour cause de rébellion – est désormais électeur : eh bien, voilà comment se propage l'ignorance, ma chère !

– Je ne comprends pas pourquoi toi, tu as pu t'inscrire, alors que mon cousin Henri n'en a pas le droit. Vous vous êtes battus tous les deux contre le Nord, comme officiers.

– Oui, mais moi, j'avais été nommé officier par le général de Beauregard. Ton cousin, au contraire, était capitaine dans l'armée du Nord. Il a préféré démissionner et accepter le grade de colonel qu'on lui offrait chez nous. À présent, les vainqueurs le considèrent comme un traître.

– Honoré, comment vas-tu pouvoir lutter contre tout cela ?

– Contre quoi ?

– Contre ce qui t'attend. Mon père, lui, a choisi de se retirer. Il ne pense même plus à ce qui se passe; il déteste le général Sheridan. Tu sais qu'il a plusieurs amis qui étaient échevins de La Nouvelle-Orléans : tous ont été destitués par ce Sheridan. Il m'a dit aussi que sur les listes électorales, il y a deux fois plus de Noirs que de Blancs.

– Pas deux fois plus. Environ quatre-vingt mille contre cinquante mille. De toute façon, il faut agir avant qu'il ne soit trop tard. Et nous ne pouvons agir que dans les conditions qu'on nous impose. Je ne suis pas le seul à penser ainsi. (Depuis plus d'un an, Honoré était entré en correspondance avec Étienne de Gravelle, dont la famille était toujours influente à La Nouvelle-Orléans.) Si nous nous unissons pour agir maintenant, nous pourrons peut-être améliorer notre situation. Sinon, la Louisiane sombrera pour toujours dans les ténèbres.

– C'est ce qui va se passer à La Nouvelle-Orléans ?

– C'est ce qui va commencer à La Nouvelle-Orléans.

En fait, les débats et les décisions de la convention constitutionnelle, qui s'ouvrit à La Nouvelle-Orléans à la fin de novembre 1867, apparurent à beaucoup d'observateurs comme une fin plutôt que comme un commencement. Les démocrates qui, pour la plupart, avaient soutenu la Confédération, désiraient le retour à l'ancien ordre, qui avait assuré leur position dans la société et dans l'État. Les républicains, indignés par les nouveaux codes noirs qu'avait promulgués le parlement de Louisiane, dominé par les démocrates, étaient fermement résolus à transformer la victoire militaire de leurs principes en une victoire politique, autrement dit à prendre les postes qu'occupaient les démocrates dans l'État : la justice et les autres instances. Chaque parti avait ses extrémistes : du côté démocrate, les « Bourbons », qui entendaient priver les Noirs de tous leurs nouveaux droits, et du côté républicain les « radicaux » qui préconisaient carrément un gouvernement noir. Inversement, les modérés des deux partis tentaient d'échafauder un compromis.

La constitution qu'une majorité de conventionnels étaient convenus d'adopter ratifiait le droit de vote pour les Noirs et éliminait la ségrégation entre les races. De toute façon, l'adoption de ces principes était la condition sine qua non de la réadmission de la Louisiane dans l'Union. Malgré tout, la presse démocrate se déchaîna contre ce vote, le considérant comme une humiliation et, ni plus ni moins, comme une victoire des radicaux. C'était à qui dépeindrait l'avenir sous les traits les plus sombres : pillage, viols, massacres, voilà ce qui attendait les Blancs, citoyens paisibles et civilisés de Louisiane, quand les Noirs les attaqueraient dans tout le pays (ce qui était imminent – les émeutes de l'été 1866 à La Nouvelle-Orléans en étaient la preuve), avec l'appui des Américains du Nord qui affluaient dans l'État.

– Entièrement d'accord ! dit Honoré. (Il referma la dernière livraison de la *DeBow's Review* qu'il lisait dans le salon des Gravelle.) Ce qui se passe ici en ce moment suffirait à ôter ses dernières illusions à tout homme civilisé respectueux de la démocratie.

– Quoi ? Vous avez apporté vos illusions avec votre linge de rechange ?

Étienne de Gravelle avait tenu bon, quand les troupes fédérales du général Banks et du général Butler avaient brutalement occupé la ville; il survivrait de même à leur remplaçant, le général Sheridan. Cela dit, il fallait collaborer avec tous ceux qui désiraient endiguer l'avancée des républicains; mais Gravelle avait espéré qu'Honoré serait un allié plus efficace qu'il ne le semblait présentement.

– Il ne reste aucun parti pour nous défendre, Gravelle. Et tout sera définitivement perdu pour nous, si cette constitution est adoptée.

– Comment pouvez-vous douter qu'elle le soit ? Si nous ne nous donnons pas cette constitution, nous resterons à jamais un territoire occupé.

– Mais on se moque de nous. Ne le voyez-vous pas, Gravelle ? Je l'ai lue, cette constitution scandaleuse. Eh bien, nous pouvons nous préparer à vivre, vous comme moi, dans la misère et dans la honte jusqu'à la fin de nos jours !

– Je n'ai l'intention de me laisser réduire ni à l'une ni à l'autre, Honoré. Ni vous non plus, d'ailleurs. Mais vous êtes comme tous les planteurs : vous pensez que la seule chose qui importe est de mettre en terre une bonne graine; après quoi, Dieu fera pousser la récolte. (Étienne se leva.) En politique, c'est différent. Certes, on laboure, on plante. Mais on reste dans le champ pour observer, savoir qui a le pouvoir, comprendre pourquoi il l'a. Et, quand le moment arrive – et, croyez-moi, Honoré, il arrive toujours –, on moissonne !

– Mais, entre-temps, nous devons vivre sous la houlette des Yankees...

– Certes, c'est la condition nécessaire pour redevenir un État égal aux autres. Quand cela sera, mon cher Clouet, nous pourrons changer les règles du jeu. (Il se mit à ranger les documents qui couvraient sa table de travail.) Assez travaillé pour aujourd'hui. Une personne que je connais doit être en train de me préparer un petit souper à l'heure qu'il est. Je crois qu'une de ses amies sera là aussi. Voulez-vous vous joindre à nous ?

Honoré pensa au corps de Caroline, toujours aussi maigre, toujours aussi raide.

– Pourquoi pas ? dit-il.

Jamais, depuis son retour, Caroline ne lui avait demandé s'il lui avait été infidèle pendant la guerre. Parce qu'elle avait confiance en lui ? Peut-être. Parce qu'elle s'en fichait ? Plus probablement.

Comme ils marchaient par les rues tranquilles, Honoré aspira profondément.

– Vive les Yankees, dit-il. Au moins cette ville est propre.

– C'est évident, avec une armée de soldats qui n'a rien d'autre à faire que balayer les rues.

– C'est une amélioration appréciable. Je me rappelle avoir mis mon mouchoir sur mon nez, en passant par ces mêmes rues, tant cela empestait. Maintenant, c'est presque agréable.

– Même les Yankees ont des vertus, dit Gravelle. (Il s'était arrêté devant une petite grille. La main sur la sonnette, il se retourna vers Honoré en riant.) La propreté et la chasteté. Quant à cette seconde vertu, ils y ont peut-être été contraints par les circonstances. On ne peut pas dire que les Orléanaises aient accueilli nos frères du Nord à bras ouverts !

Gravelle et Honoré eurent tout lieu, en revanche, de se réjouir de l'hospitalité des deux dames qui les attendaient dans cette maison.

– Tu vois, dit Étienne à son ami, le lendemain au petit déjeuner, les radicaux ne sont pas parvenus à tout détruire.

Oasis

Françoise sortait de l'église, éblouie par le soleil. Immédiatement, un groupe de femmes l'entoura. Les bans du mariage de Claudette avec Gaston Thibodeaux avaient été annoncés pendant la messe; en tant que mère de la future mariée, elle considérait comme son dû les félicitations qu'on lui prodiguait, et comme son devoir de répondre aux questions dont on la bombardait.

Caroline de Clouet s'approchait des marches.

Françoise l'aperçut et se raidit. Penser que six ans plus tôt, Caroline se confondait en remerciements pour les moindres choses que lui donnait Françoise, quelques œufs, une vieille poule décharnée, un demi-boisseau de pommes de terre ! On pouvait dire que les Clouet avaient repris du poil de la bête, ils étaient en passe de redevenir aussi riches qu'autrefois. Camille n'en avait cure mais Françoise ne pouvait réprimer son irritation et son envie, chaque fois qu'elle voyait Caroline, dans ses robes élégantes, avec sa peau qui semblait avoir rajeuni. Et penser que sa fille se préparait à faire ses débuts dans la bonne société orléanaise alors que Claudette allait épouser un paysan ! Elle se tourna vers une femme à côté d'elle et se mit à lui parler de choses et d'autres d'un air absorbé.

– Françoise ! Françoise !

Caroline était derrière elle. L'interlocutrice de Françoise leva la main.

– Françoise, c'est Mme de Clouet qui veut te parler.

Françoise se retourna. En voyant ses yeux, Caroline eut l'impression de recevoir un seau d'eau glacée.

– Françoise ! C'est merveilleux ! Je ne savais pas, je suis si surprise, si heureuse pour Claudette. (Le petit groupe de femmes s'était tu et l'écoutait avec un intérêt que Françoise était loin de partager.) Je voudrais offrir, je voudrais que Claudette, – oh ! Françoise, j'aimerais tant qu'elle porte pendant la cérémonie le voile de mariage de la grand-mère d'Honoré. Vous savez, le voile d'Aimée, que je vous ai montré...

– C'est trop somptueux, Caroline.

– Mais, Françoise, rien n'est trop somptueux pour une jeune mariée !

– Claudette épouse un fermier, Caroline. Un fermier qui a de la terre, d'accord, mais qui n'en reste pas moins un paysan. Et une femme de paysan ne porte pas de parure empruntée. (Françoise sourit uniquement des lèvres.) D'ailleurs, il ne vaut rien de chercher à paraître, n'est-ce pas ?

Une femme interrompit la conversation :

– C'est pour quand, Françoise ?

Caroline s'effaça, le souffle coupé. Elle ne s'était attendue ni au refus de Françoise, ni à la rudesse avec laquelle elle l'avait formulé. En s'éloignant, elle l'entendit qui répondait :

– Octobre. Après les moissons. À quel autre moment voulez-vous que ça se fasse ?

Évidemment, pensa Caroline. Juste après les

moissons. Et juste avant les élections auxquelles Camille comme Honoré se présentaient, le premier comme candidat à la charge de juge de paix, le second à celle de juge de la paroisse. Ainsi les Langlinais feraient d'une pierre deux coups : le repas de mariage servirait de banquet électoral. Pendant ce temps-là, Honoré, n'ayant pas le prétexte du mariage d'une fille pour tourner la loi, devrait convaincre les électeurs par ses seuls discours. Le plus grand défaut de la démocratie, songea-t-elle, c'est que cela prend un temps fou.

L'épaule contre l'embrasure de la porte de derrière, Françoise regardait Claudette approcher à travers le potager. Elle avait désherbé le lopin de coton brun que sa mère et elle plantaient chaque année pour avoir du fil de couleur pour leur tissage. Sa capeline lui était tombée sur la nuque, et le travail avait donné de bonnes couleurs à ses joues dont l'arrondi avait encore la douceur de l'enfance. Quel bébé ! pensa Françoise. Et pourtant, elle avait dix-neuf ans; elle aurait déjà dû être mariée depuis un moment.

– Claudette ! Viens par ici. Il faut se mettre à ta robe. Tu sais, cette dentelle de ton arrière-grand-mère, Cécile ? On pourrait en garnir le corsage…

Quand Camille et Jumie rentrèrent ce soir-là, le dessin de la robe de mariage était depuis longtemps terminé. Elles en étaient aux projets pour le repas; Françoise mettait mentalement de côté un certain nombre de poulets, tant de rangs de haricots blancs, tant de plants d'okra pour le gombo…

– Camille, est-ce que vous aurez abattu les bêtes au moment du mariage ?

Camille regarda son fils aîné, en haussant les sourcils et en hochant la tête. Comment Dieu a-t-il pu créer un être aussi incompréhensible que la femme ? semblait dire ce regard.

– Quelle question ! Est-ce que tu veux que je te réponde oui ou que je te réponde non ?

– Camille ! Je veux simplement que tu me dises si vous les aurez tuées ou pas.

– Nous avons besoin de jambon pour le *jambalaya*[1], dit Claudette, pour le repas de mariage.

– Nous les aurons tuées, dit Camille.

– Ça m'étonnerait, répliqua Françoise. Avec tout ce qu'on a à faire. (Elle se mit à compter sur ses doigts.) D'abord les moissons. Ensuite l'abattage des bestiaux. Puis le mariage. Et enfin les élections. (Restait le pouce; elle le regarda, pensive.) Et ce pouce, il me dit qu'il y aura encore quelque chose d'autre ! Tout ce que je peux dire, c'est qu'on n'a pas intérêt à chômer.

Après le souper, Jumie proposa à Claudette de descendre au bayou. Leurs jeunes sœurs, France et Mathilde, s'étaient assises avec les parents dans la galerie, chacune avec son ouvrage de broderie, pour son trousseau. Jean, le dernier, s'était éclipsé pour aller voir son ami, Pierre Labat.

– Je pense que ce mariage fait plaisir à maman, dit Claudette. (Ils étaient assis sur le banc que leur trisaïeul avait taillé dans un tronc de cyprès des marais.) Elle qui voulait pour moi un avenir si brillant... Elle doit penser que ce n'est pas en épousant Gaston que j'y arriverai.

– Gaston est un gars bien. Et un bon fermier.

Comme Claudette ne répondait rien, Jumie se tut lui aussi, et regarda la lune qui semblait lutter pour se décrocher d'un gros nuage noir qui la cachait presque entièrement. Un moustique vrombit à ses oreilles; Jumie l'écrasa.

– Claudette, veux-tu vraiment épouser Gaston ?

– Bien sûr. C'est vrai, si maman n'avait jamais parlé d'autre chose...

1. Espèce de paella créole. Riz, fruits de mer, jambon, poulet, épices, légumes, etc.

– Je sais. (De nouveau, ce fut le silence; entre les jumeaux, c'était une autre forme de parole.) C'est la même chose pour moi. Lorsque j'ai su lire, après que j'ai commencé à emprunter les livres de M. de Clouet et à étudier – j'étais encore un gosse –, dès ce moment-là, elle a pensé que j'irais à l'école, qui sait où ? Et moi aussi, je l'ai pensé.

– Et si tu y étais allé, qu'aurais-tu fait ?

– Je ne sais pas. Je n'ai jamais réfléchi à ce que je ferais une fois sorti de l'école. Je me voyais simplement dans un collège. Avec plus de livres encore que chez les Clouet. Et plus de gens à qui parler. C'est tout.

– Mais tu peux toujours lire. Et penser. Et parler.

– Aux chevaux de labour ? À mes amis, qui, bien sûr, écoutent ce que je leur raconte, et sont contents que je sache tout ce que je sais si cela me rend heureux, mais qui, eux-mêmes, se fichent complètement des livres ? Avec qui puis-je parler, Claudette ?

– Avec moi. (Elle plongea sa main dans la grande poche de sa jupe et en ressortit un livre.) J'ai appris à lire à mon tour, Jumie. Oh, pas aussi bien que toi. J'écorche les mots, Mme de Clouet doit chaque fois me corriger, mais j'ai lu celui-ci, et je peux en parler, Jumie.

Il lut les lettres dorées sur la couverture de cuir.

– *Paul et Virginie.* Tu l'as lu en entier, Claudette ?

Dans cette voix familière, quelle admiration ! Rien n'eût pu autant la combler.

– Oui, Jumie. Et Mme de Clouet a dit que je pouvais venir prendre d'autres livres à Beau-Chêne chaque fois que je voulais !

Jumie caressa les lourdes boucles de sa sœur.

– Ne te remplis pas la tête avec les livres, Claudette. Quand tu seras la femme de Gaston, je ne serai plus tout le temps avec toi pour parler.

– Je sais. (Elle lui prit la main et la garda dans la sienne.) Parfois je me dis que je voudrais n'épouser personne. Ni Gaston ni un autre. Simplement rester avec maman et papa et vous tous. Pourquoi ne puis-je faire ça, Jumie ?

Jumie mit son autre main sur celle de sa sœur.

– Tu le pourrais, je pense, si tu le voulais vraiment. Mais tu verras, tu seras contente d'avoir ta maison, ta cuisine !

Elle rit.

– Tu peux être sûr que maman me dira quand même ce que je dois faire ! Oh, je sais que tu as raison. Mais que d'histoires, quelle agitation ! Je voudrais que tout cela soit déjà fini, je déteste qu'on s'occupe tant de moi !

– Tout ira bien, Claudette. Tu verras.

La lune se libéra enfin du nuage et les inonda de sa lumière argentée.

– Si ce n'est pas... si quelque chose ne va pas bien... tu viendras m'aider, Jumie ?

Il la prit par l'épaule et l'attira contre lui, comme pour la protéger.

– Aider ma jumelle ? Mais, Claudette, est-ce que je suis ici pour autre chose ? (Il se leva et la fit se lever elle aussi.) Je te l'ai dit : Gaston est un gars bien. Quoi qu'il arrive, il saura toujours ce qu'il faut faire.

Marthe de Clouet se tortillait impatiemment.

– Pour l'amour du Ciel, ce n'est pas encore fini ?

La femme agenouillée à ses pieds se redressa sur ses talons; une longue habitude lui avait appris à parler sans faire tomber les épingles qu'elle serrait entre ses lèvres.

– Ce ne sera jamais fini si vous ne vous tenez pas tranquille, mademoiselle Marthe. Comment voulez-vous que cet ourlet soit droit, si vous n'arrêtez pas de vous trémousser comme un singe en cage ?

– Cette robe fera un effet terrible, de toute façon.

Tante Rose replia l'étoffe de soie vert pâle, prit la bonne longueur et fixa le pli avec une épingle.

– Toutes les filles de treize ans pensent qu'une nouvelle robe a l'air terrible, comme vous dites. Jolie comme vous êtes, mademoiselle Marthe, vous continuerez de le penser jusque vers seize ans. Alors, vous croirez ce que vous diront vos galants. Vous croirez que vous êtes la plus jolie, la mieux habillée, et vous le penserez vous-même en vous regardant dans votre miroir. Parce que vous serez amoureuse.

Marthe la regarda avec de grands yeux. Tante Rose était leur couturière depuis deux ans, depuis que papa avait recommencé à avoir de l'argent. Sa conversation n'avait jamais le moindre intérêt. Et Marthe avait toujours été persuadée que le monde de tante Rose se bornait à son fil et ses aiguilles, ses rouleaux d'étoffe et ses carrés de dentelle, ses ciseaux et ses patrons.

– De qui donc serai-je amoureuse ?

– De qui ? De personne, de tout le monde. Vous serez simplement amoureuse. Mais, mademoiselle Marthe, ce que vous devez demander au Ciel, ce n'est pas un mari : vous en trouverez toujours un, avec vos charmes et la fortune qu'aura bientôt votre papa. Ce que vous devez demander, c'est que durant ces années où vous serez tout le temps amoureuse, le Ciel vous donne assez de jugeote, ou peut-être assez de chance, pour que vous fassiez un choix que vous ne regretterez pas toute votre vie.

En ayant terminé avec l'ourlet, tante Rose se dressa sur ses genoux pour s'occuper du corsage.

– Hum, je crois qu'il vaut mieux prévoir un peu plus large. Vous savez que vous avez pris trois centimètres ici depuis que j'ai taillé cette robe ?

– Non.

Marthe le savait très bien mais, même dans le

confessionnal du père Maraist, elle n'osait avouer qu'elle commettait régulièrement le péché de se regarder toute nue dans le grand miroir en pied de sa chambre.

– Si vous continuez comme cela, reprit tante Rose, vous serez une des plus belles filles du Teche. Vous pourrez choisir un prince !

– Tante Rose, arrêtez ces sornettes, dit Marthe d'un ton qui n'était guère impérieux.

– Ce ne sont pas des sornettes, mademoiselle. Si vous avez une belle dot, en plus d'être jolie et séduisante, vous pouvez être sûre d'être une des filles les plus courtisées par tous les fils de planteur.

– Vous inventez tout, dit Marthe. Vous n'avez jamais été mariée, tante Rose; comment pouvez-vous savoir ce que veulent les jeunes gens ?

Tante Rose fit un dernier ajustement, puis s'assit dans le fauteuil bas, près de la cheminée.

– J'ai habillé plus d'une jeune mariée, mademoiselle Marthe. Et je leur ai fait des robes de grossesse. Et j'ai entendu parler de ce que veulent les jeunes gens. Et les hommes mûrs aussi. Une femme qui sache se tenir dans le monde et se livrer dans l'intimité. Je vous dis cela, mademoiselle, parce que je pense que vous appartenez à cette espèce de femme. Si j'ai raison, vous pouvez faire un très beau mariage. Vous me comprenez ?

Caroline passa la tête par la porte entrouverte.

– Marthe, je viens d'apprendre... Par exemple, Marthe, tu as l'air d'une vraie jeune fille dans cette robe. (Elle entra et tourna tout autour de sa fille, qui ne disait mot.) Tante Rose, vous ne trouvez pas que c'est un peu trop tôt pour l'habiller ainsi ? Il y a quelque chose, je ne sais pas...

Tante Rose se leva pour aider Marthe à se changer.

– Ce quelque chose, madame, c'est l'allure de mademoiselle Marthe. Je n'y peux rien.

– Soit. Il est vrai que quand nous serons en

novembre, elle aura presque quatorze ans... Mais voilà ce que je voulais te dire, Marthe. C'est *Help* qu'on jouera le soir de l'ouverture de la saison. Cette pièce de Maeder que Joseph Murphy rend si bien. Le sujet est ridicule et insignifiant, cela est certain; mais l'acteur y interprète tant de rôles : c'est une œuvre qui met parfaitement son jeu en valeur.

Caroline se tut soudain; elle découvrait le corps de sa fille et en restait bouche bée.

– Je suis sûre que j'apprécierai, maman. (Marthe passa sa robe d'intérieur gris clair et fit un nœud à sa ceinture.) Merci, tante Rose, pour la robe, et pour tous ces renseignements. Je crois que je vous devrai beaucoup.

– De quoi s'agissait-il ?

Caroline s'étonna d'avoir un jour désiré un monde plus grand pour sa fille. Il n'allait pas être facile de la tenir en laisse à La Nouvelle-Orléans, même pendant un court séjour.

– Je parlais de ce que les dames porteront à La Nouvelle-Orléans cet hiver, madame. Maintenant, occupons-nous de votre robe...

Jumie suffoquait dans la vapeur brûlante qui montait lentement des grands tas de mousse. Elle était pourtant presque invisible dans l'air surchargé d'humidité. Il jeta sa faux par terre et alla vers le chêne à l'ombre duquel il avait déposé la cruche d'eau. Il défit le mouchoir autour de son cou, l'humecta et le passa sur son visage. Puis il but une longue gorgée, en se forçant, car l'eau tiédasse prenait le goût de la poussière collée sur ses lèvres.

– C'est Jean qui devrait m'aider à faire ça, dit-il en reprenant sa fourche. Retourner cette mousse, il n'y a pas de pire travail. Vous ne devriez pas faire ça, papa.

– Je suis habitué, je n'y fais plus attention. Et puis ton frère n'est jamais à ce qu'il fait. Je préfère ne pas avoir à lui répéter à tout bout de champ que nous faisons sécher de la mousse; il serait capable d'en faire des meules.

Ils réussirent à travailler pendant une demi-heure encore. Il fallait retourner les tas avec soin pour aérer les parties qui étaient en contact avec la terre humide, faire sauter délicatement sur la fourche les masses fibreuses, et les mélanger sans cesse. À la fin de la période de séchage, il ne restait plus que la mousse de la meilleure qualité que l'on expédiait à La Nouvelle-Orléans, pour la vendre aux matelassiers et aux tapissiers.

– Les filles ont ramassé beaucoup de mousse sur les arbres que nous avons rapportés au printemps, dit Jumie. Pas autant que nous cet hiver, mais tout de même. (Il retourna un dernier tas, puis enleva son chapeau de paille et s'éventa.) Elles ne travailleront plus aussi dur quand Claudette sera partie. Claudette est un vrai chien de berger. Lâchez-la sur Jean, papa : vous verrez comme elle le fera travailler.

– C'est une fille bien, dit Camille. Il a de la chance, le Gaston. (Il s'appuya sur sa fourche, se protégea les yeux de la main; la lumière blanche faisait presque mal.) Je rentre prendre un café. Tu viens ?

– Je préfère aller au bayou, peut-être à la pêche. À moins que je ne pousse jusqu'à Beau-Chêne. Claudette y est allée, pour prendre un livre.

Camille approuva de la tête et s'éloigna. Jumie s'engagea sur le sentier qui conduisait au bord du bayou, puis obliquait à travers bois, vers Beau-Chêne. La demeure des Clouet n'était pas très loin, mais il préféra attendre sur la rive le retour de Claudette. Ainsi, ils auraient plus de temps pour se plonger dans un nouveau livre, et il lui expliquerait tous les mots qu'elle ignorait encore. Comme toujours en été, le temps semblait s'écouler plus lentement et le silence, dans la première partie de l'après-midi, était total. Il guettait la voix de Claudette criant son nom, ou le bruissement de ses pas dans l'herbe sèche. Mais rien ne venait. Il pensait aux longues heures qu'il avait lui-même passées dans cette bibliothèque de Beau-Chêne, absorbé par sa lecture au point de ne plus savoir si l'on était en hiver ou en été, dans le passé ou dans le présent, dans ce monde ou dans un autre. À la fin, il décida d'aller la retrouver.

Claudette s'était en effet attardée à la bibliothèque. Venue pour un livre, elle avait jeté un coup d'œil sur un autre, puis un autre encore, jusqu'au moment où elle s'était installée par terre, sur le tapis, oubliant tout le reste.

Soudain, elle entendit la porte s'ouvrir; elle leva la tête et aperçut un gros homme qu'elle ne connaissait pas. Elle avait parfois vu des connaissances de M. de Clouet qui venaient en visite à La Nouvelle-Orléans, et entendu son père et son grand-père en parler, rarement en bien, plus souvent comme de « canailles ». Ne voulant pas être surprise ainsi, vautrée sur le tapis, elle se fit toute petite dans son coin en espérant que l'individu ressortirait sans la remarquer.

Avec un instinct surprenant, l'homme marcha sur le bureau et, dans le premier tiroir qu'il ouvrit, trouva le flacon d'argent de M. de Clouet; il en but une longue gorgée, au goulot, en regardant au plafond.

– Excellent, l'entendit-elle marmonner. Clouet garde ses alcools sous clé; mais ça m'aurait étonné qu'il n'ait pas une petite réserve personnelle à portée de la main. (Il avait une voix vulgaire et pâteuse, et devait avoir déjà beaucoup bu, peut-être ne ferait-il pas attention à elle. Mais il se retourna.) Et ça, maintenant ! Une autre petite réserve personnelle ? À laquelle ses hôtes n'ont pas droit ? (Il se pencha vers elle et la tira par les pieds; il empestait la vieille sueur. Sa main poisseuse, couverte de poussière, la prit par le menton. Il siffla admirativement.) On attend le maître, hein ? Il n'est pas là, tu le savais ? Il n'y a personne. Tout ce voyage, par cette chaleur, uniquement pour voir le grand, le puissant Honoré de Clouet, et ne pas même trouver un nègre pour vous servir un verre d'eau !

Claudette se rappela ce que disait Jumie : « Ne perdez pas votre temps à crier si personne ne peut vous entendre. Gardez votre souffle pour vous battre. » Elle chercha à se dégager, donnant des coups de genou, enfonçant ses ongles dans les mains qui la retenaient. Mais l'homme était plus fort que ne le laissait supposer son apparence de baudruche. Il avait des muscles d'acier; elle le sentait dans la puissance de son énorme main qui se refermait sur les siennes comme un étau. Elle-même avait le corps endurci par les travaux des champs, mais elle savait qu'elle pourrait épuiser toutes ses forces : ce mur de chair résisterait, avec ce masque rouge modelé par la canicule et coloré par l'alcool.

Quand sa main libre s'approcha du col de sa robe et commença à le défaire, la terreur contre laquelle elle avait lutté tout en se débattant l'envahit. Toutes les petites peurs, toutes les frayeurs latentes d'une fille qui a grandi dans une campagne infestée de soldats en maraude, d'esclaves marrons et de vagabonds affamés victimes de la guerre, refirent surface, la réduisant à l'impuissance.

Après, elle essaya de raconter à Jumie ce qui s'était passé mais la limpidité terrible de sa mémoire l'empêchait de parler. Comme si elle avait regardé la scène dans un miroir, elle ne cessait de voir cet homme qui la déshabillait, qui la jetait à terre, qui se couchait sur elle. Et ce miroir était en elle, dans sa tête. Jamais elle ne pourrait s'en débarrasser.

Tremblante, arrosant de ses pleurs l'épaule de son frère, elle avait dit :

– Il a fait la pire chose qu'il pouvait me faire, Jumie. Je ne peux pas en dire plus.

Jumie avait fini par entrer dans la demeure déserte; il était allé dans la bibliothèque, pensant y trouver sa sœur. Elle était là, en effet, recroquevillée dans sa robe déchirée. Il n'avait posé aucune question. Il l'avait aidée à s'habiller, l'avait soulevée dans ses bras et l'avait portée jusqu'à la maison.

– Mettez-la tout de suite au lit, avait-il dit à Françoise.

Puis il était retourné à Beau-Chêne avec Camille.

– Je ne vois pas qui a pu venir, dit Caroline. (Elle restait immobile dans l'embrasure de la porte et regardait fixement les deux hommes.) Excusez-moi, Camille, Jumie. Entrez, je vous prie. (Elle referma la porte derrière eux.) Honoré est à La Nouvelle-Orléans, et moi, j'ai accompagné les enfants à New Iberia cet après-midi, où je les ai laissés. Vous dites que Claudette était ici, dans la bibliothèque, et que quelqu'un lui a fait peur ? (Ses yeux allaient d'un visage à l'autre; ils formaient comme un mur aveugle en face d'elle.) Camille... C'est pire que cela ? On lui a fait du mal ? (Elle se pencha et mit la main sur le genou de Camille.) Camille, après tout ce que nous avons vécu ensemble, vous ne pouvez pas me le dire ?

Il le lui dit, laconiquement, et Caroline fondit en larmes. Ils attendirent qu'elle reprît contenance pour lui demander qui cela pouvait être.

– ... Un homme qui venait voir Honoré ? De Baton Rouge ? Non. C'est impossible. Honoré ne va jamais à Baton Rouge. Il n'y connaît personne. Ou s'il le connaît, c'est à cause de cette horrible politique. Depuis que les Yankees ont occupé le pays, on dirait que toute la lie de la société s'est déposée dans le monde politique... (Elle releva les yeux sur Camille.) Camille, je dois faire quelque chose. Cela s'est passé chez moi. Elle aurait dû être en sécurité ici...

– Plus personne n'est en sécurité, madame. C'était mieux pendant la guerre : au moins, les soldats étaient disciplinés. La racaille qui nous gouverne ignore toutes les règles.

La voix de Camille qui, autrefois, même dans les moments les plus durs, leur réjouissait toujours le cœur, à elle et aux deux enfants, était à présent éteinte.

– Qu'allez-vous faire ?

Elle pensait à la robe de mariage que confectionnait Françoise. Elle était suspendue à la croisée de la fenêtre, chez eux; on apercevait sa forme blanche de la route.

– Pour Claudette ? Je ne sais pas. Nous ne savons pas. Il est trop tôt encore. (Ils se levèrent. Tous deux tenaient leur chapeau dans leur poing fermé. Au moment de sortir, Camille se retourna vers Caroline :) Je vous demande de n'en parler à personne, madame. Sauf à M. de Clouet, mais uniquement pour lui demander qui a pu venir chez vous aujourd'hui.

– Je vous le promets. Camille, permettez-moi d'envoyer quelque chose, je voudrais vous aider…

Il serra affectueusement la main de Caroline.

– C'est gentil à vous, madame. Mais vous connaissez Françoise. Cela la blesserait.

Le père Chasse, curé de l'église de Saint-Martin, conseilla de faire entrer Claudette au couvent des carmélites de New Iberia, fondé quelques années plus tôt.

Quinze jours plus tard, Camille attela les deux chevaux à la calèche, aida Françoise à s'installer, et ils partirent pour New Iberia. Ce que Françoise pensait du malheur de Claudette, elle ne l'avait dit à personne, pas même à Camille. Elle l'avait écouté rapporter sa conversation avec le père Chasse, l'avait répété à Claudette et avait attendu. Et quand la mère supérieure des carmélites avait fait savoir qu'elle était disposée à accueillir la jeune fille comme novice, Françoise avait encore écouté Camille lui proposer d'aller faire une visite au couvent, avait acquiescé de la tête, et n'avait rien dit.

– Tu préfères qu'on mange chez Serret ou aux Trois-Lions ? dit Camille dès qu'ils furent sur la grand-route. Chez Serret, on est au bord du bayou, mais aux Trois-Lions, il y a le patio, ça te plaira peut-être davantage.

– Camille...

Elle le regarda d'un air de reproche. Comment, disaient ces grands yeux sombres, nous irions faire bombance dans une auberge, quand notre fille souffre les peines de l'enfer ? Nous devons nous demander si un patio espagnol est plus agréable qu'une terrasse au-dessus d'un bayou, alors que la vie de Claudette et Gaston est à jamais brisée ?

Claudette avait été la première à déclarer qu'elle ne voulait plus entendre parler de mariage. L'entrevue avec Gaston et ses parents avait été brève mais infiniment pénible. Claudette, avaient-ils expliqué (après avoir fait croire pendant quelque temps qu'elle avait contracté une fièvre estivale), Claudette pensait depuis longtemps à entrer dans les ordres mais, jusque-là, elle avait douté de la force de sa vocation. Maintenant, elle en avait la certitude. Elle était la fiancée du Christ. « Quelle terrible douleur pour le pauvre Gaston, avait dit Françoise aussitôt après le départ des Thibodeaux. (Et c'était le seul commentaire qu'elle avait exprimé sur cette tragédie.) Il ne peut même pas haïr son rival ! »

Camille lâcha les rênes pour lui prendre les mains.

– Françoise, la vie continue. Tu le sais. Nous faisons ce que nous pouvons, acceptons ce qui se présente. (Il risqua un sourire.) Aujourd'hui on va se taper la cloche, hein ! (Il siffla et les chevaux se mirent au trot.) D'ailleurs, aujourd'hui, nous avons quelque chose à fêter.

– Aujourd'hui ?

– Le bois commence à rendre, Françoise. Il sort chaque jour presque 1 500 mètres cubes de bois de charpente de la scierie de Broussard. (Le haussement d'épaules de Françoise révéla le profond intérêt qu'elle portait à l'affaire de Broussard.) Il faut bien en faire quelque chose, tu comprends ?

– Et quoi ? Qu'est-ce que tu me racontes, Camille ?

– J'ai placé un peu d'argent dans une nouvelle fabrique, à côté des deux auberges, à New Iberia. C'est une fabrique de châssis de fenêtres et de volets, pour le moment; mais nous projetons de fabriquer aussi des manteaux de cheminée, des portes, des citernes, des balustrades pour les galeries, tout ce dont les gens ont besoin pour leurs maisons.

Elle lui retira les rênes des mains et l'attelage s'arrêta net. Elle l'enlaça et nicha sa tête contre sa poitrine. Le long silence était rompu, les larmes qu'elle retenait depuis des semaines coulaient sur ses joues, rendant son chagrin plus beau, en quelque sorte, plus supportable.

– Oh, Camille. Oh, Camille !

Il la serra à son tour dans ses bras. Le cheval le plus vieux tourna la tête et les regarda fixement. La fine poussière de la route dérivait, indolente, dans l'air de cette fin d'été. Bientôt ce serait l'automne; ses pluies fixeraient de nouveau la poussière à la terre; ses aubes fraîches et ses midis transparents rétabliraient l'ordre de leur vie. Claudette entrerait au couvent; Françoise retrouverait son énergie abattue par le chagrin, et la consacrerait de nouveau aux conserves, aux salaisons, au tissage, au ravaudage. France, Mathilde et Jean apprendraient leurs leçons, accompliraient leurs petites corvées. Jumie, à la croisée des chemins, entre le monde de ses parents et celui de ses frère et sœurs, déciderait ce qu'il emporterait avec lui, ce qu'il laisserait derrière lui. Quant à lui, Camille Langlinais, il pourrait, une fois les récoltes rentrées, une fois les bêtes abattues, s'asseoir au coin du feu en sachant qu'au même moment, d'autres hommes travaillaient pour lui, créaient de l'argent pour lui.

La visite au couvent ramena Françoise à la vie. La mère supérieure les accompagna en personne; elle leur montra la grande salle où les sœurs passaient leurs récréations, le réfectoire, la cuisine qui embaumait le piment et la cannelle mis à sécher. Ils prirent le café au parloir, dans de fragiles tasses de porcelaine, s'agenouillèrent dans la chapelle sombre, devant l'autel de Notre-Dame-du-Mont-Carmel, se promenèrent dans le jardin du cloître. Quand ils prirent congé, la mère supérieure serra les mains de Françoise dans les siennes, qu'elle avait longues et délicates.

– Ayez confiance en Dieu, ma fille. La vie a barré le chemin que suivait votre enfant bien-aimée, mais un autre chemin s'est ouvert pour elle, celui qui mène à l'amour de Dieu. Nous devons tous le prendre un jour ou l'autre. (Puis, après avoir embrassé Françoise sur les deux joues :) D'ailleurs, vos enfants auront de la chance d'avoir une sœur qui prie pour eux au couvent !

Attablée aux Trois-Lions, Françoise savourait le « court-bouillon » (une espèce de soupe de poissons) qu'elle avait d'emblée qualifié de « pas tout à fait aussi bon » que le sien, mais quand même « très goûteux ». Elle rapportait à Camille tout ce que lui avaient appris des dames « très bien » avec qui elle avait parlé dans le petit salon de l'auberge, en attendant qu'il eût conclu son affaire avec ses nouveaux associés.

– Écoute, Camille, tandis que vous autres, hommes, essayez de renvoyer les Yankees chez eux, pour nous laisser vivre à notre manière, il s'en passe des choses, ici ! Une dame très distinguée, descendue dans cette auberge avec son mari, qui lui aussi a une affaire à traiter... Camille, il paraît qu'il y a une salle de danse, ici, une salle très bien, où les jeunes gens viennent le samedi et le dimanche, et où tout le monde s'amuse... Par jeunes gens, je veux dire Jean et les deux filles, mais nous aussi... Un peu d'écorce de citron, voilà ce qui manque au court-bouillon !... Mais, Camille, cette Mme Boutte, qui tient la salle de danse et qu'on appelle Guguèche, ne me demande pas pourquoi, elle tient aussi un buffet, avec du gombo et des rafraîchissements... Ce serait bien d'y venir, non ?

Camille jugeait qu'il ne manquait rien à son propre « court-bouillon », tant il était heureux de constater que Françoise avait retrouvé son entrain. Elle avait aussi appris que les courses de chevaux avaient recommencé...

– Mon grand-père Jean, dit Camille, avait une écurie de courses. Il avait acheté ses premiers animaux de race aux Clouet. Et il remportait des coupes. Mais mon père a tout laissé tomber, comme Félix de Clouet.

– Il ne s'agit pas de ça sur la piste d'ici. On peut y faire concourir n'importe quel canasson. Ça doit être drôle tout de même, non ?

La serveuse enleva leurs grands bols et nettoya la nappe blanche empesée qu'ils avaient couverte de miettes de pain blanc à la française. Camille prit la main de Françoise et la porta à ses lèvres.

La galerie supérieure de Beau-Chêne baignait dans la lumière blonde de la fin de l'après-midi. Caroline, à demi assoupie par le bercement de son fauteuil, entendit derrière elle approcher des pas légers.

– Caroline !

Elle ouvrit les yeux tout grands et bondit sur ses pieds. Il ne fallait pas que Françoise la surprît ainsi, abandonnée !

– Françoise ! que c'est aimable d'être venue, cela faisait si longtemps... Nous allons prendre le thé. Vous avez un moment ?

– Un petit moment. Je suis venue vous dire... Claudette et Gaston ne se marient plus. (Sait-elle que je sais ? pensa Caroline qui ne notait rien de particulier dans la physionomie de Françoise.) Claudette va rentrer au couvent, chez les carmélites de New Iberia. Le 1er octobre, le mois du Rosaire. Elle prendra ce nom, je pense, quand elle fera ses vœux; elle y pense déjà : sœur Marie du Rosaire.

– Je serai heureuse... oui, très heureuse de savoir que Claudette prie pour nous, Françoise.

Françoise releva brusquement la tête.

– Et tout le travail que nous avons fait ne sera pas gâché. Je veux parler du trousseau. Une religieuse a besoin d'un trousseau. Elle a besoin de linge et de jupons. Nous avons juste enlevé les dentelles et les volants. Les chemises de dessous brodées serviront pour ses sœurs. N'est-ce pas bien ainsi ?

– Françoise, dit Caroline, se raidissant de toutes ses forces pour ne pas éclater en sanglots, vous n'avez certes pas besoin que je vous le dise mais je vous le dis quand même : vous êtes la femme la plus courageuse que j'aie jamais connue de toute mon existence.

Françoise détourna les yeux. Le thé, que Caroline avait commandé en tirant deux fois sur le cordon, arriva, porté par un serviteur enturbanné. Sans rien dire, Caroline mit du sucre et de la crème dans une des tasses de porcelaine de Sèvres, et versa par-dessus le liquide doré et fumant. Elle plaça une petite cuiller d'argent sur la soucoupe et tendit le tout à Françoise. Celle-ci se cala contre le dossier dur et lisse du rocking-chair. Le thé lui communiquait sa bonne chaleur et sa force. Courageuse ? Peut-être que oui. Mais quelle vertu fatigante que le courage !

Quand Françoise fut partie, Caroline resta un long moment assise, sans rien faire de ses mains. Selon ses propres termes, Honoré avait remué ciel et terre pour retrouver le monstre. Ses recherches n'avaient pas abouti. Le soir où il était rentré pour avouer son impuissance à Camille avait été affreux.

– La vie de la fille de mon voisin brisée dans ma propre maison. Mon Dieu, Caroline ! Cette maison qu'il a gardée pour moi.

Il n'y avait rien à dire. Plus le temps passait, moins il y avait à dire au sujet des événements qui survenaient. Des escrocs au parlement ? Un criminel véreux gouverneur de Lousiane ? Un essaim de canailles s'acharnant sur le corps comateux de l'État, violant ce qui lui restait de vertu, pillant ce qui subsistait de ses richesses ? Les années s'écoulaient, démontrant qu'on était impuissant contre tout cela. Un siècle à peine avait suffi pour que la racaille rattrapât les seigneurs de Clouet.

L'apparition de Marthe, au loin, là où l'allée de chênes débouchait dans les jardins, la secoua de sa torpeur. Elle se précipita à la balustrade.

– Marthe ! Marthe ! Viens !

Elle mit la main dans la poche de sa jupe, pour toucher le billet qu'elle avait reçu le matin de Natalie de Gravelle : sous ses doigts, elle sentait le papier lourd avec les armoiries du timbre gravées en relief. Pas de fuite possible, cette fois : pas de bateau qui nous attende, de nouveau monde où tout recommencer... Cette fois, les Clouet tiendraient bon. S'il fallait supporter le désordre et le chaos, eh bien, autant en tirer tout le parti possible.

– Marthe, Mme de Gravelle a écrit. Viens vite ! Quel beau séjour elle nous prépare !

En écoutant sa mère rapporter avec animation les projets de Mme de Gravelle, Marthe sentit qu'enfin la vraie vie allait commencer. Elle pensa à toutes les robes qui attendaient dans la grande armoire de la lingerie. À tous les bijoux que sa mère avait sortis des coffrets, et dont elles allaient bientôt essayer l'effet sur chaque toilette.

– Tu sais que nous irons à l'ouverture de la saison au Saint-Charles; c'est arrangé depuis longtemps. Nous irons aussi à l'opéra ! Les Gravelle ont une loge, tu penses ! Nous avons de la chance : pendant notre séjour là-bas, ils donneront un opéra convenable où je pourrai te laisser aller. *La Flûte enchantée,* en allemand. Pour toi, ce sera un merveilleux début.

Marthe releva ses longs cils et regarda le visage de sa mère, essayant d'imaginer celui d'un homme ardent et séduisant.

– Pourrai-je voir aussi autre chose, maman ? *La Flûte enchantée* est un simple conte de fées.

– On va à l'opéra pour la musique, pas pour l'histoire, Marthe. Et c'est une très jolie musique.

– Si c'est la musique qui compte, alors pourquoi ne puis-je pas aller entendre *Roméo* ou *La Damnation de Faust* ?

– Que sais-tu de ces deux opéras ?

– J'ai lu les livrets. Il ne se passe rien, au fond. Pourquoi vous ne me permettriez pas...

– Il ne se passe rien ! Juliette se fait enlever pour épouser un homme contre la volonté de ses parents, et Marguerite est une femme perdue ! Et tu dis qu'il ne se passe rien !

Perdue comme Claudette Langlinais, pensait-elle, détruite par un homme qu'elle n'avait jamais vu et qu'elle ne reverrait jamais, un homme pour lequel elle ferait pénitence jusqu'à la fin de ses jours !

– Mais maman, on ne voit pas ce qui se passe une fois que Roméo et Juliette sont mariés, pas plus qu'on ne voit ce qui cause la perte de Marguerite.

Les épaules de Marthe prirent la même pose qu'avait Hélène de Clouet dans le portrait du salon; mais Caroline voyait ce tableau depuis si longtemps qu'elle ne reconnut pas l'origine de l'attitude altière de sa fille.

– Ne parle pas de ce que tu ne connais pas, Marthe. C'est un conseil que je te donne. Non seulement c'est inconvenant, mais cela peut être dangereux.

– Mon père exigerait réparation de tout individu qui oserait m'insulter, maman. Vous le savez. (Marthe vit soudain les yeux de sa mère s'assombrir sous l'effet d'un souvenir douloureux.) Maman ? Maman ?

Caroline reprit pied dans la réalité en entendant la voix préoccupée de sa fille.

– Tu as de la chance en effet d'être protégée par le nom et la situation de ton père. (Elle se leva et se dirigea vers l'escalier.) N'oublie jamais de faire honneur à cette protection. Tout le monde n'a pas un tel avantage.

– Claudette rentre au couvent, on te l'a dit ? demanda-t-elle à Honoré ce soir-là quand ils furent seuls. C'est sans doute une bonne solution, et pourtant, était-il vraiment nécessaire d'en arriver là ?

Honoré enleva ses boutons de manchettes d'onyx et les posa sur la commode.

– Après ce qui lui est arrivé, elle ne supportera plus jamais qu'un homme la touche, fût-il son mari ! L'idée même doit la révolter.

Caroline prit les boutons et en polit la pierre noire.

– Sans doute. (Elle tourna les yeux vers Honoré.) Il m'arrive de penser qu'il y a de l'exagération dans toutes les histoires qu'on fait au sujet de la vertu des femmes. Et de l'injustice aussi. Les hommes se moquent bien de la leur. Pourquoi les femmes n'ont-elles pas la même liberté ? Faut-il qu'elles paient toujours de leur personne ?

Honoré alla à la porte-fenêtre ouverte en tirant des bouffées de sa pipe.

– Que Marthe ne t'entende jamais dire ça, je t'en prie. Elle peut vraiment faire un mariage splendide. (Il se retourna.) Partageons-nous les tâches : fais-la chaperonner assez longtemps pour qu'elle attire le mari qu'il lui faut. Quant à moi, je ferai tout mon possible pour arranger le mariage.

La corne d'abondance

Autour de l'immense table, dans la lumière dorée qui ruisselait des lustres, ce n'étaient que scintillements de pierres précieuses, chatoiements de riches étoffes, brouhahas de conversations.

– Eh bien, Honoré, regrettes-tu encore que j'aie placé une partie de tes fonds dans la loterie ? (Étienne de Gravelle montra son verre vide à un serveur.) Et vous, Caroline, reprit-il, après avoir humé le bouquet du meursault qu'on lui avait servi, êtes-vous contente de ce petit placement ? Les actions classiques ne rendent que des dividendes; celles-ci vous offrent, en plus, de somptueux festins, n'est-ce pas ?

– Somptueux ? D'un parvenu ridicule, Étienne. Écoutez donc ça : soupe de tortue, petits poissons du golfe au gril, saumon, tortue – encore ! du Maryland, donc d'eau douce, cette fois –, buisson d'écrevisses, venaison des marais, asperges à la Pompadour… Où ont-ils été chercher ça ? Vraiment, Étienne ? Et je n'ai pas tout lu, dit-elle en reposant son menu.

– Vous n'êtes pas obligée de prendre ce qui ne vous plaît pas, Caroline.

– Ne vous inquiétez pas pour moi, tout me plaît dans ce dîner. À vrai dire, ce sont les convives qui ne me reviennent pas. Pas du tout. D'autant que je ne suis pas libre de le leur dire.

Elle prit son face-à-main et parcourut des yeux les autres tables, les lourdes nappes damassées, les énormes bouquets de fleurs, les verres de cristal de toutes les tailles, les assiettes aux motifs délicats, les couverts d'argent.

– À onze heures, tout cela sera cassé, couvert de taches; pourquoi leur donner des couverts d'argent, à ces rustres qui mangent avec leurs doigts ? Ils seront ivres et commenceront à se défaire... (Elle remit son binocle dans son réticule.) Si j'avais compris où vous nous emmeniez...

– Je vous ai conviés à un banquet, à l'hôtel Saint-Charles, n'est-ce pas ?

– Sans nous dire qu'il était donné par la société de la loterie. Regardez tout ce beau monde !

– Ce sont les dividendes de cette loterie qui ont sauvé Beau-Chêne, madame. C'est à ce « beau monde » que vous devez le rétablissement de votre fortune.

– Je l'ignorais, Étienne. Honoré également, je pense. (Elle se tourna vers son mari, à sa gauche, qui n'avait pour ainsi dire pas ouvert la bouche depuis le début de la soirée.) Le savais-tu, Honoré ?

Honoré n'osait avouer que Gravelle ne s'était pas montré très explicite, en effet, quant à l'utilisation d'une partie des sommes qu'il lui avait confiées.

– Cette loterie, c'est du vol pur et simple, dit-il entre ses dents.

– C'est légal, mon vieux. La loterie est autorisée par l'État. Et elle fait beaucoup de bien à l'État, comme tu le sais pertinemment.

Bon Dieu, qu'ils étaient rasoir, ces Clouet ! Étienne en avait entendu, des anecdotes sur leur compte, racontées par son père. Ils avaient toujours eu ces manières de sainte nitouche, mais ça ne les avait jamais empêchés d'empocher l'argent que leur faisaient gagner les Gravelle...

– Oui, dit Honoré. Quarante mille dollars pour

l'hôpital. Et je ne sais plus combien, donné à grand renfort de publicité, aux victimes des inondations.

– Allons, Clouet. Il n'y a pas que ça. Et l'argent qui a servi à créer des filatures, et une raffinerie de sucre : je te jure que les planteurs n'y trouvent rien à redire.

– Ce n'est pas eux qui achètent les billets de loterie. Ils ne sont pas fous. Tu as lu cet article dans *Le Démocrate* d'hier ? Si Mathusalem avait joué à cette loterie de son enfance jusqu'à sa mort, en achetant un billet tous les jours, il aurait dépensé dans les deux cent cinquante mille dollars et aurait eu, tout au plus, la chance d'en gagner deux mille six cent soixante-dix-huit et quatre-vingt-cinq cents ! Très honnête, n'est-ce pas ?

Étienne se retourna encore une fois vers le larbin dont le devoir consistait à ne jamais laisser un verre vide.

– Laissez la bouteille, je vous prie. Qu'est-ce que cela peut te faire, Honoré ? Tu l'as dit toi-même, les planteurs n'achètent pas de billets. Sais-tu que, pour les grands tirages, quatre-vingt-dix pour cent des billets sont achetés dans d'autres États que la Louisiane ?

– Peut-être, mais ce sont les indigents de La Nouvelle-Orléans qui crachent pour les tirages quotidiens. J'ai lu les rapports des banques, Étienne. Les gens prennent sur leur épargne pour acheter ces maudits billets.

– Cette guerre a vu le triomphe de l'idée de liberté pour tout le monde, indépendamment de la race ou de la position sociale des individus, n'est-ce pas ? Ce que les gens font de leur liberté ne concerne qu'eux-mêmes.

– Ce n'en est pas moins un vol, légal ou pas.

– Dois-je vendre tes parts ? Je connais une douzaine de personnes prêtes à les acheter sur l'heure.

À son tour, Honoré fit signe au « sommelier ».

Un serveur qui passait, apportant un plateau de saumon froid, crut qu'on l'appelait et se précipita vers eux. Caroline se servit et demanda à l'homme de lui apporter d'autres asperges, des tranches de pain chaud et de la mayonnaise.

– Au moins, on sait cuisiner dans cet hôtel : c'est si bon que j'en oublie volontiers cette populace, dit-elle.

– C'est aussi ce que pense Honoré, à votre avis ? dit Gravelle en baissant la voix.

– Je l'espère. (Sans façon, elle saisit la bouteille de vin et se servit.) Cela nous coûtera d'envoyer Marthe régulièrement ici. Et de faire faire ses études à Nollie dans une bonne université. Nous avons besoin d'argent : j'apprécie cette façon de le gagner, Étienne, dit-elle en portant à sa bouche un morceau de saumon coiffé de mayonnaise.

À la fin du repas, les hommes se levèrent pour aller déguster leur brandy et fumer le cigare; les femmes passèrent dans un autre salon pour prendre le café. Caroline en profita pour demander à Honoré, assez haut pour être entendue des Gravelle :

– Honoré, irons-nous voir le tirage de la loterie demain matin ? Il paraît qu'une des deux roues sera actionnée par le général de Beauregard en personne !

Sans ralentir le pas, Honoré répondit :

– Beauregard ! Non, Caroline, je ne peux pas voir ça. (Il s'arrêta brusquement.) Mais je suis sûr qu'Étienne se fera un plaisir de t'initier aux mystères de certaines de nos affaires; il est très ouvert quand il s'agit de donner des informations, après coup.

Gravelle regarda Honoré disparaître par la porte à double battant ornée de dorures.

– Ah ! Qu'y faire, Caroline ? Honoré est incorrigible; on l'a éduqué dans le respect de l'honneur et de la vérité, et il continue de croire que ces vertus sont possibles.

– Que dites-vous, Étienne ? s'exclama Caroline.

Elle haussa la voix et se montra soudain telle qu'elle était.

Il se pencha et lui baisa la main.

– Vous savez très bien que ce ne sont que de belles idées, quand il s'agit de continuer à vivre dans certaines situations, madame de Clouet.

Natalie de Gravelle la tira par le bras.

– Allons, Caroline, venez ! Vous ne voulez pas manquer la meilleure partie de la soirée ? À moins que vos bavardages – elle les regarda l'un et l'autre – ne soient plus intéressants ? S'agit-il de quelque chose que je peux savoir ?

– Non, madame, dit Étienne.

Natalie éclata de rire.

– Très bien. (Elle prit fermement Caroline par le bras et l'entraîna vers le salon des dames.) Ce qu'il y a de très appréciable, dans le fait d'être mariée avec un homme comme Étienne, c'est qu'il ne ressent pas le besoin de tout me dire, et que moi, je ne tiens pas à tout savoir. Honoré est-il comme cela, lui aussi ?

Caroline se retourna : Étienne les suivait des yeux.

– Un peu, dit-elle. Maintenant, racontez-moi vite, avant d'entrer : qu'est-ce qui est arrivé à la fille des Renoudet ? Qu'est-ce que c'est que ce scandale ?

Caroline se demandait pourquoi, chaque fois qu'ils venaient chez les Gravelle, ils n'y rencontraient jamais leur fils, de cinq ans l'aîné de Marthe.

– C'est comme un jeu, vraiment. (Étienne interrompit le cours de ses pensées. Ils étaient au théâtre, où allaient avoir lieu les tirages.) Nos deux protagonistes, le général Pierre Gustave Toutant de Beauregard et le général Jubal Early, nous garantissent la parfaite honorabilité du spectacle.

– Vous êtes sûr que les tirages ne seront pas truqués, Étienne ?

Gravelle fit asseoir Natalie et Caroline. De leurs sièges, on voyait parfaitement la scène sur laquelle avaient été installées deux grandes roues.

– Je suis prêt à le jurer. Étant donné les coquets bénéfices qui nous sont assurés (son sourire de bébé bien nourri s'élargit), nous pouvons nous permettre d'être honnêtes.

– La vertu est désirable quand on peut se la permettre sans inconvénient, n'est-ce pas, et même en tirer du profit ?

Un mouvement se propageait dans l'assistance. Caroline regarda la scène sur laquelle arrivaient deux messieurs âgés.

– Ciel ! comme Early a vieilli ! dit-elle à Natalie.

Corpulent, rubicond, fusillant les spectateurs de ses yeux bleu-gris, le général Jubal Early, héros de l'ancienne armée du Sud – le gris de son costume évoquait d'ailleurs l'uniforme des Confédérés –, s'arrêta à côté du plus grand des deux tambours.

– Le tambour d'Early contient les numéros, expliqua Étienne. Celui de Beauregard les sommes que recevront les gagnants.

– Personne ne pourrait douter de l'honnêteté d'une telle loterie, dit Caroline. C'est un coup de génie d'avoir engagé ces deux hommes, Étienne, mais je suis consternée à l'idée qu'ils se prêtent à ce jeu. Il y a quelque chose qui ne me plaît pas, là-dedans. Vendre sa gloire pour donner une apparence respectable à une loterie ! C'est sans doute cela qui me chagrine.

– Allons, Caroline ! Nous sommes toujours occupés par les troupes fédérales, et nous ne serons pas réintégrés dans l'Union si nous ne nous comportons pas comme les Yankees eux-mêmes. Quelle autre activité pourraient avoir les généraux des armées vaincues ? Il leur est impossible de se présenter aux élections, leurs terres ont été ravagées comme celles des autres…

À cet instant, deux petits Noirs arrivèrent en courant sur la scène. On leur banda les yeux, puis le vainqueur de Bull Run prit les sacs de toile contenant les numéros et brisa les scellés en montrant chaque sac au public. Le silence était complet. On retenait son souffle, les mâchoires se serraient…

– Quelle cupidité ! On la sent dans l'air, chuchota Caroline à l'oreille de Natalie. J'espère que les dames ont apporté leurs sels, nous allons avoir des pâmoisons !

Les deux tambours se mirent à tourner; le grand, rempli de petits cylindres blanc et noir, était actionné par les deux négrillons; le petit par le général de Beauregard. À onze heures exactement, on lâcha les roues qui, bientôt, s'arrêtèrent. Chacun des deux gentilshommes ouvrit la petite trappe de son tambour et ordonna aux jeunes aides de camp d'en retirer chacun un petit cylindre.

– Je dois avouer que cela me passionne, dit Caroline, alors que je n'ai même pas un numéro dans ce grand tambour.

– Prenez garde, dit Natalie. Il est facile de contracter la maladie du jeu. À quelles superstitions ridicules cela n'entraîne-t-il pas les gens ! La vie entière est transformée en numéros. Si on voit un ivrogne dans la rue, cela veut dire qu'il faut jouer le quatorze. Si vous faites un rêve où il y a des poissons, c'est le treize. Un chien errant, le six. L'archevêque a dû interdire aux prêtres de bénir les billets, pensez donc !

– Aide-toi, le Ciel t'aidera, dit Caroline.

Étienne tourna vers elle son visage satisfait et, en même temps – comment faisait-il donc pour avoir toujours ces deux expressions à la fois ? –, désireux et ardent.

– Exactement ce que je pense, dit-il. S'il vous plaît, faites comprendre ça à votre mari.

Early avait lu le numéro sortant : 45 168. À son tour, Beauregard annonça la somme qu'allait recevoir l'heureux gagnant : 200 dollars. Et le rite se répéta. Au bout d'une heure, la tension était telle que Caroline eut l'impression qu'un filet se refermait sur elle.

– Partons, dit-elle.

– Quoi ? protesta Natalie. Partir alors que les deux gros lots de cent mille et de trois cent mille dollars ne sont pas encore sortis ?

– Je ne sais pas, mais je risque de ne pas supporter de voir quelqu'un gagner comme ça en pensant que moi, je n'ai pas acheté un seul billet.

– Alors il faut partir, dit Étienne. Honoré gagne déjà bien assez avec les actions qu'il a dans cette loterie, Caroline. C'est un placement beaucoup plus sûr que d'acheter des billets.

– Oui, mais ce sont ses gains, pas les miens.

Étienne se leva, saisit presque violemment Caroline par le bras pour la tirer de son siège.

– Dépêche-toi, Natalie, avant que Caroline ne précipite sa famille dans la ruine !

– Pourquoi tenez-vous tant à me protéger d'une chose que vous mettez à la portée de tous ? dit Caroline, quand ils s'attablèrent au café du théâtre. Si cette loterie est aussi honnête que vous le dites...

– Réfléchissez ! C'est un jeu de hasard. Vous avez entendu ce qu'a dit Honoré hier : acheter un billet en espérant gagner est pure folie. Les actions d'Honoré, au contraire...

– Ce sont *ses* actions. (Une pause.) Très bien. Puis-je en acheter quelques-unes ?

– Seigneur ! Il n'y en a plus une à vendre. Vous ne trouverez personne qui veuille se défaire des siennes, et c'est compréhensible.

– Mais enfin, Caroline, pour quelle raison voulez-vous de l'argent ?

Natalie était irritée.

– Je ne sais pas. Pourquoi n'en aurais-je pas, moi aussi ?

– Mais que voulez-vous en faire ?

Cette fois Natalie semblait intéressée.

– Rien, pour le moment. Mais je l'aurai. Puis, au bout d'un certain temps, je me demanderai comment l'utiliser. Et enfin, encore plus tard, j'en ferai quelque chose.

Caroline sentit se poser sur la sienne la main d'Étienne, cette main qui semblait dodue et molle, mais qu'elle trouvait soudain ferme et pleine de défi.

– Je suis sûr que, si vous le demandez gentiment à Honoré, il vous cédera une partie de ses actions. Le nombre ne dépendra que de vous...

Caroline regarda cette main qui recouvrait complètement la sienne, sentit sa chaleur, et la demande que recélait sa pression. Puis elle leva les yeux vers ceux d'Étienne, et y lut un regard qu'elle n'avait vu dans les yeux d'aucun homme, sauf ceux d'Honoré, avant la guerre, quand il était d'humeur gaie et folâtre, et qu'ils passaient des soirées à s'amuser et à rire, sous les longues galeries des demeures de planteur, ou dans les salons animés de la ville. Honoré ne la regardait plus ainsi aujourd'hui. Il l'approchait quand il en ressentait le besoin, sans se soucier d'autre chose que de son acquiescement. Les choses avaient encore changé récemment : il devait avoir trouvé une maîtresse, une femme qui ne l'avait pas connu quand il était riche, puissant et sûr de lui. Une femme qui acceptait de petits cadeaux, quelques pièces d'or cachées sous son assiette... De nouveau, ses yeux rencontrèrent ceux d'Étienne. Lui, il s'était débrouillé pour ne jamais perdre ni sa richesse, ni son pouvoir, ni son assurance. Les hommes comme Étienne, songea-t-elle, aiment les femmes, mais ils aiment encore plus les louanges. Et une femme sachant associer séduction et flatterie pouvait, Caroline n'en doutait pas, réussir à prendre un peu de la richesse d'un tel homme, et un peu de son pouvoir; et constituer ainsi sa propre richesse et son propre pouvoir. Caroline se sentait gagnée par la chaleur qui émanait de cette main.

– S'il ne s'agit que de ça, dit-elle, c'est comme si ces actions étaient à moi. Je sais demander les choses très gentiment, vous savez.

Marthe agrafa la grappe de camélias rose pâle à sa robe; derrière son propre reflet dans le miroir, elle vit celui de sa mère en train de passer ses longs gants de chevreau blanc.

– Ces fleurs n'ajoutent rien à ma robe, dit Marthe. Pourquoi faut-il que je les porte ? Vous n'en portez point, vous.

– J'en porte ! Louisa en a mis dans ma coiffure. (Caroline se retourna et montra les fleurs cramoisies, piquées dans ses boucles noires.) D'autre part, tu sais très bien pourquoi tu dois les porter. C'est M. de Gravelle qui nous les a envoyées. Nous sommes ses invitées, nous n'allons pas l'offenser. Allez, prends ton écharpe et viens. Ton père nous attend.

Natalie de Gravelle les accueillit. Elle formait un véritable tableau vivant dans sa robe de soie bleu lavande, sur le fond des lourdes draperies damassées couleur d'ivoire et de la toile de lin pâle qui tapissaient les murs. Elle prit le bras d'Honoré d'une main, la main de Caroline de l'autre et les guida de pièce en pièce. Dans l'immense double salon dont les portes coulissantes avaient été ouvertes, trois musiciens jouaient, séparés des invités par une rangée de petits palmiers en pots. Natalie faisait les présentations avec pertinence, et Caroline sentit que les ternissures que la guerre avait déposées sur son image et sur elle étaient définitivement effacées. Elle n'était plus la Caroline qui bêchait son jardin et sarclait son lopin de terre. Elle était Mme de Clouet, épouse d'un riche planteur, premier magistrat de sa paroisse, membre de ce que les journaux, dans un esprit à la fois hostile et servile, appelaient « l'aristocratie *Bourbon* ». Avec une grâce qu'elle croyait avoir perdue, elle prit le bras d'Étienne et conduisit le premier quadrille.

Pendant ce temps, Marthe s'était dirigée vers la salle à manger, de l'autre côté de la grande entrée, où un somptueux buffet froid et chaud attendait les invités.

– Vous êtes Henri ?

Le jeune homme, debout à côté de la longue table, se retourna vivement en faisant voltiger les basques de son habit noir.

– Elle est bonne, cette daube ? (Il s'agissait d'une daube de poissons à la créole.)

Cette jeune fille était, sans conteste, la plus belle qu'Henri de Gravelle eût jamais vue. Elle était comme les chefs-d'œuvre de pâtisserie qui s'élevaient sur les plateaux d'argent ciselé du buffet : rose, blanche, appétissante, toute en courbes, en dentelles, en volants et rubans.

– Vous êtes Marthe ?

Elle découvrit ses dents, blanches comme le meilleur sucre.

– Comment le savez-vous ?

Elle s'approcha, prit la main d'Henri, qui tenait un morceau de poisson quand elle était entrée, et la porta à sa bouche. Il en eut un frisson et, en même temps, sentit ses joues s'embraser.

– Vous ne devez pas faire ce genre de choses, dit-il.

Il fit un signe en direction de sa tante Hortense qui montait la garde à la porte.

– Cela vous ennuie ? (Comme il ne répondait pas, elle répéta :) Comment avez-vous deviné que j'étais Marthe ?

– Parce que ma mère a dit qu'il n'y aurait pas de plus belle fille que vous à La Nouvelle-Orléans, cet hiver.

– Elle a dit cela ? (Marthe avait pris une assiette et se faisait servir un assortiment de petits gâteaux et de fruits confits par un grand domestique noir. Voyant qu'Henri l'observait, elle rit :) Ça ne me fera pas grossir. On m'a dit que j'étais exactement comme ma trisaïeule Hélène, celle qui est arrivée ici en même temps que votre famille. Jamais elle n'a grossi. (Marthe avait noté, au contraire, que sa mère commençait à prendre de l'embonpoint et le lui avait fait remarquer.) Sauf, peut-être, quand elle attendait... (Elle décocha une œillade incendiaire au jeune homme et se plut à en observer les effets.) Il ne faut pas que je dise des choses comme ça non plus ? Allons nous asseoir pour bavarder. À moins que vous ne vouliez danser ?

Il vit que ces yeux étaient capables d'attaques contre lesquelles il serait sans défense. Elle savait ce qu'il voulait faire, et elle le pressait de le faire. Il pensa au petit discours que lui avait tenu son père à l'occasion de son seizième anniversaire. « D'un certain point de vue, Henri, nous ne pouvons rien contre les femmes. Je m'explique : ces jolies jeunes filles de la même condition que toi, que tu fréquenteras, auront à ton égard toutes sortes de jeux de séduction, mais ne feront rien d'autre. Tu devras décider d'en épouser une à un moment donné. Si tu ne le fais pas, si tu te conduis avec elles comme elles se conduisent avec toi, ce sera très mal vu, Henri, et leurs mères réagiront. Tu auras beau être riche, charmant, etc., toutes les portes de la bonne société de La Nouvelle-Orléans se fermeront si tu abuses d'une de ses filles. Quand tu en auras besoin, je t'enverrai chez une femme que je connais. Elle te trouvera une jeune fille avec laquelle tu pourras te satisfaire jusqu'à ton mariage. » Un court silence avait suivi, au cours duquel Henri avait regardé tout ce qui se trouvait dans la pièce, sauf le visage de son père. Puis il avait entendu un bruit de verres entrechoqués, et un profond soupir. « Et peut-être aussi après ton mariage. Tiens, bois un peu de brandy, mon fils. »

Il se rappelait aussi, bien sûr, ce que sa mère avait dit au sujet de Marthe de Clouet. Assise à côté de la porte-fenêtre entrouverte de son boudoir, elle ne s'était pas doutée, à cause des rideaux, qu'Henri était à l'extérieur, sur le balcon. Il examinait le canon de sa nouvelle carabine. Il n'était certes pas là pour épier la conversation. Mais, soudain, les mots avaient pris une clarté et une force qui s'étaient imposées à son attention. « Marthe de Clouet est de ces filles qui rendent les hommes fous et font baver les femmes de jalousie. Je suis sûre que tous les hommes qui la voient ne peuvent s'empêcher de l'imaginer au lit. Et les femmes doivent se comparer à elle, dans la même situation. »

Il avait été si choqué d'entendre sa mère parler de la sorte qu'il avait décidé d'oublier ces paroles. Jusqu'au moment où il avait vu cette jeune fille blonde enlever sa cape de velours bleu et la tendre à la domestique du vestiaire. Jusqu'au moment où il avait compris ce que voulait dire sa mère. Il fréquentait depuis deux ans la jeune maîtresse que son père lui avait promise. Désormais, elle ne le satisferait plus.

Au lieu de bavarder avec Marthe, il choisit de l'inviter à danser. Il prit sa petite main gantée et l'entraîna vers le grand salon. Bientôt, il le savait, les commentaires iraient bon train derrière les éventails : il avait intercepté le regard lourd de signification que sa tante avait lancé à Natalie. Tandis qu'il se laissait prendre par le rythme de la valse, il aperçut son père, de l'autre côté de la salle. Tout homme du monde qu'il était, peut-être ne savait-il pas tout : il pouvait se trouver des femmes qui fussent à la fois ardentes en amour et bonnes épouses. Henri de Gravelle eût parié son nouveau chien de chasse que Marthe de Clouet était de celles-là.

– Ils forment un joli couple, dit Étienne.
Il s'entretenait avec Caroline dans un coin du salon. Elle avait sur les joues un peu du rouge vif des camélias qui paraient ses cheveux et, dans les yeux, le feu des diamants de son collier.
– Vous êtes splendide, Caroline. Exactement comme avant. (Il la dévisagea un instant sans rien dire, avec un plaisir visible.) Honoré vous a-t-il donné ces actions ? reprit-il.
– Non. (Elle parlait si bas qu'il se pencha vers elle.) En vérité, je ne les lui ai pas demandées.
– Vous êtes revenue sur votre idée ?
– Non. J'ai décidé de ne pas les lui demander, à lui.
– À qui d'autre alors ?
Ses épaules nues, qui avaient retrouvé leur arrondi moelleux d'autrefois, se soulevèrent.
– Peut-être pouvez-vous me recommander un porteur d'actions disposé à me rendre ce service ?
Elle le regarda droit dans les yeux, longuement.
– Je crois que c'est possible, répondit-il. Mais il faudra peut-être que vous demandiez cela très gentiment, Caroline, vous n'y voyez aucun inconvénient ?
– Quel inconvénient, Étienne ?
– Je vous le confirmerai demain. (La valse était finie; il jeta un coup d'œil à l'autre bout du salon, où Honoré ramenait la sœur de Natalie vers son mari.) Honoré va vous réclamer maintenant. Je vous en prie, gardez libre votre après-midi de demain. L'opération risque de prendre du temps.

Ses livres sous le bras, Jumie sortit de l'école et, d'un pas rapide – car il faisait très frais en cette belle fin d'après-midi de décembre – se dirigea vers l'hôtel Serret. Il devait y retrouver son père et rentrer avec lui à la maison. D'habitude, il se rendait à cheval de chez lui à l'école de commerce et d'industrie de New Iberia. Mais, ce jour-là, Camille avait à faire en ville, et Françoise en avait profité pour le charger d'une foule de commissions.

– Merde, ça va me prendre toute la journée. On va y aller tous les deux en calèche, Jumie; on ira faire quelques visites après tes cours. Moi-même je ne te vois plus !

Il est vrai qu'entre les tâches qu'il continuait d'accomplir à la ferme et ses études, il ne restait presque plus de temps au jeune homme. Il aimait le français et la philosophie, pour lesquels il avait de la facilité, y ayant été préparé par ses longues lectures dans la bibliothèque de Beau-Chêne. Mais les jours où il avait cours de comptabilité, il rentrait chez lui avec des crampes dans les doigts à force d'avoir noirci des pages et des pages de grand livre; et, dans sa tête, c'était une sarabande de chiffres qui l'empêchait d'avoir des rapports normaux avec les autres ou, simplement, de penser. Il connaissait le verbe « penser » depuis qu'il était enfant mais il n'avait découvert cette activité que récemment et l'appréciait peut-être plus que toute autre. Parfois, il doutait qu'il fût nécessaire de s'abrutir ainsi avec les chiffres.

Il s'en était ouvert à son père, à l'aller.

– Je ne sais pas… Tout ce travail ! Ai-je besoin de savoir tout cela pour m'occuper d'une simple fabrique de fenêtres et de volets ?

– Tu n'études pas seulement pour cela. Tu sauras pour toujours ce que tu apprends aujourd'hui. Quand tu sauras faire tes comptes comme il faut, personne ne pourra te l'enlever.

– Tu peux en être sûr ! s'était-il exclamé.

Il poussa la grande porte de l'hôtel et passa au bar. Camille était assis à une table avec un homme que Jumie ne connaissait pas, et une femme, entre eux deux, qui tournait le dos à la porte.

– Le voilà, dit Camille en agitant la main. (Jumie s'approcha.) Jumie, je te présente M. Gervais Trahan et sa fille, Geneviève.

Celle qu'il avait prise pour une femme se

retourna; c'était en effet une jeune fille. Ses yeux étaient si grands, si gris, si clairs et si profonds qu'il devait être impossible, pensa Jumie, de s'assurer de tout ce qu'ils contenaient. Son visage heureux était prêt à tout instant au rire et à la plaisanterie. Tout, en elle, disait oui. Son corps élancé était celui d'une danseuse. Il l'imagina évoluant au son des musiques que l'on jouait chez Mme Boutte.

– Vous allez aux séances de danses, chez Mme Guguèche ? demanda-t-il.

– Ça m'arrive.

– Gervais élève des chevaux de course, dit Camille. Il a une pouliche à vendre, qu'est-ce que tu en penses ? Avons-nous besoin d'un cheval de course ?

Jumie éclata de rire.

– *Besoin* d'un cheval de course ? S'il gagne, bien sûr ! Vous connaissez maman. Si nous achetons cette pouliche, elle aura intérêt à courir vite pour gagner sa pitance !...

Gervais Trahan fit signe à la serveuse d'apporter encore du café et d'autres gâteaux.

– Ne pouvez-vous l'acheter simplement parce que vous en avez envie, ou parce que c'est un bel animal ? N'y a-t-il donc chez vous que des choses utiles ? (Il regarda sa fille, qui mangeait son gâteau sans rien dire, mais dont les yeux brillaient.) Regardez Geneviève, elle est utile, elle sait tout faire dans une maison. Elle est belle fille en plus ! Camille, tu as des filles, toi aussi, et tu sais que lorsqu'on a une fille à la fois bonne maîtresse de maison et mignonne, eh bien, on est un veinard, mon vieux !

– Ta pouliche ne balaiera pas mon écurie, Gervais, dit Camille. S'il s'agit d'acheter une chose dont je n'ai *pas* besoin, mon prix n'est plus le même.

– Tu es dans la politique, Camille. (Camille avait été élu en novembre juge de paix de la commune de Saint-Martinville.) Ça ne te fera pas de tort, d'aller faire courir un cheval sur les pistes de la région. On y rencontre plein de gens...

Comme ils s'en retournaient chez eux en calèche, Camille donna une tape sur le genou de Jumie.

– Elle est jolie, la fille de Gervais. Tu as remarqué ?

– Oui.

Jumie avait encore devant les yeux les traits de la jeune fille; et il dit « oui » sur un ton qui révélait toute l'importance de cette rencontre.

– Tu penses qu'elle est plus que jolie ?

Jumie regarda son père.

– Oui, je ne dirais pas seulement qu'elle est jolie. C'est quelque chose d'autre. Je ne sais pas. Un sentiment... que je n'arrive pas à expliquer.

– Qui le peut ?

Camille haussa les épaules. Le martèlement des sabots sur la terre durcie résonnait dans l'air sec et glacé. La lune brillait dans le ciel.

– Tu vas aller la voir ?

Jumie fit oui de la tête. Camille pressa les chevaux. La lune éclairait les champs dénudés qui attendaient de recevoir leur couverture argentée.

– Jumie, nous n'avons plus jamais parlé de ce qui se passe entre un homme et une femme, depuis l'histoire de Claudette. (Il se signa rapidement. Elle était devenue postulante, la mère supérieure leur avait dit qu'elle avait certainement la vocation.) Jumie, ce n'est pas toujours facile. (La lune eut la discrétion de se cacher derrière un nuage; Camille se mit à parler plus vite :) Comprends-moi bien, Jumie : ta mère est une bénédiction dans notre maison. Tu as déjà vu quelqu'un travailler autant ? Je pense même qu'elle en fait trop. Elle pourrait se faire aider davantage par les filles. Et si elle se reposait... Je la regarde parfois, quand on est chez Mme Boutte : elle danse comme une fille de vingt ans, elle rit, elle pète le feu. Mais cela n'empêche pas que le corps soit parfois... comme endormi. J'espère que tu ne feras pas une telle expérience. Malheureusement, on ne peut le savoir avant. Les choses sont ainsi...

Ce qui signifiait en clair qu'il ne pouvait coucher avec Geneviève tant qu'ils ne se seraient pas mariés à l'église; et qu'il risquait alors d'être déçu. Jumie revit les grands yeux clairs et profonds. Il s'était épris d'elle. Pourquoi craindrait-il d'être déçu ?

Dès qu'ils arrivèrent, Françoise leur servit leur souper. Elle s'agitait devant les fourneaux, remplissait les assiettes, apportait le vin, coupait le pain, tout en racontant sa journée. Ils avaient presque terminé leur repas quand, enfin, elle s'assit et demanda à Camille s'il avait conclu son affaire.

– Je crois que oui, dit-il. J'ai envie d'acheter un cheval, Françoise. Une pouliche que je ferais courir. Ça t'irait ?

– Elle court bien ?

Camille rit.

– Si elle ne sait pas courir, je connais quelqu'un qui le lui apprendra ! Ce n'est pas encore fait. C'est une bête de Gervais Trahan. Tu viendras la voir avec moi et on décidera après. (Il la regarda d'un air malicieux.) Gervais avait amené sa fille. L'aînée : Geneviève, tu te la rappelles ? (Il fit un signe de tête en direction de Jumie.) Jumie pourrait déjà tout te dire à son sujet.

– Comme tous les gars de la région. Cette Geneviève, elle sait y faire ! Aguicheuse... qui fait les yeux doux à tous les garçons ! Tu trouves qu'il n'y a pas assez de jeunes gens dans la cour de son père le dimanche : il faut que Jumie y aille, lui aussi !

– Tu voudrais qu'il fasse la cour à une fille dont personne ne veut, Françoise ? Ou tu as peur qu'il ne réussisse pas à l'avoir ?

– Je me méfie des filles qui ont besoin d'attirer l'attention, dit Françoise en se levant. Elles ont tant de cordes à leur arc avant de se marier, qu'une seule risque de ne pas leur suffire après. Celui qui l'épousera devra passer son temps à l'empêcher de courir, voilà ce que je dis ! (Elle s'attaqua à la vaisselle.) Quand les hommes ne savent plus ce qu'ils disent, je retourne à mon travail.

Camille se leva et s'étira.

– C'est l'heure d'aller faire un tour. Tu viens ?

Jumie ne l'accompagnait presque jamais. Mais il comprenait à présent ces longues promenades que son père faisait au lieu d'aller se coucher, et il le suivit.

– Papa, vous pensez que j'ai une chance avec Geneviève Trahan ?

– Gervais n'est pas un idiot, Jumie. Un type bien comme toi, qui a un bel avenir devant lui : qu'est-ce qu'un père peut désirer de mieux pour sa fille ? Et il voit bien comme je prends soin de ta mère.

Il descendait le sentier qui menait à la route.

– C'est à Geneviève que je pense. Est-ce que je lui plairai ?

– Qui sait ce qui plaît aux femmes ?

Jumie pensa aux heures qu'il passait à l'école de commerce, penché sur ses livres. Jusqu'à cet après-midi, il l'avait fait par devoir, pour faire plaisir à son père. Jamais il ne lui était venu à l'esprit qu'il pût travailler pour faire plaisir à une femme. Mais pour Geneviève ? Pour lui offrir de belles choses comme en avaient Caroline et Marthe de Clouet ? Pour faire admirer la jolie femme qu'il avait ? Pourquoi pas ? Cela donnait un tout autre sens à ses efforts.

– Papa, ça ne vous ennuie pas que je récite mes leçons pendant que nous marchons ?

– J'apprendrai quelque chose, comme ça !

Longtemps après, Jumie s'interrompit pour demander :

– Jusqu'où allez-vous dans vos promenades, papa ? Ça fait un long moment qu'on est partis.

Camille ferma les yeux et ralentit le pas.

– Jusqu'à ce que je sois assez fatigué pour dormir, Jumie. Assez fatigué pour dormir.

Rédemption (hiver 1876-1877)

Marthe posa son livre et se leva pour s'approcher des hautes fenêtres qui donnaient sur la galerie supérieure de Beau-Chêne.

– Ces tentures sont passées, maman. (Elle palpait les plis de damas bleu pâle en regardant Caroline occupée à écrire sur son secrétaire d'acajou.) Les La Houssaye changent les rideaux de leur salon tous les deux ans. Sont-ils plus riches que nous ?

– Cette pauvre Alicia de la Houssaye a passé des années sans un sou; maintenant, elle ne peut s'empêcher de dépenser, à des choses utiles ou non.

Caroline n'avait pas détaché ses yeux de la lettre qu'elle tenait à la main; elle savait parer les attaques de Marthe par des réponses toutes prêtes, qui sortaient automatiquement de sa bouche.

– Nous non plus n'avons pas eu d'argent pendant très longtemps.

– Certes, mais nous en avions avant la guerre, et depuis plusieurs générations.

Marthe vint s'asseoir devant sa mère, dans un petit fauteuil bas. Elle portait une ample robe de chambre de velours pêche, dont le col négligemment ouvert était abondamment garni de dentelle crème. Profitant de l'absence d'Honoré et Nollie (le premier était parti pour La Nouvelle-Orléans après les élections de novembre, le second étudiait à l'université de Virginie), Caroline relâchait parfois leurs habitudes, en faisant servir le dîner dans son boudoir. « Cela leur fait une soirée de libre », disait-elle, en pensant aux domestiques; et cela permettait à chacune de se libérer de l'autre pour un soir.

– Tu veux dire que les gens qui ont toujours eu de l'argent ne le dépensent pas ?

– Bien sûr que si, mais ils ne le dépensent pas pour faire voir qu'ils en ont, comme le font les parvenus.

– N'empêche que les gens voient et comptent tout ce que nous dépensons. Crois-tu qu'il y ait une seule fille, dans tout le bayou Teche, qui ignore combien nous a coûté la robe que je portais pour les quinze ans de Mignon Blanchet ?

(Bien que « roturière », Mignon Blanchet était l'heureuse élue du jeune Nollie.)

– Nous n'y pouvons rien, Marthe. Nous aussi, quand nous admirons un beau tableau, quand nous marchons sur un beau tapis, nous reconnaissons sa qualité. Une vraie dame ne pense pas au-delà, Marthe. Les choses n'ont rien à voir avec leur prix. C'est pour cela que les gens de qualité ne parlent ni d'argent ni de prix.

Les yeux de Marthe se posèrent avec insistance sur une des lettres qui encombraient le secrétaire.

– Je vous ai pourtant entendue parler de prix, maman. (Caroline prit sa plume et commença une autre lettre, de son écriture ronde et très lisible.) Du prix des actions de la loterie. Avec M. de Gravelle.

La même volonté qui avait soutenu Caroline durant les longs mois d'emprisonnement d'Honoré assurait à présent le mouvement régulier de sa plume sur le carton blanc. Elle voyait à peine les mots qu'elle écrivait. Cela faisait longtemps qu'elle devait faire face à l'opposition de Marthe, mais c'était la première fois qu'elle percevait une hostilité ouverte dans l'attitude de sa fille qui l'observait en silence. Elle signa le billet (de remerciement à la mère de Mignon), écrivit l'adresse sur l'enveloppe et la cacheta. Enfin, elle redressa la tête.

– Ce sont d'excellentes actions, Marthe, qui rapportent de gros dividendes. Il serait ridicule de ne pas se tenir informé de placements aussi intéressants.

– Vous intéressez-vous autant aux autres placements de papa ?

Marthe se leva et fit le tour de la pièce, se faufilant entre les tables, les canapés et les fauteuils, s'arrêtant devant une glace pour s'arranger les cheveux, esquissant un pas de danse, bref, faisant tout pour distraire l'attention de sa mère.

– Oui, ceux auxquels je comprends quelque chose.

– Vous comprenez quelque chose à la loterie ?

– Marthe...

Où qu'elle se trouvât, Marthe avait le don de se placer au centre de l'attention et d'imposer à la compagnie le rythme de ses humeurs. Caroline dut faire un effort pour échapper à cette force d'attraction; elle bougea sur sa chaise et regarda ailleurs. Marthe reprit :

– J'ai cru comprendre que les actions de la loterie dont vous parliez avec M. de Gravelle n'étaient pas à mon père, mais à vous. (Marthe continuait de s'agiter dans la pièce.) J'ai pensé que papa vous en avait peut-être donné quelques-unes. S'il en a, il pourrait m'en donner à moi aussi. Pour Noël. Cela serait un cadeau utile, n'est-ce pas ?... À moins que quelqu'un d'autre ne cède des actions de la loterie ? Si c'est quelqu'un d'assez proche de nous...

– Personne ne donne d'actions, ou de choses ayant une valeur réelle, à quelqu'un qui se comporte comme une petite fille, Marthe. (Caroline se leva pour éloigner son visage de la lumière du chandelier.) C'est la même chose pour les voyages à La Nouvelle-Orléans. Nous n'y sommes pas allées car ton père a des affaires trop importantes à régler. (Il s'agissait en fait d'empêcher les républicains radicaux de remettre en question le résultat des élections en Louisiane, élections qui avaient été favorables aux démocrates.) Par contre, comme tu le sais, nous projetons un long séjour en ville pour Carnaval; et, cette fois, nous devrions te présenter au bal de Comus... (Ayant rangé ses lettres, Caroline ferma le secrétaire, dont elle mit la petite clé d'or dans sa poche.) ... Si toutefois tu cesses de te conduire en petite sotte. Un bal où se retrouve la fine fleur de la société est une affaire sérieuse, Marthe.

Caroline décida que, ce soir-là, elles s'habilleraient et prendraient leur repas dans la salle à manger, comme si Honoré était à la maison. Elle s'assit à sa place avec raideur, sans se laisser aller contre le haut dossier capitonné de sa chaise.

– Reprenons notre explication du poème de Pope, dit-elle. (L'étude de la langue et de la littérature anglaises tenait une grande place dans l'éducation des enfants de Clouet.) Je ne suis pas sûre que tu en aies compris toute la signification.

Caroline était une excellente préceptrice. Pendant ses leçons, sa voix se faisait agréable et légère, et son visage témoignait d'un vif intérêt pour ce que disait son élève, qu'elle louait ou corrigeait, toujours avec le sourire. Retournant un instant aux cuisines pour prendre du pain chaud, Toby dit pourtant à Sarah, la cuisinière :

– Qui sait ce que Mlle Marthe a encore fait pour faire enrager Madame ?

Après le souper, Caroline retourna dans son boudoir. Marthe sortit discrètement et alla frapper à la porte de la cabane de Sarah.

– Qu'est-ce que vous faites ici, ma poulette ? Votre maman vous écorchera vive si elle vous surprend dehors en pleine nuit.

Mais Sarah tapotait sur le banc à côté d'elle, invitant Marthe à s'asseoir.

– Oh, ce soir, elle me tuerait de toute façon, Sarah.

– C'est ce que m'a dit Toby. Mademoiselle Marthe, vous ne pouvez pas vous empêcher de torturer votre maman ?

– Je ne sais pas pourquoi il y a ces tensions entre nous. Quand Nollie est parti faire ses études, je pensais que maman et moi serions ensemble, que nous aurions des occupations de grandes personnes. (Elle se retourna vivement et vit le sourire qui illuminait le visage de Sarah.) Oui, Sarah. Je sais me conduire comme une dame, quoi qu'en pense ma mère.

Sarah caressa le bras de Marthe.

– Je sais, ma chérie. Mais on dirait que tous les matins, vous vous levez en colère l'une contre l'autre. C'est comme ça.

– Sarah, ne devrions-nous pas être plus unies, après ce que nous avons subi ensemble ? Moi, j'étais assez grande pour comprendre ce qui se passait pendant la guerre. Nollie n'était qu'un bébé, mais moi, je voyais tout. Et je l'ai aidée autant que j'ai pu, Sarah.

Marthe laissa couler les larmes qu'elle retenait en présence de sa mère. Puis elle éclata en sanglots, sanglots de colère surtout, et s'effondra contre l'épaule de Sarah.

– Je sais, ma jolie, je sais.

– Si je fais la moindre allusion à la guerre, elle me regarde avec un air… comme si j'étais moi-même une Yankee.

– Elle n'aime pas qu'on lui rappelle cette période, mademoiselle Marthe. C'était trop dur pour elle, de ne pas pouvoir vous faire vivre mieux.

Marthe releva la tête.

– Mais non, Sarah. Elle faisait tout ce qu'elle pouvait pour nous. Nous avons toujours eu à manger et des vêtements.

– Madame ne voit pas les choses de cette façon. S'il n'y avait pas eu les Langlinais, mademoiselle

Marthe, je me demande où vous seriez à l'heure qu'il est. Une chose est sûre : votre maman ne serait plus là. Qu'elle était maigre, mon Dieu...

Sarah hocha sa tête enturbannée.

– Il n'y a rien de mal dans le fait d'avoir besoin d'être aidé, Sarah.

– Bien sûr ! Mais votre maman tient cette fierté de sa famille. Les Bertaut se laisseraient mourir de faim plutôt que d'accepter de l'aide. Si cela n'avait pas été pour vous et Nollie, votre maman se serait laissé enfermer au grenier et n'aurait plus répondu à personne... (Sarah indiqua de la tête la lune qui venait de percer derrière les ramures dénudées d'un sycomore.) Rentrez, mademoiselle Marthe. Prenez ce bocal de fruits et ces petits pains, si vous avez encore faim avant de dormir.

– Si maman pense qu'elle s'est abaissée pour nous sauver, je n'y peux rien.

– Non, vous n'y pouvez rien. (Sarah se leva et serra Marthe sur sa vaste poitrine.) Mais vous pouvez éviter de la mettre en colère, mademoiselle Marthe. Comme ça, vous prouverez que vous êtes vraiment une grande personne.

Avant d'aller se coucher, Caroline rouvrit son secrétaire et en retira trois lettres qu'elle glissa entre les pages de son livre.

Le montant de la tête de lit, de son côté, était creux sous le pommeau, qu'elle déboîta facilement. Ce serait une bonne cachette pour le rare courrier d'Étienne, jusqu'à ce qu'elle jugeât le moment venu de s'en défaire. Quant à son paquet d'actions, il était en sécurité à La Nouvelle-Orléans, et les dividendes étaient régulièrement versés sur un compte à son nom, à la banque de Louisiane. Caroline savait que Marthe n'en dirait rien à Honoré; c'était une affaire entre elles. Elles n'avaient survécu à une guerre que pour en commencer une autre, songea Caroline en faisant sa toilette du soir. Jusqu'alors, Caroline avait tenu bon; mais elle était si engagée dans ces batailles incessantes qu'elle en était venue à ne plus s'interroger sur leur cause. Elle se mit au lit, s'adossa à ses oreillers et garda son livre à la main sans l'ouvrir. Elle évoquait ces discussions avec sa fille qui surgissaient à la moindre occasion et commençait à deviner leur véritable enjeu : ce qu'elles se disputaient, au fond, c'était la première place à Beau-Chêne.

Jumie et Camille étaient à l'écurie. Le premier sifflotait en graissant une selle consciencieusement, le second étrillait la jument qui devait courir le lendemain.

– Il va falloir changer les sangles, dit Jumie. Ce serait trop bête de perdre à cause...

– Ne prononce pas ce mot quand elle t'entend ! Ça pourrait lui donner des idées.

Jumie rejoignit son père dans le box et jeta un regard de fierté sur leur jument.

– Un aussi bel animal ne peut que gagner, papa.

– La beauté n'a rien à voir avec la vitesse, Jumie.

La main de Jumie glissa sur la robe de la jument.

– Ce n'est pas seulement un bel animal, papa. Elle est forte. Elle a de bons muscles. (Sa main caressait les flancs fermes, descendait le long des jambes. Il souleva chaque sabot pour vérifier qu'elle n'avait aucune blessure.) Je l'ai encore entraînée ce matin. Elle a battu trois fois de suite son propre record.

– Dans ce cas, on aura peut-être l'argent de LeBleu. Qu'est-ce que tu en penses ?

– Et des paris à la cote.

Camille prit du blé dans une corbeille et le tendit à l'animal.

– Surtout, ne dis pas à ta mère que tu fais des paris. Tu sais ce qu'elle pense des jeux de hasard.

– Elle sait qu'il ne faut pas manquer les occasions où on est sûr de gagner. Comme les Clouet à la loterie.

– Si les Clouet gagnent, ce n'est pas parce qu'ils jouent, c'est parce qu'ils sont propriétaires du jeu.

– C'est juste.

– Moi, je me contente d'espérer remporter le prix. De toute façon, si on ne gagne pas, on ne remet rien de sa poche. Mais les paris, Jumie, ce n'est pas la même chose. Nous travaillons dur... Ils sont importants ?

– Je peux récolter dans les deux mille dollars.

Camille regarda son fils.

– Jumie, tu sais quelque chose sur cette course que j'ignore.

– Le cheval de LeBleu est malade.

Après avoir donné une dernière petite tape à la jument, ils sortirent de la stalle et se dirigèrent vers la porte.

– C'est une raison pour faire reporter la course, Jumie. Sans pénalité.

Jumie tenait son père par le bras. Il s'arrêta un instant avant d'affronter le froid piquant de ce début de décembre.

– LeBleu ne sait pas qu'il est malade.

– Raconte-moi ça.

– Je suis passé à côté de leur pré hier. Un de ses garçons était en train d'entraîner le cheval. Je me suis arrêté pour causer un peu, pour plaisanter. J'ai entendu la respiration de la bête. Et je peux te dire que, même dans une course aussi brève, elle ne tiendra pas le coup.

– LeBleu n'est pas un imbécile. Il va s'en apercevoir.

– Ce n'est pas évident. Dans la bibliothèque de Beau-Chêne, il y a des tas de livres sur les chevaux. J'en ai lu pas mal. Et hier, j'ai reconnu un sifflement particulier de la respiration, et aussi d'autres petits signes qui me disent que le cheval de LeBleu va tomber malade. L'étranguillon, peut-être. Il semblera encore en bonne santé pendant quelques jours mais, dès demain, il ne sera plus en pleine forme.

– Les étoiles sont belles ce soir, dit Camille. Quand j'étais gosse, mon père me montrait les figures qu'elles forment.

– Les constellations.

– Je me rappelle le livre que tu as rapporté de Beau-Chêne : tous les noms des étoiles étaient différents. Je crois que mon père inventait leur histoire et leur nom : il pensait d'abord à ce qui pouvait me plaire. D'ailleurs, il ne s'intéressait pas beaucoup à ce que les autres pensaient des choses. Ce qui comptait pour lui, c'était ce qu'il en pensait, lui. (Ils refermèrent avec soin la barrière de la cour de l'écurie et s'engagèrent dans le sentier qui montait vers la maison, à travers le potager.) Donc, tu n'en parles pas à LeBleu ?

– C'est son cheval, non ? Quand on a une bête, il faut savoir en prendre soin. Surtout si on veut gagner de l'argent avec.

Ils gravirent les marches qui menaient au monde de Françoise.

– Tu manges ici ? dit-elle en apercevant Jumie.

– Geneviève m'attend, maman.

– Elle a fait son gombo ?

– Elle a fait son gombo. Vous faites toutes les deux le meilleur gombo du monde, maman.

Un sourire imperceptible apparut sur les lèvres de Françoise qui, aussitôt, se refermèrent sur le bord de la grande cuiller.

– Mon gombo, c'est le meilleur, même quand tu ne le manges pas. Camille, je vais en faire un grand avec les canards que tu as tirés ce matin, et tu en porteras une marmite à Beau-Chêne, pour les messieurs de La Nouvelle-Orléans qui vont arriver avec Honoré. Cette Sarah, elle n'est pas très douée pour les gombos, d'après ce que je sais.

– Quels messieurs de La Nouvelle-Orléans ?

« Messieurs » ? Ce mot respectueux le surprenait pour désigner ces gens-là… Camille prit le bol que Françoise lui tendait, rajouta une grosse cuillerée de riz à l'épaisse soupe qu'il saupoudra d'une pincée de *filé*[1].

Puis il rompit un pain chaud, prit le quignon et alla s'asseoir à table.

– N'attends pas le bénédicité pour manger, Camille. Dieu n'aime pas la soupe refroidie, et nous non plus. Jumie, si tu restes pour écouter, tu restes aussi pour manger.

– Françoise, dis-moi qui sont ces… messieurs.

C'était une information à laquelle Françoise tenait visiblement, elle ne la lâchait pas facilement.

– Je l'ai su à New Iberia, à la poste. Caroline y était, pour envoyer un gros colis à Nollie. Parce que en Virginie, il y a pas de magasins, c'est connu ! Elle venait de recevoir des nouvelles d'Honoré. Il arrive demain et il amène des hommes – des messieurs, c'est elle qui l'a dit – avec qui il travaille là-bas. Voilà de quoi il s'agit, Camille.

– Il a son banquier là-bas, qui a des parts dans la raffinerie de sucre. Tous les ans, Gravelle vient faire une inspection ici, après le broyage. Je l'ai rencontré une fois ou deux.

– Une fois ou deux ! Passons. Mais les autres ne sont pas les banquiers des Clouet, ils ne sont pas dans la raffinerie. Ils mijotent quelque chose pour après les élections.

– Ces élections ! Encore une fois, on va avoir deux gouverneurs de l'État et deux parlements. Jusqu'à ce que l'un réussisse à faire lâcher prise à l'autre. Ou l'achète pour qu'il abandonne. Tout le monde sait que, cette fois, les démocrates vont s'accrocher pour ne pas se faire voler le résultat des élections. Il faut que Nicholls soit gouverneur, et le seul gouverneur. Merde ! j'ai moi-même fait

1. Feuilles de saxifrage séchées et réduites en poudre, utilisées dans la cuisine créole.

campagne pour lui. Nous avons gagné, et il n'y a pas eu le moindre incident.

Depuis quelques années, les bandes armées de la Ligue Blanche pratiquaient la terreur contre les partisans des républicains radicaux. Mais ils avaient suivi la consigne de s'abstenir de toute action violente pendant les élections.

– Il s'agit d'autre chose, Camille. J'en suis sûre. Quand des gens comme Caroline disent ça (elle montra le petit doigt), eh bien ça veut dire ça (elle se passa la main sur le bras jusqu'à l'épaule). Ils ne vont pas parler seulement du gouverneur de Louisiane mais aussi du Président, à Washington.

– Tilden ? Il n'a pas beaucoup de chances, encore moins que Nicholls. Ils le soutiennent, vu qu'il est démocrate, lui aussi. Mais... (Camille alla reprendre un bol de gombo sur la cuisinière.) C'est perdu d'avance. La commission de contrôle des élections est dirigée par les radicaux : sois sûre qu'ils annuleront assez de votes démocrates pour que ce soit Hayes qui obtienne la présidence[1]. Nicholls a intérêt à profiter du moment, il ne durera pas.

– Ce n'est pas ce que j'ai cru comprendre, Camille.

– Vous venez voir la course demain, maman ?

Jumie avala sa dernière cuillerée de gombo; cela faisait un moment qu'il avait envie de partir. Il était gêné de voir sa mère parler comme si elle était dans le secret des dieux, pour la seule raison qu'elle avait rencontré Caroline de Clouet.

– Par ce froid ! Depuis quand fait-on des courses en décembre ?

– C'est LeBleu qui veut montrer son cheval. C'est une petite course, maman : quatre arpents seulement. Votre nez ne s'apercevra même pas que vous l'avez mis dehors.

– J'y penserai, dit-elle.

1. De fait, le républicain Hayes devint le dix-neuvième président des États-Unis, de 1877 à 1881, succédant au général Grant.

… Sur la cuisinière de Geneviève, il y avait non seulement un gombo qui fumait, mais une grande bouilloire où infusaient des épices et de l'écorce de citron. Jumie entra comme sa femme enlevait ce récipient du feu. Elle alla le déposer sur une table basse, dans un coin, devant le fauteuil à bascule où il aperçut les deux petits, couchés sous d'épaisses couvertures. Elle prit un grand carré de coton épais et l'agita pour diriger la vapeur aromatique vers les enfants.

– Le *traiteur*[1] m'a donné des herbes à mettre dedans aussi, dit-elle. Pour leur poitrine.

Geneviève ne souriait pas; c'était si rare que Jumie s'alarma.

D'un pas rapide, il traversa la pièce et se pencha au-dessus du fauteuil; les deux petites faces rondes étaient d'un rouge presque cramoisi; il comprit que cette couleur trop vive n'était pas due qu'à la bonne chaleur qui régnait dans la pièce.

– Qu'est-ce qu'ils ont ?

– Ils sont brûlants. Et ils respirent mal. Tu entends ?

Leur petite respiration s'interrompait régulièrement, puis reprenait avec difficulté, comme si le passage de l'air était obstrué.

– C'est la pneumonie ?

La peur se peignit sur le beau visage ovale et lisse de Geneviève. Et même le désespoir de qui ne peut rien.

– Oh, Jumie, j'ai si peur !

À quoi bon lui dire : Il ne faut pas avoir peur, quand les morts d'enfants en bas âge étaient si fréquentes ?

– Ce sont des bébés résistants, Geneviève. Bien nourris, qui dorment comme il faut.

Il la serra contre lui et regarda le petit garçon et la petite fille : Claude, un an, était rond comme

1. Le guérisseur.

une boule, et Claudine, deux ans, semblait déjà devoir prendre les formes allongées de sa mère.

– Je vais préparer une autre fumigation, dit Jumie en prenant la bouilloire.

– Non, reste ici avec eux. Raconte-leur une histoire ou chante-leur quelque chose. Je n'ai pas arrêté de chanter tout l'après-midi. Ils sont si agités, si grognons...

Il vit que c'était l'angoisse qui la fatiguait, plus que le travail.

– D'accord. Peut-être que si on faisait aussi du vin chaud, ça les aiderait à dormir, non ?

Jumie tira de sous le lit conjugal un petit lit pliant à roulettes dans lequel il installa les deux enfants.

– Nous les veillerons à tour de rôle, dit-il. Tu ne pourras plus les soigner si tu tombes malade toi aussi.

– Je n'ai pas l'intention de dormir de toute façon. Même pas de me déshabiller.

– Tu vas te coucher. Pour te reposer, au moins.

Pour la convaincre, il se coucha à côté d'elle et la tint dans ses bras; bientôt, elle sombra dans le sommeil.

Quand l'aube se leva, les enfants semblaient aller mieux. Ils dormaient à poings fermés.

– Peut-être que c'est passé, dit Geneviève en tâtant leurs joues. Ils sont moins chauds. Et leur respiration ?

Il s'était tellement habitué aux bruits qui sortaient de leurs gosiers qu'il ne pouvait dire ni oui ni non.

– J'en connais au moins un qui a de la chance : LeBleu. Il ne sait pas qu'il devrait faire reporter la course, mais elle sera renvoyée quand même. Il ne se doute pas de ce qu'il va gagner !

– La course est pour aujourd'hui ? (Geneviève se figea; elle était en train d'ajuster sa robe.) Oh, Jumie, tu ne peux pas la repousser !

– Je ne peux pas te laisser. Je ne vais pas abandonner les enfants.

Elle le prit par le bras, l'entraîna dans la cuisine et le fit asseoir. Puis elle mit les grains de café à griller et l'eau à bouillir.

– Tu l'as vu toi-même, ça a l'air d'aller mieux. De toute façon, il faut bien commencer un jour à prendre des décisions !

– Décider qu'une course de canassons est plus importante que mes enfants ?

– Non. Il s'agit de savoir si nous sommes ou non capables de nous en tenir à nos projets, ou si on laisse aller les choses comme elles se présentent. (Ainsi, pensa Jumie, cette nuit avait été encore plus longue pour Geneviève que pour lui; car elle semblait avoir mûri de quelques années.) Aujourd'hui, parce que les enfants sont malades, tu veux renoncer à cet argent qui permettra de leur acheter de belles choses quand ils seront guéris. Et un autre jour, Jumie, tu trouveras d'autres raisons de ne pas faire ceci ou cela. (Elle s'approcha de lui, mit les mains sur ses épaules et le regarda.) Jumie, tu ne resteras pas à la maison pour faire mon travail. Tu dois faire le tien.

– Ce n'est pas faire ton travail que de me faire du mauvais sang pour les enfants, de penser à ce qui peut arriver pendant que je serai parti.

– Jumie, dit-elle en s'asseyant sur ses genoux, il peut toujours arriver quelque chose pendant que tu n'es pas là. Tu ne le sais pas ?

C'était vrai, il ne le savait pas. Dans cette maison heureuse où Geneviève semblait jouer avec ses enfants comme avec des poupées, où les ustensiles de cuisine ressemblaient à des pièces de dînette ?

– Je le sais, moi, continua-t-elle. C'est pour cela que je fais tout pour être heureuse. (Elle vit une ombre passer dans ses yeux.) La vie nous réserve assez de tristesses. Aussi, chaque jour, quand je fais mes prières, je dis : « Mon Dieu, aujourd'hui je chercherai jusqu'au moindre petit morceau de joie et de beauté que vous avez mis en ce monde. » Et je le fais vraiment, Jumie.

– La course, c'est de la joie ou de la beauté ? dit-il en riant doucement dans son cou.

Ils se mirent joyeusement à moudre les grains, firent le café et déjeunèrent, en se levant souvent pour aller regarder les enfants dormir. Quand Jumie sortit pour aller rejoindre son père, Claudine et Claude dormaient toujours.

– C'est bon signe, dit Geneviève. Surtout, n'en parle pas à ta mère.

Geneviève pouvait être sûre qu'il n'en parlerait pas à Françoise. Elle avait trop tendance à se mêler de tout, et même de la politique des États-Unis, et à considérer tous les autres comme des incapables.

Caroline secoua son petit monde pour préparer un digne accueil à Honoré et à ses hôtes. Elle envoya Nat, le jardinier, et ses deux aides couper des branches de pin et de houx dans le bois. Ensuite, munie de gants épais pour se protéger les mains, elle confectionna avec le jardinier des festons qu'ils suspendirent aux balustrades des galeries. De son côté, Marthe passa des heures à tailler de larges rubans dans un rouleau de taffetas écarlate et en fit des guirlandes, pour décorer l'intérieur. On nettoya les chandeliers et les appliques, et on y mit de nouvelles bougies; la fille de Sarah, dix ans, fut mise à contribution pour cette corvée. Elle avait les doigts rouges à force de frotter la cire sur le cuivre, et protestait avec véhémence mais, quand arriva le soir, tous les appareils d'éclairage étincelaient. Quant à Sarah, aussitôt informée de l'arrivée de ces messieurs, elle s'enferma dans la cuisine. « Plus elle chante fort, mieux elle cuisine », dit Caroline, en défendant à quiconque de déranger son cordonbleu.

Le lendemain midi, elle attendait au salon avec

Marthe. L'impatience les empêchait de s'asseoir et elles ne cessaient d'arranger le bouquet de roses tardives que Nat avait déposé sur la grande table. Caroline regarda la petite montre d'or qu'elle portait en sautoir.

– Ils devraient être arrivés. La soupe de tortue ne risque pas d'être trop cuite, mais...

– Qui vient ? Je n'ai pas encore eu le temps de vous le demander...

Marthe lissa l'étoffe bleue de sa robe. Pour une fois, elle avait spontanément décidé de s'habiller avec modestie. Pas de mèches folles sur le front ou sur les tempes; tous ses cheveux blonds étaient ramenés en arrière et retenus sur la nuque par une barrette d'onyx et d'argent. Un petit médaillon, d'argent également, était sa seule parure. Elle s'était délibérément efforcée de ne pas mettre sa beauté en valeur pour ne pas donner de l'ombrage à Caroline; elle avait compris que là résidait une des principales causes de dissension avec sa mère.

– Le colonel Roberts...

– Celui qui dirige le *Times* de La Nouvelle-Orléans ?

– Oui. Le général Richard Taylor, M. Burke, M. Ellis. C'est un de nos représentants, il est à Washington, d'habitude. Mais, comme les autres, c'est un collaborateur du gouverneur Nicholls.

– Il n'est pas encore officiellement gouverneur, maman. Sinon, il n'y aurait pas toute cette agitation.

– Je suis sûre, Marthe, que ton père et M. de Gravelle...

– M. de Gravelle vient ?

– Ne m'interromps pas. Oui, et Henri aussi, je crois. (Elle guettait la réaction de Marthe qui ne broncha pas.) Tu sais qu'il fait ses études de médecine. On leur a donné de longues vacances pour Noël et il a besoin de se distraire.

– À Beau-Chêne ! La belle distraction ! Quitter

La Nouvelle-Orléans pour venir s'enterrer à la campagne, en cette saison : ça me dépasse.

– Marthe, à La Nouvelle-Orléans, il ne peut ni chasser, ni pêcher, ni faire de grandes randonnées à cheval comme nous en faisons ici.

Marthe soupira.

– Tous les hommes préfèrent-ils la chasse au théâtre ? la pêche à la danse ? (Elle fixa une rose thé qui avait glissé sur la toilette de Caroline.) Cela dit, Henri est un garçon charmant quand il nous accompagne, ses sœurs et moi, dans La Nouvelle-Orléans. (Elle regarda Caroline dans les yeux.) Maman, quand j'aurai été présentée, pensez-vous qu'Henri pourra être mon cavalier ?

Marthe fut effrayée par la réaction de sa mère. On eût dit que Caroline avait peur.

– Henri ? ton cavalier ? (Caroline secoua la tête, comme pour se libérer d'un contact oppressant.) Marthe, dis-tu cela pour te moquer de moi ?

Oui, c'était bien de la peur. Caroline avait peur de ce que Marthe savait. La jeune fille le comprit.

– Non, maman. Je me suis dit – puisque les Gravelle sont de bons amis à nous – que, peut-être, Henri serait tout à fait ce qu'il me faut pour m'accompagner dans le monde. (Caroline eut l'air moins inquiet.) Vous savez, maman, ce n'est pas toujours facile à La Nouvelle-Orléans. Les autres filles parlent de choses que je ne sais pas, elles sortent davantage... Henri est gentil. J'ai l'impression d'être comme les autres et je n'ai pas peur quand je suis avec lui.

– Peur ! (Caroline se précipita sur Marthe pour la prendre dans ses bras.) Mais, Marthe, de quoi peux-tu avoir peur ? Tu es jolie, attirante, tu es tout ce qu'une jeune fille doit être...

Marthe cligna plusieurs fois les yeux pour refouler ses larmes.

– Maman, suis-je vraiment tout cela ?

– Mais oui.

Ils arrivaient. On entendait un équipage crisser sur le gravier de l'allée.

– Les voilà. Le bateau n'aura pas eu de retard, finalement, dit Caroline.

Elle ouvrit la porte-fenêtre et sortit dans la galerie en agitant un mouchoir bordé de dentelle.

– Le nouvel attelage de papa est magnifique, n'est-ce pas ? J'aimerais tant que nous ayons de nouveau des chevaux de course. Vous saviez que les Langlinais en ont un ? Ils vont le faire courir aujourd'hui, sur la piste de Pont-de-Breaux. Le prix pour le vainqueur est de quatre cents dollars, et il y a beaucoup plus à gagner en paris individuels.

Caroline se penchait par-dessus la balustrade en suivant des yeux la voiture qui remontait lentement l'allée entre les chênes. Décidément, quelque chose avait changé chez Marthe. Peut-être avait-elle décidé de grandir. Ou de ne plus harceler sa mère. Ce jour-là, Caroline se sentait comme entourée par sa propre beauté; cette beauté lui rendrait la place centrale qu'elle croyait depuis longtemps occupée par Marthe. Mère et fille, elles avaient toujours été rivales; peut-être que femmes, elles seraient amies.

– Remettre sur pied une écurie de courses ? Tu sais, Marthe, ton arrière-grand-mère passait presque tout son temps à ça, longtemps avant la guerre. C'est impossible de recommencer.

Au-dessous, la voiture s'arrêta. Honoré en descendit, les salua bruyamment, puis aida ses hôtes à descendre à leur tour. Marthe suivit sa mère dans les escaliers. Ce n'était pas au repas qui les attendait que Marthe pensait. Pour elle, la visite ne commencerait vraiment que lorsque les hommes se seraient retirés avec son père dans le bureau, que sa mère serait montée faire sa sieste, et qu'elle se retrouverait seule avec Henri.

– Nous allons vous laisser à vos cigares, dit Caroline.

Le repas préparé par Sarah avait été un triomphe. Roberts, le directeur du *Times*, avait même exigé qu'on la fît venir pour qu'il pût la féliciter; il lui annonça qu'il allait écrire un article sur son petit séjour à la campagne, et qu'il ne manquerait pas de parler de sa bonne cuisine.

– Et informerez-vous vos lecteurs de tout ce qui se cuisine d'autre ici ? lança Étienne de Gravelle.

Ses esprits animaux étaient passablement excités, non seulement par les plats très relevés qu'avait comportés le menu, mais aussi par la perspective de tromper son ami Clouet avec sa femme, dans sa propre maison.

– Je crois que le *Times* attendra que nos projets soient devenus réalités, messieurs. Alors, bien sûr, quand Nicholls sera devenu le seul gouverneur de cet État, le *Times* se joindra aux cris de joie du reste de la presse conservatrice. Cela dit, avec cette commission de contrôle dominée par les radicaux, je ne vois pas comment on peut empêcher Packard d'éliminer Nicholls.

– Il suffit de savoir ce que nous sommes disposés à offrir pour que Washington renonce à nous imposer ce Packard, dit Honoré.

– Non, c'est beaucoup plus simple, intervint Étienne. (Il prit le carafon de brandy que Zeke avait posé à côté d'Honoré et en remplit son verre.) Ces élections nous ont clairement donné la victoire. Si on nous la vole, les hommes de la Ligue Blanche descendront dans la rue, et ce Packard ne pourra gouverner que par la force. Comme il n'a pas, ici, d'appuis suffisants, cela signifie que Grant devra faire intervenir les troupes fédérales. Je doute qu'il tienne à le faire plus de dix ans après la fin des hostilités.

– La fin des hostilités ? La guerre continue, elle n'a fait que changer de forme, Gravelle ! s'exclama le général Taylor.

– Soit. Notre bon Président républicain en est

lui-même conscient. Mais qu'est-ce que ça peut lui faire, au fond, de savoir qui gouverne dans un État qui ne s'est toujours pas racheté ? Ce qui est vraiment gênant, pour les républicains, c'est que la Louisiane, la Caroline du Sud et la Floride ne se soient toujours pas repenties, ne soient toujours pas rentrées au bercail. Aussi…

– Aussi, l'interrompit Honoré (Il prit la cafetière suspendue à un support d'argent au-dessus d'un réchaud à alcool.), nous offrons à Grant et à Hayes, son successeur probable, le marché suivant : si, au moment décisif, ils appuient Nicholls, nous les assurerons de ce que, de notre côté, notre résistance contre les menées illégales de la commission de contrôle contre des démocrates régulièrement élus sera de pure apparence.

– Nous pouvons demander plus, que diable ! dit Burke. La majorité, démocrate comme vous savez, de la Chambre des représentants est prête à demander la destitution de Grant avant qu'il ne passe les pouvoirs à son successeur. Nous pouvons faire échouer cette action en nous abstenant d'y participer, et en échange, obtenir non seulement la confirmation de Nicholls, mais des subventions fédérales pour le chemin de fer du Texas et du Pacifique, et pour la réparation et l'entretien de nos digues.

– Il y a un problème dans tout cela, malgré tout, dit Honoré. Comment les mêmes élections peuvent-elles aboutir à un vote républicain à Washington et à un gouverneur démocrate ici ?

– Ne vous en faites pas, Clouet, dit Ellis. Laissez cela à Burke et à moi.

Zeke apparut.

– Vous avez sonné, monsieur ?

– Nous avons terminé, Zeke. Les chambres de ces messieurs sont-elles prêtes ?

– La fille de Sarah attend pour les conduire aux étages, monsieur. On a déballé les affaires de ces messieurs et donné un coup de fer à leurs tenues pour ce soir.

Honoré se leva.

– Messieurs, je serai dans la bibliothèque tout le reste de l'après-midi, à votre disposition. Et Caroline et moi vous attendrons à six heures dans le grand salon. Si vous le désirez, Zeke fera seller les chevaux; vous pouvez le mettre à contribution pour visiter le domaine.

Tous sortirent, sauf Étienne qui s'attarda :

– Où sont tous les autres ? Mon fils, ta fille ? Caroline ?

– Marthe et Henri sont partis faire un tour à cheval. Caroline se repose, je pense. Tu veux la voir ?

– Ne te dérange pas, Honoré. Si j'ai besoin de quelque chose, je sonnerai.

Il se donna deux tapes sur le ventre et s'éloigna. En le suivant des yeux, Honoré se demanda encore une fois pourquoi il lui faisait pleinement confiance en affaires, alors qu'il éprouvait pour lui une véritable aversion.

– Quelle jolie campagne ! dit Henri en regardant Marthe.

Elle avait emmené Henri du côté de New Iberia. Ils s'étaient arrêtés à mi-chemin et étaient revenus au galop par la grand-route déserte. Ils étaient engagés à présent sur la piste qui traversait le petit bois touffu, derrière Beau-Chêne.

– Que je vous envie de vivre ici !

– Alors que vous avez la chance d'habiter La Nouvelle-Orléans ? De pouvoir aller quand vous voulez au bal et au théâtre ? Mais vous préférez chasser et pêcher ! Je ne vous comprends pas, Henri.

Il retint une branche basse jusqu'à ce que Marthe l'eût dépassée.

– La Nouvelle-Orléans est une ville sale. Même si elle est plus propre depuis que les troupes fédérales l'occupent, car les Yankees savent briquer les trottoirs, croyez-moi. On peut respirer quand on se promène dans les rues.

– Eh bien, si cette ville peut être propre tout en restant vivante, que pouvez-vous désirer de plus ?

Elle cherchait un sens caché aux paroles d'Henri; certainement, il voulait lui faire comprendre discrètement que ce qui l'intéressait, dans cette campagne, c'était elle, Marthe. Car il était impensable qu'on pût préférer ce trou perdu à une cité aussi brillante que La Nouvelle-Orléans.

– Ce que je désire de plus ? Ceci ! (Ils avaient atteint la lisière du bois et Henri s'arrêta, montrant le paysage devant eux : une grande prairie en pente qui descendait vers les champs ocre foncé, jonchés des restes de la récolte de canne à sucre.) Le ciel jusqu'à l'horizon. Les champs. Un endroit où l'on n'a pas à tenir compte du jugement des autres, de toutes ces dames, de tous ces vieillards de la bonne société. Un endroit où je puisse vivre ma propre vie, où je ne sois pas obligé de suivre une voie tracée par d'autres...

– Mais vous êtes l'aîné. Votre père n'attend-il pas de vous que vous preniez sa place ? Je ne parle pas de la banque, bien sûr, mais de sa position à La Nouvelle-Orléans.

– J'ignore ce que mon père attend de moi, Marthe. Je n'ai pas souvent de conversations personnelles avec lui, vous savez. (Grand, maigre, volontiers sérieux, Henri était tout le contraire de son père. Tandis que les yeux de celui-ci pétillaient d'avidité, une flamme constante brûlait dans ceux de son fils, et son regard était aussi posé, aussi résolu que ses paroles.) Prendre sa place à La Nouvelle-Orléans ? Je ne suis même pas sûr de savoir ce que signifie « sa place ». Et si je le savais, je crois que je ne tiendrais pas à la prendre.

Flûte ! Marthe pensa à la toilette dont tante Rose et elle avaient eu l'idée pour le bal de Comus. Elle était conçue pour plaire à Henri : elle devait rappeler la robe qu'elle portait la première fois qu'ils s'étaient vus et, en même temps, évoquer, par son étoffe de soie blanche et l'abondance des garnitures, la robe de mariée et les vœux solennels.

– Mais vous exercerez à La Nouvelle-Orléans, n'est-ce pas ? Là où vivent vos amis, votre famille ?

Le regard d'Henri se porta de nouveau sur la prairie et les champs devant eux.

– La vie à la campagne est-elle si pénible que vous ne puissiez la supporter, Marthe ? Allez ! Nous allons y mettre un peu d'animation. Faisons la course !

Elle donna une tape sur la croupe de son cheval et se porta en avant, effleurant du menton la crinière. Les sœurs d'Henri pouvaient briller dans les salons mais, comme cavalières, elles n'arrivaient pas à la cheville de Marthe. Si Henri n'était sensible qu'aux charmes de la vie à la campagne...

Ils s'arrêtèrent devant la clôture du potager de Jumie. Brocolis, choux-fleurs, légumes verts y poussaient encore, et des navets sortaient leur gros nez pourpre de la terre refroidie.

– Qui habite ici ?

Toutes les cheminées fumaient. C'était curieux : les Langlinais avaient-ils eux aussi leur maison pleine d'invités ?

– Jumie et Geneviève Langlinais. Le père Langlinais possède énormément de terres par ici, et beaucoup d'autres choses aussi. Et même un cheval de course, Henri. Un cheval de course ! J'en suis folle de jalousie. Je vais demander à papa de m'offrir des chevaux pour Noël, pour que nous ayons de nouveau une écurie. Beau-Chêne possédait de magnifiques chevaux, du temps de mon arrière-grand-mère, Aimée – une La Houssaye. Le bâtiment est toujours là, il suffit de le remettre en état. Il y a beaucoup de terrains de courses dans la région...

– Comment voulez-vous à la fois habiter La Nouvelle-Orléans et avoir ici une bonne écurie de courses, Marthe ? En revanche, vous pourriez continuer d'habiter ici et aller à La Nouvelle-Orléans pour la saison des grandes courses, qui est aussi celle des bals.

Elle regardait ses yeux, bien plus bleus qu'elle ne se souvenait. Et sa bouche, dont elle désirait pouvoir se rappeler la douceur. Après tout, songeait-elle, quand on a de l'argent, on emmène partout avec soi la civilisation.

– Henri, Geneviève a toujours du café prêt et des pâtisseries fraîches. Allons lui dire bonjour.

Geneviève entendit frapper à la porte et, tout en sachant que ce ne pouvait être Jumie, pria quand même le Ciel que ce fût lui. Elle ouvrit et resta déconcertée devant Marthe de Clouet et un jeune homme qu'elle ne connaissait pas. Découvrant ce visage ravagé par les soucis, Marthe entra d'un pas décidé.

– Geneviève, que se passe-t-il ?

– Ce sont les enfants, Claudine et Claude. Oh, Marthe, ils sont très malades !

– Où sont-ils ?

Le jeune homme avait suivi Marthe à l'intérieur. Il semblait remplir tout le vestibule, Geneviève ne regardait plus que lui.

– Où sont-ils ?

– Là, fit-elle.

Elle indiqua la porte ouverte de la chambre à coucher, et médusée, le regarda se diriger rapidement vers la porte et disparaître dans la chambre.

– Marthe, qui... est-il ?

– C'est Henri de Gravelle. Il est étudiant en médecine, Geneviève ! Presque médecin ! Il peut sûrement faire quelque chose.

Marthe prit Geneviève par la main et l'entraîna dans la chambre. Henri était en train d'ausculter les deux petits.

– C'est la diphtérie, dit-il sans se redresser. Ils s'étranglent.

– Miséricorde !

Geneviève se précipita vers le lit et voulut prendre les enfants dans ses bras.

– J'ai tout essayé. Ils allaient mieux quand Jumie est parti; c'est pour cela qu'il n'est pas resté. Puis, un peu après midi, les choses ont empiré. Quelle fièvre ! J'ai fait des fumigations, je les ai bercés. (Le bras d'Henri l'entoura.) Est-ce qu'ils vont mourir, docteur ?

Elle ne leva pas les yeux vers les siens mais écouta cette voix qui pouvait lui mentir.

– Il y a quelque chose que je peux faire. Je dois retourner à Beau-Chêne, prendre ma trousse.

– Non, c'est moi qui vais y aller ! Henri, restez ici, pour l'amour du Ciel. Où est votre trousse ?

– Dans ma chambre. Demandez à Zeke, c'est lui qui a rangé mes affaires. (Il regarda les deux petits, dont les joues et le front bleuissaient déjà.) J'ai bien fait de l'apporter. Mon père m'a taquiné, me demandant si je venais ici me faire une clientèle au lieu de m'amuser...

– Votre père... commença Marthe. Bon. Je prends Brun, il est plus rapide.

– Saurez-vous le manier ? Il est méchant, vous savez...

– Vous en posez des questions, Henri !

Elle sortit. Henri demanda à Geneviève de remplir d'eau plusieurs récipients, et de l'aider à élever une espèce de tente au-dessus du lit à roulettes pour garder la vapeur. Puis, avec un moule à gâteaux, ils confectionnèrent une sorte d'entonnoir qu'ils fixèrent au bec de la plus grosse bouilloire.

– Maintenant, en attendant que Marthe revienne, laissez-moi vous expliquer ce que je vais faire. Cela s'appelle une trachéotomie. C'est une opération très simple, à vrai dire…

Geneviève lui serra les poignets dans ses mains fiévreuses comme le front des enfants.

– Mon Dieu, allez-vous les opérer ?

Henri mit le doigt au-dessous de sa pomme d'Adam.

– Je vais faire une petite incision ici, madame Langlinais, où je mettrai un tube qui leur permettra de respirer. (Geneviève était terrifiée. Il se sentit envahi par un élan de sympathie mais il se maîtrisa et dit d'une voix ferme :) Ayez confiance, madame. Cela les soulagera tout de suite.

– Expliquez-moi encore. Si je comprends ce qui ne va pas et ce que vous allez faire, j'aurai au moins quelque chose pour occuper mon esprit.

– Bien. Ainsi vous saurez comment m'aider. (Il prit Claudine, la donna à Geneviève, et prit lui-même Claude dans ses bras.) Nous allons les bercer, pour qu'ils se calment. Cette bouilloire ne fait plus de vapeur de toute façon.

Elle l'écouta attentivement. Il lui dit que l'inflammation due à la diphtérie avait produit une sténose – une fermeture – de la glotte.

– L'air ne peut plus passer. Je vais donc prendre un scalpel très tranchant, percer un petit trou au bon endroit et y insérer un tube de métal qui leur permettra de nouveau de respirer.

– Un tube dans leur cou, monsieur Henri ? Et pendant combien de temps devront-ils le garder ?

– Pendant quatre ou cinq jours. Je resterai avec eux autant qu'il le faudra. Croyez-moi, les jeunes enfants s'habituent plus facilement à ce genre de choses que les adultes !

Un silence suivit, au cours duquel une bûche dans le feu craqua.

– Mais, ils auront mal quand vous couperez ?…

– Oui, pendant un moment très court. Je pourrais leur donner du chloroforme pour les endormir mais je préfère m'en abstenir. Nous les envelopperons chacun dans une couverture. Vous pouvez faire en sorte qu'ils restent tranquilles, n'est-ce pas ?

– Pendant l'opération ?

– Oui.

Elle prit un air soudain plus assuré.

– Oui. Je peux faire cela.

Ils entendirent les sabots de Brun marteler la terre durcie, puis les bottes de Marthe résonner sur les planches du porche, dans l'entrée.

– Me voici. Suis-je revenue à temps ?

– Il faut un grand tablier pour Marthe, madame. Il va falloir m'aider, Marthe. Mme Langlinais tiendra les enfants; vous, vous me passerez les instruments, voulez-vous ?

– Vous en posez des questions, Henri ! dit-elle encore une fois.

Tandis que Geneviève allait prendre deux tabliers et versait de l'eau chaude dans une bassine pour qu'ils pussent se laver les mains, Henri ouvrit sa trousse et disposa sur une serviette propre les instruments dont il avait besoin.

– Écoutez bien, Marthe. Voici le scalpel, les clamps, des pinces pour serrer les artères, des érignes pour écarter les bords de l'incision, des ciseaux incurvés, des ciseaux droits, une aiguille à anévrisme, des aiguilles courbes, des aiguilles droites, la soie et le catgut pour la suture, les tubes... (Il la regarda.) Vous vous rappellerez tout cela ?

Grâce à Dieu, et aussi à Alexandre Pope et Jean de La Fontaine, Marthe avait la mémoire exercée.

– Voulez-vous que je répète pendant que vous vous lavez les mains ?

Sa langue ne fourcha pas une fois, ses yeux ne réclamèrent aucun compliment.

– Bien ! Maintenant, madame, la petite fille d'abord. Je crois que c'est préférable.

Avec des gestes rapides, Henri enveloppa Claudine dans une couverture pour lui immobiliser les bras.

– Tenez-la comme cela, dit-il.

Il fit asseoir Geneviève de telle façon qu'elle pût maîtriser les mouvements confiants de l'enfant sans le gêner.

Quand une goutte de sang apparut sur la peau, Marthe eut envie de sortir. Puis ce sang jaillit sur les doigts d'Henri et la petite fille commença à crier. Marthe regarda Geneviève, dont le visage devenait plus blême à chaque bulle de sang qui gonflait sur le cou de l'enfant; mais Geneviève ne relâchait pas son étreinte, et ses lèvres ne cessaient de remuer, chantonnant des paroles de réconfort ou fredonnant des berceuses à l'oreille de son enfant qui hurlait.

Marthe ferma les yeux. Ce fut soudain le silence. Claudine était-elle morte ?

– Que se passe-t-il, Henri ? Pourquoi ne crie-t-elle plus ?

– L'air ne passe plus par le larynx. Elle n'émettra plus un son jusqu'à ce qu'elle soit guérie et que je lui enlève le tube. Le clamp, s'il vous plaît.

Marthe essaya d'observer l'opération. Mais l'endroit concerné était si petit qu'elle n'arrivait pas à suivre tous les gestes d'Henri. Après avoir vu un trou, puis plus rien, elle aperçut soudain un tube sortant d'un pansement de gaze.

– Tenez-la pendant que nous préparons Claude et que je fais bouillir ces instruments. Bercez-la, c'est bon pour sa respiration.

Marthe prit le petit corps, que la peur avait rendu tout flasque. Sa frimousse était trempée de larmes et de sueur. Épuisée, Claudine se laissa aller contre Marthe et lui passa les bras autour du cou. Martha la porta dans le fauteuil à bascule, qu'ils avaient rapproché de la cheminée, la coucha et la berça. Comme Geneviève, elle se mit à fredonner à voix presque basse. Je dois apprendre des berceuses, pensa-t-elle; je ne connais que des airs de valse. Quand Henri eut de nouveau besoin de Marthe, Claudine s'était endormie; l'air entrait et sortait par le petit tube en sifflant régulièrement, calmement, signe que la douleur s'était apaisée.

– Nous nous comporterons mieux cette fois, dit-elle à Geneviève. (Henri commença à fixer le tube dans la gorge du bébé.) Vous étiez pâle comme un linge quand il s'est occupé de Claudine, j'ai eu peur de vous voir vous évanouir.

– J'ai pensé la même chose pour vous, dit Geneviève.

– Je savais que vous tiendriez bon, l'une et l'autre, déclara Henri.

Quand le petit Claude se fut endormi à son tour – c'était Marthe qui avait tenu à le bercer pendant que Geneviève préparait un café bien fort –, Henri lui conseilla de rentrer à Beau-Chêne.

– Il faut que je reste ici, Marthe. Mais la nuit approche. Vous devez rentrer. D'ailleurs, vous ne voudrez pas manquer le dîner, avec tous ces messieurs de La Nouvelle-Orléans...

– Cela m'est bien égal, à présent ! Après un après-midi comme celui-ci. (Henri et Geneviève la regardèrent, surpris, et Marthe rougit. Cela ne lui était pas arrivé depuis des années; elle savait que cet afflux de sang à son visage était un signe de capitulation. Elle mit ses gants de cheval, rit, essaya de prendre une attitude détachée.) Mon arrière-grand-mère Aimée était aussi un *traiteur,* Henri. Une guérisseuse. Il y a toujours eu un intérêt pour la médecine dans la famille. (Marthe avait conscience qu'elle ne faisait qu'empirer sa situation.) Je vais leur jeter un dernier coup d'œil, dit-elle.

Et elle courut vers les deux enfants endormis.

L'air de l'hiver figeait les odeurs lourdes et humides des marais et des bayous. On sentait vaguement la mer. Jumie renifla et mouilla son index.

– Vent d'est, dit-il à Camille. Mauvais temps pour cette nuit, ou demain. Nous avons de la chance que la course ait été fixée pour aujourd'hui.

– Voilà LeBleu ! dit Camille.

De l'autre côté du champ qui entourait la piste droite, d'un peu moins de 250 mètres, correspondant à la longueur de quatre arpents acadiens placés l'un à côté de l'autre, un homme de haute taille parlait au centre d'un groupe nombreux. Derrière lui, on apercevait la longue queue de son cheval rouan.

– Allons le voir.

Ils attachèrent leurs chevaux à la barrière et menèrent leur jument sur le terrain. Jolie Mademoiselle avança avec élégance sur le sol inégal, hérissé de mottes de terre.

– On danse comme une dame, Jolie, dit Camille. Mais pendant la course, tu auras intérêt à courir comme une fille des rues devant les troupes de Butler !

– Voilà donc le cheval qui devrait battre le mien ! cria LeBleu en s'avançant à leur rencontre.

– Qui le battra, LeBleu ! Fais-nous donc voir ton poulain.

LeBleu fit un geste aux hommes qui entouraient la monture, et ils s'écartèrent. Il y avait là un grand rouan qui grattait le sol d'un pied nerveux. Jolie Mademoiselle, quant à elle, avait pour père un pur-sang du Kentucky. Elle lui devait la fière beauté de ses lignes, et sa mère – une bonne jument de trait – lui avait transmis le large poitrail et le souffle nécessaires pour ces courses brèves, mais intenses.

– Tu ferais bien de ne pas insister, Langlinais. Mon cheval gagnera sans même qu'on l'entende souffler à l'arrivée !

Camille regarda Jumie, et s'aperçut que Jumie aussi avait tourné les yeux vers lui. Le regard de chacun signifiait la même chose : On lui laisse une chance ? Oui.

Camille se retourna vers LeBleu.

– À propos de souffler, LeBleu, tu ne trouves pas que ton rouan souffle déjà un peu trop fort ?

LeBleu regarda sa bête et dressa l'oreille.

– Sacré Langlinais, tu n'as sans doute jamais entendu un cheval qui a le souffle aussi profond que celui-ci ! Pourquoi cherches-tu à lui trouver un défaut ? Pour avoir l'air encore plus ridicule avec ta jument quand elle aura perdu ?

Camille haussa les épaules.

– Bon, ça va !

– Où est ton jockey ?

– C'est le dernier garçon des Breaux qui va la monter.

– Me voici, cria une petite voix.

Nerveux, le gosse serait léger comme une plume sur le dos de Jolie. Mais elle sentirait la force de ses mains; c'était la seule chose qui comptait.

– Quoi ? Espèce de traître ! Ça habite pour ainsi dire dans ma cour, et c'est toi qui montes le cheval de Langlinais ? demanda LeBleu au garçon.

Camille frotta la tête de l'adolescent.

– C'est un cousin à moi, LeBleu. Qu'est-ce que tu crois ?

– Langlinais, laisse-moi te dire une chose : depuis que tu es dans la politique, je trouve que tu as beaucoup de cousins !

Camille éclata de rire.

– Tu sais ce qu'on dit, LeBleu : Dieu nous donne nos parents, et nous, nous choisissons nos amis. À moi, il m'a donné des flopées de cousins, et je m'en suis choisi quelques autres encore. Bon, je ne suis pas venu ici pour tailler une bavette. Ça va être l'heure.

Le champ de courses comportait deux pistes, avec une clôture de bois de part et d'autre, et une troisième au milieu pour éviter les collisions.

– Qu'est-ce que je dois faire, monsieur Camille ? dit le jeune Breaux.

– Accroche-toi à elle comme une tique sur l'oreille d'un chien. (Camille fléchit le genou pour aider le garçon qui sauta en selle comme mû par un ressort.) Et incline-toi bien en avant pour ne pas faire porter ton poids sur son dos !

Ils menèrent Jolie Mademoiselle par la bride jusqu'à la ligne de départ d'une des deux pistes, et la retinrent tandis que LeBleu amenait lui aussi son cheval. Quand ils furent prêts, quelqu'un donna le signal du départ en abaissant un grand mouchoir rouge. Camille lâcha la bride et Jumie assena une bonne claque sur la croupe de l'animal. Le jeune Breaux se pencha sur la crinière et enfonça ses talons dans les flancs.

– Vas-y, Jolie !

Les deux hommes se mirent à courir aussi, contournant les lignes de spectateurs – pour la plupart des partisans de LeBleu – qui les empêchaient de suivre la course des yeux. Quand ils les aperçurent de nouveau, le rouan de LeBleu fonçait à une allure folle, et sa queue qui s'agitait, effleurant la palissade qui le séparait de Jolie, semblait railler la belle assurance de Jumie.

– Jumie, est-ce que l'étranguillon peut faire courir un cheval plus vite ? demanda Camille.

Lui-même, avec ce froid (et ses quarante-quatre ans), commençait à s'essouffler; il s'arrêta et grimpa sur la barrière. Jumie s'assit à côté de lui.

– Il va lâcher, tu vas voir.

– Tu parles. C'est le contraire. Ça fait cent mètres qu'ils courent, et Jolie en est toujours à lui manger la queue.

Ils entendirent des cris autour d'eux : on encourageait leur cheval, on les appelait. C'étaient des fermiers de Saint-Martin. Des mains se tendaient. Ils étaient venus pour voir le cheval de Langlinais vaincre, et attirés par la perspective de gagner facilement quelques dollars. Mais les gagneraientils ? Tout le monde se tourna du côté de la ligne d'arrivée. Les deux concurrents n'en étaient plus très loin. Jolie se rapprochait du rouan, en oscillant d'avant en arrière comme un cheval à bascule, et elle le dépassa dans les derniers mètres.

– Jolie a gagné !

Le jeune Breaux hurlait en agitant sa casquette à travers le pré. Camille et Jumie allèrent au-devant de lui et embrassèrent leur jument. Le cheval de LeBleu s'était arrêté à deux mètres de l'arrivée, aussitôt après avoir été dépassé par Jolie, disaient certains. Il regardait autour de lui, perdu.

– LeBleu, il est malade ? Qu'est-ce qu'il a, ce cheval ?

LeBleu était fou de rage, mais il répondit aux voix qui l'interpellaient :

– Malade ? Pas du tout. C'est un feignant. Abandonner comme ça, quand on le dépasse, sans même essayer de finir ! Feignant ! Maintenant, je ne le ferai jamais plus courir seul à l'entraînement. Toujours avec un autre. Qu'il apprenne ce que c'est qu'une course ! Sang Dieu !

Jumie réussit enfin à l'interrompre.

– LeBleu, je pense que ton cheval est malade.

– Les Langlinais, gardez votre opinion pour vous, et votre argent ! Je vous connais ! Tu dis que mon cheval est malade, pour qu'on fasse une autre course et ramasser d'autres paris. Non, merci ! Tu ne m'auras pas comme ça.

– Très bien, LeBleu.

Il rejoignit son père, retenu par un groupe d'hommes.

– Ton père est un as, Jumie ! Il nous a fait gagner de l'argent aujourd'hui avec son cheval. Quand un homme s'y connaît en chevaux, on peut lui faire confiance, pas vrai ?

On jubilait autour de Camille. Il était toujours le favori et partout le bienvenu. Cela ne leur suffisait pas d'avoir gagné : ils voulaient Camille pour eux.

– Eh, Camille, il y a du jambalaya à la maison, et du vin bien sûr, tu viens ?

– Allons nous faire remettre le prix, dit-il.

Les quatre cents dollars du prix empochés, ils recueillirent les paris individuels; il y en avait pour un peu plus de deux mille dollars. Puis ils allèrent dans une maison voisine, non loin de la piste, où le jambalaya annoncé fumait à côté d'une grande marmite de gombo au canard. Ils mangèrent jusqu'au milieu de l'après-midi.

Vers la fin de ce même jour, à Beau-Chêne, Étienne s'en fut rejoindre Honoré dans la bibliothèque. Dans la fraîcheur du soir se répandaient les senteurs épicées de la compote de fruits de Sarah, mijotant doucement sur le coin du feu. Bientôt s'y mêla le fumet alléchant des canards rôtissant à la broche.

– Quel parfum ! s'exclama Étienne. Tu auras un bordeaux à la hauteur ? Ah ! À propos, je t'en ai apporté une caisse : modeste contribution à ta cave.

– Très bien, dit Honoré. Le vin et la politique, c'est un peu comme l'huile sur le feu ! J'espère, Étienne, que meilleur sera le vin, plus efficaces seront nos efforts.

– Ellis et Burke ne sont pas tombés de la dernière pluie. Ils font depuis longtemps du bon travail, à Washington. J'ai confiance, d'autant plus que Hayes, tout républicain qu'il est, préférera sûrement travailler avec le démocrate Nicholls, que tout le monde appuie et respecte ici, plutôt que de faire intervenir les troupes fédérales pour imposer ce renégat de Packard. Vraiment, je pense qu'ils ne veulent pas de cette solution, à Washington...

Une porte claqua au rez-de-chaussée.

– Papa ! Papa !

– C'est Marthe.

Honoré se précipita vers la porte, l'ouvrit toute

grande et courut dans l'entrée où Marthe lui tomba dans les bras.

– Oh, papa !

Il s'efforça de l'écarter pour voir si elle était blessée, mais elle s'agrippait à lui, balbutiait des noms, des mots qu'il ne comprenait pas. Constatant enfin qu'elle était intacte, il la ramena dans la bibliothèque, l'installa près du feu et lui tendit un cognac.

– Bois. (Il la regarda prendre une petite gorgée et retrouver son empire sur elle-même.) Bien. Maintenant, dis-moi. Qu'y a-t-il ?

Elle lui raconta leur visite à Geneviève, la maladie des deux petits, la décision d'Henri.

– Comment ? l'interrompit Honoré. Tu es revenue ici pour prendre sa trousse ? Et tu n'as pas demandé de l'aide ?

– Oh, papa ! je n'avais pas le temps. Maman se serait mise dans tous ses états mais elle aurait voulu prendre les choses en main, j'aurais été obligée d'attendre qu'elle se décide... Ne puis-je rien faire par moi-même ?

– Je n'ai pas l'impression que Marthe ait eu besoin d'aide, remarqua Étienne.

Il pensa : qu'Henri ait eu besoin d'aide. Et il se rengorgea : son fils, un sauveur, un héros, le premier jour de son premier séjour dans le fief des Clouet !

– Henri est resté chez les Langlinais ?

– Oui. Et il y restera jusqu'à ce qu'il constate une amélioration réelle. Il doit vouloir attendre Jumie. Il est à Pont-de-Breaux où il a fait courir sa jument. (Elle pensa aux chevaux de course qu'elle voulait demander à son père. Henri avait raison : on ne peut pas avoir une bonne écurie si on habite en ville.) Je pense qu'il rentrera pour dîner. Quant à moi, je vais me reposer. Je n'ai rien fait mais je suis épuisée !

Étienne la regarda sortir, puis alla doucement

refermer la porte. Il mit une autre bûche, tisonna le feu et se rassit.

– J'en ai entendu, dans mon enfance, des histoires concernant les dames de Clouet, Honoré. Vous aussi, je pense. Je croyais jusqu'ici que Marthe serait la réplique de sa trisaïeule Hélène, cette beauté légendaire. Assurément, elle en a la beauté, cela ne fait aucun doute. Mais je me demande si elle ne tient pas davantage de son arrière-grand-mère Aimée – cet esprit, cette force d'âme, ce courage.

Pour Henri, ce fut un après-midi hors du temps. Les heures que marquaient sa montre ne signifiaient rien. Ce qui était important, à chaque moment, c'était cette fièvre qui diminuait, ces deux petites poitrines qui respiraient plus librement. Les herbes dans les bouilloires, qui continuaient d'émettre leurs grosses bouffées d'air humide et aromatique, l'étourdissaient. Qu'il eût été agréable de se glisser auprès de ces deux petits corps endormis et de s'abandonner, comme eux, à l'inconscience !

Ce fut comme un coup de poing net, précis, dans un monde cotonneux. Henri sortit de sa torpeur et essaya de se redresser. Sa tête reposait sur un oreiller que Geneviève avait glissé contre le haut dossier du fauteuil à bascule; une courtepointe recouvrait ses jambes.

– C'est Jumie !

Un mouvement flou, une sensation de froid au visage. Il se débattait pour se dégager de la couverture et se mettre sur ses pieds. Deux grandes mains l'agrippèrent. Un homme l'étreignit et l'embrassa sur les deux joues.

– Vous avez sauvé mes enfants, monsieur de Gravelle. Vous avez sauvé mes enfants !

Et c'étaient ces mots que semblaient répéter inlassablement les sabots de Brun martelant la terre dure, tandis qu'Henri rentrait à Beau-Chêne, éclairant son chemin à travers bois avec une lanterne que Jumie lui avait donnée.

Ils continuaient de résonner à ses oreilles, pendant le dîner, bien qu'il s'efforçât de détourner la conversation sur d'autres sujets. Quel courage ! Quelle adresse ! Quelle science ! Étiez-vous si sûr que ça de votre diagnostic ? Et s'ils étaient morts ? Mais personne n'admettait cette hypothèse, surtout pas Caroline et Marthe. Au contraire, n'avait-il pas fait cela justement pour les arracher à la mort ? Etc. Au dessert, excédé, Henri sortit dans la galerie, suivi de Marthe.

– Je veux que vous me racontiez tout encore une fois, dit-elle quand ils se retrouvèrent dehors.

Derrière les vitres, dans la salle à manger, les messieurs protestaient qu'ils ne voulaient pas fumer, que Caroline pouvait rester : tous tenaient à se coucher tôt; une grande chasse était prévue pour le lendemain, il faudrait se lever avant l'aube. Ils se contenteraient de prendre le café avec elle et un soupçon de liqueur. Les deux jeunes gens n'avaient qu'à rester seuls. Les adultes aussi avaient besoin d'être entre eux de temps en temps, surtout quand venait le meilleur moment d'Étienne. Étienne de Gravelle était célèbre pour ses anecdotes, et il ne se serait jamais permis de les raconter devant la fille de ses hôtes.

Serrant fortement le bras d'Henri, Marthe indiqua d'un signe de tête la porte de la salle à manger où les rires fusaient.

– Votre père dit qu'il réserve ses bonnes histoires pour les « esprits élevés ». Je crois que je me passerai très bien de m'élever à ce niveau, mais il faut absolument que je réentende votre histoire, Henri, et depuis le début.

– Mais vous avez assisté à tout !

– J'étais trop occupée pour savoir ce qui se passait... Je vous en prie !

Ils parcoururent la longue galerie une bonne douzaine de fois tandis qu'Henri parlait. La lune, telle une monnaie d'argent, était assez basse pour ne pas éclairer le visage radieux de Marthe.

– C'est tout, dit-il. Si tout va bien, d'ici à une semaine, ils seront guéris et je pourrai enlever les tubes.

– Ce n'est pas tout, Henri. Tout l'après-midi, je me suis demandé qui vous me rappeliez. J'ai trouvé. Vous me faites penser à Camille Langlinais. Et à Jumie.

– Vraiment ?

– Allons dans l'allée. J'aime regarder la lune à travers les branches des chênes. Vous aussi ? (Elle le conduisit par les sentiers de gravier jusqu'à la grande allée.) Oui, vous me rappelez les hommes de la famille Langlinais. Puis-je vous dire pourquoi ?

– Je vous en prie !

– Quand j'étais petite – j'avais dans les trois ans –, les Yankees sont venus ici. Ils ont pris Beau-Chêne pour y habiter et y ont installé leur quartier général. Et ils nous ont enfermés, maman, Nollie et moi, dans le grenier. Tout cela, vous le savez sans doute, cela fait partie de notre histoire. Mais ce que vous ne savez pas, peut-être, c'est que si nous ne sommes pas morts de faim pendant tout ce temps-là, aussi bien quand nous étions dans le grenier qu'après, c'est grâce à M. Langlinais et à Jumie. M. Langlinais nous apportait de quoi manger et des remèdes. Quand nous étions encore prisonniers, il donnait aussi des vivres à nos gardiens... mais uniquement lorsqu'il était sûr que maman recevrait ce qui nous était destiné.

– C'était très courageux de sa part.

– Je sais que nous avons toujours eu de quoi manger. Puis, quand les Yankees sont partis, il a continué de nous aider. Mme Langlinais et Jumie nous aidaient, eux aussi. Ils nous ont montré comment planter des haricots et du maïs; ils nous ont appris que pour obtenir une bonne récolte, il faut planter à la nouvelle lune. Et d'autres choses du même genre.

– Et je vous fais penser à eux ? Vous me flattez, Marthe.

Tout en parlant, ils étaient arrivés jusqu'au banc de marbre, à mi-chemin entre la maison et la route. Elle s'y assit. Un rayon de lune, perçant à travers les branchages, vint illuminer ses cheveux blonds.

– Pas du tout. Vous ne voyez pas vous-même cette ressemblance ? Vous savez faire des choses avec vos mains, Henri. Pas seulement avec l'argent, ou avec les mots...

Il s'assit à côté d'elle; elle lui prit les mains.

– Comme mon père, reprit-elle, qui sait surtout manier les mots. Après la guerre, nous avons attendu longtemps, ma mère et moi, qu'il fasse revivre la plantation. Qu'il y ait de nouveau de l'argent à la maison. Cela ne s'est pas produit, Henri.

– Cela ne s'est pas produit pour de très nombreux planteurs, Marthe.

– Je sais. Papa, lui, ne savait même pas labourer, par exemple. Il en savait moins sur la plantation que Tatum, un de nos domestiques. Sans Tatum, sans la loterie, nous n'aurions jamais rétabli notre fortune.

– Cela veut dire qu'il travaille avec sa tête, Marthe.

– Avec la tête de votre père, oui. C'est pour cela qu'il s'intéresse tellement à la politique. (Elle continuait de lui tenir les mains, très fort, comme pour affirmer que ces mains étaient à elle, et à personne d'autre. Elle secoua la tête, et les boucles autour de son visage dansèrent dans la lumière argentée.) J'aime beaucoup papa, bien sûr. Il est astucieux, intelligent, mais il ne sait pas se servir de ses mains. C'est pour cela que vous me faites penser aux Langlinais.

Sous la galerie supérieure une forme apparut et s'approcha de la balustrade.

– C'est maman. Elle va s'énerver si je ne rentre pas.

Ils revinrent vers la maison en empruntant la grande allée pour être vus de Caroline.

– Je pense que tout cet espace me manquerait en ville, dit Marthe.

– Je le crois.

– Cela me rappelle une visite que nous avons faite, maman et moi – une de ces visites de politesse, vous savez –, chez une famille qui habite en aval, dans le bayou. Maman et la dame parlaient d'une vieille femme qui venait de mourir, et de la tristesse que devait éprouver son mari. Et cette dame a dit : « Vous savez, Caroline, comment c'est. À la ville, les hommes sortent et ne voient pas leur femme de toute la journée parfois; souvent, ils ne la voient pas non plus le soir. Tandis qu'ici, les hommes ne cessent d'entrer et sortir. On les a tout le temps avec soi. » (Ils arrivaient devant l'entrée et Marthe se tourna vers Henri.) Et alors j'ai pensé : mais si l'on aime son mari, ou sa femme, que peut-il y avoir de mieux que de l'avoir toujours avec soi? Vous ne trouvez pas?

– Vous avez raison.

Caroline était descendue dans la salle à manger, où l'on avait servi le vin chaud.

– Si impossible que cela puisse nous sembler, Honoré, je crois que notre fille est en train de devenir quelqu'un.

– Les héros suscitent souvent ce qu'il y a de meilleur chez autrui, Caroline.

– Tu parles d'Henri ? À cause de ce qu'il a fait aujourd'hui ?

Honoré lui tendit un verre de vin embaumant les épices. Les invités finissaient une partie de cartes dans la bibliothèque; ils les rejoindraient bientôt pour un souper léger. Honoré espérait un tête-à-tête avec Gravelle.

– Tu ne trouves pas que c'est une action héroïque, de sauver deux bébés ? demanda-t-il.

– Ce que fait un médecin semble souvent héroïque. Étienne m'a dit qu'il avait taquiné son fils en voyant qu'il emportait avec lui sa trousse et sa pharmacie. Maintenant, bien sûr, il est très fier d'Henri. D'ailleurs, j'ai fait remarquer à Étienne qu'on ne sait jamais ce qui peut arriver pendant une chasse. Henri s'est montré tout simplement prudent en prenant ses précautions.

– Je me demande si Henri aimerait être médecin de campagne... (Honoré souleva le couvercle d'une soupière et plongea un morceau de pain dans la daube de poissons. Il sentait sur lui le regard de Caroline qui l'observait.) Hum ! Très bon ! Mais pourquoi mangeons-nous tant, et si souvent ? Ce n'est sûrement pas bon pour notre santé.

Caroline redressa une bougie du chandelier à quatre branches qui flanquait la corbeille de fruits trônant au beau milieu de la table. C'était elle qui avait voulu cette disposition; elle s'inspirait d'une nature morte qu'elle avait vue dans un des nombreux livres d'art d'Honoré. Elle regardait souvent ces livres car elle y trouvait des idées pour la maison. Quand Nollie viendrait, à Noël, elle ferait le tour des pièces avec lui, pour lui parler de tout ce qu'elle voulait changer et voir ce qu'il en pensait, ce qu'il proposerait lui-même.

– Tu penses qu'Henri pourrait exercer ici ? dit-elle.

– Pourquoi pas ?

– As-tu pensé à d'autres choses à ce propos ?

Honoré rit.

– À quoi bon penser, quand ce que l'on pense dépend d'autres personnes ?

– De Marthe ? D'Henri et de Marthe, qui pourraient se marier et avoir leur foyer ici ?

– Tu y as pensé aussi, alors...

Elle alla à une fenêtre et, écartant les rideaux de tulle, scruta l'obscurité.

– À vrai dire, je n'imagine pas Nollie vivant ici, dirigeant la plantation...

Elle s'était gardée de dire à Honoré que presque tous les traités d'esthétique et les livres d'art de la bibliothèque étaient pleins de feuillets écrits de la main de Nollie; depuis son enfance, si l'on en jugeait par les notes innocentes, rédigées d'une écriture ronde d'écolier, qui côtoyaient les commentaires plus développés du jeune homme.

– Moi non plus, dit Honoré.

Il saisit un long couteau d'acier à manche de corne, et retenant le faisan avec la grande fourchette assortie, il se mit à le découper en tranches fines et égales.

– Non, bien sûr que non, ajouta Caroline qui s'était approchée et disposait les tranches autour de la volaille. Mais il est très jeune. Il peut encore changer.

– Pourquoi devrait-il rester ici pour administrer Beau-Chêne si quelqu'un d'autre s'en charge ? Dieu sait, Caroline, que si nous avons supporté toutes ces épreuves, ce doit être pour quelque chose.

– Pour que Nollie devienne un artiste ? Pourquoi pas ? Je sais combien tu regrettes toi-même d'avoir perdu ton inspiration depuis la guerre. Mais je crois que c'est aussi pour quelque chose de plus sérieux : pour que nos enfants vivent comme ils l'entendent, grâce à l'argent que leur papa a soutiré aux nombreuses poules aux œufs d'or qui abondent dans cet État depuis la guerre. N'est-ce pas cela ?

– Cela ressemble beaucoup à ce que tu as dit une fois, tu te rappelles ? (Il vit, à sa mine, qu'elle se rappelait, et il insista. Un vide, entre eux, allait-il enfin se combler ?) Tu as même dit que si nos enfants ne pouvaient pas vivre décemment ici, tu les emmènerais avec toi pour commencer une nouvelle vie; que tu vendrais ton argenterie et tes bijoux pour cela...

– Voilà nos invités, Honoré. Je vais prévenir Zeke d'apporter les huîtres.

Il la regarda gagner la porte, et la vue de son dos, de sa taille svelte, des plis de sa robe retombant en fontaine autour de ses hanches et ondulant au gré de ses mouvements, lui fit dire, malgré lui :

– Certes, tu n'aurais plus à vendre tes bijoux maintenant, ni ton argenterie, avec ce que te rapportent les actions de la loterie...

Derrière lui, la porte qui donnait dans le vestibule s'ouvrit et il entendit la voix d'Étienne de Gravelle.

– Honoré, nos amis protestent parce que je gagne trop à ce jeu que je viens de leur apprendre, le *bourré*[1], celui que m'a enseigné Camille Langlinais à la convention, cet été. Tu te rappelles ?

– Assez pour avoir la sagesse de ne pas t'affronter sur ce terrain, Étienne. (Honoré regardait Gravelle, presque trop soigné dans son habit de soirée, se servir une copieuse portion de faisan.) Tes nombreux appétits ne te créent-ils pas parfois des ennuis, Gravelle ?

Étienne prit la coupe de consommé aux huîtres que lui tendait Zeke et la mit sur son assiette.

– Pourquoi devraient-ils me créer des ennuis ? Ils se compensent et s'équilibrent. J'ai envie de bien manger ce soir; ce n'est pas grave, car demain j'aurai envie de me dépenser.

Mais qu'est-ce qui compense, ou plutôt *qui* compense tes appétits sensuels ? pensait Honoré.

Pendant les jours qui suivirent, Henri fit régulièrement deux visites quotidiennes aux Langlinais pour changer les pansements et s'assurer que Geneviève prenait soin de ses petits malades.

– Ça me surprend moi-même de voir que, tout de suite, ils sont devenus « mes » malades, confia-

1. Jeu de cartes des Acadiens.

t-il à Marthe. Le fait est que jusqu'ici, jamais aucun malade n'a été uniquement à moi. À l'hôpital, nous observons ce que d'autres médecins font avec leurs malades, et si nous diagnostiquons, si nous soignons, nous le faisons toujours sous la surveillance d'un supérieur. Je serai très triste quand je n'aurai plus de prétexte pour aller les voir.

– Vous leur manquerez aussi, Henri. Ainsi qu'à Geneviève. Si vous saviez comme elle regrette que vous ne soyez pas toujours ici, pour vous occuper de ses enfants quand ils retomberont malades ou se feront mal.

– Je le sais, elle ne cesse de me le dire.

Ils avaient attaché leurs montures à une clôture et marchaient à grands pas dans l'herbe brûlée par la gelée blanche, respirant l'air glacial qui faisait presque mal aux poumons.

– C'est là, dit Marthe, que ma trisaïeule s'est rompu le cou. Elle montait un cheval très fougueux, un étalon, qui appartenait à mon arrière-grand-mère; il a sauté cette barrière et l'a renversée. Elle est morte sur l'instant.

– Ainsi, même à la campagne il se passe des choses auxquelles un médecin ne peut remédier.

– Mais il peut souvent être utile, très utile ! Comme dans le cas de mon arrière-grand-mère, Aimée. Celle qui a construit les écuries. Elle s'est tirée une balle dans la tête parce qu'elle s'était cassé la jambe. Si un médecin avait pu la soigner, elle aurait pu guérir. Mais une heure était passée avant que son régisseur la trouve. Sa jambe avait enflé, la gangrène la gagnait. Elle savait que le médecin le plus proche n'arriverait jamais à temps. Alors elle a préféré mourir.

– Vraiment ? Je l'ignorais.

D'un bond, Marthe se percha sur la clôture.

– Personne ne le sait. Il a fallu tenir cachée la cause réelle de sa mort. Mais Nollie et moi étions très libres pendant la dernière année de la guerre, après le départ des nordistes. Maman travaillait beaucoup dans le potager, elle ne pouvait nous surveiller tout le temps. Et nous avons fouillé partout. Ma grand-mère – que je n'ai pas connue, car mon grand-père et elle sont morts dans un ouragan – raconte toute l'histoire dans son journal. Ils avaient mis Aimée au lit – elle avait dit qu'elle n'avait besoin que de repos – et ils dînaient tranquillement quand un domestique, un esclave, est venu leur dire qu'elle s'était suicidée. Ils ont caché ce qui s'était passé, même au médecin venu constater le décès. Et vous savez ce que nous avons découvert encore ?

– Je préfère ne pas deviner.

– Le mari d'Aimée, André, celui qui est mort en duel, fumait de l'opium.

– Comment avez-vous pu découvrir une chose pareille ? Je suis certain que ce n'est dans aucun journal !

– André utilisait le colombier comme atelier de peinture. Je pense qu'on l'avait construit pour lui; son père, Noël, était encore le maître ici, quand il est mort. Eh bien, nous y avons retrouvé ses couleurs, toutes desséchées, ses pinceaux, les toiles à moitié pourries qui se détachaient des cadres – et un petit sac contenant une poudre avec une drôle d'odeur de médicament. Nous l'avons montrée à Camille Langlinais, le père de Jumie. Comme, à cette époque, il nous apportait régulièrement non seulement de la nourriture, mais aussi des médicaments qu'il allait chercher derrière les lignes yankees, nous pensions qu'il saurait ce que c'était. Et il le savait.

– Votre arrière-grand-mère Aimée l'utilisait peut-être; vous m'avez dit qu'elle était un peu médecin.

Henri se sentait très bien avec Marthe. L'admiration qu'elle éprouvait pour lui depuis qu'il avait sauvé les enfants Langlinais le flattait, certes, et il en était conscient. Mais il savait aussi que cela ne suffisait pas à expliquer ce qui avait changé entre eux. C'était comme si les incisions qui avaient rendu la respiration et la vie à Claudine et au petit Claude l'avaient soulagée, elle aussi. Elle continuait de faire la coquette, avec ses grands yeux et ses grands cils. Quand elle jouait du clavecin pour lui, il savait que les jeux d'ombre troublants des dentelles de son corsage sur ses épaules et sa gorge étaient étudiés. Et il voyait bien que la grâce accomplie de ses mouvements, qu'elle entrât dans le salon où ils étaient tous rassemblés ou se promenât, seule avec lui, sur un sentier jonché de feuilles, avait pour but de l'ensorceler. Tout cela continuait. Pourtant, quelque chose n'était plus comme avant. Était-ce qu'ils n'avaient plus peur l'un de l'autre ?

Les boucles blondes s'agitèrent un peu trop violemment pour dire simplement non. Cela aussi, il le vit.

– Non, le sac dans lequel elle gardait son pistolet est une relique de la famille. Croyez-moi, personne ne se serait permis d'en retirer quoi que ce soit ! D'ailleurs, nous avons aussi trouvé la pipe dans laquelle il fumait.

De l'autre côté du pré, leurs chevaux s'ébrouèrent dans le vent qui fraîchissait. Le soleil était sur son déclin, et de grands rayons coupaient les nuages aux formes arrondies.

– Nous avons le temps de faire une belle course avant de rentrer, dit-elle. Je suis heureuse qu'ils aillent tous manger à New Iberia ce soir, pas vous ? Nous serons seuls pour dîner, ce sera bien agréable.

Il l'aida à monter en faisant un marchepied de ses mains jointes.

– Seuls avec cette dame qui est arrivée aujourd'hui...

– Tante Rose ? Oh, ne vous en faites pas. C'est la couturière. Et elle m'enseigne tout ce qu'il faut savoir pour prendre au piège un beau parti. Si vous êtes très gentil avec elle, elle vous dira tous nos secrets.

Henri enfourcha lestement sa monture. Marthe avait dirigé son cheval vers le haut du pré et allait prendre son élan pour sauter la barrière.

– Le seul secret qui m'intéresse est de savoir comment être pris, s'écria-t-il.

Et il espéra que le vent emporterait ses paroles.

Honoré ne s'était pas entretenu en particulier avec Gravelle comme il l'escomptait, encore qu'il soupçonnât celui-ci d'avoir eu des échanges de vues très particuliers avec au moins un membre de la famille de Clouet. Il n'avait plus fait allusion, non plus, aux actions que ce membre de la famille avait dans la loterie. C'était tout à fait par hasard qu'il en avait découvert l'existence. Sans doute valait-il mieux ne pas remuer ce qui se cachait derrière un secret si jalousement gardé.

Ils avaient passé la journée à chasser le gros gibier; le lendemain, les invités repartiraient. Honoré, fatigué par le manque de sommeil et le froid persistant de décembre, se sentait, depuis le matin, comme dans une autre réalité, très loin de ses compagnons.

– Beau-Chêne est irréel dans cette lumière, dit Henri, à côté de lui.

Ils apercevaient la maison, toute dorée dans les rayons du soleil couchant. La voix d'Henri n'était plus celle du jeune homme qui était arrivé avec lui une semaine auparavant.

– Ce doit être une des plus belles propriétés de l'État de Louisiane.

Honoré regarda la maison. Il lui semblait, en effet, ne l'avoir jamais vue. Était-ce cette lumière ? Étaient-ce ce froid, cette fatigue qui l'engourdissaient, l'enveloppaient, l'empêchant de fixer sa vision ? Il avait l'impression de découvrir un endroit nouveau, où devaient vivre des inconnus... Il plissa les yeux, les rouvrit et vit enfin *son* Beau-Chêne.

– Peut-être, Henri, dit-il. Comment vont vos jeunes malades ?

– J'ai enlevé les tubes ce matin. Ils vont bien.

On sentait dans le ton trop neutre de cette voix qu'Henri menait une dure lutte contre l'orgueil. Honoré jeta un nouveau coup d'œil à la maison. Caroline était à une fenêtre et les regardait arriver. Derrière lui, la voix grasse d'Étienne narrait quelque exploit d'alcôve, comme si le protagoniste en eût été quelqu'un d'autre. Qui suis-je, songea Honoré, pour décider quelles scènes doivent être représentées, quels acteurs peuvent jouer ? Si ce spectacle n'aboutissait à rien, il y avait d'autres acteurs en réserve dans les coulisses. Ils sauraient peut-être faire meilleur usage de cette maison, de ce domaine...

– Alors, Étienne, dit-il en descendant de cheval, qu'éprouve-t-on quand on est le père d'un faiseur de miracles ?

– Devenez son beau-père ! Vous le saurez.

Ils finissaient de dîner quand Zeke annonça M. Camille Langlinais.

– Le grand-père des deux enfants, dit Henri.

– Je l'ai déjà vu, répondit son père, intéressé par cette visite.

Pendant son séjour à Saint-Martin, il avait réuni assez d'informations sur le compte des Langlinais pour être très curieux de voir personnellement ce que valait Camille.

Camille effectuait cette visite sur l'ordre de sa femme en quelque sorte.

– Va remercier M. Henri pour avoir sauvé mes petits-enfants, Camille. Tu pourras ainsi parler avec Étienne de Gravelle; on ne sait pas ce qui en sortira.

Françoise lisait les journaux, depuis que tous ses enfants s'étaient mariés, et elle enregistrait tout ce que les hommes disaient lorsqu'ils venaient à la maison parler de politique avec Camille, tout en savourant son gombo.

Elle avait senti que la politique était le seul moyen, pour les Langlinais, de s'élever un jour au même rang dans la société que ces Clouet, qu'ils avaient empêchés de mourir de faim pendant la guerre et qui, depuis, avaient si miraculeusement rétabli leur ancienne splendeur. Camille s'était fait prier mais, à la fin, il avait lui-même demandé à Françoise de préparer quelques pralines de noix pacanes à offrir à Henri.

Si Henri avait su résister à l'orgueil jusqu'alors, il fut terrassé par la pluie d'éloges que Langlinais déversa sur lui. Gravelle, debout à côté de son fils, observait l'habileté avec laquelle cet homme tournait ses compliments, de telle sorte qu'il ne resta bientôt à son fils, de plus en plus confus, qu'une seule issue : la fuite, le sachet de pralines à la main.

– Vous avez un instant, monsieur de Gravelle ? dit alors Camille.

– Tout le temps que vous voudrez, monsieur Langlinais. Mon ami Honoré a une excellente eau-de-vie ici, puis-je vous en offrir ?

Ils s'assirent de chaque côté de la cheminée, regardant leur verre.

– Peut-être vous rappelez-vous, monsieur, que nous nous sommes vus à Baton Rouge ?

– Bien sûr.

– Vous me connaissez donc un peu.

– Plus qu'un peu. J'ai appris beaucoup de choses depuis que je suis ici.

– Alors je serai bref. Monsieur, je gagne pas mal d'argent, mais par des procédés assez lents. Des hommes y travaillent toute la journée, l'un de nous s'emploie à les faire travailler... (Il avala une bonne gorgée d'eau-de-vie.) Certes, cela veut dire que les Langlinais s'en tirent mieux que lorsqu'ils sont arrivés ici, mais pas aussi bien que je le voudrais. Si vous pouviez m'indiquer, un jour, une autre façon de faire de l'argent, sans se servir de ses bras ni perdre son temps, comme vous et

M. de Clouet... Votre fils a sauvé la vie de mes petits-enfants, monsieur, et vous, vous connaissez des moyens qui pourraient leur assurer une vie meilleure.

– Vous voulez acheter des actions ?

– Si vous pensez...

– Quand voulez-vous faire un placement ?

– Dès que vous aurez une idée.

– Demain ?

Camille réfléchit un instant.

– C'est entendu.

Étienne se leva.

– Je n'en suis pas encore sûr mais ce pourrait être très intéressant pour vous. Nous ne partons qu'au début de l'après-midi. Je passerai vous donner ma réponse en milieu de matinée. Quelle que soit la réponse.

– Nous vous attendrons, mon fils et moi.

Le plaisir d'une victoire remportée facilement caressait Étienne avec la douceur d'une main de femme. Il vendrait les actions de Caroline à ce Langlinais, joli coup qui, à la fois, anéantirait les soupçons d'Honoré et renforcerait le pouvoir de Camille, en diminuant d'autant celui d'Honoré.

Camille était certain que l'affaire était dans le sac. Il s'arrêta chez Jumie pour lui rapporter sa conversation avec Gravelle. En poussant la porte, il entendit un bruit qu'il connaissait mais n'identifia qu'au moment où il arriva dans la grande cuisine et aperçut les deux petits :

– Geneviève, ils pleurent !

– Je sais, papa Camille. Ils pleurent et ils font du bruit ! Peut-on entendre quelque chose de plus beau ?

Il les prit tous les trois dans ses bras.

– Geneviève, il nous arrive parfois de drôles de choses tout de même ! Qui aurait pensé qu'un jour je rendrais grâce à Dieu à genoux, parce que le petit Claude me perce les oreilles ?

En rentrant dans le magasin de nouveautés de Saint-Martinville, Caroline rencontra Françoise qui en sortait, les bras chargés de paquets.

– C'est pour la profession de foi de Claudette. Elle fait ses vœux à Pâques; je vais passer le carême à préparer son habit.

Les pensées de Caroline retournèrent à un jour lointain – combien d'années avaient passé ? Cinq déjà ? –, à ce jour où elle avait offert le voile d'Aimée pour le mariage de Claudette, et où le refus de Françoise lui avait appris combien était étroit le pont qui reliait Beau-Chêne à la maison Langlinais. Depuis, elle avait toujours été très prudente en s'engageant sur ce pont.

– Et vous, Caroline ? Vous passerez le carême à vous reposer de tous ces bals ?

– C'est Marthe qui aura besoin de repos. Moi, je suis trop vieille. (Caroline s'efforçait d'élargir le pont, de rétablir l'ancienne cordialité qui régnait entre elles, quand l'une et l'autre manquaient de tout.) D'ailleurs, ces grands bals sont moins amusants pour les jeunes gens que ces soirées dansantes où vont vos filles, à New Iberia. Il est possible que Marthe soit déçue, je vous assure.

Françoise modifia l'équilibre de ses paquets. Elle avait acheté de la soie, de la gaze, de la dentelle, des étoffes blanches pour le voile et l'habit de Claudette. Elle savait que Marthe aussi serait en blanc quand on la présenterait au bal de Comus, le soir de Carnaval. L'une quitterait ce monde, l'autre serait admise à ce qu'il offrait de plus brillant.

– Marthe trouvera certainement quelque chose pour lui plaire dans toutes ces festivités, Caroline... (Puis, avec le sûr instinct d'une mère qui sait qu'elle n'aura jamais rien à redouter de ses enfants :) Et Nollie ? Sera-t-il à La Nouvelle-Orléans, lui aussi ?

– Non. Il est à l'université, trop loin d'ici.

– Je me demandais s'il allait revenir. Ses études

ne doivent pas avoir grande importance pour lui, n'est-ce pas ? De toute façon, il héritera un jour de Beau-Chêne.

– Comme Jumie des terres de Camille, répliqua Caroline.

Et sa voix se fit soudain aussi fraîche que l'air de ce début de février, tandis que Françoise avançait vers son boghei.

– Caroline, dit-elle en prenant les rênes, Jumie a été élevé pour travailler comme s'il ne devait jamais rien recevoir de personne.

Caroline regarda la voiture s'en aller en battant la semelle car le froid humide commençait à lui engourdir les pieds. Il y avait aussi quelque chose d'engourdi dans son esprit, une idée qu'elle pouvait ignorer d'habitude, mais que les dernières paroles de Françoise l'obligeaient à considérer.

Que deviendrait Beau-Chêne avec Nollie ? Nollie – elle le connaissait assez pour en être certaine – évitait tout effort. Une fois, il leur avait parlé d'une dispute qu'il avait eue avec son maître de peinture à l'université. « Il soutient que le génie ne suffit pas, sans le travail; je lui ai demandé comment il le savait ! » Elle avait ri à la façon dont il racontait cette anecdote. Mais son père, qui lisait près du feu, avait dit, sans lever les yeux : « Et toi-même, comment le sais-tu ? »

Peu après que Caroline fut rentrée à Beau-Chêne, Marthe la rejoignit dans le salon pour prendre le thé.

– Où en est ta robe, Marthe ?

– Splendide. Maman, vous ne devinerez jamais ce que tante Rose m'a dit. Il se prépare un terrible scandale pour Carnaval. Le défilé de Momus va rendre les Yankees fous de rage ! Tout le monde se déguisera en diable – tous les diables de l'enfer : Belzébuth, Baal, Lucifer, je ne les connais pas tous – et les masques représenteront les autorités yankees, les généraux, le secrétaire d'État, même le président Grant !

– Mais qu'est-ce qu'ils ont, en ce moment, Marthe, tous ces gens ? Natalie m'a écrit la semaine dernière que deux invitations au bal de Comus avaient été volées. On a promis une récompense de mille dollars à ceux qui les rendraient, sans résultat !

– Maman, il n'est pas possible qu'il y ait, à mon bal, des gens qui ne devraient pas y être !

– Rassure-toi; ils feront tout ce qu'ils peuvent. Pour Comus, on ne reculera devant rien...

Le défilé du mardi gras, que les Orléanais dédiaient traditionnellement à Momus, dieu de la raillerie et des bons mots, de même qu'ils dédiaient à Comus, dieu de la joie et des danses nocturnes, le plus grand bal de Carnaval, produisit l'effet escompté. La réaction officielle fut immédiate et très vive, en paroles surtout car il était impossible d'agir contre des personnes qui avaient masqué leur identité. Mais l'armée, doublement humiliée puisqu'elle avait défilé, fanfare en tête, derrière des chars sur lesquels gesticulaient les caricatures infernales de ses chefs, décida de ne jamais plus honorer de sa présence le carnaval de La Nouvelle-Orléans.

– Ça les a mis dans tous leurs états, c'est le cas de le dire. Écoute ça, Honoré. (Étienne était en train de lire le journal.) «Washington se juge insultée par une démonstration qui prétend ridiculiser le Président, le général en chef, les ministres membres du cabinet et les principaux représentants de l'administration des États-Unis.»

– Je n'aurais jamais cru qu'on pût prendre le Carnaval aussi au sérieux, en dehors de La Nouvelle-Orléans. Nicholls attendra le bon moment pour faire ses plus plates excuses, comme d'habitude. De toute façon, tu sais que tout cela ne signifie rien, Étienne.

De fait, quelques mois plus tard, le démocrate Francis T. Nicholls – appuyé par la majorité des Louisianais – devint officiellement le gouverneur de l'État, avec la bénédiction du Président, républicain, des États-Unis. Ce fut la fin de l'occupation militaire de la Louisiane, qui, le 26 avril 1877, redevint membre de l'Union à part entière.

Discorde

– Je vais le laisser déposer, dit Camille. (Il regardait, à la lumière de la lampe posée sur le buffet, un verre de vin sombre qu'il venait de tirer au tonneau qu'on avait installé, provisoirement, sur quatre chaises.) On verra ce que vaut cette pièce de vin.

– Au prix où vous l'avez acheté (c'était du vrai bourgogne importé de France), ce devrait être autre chose que notre piquette.

Jumie s'était attablé et goûtait avec un bout de pain le *dressing* de sa mère, une sauce destinée à assaisonner non seulement la salade, mais encore toute sorte de plats, et même la viande.

– Avec les dividendes de la loterie et les autres placements que j'ai faits, on peut se permettre quelques petits plaisirs, Jumie. Surtout que nous devons boire à la nouvelle décennie. 1880, ça me plaît comme chiffre; ce devrait être une bonne année pour nous.

Sur ces mots, Camille regarda son fils d'un air extasié, huma le vin, puis en prit une gorgée qu'il garda longtemps dans la bouche. Sa face réjouie indiquait que le vin était bon et qu'il avait fait une excellente affaire.

– Qui est cet homme qui vient dîner demain chez vous ? celui dont vous parliez à maman quand je suis entré ?

– M. Clements, de La Nouvelle-Orléans. Il occupe une place – je ne sais pas laquelle – dans la société de la loterie.

– Vous allez parler de choses sérieuses le jour du nouvel an !

Camille tendit un verre à Jumie.

– Goûte et dis-moi ce que tu en penses. Quant à ce M. Clements, pourquoi s'agirait-il de choses sérieuses ? Je l'ai rencontré quelquefois à La Nouvelle-Orléans. Il sait que j'habite ici. Sa lettre dit qu'il doit passer par Saint-Martin et qu'il aimerait me voir. C'est moi qui l'ai invité à notre dîner, Jumie, ce n'est pas lui qui s'est invité !

Le vin était bon. Changeant soudain d'idée, Camille décida de le mettre en bouteilles dès le lendemain. Bien sûr, il en donnerait quelques-unes à ses deux fils et à son gendre. Quant au reste, il le boirait tous les jours avec Françoise et leurs nombreux invités. Et quand cette pièce serait finie, il en commanderait une autre. Jumie but une autre gorgée, se rappelant l'époque où l'on faisait durer même un tonneau de mauvais vin. Il est vrai qu'alors ils ne savaient pas si le vin était mauvais ou bon.

– Ce qu'il y a de bien quand on a de l'argent, papa, c'est que cela vous donne le goût des bonnes choses en même temps que les moyens de se les procurer. Comme ce vin aujourd'hui. Déjà, je me demande comment tirer plus d'argent de la fabrique de volets pour pouvoir acheter, moi aussi, un tonneau.

Jumie s'occupait de la fabrique ainsi que de toutes les autres activités des Langlinais en rapport direct avec le commerce et la vente du bois, de la mousse, etc.

– Hé, hé ! Avoir de bonnes choses, ça te donne envie de travailler dur pour en avoir davantage, n'est-ce pas ?

Jumie alla se servir un autre verre au tonneau.

– Pourquoi pas ? Tant que je paie ce que je veux ?

– Eh bien, ce M. Clements a peut-être quelque chose à me proposer, Jumie. Je ne dis pas que c'est sûr, mais c'est possible.

– De quelle affaire s'agirait-il, papa ?

Camille plongea une cuiller dans le bol de dressing et la porta à ses lèvres.

– Le dressing de ta mère est le meilleur de la paroisse. Tout le monde pourrait aussi bien s'arrêter d'en faire, ou, du moins, de se vanter de celui qu'il fait ! L'affaire de M. Clements ? Comme tu le sais, Jumie, les gens de la loterie n'ont pas réussi à se tenir à l'écart de la politique louisianaise.

– Les pauvres !

Camille regarda Jumie et haussa les épaules.

– D'accord, tout le monde sait qu'ils ne demandaient que ça. Mais ils ont eu chaud, cette année. Tu te rappelles, quand le parlement sortant a décidé : finie la loterie, plus jamais ! Quelques mois après, la convention se réunit pour pondre une nouvelle constitution, et tout change : d'accord pour la loterie, mais il faut qu'il y en ait plusieurs. Tout le monde a le droit de fonder sa loterie…

– Je n'ai pas l'impression qu'on se bouscule pour en créer d'autres ! (Jumie se leva, s'étira, touchant presque les poutres du plafond bas.) Tout cela est trop compliqué pour moi ! Ça m'abrutit, avec la chaleur qu'il fait ici…

– Réveille-toi au moins pour entendre ce que j'ai à te dire. La loterie avait besoin de protection, et elle l'a obtenue. Et il est normal que les gens qui la dirigent continuent à jouer à la politique, non ?

– Maintenant qu'ils savent à quel prix on peut acheter un député, tu veux dire ? Quel était le prix, il y a quelques années, quand la bande de la loterie avait besoin de faire passer du côté de Nicholls les partisans de Packard ?

– Jumie, quelle que soit la façon dont ces gens

s'y prennent, ils finissent toujours par obtenir ce qu'ils veulent. Si donc ils distribuent un peu de leur pouvoir, y a-t-il une raison de refuser ce qu'ils vous offrent ?

Jumie sursauta et reprit ses esprits comme si, s'étant endormi au bord du bayou, il était tombé dans ses eaux glacées.

– Ce M. Clements vient vous proposer quelque chose dans ce genre ?

Camille regarda derrière lui, puis ouvrit la porte qui donnait dans l'entrée.

– Ce n'est pas chose faite, personne ne doit le savoir. Je disais donc, si tu as lu la nouvelle constitution...

– Presque en entier. De toute façon, ce n'est pas très long. Et l'essentiel est de savoir que le gouverneur a désormais plus de pouvoirs, au détriment du législatif.

– Donc tu sais que c'est le gouverneur qui nomme les jurys de police des vingt paroisses de Louisiane[1].

– Wiltz va vous nommer juré de police ? C'est pour cela que Clements veut vous voir ?

– C'est ce qu'on m'a laissé entendre.

– Mais comment un Wiltz, gouverneur, et surtout banquier de La Nouvelle-Orléans, connaîtrait-il les Langlinais de Saint-Martinville ?

– Tu as oublié que je connais un autre banquier de La Nouvelle-Orléans.

– Étienne de Gravelle ? Dans ce cas, pourquoi vous et non pas son ami de Clouet ?

Camille remit le bouchon du tonneau dans la bonde, d'un solide coup de poing. Il couvrit le bol de sauce et alla le mettre au frais, puis s'approcha du bord de la cuisinière où Françoise avait laissé un pichet de café et s'en servit une tasse.

1. *Police jury :* conseil administrant les affaires locales de chaque paroisse. La paroisse est, en Louisiane, l'unité administrative correspondant à peu près au département en France (et au comté dans le reste des États-Unis).

– Qu'est-ce que j'en sais ? Peut-être que Clouet trouve que ce n'est pas assez bien pour lui d'être juré de police. Peut-être que c'est Gravelle qui ne veut pas de lui. Moi, je les laisse s'occuper de leurs oignons. J'ai assez à faire avec les miens.

Jumie s'arrêta dans l'embrasure de la porte, le bras gauche déjà passé dans la manche de son manteau.

– Papa, vous avez assez de mains pour vous occuper de tous ces oignons, comme vous dites ?

Camille leva sa tasse en regardant son fils.

– Pourquoi crois-tu que je t'ai parlé de tout cela ? J'ai besoin d'aide. Et il faudra bien que quelqu'un prenne la relève un de ces jours.

Jumie finit de s'habiller.

– Pourquoi, papa ?

– Pourquoi faire partie du jury de police ?

– Pas seulement. Pourquoi se mêler à tout ça ? Toujours, partout, on retrouve les mêmes noms, derrière la loterie, derrière le gouverneur, au parlement et dans les coulisses du parlement. Pourquoi ne pas les laisser à leurs petits jeux ? Que pouvez-vous y changer, vous, qui pour entrer dans leur cercle avez besoin de leur approbation ? Ils vous mèneront par le bout du nez : ce sont des escrocs, certes, mais ils ne sont pas stupides. Depuis quand un Langlinais... ?

– Je sais ce que je fais, Jumie. Je connais ce pays et les gens qui l'habitent. Pour commencer à avoir un peu de pouvoir, peut-être faut-il le demander à quelqu'un d'autre. Après, je construirai le mien.

– Et qu'en ferez-vous, papa ?

Camille rit.

– Je ne sais pas. Je ne l'ai pas encore.

– Vous allez donc vous compromettre avec cette bande pour avoir une chose que vous n'êtes même pas sûr de vouloir...

Jumie vit les yeux de son père s'embraser.

– Si, j'en suis sûr ! Rappelle-toi : pour se libérer

des Yankees, pour sortir de la Reconstruction, pour imposer Nicholls, sans cesse il a fallu passer des compromis, faire des marchandages... Et pendant toutes ces années, j'ai appris quelque chose, et je ne suis pas le seul à l'avoir appris : l'honneur, la vérité ? Ça va tant qu'il s'agit de ma femme, de mes enfants et de mes amis. Mais quand il faut défendre son bien, c'est-à-dire faire de la politique... (Camille cracha dans le feu.) ... dans ce sale jeu qu'est la politique, surtout dans cet État peut-être, l'honneur et la vérité durent autant que ce crachat dans les braises.

Jumie s'était assis à califourchon sur une chaise pendant cette tirade; il se releva.

– Ne pouvons-nous mener notre propre jeu, papa ? Sur le côté, en nous occupant de nos propres affaires ?

– On croirait entendre Honoré ! Lui aussi, cette saleté, ça l'ennuie, ça le dérange. Mais son nez délicat pourrait lui coûter cher, Jumie. Je te le dis : soit on rentre dans ce jeu, soit on risque d'être écrasé par lui.

– Je préfère peut-être en prendre le risque.

– Toi peut-être. Mais tes enfants, tes petits-enfants ? As-tu le droit de les priver de ce que nos pères leur ont légué ?

– Quel drame ! On croirait que nous allons demain nous retrouver sur la paille. Il faut que j'aille aider Geneviève, elle doit m'attendre.

– Rappelle-toi ce que je t'ai dit. Une occasion comme celle-ci ne se représentera pas.

Peu après avoir enfourché son cheval et s'être engagé sur la route, Jumie eut un bon motif de repenser aux paroles de Camille. Il croisa un équipage de Beau-Chêne; le cocher portait la livrée que Nollie avait obligé sa mère à imposer aux domestiques. À l'intérieur, des jeunes gens s'amusaient bruyamment. De la boue gicla sur le manteau de Jumie. Il l'essuya machinalement en les regardant s'éloigner, et il pensa à Beau-Chêne, aux grandes pièces illuminées, aux meubles, aux tapis, aux tentures et aux tableaux, à la table dressée pour les invités, aux délicates porcelaines anglaises, aux lourds couverts d'argent français, aux verres de cristal d'Irlande, aux armoires regorgeant de soie, de satin, de dentelle et de velours, aux écuries où l'on bichonnait les pur-sang. Même leurs chevaux ont la vie plus douce que la plupart des Acadiens, pensa Jumie. Il regarda les champs, de chaque côté de la route, endormis dans le profond sommeil de l'hiver. Il pensa à la petite fabrique de New Iberia et à leurs autres entreprises. Elles rendaient de l'argent, certes, mais ne donnaient aucun pouvoir. Peut-être qu'il fallait avoir et l'argent et le pouvoir, pour être sûr de ne perdre ni l'un ni l'autre. Dans ce cas... Il talonna sa monture qui prit le galop.

– Fais attention ! Ne heurte pas le bouchon contre ce vase, dit Caroline. (Elle attira vers elle un tabouret, pour y poser ses pieds menus chaussés de chevreau. Honoré lui tendit une coupe de champagne.) Hum ! fit-elle en le goûtant. Je suis contente qu'il n'y ait pas eu d'invités pour les fêtes. Après toute l'agitation de cet automne, on m'annoncerait que je ne bougerais jamais plus de Beau-Chêne que ça ne me ferait ni chaud ni froid.

– Vu les résultats de cette agitation, cela n'est pas du tout impossible, observa Honoré.

– Ça n'a pas l'air de t'attrister.

Honoré posa la bouteille dans le seau d'argent, sur une console, et s'assit en face de Caroline.

– Non, tout cela ne m'intéresse plus, Caroline.

Bien qu'il eût perdu beaucoup d'argent si la loterie eût été effectivement interdite, Honoré avait été écœuré de voir avec quelle facilité les hommes de la loterie avaient retourné la situation en leur faveur, et avec quel empressement les politiciens, les nouveaux députés et jusqu'au nouveau gouverneur lui-même, Wiltz, s'étaient laissé corrompre. À tout prendre, il eût préféré que la démocratie proclamée dans la Constitution fût un vrai gouvernement du peuple, plutôt que d'assister à une comédie aussi démoralisante. Quant à Caroline, depuis qu'Étienne avait vendu ses actions, elle parlait le moins souvent possible de la loterie, et elle n'aurait pas risqué de porter le deuil d'une institution qui ne l'enrichissait plus.

– Vraiment, Caroline, répéta-t-il, qu'est-ce qui peut encore m'intéresser ?

– Mon enfant, dit derrière lui une voix féminine. (Des mains fines lui couvrirent les yeux et de douces boucles caressèrent son front.) Papa, pour l'amour du Ciel, c'est le dernier jour des années soixante-dix ! Et vous allez avoir un petit-fils l'année prochaine : ne vous demandez pas ce qui peut encore vous intéresser !

Honoré se leva pour embrasser Marthe.

– Bien sûr, Marthe. Je te promets que ce qui se passe à Beau-Chêne m'intéressera toujours. Nous allons boire à cette vérité. Henri, il y a encore du champagne au frais sous la galerie. Allez en prendre une bouteille, voulez-vous ?

Marthe se laissa aller dans le grand rocking-chair qu'Henri avait avancé, à côté de Caroline. Tante Rose avait longtemps réussi à dissimuler le ventre de plus en plus rond de la fille de la famille mais, depuis presque un mois, Marthe ne pouvait plus cacher qu'elle était enceinte. Afin, disait-elle, de détourner les regards de ce qui se passait au-dessous de sa ceinture, elle avait fait considérablement abaisser la ligne de ses décolletés.

– Quel corsage, Marthe ! protesta Caroline. Où est Nollie ?

– Maman, qui en serait choqué, ici ? Quant à Nollie, il est sorti mais il a dit qu'il reviendrait bientôt. (Elle vit que Caroline allait répéter sa question.) Ne me demandez pas où il est, je n'en ai aucune idée. Et si vous ne voulez pas être choquée, je vous conseille de ne pas le lui demander quand il sera de retour.

Honoré servit le champagne et tendit leurs verres aux deux jeunes époux et à Caroline.

– C'est bon pour Marthe, dit-il à sa femme. Bien sûr, il ne faut pas exagérer mais une coupe ou deux favorisent la digestion.

– Quelle chance, maman ! Non seulement mon mari me fait un enfant, mais il est capable de surveiller ma grossesse !

– Pas de t'accoucher, tout de même, répliqua Caroline.

– Maman !

– C'est un fameux champagne, interrompit Honoré. Mais il ne vaudra rien si nous le laissons se réchauffer. Je voudrais porter un toast, s'il vous plaît.

– On va se mettre près de toi, ne bouge pas, dit Henri.

Les deux mains sur les accoudoirs, Marthe essayait de se soulever. Une pluie de perles de lumière se déversait des lustres de cristal taillé, sur leurs cheveux, sur leurs vêtements, sur les verres dont la finesse faisait étinceler les bulles.

– Je bois d'abord au passé, commença Honoré. À tous les Clouet qui ont vécu ici avant nous, qui ont eu, dirais-je, la vision de ce lieu, qui l'ont construit, qui ont fait de cette vision une réalité. Je bois aux présents, à ceux d'entre nous qui ont souffert de la destruction de cette vision et qui ont cherché à la restaurer. Je bois aux Clouet à venir; et qu'ils apprennent de nous une chose : dans ce monde, il n'est pas toujours possible de faire qu'une vision devienne réalité pour autrui. Donc, en cette dernière nuit de 1879, je bois à cette résolution : N'essayons pas de faire un monde dans lequel Beau-Chêne soit possible, mais un Beau-Chêne dans lequel le monde soit possible.

Honoré s'était replongé dans la philosophie

depuis quelque temps. Il y eut un petit silence, puis Caroline choqua son verre contre le sien.

– Ciel, Honoré ! Que de poésie ! Comme tu es sérieux, parfois ! (Elle se pencha pour l'embrasser sur la joue.) Henri ? Marthe ?

Ses petits gestes et les notes du cristal entrechoqué les sortirent de leur rêverie. Ils burent à leur tour.

– Il n'est pas encore minuit, dit Marthe. Nous ferons des vœux plus gais à minuit ?

– À minuit, tu seras couchée, Marthe, dit Henri.

Marthe ne répliqua pas. Caroline rit :

– J'aurais aimé être aussi convaincante, Henri, quand Marthe était jeune fille.

– Vous obéir n'avait rien d'amusant, observa celle-ci. Oh, maman, ne faites pas ces yeux. Vous savez que je sais avoir des manières très distinguées quand il le faut.

– Très bien, dit Caroline en se levant. Alors, viens m'aider à choisir un cadeau de mariage pour la petite. J'ai pensé à plusieurs choses, elles sont dans le boudoir.

Henri referma la porte derrière elles et resservit du champagne.

– Je n'aurais jamais pensé que j'apprécierais autant cette tranquillité. Le mariage, cela vous change un homme, vraiment.

– Les responsabilités aussi. Vous travaillez beaucoup, Henri. Vos malades peuvent croire que vous faites des miracles. Mais la médecine est comme le reste : du travail, et du travail pénible, avant tout.

– Pensez-vous que la politique soit aussi du travail pénible avant tout, père ?

Honoré alla prendre une seconde bouteille et revint en tirant sur le bouchon avec une force contrôlée.

– Si cette question ne m'était posée par le fils d'Étienne de Gravelle, je ne répondrais pas. Mais, puisque c'est vous... (Le bouchon sauta avec un bruit sonore, sans quitter la main d'Honoré, qui fit signe à Henri d'approcher son verre.) Si vous me demandez cela, Henri, c'est qu'il y a une raison. Vous voulez parler de ce qui s'est passé entre votre père et moi ?

– Pas particulièrement. À ce sujet, je peux dire seulement que je vous respecte et vous admire tous les deux. J'ai de l'affection pour tous les deux.

– Vous me flattez. (Honoré s'adossa à la cheminée pour se réchauffer les jambes.) Il y a une différence philosophique entre votre père et moi. Il est pragmatiste, moi pas.

Henri posa son champagne avec précision sur un dessous-de-verre d'argent.

– C'est très curieux. Mon père dit exactement la même chose. (Honoré remua la tête, d'un air interrogateur.) Il dit que vous êtes pragmatiste, et qu'il ne l'est pas.

– Mes convictions n'ont pas changé, Henri. J'ai coupé les ponts avec le parti démocrate de Louisiane, parce que je ne peux plus cautionner sa politique. Le fait qu'ils aient lâché Nicholls, et d'une si lamentable façon, montre qu'il n'y a plus d'espoir pour les Noirs, plus personne pour les protéger. Vous le savez, Henri.

– Pour vous, c'est donc une preuve d'idéalisme que de retirer son soutien à la faction à laquelle on appartenait, parce qu'elle passe des compromis pour l'emporter ?

– Des compromis ! C'est plus grave, Henri. Les démocrates Bourbons, dont Wiltz est le représentant, méprisent les Noirs; ils ne le cachent même pas. Regardez la façon dont on les traite, pour les maintenir dans l'ignorance et les exploiter honteusement, et la terreur à laquelle on les soumet pour les écarter des urnes. J'ai même entendu de la bouche des chefs du parti Bourbon qu'ils n'auront de cesse de voir l'esclavage rétabli. Et je l'ai lu dans leur journal.

– Mais quel bien pouvez-vous faire ici, en dehors de la mêlée ? Comment pouvez-vous espérer que cette opinion, que vous n'êtes pas le seul à soutenir, sera un jour assez forte pour changer cet état de choses, si vous n'êtes pas sur place pour vous battre ?

– Contre Burke et ses acolytes ? Il ne peut y avoir de lutte. Avec l'argent de la loterie, Wiltz peut acheter toutes les voix du parlement, tous les juges des tribunaux. Comment diable peut-on se battre contre une telle puissance ?

– On ne le peut pas, en effet, si l'on se retire du monde.

Entendant le gravier de l'allée crisser sous les roues d'une lourde voiture qui approchait, Honoré alla à la fenêtre, écarta la tenture de velours vieil or et scruta l'obscurité.

– Ce doit être Nollie. Nous n'attendons aucun visiteur. Votre père donc, dit-il en revenant vers Henri, serait un idéaliste parce qu'il reste fidèle au poste en pleine défaite ? Et moi, un pragmatiste, parce que je ne reste que si je sais que la victoire est possible ?

– C'est un peu ça.

La grande porte du rez-de-chaussée claqua et, aussitôt, un concert de voix provint de l'entrée : questions de Caroline, taquineries de Marthe, ripostes de Nollie.

– Vous avez peut-être raison, vous et votre père. Peut-être fait-il preuve d'idéalisme en restant avec des hommes qui défendent tout ce qu'il a lui-même combattu. Et moi, je suis peut-être non seulement pragmatiste, mais égoïste, en décidant de rester désormais à l'écart de tout cela. Je ne sais pas. (Soudain il sourit.) Mais Henri, j'en rends grâce au Ciel : pour la première fois depuis des années, je vais avoir le temps de m'enfermer dans mon bureau, pour lire, penser, faire des découvertes, qui sait ?

Henri ouvrit la porte.

– Vous me ferez part de vos découvertes, père ?

– Si cela vous intéresse encore. (Tous deux s'étaient arrêtés dans l'embrasure.) Vous avez fait un choix intelligent, Henri, en décidant de devenir médecin. (Honoré regardait son gendre, toujours aussi maigre que lorsque, étudiant, il passait tout son temps penché sur ses livres, ou à l'hôpital.) Vous êtes tellement pris par une activité que tout le monde juge bienfaisante que vous n'avez pas vous-même à en déterminer chaque jour la valeur.

Marthe, en bas, pouffa de rire, sans doute à cause d'une anecdote racontée par Nollie. Caroline répétait :

– Allons, allons ! en tapant des mains sèchement.

Puis ce fut le grondement sourd et prolongé de la voix mâle de Nollie, des éclats de voix féminines, de plus en plus haut, et tout se mêla en une nouvelle cascade de rires.

– Nous ferions bien de descendre, dit Henri en prenant Honoré par le bras. Nollie est en train de corrompre nos femmes !

D'ailleurs, c'était l'heure du souper.

– Pourquoi faut-il que tout le monde fasse la tête ? demanda Marthe.

Le premier jour de l'année avait été scandé par les coups du heurtoir d'acajou de l'entrée, le vacarme des équipages et des voitures plus modestes devant la maison, les souhaits de bonne année répétés à satiété, le mouvement ininterrompu des plateaux d'argent, chargés de gâteaux, de la cuisine à la longue table tendue de damas de la salle à manger.

– Nos visiteurs auraient-ils épuisé toute notre gaieté ?

– Je ne fais pas la tête, protesta Nollie. L'excellent punch au champagne qu'avait préparé le frère de Mignon m'a un peu abruti peut-être, mais je suis de fort belle humeur.

De fait, les remarques de Marthe s'appliquaient

surtout à Caroline qui, debout près du feu, le front appuyé à la tablette de marbre, tisonnait les braises, et à Honoré, qui, aussitôt le dernier visiteur parti, s'était enfermé dans son cabinet.

– Je n'ai jamais été aussi fatiguée de toute ma vie, dit Caroline. Même pendant la guerre, quand j'avais passé toute la journée à trimer dans les champs.

Nollie leva les yeux; il était en train de couper les pages d'un livre.

– Il n'y a rien de plus éreintant que les fêtes, maman. Vous devriez laisser cela à ceux qui sont assez jeunes pour tenir le coup. (Mais voyant combien elle semblait affaiblie, il s'approcha d'elle et la prit dans ses bras.) Vous n'êtes pas malade, au moins ?

Elle se laissa guider vers un fauteuil dans lequel il la fit asseoir.

– Non. Seulement très fatiguée. N'est-ce pas curieux ? Quand vous étiez petits, Marthe et toi, et que les Yankees étaient partis, souvent, quand nous étions couchés tous les trois dans mon lit, je n'arrivais pas à dormir et ne cessais de me demander : Comment avoir de l'argent ? Comment acheter ce dont nous avons besoin ? (Elle poussa un long soupir, la tête appuyée contre le haut dossier tapissé de moire de soie bleue, comme les grands cernes sous ses yeux.) Bien sûr, il n'y avait aucun moyen d'avoir de l'argent. Mais je pensais que si l'on arrivait à en avoir toujours au moins une certaine quantité, on serait toujours à l'abri de tout...

Comme s'il n'avait pu trouver meilleure façon de célébrer la nouvelle année, quand ils étaient restés seuls, au cœur de la nuit, Honoré lui avait tenu un long et pénible discours. Il savait tout : les actions, ses rapports avec Étienne de Gravelle; il ne lui reprochait rien. La longue séparation de la guerre était responsable de tout, chacun s'était alors engagé sur un chemin différent; il n'avait pas été possible de revenir en arrière, ils étaient devenus des étrangers...

Pendant que sa mère parlait, Nollie avait plusieurs fois jeté des coups d'œil à Henri.

– Mais maman, nous avons de l'argent à présent. Plein d'argent. Et vous n'avez rien à craindre.

Il s'agenouilla, lui prit les mains, se mit à frictionner ses poignets maigres. Henri s'approcha et se pencha.

– Êtes-vous seulement fatiguée ? Vous êtes très pâle; dois-je vous examiner, mère ?

De nouveau, elle soupira profondément, rejetant dans le même souffle désirs et craintes, rêves et terreurs.

– Non, Henri; ça va, je vous assure. Je suis seulement en train de découvrir, peut-être, à quel point certaines idées peuvent me peser. J'ai besoin de sommeil, c'est tout.

– J'aimerais croire que vous pourrez dormir, dit Marthe. J'ai passé cette heure à compter les contractions, et j'en déduis qu'on ne dormira guère cette nuit.

– Marthe, tu ne vas quand même pas avoir cet enfant maintenant ! s'exclama Nollie.

Marthe rit.

– Mon cher frère, je donnerais cher pour l'avoir en cet instant, afin d'éviter les heures difficiles par lesquelles il va falloir passer, je le crains. Je sais que tu n'as aucune intention de te trouver ici quand ta nièce ou ton neveu arrivera, mais tu pourrais aller chercher le Dr Renoudet à New Iberia. Maman aura une attaque si c'est Henri qui m'accouche; et je crois qu'elle a été assez éprouvée aujourd'hui. Allez, dépêche-toi !

– Je vais chercher ton père, ma fille. Henri, appelez Tilde, pour qu'elle aide Marthe à se déshabiller.

Caroline hésita devant la porte fermée du cabinet d'Honoré. Cette porte s'adaptait si parfaitement à son cadre que seul un minuscule rai de lumière luisait dans la pénombre de l'entrée. Comme la porte qu'il avait refermée entre eux... Elle leva la main et frappa. Elle entendit ses pas amortis par le lourd tapis, puis plus clairs, sur le carrelage près de la porte. La poignée grinça.

Caroline ?

– Honoré... (Elle voulait dire : Marthe va avoir son bébé.) Honoré, j'aimerais tant revenir sur notre ancien chemin. Tu... crois-tu que tu pourrais m'aider à le retrouver ?

Il la serra contre lui et elle sentit qu'il soupirait.

– Si seulement nous pouvions tous retrouver l'ancien chemin, Caroline !

L'air froid, appesanti par l'humidité de l'air et des marais, poussait ses masses de brouillard jusque sous le porche et contre les fenêtres. Françoise écarta le rideau de coton, frotta la vitre embuée avec le coin de son tablier.

– Mince ! Il est plus de midi, et on n'y voit rien. Camille, tu devrais aller au portail, pour faire signe à ce M. Clements.

– Comme s'il était incapable de trouver un portail. Cesse de bouger comme ça, Françoise, il n'est même pas la demie.

– Voilà quelqu'un... Je ne distingue que le cheval... (Elle frotta la vitre.) Il me semble que je le connais, ce cheval. Camille, viens voir. Qui est-ce ?

Camille se leva de table en maugréant, mais il rit dès qu'il se fut approché de la fenêtre.

– C'est Jumie, Françoise ! Félicitations pour avoir reconnu le cheval !

– Je croyais Jumie en bas, occupé avec le cochon. Qu'est-ce qu'il fait par ici, à cheval ?

– Je vais le lui demander.

Il venait d'apercevoir, derrière Jumie, la vague silhouette d'un autre cavalier. Il passa une grande veste et gagna rapidement la porte tout en se boutonnant jusqu'au col.

– Hé, Jumie !

L'homme s'était rapproché; Camille dévala les quelques marches pour aller au-devant des visiteurs.

– Mon Dieu, Langlinais, vous vivez dans la soupe ! (L'homme attachait son cheval à un montant du porche.) Entre la boue où le cheval enfonçait et cette purée de pois qui l'aveuglait, j'ai cru ne jamais arriver.

– Jumie, dit Camille, voici M. Clements, ce monsieur dont je t'ai parlé. Monsieur, mon fils, Jacques-Claude Langlinais. Surnommé Jumie. C'est un jumeau. Sa sœur, Claudette, est religieuse dans un couvent de New Iberia. Entrez, monsieur Clements, entrez ! Il vient de m'arriver une pièce de bourgogne qui dissipera ce brouillard. Jumie, mène le cheval de M. Clements à l'écurie. Où étais-tu ?

Jumie prit la bride de l'animal.

– À Beau-Chêne. Je voulais voir Nollie. Il va partir en France.

– Pour sa peinture ? Pour continuer ses études ?

– Sans doute. (Le cheval pencha la tête, cherchant de l'herbe dans le gravier.) Hé ! T'auras mieux que ça à l'écurie. Allez, ho !

– Nollie, une connaissance de M. de Clouet ?

– Son fils, répondit Camille en conduisant Clements vers l'entrée.

– Celui qui est à l'université de Virginie ?

– Son unique fils. Ils n'ont que deux enfants. La fille, Marthe, est sur le point d'accoucher. Vous connaissez son mari, le fils de Gravelle ? Henri ? Ça, c'est un médecin, laissez-moi vous le dire !

Clements huma la bouffée d'air chaud qui les accueillit quand Camille ouvrit la porte.

– Mon nez me dit qu'il n'y a pas que du bon vin chez vous, Langlinais. Gravelle a raison : vous avoir avec nous sera une expérience agréable à tous égards !

– Je n'ai pas encore dit oui, monsieur. (Un bruit de casseroles provint de la cuisine.) Au vrai, je pensais qu'on demanderait à Clouet d'occuper cette place, ou, du moins, à un homme de son bord.

– C'est peut-être ce qui s'est passé. Peut-être êtes-vous cet homme-là ?

Clements regardait Camille, avec un sourire qui tranchait dans sa face rougie par le froid.

Ils entrèrent.

– M. Clements est ici, Françoise, cria-t-il de l'entrée. Je le conduis dans notre chambre pour qu'il se lave, et nous arrivons... Non, c'est impossible, monsieur. (Il avait repris d'une voix normale et suspendait dans la garde-robe de cyprès, à côté de la porte, le manteau et le long cache-nez de laine du voyageur.) Si Honoré de Clouet avait son mot à dire dans la nomination des jurés de police de sa paroisse, il proposerait tout le monde, sauf moi.

Clements suivit Camille dans la chambre à coucher, enleva sa veste et retroussa ses manches de chemise.

– Jolie maison, Langlinais. Grande, pleine d'espace. Mais rien de spécial. Pas de quoi faire baver d'envie les électeurs. Très bien ! Donc, vous ne vous entendez pas, vous et Clouet ?

– Bien sûr que si. Autant que peuvent s'entendre deux hommes dont l'un s'est formé à l'université de Virginie et l'autre dans les champs et les marais du Mississippi inférieur.

Clements s'essuya énergiquement avec une des serviettes tissées par Françoise, puis prit un peigne dans la pochette de son gilet et répartit ses cheveux selon une raie impeccable. Camille et lui se regardaient dans le petit miroir de la toilette, dont le cadre rectangulaire semblait les figer.

– Je me suis pourtant laissé dire que, sans vous,

la famille de Clouet n'aurait pas survécu à la guerre. Cela ne lui crée-t-il pas une dette à votre égard ?

– C'est pourquoi il ne me fera jamais nommer à quelque charge que ce soit. Des hommes comme Clouet ne compensent pas leurs dettes personnelles par des faveurs politiques.

– Vous m'étonnez ! Y a-t-il encore des hommes qui vivent ainsi ?

– Ne prenez pas un ton si admiratif.

Camille vit les sourcils de Clements s'arrondir dans le miroir, mais il garda pour lui sa question muette. Clements se détourna aussitôt pour prendre Camille par le bras.

– Ainsi vous m'avez l'air de très bien connaître ce M. de Clouet. Et lui, vous connaît-il ?

– Qu'y a-t-il à connaître d'un simple paysan ? Vous savez, Clements, vue de leur grande galerie de Beau-Chêne, ma maison semble toute petite.

– La vue qu'on a de cette galerie pourrait être trompeuse, Langlinais.

Camille rit.

– Bien sûr. Comme dit Françoise, ma femme, Beau-Chêne n'est qu'un spectacle, une illusion qu'ils savent entretenir.

– Laissons-les à leurs petits jeux. (Clements posa lourdement son bras autour des épaules de son hôte.) Gravelle commence à en avoir assez des Clouet et de leurs manières de grands d'Espagne. Avec vous ici, Langlinais, c'est différent. C'est tout à fait différent. Aurons-nous un moment à nous après ?

– On ira dans la petite maison qui nous sert de bureau, à mon fils et à moi. Parce que si j'accepte cette charge, ce n'est pas pour moi. C'est pour que mon fils puisse continuer après moi. Vous me comprenez ? Jumie, lui non plus, n'a pas poursuivi ses études. Mais le petit Claude, son fils à lui, celui-là, c'est un Langlinais qui ira à l'université, Clements !

Ils s'arrêtèrent sur le seuil de la salle à manger, où Françoise orchestrait l'arrivée des enfants et des petits-enfants affluant par l'arrière-cour. Un cochon de lait trônait au centre de la table, répandant son fumet riche et chaud de viande lentement rôtie. Le parfum âpre des légumes verts se mêlait à l'odeur légère des haricots noirs et à celle, plus douce, des patates au sirop.

– Asseyez-vous ici, monsieur Clements, dit Françoise. Je veux que vous me disiez tout ce qui se passe à La Nouvelle-Orléans !

– C'est votre petit garçon ? demanda Clements à Jumie. (Celui-ci aidait le petit Claude à approcher sa chaise. L'homme se pencha pour lui prendre sa menotte.) Il paraît que vous êtes le Langlinais le plus important de cette pièce, jeune homme. Du moins d'après votre grand-père !

La maison était silencieuse. Le poêle projetait son carré de lumière rougeoyante sur les ombres allongées qui bougeaient au mur. Geneviève s'approcha de Jumie et se serra contre lui.

– Peut-être que nous en ferons un autre maintenant, Jumie ! Pour la nouvelle année. Cela pourrait nous porter chance.

– Tu ne crois pas ce que t'a dit Henri ?

Il la sentit se raidir et refuser de tout son être :

– Que je n'en aurai plus ? Parce que j'en ai perdu un ? Jumie, Henri n'est qu'un médecin. Il n'est pas le bon Dieu !

– Geneviève, s'il n'y en a pas d'autres, nous en avons deux, et deux qui promettent ! Tu as entendu mon père : il voit déjà 'Tit Claude à l'université de Louisiane !

– Oui. Mais moi, je ne vois pas comment le simple fait d'être juré de police peut nous rapporter tant d'argent.

– Geneviève, c'est le jury de police qui gouverne la paroisse. Les gens qui en font partie savent où vont passer les routes et toutes sortes de choses comme ça.

– Les routes ? Et alors ?

– Mais, Geneviève, tu sais qu'un terrain qui se trouve près d'une grand-route prend de la valeur.

– Ainsi ton père pourrait acheter de la terre là où une route va passer. Avant tout le monde ? (Elle bondit sur le matelas bourré de mousse.) Mais, Jumie, il n'y a presque plus de terres à acheter par ici...

– Oui, mais il peut arriver qu'une nouvelle route passe juste à côté de la propriété... d'un juré par exemple.

Il observa sa réaction. Elle éclata de rire en rebondissant de plus belle sur le lit.

– Oh, Jumie, tu veux dire que nous pourrions avoir une route qui mène directement à La Nouvelle-Orléans, simplement à cause de ton père ? Une route qui passerait juste devant chez moi !

– Tu n'y trouves rien à redire ?

Elle se redressa sur son séant en joignant les mains derrière la tête.

– Rien à redire ? Écoute, Jumie, j'ai autant envie que ton père de voir notre fils faire des études. Mais pourquoi en Louisiane ? Pourquoi pas dans cette grande école où va le fils de Clouet ?

– Si on veut arriver à quelque chose en politique, Geneviève, on n'envoie pas son fils à l'université dans un autre État.

– Son fils ? Mais c'est ton père qui est juré de police, pas toi.

– Après lui, ce sera moi.

Geneviève se jeta sur Jumie et prit son visage entre ses mains.

– Quoi ? Cette charge te reviendra, comme la terre ?

– Pas comme la terre. Mais nous ferons en sorte que si je veux cette charge, elle me revienne.

Elle lui caressa les lèvres du doigt, puis l'embrassa.

– Alors, peut-être que les Langlinais auront ce que les Clouet ont perdu, il y a tant d'années.

– Je ne…

– Oh, Jumie, je ne veux plus parler maintenant. (Elle s'écarta pour se déshabiller.) Bon, je le dis, tant que j'y pense. Les Clouet nous rebattent les oreilles avec les titres et les châteaux qu'ils ont laissés en France, leur rang à leur cour… Tout ce qu'ils avaient par héritage. Nous allons peut-être avoir des titres hérités, nous aussi ? Ne me dis rien !

Un pâle soleil était revenu le lendemain matin. Il avait caressé le vert profond du lierre grimpant sur la façade, teinté les fleurs roses des camélias en buissons, fait scintiller le jet d'eau de la fontaine du jardin; il s'insinua par les fentes des hautes persiennes et caressa la femme qui gisait dans le grand lit, endormie.

– Elle dort, elles dorment toutes les deux, dit Henri.

Il rejoignit Nollie dans l'entrée, après avoir doucement refermé la porte de la chambre de Marthe.

– Ah, Henri ! Je n'ai pas été capable de ramener Renoudet ici à temps. Je me sens inutile ! Tu n'en as pas idée…

– Ne t'en fais pas ! Contrairement à ta mère, je n'avais aucune inquiétude; je n'en suis pas à mon premier accouchement. La route est un fleuve de boue, et avec ce brouillard, n'importe qui se serait égaré, Nollie. Viens, prenons un bon café.

Ils s'assirent près du feu.

– J'irai peut-être à Limoges pour voir comment on fait ça, dit Nollie en montrant sa tasse. Qui sait ? Je pourrais dessiner un service tout spécialement pour maman. Cela lui plairait, tu ne crois pas ?

– Certainement. Non seulement parce qu'il serait de toi, mais parce que ce que tu fais est très bon.

Nollie se détendit, allongea les jambes et se coucha presque dans son fauteuil.

– Tout le monde le dit, Henri. Les professeurs, les gens qui ont vu ce que je fais... Sans doute devrais-je consacrer ma vie à l'art !

– N'est-ce pas pour cela que tu vas en France ? Pour étudier auprès des maîtres ?

– Bah ! Un jour c'est ce que je pense, en effet. Puis, le lendemain, je ne sais plus.

Henri tira sa montre de son gousset, l'ouvrit en appuyant sur le déclic.

– J'ai promis à Mme Hébert de passer chez elle avant midi. Il faut que j'y aille. Mais, Nollie, le moment n'est-il pas venu pour toi de prendre une décision ? Marthe et moi, nous vivons ici. Marthe est capable de surveiller ce qui se passe à la plantation, même si elle s'intéresse surtout à ses chevaux... Et maintenant il y a le bébé, la petite Hélène... Et moi, j'ai ma clientèle...

– Je viens avec toi, Henri, si tu le permets, pour m'éclaircir les idées. Je vois ce que tu veux me faire comprendre si délicatement : je dois dire clairement si oui ou non, c'est moi qui m'occuperai de Beau-Chêne, c'est cela ?

– Il faudra bien que quelqu'un s'en occupe, Nollie, quand ton père ne sera plus là pour le faire.

Nollie s'étira, et la belle étoffe de tweed de sa veste se tendit sur ses larges épaules.

– Je devrais me décider, c'est vrai. Mais, grâce à Dieu, papa n'a que... quarante-sept ans, il me semble. Les Clouet peuvent vivre très longtemps, s'ils évitent les duels et les ouragans. J'ai encore des années devant moi, avant d'être obligé d'y penser. Et peut-être que Marthe t'aura donné entre-temps un héritier qui libérera son oncle paresseux de la nécessité de choisir !

Le 5 janvier, veille du jour des Rois, Camille et Jumie passèrent toute la matinée et une bonne partie de l'après-midi à revoir les comptes de l'année écoulée.

– Vous savez que nous serons bientôt riches, papa ? dit Jumie, en remettant le dernier registre à sa place, sur l'étagère.

– On le dirait, en effet.

– Ça n'a pas l'air de vous faire plaisir…

Camille ouvrit un petit placard et y prit une bouteille de vin.

– Va chercher deux verres, Jumie, et du fromage dans le garde-manger. Si ça me fait plaisir ? Bien sûr. Je ne suis pas fou. L'argent, ça vous pond de l'argent bien plus vite qu'on peut en faire soi-même. Mais cela me chagrine, Jumie, de penser à tout cela.

– Cela vous chagrine ! s'exclama Jumie en remplissant les verres. Mais pourquoi ?

Camille se coupa un morceau de fromage et se mit à le mâcher lentement.

– Tous les fermiers ne peuvent pas faire comme nous, Jumie. Ils n'ont pas assez de terres… ils n'ont pas le moulin, la fabrique…

– Oui, mais les choses sont comme ça : on ne peut avoir une grande exploitation que si on peut la payer. Et on ne peut la garder que si on la fait rendre.

– Je vais essayer de changer ça, Jumie. Je ne veux pas être le gros poisson sous prétexte que tous les autres ne sont que du fretin.

Jumie baissa la flamme de la lampe à pétrole, à côté de lui, sur la table, et commença à ranger ses plumes.

– Si c'est votre idée, papa, je pense que ça doit être aussi la mienne. Geneviève a raison : d'une façon ou d'une autre, ce que les Langlinais réussissent à avoir, ils s'accrochent pour le garder.

– Va la rejoindre, Jumie. Je vais rester ici encore un moment, pour relire de vieux papiers, des lettres. Quand il s'agit de labourer, de savoir où creuser les trappes, d'abattre les arbres, je sais toujours ce qu'il faut faire. Mais pour la politique... (Il hocha la tête, puis se gratta vigoureusement la nuque.) La politique ? Pour une fois, un Langlinais a peut-être réussi à prendre une chose à laquelle il n'a pas envie de s'accrocher...

– Maman ne vous pardonnerait jamais si vous laissiez tomber.

En lui-même, Jumie se réjouissait de ce que Geneviève ne fût pas comme Françoise, qui se mêlait de tout ce que faisait Camille.

Celui-ci, quand il fut certain que Jumie était parti, rouvrit le placard où il rangeait le vin et en sortit un écrin. Il le tint longtemps dans la main, caressant le tissu de velours épais, passant le pouce sur la fermeture à ressort. Il appuya et le couvercle s'ouvrit, découvrant une broche d'or qui attira toute la lumière qui restait dans la pièce. Étienne de Gravelle s'était surpassé. Ce bijou avait un dessin à la fois simple et délicat; les pierres qui l'ornaient étaient grandes et pures. Camille était certain que, contrairement à ses voisines, Françoise saurait en apprécier la finesse. Elle allait toujours à la messe parée de la croix espagnole que Lafitte avait donnée à son grand-père Jean, pour Marguerite. Cette broche, elle la porterait dans le monde. Gravelle avait écrit, dans son billet d'accompagnement, qu'il les attendait tous deux à La Nouvelle-Orléans, avant la fin de janvier. Cette fois, Camille dirait à Françoise de venir avec lui, sans lui demander son avis.

Camille referma l'étui et le fourra dans sa poche. Les bijoux des Langlinais pouvaient tenir dans une seule poche. Ceux des Clouet remplissaient plusieurs coffrets très lourds, quand il les avait cachés au fond des marais. Cette broche unique ne serait-elle pas déplacée dans la garde-robe de Françoise ? Quelle serait sa réaction ? Soit elle la serrerait quelque part et ne la porterait jamais, soit elle voudrait davantage... Camille soupira.

Soudain, il sentit la chaise et la table dures sous ses fesses et ses coudes. Et le besoin de travailler dans les champs, de faire jouer ses muscles, d'aspirer l'air libre à pleins poumons. Mais ce genre de travail ne vous donne ni bijoux ni instruction supérieure. Un travail simple et honnête ne donne que des satisfactions simples et honnêtes, et ce sont des biens qui ne s'achètent ni ne se vendent.

Il se leva et alla ouvrir la porte. Un vent frais soufflait du golfe, apportant par-dessus les marais l'odeur salée de la mer. Des oiseaux, volant très haut, se lançaient contre le ciel sombre; ils semblaient se tromper de direction. Camille se rappela le jour où il avait appris que les oiseaux qui passaient l'hiver chez eux venaient de très loin. Il n'était pas revenu de son étonnement. « Comment savent-ils qu'ils doivent voler de notre côté, s'ils n'y sont jamais venus ? – C'est quelque chose qui est en eux. C'est tout », répondait la vieille voix de son grand-père Jean, lente, patiente. Une inquiétude montait en lui; de nouveau, ses muscles protestaient contre le manque d'effort. Et s'il faisait fausse route, si le chemin qu'il avait tracé le menait vers les sables mouvants ? Y aurait-il en lui aussi quelque chose, comme chez les oiseaux, pour lui dire qu'il se trompait ? Clouet avait-il raison, malgré tout ? N'a-t-on pas intérêt à voir tout en blanc et noir, sans admettre de nuances entre le mal et le bien ?

Une saute de vent froid, telle une gifle, lui fouetta le sang. Bon Dieu ! Qu'avait-il à rêvasser ? Il avait toujours trouvé son chemin, sans l'aide de personne. Et il n'entrait pas dans ce nouveau jeu sans en connaître les règles. Tout en refermant la porte derrière lui, en faisant glisser le loquet de bois dans la boucle de cuir, il riait doucement : déjà, il imaginait les mille et une façons de tourner ces nouvelles règles.

Vox populi

C'est à juste titre que l'on appela les années 1880 « l'âge d'or » de la Louisiane. Aux anciennes sources de profit, comme l'industrie sucrière ou la loterie et la politique, s'en ajoutèrent de nouvelles, avec la construction des chemins de fer et la spéculation sur les terrains. Dans tous les domaines, la prospérité fut sans précédent. Avec leur énergie tranquille et têtue, les Langlinais surent tirer parti de cette période favorable pour s'enrichir et consolider leur position dans la société. En 1890, Camille et Jumie entrèrent au comité d'administration d'une banque de New Iberia. Camille était toujours simple « juré de police » à Saint-Martinville, mais cela faisait longtemps que Jumie l'aidait à entretenir et à élargir sa clientèle électorale. Tous deux s'étaient taillé un solide petit domaine dans l'enchevêtrement des jeux d'influence qui constituaient l'essentiel de la politique louisianaise. Même à La Nouvelle-Orléans, dans des cercles supérieurs qui présidaient aux destinées de l'État, on pouvait entendre des hommes demander : « Mais qu'en disent les Langlinais ? »

À Beau-Chêne aussi, ces années passèrent comme dans un halo d'or, de sécurité et de bonheur. Honoré s'était définitivement retiré de la vie publique. Il dirigeait la plantation avec Marthe. Henri était pris par ses malades. La vie de la famille, qui s'était agrandie des trois enfants de Marthe et Henri, était réglée par le rythme des saisons. L'été, jusqu'à la fin de la récolte du sucre, ils étaient à la campagne, l'hiver à La Nouvelle-Orléans, jusqu'au carême. Parfois Honoré et Caroline faisaient un voyage au début du printemps.

Au milieu de l'été 1891, on attendait le retour d'Europe de Nollie, Mignon et leurs quatre enfants. Les enfants de Gravelle, quant à eux – Hélène, dix ans, René, huit ans, et Nanette, six ans –, ne connaissaient encore du monde que Beau-Chêne et quelques maisons choisies de La Nouvelle-Orléans. Leurs parents ne tenaient pas, pour le moment, à leur en faire connaître davantage. Claudine Langlinais, en revanche, jolie jeune fille de seize ans, aux yeux noirs, aussi gaie que sa mère et aussi perspicace que son père, était allée s'inscrire comme pensionnaire au couvent des ursulines de La Nouvelle-Orléans; et son frère, d'un an plus jeune qu'elle, se préparait à entrer à l'université d'État de Louisiane, à Baton Rouge.

De grandes volutes de fumée brune tachetée de suie noire s'élevaient au loin dans l'air humide, formant un écran qui obscurcissait le soleil d'août. Camille se découvrit et s'éventa vigoureusement avec son chapeau de paille.

– Espérons que ce train va nous donner un peu de brise. Sinon Geneviève et Claudine mourront étouffées avant d'arriver à la maison ! (Il toucha le bras de son fils.) Vous voulez vraiment que Claudine étudie à La Nouvelle-Orléans ?

– Dans quelle autre école peut-elle aller, papa ? Les ursulines prendront soin d'elle. Une Langlinais a été religieuse dans ce couvent, n'est-ce pas ?

Le sifflet strident du train ébranla l'air surchauffé.

– Ce n'est pas ce que je voulais dire. Vos deux enfants partis : Claude à l'université, Claudine à La Nouvelle-Orléans. Tu comprends ce que je veux dire ? C'est curieux, l'argent : ça vous apporte beaucoup de choses quand vous en avez, mais ça vous enlève vos enfants.

La tête noire de la locomotive apparut dans un nuage de poussière. Jumie secoua la tête et rit.

– Vous voudriez qu'ils restent toujours à la

ferme ? Claudine derrière la charrue ? À quoi bon tant travailler, gagner tout cet argent, sinon pour qu'ils vivent mieux que nous ?

Le bruit assourdissant du train qui approchait obligea Camille, pour répondre, à aspirer profondément; puis il hurla, dans l'air qui sentait déjà le charbon brûlé :

– Mais il ne faut pas que ce qui est bien pour eux se retourne contre nous, Jumie... Nous devons prendre garde à ça.

Ils regardèrent le mouvement majestueux des bielles et des grandes roues, les freins qui s'abaissaient dans un crissement d'enfer. Enfin le train s'arrêta. La tête de Geneviève apparut deux wagons plus bas.

– Jumie ! ici ! Venez nous aider ! Il y a plein de choses à descendre !

Claudine descendit une marche, puis sauta dans les bras de Camille.

– Oh, grand-papa ! Quelle belle école ! La mère supérieure me faisait peur au début, mais j'ai imaginé que c'était tante Claudette, et j'ai vu qu'elle était très gentille.

Il la serra contre lui.

– Voyons, Claudine, dit-il d'une voix grave, depuis quand un Langlinais a-t-il peur de quelqu'un ? (Il déposa un baiser sur ses cheveux et lui pinça la joue.) Si jamais quelqu'un te fait peur à La Nouvelle-Orléans, préviens ton grand-père, tu m'entends ?

– Jumie, nous avons été manger une glace à l'hôtel Saint-Charles et tu ne devineras jamais qui nous y avons vu ! Devinez !

– Nollie de Clouet, dit Camille.

Il était en train d'attacher leurs sacs et leurs boîtes avec des sangles à l'arrière de la calèche.

– Comment le savez-vous, papa Camille ?

– J'ai vu Honoré l'autre jour. Il allait à La Nouvelle-Orléans pour affaires, mais aussi pour retrouver Nollie et sa famille.

– Mignon aussi ? Et les enfants ? Voyons, combien ils sont maintenant : quatre ? Ils ont eu un petit garçon, François, puis une petite fille... Pour les autres, je ne sais pas. Marthe n'aime pas parler de Nollie. Qui sait pourquoi ?

Jumie aida Geneviève à monter dans la voiture.

– Son frère passe tout son temps en France à faire Dieu sait quoi. Son père vieillit. C'est elle qui fait tout ici. Et tu crois qu'elle aura Beau-Chêne ?

– C'est elle qui y vit, dit Geneviève. (Elle épousseta vigoureusement sa jupe et s'essuya le visage avec son mouchoir.) Ah, ce train ! Il va vite sans doute, mais pas assez pour rester devant toute la saleté qu'il fait. Les enfants de Marthe sont nés à Beau-Chêne. C'est elle qui élève les chevaux de Beau-Chêne... Pourquoi tout devrait-il revenir à Nollie ?

– Parce qu'il est l'héritier mâle, répondit Jumie. C'est la règle chez les Clouet, même si la loi dit autre chose. Beau-Chêne revient au premier enfant mâle, les autres reçoivent de l'argent ou que sais-je !...

– C'est bien leur manière, ça ! s'exclama Geneviève. Une loi pour tout le monde et une autre pour eux ! Ça ne me semble pas juste, Jumie.

– Si chacun était d'accord sur le fait que ce qui vaut pour autrui vaut aussi pour soi, il n'y aurait pas besoin de gouvernement, Geneviève, intervint Camille.

– Papa Camille, je vous prie ! (Elle prit son éventail et lui en donna un petit coup sur le poignet.) Après ce voyage en train, par cette chaleur, n'essayez pas de faire rentrer ici une grande idée ! (Elle se toucha le front.) Il n'y a plus de place !

Un grand anneau ovale de poussière épaisse et brune s'élevait dans le pré, au-dessous des écuries de Beau-Chêne. Marthe s'entraînait à la course attelée sur la piste qu'elle avait fait tracer dans leur propriété. À peine assise sur le siège de cuir de son sulky, le corps tendu en avant, le visage cramoisi, elle faisait claquer son fouet au-dessus de la jument, et l'air sifflait à ses oreilles.

Henri chronométrait, inscrivait les temps dans un carnet que lui tendait Hélène, leur fille aînée.

– Combien maman a-t-elle fait, papa ?

– Un tout petit peu mieux qu'hier.

– Assez pour battre le cheval de M. Jumie ?

Henri regarda son fils qui pelait un bâton avec son canif.

– Tiens la lame de l'autre côté, René. Battre le cheval de Jumie ? (Henri fourra le chronomètre dans sa poche et enleva la petite Nanette de la barrière où elle était grimpée pour regarder sa mère parler avec le palefrenier.) On n'est jamais sûr de gagner une course. Aujourd'hui, ta mère a bien couru. Très bien même, mais qui peut dire ce qu'elle fera demain ?

– Cette course n'est pas pour demain, papa. (L'enfant, dans ses bras, appuya sa menotte contre sa joue.) Tout ce qui compte, c'est comment elle courra ce jour-là, n'est-ce pas ?

Il remit le chapeau de paille bien droit sur la petite tête.

– Attention aux coups de soleil, Nanette. Ta grand-mère ne sera pas contente si tu en attrapes un.

Nanette gigotait dans ses bras, pour voir sa mère qui approchait.

– Maman ne porte pas de chapeau de soleil. Et elle a la figure toute bronzée. Comme vous. Pourquoi grand-mère ne vous gronde pas, tous les deux ?

Henri remit la petite par terre, sur l'herbe grise de poussière.

– Grand-mère ne gronde pas maman parce que ça ne servirait à rien. Et elle ne me gronde pas parce que je suis un homme.

Nanette s'arrêta, le genou en avant, le pied sur la pointe, et se retourna vers lui.

– Ce n'est pas juste, papa. Les hommes ne se font jamais gronder ?

Henri regarda sa femme. Son visage humide de sueur brillait dans la lumière du soleil, et de petites boucles moites cernaient son front et ses joues. Son sourire et son regard, clair et chaud comme cette journée, exprimaient un bonheur complet.

– Non, s'ils ont de la chance, répondit-il à la fillette. (Puis, la prenant par la main, il s'avança vers Marthe.) Tu as gagné cinq dixièmes, lui dit-il.

– Cinq dixièmes ! (Elle enleva son chapeau, qui avait glissé dans son dos pendant la course, et s'éventa avec, en ramenant ses cheveux en arrière.) Il suffirait de cinq dixièmes en moins chaque jour. C'est ma première course, je veux gagner !

Henri la prit par la taille.

– Hélène et René ont porté le panier du pique-nique sous le grand chêne. Tu devrais marcher moins vite, Marthe; tu as le sang trop chaud.

– Ce n'est pas votre première course, maman. J'ai vu les coupes et les rubans que vous avez gagnés à La Nouvelle-Orléans.

– Nanette, ma chérie, ce sont les chevaux de mes écuries qui ont gagné. Mais je n'ai jamais pris part à une seule course.

– Vous ne montez pas vos chevaux, quand vous allez à La Nouvelle-Orléans ?

Marthe regarda le soleil avec délice, puis se baissa pour serrer sa fille dans ses bras.

– Les dames ne montent pas les chevaux dans les courses. Ce n'est pas bien.

– Si les dames se font gronder, et pas les hommes, si les dames ne peuvent pas monter dans les courses, comme les hommes, alors, maman, ce n'est pas amusant d'être une dame ?

– Si, quand on est une dame qui vit à Beau-Chêne.

L'odeur douce des giroflées et des fleurs qui s'écrasaient sous leurs pas s'élevait autour d'eux. La brise apportait le parfum des prairies inondées de soleil. Dans les arbres voletaient des cardinaux rouges, des geais bleus et des merles aux ailes orange. Des pigeons, paresseux et gras, roucoulaient. Les champs de maïs et, au loin, la verte étendue des cultures de canne à sucre ondoyaient sous le ciel bleu pâle. Beau-Chêne les entourait de toute sa splendeur. Marthe étendit les bras en croix et se mit à tourner lentement.

– Oh, Henri, dit-elle d'une voix chaude et forte, si Nollie revient pour prendre Beau-Chêne, qu'est-ce que je deviendrai ?

Elle aperçut alors un homme à la lisière du pré. Elle mit sa main en visière et plissa les yeux.

– Jumie ? Jumie ? (Elle courut vers lui, lâchant Nanette qui lui avait pris la main.) Vous m'espionniez ? Bah, cela revient au même ! Elle n'a même pas fait d'écume, je l'ai tenue comme ça, vous voyez ?

Ils rirent tous les deux.

– Si je vois ! Je vous l'ai toujours dit, Marthe. Ça m'apprendra à vous montrer ce que je sais. Ça va se retourner contre moi ! Cette course, quand est-ce qu'on la fixe ?

– Quand vous voulez. Il faut que nous ayons le temps de l'annoncer et de préparer une fête, c'est tout.

– J'avais pensé que nous pourrions la faire la semaine prochaine, mais mon père me dit d'attendre : nous risquons d'avoir à faire, la semaine prochaine. Il ne m'a pas dit à quel sujet. Vous le connaissez ! Quand il ne veut pas parler…

Elle rit.

– Vous vous rappelez, avec les Yankees, quand il faisait semblant de ne pas comprendre un mot d'anglais et parlait un français impossible… au point qu'ils se disaient qu'il était fou et qu'ils cessaient de l'ennuyer ? Bien, et à la fin du mois ? Juste avant que les enfants retournent à l'école ?

– Ça devrait aller... J'ai appris que Nollie est de retour. Avec sa femme et ses enfants.

Elle sentit qu'il l'observait, sans aucune dureté, au contraire, avec bienveillance.

– Oh, Jumie, ne pensez pas que je n'aime pas Nollie. Mais il a passé plus de dix ans en France, il n'est revenu qu'une fois ici, pour épouser Mignon et l'emmener... Beau-Chêne ne peut pas représenter pour lui la même chose que pour moi !

Il lui prit la main.

– Peut-être vient-il simplement en visite ? (Il vit qu'elle était au bord des larmes.) Allez, Marthe... même s'il devait s'installer ici, je vous promets que je vous donnerai tout le bois dont vous aurez besoin pour une maison, au prix coûtant; je vous demanderai juste une petite chose : un poulain de Beauté.

– Jamais ! Je préférerais acheter tout mon bois au prix fort. Si Beauté était là, pour cette course, vous pourriez aussi bien rester chez vous !

– Mais elle n'est pas là... Votre pique-nique est prêt. Allez manger. Donc, c'est décidé ? Le dernier samedi d'août ?

– Ça va être une grande date ! La première fois qu'un Clouet battra un Langlinais.

Ils se mesurèrent un instant du regard, mi-sérieux, mi-moqueurs. Puis il répondit doucement :

– Mais alors, toute notre histoire n'aura été qu'une longue course ?

Claudine astiquait consciencieusement la couverture de maroquin brun d'un livre de Jumie.

– Voilà, dit-elle en le remettant à sa place; il ne reste plus que la grande étagère et tous les livres de papa seront propres. Je vais monter vous préparer une limonade, grand-papa.

– Laisse cette étagère pour une autre fois, ma chérie. Nous attendons des visiteurs, ton père et moi.

Camille leva les yeux de l'opuscule qu'il était en train de lire. Sur le fond de la lumière éblouissante qui pénétrait par la fenêtre, Claudine apparaissait plus fine, plus grande que sa mère, et l'on distinguait à peine les détails de sa mise : l'étoffe tissée à la maison de sa robe, ses pieds nus, ses cheveux tressés. Bientôt, elle serait à La Nouvelle-Orléans, où elle porterait les beaux habits qu'elles avaient rapportés. Il soupira.

– Claudine !

Elle s'approcha de lui, simple silhouette noire.

– ... quand tu seras à La Nouvelle-Orléans... (Ses yeux brillaient d'innocence, il soupira de nouveau.) Claudine, rappelle-toi que tu es une Langlinais, tu m'entends ?

Autant rassurer un veau perdu dans un marais infesté d'alligators, pensait Camille qui n'avait jamais oublié ce qui était arrivé à Claudette.

Claudine avait la gaieté de sa mère, le rire de sa mère, et l'innocence de la jeunesse.

– Grand-papa, comment puis-je oublier qui je suis ? (Elle se pencha et lui donna un baiser sur la joue.) D'ailleurs, elles le savent déjà. Pendant que nous étions au couvent, maman et moi, nous avons entendu une religieuse chuchoter à une autre : « Le grand-père de la petite, c'est Camille Langlinais, vous savez, celui qui... » Mais maman m'a tirée de côté en disant que ce n'est pas poli d'écouter les conversations.

– Je leur enverrai du vin et de la viande. Une Langlinais était ursuline, il y a longtemps, mais nous ne l'oublions pas. (Camille la repoussa gentiment.) Allez, cours te préparer pour le « Fais dodo ». Quelle tête ils vont faire, tous tes soupirants ! Aucun n'a réussi à te mettre le grappin dessus, et tu pars déjà !

Ses grands yeux pétillants de fraîcheur le regardèrent de côté, sous le large bord de sa capeline.

– Grand-papa, vous me taquinez !

Elle sortit en riant et s'engagea sur le sentier qui coupait à travers prés pour rejoindre la maison de Jumie. Camille prit une autre brochure – il y en avait plusieurs éparpillées sur la table – et se replongea dans sa lecture...

Jumie entra. Camille lui fit signe de s'asseoir en face de lui.

– Tu connais l'Alliance des Agriculteurs, Jumie ? L'Union, comme ils s'appellent eux-mêmes ?

Jumie tendit la main et prit une brochure.

– Ce sont leurs publications ? J'ai entendu dire qu'ils essaient de s'implanter par ici. (Il retournait le petit livre dans ses mains et le feuilletait.) Tout en français. Ils ont dû s'en donner, du mal...

– Ils ont gagné à leur cause plus de vingt mille fermiers. Dans tout l'État, sauf au sud, dans la région du golfe.

Jumie reposa l'opuscule.

– Vous connaissez la raison : les catholiques ne peuvent adhérer à des sociétés secrètes.

– L'Église n'a rien contre une société comme l'Union des Agriculteurs, Jumie, même si on y tient parfois des réunions privées, disons. Et ne viens pas me dire que toi, tu n'as jamais appartenu à des sociétés qui... ne se réunissaient pas toujours au grand jour...

Jumie éclata de rire.

– Comment avez-vous découvert l'existence de mon club de *bourré* ?

Camille jeta un bref regard à son fils.

– La politique ressemble plus au *bourré* que tu ne le penses. Dans les deux cas, gagner n'est pas qu'une question de chance. Il faut savoir quand jouer telle ou telle carte, quand bluffer...

– Mais quelles cartes ont-ils en main, ces fermiers ? Et puis, papa, l'Union dit des tas de choses qui ne sont pas vraies. (Il promena la main au-dessus des brochures.) Tout ce qu'ils disent sur les banquiers de New York et de la côte est, par exemple, ou sur le Congrès de Washington. Comparé à ce qui se passe dans les banques de la rue Carondelet ou dans notre parlement, les banques de l'Est et le Congrès sont des couvents de clôture !

– Pour toi, peut-être, et pour moi. Mais combien de fermiers sont comme nous ? La plupart supportent ce qui se passe sans parvenir à se faire entendre. Entre les démocrates Bourbons qui disposent des millions de la loterie et les gros banquiers...

– Qui sont l'âme du parti démocrate Bourbon...

– Soit. Eh bien, quelle chance reste-t-il aux petits ?

Jumie se leva et s'étira.

– D'accord, papa. Je sais que les fermiers doivent se défendre pour améliorer leur sort. Mais pensez à tout le chemin que nous avons parcouru. Geneviève et moi, nous aimerions profiter de ce que nous avons maintenant, pour souffler de temps à autre, faire des voyages. (Il déambulait devant les étagères de la bibliothèque où les reliures de cuir toutes propres luisaient dans le soleil de l'après-midi.) Voir au moins quelques-uns des endroits dont parlent les livres... Vous n'avez jamais eu ce désir, maman et vous ?

– Tu connais ta mère, Jumie, dit Camille, l'air absent. Si elle faisait tout ce qu'elle a envie de faire, elle ne pourrait plus rouspéter qu'elle ne peut pas faire ceci ou avoir cela.

Jumie se retourna et regarda fixement la nuque de son père.

– C'est cela, papa ? Vraiment ?

– Je crois que oui, répondit Camille avec un petit haussement d'épaules résigné. Au début, après la guerre, je me disais : quand ce mauvais moment sera passé, quand il y aura de nouveau de l'argent, alors elle pourra faire ce qu'elle veut, avoir ce qu'elle veut. (Nouveau haussement d'épaules, accompagné d'un soupir.) Mais ça n'a fait qu'empirer. Cette broche que je lui ai donnée, tu te rappelles ? Son premier vrai bijou ?

Jumie s'assit à califourchon sur une chaise, face à Camille.

– Elle ne la porte presque jamais.

– Elle dit qu'elle n'a rien qui va avec. Et que les gens penseraient qu'elle veut se donner des airs. Elle n'a même pas voulu la prendre quand nous sommes allés à La Nouvelle-Orléans, sous prétexte qu'un seul bijou, « ça ne fait pas bien ».

Camille se tut, les lèvres serrées.

Jumie respecta un moment ce silence, puis il reprit, doucement :

– Papa, c'est la vie, ce n'est pas grave. Geneviève et moi, nous avons fini par comprendre pourquoi maman est ainsi.

– Pourquoi elle grogne et rouspète ? Pourquoi elle voit toujours les choses du mauvais côté ? Moi, pour te dire la vérité, je vois que mes champs prospèrent, que l'argent s'accumule à la banque, et elle, elle a la bouche et les yeux de plus en plus petits. Son âme se rétrécit, Jumie. Françoise a une toute petite âme, aujourd'hui. Il n'y a plus de place pour la vie, dedans.

– Elle a peur, papa. Peur de vouloir une chose et de ne pas pouvoir l'obtenir. Comme les études supérieures qu'elle voulait me faire faire.

– Bon Dieu ! Faudra-t-il que j'entende parler de ça toute ma vie ! En quoi tu te débrouillerais mieux maintenant, si tu avais été dans une grande école, Jumie ? Dis-le-moi !

– Ce n'est pas moi qui pense cela. Passer mes journées enfermé dans des salles de cours à Baton Rouge, alors que je pouvais rester ici ? Je suis bien content d'y avoir échappé. Mais pour elle, dit-il en serrant le bras de Camille, c'était un grand rêve. Et je crois qu'elle pensait que Dieu le lui devait à cause de la guerre, de tout ce qu'elle a perdu. Quoi qu'il en soit, ce grand rêve ne s'est pas réalisé. Parfois, je pense que pour continuer de vivre, il faut rêver, et que pour continuer de rêver, il faut qu'un de vos rêves, au moins, soit exaucé.

Camille se taisait, plongé dans ses pensées; puis il regarda de nouveau les brochures sur la table.

– C'est pour cette raison que je pense que nous devons soutenir l'Union, Jumie. Pour aider les fermiers à réaliser un grand rêve.

– Et pour cela, à combien de mes propres rêves dois-je renoncer ?

Camille perçut le ton mordant, inhabituel dans la voix de Jumie. Il ne répondit pas tout de suite.

– Les fermiers se sont longtemps montrés patients, Jumie. Il faut faire quelque chose pour eux, maintenant.

Jumie regarda, par la fenêtre ouverte, la route qui s'éloignait de Saint-Martin, à travers les prairies. Vers La Nouvelle-Orléans. Vers les navires qui traversaient l'océan, qui pouvaient l'emmener jusqu'au Londres de Dickens, au Paris de Balzac.

– Jumie, il ne faut pas qu'il y ait de nouvelles violences, comme après la guerre.

Jumie détourna les yeux de la fenêtre ouverte, de la nouvelle et large route. Le soleil plongeait derrière les grands chênes. Dans la lumière déclinante, la pièce était obscure, petite.

– Vous croyez qu'on pourrait en arriver là ?

– Pourquoi pas ?

– Que dois-je faire ?

Sa voix était sans acrimonie, cette fois, elle avait la fermeté qui naît du renoncement.

– Des hommes de l'Union vont venir ici, bientôt. Ils veulent que nous participions tous les deux à leurs conversations qui se tiendront à Lafayette, vers la fin du mois.

– Et après ?

– Après, il y aura du pain sur la planche !

Jumie alla se placer dans l'embrasure de la

porte de derrière de la petite maison, par où était sortie Claudine.

– Ils sont assez forts pour battre les Bourbons ?

– Ils sont en train de poser des jalons du côté de la ligue anti-loterie, paraît-il. Il y a des gens très importants dans cette ligue.

– En êtes-vous sûr ? C'est la première fois que j'entends parler de ces manœuvres…

– Bien sûr, il ne faut pas dévoiler ses batteries. Mais ce que je te dis est dans la logique des choses : la loterie a trop de pouvoir. Les planteurs sucriers comme Caffery, les banquiers comme Gravelle…

– Comment ? Gravelle est dans la ligue anti-loterie ? Lui qui s'est enrichi plus que quiconque avec cette foutue loterie…

– Il y a des gens qui savent changer de cheval au bon moment. Gravelle peut avoir tout l'argent qu'il veut : il tient à ne pas perdre son pouvoir. (Camille se leva et alla regarder la pendule.) Ils vont arriver. Alors, Jumie, c'est d'accord ?

Jumie revint lentement au centre de la pièce. Sur la table, les brochures étaient toutes dorées dans la lumière du couchant.

– Ils vont faire liste commune aux élections de l'an prochain ?

– Nous avons une année entière devant nous. Si l'Union des Agriculteurs et la ligue anti-loterie décident de travailler ensemble, et il est probable que certains républicains se joindront aussi à nous…

– Un troisième parti ? Vous pensez que nous aurons un troisième parti, papa ?

– C'est possible. Si nous pouvions avoir un gouverneur à nous, et quelques représentants, ce serait déjà un début, une bonne chose pour nous autres. Nous sommes en 1891, voilà quatorze ans que la Reconstruction est terminée, quatorze ans ! Et est-ce que les choses se sont améliorées ?

Jumie regardait, au-delà de Camille, les champs dont les couleurs fonçaient peu à peu.

– Alors, nous n'arriverons jamais ?
– Où devrait-on arriver ?
– Là où il n'y aurait plus rien d'autre à faire.
Camille rit.
– Si un tel endroit existe, moi, je n'y suis jamais arrivé !
Jumie fit quelques pas en cambrant les reins.
– Très bien. Je me connais, ça va être dur pour moi, mais faisons en sorte que cet effort en vaille la peine. Une lutte serrée, c'est ça qui nous attend, n'est-ce pas ? (Un groupe de cavaliers tournait dans l'allée.) Je vais dire à mon club de *bourré* de se joindre à nous, papa. S'il faut se battre, mieux vaut avoir de son côté des gens qui savent aussi s'amuser !

Les longs épis jaunes des gerbes d'or s'amassaient autour de la barrière qui entourait la piste de Beau-Chêne. Ils s'élevaient au-dessus de l'herbe sèche et répandaient dans la terre poussiéreuse leur traînée de pollen. Camille aida Françoise à se hisser sur les tribunes qui comportaient des bancs pour les enfants, et des sièges à dossier pour les femmes. Françoise étendit une serviette de coton sur le bois rude et s'assit. Le soleil était déjà haut dans le ciel, et il tapait. Elle prit son éventail et se mit à l'agiter, d'avant en arrière, juste devant son visage.
– Camille, j'espère que Jumie ne va pas perdre devant tout ce monde. (Ses yeux, sous le bord de son grand chapeau, fixaient les gens appuyés aux barrières.) Il y en a de New Iberia, de Lafayette, de Pont-de-Breaux, comme s'ils n'avaient rien de mieux à faire que de regarder deux chevaux prendre une bonne suée !
– L'un est un pur-sang de Beau-Chêne, l'autre un cheval de la ferme Langlinais : ce n'est pas une course comme on peut en voir tous les jours, Françoise !
L'éventail s'agitait de plus en plus vite.

– Un Langlinais n'a pas besoin de battre un Clouet pour prouver... quoi que ce soit.

– Françoise, ce n'est qu'une course de chevaux, une petite course. Il n'y a pas de quoi en faire un plat !

Elle se pencha en arrière, ferma les yeux que le chapeau ne protégeait plus de la lumière.

– Ça ne me plaît pas, qu'un Langlinais se prête au spectacle des Clouet. (Elle parlait d'une voix lente, comme ralentie encore par la chaleur et la poussière. Elle rouvrit les yeux et aperçut Marthe et Jumie qui menaient leurs chevaux vers la ligne de départ.) Comment peut-on monter sur la même scène qu'un Clouet sans avoir le mauvais rôle ?

– Jumie n'a pas encore perdu, Françoise ! Regarde. (Il montrait d'un geste la « scène » autour d'eux : les femmes qui papotaient, les hommes adossés à leurs bogheis, les pieux de la clôture, les enfants qui galopaient.) Regarde, c'est une belle journée, les gens rient, ils sont heureux. Françoise, n'attire pas les nuages !

– Je sens qu'il y a quelque chose qui ne va pas, malgré tout. (Elle se leva, agita la main.) Geneviève ! Geneviève !

Près de la piste, Geneviève se retourna et lui rendit son salut. Puis elle souffla quelque chose à l'oreille de Jumie, l'embrassa et s'avança vers les tribunes. Elle avait de bonnes couleurs à cause de la chaleur, et ses yeux brillaient d'excitation. Elle avançait lentement, s'arrêtait pour parler à un petit groupe, puis à un autre.

– C'est bien pour Jumie, dit Camille. Avec cette histoire de l'Union des Agriculteurs, c'est précieux d'avoir avec soi une femme capable de parler avec tout le monde. Beaucoup de ces gens viennent du nord de l'État.

– Jumie et Geneviève. Et Camille et Françoise ? Je ne sais pas toi, mais moi, je ne suis pas encore trop vieille pour parler aux autres, même à des fermiers des hautes terres.

Camille aida Geneviève à monter. Juste avant de lui tendre la main, il se retourna vers sa femme :

– Françoise, ce n'est pas parce que les ficelles sont longues et qu'elles vont loin qu'on ne peut pas les tirer d'ici.

Françoise sortit de sa poche une pelote de fil et son crochet.

– Ce que je sais, Camille, c'est que si on ne sait pas à l'avance tout ce qu'on doit faire, le résultat obtenu n'est pas toujours celui qu'on attendait. Cette Union des Fermiers, peut-elle vraiment croire aux promesses des hommes de la ligue contre la loterie ?

La main de Camille se referma sur celle de Geneviève, qui sauta avec légèreté sur l'estrade. Camille tendit ensuite sa main libre, ouverte, vers sa femme :

– Le jour où on ne pourra plus avoir confiance dans la poignée de main d'un autre homme, nous serons tous fichus, Françoise.

Sur la piste, Marthe défaisait les brides de sa capeline.

– Je veux que rien ne puisse me ralentir, dit-elle en la jetant dans l'herbe.

Jumie leva les yeux de la boucle du harnais qu'il était en train de resserrer.

– Marthe, j'ai le pressentiment que vous allez gagner. Vous savez ? Juste une impression.

Sautant par-dessus la roue, elle s'installa sur le petit siège de cuir du sulky.

– Ne dites pas cela : je vais me sentir si sûre que je vais en oublier de me concentrer, Jumie ! (Elle prit les rênes.) Oh, je désire tant gagner ! (Elle tourna vers lui son visage autour duquel les boucles commençaient à se figer, comme si elles eussent été pétries dans l'argile.) Mais je ne veux pas vous battre !

Il la regarda longuement tout en finissant de vérifier ses harnais.

– Marthe, c'est mon cheval qu'il faut battre pour gagner la course, pas moi.

– Votre cheval. Bien sûr ! (Elle agita légèrement les guides en se redressant sur son siège.) C'est presque l'heure, non ?

– Oui, le starter nous fait signe d'approcher de la ligne.

Les deux voitures avancèrent roue contre roue vers le long ruban bleu que deux enfants noirs tendaient en travers de la piste, devant les « tribunes », et contre lequel s'arrêta le poitrail luisant des chevaux. Puis le coup de pistolet retentit, la ligne bleue tomba. Marthe vit les sabots s'élancer tandis que les roues oscillaient brusquement, et ce fut l'envol – dans un nuage de poussière, tout autour d'elle, où apparaissaient vaguement les silhouettes des spectateurs et, plus près, la forme de l'autre voiture. Tous les bruits parvenaient amortis à ses oreilles : le martèlement des sabots sur la terre dure, le fracas des roues, les gémissements du siège de cuir sous le poids et les mouvements de son corps, le brouhaha de la foule, et une voix, qui s'éleva...

Elle se pencha en avant, les yeux sur l'animal qui s'arrachait à elle, qui l'emportait avec elle. Un regard en coin lui apprit que Jumie n'était pas à côté d'elle. Était-il derrière, déjà battu ? Ou devant, déjà gagnant ? Qu'il était difficile de voir, dans cette poussière et sous la sueur qui ruisselait dans ses yeux ! Puis ils furent tous deux de front, et les bruits des deux attelages se fondirent en un infernal vacarme. Elle se dressa à moitié, se pencha, fit claquer son fouet au-dessus de l'énorme force animale. Un petit vent la rafraîchit. Allait-elle encore plus vite ? Allait-elle dépasser le temps de la montre d'Henri ? Dépasser la chaleur et la poussière ?

Un hurlement monta, puis des clameurs. Et encore ! Et encore ! Son nom ? Celui de Jumie ? Le soleil tombait sur sa tête nue, son sang bouillonnait, ses joues étaient en feu. Ils avaient dépassé les tribunes, c'était fini. Elle tira doucement sur les guides, se rassit, respira à fond. L'air surchauffé lui desséchait les lèvres. Soudain, Henri fut près d'elle, il prenait les rênes, tirait; le cheval s'arrêta. Il avait un visage tendu, l'air fatigué. Était-ce lui qui avait couru ?

– Henri, Henri...

Ses bras se tendaient vers elle. Elle n'avait pas gagné, il aurait souri, sinon. Elle se laissa déposer par lui sur la piste. Derrière eux, des gens s'attroupaient. Pour féliciter Jumie ?

– Henri, qui a gagné ? Pour l'amour du Ciel, Henri !

Il lui tendait les mains. Et il les serrait, si fort. C'était comme cela qu'il lui avait tenu les mains pendant qu'elle accouchait d'Hélène.

– Je... je n'ai pas vu la course. (Donc cette pression sur ses mains signifiait autre chose; elle n'avait pas encore perdu.) J'ai... j'ai été appelé. Il y a eu un accident, Marthe. À la raffinerie.

Quelqu'un approchait derrière eux : une forme sombre, qui obscurcissait le soleil.

Elle compta mentalement : Hélène, René, Nanette, tous étaient sur l'estrade avec ses parents. Henri, ici. Alors, qui ?

– Marthe, c'est Nollie. Il est mort. Il était là-bas, personne ne sait exactement pourquoi, pour prendre des croquis peut-être. Son bloc et son crayon étaient à côté de lui.

– Au moulin, Henri ? À l'intérieur du moulin ?

– C'est la grande courroie... Ils avaient mis les machines en marche, pour vérifier que tout allait bien avant la saison du broyage. Il a été pris dans la courroie...

La poussière, la chaleur et la lumière se fondirent en un halo vaporeux qui se mit à tourner autour d'elle et s'assombrit. Puis elle entendit des voix affaiblies qui ne s'adressaient pas à elle.

– Henri, je viens d'apprendre... Écrasé, c'est cela ?

C'était la voix basse et douce de Jumie.

– Mort sur le coup. C'est du moins ce que nous dirons.

Sur son poignet, Marthe sentit les doigts d'Henri, leur contact ferme.

– Marthe ! Marthe !

Jumie l'appelait pour la tirer de son sommeil. Il l'appelait pour qu'elle aille biner les rangs de tomates ou enlever les chenilles dans le maïs. Elle levait la tête et se heurtait à un mur : la mort de Nollie.

– Maman, papa, est-ce qu'ils savent ?

Elle ne voyait rien à cause de la poussière et des larmes.

– Oui.

Jumie lui frictionnait les poignets. Elle voyait ses yeux au-dessus d'elle, noirs, tout noirs.

– Je ne peux pas faire une chose comme ça. Je ne peux pas. J'avais peur qu'il ne prenne Beau-Chêne, je ne voulais pas, mais pas ça, mon Dieu, pas ça !

– Marthe ! (C'était la voix du mari, plus que celle du médecin.) Marthe, ce n'est pas toi...

– Allons, Marthe, vous remettez ça ? (Cette voix, c'était tout Jumie, la taquinant, se moquant d'elle.) Marthe, vous vous souvenez ? Quand les Yankees sont arrivés ? (Elle leva les yeux vers lui. Comme il avait l'air sûr de lui !) Vous m'avez dit... (Le ton rieur de sa voix adoucissait tout; si elle venait de dire une sottise, si elle en avait dit une, il y avait longtemps, cela n'avait aucune importance.) Vous m'avez dit que vous étiez furieuse contre votre maman, que vous lui aviez souhaité un malheur parce qu'elle vous avait donné une fessée avec sa pantoufle. Et vous avez pensé alors que tous ces soldats yankees étaient venus là, juste pour la punir ! Vous vous rappelez combien de temps il m'a fallu pour vous convaincre que ce n'était pas vous qui aviez pu les faire venir ! Faut-il recommencer tout cela ? Marthe ?

Elle tendit les mains, se laissa hisser sur ses pieds, reprit son aplomb.

– Non, dit-elle.

Elle prit le mouchoir que lui tendait Henri et s'essuya le visage.

– Marthe, j'ai quelque chose à vous dire : n'importe qui peut battre un Langlinais dans une course, mais cette bête-là…

– Battre ! Jumie, j'ai gagné ?

Une petite lumière vivifiante perça l'obscurité. Puis une autre : le sourire de Jumie.

– Oui, votre jument a gagné !

Les lumières tremblotantes résistaient aux ténèbres, le crépuscule tombait un peu plus tôt que la veille, la nuit comblait les espaces entre les fenêtres éclairées par les lanternes.

– Il n'y a pas beaucoup de lumières à Beau-Chêne ce soir, dit Geneviève. (Ils avaient accompagné Claude et Claudine au train, dîné aux Trois-Lions, et ils rentraient chez eux au clair de lune. De la pleine lune de septembre.) Mignon a dû retourner chez sa mère avec les enfants. Ils seront seuls de nouveau.

Jumie ralentit les chevaux et s'arrêta sur le talus, près du grand portail de Beau-Chêne.

– Marthe a bien fait. Elle est forte.

Geneviève s'appuya contre son épaule.

– C'est ton père et toi qui lui avez appris à être forte. (Elle lui prit le bras et se pressa contre lui.) Nous venons d'accompagner nos deux enfants au train, nous avons une grande maison vide, et cela me rend triste. Rentrons vite, elle nous attend, et moi, je me sens si seule ici !

La lune basse transformait en filigrane les feuillages des grands chênes; leurs hautes branches se dessinaient, sombres et puissantes, sur le fond argenté du ciel. Honoré était accoudé à la balustrade de la galerie, le foyer de sa pipe rougeoyait. Un châle léger aux éclats chatoyants sur les épaules, Marthe vint le rejoindre et lui glissa un bras autour de la taille.

– À quoi pensez-vous, papa ?

Le visage d'Honoré était voilé par la fumée du tabac s'élevant dans l'air moite comme une brume diaphane.

– Comme Beau-Chêne est beau, le soir !

Elle regardait les statues à demi plongées dans l'ombre, les allées de gravier éclairées par la lune, l'ordre des fleurs et des formes.

– C'était à tout cela que je pensais, Marthe. À Beau-Chêne. À la beauté. À ce qui se passe quand l'obscurité enveloppe toute chose.

Cycles

En 1892, l'aristocratie financière qui avait fondé la ligue anti-loterie remporta les élections en Louisiane, grâce à l'appui populaire de l'Union des Agriculteurs, et le Congrès fédéral interdit l'usage des postes à toutes les loteries des États-Unis. En 1896, les mêmes hommes, n'ayant pas respecté leurs engagements envers le parti populiste, issu de l'« Union », furent vaincus, et les Bourbons reprirent le pouvoir. Aussi, pour les battre aux élections de 1900, le vieux noyau politique, constitué sur l'ancienneté de la fortune et du sang, brigua-t-il de nouveau le soutien d'hommes comme Jumie Langlinais, qui représentaient une classe nouvelle, aussi bien du point de vue du pouvoir que de l'argent. Quant à l'ancienneté du sang, les Langlinais étaient en Louisiane depuis plus longtemps que les Clouet; mais ce n'est pas ce qui fait l'« ancienneté » d'une famille. L'apparition de Jumie et Geneviève Langlinais au grand bal donné en 1892 en l'honneur du nouveau gouverneur, Murphy Foster, fit scandale. Jumie avait contribué comme les autres invités à son élection; mais tout le monde n'était pas disposé à les admettre dans les sphères élevées où le ton était donné par quelques familles capables d'aligner des dizaines de quartiers de noblesse en remontant jusqu'au Moyen Âge français. Si l'on ne pouvait plus tenir des gens comme les Langlinais à l'écart des coulisses de la politique, on entendait continuer de leur interdire l'entrée des salons. Mais eux voulaient avoir des salons à leur façon, et ils ne remarquaient pas l'exclusion qui les frappait.

Dans les coulisses au contraire, ils étaient très recherchés, et c'est avec joie que les personnages les plus importants virent Jumie accorder son soutien à Donelson Caffery, le candidat des démocrates modérés, désireux de se débarrasser des « Bourbons », mais craignant la force croissante des « patrons » des circonscriptions électorales orléanaises. Certes, comme il le dit à ces hommes, Jumie était d'abord et avant tout un Langlinais. En soutenant Caffery, comme dans toutes ses actions, il ne songeait qu'à son bien, à sa terre, à ses enfants. Et à cette époque, en mars 1900, il croyait fermement que son propre intérêt coïncidait avec celui de l'État.

Ses voisins de Clouet, comme on le sait, n'avaient jamais partagé cette illusion; et, bien qu'on le sollicitât de temps à autre, Honoré n'était jamais revenu sur sa décision de ne plus prendre part à la vie politique louisianaise. Marthe avait remplacé son père à la direction de Beau-Chêne, au fur et à mesure que la santé de celui-ci et son intérêt pour toute autre chose que la philosophie déclinaient. Depuis quelques années, le sucre, base de la fortune des Clouet, commençait à rendre moins. Il aurait fallu innover, investir dans d'autres activités, mais Marthe ne se passionnait que pour ses chevaux, Honoré n'avait qu'indifférence pour la réalité, Caroline l'ignorait, et Henri se dévouait à ses malades, sans grand profit pour sa bourse. Pendant ce temps-là, les Langlinais, multipliant les entreprises dans la petite industrie et le commerce des produits agricoles, profitaient pleinement de la croissance économique.

Deux familles arrivaient sur le seuil d'un nouveau siècle. L'une regardait en arrière et se souvenait. L'autre abordait l'avenir avec espoir et faisait des projets.

Une rangée d'azalées pourpres, roses et blanches séparait de la route le petit cimetière de Beau-Chêne. Henri rentrait de ses visites; il arrêta sa monture, mit pied à terre, ouvrit la petite grille et se dirigea à grands pas sur l'allée de gravier vers deux hommes qui creusaient la terre lourde, imbibée d'eau, non loin du tombeau de Nollie.

Henri regarda dans la fosse. Le fond en était inondé. Il avait beaucoup plu durant ce mois de mars, comme d'habitude. Sous la couche superficielle, la terre était d'un jaune argileux, cru, hideux comme la mort.

– Recouvrez ça d'une bonne épaisseur d'aiguilles de pin, dit-il. Il ne faut pas que Mme de Clouet voie ce marécage.

– Monsieur Henri, j'espère que Mme Marthe ne va pas se mettre en colère quand elle verra où nous mettons M. Honoré. Elle a recommandé de ne pas le mettre trop près de M. Nollie mais Mme Caroline veut qu'ils soient à côté l'un de l'autre.

– Mme Marthe a assez à penser, elle n'y fera pas attention, Armand.

– M. Honoré était un homme bon, monsieur Henri. C'était un bien de travailler pour lui. Qui va être le maître de Beau-Chêne maintenant, monsieur Henri ?

Henri retourna avec la pointe de sa botte une petite motte de terre noire, meuble et riche, qui recouvrait l'argile. Tout poussait à Beau-Chêne; ce n'était pas là qu'était le problème.

– Je ne sais pas, Armand. Le fils aîné de

M. Nollie, en principe, bien qu'il n'ait que seize ans... Mais voudra-t-il prendre la relève ?

Henri haussa vaguement les épaules, fatigué, comme s'il n'arrivait pas à se libérer d'une éternelle lassitude. Il salua les deux hommes et s'en fut.

Jumie Langlinais l'attendait, juché sur son nouvel étalon qui, pensa Henri, devait avoir coûté autant que le dernier que Marthe avait acheté. Comme d'habitude, Jumie avait l'air aussi frais et dispos que s'il venait de dormir douze heures d'affilée en ne faisant que des rêves agréables.

– J'ai appris la nouvelle hier soir. J'étais à une réunion avec Caffery qu'on avait déjà informé de la mort d'Honoré. Je viens voir ce que nous pouvons faire.

Henri serra la main qu'il lui tendait.

– Il est mort très vite. (Il enfourcha sa monture et ils cheminèrent sur la route ravinée par la pluie jusqu'au grand portail de Beau-Chêne.) Le cœur, finalement.

– C'est Marthe qui l'a trouvé ?

– Dans la bibliothèque. Il était monté prendre un livre. Il a eu une crise cardiaque et il est tombé.

Quand Henri était accouru, aux cris perçants qu'avait poussés Marthe, il l'avait trouvée penchée sur Honoré, lui frictionnant les mains et répétant son nom. Il l'avait écartée doucement et avait constaté que le cœur avait cessé de battre. Marthe avait ramassé le livre. « Schopenhauer, avait-elle lu en grimpant sur l'échelle pour le remettre à sa place. Pauvre papa. J'espère qu'il a trouvé son nirvâna. »

– N'est-elle pas trop accablée ?

Jumie, c'était évident, pensait à Marthe. Et non à Caroline qui s'était aussitôt enfermée dans sa chambre et n'en était plus ressortie.

– Non. Elle est très occupée, heureusement. Nanette, grâce à Dieu, est ici. Nous avons envoyé un message à Hélène, en visite chez des amis, à Franklin.

Le cadet, René, dix-sept ans, était arrivé la veille, malade, par le dernier train. Visiblement, il avait cherché à noyer son chagrin dans l'alcool et il avait fallu le mettre au lit. S'il s'en relevait avant le soir, il ne serait d'aucune utilité.

Jumie regarda la maison qui se dressait, toute blanche, entre les chênes.

– Honoré a vécu longtemps, et c'était un homme bon. Meilleur que beaucoup.

– Cela me surprend de vous entendre dire cela.

Jumie jeta un coup d'œil à Henri.

– Vous ne pensez pas qu'il est resté toute sa vie un homme de bien ?

– Il aurait pu faire beaucoup plus pour autrui et pour le pays.

– Il n'admettait pas les compromis, Henri...

Henri étouffa un rire bref et ironique.

– Je ne veux pas revenir là-dessus. Mais une bouderie de vingt ans, c'est un peu long. Mon beau-père était riche, cultivé. Il profitait du système social et politique, mais il n'aurait pas levé le petit doigt pour améliorer la vie des autres.

Jumie regarda de nouveau la demeure, qui semblait porter les années avec de plus en plus de grâce. Elle était presque centenaire. Une forme féminine apparut à l'une des longues fenêtres de la salle à manger; Jumie salua d'un geste.

– Je ne sais pas, Henri. Comment dire ? Grâce à lui, j'ai eu des pensées qui m'intéressaient, qui me plaisaient, durant toutes ces années. En voyant comment il mettait Beau-Chêne au-dessus de tout. Comment il refusait d'abandonner ce que Beau-Chêne représentait pour lui...

– Même si cet entêtement menaçait ce que Beau-Chêne est en réalité ?

Jumie descendit de cheval. Marthe venait vers eux, un châle noir léger sur les épaules. Ses yeux étaient immenses dans son visage que la douleur et la fatigue semblaient avoir rétréci.

– Certains hommes pensent, d'autres agissent, dit Jumie, avec un petit rire. D'autres font les deux. En ce qui concerne Caffery...

– Vous êtes pour lui ? Alors qu'il dirige un groupe qui a trahi votre Union dès qu'il l'a pu ?

– C'était il y a quatre ans, Henri. Et je ne suis pas forcément pour lui. Je suis pour les populistes, qui trouvent dans leur intérêt de le soutenir.

– Il gagnera ?

Jumie rit de nouveau.

– Comment diable pourrais-je le savoir ? Je n'ai pas besoin d'être sûr de gagner pour engager la lutte. (Il s'approcha de Marthe et serra ses deux mains dans la sienne.) Geneviève a sorti toutes ses casseroles. Je lui ai dit que vous n'aurez jamais besoin de tout ce qu'elle prépare, mais vous la connaissez; plus elle se fait de souci pour quelqu'un, plus elle cuisine.

Marthe eut un pauvre sourire.

– C'est très aimable à elle. Et je ne dirais pas que nous n'en aurons pas besoin, Jumie. Avec tous les gens qui vont venir...

Sa voix s'estompa. Une brusque saute de vent frais la fit frissonner.

– Ne restez pas dans le vent, Marthe. Vous avez les mains glacées.

– J'ai l'impression que je n'arriverai plus à me réchauffer. (Ils étaient rentrés et s'étaient réfugiés dans la bibliothèque. Elle s'affala dans un fauteuil, près du feu.) Je suis fatiguée, et je ne mange rien.

– Faites apporter de l'eau chaude et des citrons. Je sais où est le bourbon. (Jumie ouvrit un petit cabinet de laque et y prit une carafe.) Vous vous rappelez les grogs que mon père vous préparait, à vous et à votre maman ? Quand vous étiez si fatiguées ou que votre estomac faisait des caprices ?

Il prit le plateau des mains de Sarah, tourna

le sucre dans l'eau fumante, pressa un demi-citron et arrosa le tout d'une bonne rasade de bourbon doré.

– Connaissez-vous d'autres remèdes magiques comme celui-ci, docteur Langlinais ? demanda Henri en voyant bientôt les joues de sa femme se colorer de rose.

– Aucun d'aussi miraculeux que la trachéotomie qui a sauvé mes deux enfants, Henri. Maintenant, Marthe, il faut manger. Je le dirai à Sarah en partant.

Marthe leva les yeux par-dessus son verre. Ils semblaient de nouveau à leur place dans son visage.

– Quand j'étais une petite fille et que vous ne cessiez de me dire ce qu'il fallait que je fasse, je pensais au jour où je serais aussi grande que vous et où je ne serais plus jamais obligée de vous écouter.

– Qui a dit que vous deviez écouter ? Vous devez manger, c'est tout, rétorqua Jumie.

Elle but son grog et se laissa aller contre le dossier de son fauteuil.

– Henri, je ne crois pas que je pourrai supporter ça.

– L'enterrement ?

Il s'assit à côté d'elle, lui prit la main et la caressa.

– Non. Ce qui viendra après. (Son visage lisse, comprimé par une force aussi froide et violente que le vent qui se déchaînait à l'extérieur, se fripa soudain, comme les fleurs d'azalées que la bourrasque précipitait à terre.) Beau-Chêne va passer au fils de Nollie. Je n'arriverai jamais à l'accepter.

– Goûte ! (Geneviève lui tendait une cuillère de gombo en l'observant.) C'est bon ?

Jumie la serra dans ses bras.

– Et si je disais que ce n'est pas bon ? (Elle

se dégagea en brandissant la cuiller. Il rit.) C'est bon ! Très bon. Où est maman ?

Geneviève retourna à ses marmites.

– Dans sa chambre. (Elle hocha la tête.) Je n'aurais jamais cru qu'un jour je regretterais qu'elle ne tourne plus autour de mes casseroles pour vérifier tout ce que je fais. Je préférerais ça plutôt que de la voir tout le temps si polie, si renfermée. Depuis que papa Camille est mort, elle n'asticote plus personne, rien ne l'intéresse plus.

Jumie se servait une tasse de café. Il la porta sur la table de la cuisine.

– La seule personne dont elle tenait à se faire entendre n'est plus là. Qui sait ? C'était peut-être sa façon à elle de lui montrer qu'elle l'aimait.

– Comment ? En le reprenant tout le temps sur les moindres choses ?

– C'est peut-être parce qu'elle avait une trop haute idée de lui...

– Ton père était quelqu'un, c'est sûr. Je parie qu'à l'enterrement d'Honoré il n'y aura pas la moitié des gens qui étaient à celui de ton père. Tu te rappelles ? Il y avait du monde jusque sur la place... (Elle alla se servir une tasse de café et revint s'asseoir.) C'était vraiment quelqu'un.

– Il ne gagnait pas toujours.

– Pourquoi aurait-il dû toujours gagner ? (Elle mit la main sur le bras de Jumie.) Toi non plus, tu n'as pas besoin de gagner toujours pour être un grand homme, à mes yeux.

Jumie se leva et regarda par la fenêtre les champs et les bois qui se couvraient de feuilles. De l'autre côté, Beau-Chêne se préparait à ensevelir son maître. Le nouveau maître était-il déjà en train de commander des cartes à sa nouvelle adresse ?

– Tant mieux, dit-il. Parce qu'il y a toutes les chances que Caffery ne gagne pas. Ce qui veut dire que je perdrai, moi aussi.

Geneviève rit.

– Je te connais ! Si tu as peur de perdre les élections, tu manigances sûrement autre chose pour gagner sur un autre terrain. (Elle se leva.) Aide-moi à préparer tout ça pour qu'on le porte à Beau-Chêne. Qui sait si François n'est pas déjà là ? Ce sera peut-être bientôt notre nouveau voisin.

Le grand deuil surprenait les visiteurs qui entraient dans la maison : miroirs voilés, Caroline, Marthe et ses filles en noir, sonneries des pendules amorties, clavecin fermé. Dehors, c'était un éclatement de couleurs, les arbres verdissaient, la vie éclatait dans les champs; les violettes poussaient leurs petites têtes à côté de la tombe d'Honoré, où Caroline, accompagnée d'Henri, allait chaque jour se recueillir. Elle s'était vite lassée de tous les gens qui venaient lui présenter leurs condoléances, et ne quittait guère sa chambre.

– Qui est-ce encore ?

Elle était cachée sous un grand voile noir et ils revenaient du cimetière. Henri l'aida à descendre du petit boghei, puis examina les voitures qui stationnaient devant l'entrée.

– Les notaires sans doute, mère. Ils ont écrit qu'ils viendraient cette semaine.

– Je n'ai que faire des notaires !

– Vous devez assister à la lecture du testament... Vous le devez absolument, répéta-t-il, sentant qu'elle résistait.

Ils entrèrent dans le salon. Mignon et ses enfants étaient assis à l'écart; plus que jamais, ils étaient des étrangers. Les deux filles, Lisette et Anastasie, ne portaient pas le deuil, Mignon ayant déclaré que le noir ne seyait pas aux « jolies filles ».

Aussitôt la lecture du testament terminée, Caroline se retira, sans faire aucun commentaire. Après un long regard à François, l'héritier, Marthe fit signe à Henri de la rejoindre dans la bibliothèque, où ils allaient se mettre au travail sur les livres de comptes. François les suivit du regard, nonchalamment appuyé au manteau de la cheminée, un fin cigare aux lèvres.

Mignon avait la migraine et monta se coucher; sa servante passa le reste de la journée à faire la navette entre la chambre de Mignon et l'office, commandant des petits plats, réclamant d'autres services, bref, faisant tout, comme le dit Hélène, pour embêter le monde.

Les cousins, restés seuls au salon, s'installèrent plus commodément, les Gravelle d'un côté, les Clouet de l'autre.

– Il faudra refaire complètement cette pièce si tu habites ici, François, dit Lisette. (Elle regarda Hélène en battant des cils : ses longs cils noirs, si beaux, qu'Hélène lui aurait volontiers arrachés.) Pardonnez-moi, mais nous avons vécu à Paris; cela nous a donné d'autres goûts.

– Dans ce cas, on doit trouver très ennuyeux de vivre dans notre campagne, dit Hélène.

Elle n'arrivait pas à croire qu'ils dussent quitter Beau-Chêne, que cet affreux cousin en deviendrait le propriétaire pour la seule raison qu'il était un mâle.

Marthe leur avait assuré qu'ils construiraient une autre maison, non loin de là, sur un terrain qui lui reviendrait. Mais, à la façon dont elle l'avait dit, Hélène avait compris que sa mère était certaine que cela n'arriverait jamais. Et d'ailleurs, Hélène l'avait entendue dire à son père :

– Papa a sans doute modifié son testament quand Nollie est mort, pour me laisser Beau-Chêne et léguer le reste à François. Tu vois ce dandy administrer la plantation ? Ce serait une catastrophe.

Mais le grand-père n'avait pas modifié ses dernières volontés, peut-être n'y avait-il pas pensé. Comme elle se faisait ces réflexions, Hélène vit Lisette ouvrir le clavecin et s'asseoir pour jouer.

– Non ! fit-elle. (Les mains de Lisette s'approchaient des claviers mais Nanette fut plus rapide. Elle saisit ces mains, les força à s'éloigner, rabattit le couvercle de l'instrument, tourna la clé et la mit dans sa poche.) Vous respecterez nos usages tant que vous serez ici. Vous vous moquez de la mort de grand-père. On ne vous a jamais vus ici pour les réunions de famille. Mais vous savez trouver le chemin quand vous sentez qu'il y a de l'argent et des terres à prendre !

– Holà, les filles ! Vous n'allez pas vous battre, j'espère, dit Pierre, le cadet. (Il faisait le tour du salon, examinant les tableaux. Il s'arrêta sous le portrait d'Hélène, la tête droite, plissant les yeux.) La technique est faible, mais quelle expression ! Dis, François, tu me le laisseras ? Avec toutes les beautés en chair et en os que tu as, tu n'as pas besoin de portraits.

– Vous allez choquer nos cousines, dit Anastasie. (Elle s'était assise dans le fauteuil favori de Marthe, avait retiré ses souliers et avancé ses pieds près du feu.) Comme le dirait notre chère grand-mère, il ne faut pas se partager la dépouille du défunt avant qu'il ne soit froid, ce n'est pas convenable.

Et elle se mit à rire, d'un rire perçant qui déchira l'écran d'indifférence qu'Hélène interposait entre elle et eux. Puis Lisette rit aussi, d'un rire plus gras et révoltant; les deux garçons s'y mirent à leur tour. Hélène vit Nanette pâlir; elle vit ses lèvres s'entrouvrir et elle balbutia quelque chose : une protestation qui fut aussitôt noyée sous cette cascade de rires. Hélène bondit et la prit par la main.

– Viens, Nanette !

Elles sortirent en claquant la porte, coururent se réfugier dans la chambre d'Hélène où elles se jetèrent sur le grand lit, essayant de chasser de leurs oreilles ce bruit terrible qui semblait résonner dans toute la maison.

– Il faudrait qu'ils soient idiots pour ne pas accepter cette offre, dit Henri. (Ils avaient terminé leurs calculs.) Mais, Marthe, tu n'auras pour ainsi dire plus aucune autre source de revenu. Tu auras Beau-Chêne et la terre, mais lui, il aura tout le reste.

– J'aurai la seule chose que je veux, dit-elle.

Jamais elle ne s'était sentie aussi tendue, même quand elle assistait aux grandes courses auxquelles participaient ses couleurs, et alors, la tension ne durait que quelques minutes. Cette fois, elle avait l'impression que sa peau menait une vie indépendante de ses muscles.

– La plantation rend un peu, le moulin aussi. Je pense que nous nous en tirerons.

Henri posa la feuille sur laquelle Marthe avait résumé en clair tout ce qu'elle pouvait donner à François, en échange de Beau-Chêne, et alla rajouter une petite bûche dans le feu.

– Un médecin de campagne ne gagne pas grand-chose, je le sais; mais, à nous deux, ça devrait aller. (Il se redressa, sans cesser de regarder les flammes, lui tournant le dos.) C'est dans des moments comme celui-ci que je serais capable d'étrangler mon père, s'il était encore vivant. Comment a-t-il pu se conduire de façon aussi irresponsable, aussi déshonorante ?

Marthe repensa aux titres du *Picayune,* au scandale dont le bruit s'était répandu dans toute la région et qui, durant un été entier, était resté suspendu au-dessus de leur tête, comme les fils de la mousse parasite dans les chênes. En 1894, alors que la loterie était morte, qu'il avait perdu toute influence politique et qu'il « ne lui restait plus qu'à être honnête » – comme avait dit quelqu'un –, Étienne de Gravelle avait fui le pays, une maîtresse accrochée à ses basques et une mallette pleine d'argent volé à la main.

– Il ne faut pas que tu penses à ça, Henri.

Elle voyait ses épaules voûtées, les reflets argentés que la lumière du feu faisait briller dans ses cheveux.

– J'essaie. (Il se retourna. Elle ne distinguait pas les traits de son visage; sa voix semblait sortir de l'ombre.) Mais il est parfois difficile d'oublier le déshonneur, et le fait qu'il a abandonné ma mère à la ruine. Quant à moi je n'ai que des dettes pour tout héritage.

– Tout a été payé, Henri.

– Oui. (Il revint vers elle et l'attira contre lui. Elle vit leurs deux ombres s'unir sur le mur, effaçant les tableaux.) Mais ce serait bien agréable d'avoir un petit magot en réserve, n'est-ce pas ? Si François accepte de te vendre Beau-Chêne, Marthe, c'est toi qui devras t'occuper de tout. Dieu sait que je ne pourrais t'être d'aucune aide, même si j'en avais le temps.

– J'en ai passé, des heures et des heures, dans le bureau de papa, à tenir les registres des écuries. Je serai peut-être obligée de laisser tomber cela, mais j'ai appris beaucoup d'autres choses pendant toutes ces années. Je ne suis pas une sotte !

Elle sentit sur ses lèvres les lèvres d'Henri, fines et sèches, et, pour la première fois, elle prit conscience qu'il serait bientôt vieux.

Quand Alice-Marie DeBlanc, des DeBlanc de Ville-Platte, fit la connaissance de Claude Langlinais cet été-là, lors d'un petit séjour chez sa marraine, à New Iberia, elle renonça à aller poursuivre ses vacances sur la côte du golfe, et se mit à participer à toutes les distractions des jeunes gens des environs : fritures de poissons du vendredi soir, danses du samedi soir, pique-niques du dimanche après-midi. Claude la remarqua tout de suite, et crut deviner que c'était réciproque. Il était séduisant et avait toujours eu du succès auprès des filles. Mais, au bout de trois semaines, voyant qu'elle ne lui accordait pas plus d'attention qu'au cousin qui l'accompagnait partout, il lui rendit visite chez sa marraine, un après-midi, et l'invita à faire un tour en boghei. À la fin de la promenade, comme elle ne se départait pas d'une attitude très aimable, certes, mais réservée, il s'écria, en faisant claquer les guides sur l'avant de la voiture :

– Pourquoi êtes-vous venue avec moi si je ne compte pas plus, pour vous, qu'un pieu de clôture !

Alors il capta toute son attention. Elle le fixa de ses yeux gris foncé, comme si elle le comparait à quelque image intérieure. Puis elle haussa légèrement les épaules, sous le fin voile de son corsage de batiste.

– Monsieur Langlinais, pourquoi devrais-je m'intéresser particulièrement à vous ? Tout le monde sait que vous allez finir vieux garçon avec tout votre argent. Quant à moi, je n'ai aucune intention de rester vieille fille.

À ce moment, elle avisa des fleurs dans un champ et lui demanda de s'arrêter.

– Ainsi vous êtes disposée à épouser n'importe qui ? lui demanda-t-il.

Il lui prit la taille et elle sauta à terre.

– Moi ? Je ne suis pas obligée d'épouser le premier venu.

Et elle se mit à cueillir de grandes fleurs d'ail blanches et des marguerites jaunes à cœur noir. Très vite, elle en eut une pleine brassée. Le soir, au bal, il ne supporta pas de la voir dans les bras de ses amis; il eût voulu la leur arracher et l'enlever. À la fin de juillet, il avait compris que la seule façon de conquérir Alice était de demander sa main. Elle lui déclara qu'ils ne se connaissaient pas encore assez et qu'ils ne pourraient se fiancer officiellement qu'après Noël. Elle rentra à Ville-Platte, où elle compléta son trousseau et se mit à écrire à Claude tous les jours. Des années plus tard, Claude dirait, en passant affectueusement son bras autour de la taille d'Alice : « Je lui ai fait la chasse et c'est elle qui m'a pris ! » Mais il savait alors que tant qu'il ne serait pas le premier, l'unique, aux yeux d'Alice-Marie DeBlanc, rien d'autre ne compterait pour lui.

Ils se marièrent pendant l'été 1901. Alice eut un fils au printemps suivant.

– Nous, nous l'appellerons Beau, dit-elle.

Le curé inscrivit son nom dans le registre de baptême.

– Beau ? Qu'est-ce que c'est que ce prénom ? demanda Geneviève à Jumie.

– Le prénom qu'Alice donne à son bébé, répondit Jumie.

Un an après, en 1903, naquit une fille, qui reçut le prénom composé de sa mère, mais qu'on appela plus simplement Marie, sur les instances de Claude.

Claude, Alice et leurs enfants habitaient la traditionnelle « maison des jeunes mariés », à côté de l'habitation principale des Langlinais. Ils « sortaient » beaucoup.

– Ils sont jeunes, Geneviève; c'est juste qu'ils veuillent s'amuser, disait Jumie.

– Cette Alice tout de même, répliquait Geneviève. On annoncerait une bataille de chiens et elle ne serait pas invitée, elle en perdrait son nez de dépit !

Quand arriva le cinquième anniversaire de leur mariage, les noms de Claude et Alice Langlinais étaient mentionnés si souvent dans la liste des personnalités invitées aux réceptions et aux fêtes qui se donnaient tout le long du bayou Teche, que Geneviève renonça à collectionner les coupures de journaux et ne garda plus que les portraits qui apparaissaient, avec une régularité presque gênante, dans les pages mondaines des publications locales.

– Il n'y a donc jamais personne d'autre à dessiner ? dit Geneviève, irritée, à son fils.

– Maman, répondit-il en riant. Alice est toujours la plus jolie femme, et moi toujours un des hommes les plus riches. Pourquoi les dessinateurs et les photographes devraient-ils nous ignorer ?

Geneviève posa la dernière assiette sur la table et recula d'un pas pour juger de l'effet.

– Alice, cria-t-elle, viens voir mon nouveau service !

Alice, portant Marie sur un bras et tirant Beau par la main, sortit de la cuisine. Elle avait une robe blanche et une guirlande de camélias blancs dans ses cheveux noirs.

– Tu es belle comme une épousée, dit Geneviève. Qui croirait que cela fait cinq ans aujourd'hui que tu es mariée ? Alors, qu'en penses-tu ?

Alice déposa la petite par terre et fit lentement le tour de la table, regardant les plats, les assiettes, les couverts.

– Vous pourriez faire une décoration avec le grand plat, dit-elle. Ou avec la soupière. Comme dans les illustrés. On peut construire une pyramide de fruits (elle prit le grand plat ovale pour la viande) et la mettre sur le buffet. Ou disposer des fleurs dans la soupière.

– Alice ! Des fruits à regarder ? Des fleurs à la place de la soupe ! Le bon Dieu nous a donné de bonnes choses pour que nous les mangions, pas pour les regarder en les laissant pourrir. Nous avons l'intention, Jumie et moi, de t'offrir un service pour ton anniversaire. Mais, s'il te plaît, choisis quelque chose d'utile et qui ne soit pas simplement pour remplir tes buffets !

Les buffets et les armoires d'Alice étaient sa fierté, et faisaient le désespoir de sa belle-mère. La jeune femme l'obligeait à admirer sa vaisselle et ses piles de linge, bien propre, bien rangé, quand elle lui rendait visite pour voir ses petits-enfants. « Et je te le jure, Jumie, elle tient une liste de ce qu'elle a sur chaque rayon ! Tu devrais l'employer. Ce qu'elle aime, c'est faire des listes, des listes de tout ce qu'elle a. Elle ne veut pas se servir de ce qu'elle a, elle veut seulement savoir qu'elle l'a. »

Geneviève se baissa pour prendre sa petite-fille dans ses bras et donna deux baisers sonores sur ses joues rebondies.

– Marie, allons à la fenêtre attendre l'arrivée de papa et de grand-papa.

– Claude a dit qu'ils apporteraient une surprise.

Alice refaisait le tour de la table, rectifiant le pli des serviettes ainsi que la position des verres et des couverts.

« Alice est une bonne maîtresse de maison, je ne peux pas dire le contraire, disait Geneviève à Jumie. Elle astique tout, elle dispose tout parfaitement : on dirait des images de magazine. Elle fait tout pour l'apparence : mais qu'est-ce qu'il y a derrière ? »

Geneviève tendit l'oreille. On entendait un drôle de bruit : celui que feraient des roues qui tournent, un petit moulin à sucre qui se met en marche en pétaradant. Puis il y eut un son de trompe, ressemblant plutôt à un beuglement, répété plusieurs fois.

– Qu'est-ce que c'est que ça ? (Elle écarta le rideau.) Alice, viens voir ça, viens voir ça !

Les yeux écarquillés, elles virent Jumie et Claude sauter à bas d'une automobile noire aux garnitures argentées qui étincelaient dans le soleil.

– Ah, ces deux-là ! Il ne manquait plus que ça !

Mais Alice s'était déjà précipitée hors de la pièce. Geneviève la vit dévaler les marches devant le porche, courir vers Claude et se mettre à parler avec animation.

– Je crois qu'on va aller voir nous aussi, les enfants, dit-elle en prenant Beau par la main.

Elle fit le tour de l'automobile, en restant à une certaine distance.

– Jumie, ne me dis pas que tu as acheté ça !

– Il faut bien que je connaisse les choses que je vends, non ?

– Tu vas vendre des automobiles ?

– Pas directement. Claude non plus. Mais nous avons pris des parts dans un établissement d'Abbeville. Ces machines-là vont se vendre, Geneviève; il n'y a aucune raison pour ne pas en profiter, comme les autres.

Geneviève leva la main et se mit à compter sur ses doigts.

– Jumie, tu as des affaires à New Iberia, à Saint-Martinville, à Abbeville, à Lafayette. Il n'y a pas assez à faire par ici ? Il faut que tu continues de te mettre d'autres affaires sur les bras ?

– Pensez à tout l'argent que l'on peut en tirer, dit Alice.

Elle s'était déjà hissée sur le siège avant et implorait Claude de lui montrer comment conduire.

– L'argent ! L'argent, ça permet d'acheter de la vaisselle, des voitures, mais il n'y a pas que ça dans la vie, Alice.

La jeune femme la regarda fixement. Elle avait l'air de réfléchir sous le toit de cuir de l'automobile.

– Mais alors, maman Geneviève, pourquoi se donnent-ils tout ce mal pour en gagner plus ?

– Pourquoi ? Tu as entendu ce que Jumie vient de dire : si les gens se mettent à acheter ces machins, il y aura de l'argent à gagner : pourquoi le laisser à un autre ? Maintenant, écoutez-moi tous : ne faites pas les malins avec cet engin devant nos invités ! Vous avez vu le gros Gustave ? On s'est bien fichu de lui quand il a fait sa démonstration avec son automobile devant tout le monde ! Vous voulez faire comme lui ? (Après un dernier regard à la nouvelle acquisition, elle poussa tout son monde vers la maison :) Mais tu sais, Jumie, la nôtre est mieux que la sienne.

À la fin de l'après-midi, toute la famille monta

dans la voiture, Beau entre ses grands-parents, Marie sur les genoux de sa mère, et Jumie les emmena à New Iberia. Sur le chemin du retour, Claude dit :

– Passons par le bourg de Saint-Martinville; nous voudrions vous faire voir quelque chose.

– L'automobile ne suffisait pas, il y a une autre surprise ? (Geneviève regarda Jumie.) Jumie, tu es au courant ?

Jumie hocha la tête et suivit les indications de Claude. Peu après l'église, ils tournèrent dans une rue bordée de maisons en bois, dont les fenêtres s'embrasaient au soleil couchant.

– Arrêtez-vous ici, dit Claude.

C'était un terrain nu, avec quelques arbres sur le devant. De l'autre côté s'étirait une haie basse, nouvellement plantée, derrière laquelle on apercevait une autre maison aux volets fermés.

– Nous voulons acheter ça, Alice et moi. Pour y construire une maison.

Geneviève fut interloquée.

– Habiter en ville ? Claude, non !

Alice s'apprêtait à descendre de voiture. Son pied dépassait de sa robe, jusqu'à la cheville. Elle donna une petite tape sur l'épaule de Geneviève.

– Mais, maman, ce n'est qu'à quelques miles de chez vous. Ce n'est pas loin.

– Mais c'est en ville ! (Aidée de Jumie, elle descendit et regarda le petit terrain.) Alice, c'est minuscule, ça. Il n'y a pas de place pour les légumes; juste quelques tomates, deux-trois rangs de haricots, peut-être. Où tu mettras tes poules ?

– Je n'ai pas l'intention d'avoir un poulailler. Ni un potager. Quand j'aurai besoin d'une volaille, on me l'enverra de la ferme de Claude, égorgée, plumée et vidée, maman Geneviève. (Les mains d'Alice firent des mouvements délicats dans le vide.) J'aurai des fleurs bien sûr, peut-être une petite fontaine. (Elle s'avança sur le terrain. Les derniers rayons du soleil faisaient apparaître des nuances auburn dans ses cheveux foncés et comme un nimbe doré autour de sa tête.) Le salon sera ici, dit-elle, décrivant un carré en marchant. Ici, un grand vestibule...

Ils la regardaient dessiner sa maison, tel un enfant traçant des lignes dans la terre.

– M'est avis que vous l'avez déjà acheté, dit Jumie. Alice a déjà eu le temps d'y penser, on dirait.

– Ça facilitera nos affaires, papa. Je pourrais même avoir un petit bureau en ville, ça ferait gagner du temps.

– Travailler en ville aussi ! (Geneviève, les poings sur les hanches, avait l'air furibond.) Si j'avais su, en t'envoyant étudier à Baton Rouge, que ça te donnerait le goût de la ville...

– Maman ! s'écria-t-il, en l'embrassant et en riant gaiement, Saint-Martinville n'est pas une vraie ville ! Et notre maison aura de l'allure, tu verras que tu l'aimeras !

– Alice, que feras-tu de tes journées, sans jardin, sans poules ?

Alice sourit en regardant tout autour d'elle le terrain, les maisons de part et d'autre, les pelouses régulièrement tondues, les becs de gaz au coin de la rue.

– Je vais m'acheter un piano, j'irai au salon littéraire de ma cousine Bessie, je ferai des séjours à La Nouvelle-Orléans : ce sera la belle vie, maman Geneviève !

Comme toutes les femmes Langlinais avant elle, Geneviève affirma que la vie n'était pas faite que de plaisir.

Alice jeta un regard irrité à sa belle-mère, puis répondit, tout sourires :

– À quoi ça sert d'être riche si on n'en profite pas ?

– Regarde Marthe de Clouet : elle ne se croit pas obligée de sortir tout le temps. Et si les Clouet ne sont pas riches, qui l'est alors ?

– Les Langlinais, maman.

Marthe tira sur les guides; le cheval ralentit et s'arrêta. Un garçon accourut et lui prit les guides des mains.

– Je vais le mettre au garage, dit-il en les laissant descendre du boghei. Rentrez.

– Eh bien ! dit Hélène. Alice a même un domestique pour les voitures. Ils ne se refusent rien.

– J'espère que je suis assez bien habillée pour son thé : c'est la première fois qu'elle reçoit dans sa nouvelle maison. (Marthe passa la main sur sa jupe grise, ajusta le ruché de dentelle de son corsage.) Et mon chapeau, ça va ?

Elle enfonça légèrement sa toque de velours gris.

– Vous êtes parfaite, maman.

– Cette entrevue à la banque a duré si longtemps...

Hélène regarda sa montre.

– C'est vrai, je pensais que nous serions là plus tôt. Il faut que j'aille attendre Charles au train, à New Iberia; je ne peux pas rester plus de trois quarts d'heure.

– Elle comprendra : tout le monde est très pris par le Thanksgiving[1]. (Une fois franchie la petite grille de fer forgé, Marthe leva les yeux et retint presque son souffle :) Seigneur ! Mais ce qu'elle a de l'allure ! Geneviève m'en a parlé, mais je ne l'imaginais pas aussi grande.

– Les Langlinais possèdent une scierie, fit remarquer Hélène.

La maison était pourvue d'un large porche, avec de fines claies de bois dans le prolongement des colonnes. D'étroites cheminées coiffaient le toit, et l'un des coins de la maison était en forme de tour ronde; un petit rosier grimpait déjà jusqu'au rebord de la première fenêtre.

1. Grande fête aux États-Unis, qui tombe le quatrième jeudi de novembre.

– C'est ravissant, tout à fait ravissant, Geneviève, dit Marthe.

Hélène parlait à Alice, qui se tenait, rayonnante, au milieu de son entrée, comme un rubis au centre d'un écrin précieux.

– Je vous crois ! Alice a acheté une bibliothèque entière de magazines pour faire ça. Ah ! Il faut que Claude ait une patience d'ange ! Une semaine, c'est ceci, la semaine suivante, c'est cela; et encore une autre idée... moi, je suis bien contente de m'être installée jadis dans une maison qui était déjà toute faite !

Au salon, Marthe prit la tasse de thé que lui tendait Geneviève et regarda autour d'elle.

– Puis-je m'asseoir une minute ? Rien que la pensée de boire un bon thé me remonte ! Je suis tout le temps si fatiguée, c'est ridicule; Henri dit que je travaille trop, mais avec tout ce qu'il y a à faire, Geneviève...

– Vous savez qui n'est jamais fatiguée ? Alice ! Pensez, Marthe, elle a une fille qui vient l'aider tous les jours. Cette maison est si neuve que la poussière n'a pas encore eu le temps de trouver où sont les coins, mais Alice a quelqu'un pour l'aider ! (Geneviève hocha la tête.) Hélène a bonne mine. Elle aime La Nouvelle-Orléans ?

– Et comment ! Elle ne vient presque plus ici, et pourtant, vous vous souvenez quand elle ne jurait que par Beau-Chêne ?

– Mais c'est qu'elle a là-bas son mari, sa petite fille. Quel âge a Caroline maintenant ? Le même âge que Beau, n'est-ce pas ?

– Oui, elle aura cinq ans en février.

– C'est ça : Beau est né six semaines plus tard, au début d'avril. Ils seront tous là pour Thanksgiving ?

Marthe avait soudain le visage radieux, rajeuni, sans doute à cause des grosses bûches qui rougeoyaient dans la cheminée, du parfum qu'exhalaient les bouquets de fleurs, du thé à la fois doux et épicé.

– Oh, oui, Geneviève. Même René ! Il a quitté Paris il y a un mois pour revenir ici. Cela fait plus d'un an que je ne l'ai pas vu, cela me semble impossible…

– Il revient définitivement ? Pour apprendre à administrer la propriété ?

Des rides sur le front de Marthe chassèrent un peu de sa jeunesse retrouvée.

– Je ne sais pas. Il n'a rien dit à ce propos, je ne le lui ai pas demandé. Mais je vais avoir tout mon monde, pendant quelques jours, et je ne veux penser qu'à ça !

Le foyer de la petite locomotive grondait, la vapeur fusait; René claqua la portière et cria :

– Tout le monde en voiture ! Tout le monde en voiture ! (Il se retourna vers Hélène, tout près de lui dans la cabine étroite.) Ils sont tous montés ?

Elle regarda derrière elle la file de wagonnets garnis de foin et remplis de monde.

– On dirait, oui ! Mon Dieu, maman a dû inviter tout le monde à cinquante miles à la ronde.

– Actionne le sifflet, Hélène. Tu te rappelles comme nous nous battions autrefois pour savoir qui tirerait le sifflet ?

Le signal strident, prolongé, déchira l'air de novembre. René se pencha pour regarder la voie.

– C'est toujours aussi drôle, non ? L'an dernier, j'ai dit à une fille que nous avions un chemin de fer, elle a pensé que j'étais un nouveau Jay Gould[1] ! (Il rit d'un rire bref, qu'Hélène ne lui connaissait pas.) Je n'ai pas voulu la décevoir.

– Mais *c'est* un chemin de fer. Et je préfère ce petit chemin de fer à sucre avec sa voie étroite à tous les trains du monde.

– Sentimentalement, oui… (René alluma une cigarette.) Les grands chemins de fer rapportent

1. Célèbre financier américain du XIXe siècle.

gros, et moi, ce que je préfère au monde, c'est l'argent.

– Tu as déjà dépensé tout ce que tu as reçu à la mort de grand-mère ? René ! Qu'est-ce que tu fais, là-bas, avec ce François que je ne peux pas sentir ?

René souffla une longue bouffée de fumée qui alla se fondre aux noires volutes qui sortaient de la locomotive avant de s'étirer en petits nuages au-dessus des wagons.

– Le moins de choses possible, ma chère sœur. Le moins de choses possible.

... Marthe regardait les flammes gagner peu à peu les longues bûches disposées en pyramide au milieu du champ.

– Je regrette que nous n'ayons pas fait cette fête pendant le broyage : tu te rappelles combien vous aimiez aller au moulin pour boire le vesou à peine fait ? Et manger du pop-corn trempé dedans, quand le jus est encore chaud ?

René passa le bras autour de ses épaules.

– Et vous vous souvenez de vos sandwiches à la salade de poulet ? Si vous en avez fait aussi aujourd'hui, je pourrai me passer du sirop de canne. Et même si je suis incapable de dire quand j'ai bu du lait pour la dernière fois, si vous avez apporté votre chocolat chaud, je ferai une exception et j'en boirai aussi.

– J'aimerais que tu restes ici, René. Charles a dit le jour où il est arrivé qu'il pourrait te faire entrer dans une maison de La Nouvelle-Orléans qui exporte en France : ce que tu as appris là-bas pourrait te servir. Ou bien tu pourrais revenir vivre ici, à Beau-Chêne. (Elle entendait ces paroles se précipiter hors de sa bouche, bien trop vite, bien trop tôt. Elle leva la main.) Ne me dis pas non tout de suite. Laisse-moi croire, au moins ce soir, que tu diras oui.

Il lança sa cigarette d'une pichenette; elle décrivit un arc d'étincelles avant de tomber dans le feu.

– Écoutez, maman, je crois que Nanette ferait bien de dénicher un gentleman-farmer à l'université. Je ne me vois vraiment pas dans ce rôle.

– Tu n'as pas entendu parler des projets de Nanette ?

– J'ai entendu tant de choses, depuis deux jours que je suis ici, que je peux avoir...

– Tu aurais dû t'en souvenir. Elle a décidé de faire sa médecine.

Une bûche dans le feu s'effondra, dégageant de hautes flammes. Marthe vit l'air scandalisé de son fils.

– Nanette, étudier la médecine ? Maman, c'est dégoûtant ! Comment pouvez-vous lui permettre ! Ce n'est pas possible !

– Il n'y a rien de dégoûtant dans le fait de soigner les gens. (La lumière du feu pouvait faire bien des choses : rajeunir les êtres, mettre en valeur la beauté, adoucir la laideur. Mais elle ne put cacher l'expression qu'elle lisait dans les yeux de son fils.) Ton père a dû faire jouer toutes ses relations pour la faire inscrire et, dès cet automne, elle ira à l'école de médecine de Philadelphie. Connaissant Nanette, je crois qu'elle tiendra bon jusqu'à ce qu'elle en sorte médecin.

Il haussa les épaules, ennuyé, abaissa un instant les paupières.

– Chacun ses goûts. Ça fait un drôle d'effet quand même. Ma petite sœur triturant son macchabée. Elle lui donnera un nom, tu crois ? C'est une coutume des carabins, à ce qu'on m'a dit.

En le regardant s'éloigner rapidement, Marthe frissonna malgré le grand feu qui crépitait. Elle pensa aux terres qui s'étendaient au loin, tout autour d'eux, dans l'obscurité. Ces terres qu'elle avait rachetées... Pour qui ? Pas pour René, c'était clair. Pour Hélène ? Hélène ne quitterait plus La Nouvelle-Orléans; la vie qu'elle y menait, faite de soirées au théâtre, de bals, de dîners et de réceptions, lui plaisait trop. Elle ne venait plus à

Beau-Chêne que pour voir sa mère et faire prendre le bon air à Caroline; mais elle ne recommencerait jamais à y vivre. Quant à Nanette, une fois qu'elle aurait terminé ses études, le pauvre Henri serait trop content de l'accueillir comme associée, ou comme successeur; elle non plus ne s'occuperait pas de la plantation. Marthe s'accroupit pour ramasser un fragment de tige de canne à sucre, prit un couteau sur la table des rafraîchissements et se mit à tailler avec énergie pour dégager la partie tendre.

– Que faites-vous, maman ?

Nanette surgit de l'ombre à côté d'elle, les joues en feu, les boucles flottant au vent.

– Je veux voir si l'intérieur de la canne est aussi bon à mâcher que dans mon souvenir.

– Quelle fête, maman ! Je regrette que papa ne puisse être avec nous.

Marthe l'attira près d'elle.

– Moi aussi. Voilà ce que c'est que d'être médecin. Ça ne laisse guère de temps pour les distractions, Nanette.

La jeune fille recula d'un pas. Le feu baissait mais, à la lueur des braises, l'éclat de ses yeux sombres semblait encore plus passionné.

– Je le sais, maman, mais je ne peux m'imaginer faisant autre chose. C'est plus fort que moi.

Marthe rit.

– Nous avons de la chance, toutes les deux ! C'est exactement ce que je ressens à propos de Beau-Chêne : si je ne m'occupais pas de l'exploitation, je ne vois vraiment pas ce que je pourrais faire d'autre.

Cela fait du bien de voir tant de lumières à Beau-Chêne, pensait Jumie, rentrant d'une chasse à l'écureuil, dans les petits bois, entre les habitations. C'est une maison qui devrait toujours être pleine de gens; sinon, elle se refroidit tout de suite. Les ténèbres s'épaississaient; il pressa le pas et, bientôt, aperçut les lumières de la cuisine où l'attendaient une bonne chaleur, un bon souper, et Geneviève.

Après le repas, comme il nettoyait ses fusils avant de les ranger, un sifflet lança son long appel strident au-dessus des champs. Puis une chouette ulula.

– Ce doit être le petit train de Beau-Chêne. (Jumie leva les yeux des cartouches qu'il préparait pour la prochaine chasse.) Ils ont dû faire une fête à la sucrerie.

– Oui, Marthe m'a dit que tous les enfants seraient là.

Geneviève tricotait des poignées pour la cuisine d'Alice.

– Dommage que le jeune René ne veuille pas rester. Il faudrait que quelqu'un l'aide. Hébert était un bon intendant, mais celui qu'elle a maintenant ne vaut pas grand-chose.

Geneviève haussa les épaules.

– Marthe dit qu'il est difficile de trouver un homme disposé à travailler pour une femme. Quant à leur fils, je ne pense pas qu'il serait très utile, Jumie. Je n'aime pas dire du mal des voisins, mais il n'y a rien de bon à attendre de René, à mon avis.

– Tu as su que Nanette voulait devenir médecin ?

Geneviève se signa furtivement.

– Dieu fasse qu'elle n'attrape pas quelque maladie terrible qu'on ne sache pas comment soigner ! Nanette est comme sa mère, forte, une vraie tête de mule ! (Le sifflet de la petite locomotive retentit de nouveau dans les champs vides.) Cette Marthe ! Comment fait-elle pour recevoir tout ce monde, diriger cette grande plantation ? D'une façon ou d'une autre, elle continue de tout faire marcher comme il faut.

Ayant chargé sa dernière cartouche, Jumie rangeait son matériel.

– Je ne sais pas. Je l'espère.
– Qu'est-ce que tu espères ?
– Ce que tu as dit : que tout continue d'aller bien pour elle.
Geneviève posa le petit carré de laine qu'elle venait de terminer.
– J'ai utilisé tous les bouts qui restaient dans cette corbeille… Si Alice trouve que ce n'est pas assorti à ses casseroles, ça pourra toujours me servir, à moi. Jumie, que sais-tu à propos de Marthe que tu me caches ?
Jumie prit la cafetière.
– Je fais aussi du café pour toi ?
– Ne détourne pas la conversation ! On t'a dit quelque chose à la banque.
– Je ne répète à personne ce que j'apprends à la banque.
– Alors, ne me dis pas où tu l'as su. Marthe a des ennuis ?
Le dernier cri affaibli du sifflet se perdit dans la nuit.
– Elle a hypothéqué Beau-Chêne.
– Ses terres ? Oh, il faut que tu lui dises de ne pas faire cela, Jumie !
Il commença à verser lentement l'eau bouillante sur le café moulu.
– Je ne dis pas à Marthe ce qu'elle doit faire.
– Depuis quand ? Tu dois l'aider ! Cela représente beaucoup d'argent ?
Il revint vers elle avec les deux tasses.
– Assez, oui. Il faut changer les machines du moulin, faire quelques réparations à la maison, payer les études de Nanette et les séjours de René à Paris… Cela fait beaucoup de dépenses.
– Mais regarde tout le sucre qu'elle cultive ! Et leur propriété est immense.
– Cela fait aussi beaucoup d'ouvriers et de personnel à payer. Et ces intendants qui vont, qui viennent. Marthe a beau être débrouillarde, elle

a beau avoir de la volonté, elle est une femme, Geneviève. Et les autres en profitent.

– Ça ne me plaît pas du tout. Jumie, fais quelque chose, tu m'entends ?

Jumie vida sa tasse, se leva et s'étira. Puis il se pencha vers Geneviève et l'embrassa.

– Tu trouves que je n'ai pas assez à faire ?

Elle se leva et se serra contre lui.

– Il faut que quelqu'un le fasse. Et si tu veux que je te dise la vérité : quand il faut que quelqu'un fasse quelque chose, par ici, ce quelqu'un est toujours un Langlinais !

Semailles (1910-1912)

Un bruit curieux, comme un froissement sonore, fit soudain vibrer l'air autour d'eux. Jumie leva les yeux et pointa son doigt dans la pénombre.

– Des canards des bois[1]. Une vingtaine au moins.

L'homme à côté de lui dans les buissons se redressa, épaula son fusil, visa et fit feu. Jumie tira juste après. Le vol s'éparpilla tandis que les deux canards de tête tombaient à pic dans le bayou.

Le chien de Jumie bondit, plongea dans l'eau avec fracas et nagea vers les deux formes qui dérivaient lentement.

– Comment avez-vous reconnu que c'étaient des canards des bois, à cette distance ?

– À cause du bruit qu'ils font. On dirait presque un train. Les colverts, les pilets et les sarcelles planent en silence avant de se poser. Pas les canards des bois. D'abord, ils volent plus vite, ils battent l'air de leurs ailes et, quand ils veulent

1. Espèce nord-américaine qui niche dans les arbres creux.

se poser, ils incurvent leurs ailes pour faire résistance contre l'air, pour freiner. C'est ce qui fait ce bruit.

Jumie se pencha pour prendre les oiseaux que lui rapportait le chien. Il caressa la fourrure sombre et épaisse de son cou.

– Vous la connaissez, votre campagne, hein ! dit son compagnon.

– Hé ! dit Jumie en riant. C'est que nous autres, nous vivons dans ce pays depuis plus de cent cinquante ans. Tu parles si nous la connaissons !

L'homme rechargea son fusil.

– C'est pour ça que nous voulons vous avoir dans notre ligue, vous et votre fils. Les Langlinais, ça compte par ici !

Jumie leva la main, hocha la tête.

– S'il vous plaît, la chasse au canard est une chose sérieuse... (Il regarda le ciel qui se colorait de rose.) Les colverts vont arriver. Bons à rôtir, bons pour le gombo, surtout avec la sauce aux huîtres de Geneviève. Chassons d'abord, ensuite nous mangerons, et après, peut-être, nous parlerons.

Autour d'eux, la végétation des marais dressait ses pointes brunes desséchées. Le bayou paresseux présentait sa surface morne et glauque au soleil levant. Une odeur de feu de bois passa sous leurs narines. Et, au-dessus d'eux, dans l'azur, un vol de canards apparut. Leurs têtes vertes brillaient dans la première lumière; tous se mirent à planer sans bruit, comme s'ils glissaient dans l'air limpide de l'automne.

Marthe referma le grand livre et le posa avant d'ouvrir la pile de courrier que Berthe venait d'apporter. Une circulaire d'une association de planteurs, une lettre de Nanette – elle la mit de côté pour la lire après le travail –, une invitation à un thé, la facture du nouveau transporteur automatique... Soudain, elle fut prise d'une irrépressible envie de bouger. Le soleil avait dissipé la brume matinale; déjà, en accompagnant Henri sur le perron, elle avait deviné qu'il se préparait une de ces splendides journées d'octobre où, dans l'air vif et transparent, la terre se pare de couleurs flamboyantes sous un ciel d'un bleu parfait.

Elle reposa le courrier sans l'ouvrir, ferma son secrétaire et sortit du bureau. Elle allait demander à Berthe de lui préparer un pique-nique et se chausser de souliers de marche. Dans l'entrée, elle se regarda un instant, sans s'arrêter, dans le grand miroir en pied. Suis-je donc si vieille ? se demanda-t-elle. Mais, quand elle sortit par la porte de derrière et traversa le potager, où les tomates continuaient de mûrir, où les brocolis et les choux-fleurs poussaient, elle oublia son âge, ses divers maux et ses soucis. L'automne était dans les bois, brûlant de tous ses feux, insouciant du froid qui viendrait bientôt imposer sa loi. Pendant quelques heures, elle se promènerait, s'amuserait.

Les peupliers étaient d'un rouge cramoisi, et leurs petits fruits blancs se balançaient en grappes dans le vent léger. Les pins étaient devenus d'un vert plus profond; de temps en temps, une pigne tombait en rebondissant sur les branches avec un bruit sec, faisant fuir les écureuils. Marthe s'arrêta un instant sous un pacanier, balayant du bout de sa chaussure les feuilles mortes qui jonchaient le sol pour faire apparaître les noix à la coque encore verte. Elle en remplit ses poches puis continua sa marche. Je devrais faire cela plus souvent, pensait-elle. Il est ridicule de vivre à la campagne si l'on ne peut pas en profiter. Hélène avait dit la même chose dans une de ses lettres.

« Si vous ne sortez plus, si vous ne voyez presque plus vos anciens amis, au moins faites des promenades dans Beau-Chêne, même à pied ! Papa a toujours eu l'air fatigué, mais vous, jamais. Je suis préoccupée ! »

Hélène ne plaisantait pas mais ces lignes avaient fait rire sa mère. Apparemment, on ne pouvait pas diriger une plantation et continuer de mener une vie mondaine. La moindre invitation, à prendre un café le matin à New Iberia, à déjeuner à Saint-Martinville, lui faisait perdre toute la journée. Et puis, elle constatait qu'elle avait de moins en moins de choses à dire à ces amies qu'elle connaissait souvent, pourtant, depuis l'enfance. Les discussions sur les petits-enfants ? Que pouvait-elle raconter, elle qui ne voyait presque jamais, hélas ! son unique petite-fille ? Parler chiffons ? Ça faisait belle lurette que, pour elle, les chiffons n'avaient plus aucune importance, en tout cas bien moins que les nouvelles machines et les engrais améliorés.

Elle s'était plainte de cette situation à Jumie, une fois où elle l'avait rencontré à la poste.

– Chez les Blanchet, l'autre soir, je me suis soudain aperçue que j'étais lancée dans une grande discussion avec les hommes au sujet du rendement du sucre et des maladies de la canne, alors que les femmes faisaient leurs habituelles simagrées pour attirer l'attention ! Non vraiment ! (Elle avait éclaté de rire.) Jumie, quand je pense à la coquette que j'étais ! Je me fais l'effet de sortir tout droit d'une revue d'agriculture !

– Ça non, Marthe, je vous jure que vous n'avez pas l'allure d'une fermière ! Mais vous avez l'air fatiguée. (Son sourire était toujours comme un soleil.) Vous êtes toujours aussi belle, mais fatiguée. Et cet intendant ? Il fait son travail ?

– Je pense… J'en sais plus que lui, bien sûr, il faut donc que je mette la main à la pâte. Mais Jumie, si j'avais su, il y a dix ans, ce que je sais aujourd'hui, je me demande si j'aurais racheté Beau-Chêne.

– Vous avez besoin de vous distraire, Marthe.

– Cessez de me dire ce que je dois faire !

Ils étaient allés prendre un café. Elle avait ri

en écoutant ses histoires de chasse, et elle s'était sentie une femme pendant une petite heure.

Devant elle, apparaissait la forme majestueuse de son grand chêne dont les branches basses s'inclinaient presque jusqu'à terre : un véritable escalier ! Que c'était tentant ! Elle leva les yeux vers le vieil embranchement familier où, enfant craintive, puis jeune fille rêveuse, elle était restée assise des après-midi entiers.

– Oh, Marthe, vous n'allez tout de même pas réduire votre vieil ami en bois de chauffage ?

Elle se retourna et aperçut Jumie derrière elle.

– Voilà cinq bonnes minutes que vous l'examinez : vous le mesurez ou vous réfléchissez ?

– Je me souvenais. Même après le départ des Yankees, je venais me cacher là-haut. Vous saviez toujours où j'étais, je pensais que vous aviez les yeux partout.

– C'est encore vrai. J'ai vu votre panier à provisions alors que je passais à un mile de vous, et je suis venu voir ce que mange une noble fermière quand elle s'accorde un moment de loisir.

– Dieu sait qu'il ne me manque rien. Berthe espère peut-être que je suis partie pour plusieurs jours ! (Elle prit une petite nappe dans le panier d'osier et l'étendit par terre.) Voyons ! Du poulet, des pommes, un pain frais, du beurre, de la confiture de mûres, des œufs durs, du vin. Seigneur ! vous feriez bien de m'aider, Jumie.

– D'accord.

Ils disposèrent le tout sur la nappe et s'installèrent sur l'épaisse couche de feuilles.

– Je ne pouvais supporter de rester à l'intérieur, aujourd'hui. J'en étais arrivée au point que si j'ouvrais encore une lettre qui me présentait un problème à résoudre, je me serais mise à hurler. Au moins, ici, si je crie, personne ne m'entendra.

– Je ne sais pas, Marthe. Le monde se resserre... Tenez : nous avons des gens de La Nouvelle-Orléans à la maison, un homme avec qui je suis associé pour une affaire, et des amis à lui. Ils ont dit qu'ils venaient chasser. Mais ils avaient une idée derrière la tête. Ils veulent nous parler de quelque chose, à Claude et à moi. Marthe, je vous le demande, comment se fait-il que lorsqu'on a déjà plein de choses à faire, les gens pensent toujours que vous pouvez en faire plus ?

Elle coupa une pomme qui exhala son parfum frais et âpre et en tendit un quartier à Jumie.

– Je ne sais pas. Sans doute parce que vous ne dites jamais non, Jumie. (Voyant qu'il allait protester :) Jamais. Que je sache...

– Sauf à vous, peut-être, Marthe.

Elle s'allongea sur le tapis de feuilles brunes, écarlates, jaunes, dorées, et regarda le ciel bleu à travers les ramures du grand chêne.

– Quand le père d'Henri a fait cette terrible chose – et qu'Henri se sentait tellement humilié qu'il l'aurait étranglé –, eh bien, c'est peut-être horrible à dire, mais moi, vous savez que j'avais de la peine à le condamner ? Je sais, c'était déshonorant, mais je pouvais comprendre qu'il voulût passer le reste de sa vie à être dorloté, au lieu de continuer toujours la même chose !

– Marthe, je voulais vous demander : vos champs rendent bien ?

– Je crois. (Elle se retourna sur le ventre, appuyant le menton sur ses mains.) C'est drôle : je suis censée être une vieille dame, n'est-ce pas ? Mais, en moi, par un jour comme celui-ci, j'ai toujours seize ans.

– Moi aussi, dit-il calmement, d'une voix profonde.

Elle se redressa et commença à ranger les victuailles.

– Peut-être qu'un jour un collègue d'Henri trouvera le moyen de mettre en bouteille une journée comme celle-ci. Alors, on pourra en prendre une cuillerée pour se redonner des forces !

Elle prit la main qu'il lui tendait et se laissa hisser sur ses pieds.

– Si on réussit à mettre en conserve même la nature, alors j'abandonne.

– Je suis heureuse que vous vous soyez trouvé là. Nous n'avions pas fait de pique-nique ensemble depuis... juste après la guerre, non ?

– Depuis longtemps, Marthe. Très longtemps.

Il la regarda s'enfoncer dans les bois; le soleil de l'après-midi caressait ses cheveux et leur donnait une teinte dorée. Ces femmes de Clouet, pensait-il en voyant son port de tête, sa démarche gracieuse, on ne pourra jamais leur enlever leur grâce.

– Vous avez encore cinq minutes, Jumie, avant que les canards soient prêts à faire leur entrée. (Geneviève avait passé la tête par la porte du salon.) Claude, tu ouvriras quelques bouteilles de ce vin rouge...

Ils l'entendirent retourner rapidement dans la cuisine.

– Je vois que vous n'aimez pas mélanger les affaires et les plaisirs, Jumie. Mais nous devons repartir demain dans la matinée, j'aimerais que nous sachions clairement ce que nous voulons les uns et les autres.

– Une petite discussion ne peut faire de mal aux canards, ni à mon estomac. Qu'en penses-tu, Claude ?

– Tout ça me rappelle une très vieille histoire. Celle de l'Union des Agriculteurs et de la ligue anti-loterie, il y a vingt ans. Vous vous souvenez de ce qui s'est passé, alors ? dit Claude. Avoir été lâchés comme ça... Certes, ce n'est pas ce qui a tué grand-papa, mais ça ne l'a pas aidé à vivre.

– Allons, Claude, mon père savait ce qui devait arriver. Le candidat de l'Union ne serait jamais passé. Foster avait plus de chances, et il a gagné.

– Oui, mais quand je pense à la façon dont ça s'est fait : pourquoi avoir laissé croire que ce seraient les gens de l'Union qui choisiraient le gouverneur, quand ils ont imposé le leur à la dernière minute ? (Il regarda les hommes regroupés autour de la cheminée.) Devons-nous nous attendre à la même chose de la part de cette Ligue pour un bon gouvernement, et de son chef Parker ?

– Parker n'a qu'un but en tête, Claude : casser les reins à la clique qui fait la pluie et le beau temps dans cet État.

– C'était déjà le but de la ligue anti-loterie.

– Et la loterie a été vaincue.

– Parce que le Congrès lui a interdit d'utiliser les postes fédérales, rappela Claude. Mais l'esprit de la loterie est resté, la vieille clique est toujours là. Écoutez, moi aussi je suis pour le « bon gouvernement ». Qu'a dit le Président ? Gérer l'État comme on gère une affaire, avec efficacité. Ici, d'où je suis, on peut se fier à la parole d'un homme. Pour passer un contrat, on n'a pas besoin de le faire contresigner par dix notaires.

– Pourquoi pensez-vous que nous sommes venus vous voir, Langlinais ? Voilà le genre d'hommes dont nous avons besoin, nous aussi. Des hommes qui ont une parole. Si nous voulons élire un gouverneur du bon gouvernement en 1912, il faut que nous ayons avec nous des candidats influents dans les paroisses. Je vous avouerai que nous sommes venus pour demander à votre père de se présenter aux législatives. (L'homme jeta un regard à Jumie.) Mais il a refusé tout de suite, affirmant que c'est vous qui êtes notre homme. (Il observa Claude.) Cela vous ennuie que nous lui ayons demandé d'abord, à lui ?

– Je viens après mon père. Si vous ne le lui aviez pas demandé d'abord... je préfère ne pas vous dire ce que j'aurais pensé de vous. (Claude écarta sa chaise de la table.) Maman nous a donné cinq minutes. Je ne veux pas la faire attendre. (Il se dirigea vers la porte, puis se retourna.) Je ne crois pas que vous sachiez ce que vous me demandez. C'est tout.

– Vous présenter aux législatives ? Bien sûr que nous le savons...

Claude rit.

– Pas me présenter. Mais être à la Chambre des représentants, à Baton Rouge. Parce que si je suis candidat, je gagnerai. C'est vrai, papa ?

– C'est vrai.

Un courant passait entre le père et le fils. Un des hommes assis près du feu le sentit et changea de position sur sa chaise. Quelle est cette force qui vous anime ? semblaient dire ses yeux interrogateurs, presque inquiets.

– Quel problème cela vous pose-t-il, d'être à la Chambre ?

Claude regarda par la fenêtre la campagne voilée d'un léger brouillard. Son bras se leva, décrivit lentement un demi-cercle.

– Vous n'avez jamais vécu ici, vous. Vous ne savez pas ce que c'est. (Il sourit, de son air indolent.) Je le disais l'autre jour au père Péquet, Dieu doit avoir du mal à faire mieux que nous, dans son paradis. (Ses regards se posèrent de nouveau sur le petit groupe.) Je connais Baton Rouge. J'y ai étudié. Ça n'a rien d'attirant, vous savez, quand on a vécu ici.

– C'est tout ce que cela signifie pour vous, d'entrer à la Chambre des représentants ?

– Quoi d'autre ? Le pouvoir ? Le pouvoir politique ? (Seul son sourire empêchait ses paroles d'être insultantes.) Ce genre de pouvoir, soit ce sont les autres qui vous le laissent, soit c'est vous qui le leur prenez. Dans les deux cas, vous êtes occupé en permanence. Il faut manœuvrer pour le garder... Zut ! Pourquoi en aurais-je besoin ?

Il quitta la pièce.

Jumie s'avança.

– Il a raison. Il n'en a aucun besoin.

Un des invités lui serra l'épaule d'une main ferme.

– Qu'est-ce qu'il veut ?

– Comment ?

– Qu'est-ce qui pourrait convaincre Claude de se présenter ?

– Rien. Il est possible qu'il se présente, s'il se décide. Mais ne dites rien d'autre. Et ne lui offrez rien. Claude a besoin de penser qu'il agit de son propre chef, pour des raisons à lui, qui ne sont ni les vôtres ni les miennes. (Jumie se dégagea doucement de la main qui l'étreignait.) Je ne sais pas, vous autres, mais moi, ce fumet de canard me fait venir l'eau à la bouche.

Marthe mit le courrier sur le plateau qui supportait son souper, le porta près de la cheminée de sa chambre, et se mit à le trier tout en commençant sa soupe. Henri était reparti à l'hôpital, pour un accouchement, et lui avait dit de ne pas l'attendre. À part la lettre de Nanette, une enveloppe gris clair attira son attention. Adresse tracée à l'encre noire, épaisse, d'une écriture forte et anguleuse. Elle retourna l'enveloppe : François, mon Dieu ! À l'intérieur, un seul feuillet : « Léontine et moi sommes les hôtes de ses parents pour un mois, peut-être plus. Par un malencontreux hasard, mes sœurs et Pierre sont aussi à La Nouvelle-Orléans. Nous avons pensé faire une virée à la campagne et en profiter pour passer chez vous. Attendez-nous vers la fin du mois. Cette triste société est assez capricieuse dans ses voyages mais nous vous enverrons un mot plus précis. »

Très bien ! Marthe avait connu Léontine, la femme de François, à leur mariage, trois ans plus tôt. Léontine était brune et mince. Malgré son jeune âge, elle semblait avoir déjà eu une vie plutôt mouvementée. Elle avait fait les Beaux-Arts à La Nouvelle-Orléans avant d'aller travailler à

Paris. C'était là-bas qu'elle avait, semblait-il, rencontré François. Elle l'avait ramené à La Nouvelle-Orléans pour ce mariage dont Marthe se souvenait très bien, car il avait été plus qu'original : étrange, presque païen par l'absence complète des rites traditionnels. Elle revoyait la demeure sombre de Calliope Street où un prêtre, de Dieu sait quelle Église ou secte, psalmodiait des paroles qu'ils ne comprenaient pas. « C'est une sorte de théiste, avait dit François, démontrant par un geste qu'il n'accordait à cela aucune importance. Ou de théosophe ? Qui sait ? Mais Léontine est quelqu'un de très doué, très avancé. C'est pour cela que nous habiterons en Europe. Ici, ça n'irait pas du tout : les Orléanais ont une mentalité trop étroite… »

Quant aux trois autres, Anastasie avait épousé un nobliau anglais, Lisette s'était enfuie avec un acteur et Pierre continuait de jouer les artistes. Eh bien, elle les ferait manger et les enverrait promener. S'ils n'avaient pas été les enfants de son pauvre frère, elle ne les aurait même pas reçus.

Fidèles à leur parole, François et sa « triste société » s'annoncèrent quelques semaines plus tard.

– Ils vont arriver pour le dîner, dit Marthe à Henri, ce jour-là. Je ne t'en voudrai pas si tu as une réunion ou un accouchement interminable à l'hôpital…

– Pas du tout. Je ne vais pas te laisser affronter seule cette ménagerie. Au moins, en ma présence, ils seront obligés de se tenir !

Et ils ne s'étaient pas montrés trop pénibles, au début. Ils étaient arrivés dans une grande limousine. François au volant et, aux trois autres places, les trois femmes, avec leurs longues écharpes, leurs fourrures, la fumée de leurs cigarettes. Le mari de Lisette, Enrico, était un Italien rondelet et facétieux. Lisette elle-même commençait à prendre de l'embonpoint. Anastasie n'ouvrait la bouche que pour rapporter les derniers potins de la cour d'Angleterre; Pierre l'encourageait, riait aux moindres détails, lançait des clins d'œil à la ronde et, comme Marthe le fit remarquer à Henri, « semblait tout le temps prendre mentalement des notes ».

On prit les rafraîchissements dans le salon, et François se montra si agréable, si poli que Marthe espéra que la soirée se passerait sans incident.

– René se débrouille très bien. (François s'empiffrait d'huîtres à la diable très relevées et passées au four.) Il dirige une troupe de théâtre, vous le saviez ? Ce sont des amis d'Enrico qui l'ont mis sur la voie. Cela devrait être très intéressant.

– J'ignorais que René fût à ce point versé dans le théâtre, dit Marthe.

Elle regarda son mari, qui avait la tête légèrement tournée de l'autre côté et faisait semblant de ne pas entendre François.

– Oui, en effet, le vrai metteur en scène est un ami d'Enrico. René participe, lui, par... son sens des affaires...

Le sens des affaires de René ! s'exclama-t-elle intérieurement. Et elle vit des hectares de canne mûrissant au soleil, broyés, transformés en sirop, en sucre, et finalement en costumes pour une scène de théâtre française.

– Je vois, dit-elle.

Les langues se déliaient, et les barrières qu'ils s'étaient imposées avec peine tombaient, au fur et à mesure que le niveau du vin baissait dans les carafes. Les anecdotes qu'Anastasie racontait à Pierre d'une voix forte étaient de plus en plus lestes, ce qui lui faisait pousser des gloussements répugnants.

– Dis à ta sœur de ne pas oublier où elle est, François, dit Marthe. (Elle lui tendit une coupe de charlotte russe.) Je ne souffrirai pas longtemps ce genre de conversation à ma table.

– Anastasie, notre tante ne trouve pas tes histoires amusantes. Un peu de retenue, s'il te plaît. (Il sourit aimablement à Marthe et leva son verre.) À cette belle province !

– Tu parles ! dit Lisette d'une voix étouffée.

Elle se leva et la lumière du chandelier dessina les formes de son imposante poitrine sous le corsage de soie imprimée. Elle ne porte rien dessous, pensa Marthe. Elle regarda la charlotte, les fines coupes de cristal ciselé, et se demanda pourquoi elle s'était donné la peine de leur faire préparer un repas aussi raffiné. Il eût bien mieux valu leur servir à l'office du pain et du fromage, ou des petits pains aux cendres. Voilà ce que l'on donnait aux visiteurs indésirables : de la bière aigre et des pains aux cendres ! Tandis qu'eux étaient en train de siffler le meilleur bordeaux d'Henri.

Lisette s'était rapprochée d'Henri dont l'attention était depuis longtemps concentrée sur ce qu'il mangeait, et lui posait des questions sur ses clientes. Comme il avait réussi habilement à la remettre en place, elle aborda le sujet de ses rapports intimes avec Marthe. Celle-ci s'adressa alors à Enrico, son mari :

– Je me suis demandé toute la soirée, Enrico, quel rôle Lisette pouvait jouer dans votre petite troupe. En tout cas, ce n'est sûrement pas celui de l'ingénue. (Elle se leva, donna un petit coup de couteau sur son verre.) Nous prendrons le café au salon. Il est tard. Henri est fatigué; je suis certaine que vous l'excuserez s'il ne se joint pas à nous.

Tout le monde l'excusa et se précipita à l'étage supérieur. Quand Marthe entra dans le salon, Lisette avait déjà ouvert le clavecin et jouait une chanson de cabaret, tenant entre ses lèvres écarlates un long porte-cigarette d'ivoire sculpté. Enrico avait enlevé sa veste et se prélassait au coin du feu, un petit ballon de brandy à la main. Anastasie, déjà hébétée par l'alcool, était assise sans rien dire dans la bergère à oreilles et portait constamment à ses lèvres le verre de bourbon que François lui avait servi. Celui-ci se querellait avec Léontine. Pierre les écoutait en riant. Les couleurs douces de la pièce ne semblaient plus les mêmes, et les ombres de tous ces gens déformaient de manière étrange les objets familiers. Marthe se dirigea d'un pas décidé vers la lampe et mit le gaz au maximum.

– Bon Dieu, quelle lumière ! s'écria Léontine. Je vous en prie, ma tante, baissez ça. Cela me fait mal aux yeux.

Et elle tourna vers Marthe ses grands yeux étranges, fixes, aux pupilles sombres et dilatées.

– Je vais allumer les bougies, dit François. Ce sera beaucoup plus approprié, beaucoup plus romantique, vous ne trouvez pas ?

– Je ne voudrais pas être désagréable, répondit Marthe, mais nous nous couchons toujours très tôt ici, François. J'ai une réunion à la banque, demain matin...

Il lui passa le bras autour de la taille. Elle sentit ses doigts et eut l'impression qu'ils cherchaient le défaut de sa cuirasse.

– Et vous voulez déjà aller au lit ? Mais, ma chère tante, bien sûr. Nous prenons un petit alcool et nous nous éclipsons, si discrètement que vous ne vous en apercevrez même pas.

– Mais, François... (Qu'il ressemblait à Nollie, soudain, dans cette pénombre ! François était lui aussi un Clouet, malgré tout; et il semblait tout à fait maître de lui-même; il n'était absolument pas ivre.) Bien. Mais, François, s'il te plaît, que cela ne dure pas trop longtemps.

Il l'accompagna à la porte, se pencha, l'embrassa sur la joue.

– Chère tante Marthe...

Elle entendit Léontine rire derrière lui. Un rire qui semblait faire onduler tout le salon, et Marthe en eut froid dans le dos.

– Léontine est-elle dans son état normal ? On dirait…

– Elle a ses nerfs, disons. Ça lui arrive de temps en temps. Mais rassurez-vous, elle sait comment faire passer cela. Les remèdes ne manquent pas. (Il rit en mettant les mains sur les épaules de Marthe et en la poussant doucement vers le couloir.) Si nous vivions dans cette campagne paisible, elle surmonterait cela en une minute. Il n'y a rien de tel que l'air de la campagne, n'est-ce pas ?

– Vous y étoufferiez plutôt, je crois.

Il referma la porte derrière elle, et elle n'entendit plus qu'en sourdine le son aigrelet du clavecin. Elle se déshabilla et fit sa toilette en essayant de refouler les pensées inquiètes qui revenaient à la charge, comme un enfant qui ne veut pas aller dormir. Des enfants, voilà ce qu'ils étaient, qui ne pouvaient cesser de jouer la comédie. Leur théâtre ne leur suffisait pas. Ils avaient toujours besoin d'un auditoire. Et dire que son fils avait fini par frayer avec ces gens-là ! Des enfants niais, imbus de leurs petites personnes. Elle se glissa dans ses draps soyeux, ajusta l'oreiller sous sa joue. Chercher à choquer les grandes personnes. À y réfléchir, c'était assez affligeant.

Geneviève emplissait de gruau l'assiette de Jumie.

– Écoute, si Claude vient aujourd'hui, dis-lui de prendre la moitié du boudin que j'ai fait, pour Alice. (Elle disposa les œufs frits sur le bord de l'assiette et la posa devant lui.) Tiens, tu as entendu ? On dirait qu'il y a quelqu'un à la porte de derrière. (Elle rejeta sa longue tresse sur ses épaules et alla ouvrir.) Marthe ! Mon Dieu, vous êtes essoufflée, vous tremblez, vous avez les mains gelées ! Marthe, qu'y a-t-il ?

Son visage était hermétiquement fermé. Jumie

ne lui avait jamais vu cette expression. Geneviève l'aida à entrer, la fit asseoir dans le fauteuil à bascule près du feu.

– Marthe, Marthe, c'est Henri ?

Elle fixait sur eux de grands yeux, absolument ternes.

– C'est Léontine... (D'une voix éraillée, presque inaudible tant les muscles de sa gorge étaient tendus. Elle toussa, essaya de nouveau.) Léontine... la femme de François... elle s'est tuée et...

Geneviève leva la main en l'air et fit un grand signe de croix.

– Miséricorde ! Quand, Marthe ?

– Cette nuit, à Beau-Chêne. Ils étaient venus pour dîner. Elle a sauté de la galerie.

– À Beau-Chêne ? Oh, non ! (Geneviève prit les mains de Marthe et se mit à les frictionner.) Jumie, verse un peu d'eau-de-vie dans le café, vite !

Marthe but à petites gorgées, lentement.

– Ils m'ont réveillée, en pleine nuit, avec le bruit qu'ils faisaient. Le salon, dans quel état !... Ils étaient tous sur la galerie. Elle dansait toute... Quand je suis arrivée, je n'ai pu le supporter, je lui ai dit d'arrêter... Elle a sauté et s'est brisé le cou. Henri a dit qu'elle était bourrée de laudanum, qu'elle ne savait plus ce qu'elle faisait.

Geneviève remplit de nouveau les tasses.

– D'après ce que vous m'avez déjà dit, cette Léontine était complètement dérangée, de toute façon. Ce mariage, sans un vrai prêtre...

– Ils veulent la brûler. Et jeter ses cendres dans le lac Pontchartrain, dit-elle d'une voix lourde, sans relief.

– Oh, Marthe, ils sont pires que fous, ils sont mauvais !

Ses dernières forces cédèrent. Elle s'effondra, et des torrents de larmes ruisselèrent sur ses joues.

– Ils disent que c'est moi qui l'ai fait sauter,

que je l'ai effrayée en criant. Ils disent qu'elle était en transe. Et c'est moi qu'ils accusent. Ils sont atroces, abominables... Depuis qu'Henri est parti avec le corps... Je ne pouvais plus les supporter, j'ai pris mon manteau, et j'ai couru tout du long...

– Allons, Marthe ! (Geneviève parlait d'une voix chantante, comme à un enfant qu'on berce, et elle la caressait affectueusement.) Marthe, vous qui avez des enfants, vous savez qu'on ne peut rien faire faire à quelqu'un s'il ne veut pas. Claudine ne s'est-elle pas mariée avec un pharmacien de La Nouvelle-Orléans au lieu de prendre un bon gars d'ici ? Et Claude et Alice n'ont-ils pas déménagé au bourg où je ne les vois jamais ? Si les gens que nous aimons ne nous écoutent pas, Marthe, si nous ne pouvons pas leur faire faire ce que nous voudrions, que dire de gens mauvais et détraqués comme eux ? Non, Marthe, ce n'est pas vous qui avez fait sauter cette femme de la galerie.

– Je ne pouvais pas admettre ça ! J'ai crié, je lui ai couru après. C'était affreux de la voir, comme ça, au clair de lune, sans rien sur le corps qu'un châle rouge, et ses souliers rouges à talons, ses lèvres rouges, et cet Italien avec son banjo qui la faisait danser comme une diablesse. À Beau-Chêne. (Elle s'affaissa de nouveau. Elle était épuisée.) François s'est totalement renfermé sur lui-même. Je ne sais pas ce qu'il me prépare encore.

Geneviève regarda Jumie en haussant les sourcils.

– Écoutez, Marthe, ils ne vous laisseront pas vous reposer là-bas... Dormez ici. Je vous réveillerai quand Henri sera de retour... (Geneviève tremblait de colère.) Je m'habille et je vais aller là-bas leur frotter les oreilles !

Jumie rentrait de la chasse, en compagnie de son fils et de Fred Hargrove, envoyé de la Ligue pour un bon gouvernement. Claude avait enfin annoncé qu'il se présenterait aux élections de 1912. Quand ils passèrent devant Beau-Chêne, Jumie, saisi comme toujours par la beauté de la demeure, toute dorée dans les derniers feux du couchant, ralentit son allure. Il allait rejoindre ses compagnons quand un mouvement, près des grandes écuries (vides, de nouveau, depuis des années), attira son regard. Un petit coupé automobile, poussiéreux et cabossé, s'était arrêté, et quelqu'un en sortait : François de Clouet.

Sa femme était morte depuis un mois. Que voulait-il encore ? Jumie se cacha derrière un arbre, regarda François allumer une cigarette puis se diriger à grands pas vers la maison. Des dizaines d'années s'étaient envolées. Il était de nouveau le petit Jumie qu'on envoyait porter le manger à Beau-Chêne, avec l'ordre de ne pas se faire prendre par les Yankees. Il s'approcha de la porte de derrière.

Pendant ce temps-là, François attendait d'être introduit auprès de Marthe.

– Ce M. François est ici, disait Berthe à Marthe, dans la bibliothèque. Je lui ai dit que vous étiez occupée, mais il insiste.

Le ton de la vieille servante noire rangeait « M. François » dans une catégorie nettement inférieure à celle des colporteurs, à peine au-dessus des voleurs.

– Est-ce que… est-ce que le docteur est rentré ?

– Non, madame. Vous voulez que j'aille chercher un de nos hommes ?

Berthe était inquiète. Cela lui donnait un air farouche. Elle restait dans l'embrasure, bloquant le passage.

– Je vais le recevoir. C'est une vraie peste. S'il reste plus de dix minutes, je sonnerai et vous direz à Nat de le chasser.

Elle sourit. Pourquoi ces craintes ? François était tout ce que l'on voulait : mal élevé, laid, désagréable, décadent, corrompu, mais il n'y avait pas à avoir peur de lui. Elle referma ses livres, se redressa et prit un air aussi neutre que possible.

Par la fenêtre de la cuisine, Jumie voyait Berthe couper du jambon. Elle ne cessait de regarder vers la porte donnant dans l'entrée, comme attendant quelqu'un. À un moment, elle sortit, puis revint l'air soucieux. Il frappa à la vitre et lui fit signe d'ouvrir.

– J'ai vu ce vaurien arriver. Qu'est-ce qu'il veut, Berthe ?

– Il fait un potin du diable là-bas. Je ne sais pas ce qu'il raconte, mais ça ne me dit rien qui vaille. Mme Marthe m'a dit qu'elle lui donnait dix minutes, pas plus, mais il n'a pas l'air de vouloir s'en aller.

– Je vais voir ce qui se passe, Berthe. Mme Marthe en a assez supporté avec cette bande, vous ne trouvez pas ?

– Elle n'aurait jamais dû laisser venir ces gens-là, monsieur Jumie. C'est de la racaille. De la racaille blanche.

Il entendit leurs voix en traversant l'entrée. Celle de Marthe était aiguë, irritée. Celle de François, forte, exigeante. Il entra sans frapper.

– 'Soir, Marthe. Je chassais, il m'a semblé voir entrer quelqu'un ici.

– Jumie, il veut de l'argent !

– De vous ?

– Il prétend que je l'ai escroqué quand j'ai racheté Beau-Chêne. Qu'il était trop jeune pour savoir ce que Beau-Chêne valait, les terres, la maison, le mobilier...

– Tandis que maintenant, c'est une grande personne, n'est-ce pas ? Et fauchée, qui plus est ?

– Les parents de la chère disparue se sont faits avares, depuis que leur fille... n'est plus des nôtres.

François n'avait pas bougé depuis l'entrée de Jumie. Il l'observait, sondant sa force.

– Et l'argent que vous avez eu pour Beau-Chêne, fini, lui aussi ?

– Vous vivez peut-être de l'air du temps, ici. Je n'en ai aucune idée. Mais à Paris... Et j'ai des goûts qui coûtent cher.

– Il dit qu'il a un avocat à La Nouvelle-Orléans qui peut m'intenter un procès pour fraude. Et pour homicide.

– Quoi ? s'écria Jumie d'une voix tonnante.

Il cherchait des yeux quelque chose; ses yeux s'arrêtèrent sur la cravache que Marthe avait utilisée pendant leur course et qu'elle avait gardée parmi d'autres trophées. Il s'en empara et s'avança vers François, tenant le manche d'une main, la mèche de l'autre.

– Sortez ! dit-il.

Sa voix était concentrée, rassemblée comme la poudre dans la cartouche. Qu'elle explosât de nouveau, et la cravache s'abattrait sur le dos de François, cinglerait son visage.

– Ne vous mêlez pas de ce qui ne vous regarde pas, Langlinais.

Il ne bougeait toujours pas, mais ses yeux allaient de Jumie à la porte, mesurant la distance.

– Vous allez voir si ça ne me regarde pas !

François essaya en vain de saisir la longue lanière de cuir qui s'abattait sur lui, puis il se retourna et courut à la porte, poursuivi par Jumie. Ils disparurent. Marthe entendit le claquement sec des bottines dans l'entrée et le martèlement plus sourd des brodequins de Jumie. Des jurons. Des cris. Une porte claqua, et ce fut le silence. Il va s'assurer qu'il part, pensa-t-elle. Et elle entendit le bruit de la voiture qui démarrait.

– Marthe, je peux encore me mettre en colère comme un jeunot, mais ce bras se fait vieux. Je ne pourrai pas toujours fouetter toutes les fripouilles qui viennent vous ennuyer !

Elle avait la tête baissée et il ne voyait pas son visage, mais il savait qu'elle pleurait.

– Ne pleurez pas. Je peux vous défendre. Je vous en prie, ne pleurez pas !

– Préparez-moi un grog, Jumie. (Elle se tamponna les yeux avec son mouchoir.) Cet avocat, qu'en pensez-vous ?

– Allons ! Quelle espèce d'avocat un salaud... une canaille comme lui... peut-il trouver ? Votre gendre pourra s'occuper de ça. Ou Claude. Mon fils a rendu un fier service à certaines personnes de cette ville; ils seront trop heureux de nous obliger à leur tour. Je vous garantis que vous n'avez aucun souci à vous faire.

– Je ne veux plus avoir aucun souci, Jumie. Je suis vieille et fatiguée; et Henri aussi est vieux et fatigué.

Il lui tendit le grog.

– Faites un petit voyage. Allez voir votre fille, allez voir la petite Caroline. Est-elle aussi jolie que sa grand-mère, Marthe ?

Il vit les traits de son visage retrouver leur douceur.

– Je suis sûre que vous n'avez jamais vu une aussi jolie petite fille. (Elle se tourna vers lui. Elle était soudain heureuse, radieuse, comme avant.) Et elle aime être ici, à Beau-Chêne. Quand je vois combien elle aime Beau-Chêne, cela me fait oublier tout ce que j'ai enduré pour le garder.

La Ligue pour un bon gouvernement remporta les élections de 1912 dans toute la Louisiane, comme dans la paroisse de Saint-Martin. C'est ainsi que Claude Langlinais entra à la Chambre des représentants de Baton Rouge, capitale administrative de l'État. Pour célébrer l'événement, Alice transforma une de ses pièces en salle de musique. La robe qu'elle portait au grand bal donné par le nouveau gouverneur, et qu'elle avait commandée à une couturière de La Nouvelle-Orléans, coûta autant, confia Geneviève à Marthe, que tout ce que Jumie avait gagné la première année de leur mariage.

Moissons

C'était la veille de Noël 1916, et les cadeaux pleuvaient.

Alice sortit sous le porche en nouant son tablier sur sa robe verte.

– Encore, Claude ! Les gens pensent que tu ne peux pas nourrir ta famille ? (Elle prit la boîte qu'il lui tendait, l'examina.) Fromages, fruits et vin, si vous recevez tous autant de cadeaux pour Noël, à la Chambre, je ne vois vraiment pas pourquoi on vous paye !

– Je vais porter cette boîte au couvent, pour les sœurs. Tu as envoyé le jambon à maman ?

Elle se mit à rire.

– Tu la connais. Elle m'a téléphoné pour me demander pourquoi on tient à nous refiler du jambon de Virginie : ils ne savent pas que nous abattons nos bêtes, là-bas ? Et que nous avons tout le porc que nous voulons ?

– Beau est là-bas ?

– Il a été remercier son grand-père pour le fusil qu'il lui a offert. (Elle hocha la tête d'un air pensif.) Il aura bientôt quinze ans. Cette guerre de l'autre côté des mers, cela me fait peur.

Il l'étreignit et l'attira dans l'entrée, sous le gui suspendu au lustre.

– Pas aujourd'hui, Alice. Aujourd'hui, il ne faut penser qu'à se réjouir, et personne ne doit avoir peur.

Il l'embrassa sur les lèvres et sentit qu'elle se mettait à sourire. Elle se dégagea, ajusta son tablier.

– Il y a quand même une chose dont je peux avoir peur : que ta mère n'aime pas ma confiture de canneberges selon la nouvelle recette ! Bon, maintenant, s'il te plaît, je ne suis là pour personne, si quelqu'un vient ce matin. Si je ne me mets pas tout de suite à mes fourneaux, je n'aurai jamais fini ce soir.

– Je crois que je vais faire un saut chez papa, voir ce qui se passe. Tout le monde va à la messe ce soir ?

– Les enfants sont invités chez les Boudreaux. Mais ils reviendront ici avant que nous partions pour l'église. C'est encore Mlle Bessie qui chantera. Et toi, Claude, tu ne riras pas, tu donneras le bon exemple à tes enfants, j'espère !

Il partit en s'esclaffant. Il ne lui obéirait pas; elle le voyait déjà, échangeant des regards ironiques avec son père et pouffant de rire. Elle secoua la tête. Qui pouvait comprendre les hommes ? De vrais gosses, avec leurs fusils et leurs farces, jusqu'au moment où ça tournait à la vraie guerre... À l'assemblée de Baton Rouge aussi, à l'entendre, ce n'était qu'une suite de parties de rigolade... Mais les journaux avaient commencé à s'intéresser à lui, à citer ses interventions et ses propositions. Après les élections de 1916, qui avaient fait perdre à John Parker le poste de gouverneur, un quotidien de La Nouvelle-Orléans avait écrit : « L'échec de Parker est assurément un grave coup porté à la cause du bon gouvernement, mais ce coup n'est pas mortel, comme l'indique la réélection d'hommes comme Claude Langlinais de la paroisse de Saint-Martin. »

Elle se mit à fredonner. Claude avait raison : cette journée n'était pas faite pour se morfondre.

Marthe approcha le vase de roses pour les respirer; elles embaumaient. On se serait cru en été, tant il faisait beau et chaud. Ce premier Noël sans Henri ne serait peut-être pas trop pénible. Elle regarda les paperasses qui s'accumulaient sur le bureau. Sa mort l'avait mise dans une situation inextricable. Tous ces droits à payer, et René qui voulait tout de suite sa part de la succession ! Un quart de la moitié de Beau-Chêne, un quart de la moitié de la communauté... Et en espèces évidemment, pour fonder une revue littéraire avec un groupe d'émigrés russes. Elle aussi, d'ailleurs, avait besoin d'argent liquide pour payer les droits de succession. Pour cela, il fallait vendre une partie des terres. Comment savoir combien, avec les hypothèques qu'elle avait contractées sur divers terrains, à des moments différents ? Finalement, elle avait décidé de tout vendre, sauf les abords de la maison. Au diable les problèmes !

À côté d'elle, le téléphone sonna. C'était Hélène qui l'appelait de La Nouvelle-Orléans.

– J'ai bien reçu votre lettre, où vous dites que vous viendrez pour les Rois. Nous ne voulons pas que vous soyez seule pour Noël, maman. Charles vient de mettre Caroline dans le train, pouvez-vous aller la chercher ?

Marthe ne réussit pas à faire attention au reste de la communication. Un Noël tranquille, à cause de papa, disait Hélène... Un Noël heureux, maintenant que maman aurait de la compagnie. Caroline pour Noël !

– Bien sûr que j'irai la chercher. Tu ne pouvais pas me faire de plus beau cadeau, ma chérie.

Elle se leva et alla dans la cuisine.

– Berthe, Caroline est sur la route ! Nous la mettrons dans l'ancienne chambre d'Hélène. Le train arrive juste après déjeuner. Elle mourra de faim; il reste du poulet ? Oh, Berthe, je sens que c'est Noël maintenant, malgré tout !

– Et vous avez reçu des nouvelles de Mlle Nanette ?

– Je suis sûre qu'elle m'aura écrit. Mais l'Afrique est loin, Berthe.

– Hum ! Une fille aussi gentille que Mlle Nanette dans un pays pareil ! Ça me dépasse. Elle ne pouvait pas soigner les gens d'ici, comme le pauvre M. Henri ?

– C’est un médecin missionnaire, qu’elle admirait beaucoup à l’école de médecine, qui lui a demandé de l’accompagner. Elle a dit que ce serait une expérience inappréciable.

– Ils ne sont pas cannibales, là-bas ? Ils ont pas intérêt à manger Mlle Nanette, je leur ferai voir, moi !

Elle brandit le couteau à découper avec lequel elle hachait du céleri.

Marthe éclata de rire.

– Dieu veuille que non, Berthe ! D’ailleurs, Mlle Nanette n’a que la peau et les os et elle doit être trop coriace; je ne vois pas qui en voudrait pour son dîner ! (Elle regarda sa montre.) J’ai encore le temps de faire un peu de travail. Je vais téléphoner à Anne pour l’avertir que Caroline sera avec moi demain.

– Vous allez chez Mme Forêt pour le repas de Noël ? Quelle belle journée ce sera, madame Marthe ! On dirait que le Ciel veut enfin vous faire un cadeau.

– C’est fait : Caroline vient !

Les détonations sèches et propres résonnaient dans le bois. Les boîtes de fer-blanc criblées de trous, alignées sur une barrière, brillaient dans le soleil et tombaient en tintant, touchées par les balles.

– Bon sang, tu es presque aussi bon que ton grand-père, Beau ! dit Jumie. Tu n’as pas honte de profiter ainsi de ma vieillesse ?

– C’est cette carabine, grand-père. C’est un bijou !

C’était un beau garçon, grand et robuste, aux grands yeux gris limpides, avec une mèche qui lui tombait sans cesse sur le front. Alice s’était plainte à Geneviève, qui en avait bien ri, que les filles lui couraient déjà après.

– On va chasser cette semaine, hein ? (Jumie gratta la tête du chien assis à côté de lui.) Tu sais depuis combien de temps je chasse, par ici ? Depuis que je suis gosse : cinquante-cinq ans au moins. Ça fait beaucoup, non ? (Il baissa les yeux vers l'animal.) Et ça en fait, des chiens qui sont venus avec moi ! Tu as une tradition à continuer, mon gars !

– Je le sais ! (Beau épaula et tira. Une autre boîte sauta.) À l'école, qui je suis ? Le fils de Claude et le petit-fils de Jumie. Et moi qui pensais qu'une fois que j'aurais des pantalons longs je serais tout simplement moi-même !

– Qui es-tu si tu n'es pas toi-même ? Depuis que nous sommes ici, tous les Langlinais ont toujours trouvé leur chemin. Regarde ton père, à la Chambre des représentants ! Il n'y a qu'une chose : nous prenons chacun notre propre voie sans jamais attirer la honte sur notre nom.

Beau se mit à rire.

– Ça, je ne pourrai pas y arriver, grand-père. Même si je le voulais. Nous sommes trop connus ! Tu veux que je te dise ? La semaine dernière, j'étais chez des amis, à New Iberia. Un gars s'est mis à chercher la bagarre. Qui veut se battre à une fête d'anniversaire où il y a des filles ? Je l'ai raccompagné dehors. Quand je suis rentré à la maison, on avait déjà appelé maman pour le lui rapporter. Elle m'a félicité, très contente de me faire voir qu'elle sait tout ce qui se passe, même à New Iberia.

Quelqu'un les appelait de l'autre côté du champ. C'était Claude qui leur faisait de grands gestes.

– Rejoins ton père. Allez encombrer un peu la cuisine de ta grand-mère ! Moi, je fais le détour par Beau-Chêne, pour voir comment va Marthe. Ça n'a pas été un bon automne pour elle.

– Maman dit que le docteur de Gravelle aurait vécu plus longtemps s'il n'avait pas travaillé si dur. Il s'est tué à la tâche, à ce qu'elle prétend.

– C'était un homme bon. Il a sauvé mes enfants. (Jumie revoyait les deux petits, en train d'étouffer dans le fauteuil.) J'ai une dette éternelle envers lui.

Beau ramassa les boîtes de conserve et les mit dans un sac.

– Je les jetterai à la maison. Merci pour la carabine, grand-père. (Il fit un grand sourire.) C'est gentil de me donner un fusil avec lequel je peux tirer mieux que vous !

Il s'enfuit sous la pluie de feuilles mortes dont Jumie le bombardait, puis ralentit le pas. Jumie le regarda marcher vers Claude qui l'attendait. C'était comme de se regarder soi-même. Le garçon qui devient homme, l'homme qui devient un vieillard. Il avait soixante-quatre ans; on ne peut pas dire que c'est vieux mais Henri n'avait peut-être qu'un ou deux ans de plus; et voilà qu'il était tombé, son stéthoscope à la main, pour ne plus se relever. Un voisin, un ami. Cela faisait réfléchir. Au moins Geneviève ne serait pas dans le pétrin, comme devait l'être Marthe. Jumie avait tout réglé d'avance.

Il s'enfonça dans les bois et rejoignit le sentier, ce sentier qui ne s'était jamais plus effacé depuis qu'il l'empruntait, enfant, pour aller à Beau-Chêne, pendant la guerre civile. Les pluies des derniers jours l'avaient recouvert de feuilles mortes qui, bientôt, pourriraient et s'uniraient à la terre riche. Profitant du retour de la chaleur, les écureuils bondissaient d'arbre en arbre, ou couraient sur le sol, à la recherche de glands et de noix pacanes. Il avisa une grande boule de gui dans un chêne et pensa à Marthe. Il fit feu plusieurs fois dans la branche qui lui servait de support. Enfin, elle craqua et tomba. Avec son canif, il découpa la plus belle partie, pleine de fruits blancs et cireux.

La grande maison était silencieuse et semblait vide. Aucune fumée ne sortait des cheminées. Il pensa à sa propre maison : Geneviève affairée à la cuisine, Claude et Beau buvant le café, Claudine et ses enfants décorant l'arbre de Noël. Et tous les gens qui viendraient le lendemain : cousins, oncles, tantes, un prêtre de la paroisse, sans compter que Geneviève aurait sûrement trouvé à inviter deux ou trois pauvres diables qui n'avaient nulle part où aller, ce jour-là.

Comme d'habitude, il entra par la porte de la cuisine.

– Mme Marthe est dans son bureau, monsieur Jumie, dit Berthe. Vous voulez du café ?

– Je préférerais un egg-nog bien muscadé comme vous savez les faire, Berthe. Si vous avez un moment.

– Allez voir Mme Marthe. Je vous l'apporte.

– Même aujourd'hui, il faut que vous travailliez, Marthe !

Il entra en lui tendant le gui.

– Oh, Jumie, que c'est aimable à vous. Cela plaira à Caroline. Elle vient ! Charles l'a mise dans le train ce matin. Je me suis aperçue que je redoutais de passer ce Noël toute seule.

Il s'assit dans le fauteuil, en face du bureau, une jambe sur l'accoudoir.

– Vous devriez vous préparer à recevoir votre petite-fille, au lieu de vous plonger dans ces papiers.

– Je n'y donnais qu'un coup d'œil. La vente doit être faite avant le 1er janvier.

Elle avait ouvert les fenêtres pour faire pénétrer la bonne chaleur de cette matinée dans la pièce. Les reliures de cuir des livres et la surface des meubles luisaient sur le fond mat des tapis anciens, des tapisseries rose pâle et des tentures cramoisies. Le soleil faisait scintiller les cadres des photographies alignées sur la cheminée, les coupes et les trophées d'argent, et les cheveux de Marthe. Qu'adviendra-t-il de tout cela, pensa Jumie, quand elle aura vendu ses champs, quand elle n'aura plus le sucre ? Y a-t-elle seulement pensé ?

– Quel dommage que vous vendiez juste maintenant, Marthe, alors que le prix du sucre a tellement monté, avec cette guerre. Il n'est pas assez haut ?

– Si seulement Henri n'était pas mort, Jumie... C'est vrai, les prix ont beaucoup monté ces deux dernières années. Dieu sait que je préférerais voir cette guerre s'arrêter tout de suite; mais tant qu'elle dure, nous, nous faisons de l'argent. J'ai même pu régler une grande part de mes dettes. Et, avec la fin des études de Nanette, nous pensions que nous pourrions souffler un peu. (Elle sourit, et son sourire lui rappela que Marthe était habituée aux ennuis, qu'elle savait y faire face.) Mais les plans les plus élaborés...

– Qu'est-ce que vous allez vendre ?

Elle détourna les yeux et regarda du côté du jardin. Un cardinal jouait dans la fontaine; des gouttelettes brillaient comme des diamants sur son plumage rouge feu.

– Tout. Sauf ce qui entoure la maison, jusqu'à la route.

– Tout ! (Sa main se tendit vers les documents répandus devant elle, sur le bureau.) Permettez-moi de jeter un coup d'œil.

Berthe entra avec deux grands verres fumants sur un plateau d'argent.

– Je n'ai pas ajouté d'alcool, monsieur Jumie. Je vous laisse ce soin. Je vous ai mis un peu de notre cake aussi. Il y a déjà du bourbon dedans...

– N'ayez crainte, Berthe. (Jumie alla prendre le bourbon dans le cabinet et en versa dans chaque verre.) Bien. Voyons maintenant où vous en êtes.

Il se mit à lire le contrat de vente, rédigé d'une écriture fine et serrée. De temps en temps, il prenait une note sur le bloc de Marthe. Elle l'observait et se sentait gagnée par une chaleur d'une tout autre nature que celle du soleil ou de l'egg-nog de Berthe. Puis, par habitude, elle souffla :

– Ne me dites pas ce que je dois faire, Jumie.

– Il ne s'agit pas de ça. Je sais que vous n'êtes pas sourde aux bons conseils. Il faut garder plus de terres autour de la maison. Au moins cinquante acres[1]. Vous avez besoin de place pour les légumes, quelques vaches et quelques chevaux. Vous n'irez pas acheter de quoi manger à la ville, tout de même ? Et autre chose : gardez les droits sur le sous-sol.

– Je ne sais pas s'ils seront d'accord, nous sommes déjà engagés. Je sais que je devrais garder ces droits; quand on pense qu'on a trouvé du pétrole chez les Solange au printemps dernier...

– Et voilà des années qu'Anse la Butte exploite le sien. Marthe, ne lâchez pas le sous-sol.

– Et s'ils disent non ?

– C'est un consortium agricole qui achète vos terres. Ils n'ont pas à savoir ce qu'il y a dessous, même s'il n'y a rien.

Marthe faisait tourner sa plume entre ses doigts.

– La Gulf Oil pense qu'il y en a.

Il but une gorgée du chaud liquide crémeux et parfumé; qu'y avait-il derrière le visage si calme de sa voisine ?

– Vraiment ?

– Ils sont prêts à signer pour une concession. Peut-être devrais-je le dire à mes acheteurs.

– Pas un mot surtout ! s'écria-t-il. Il ne manquerait plus que ça !

– Ceux de la Gulf Oil ne m'offrent pas grand-chose. Mais s'ils percent quelques puits, Jumie ! Avec les redevances, je n'aurais plus jamais de souci à me faire !

Elle était radieuse soudain. L'expression de son visage était aussi variable que le temps de décembre.

– Je vais vous confier un petit secret. Il y a très longtemps, mon père et moi avons fait courir un cheval contre LeBleu, à Pont-de-Breaux. Vous

1. Vingt hectares.

vous souvenez ? Quand Henri a sauvé mes enfants et que vous et lui... J'étais presque sûr que le cheval de LeBleu était malade, l'étranguillon probablement. Nous nous sommes demandé si nous devions le lui dire, si c'était juste de le lui cacher. (Ce souvenir le faisait rire.) Finalement, nous nous sommes dit que si on a un cheval de course, on doit savoir s'il est malade ou pas. Nous lui avons donné une petite chance, il ne l'a pas saisie. Tant pis pour lui.

– La petite chance des acheteurs, c'est qu'ils ont peut-être entendu parler de cette proposition de la Gulf Oil ?

– Oui. Mais je puis déjà vous assurer qu'ils ont renoncé à toutes leurs chances en prenant Alcide LeBlanc comme agent. C'est un nigaud. Il se montre partout dans sa grosse automobile, il a un bureau tout ce qu'il y a de plus rupin à New Iberia, mais c'est un âne. Qu'Alcide s'occupe de cette affaire est la meilleure chose qui pouvait vous arriver.

– Si je traite avec la Gulf, vous pensez qu'il ne le saura même pas ?

– Il n'a pas prévu la question du sous-sol. Et c'est une sottise.

– Dois-je faire modifier le projet pour qu'on y inscrive ce point particulier ? Que va-t-il penser ?

– Ce que vous lui direz de penser : que ce prix ne s'applique qu'à la surface.

– Et s'ils disent non ? J'ai des dettes, et avec les seuls intérêts... Et René insiste, il veut sa part d'héritage tout de suite.

– Il n'est plus en France ?

– Non, vous avez deviné. Il est à Londres, en sûreté. Au moins, il sait se retirer quand c'est préférable pour lui. Mais, Jumie, cette vente...

– S'ils vous pressent, dites-leur que vous avez une autre proposition. Quelqu'un disposé à acheter à un meilleur prix, à la minute même où le délai qu'ils ont fixé sera dépassé.

– Mais je n'ai pas d'autre acheteur à ce prix; Jumie...

– Pas d'autre acheteur ! Pas d'autre acheteur ! (Il s'approcha de Marthe, agita le gui au-dessus de sa tête et l'embrassa sur la joue.) Montrez-vous une bonne joueuse de poker, d'accord ? Claude et moi avons assez de choses à faire sans nous charger, en plus, de Beau-Chêne.

Le quai de New Iberia était désert. La veille de Noël, on ne circulait plus beaucoup. Marthe gardait les yeux fixés sur les rails, comme si cela pouvait hâter l'arrivée du train. Elle-même était partie ou revenue tant de fois par ce train ! Dans des périodes comme Noël, le temps semble se resserrer, et des foules de souvenirs remontent du passé et défilent dans la mémoire. Les Noëls et les fêtes de son adolescence à Beau-Chêne, la maison pleine de lumière, de musique et de monde. Ses enfants chantant dans le salon, suspendant les bas de laine et décorant l'arbre. Elle pourrait le faire avec Caroline ce soir, avant la messe. Nat avait trouvé un joli petit pin et l'avait déraciné, juste après le coup de téléphone d'Hélène, et il l'avait déjà mis en pot. Grâce à Dieu, elle n'avait pas envoyé les cadeaux à La Nouvelle-Orléans, préférant les porter elle-même pour les Rois. Elle pensa aux perles de Caroline, laiteuses, d'un si bel orient. Combien de filles de la famille, depuis des générations, les avaient portées ? Et chaque fois, leur mère disait : « Tu es trop jeune pour les pierres, les perles sont pour les jeunes filles. »

Le train arriva dans un long crissement de freins. Le convoi s'arrêta. De longs cheveux blonds brillants, de grands yeux bleus, c'était Caroline !

Elle bavarda pendant tout le trajet. Son babil et son rire argentin polissaient la surface de cette journée, la transformaient en un miroir de tous les Noëls heureux de toutes les années passées.

– Maman va faire un voyage pendant le carême, pour se reposer après les bals. Si les sœurs du Sacré-Cœur me laissent manquer quelques semaines d'école, je pourrai revenir ici, chez vous ! Croyez-vous qu'elles me laisseront partir ? Je pourrais aller à l'école ici, à Saint-Martinville, n'est-ce pas ? (Elle se pencha par la fenêtre ouverte de l'automobile, étendit les bras dans le vent.) Je suis si heureuse d'être ici ! J'aime tant vivre à Beau-Chêne, grand-mère, pas vous ?

– Je ne pourrais pas vivre ailleurs.

Et quand elles franchirent le grand portail et que la maison apparut au bout de la longue allée de chênes, Marthe pensa, avec une joie profonde, que grâce à Jumie, cette funeste éventualité était pour toujours écartée.

L'arbre de Noël était grandiose; il touchait le plafond, à plus de cinq mètres de haut. Claude grimpait à l'échelle, une étoile à la main.

– Je t'en prie, ne va pas tomber, ce n'est pas le moment d'aller à l'hôpital ! (Alice maintenait fermement l'échelle des deux mains. Elle le regarda placer l'étoile, puis s'écarta pour le laisser redescendre.) Il est beau, n'est-ce pas ? C'est le plus bel arbre que nous ayons jamais eu !

– Tu dis ça tous les ans !

– Et quand je pense aux cadeaux ! Claude, nous gâtons nos enfants !

– Non, ce sont de braves gosses, on ne peut plus les gâter. Et puis c'est Noël !

L'après-midi de décembre céda la place à une nuit étoilée.

– Le temps risque de changer, dit Claude en humant l'air. On sent l'odeur des marais. (Il accompagna jusqu'à la grille les trois enfants munis de petits cierges.) Soyez prudents avec ces chandelles. Et chantez juste, vous m'entendez ?

– On repasse par la maison tout à l'heure, dit Marie.

Beau marchait entre ses deux sœurs, une à chaque bras. Elles étaient très mignonnes; Claude en était aussi fier que de son fils. Il pensa à la Chambre des représentants, aux interminables réunions de commission, aux débats assommants qui duraient des semaines entières à l'assemblée… Il avait su tenir sa langue pendant les quatre premières années (tiens-toi tranquille, observe, regarde comment les choses se passent avant d'agir toi-même). Et il avait vu. On ne l'avait pas trompé en lui disant que ce n'était pas très joli, dans l'ensemble. Des trafics de toute sorte et en permanence. Derrière les belles paroles, c'était un panier de crabes. Des gens immensément riches cherchaient à devenir encore plus riches, aux dépens de l'État et d'une foule de pauvres gens dont personne ne se préoccupait. L'Union des Agriculteurs et le parti populiste qu'elle soutenait étaient depuis longtemps enterrés. Peut-être n'était-ce que partie remise. Ils avaient quand même fait avancer les choses, Jumie et lui. Beau prendrait la relève.

Au bout de la rue, passaient les chanteurs de Noël. Il fallait aller aider Alice à préparer le cacao et les petits gâteaux pour le retour des enfants. Et l'« ambroisie », une salade de fruits à la noix de coco, pour le repas de Noël. Il pensa à l'écrin de velours enveloppé dans plusieurs épaisseurs de papier de soie, tout au fond du gros paquet qu'il avait confectionné pour taquiner Alice. Le bijoutier avait assuré que les diamants font toujours plaisir…

Les habitants de Saint-Martinville se rassemblaient dans leur église, remplissant les bancs de bébés endormis, de vieillards à la tête branlante, d'enfants agités. Ils défilaient lentement devant la crèche, s'agenouillaient, murmuraient une courte prière. Geneviève inspecta le banc des Langlinais, comptant les têtes. Jumie, Claudine, son pharmacien et ses enfants, Claude, Alice et leurs enfants. Elle se tournait vers Jumie, redressait un petit col marin, lissait une mèche rebelle sur une tête.

– Tiens-toi droite, chuchota-t-elle à Marie. Ne te voûte pas comme ça !

Les vibrations de l'orgue emplirent l'espace, la mélodie monta, et la voix de Mlle Bessie s'éleva, aiguë et chevrotante. Geneviève donna un petit coup de coude à Jumie et vit Alice faire de même avec Claude. L'un et l'autre se mordaient la lèvre pour ne pas rire.

Un froufrou dans l'allée centrale, une bouffée de parfum : elle se retourna et vit Marthe et Caroline faire leur génuflexion avant d'entrer dans le banc des Clouet.

– Tu as vu Caroline, Jumie ? C'est déjà une beauté !

Beau aussi admirait la jeune fille qui accompagnait Mme de Gravelle. Elle se retourna et vit qu'il la regardait : il se sentit perdu dans ces grands yeux bleus. Il se reprit et se redressa. Il se souvint que Marthe aimait le canard. Peut-être leur en porterait-il un ou deux, dès le lendemain. Plus personne ne chassait à Beau-Chêne, désormais.

Le prêtre, tout de blanc et d'or vêtu, se retourna vers eux :

– *Gloria Patri et Filio et Spiritui Sancto.*

L'attention de tous se concentrait sur l'Enfant Jésus, promesse de paix, couché dans la crèche. Ils se levèrent pour entendre les paroles anciennes et toujours nouvelles de l'Évangile : « N'ayez crainte, car voici que je vous annonce une bonne nouvelle qui sera la joie de tout le peuple; car aujourd'hui, dans la cité de David, un Sauveur vous est né, qui est le Christ, Notre Seigneur. »

Les cloches sonnèrent, et leur tintement se répandit sur la terre endormie, sur les champs et les marais, les bois et les bayous, le petit bourg et les fermes alentour. Et si, tout au fond des mémoires, s'éveillait le souvenir d'une lointaine église, où les hommes de Grand-Pré s'étaient assemblés pour entendre une tout autre nouvelle, les cloches de ce Noël venaient apaiser le cœur des hommes. Car cette nuit, ils étaient réunis pour célébrer la joie et rendre grâce à Dieu de ses bontés. Cette nuit, ils étaient sur une terre heureuse.

2346

Composition Communication à Champforgeuil
Impression Brodard et Taupin
à La Flèche (Sarthe) le 28 avril 1989
6838A-5 Dépôt légal avril 1989
ISBN 2-277-22346-8
1er dépôt légal dans la collection : mars 1988
Imprimé en France
Editions J'ai lu
27, rue Cassette, 75006 Paris
diffusion France et étranger : Flammarion